SHERLOCK

셜록 홈즈 에센셜 에디션 02

SHERLOCK
에센셜 에디션 02

1판 1쇄 펴냄 2017년 11월 25일

원 저 아서 코난 도일Arthur Conan Doyle
엮 음 마크 게티스Mark Gatiss, 스티븐 모팻Steven Moffat
옮긴이 바른번역
감 수 박광규
펴낸이 하진석
펴낸곳 코너스톤
주 소 서울시 마포구 독막로3길 51
전 화 02-518-3919
ISBN 979-11-87011-93-4 04840

This book is published to accompany the television series entitled Sherlock first broadcast on BBC One in 2012. Sherlock is a Hartswood Films production for BBC Wales, co-produced with MASTERPIECE

Executive producers: Beryl Vertue, Sue Vertue, Mark Gatiss and Steven Moffat First published by BBC Books in 2015. This edition first published by BBC Books in 2016. BBC Books is part of the Penguin Random House group of companies.

Photography (C) Hartswood Films Ltd
Cover Design by Two Associates

SHERLOCK

셜록 홈즈 에센셜 에디션

02

아서 코난 도일 **원저** 마크 게티스, 스티븐 모팻 **엮음**

CONTENTS

실버 블레이즈 ········ 7

노란 얼굴 ········ 51

머스그레이브가의 의식문 ········ 83

그리스어 통역사 ········ 115

마지막 문제 ········ 147

바스커빌가의 사냥개 ········ 179

빈집의 모험 ········ 443

찰스 오거스터스 밀버턴 ········ 477

브루스파팅턴호 설계도 ········ 507

악마의 발 ········ 559

빈사의 탐정 ········ 601

S·H·E·R·L·O·C·K

실버 블레이즈

셜록 홈즈와 왓슨 박사가 시골 공기를 약간 쐰다. 실종된 경주마와 '셜록 홈즈 시리즈'에 나오는 가장 유명하고 멋진 인용구 중 하나. 개가 등장하는 다른 소설도 이 문구에서 힌트를 얻었다!*

\- 마크와 스티븐

*'밤중에 개에게 일어난 기이한 일'이라는 문구로 마크 해던(Mark Haddon)의 소설 제목이기도 함

"미안하네만, 왓슨, 내가 가봐야겠어."

어느 날, 홈즈는 나와 함께 아침 식사를 하려고 식탁에 앉아 있다가 이렇게 말을 꺼냈다.

"가다니? 어디를 말인가?"

"다트무어. 킹스 파일랜드 말이야."

나는 놀라지 않았다. 실은, 잉글랜드 전역에서 화젯거리가 되고 있는 기이한 사건에 아직까지 홈즈가 관여하지 않았다는 사실이 오히려 놀라울 따름이었다. 내 친구 홈즈는 어제 온종일 고개를 숙이고 이마를 찌푸린 채 방 안을 서성거리면서 담배 파이프에 제일 독한 검은 담배를 연신 채워 넣기만 했다. 내 말이나 질문에 귀를 기울이지도 않았다. 발간되자마자 신문 배달꾼이 갖다 주는 각종 신문들을 대충 훑어보더니 구석에 내던져 버렸다. 홈즈가 아무 말을 하지 않아도 무슨 생각에 잠겨 있는지 나는 잘 알고 있었다. 지금 세상에서 홈즈의 추리 능력에 도전 의식을 북돋우는 과제는 한 가지밖에 없었다. 웨식스 컵 경마 대회의 우승 후보인 경주마가 기이하게 사라지고, 불행하게도 조련사까지 살해당한 사건이 발생한 것이었다. 그래서 홈즈가 느닷없이 그 드라마 같은 사건 현장에 가보겠다고 했을 때, 그 말은 내가 기대하고 바라는 바였다.

"방해가 안 된다면 자네와 함께 가보고 싶군." 내가 말했다.

"이보게, 왓슨. 자네가 동행해준다면 내게 큰 호의를 베푸는 거야. 자네한테도 시간 낭비는 아닐 거라고 생각하네. 이번 사건의 특징들을 보니 유례없는 사건이 될 것 같으니까 말이야. 마침 패딩턴역에 기차를 타러 갈 시간이 됐군. 자세한 사건 내용은 기차 안에서 이야기하겠네. 자네의 멋진 쌍안경을 좀 챙겨줘."

한 시간쯤 후 나는 엑서터를 향해 날아가듯 달리는 열차의 일등석 객차 안에 앉아 있었다. 귀덮개가 달린 여행 모자는 날카롭고 진지한 홈즈의 얼굴을 감싸고 있었고, 홈즈는 패딩턴역에서 구한 방금 나온 신문들을 서둘러 훑어보았다. 레딩을 지난 뒤에야 마지막으로 읽은 신문을 의자 아래로 밀어 넣더니 나에게 시가 케이스를 내밀었다.

"별 탈 없이 잘 가고 있군." 홈즈는 창밖을 내다보다가 시계를 힐끗 쳐다보며 말했다. "시속 약 85킬로미터로 달리고 있다네."

"4분의 1 지점 이정표를 못 봤네만." 내가 말했다.

"나도 못 봤어. 하지만 선로에 전신주가 약 55미터마다 서 있으니까 간단히 계산했어. 자네도 존 스트레이커가 살해당하고 경주마 실버 블레이즈가 실종된 이번 사건을 알아봤을 거라고 생각하는데, 어떤가?"

"〈텔레그래프〉와 〈크로니클〉에 실린 기사는 읽어봤지."

"이런 사건은 새로운 증거를 수집하기보다는 기존 증거들을 선별해 추리가의 능력을 발휘해야 하는 사건이야. 아주 보기 드문 사건이고, 수법도 완벽한 데다 많은 사람들이 직접적으로 영향을 받는 참사야. 그러니 억측이나 어림짐작 혹은 가정이 넘쳐나서 상황이 나빠지고 있네. 이론가들과 기자들이 꾸며낸 말에서 사실의 기본 틀, 그러니까 의심의 여지가 없는 절대적인 사실을 선별하기란 어려운 일이지. 따라서 확고한 근거를 세우고 나서 어떤 추리 결과를 이끌어낼 수 있는지, 미궁에 빠진 사건 전체가 좌지우지되는 특이한 사항은 무엇인지를 찾아내는 게 우리가 할 일이야. 화요일 저녁에 실버 블레이즈의 주인인 로스 대령과 이번 사건을 맡은 그레고리 경위 두 사람 모두에게서 협조 요청 전보를 받았다네."

"화요일 저녁이라고?" 나는 큰 소리로 말했다.

"지금은 목요일 오전이잖아. 왜 어제 출발하지 않은 거야?"

"내가 터무니없는 실수를 했어, 왓슨. 그러니까 유감스럽게도 자네가 쓴 회고록으로만 나를 아는 사람들이 생각하는 것보다 나는 더 자주 실수를 하지. 사실 잉글랜드에서 가장 주목받는 말을 그렇게 오랫동안 숨길 수 있을 줄은 몰랐어. 더구나 다트무어 북부처럼 주민들도 드문드문 거주하는 지역에서 말이야. 어제 줄곧 말이 발견되었다는 소식이 들려오기만 기다렸어. 말을 훔친 자가 존 스트레이커를 살해한 범인이라는 게 밝혀지길 기다린 거야. 그런데 오늘 아침이 되어도 피츠로이 심슨이라는 젊은이를 체포한 것 말고는 아무런 진전이 없어서 이제 내가 나설 차례라는 생각이 든 거야. 하지만 어느 면에서 보면 어제 하루를 낭비한 건 아니라네."

"가설을 세운 거로군. 그래서 어땠나?"

"적어도 사건의 핵심이 되는 사실들은 파악했지. 하나하나 말해주겠네. 다른 사람에게 사건에 대해 이야기해주는 것만큼 사건 해결에 도움이 되는 방법도 없으니까. 게다가 어디서부터 시작할지 알려주지 않고서는 자네의 협조를 기대할 수도 없고 말이야."

홈즈는 몸을 앞으로 기울인 채 길고 가는 오른쪽 집게손가락으로 왼쪽 손바닥을 짚어가며 우리를 여행길로 이끈 사건의 개요를 들려주었다. 나는 홈즈의 이야기를 들으면서 쿠션에 기대어 시가를 피웠다.

"'실버 블레이즈'는 유명한 경주마인 '소모미'의 후손인데, 그에 뒤지지 않는 뛰어난 기록을 보유하고 있는 5년차 경주마야. 상을 차례대로 휩쓸어 로스 대령에게 안겨줬지. 참 운 좋은 마주야. 이번 사건이 일어나기 전까지 웨식스 컵 대회의 가장 유력한 우승 후보였고, 배당률은 3대 1이었어. 경마 애호가들에게 언제나 인기가 최고인 데다 한 번도 기대를 저버린 적이 없다네. 그래서 낮은 배당률이라도 거액을 거는 거지. 그러니까 다음 화요일 경마에 실버 블레이즈가 나오지 못하도록 훼

방 놓고 싶은 사람이 많다는 건 분명해.

물론 로스 대령의 경마 훈련장이 있는 킹스 파일랜드에도 이미 알려진 사실이었지. 그래서 우승 후보인 실버 블레이즈를 보호하려고 가능한 모든 조치를 취했다네. 조련사인 존 스트레이커는 로스 대령의 말을 탔던 기수로, 체중이 불어나는 바람에 은퇴했다더군. 대령 밑에서 5년 동안 기수로, 7년 동안 조련사로 일하면서 항상 열심히 믿음직스럽게 일하는 고용인이었어. 그곳 시설이 말 네 필만 수용할 수 있는 작은 규모라 존 스트레이커 밑에서 일하는 마부는 세 사람뿐이었어. 그중 한 명씩 마구간에서 매일 밤 경계를 서고, 나머지 두 사람은 다락방에서 잠을 잔다더군. 세 사람 모두 착실하고 말이야. 결혼한 존 스트레이커는 마구간에서 약 200미터쯤 떨어진 작은 전원주택에 살고 있었지. 아이는 없이 하녀만 한 명 두고 아쉬운 것 없이 살았어. 주변은 인적이 드물지만 북쪽으로 대략 800미터 떨어진 곳에 깨끗한 다트무어 공기를 즐기고 싶어 하는 이들과 요양 중인 환자들을 위해 태비스톡의 한 건축업자가 지은 별장들이 모여 있지. 태비스톡은 서쪽으로 3킬로미터 정도 떨어져 있고, 황무지를 가로질러 또다시 3킬로미터가량 가면 규모가 더 큰 케이플턴 경마 훈련장이 있다네. 그곳은 백워터 경의 소유인데, 사일러스 브라운이라는 사람이 관리하고 있지. 그 밖에 다른 쪽은 완전히 버려진 땅이고 떠돌아다니는 집시들만 몇몇 살고 있을 뿐이야. 여기까지가 참사가 일어난 지난 월요일 밤의 전반적인 상황이야.

그날 저녁, 평소처럼 훈련 후 말들에게 물을 주었고 9시에는 마구간 문단속을 했어. 네드 헌터라는 마부가 경계를 서는 사이, 다른 마부 두 명은 걸어서 조련사의 집으로 가 저녁을 먹었지. 9시가 조금 지나자, 하녀인 에디스 백스터가 저녁 식사로 양고기 카레 요리를 마구간에 가져다주러 갔지. 마구간에 수도 시설도 있었고, 근무 중인 마부는 물 말고는 아무것도 마시지 않는 게 규칙이라 술은 가져가지 않았다고 하더군. 아주 어두웠던 데다 탁 트인 황무지에 난 길을 따라 걸어야 했기 때문에 하녀는 랜턴을 들고 갔다고 했어.

마구간까지 약 30미터쯤 남았을 때 어둠 속에서 한 남자가 나타나 에디스에게 멈추라고 소리쳤어. 랜턴에서 나오는 둥그렇고 노란 불빛 안으로 들어온 남자는, 회색 트위드 정장에 납작한 천 모자를 썼고 행동은 신사다워 보였지. 자세히 살펴보니 구두에 각반을 덧대고 손잡이가 달린 묵직한 지팡이를 들고 있었어. 하지만 무엇보다 창백한 얼굴과 초조한 듯한 태도가 인상 깊었다고 하네. 나이는 서른을 넘어 보였다더군.

'여기가 어딘지 알려줄 수 있소?' 남자가 물었지. '황무지에서 잘 수밖에 없겠다고 마음먹은 차에 우연히 랜턴 불빛을 보았습니다.'

'여긴 킹스 파일랜드 경마 훈련장 근처예요.' 에디스가 대답했지.

'정말입니까? 거참, 뜻밖의 행운이로군!' 그 남자가 외쳤어. '마부가 훈련장에서 매일 밤 혼자 잔다고 들었습니다. 손에 든 건 아마도 그 사람에게 가져다주는 저녁거리겠군요. 새 드레스 값을 벌 수 있는 기회를 날려버릴 정도로 도도한 건 아니시겠죠?' 남자는 이렇게 말하더니 조끼 주머니에서 접혀 있는 흰 종이 한 장을 꺼냈어. '이걸 오늘 밤 마부에게 확실히 전해주기만 하면 최고로 예쁜 드레스를 살 수 있을 겁니다.'

남자가 심각한 투로 말하자, 에디스는 겁을 먹고 재빨리 마구간의 항상 음식을 넣어주는 창문을 향해 달렸어. 창문은 이미 열려 있었고, 헌터는 안쪽에 놓인 작은 테이블에 앉아 있었지. 에디스가 조금 전 일을 이야기하려는 순간 그 낯선 남자가 다시 나타났어.

'안녕하시오.' 남자는 창문 너머로 안을 들여다보며 말했지. '잠깐 이야기 좀 하고 싶습니다만.' 하녀가 단언하길 남자가 황무지에서 자신에게 주려던 종이 뭉치를 여전히 손에 쥐고 있어서 비어져 나온 귀퉁이가 보였다더군.

'무슨 일 때문에 그러시죠?' 헌터가 물었어.

'자네 주머니가 두둑해질 수 있는 일이지.' 상대방이 말했어. '여기 웨식스 컵에 출전할 말 두 필이 있잖나. 실버 블레이즈와 베이어드 말일세. 믿을 만한 정보를 알려주면 손해 보는 일은 없을 걸세. 부담 중량을 조정하면 베이어드가 실버 블레이즈보다 약 1킬로미터에 100미터를 앞선다던데, 그래서 여기 마구간 사람들은 베이어드에게 돈을 걸었다는 게 사실인가?'

'됐어. 당신도 그 빌어먹을 경주마 염탐꾼이군!' 헌터가 소리쳤어.

헌터는 '킹스 파일랜드에서 당신 같은 사람들을 어떻게 대접하는지 보여드리지' 하고 말하고는 의자에서 벌떡 일어나 개를 풀어놓으려 마구간으로 뛰어갔어. 하녀 에디스는 집으로 피했지. 그런데 달려가다가 뒤를 돌아보니 그 수상한 남자가 창문 쪽으로 몸을 숙이고 있었다더군. 하지만 잠시 뒤 헌터가 사냥개를 데리고 달려 나오니 그 남자는 벌써 사라지고 없었어. 훈련장 건물들 주변을 다 돌아봤는데 어떤 흔적도 찾을 수 없었지."

"잠깐, 마부 청년이 마구간에서 개를 끌고 달려 나올 때 문을 잠그지 않았나?" 내가 물었다.

"대단해, 왓슨. 훌륭해!" 내 친구 홈즈가 중얼거렸다.

"그 부분이 중요하다는 생각이 들어서 의문을 풀려고 어제 다트무어로 특별 전보를 띄웠어. 마부 청년은 문을 잠갔다고 하더군. 게다가 말이야, 창문도 사람이 드나들 수 있을 만큼 크지는 않다고 하는군.

헌터는 동료 마부들이 돌아오기를 기다렸다가 조련사 스트레이커에게 전갈을 보내 이 일을 보고했지. 스트레이커는 이야기를 듣고 흥분했지만 심각한 일임을 깨닫지는 못한 것 같아. 하지만 어쩐지 마음이 놓이지 않았나 봐. 스트레이커 부인이 새벽 1시에 일어나 보니 남편이 옷을 갈아입고 있더라는 거야. 아내가 무슨 일이냐고 묻자, 스트레이커는 말들이 걱정돼 잠이 오지 않는다며 마구간에 가서 문제가 없는지 살펴보고 오겠다고 대답했지. 창문을 두드리는 빗소리가 들려 스트레이커 부인은 집에 있으라며 남편을 말렸어. 그렇게 아내가 애원해도 커다란 방수 외투를 입고 집을 나섰다고 하더군.

스트레이커 부인은 아침 7시에 일어나 보니 남편이 그때까지도 돌아오지 않은 걸 알았네. 부인은 허둥지둥 옷을 챙겨 입고 하녀를 불러 마구간으로 가봤어. 마구간 문은 열려 있고, 안에 들어가 보니 헌터는 의자 위에 웅크린 채 완전히 인사불성 상태였지. 실버 블레이즈가 있어야 할 자리는 텅 비어 있었고, 조련사 또한 어디에도 없었어.

여물을 써는 다락에서 잠자고 있던 마부 두 사람을 서둘러 깨웠어. 둘 다 깊이 잠드는 편이라 간밤에 아무것도 듣지 못했다고 해. 헌터는 아무리 봐도 독한 약에 취한 게 분명했어. 의식이 돌아오지 않자 휴식을 취해 회복하게 놔두고, 두 마부와 두 여인이 사라진 조련사와 말을 찾으러 달려나갔지. 네 사람은 그때까지도 조련사가 아침 일찍 말을 훈련시키려고 끌고 나갔을 거라는 희망을 품고 있었어. 하지만 주변 황무지가 전부 내려다보이는 집 근처의 작은 언덕에 올라가 봐도 사라진 말의 흔적은 어디서도 찾을 수 없었지. 도리어 자신들이 참사가 일어난 현장에 있음을 예고하는 뭔가를 보게 되었지.

마구간에서 약 400미터가량 떨어진 곳에서 존 스트레이커의 외투가 가시금작화 덤불에 걸려 나부끼고 있었지. 바로 그 너머의 사발 모양으로 움푹 꺼진 땅에서 불쌍한 조련사가 시체로 발견됐어. 피해자는 무거운 흉기로 잔혹하게 가격당해 두개골이 부서졌고 허벅지에도 부상을 입었어. 길고 예리하게 잘린 상처로 보아 아무래도 아주 날카로운 무기에 베인 게 분명하다고 하더군. 하지만 스트레이커는 가해자들에게 격렬하게 저항한 게 틀림없어. 오른손에 쥐고 있던 작은 칼은 칼자루에까지 피가 엉겨 붙어 있었고, 왼손에는 빨간색과 검은색이 섞인 실크 넥타이를 움켜쥐고 있었거든. 하녀는 그 넥타이가 전날 밤 마구간을 찾아온 수상한 남자가 매고 있던 거라고 기억해냈어. 혼수상태에서 깨어난 헌터도 그자가 넥타이 주인임이 확실하다고 했다네. 그러면서 그 수상한 남자가 창가에서 있다가 양고기 카레에 약을 타 경비를 느슨하게 만든 거라고 확신했지. 그리고 사라진 말은, 운명을 가른 구덩이 밑바닥의 진흙에 남은 많은 증거로 보아 몸싸움이 일어났을 때 그곳에 있었어. 하지만 그날 아침부터 실종 상태인 건 여전하지. 거액의 현상금을 내걸었고, 다트무어의 모든 집시들이 빈틈없이 수색하고 다니지만 들려오는 소식은 없는 상태야. 마지막으로, 마부가 남긴 저녁 식사에서 상당량의 아편 분말이 검출되었다는 분석 결과가 나왔어. 그날 밤 조련사 집에서 같은 음식을 먹은 다른 사람들은 아무런 이상이 없었는데 말이야.

이상이 이번 사건의 핵심적인 사실들이네. 억측은 전부 배제하고, 가능한 한 있는 사실 그대로 말한 거야. 이제 경찰이 어떻게 수사하고 있는지를 요약해서 설명할게.

이번 사건을 담당한 그레고리 경위는 대단히 유능한 경찰관이야. 상상력을 갖추기만 했다면 고위직에도 오를 수 있었을 걸세. 그레고리 경위는 현장에 도착하자마자 당연히 혐의가 짙은 그 수상한 남자를 즉시 체포했지. 그자를 찾아내는 건 어렵지 않았어. 조금 전에 말했던 별장촌에 사는 사람이었거든. 피츠로이 심슨이라는 자였지. 훌륭한 집안에서 태어나 좋은 교육을 받았지만 경마에 거금을 탕진하고, 현재는 런던의 도박 클럽에서 다소 점잔 빼며 조용히 마권을 팔면서 먹고살았다더군. 심슨의 도박 장부를 조사해보니 5000파운드에 달하는 돈을 우승 후보인 실버 블레이즈의 상대 경주마에 걸었다는 게 밝혀졌지. 피츠로이 심슨은 체포되자마자, 킹스 파일랜드의 경주마들에 대한 정보를 얻으려고 다트무어에 갔다고 자진해서 진술했어. 케이플턴 마구간에서 사일러스 브라운이 맡고 있는 2위 우승 후보인 데즈버러에 대해서도 알아보려 했다고 하더군. 전날 밤 목격자들이 증언한 자신의 행적을 부인하지는 않았지만, 악의는 없었다면서 그저 자기가 직접 정보를 얻으려고 했을 뿐이라고 강조했어. 넥타이를 눈앞에 들이대자 얼굴이 창백하게 질렸고, 살해된 남자가 왜 자신의 물건을 손에 쥐고 있었는지 전혀 설명하지 못했지. 심슨의 젖은 옷은 전날 밤 폭풍우가 부는데도 밖에 있었다는 사실을 알려주었어. 손잡이를 납으로 묵직하게 만든 심슨의 페낭로이어(손잡이 부분에 봉을 박은 보행용 지팡이로, 말레이반도에서 들여온 야자나무로 만든 것—옮긴이) 지팡이는 여러 차례 내리치면 조련사를 죽게 할 정도로 치명적인 부상을 입힐 만한 무기라고 하네. 그런데 말이지, 스트레이커의 칼 상태로 보면 가해자들 중 적어도 한 명에게는 상처가 남았을 텐데 심슨의 몸에는 아무런 외상이 없었어. 간략하게 다 말한 거야, 왓슨. 실마리가 될 만한 생각을 말해준다면 대단히 고맙겠네."

홈즈가 특유의 알아듣기 쉬운 설명으로 들려준 이야기를 나는 굉장히 흥미롭게 들었다. 대부분은 알고 있던 사실들이었지만, 나는 각각이 가진 상대적 중요성이나 서로 간의 연관성을 충분히 이해하지 못했다.

"그럴 가능성은 없을까?" 내가 넌지시 말했다. "스트레이커의 몸에 있는 날카롭게 베인 상처는 뇌 손상으로 인한 발작으로 몸부림을 치다 자신의 칼에 베인 것일 수도 있지 않나?"

"충분히 있을 법한 일이야. 개연성이 있어"라고 홈즈가 말했다. "그럴 경우 피의자를 변호할 유리한 증거 하나가 사라지는 거지."

"아직까지도 경찰이 어떤 가설을 세우고 있는지를 통 모르겠군." 내가 말했다.

"유감스럽게도 우리가 어떤 가설을 설명해도 반대에 부딪힐 걸세." 내 친구가 대답했다. "내가 보기엔 피츠로이 심슨이 분명 오로지 말을 훔칠 작정으로 마부에게 약을 먹이고, 어떻게 해서든 여벌 열쇠를 구해서 마구간 문을 열고 말을 끌고 갔다고 경찰은 믿고 있는 것 같아. 실버 블레이즈의 말굴레도 없어졌는데, 경찰은 틀림없이 심슨이 씌웠다는 거지. 그러고 나서 마구간 문을 열어둔 채 말을 황무지로 끌고 나가다가 조련사와 맞닥뜨렸거나 뒤따라온 조련사에게 붙잡혔다는 거야. 당연히 싸움이 벌어졌겠지. 심슨은 묵직한 지팡이로 조련사의 머리를 내리쳤어. 스트레이커가 자신을 보호하기 위해 사용한 작은 칼에 상처 하나 입지 않고 말이지. 그다음 심슨은 말을 비밀 장소로 끌고 가 숨겼거나, 그게 아니면 몸싸움 도중에 말이 달아나 지금쯤 황무지를 헤매고 있을 거야. 이상이 경찰이 생각하는 사건의 전말이야. 이건 전혀 있음직하지 않은 일인데, 지금 상황으로서는 다른 설명들도 모두 가능성이 희박해. 하지만 일단 현장에 가서 아주 신속히 이 사건을 조사해볼 예정이야. 그때까지는 현재 수사 상황에서 더 진전을 볼 수 없어."

우리는 저녁때가 되어서야 작은 마을인 태비스톡에 도착했다. 다트무어라는 넓은 원형 지역의 한복판에 있어 방패에 박힌 돌기처럼 보이는 지역이었다. 두 신사가 역에서 우리를 기다리고 있었다. 키가 크고 피부가 하얀 사람은 머리칼과 턱수염이 사자 갈기 같고, 연한 푸른색 눈동자는 기이하게도 사람을 꿰뚫어 보는 듯했다. 다른 한 명은 작은 체구에 행동이 민첩해 보이는 사람이었다. 프록코트 차림에 각반을 덧대고 잘 손질한 구레나룻에 외눈 안경을 쓰고 있었다. 키가 큰 사람은 잉글랜드 수사계에서 이름을 떨치고 있는 그레고리 경위였고, 다른 한 사람은 그 유명한 경주마의 마주인 로스 대령이었다.

"이렇게 와주셔서 기쁩니다, 홈즈 씨." 로스 대령이 말했다. "여기 그레고리 경위께서 가능한 한 생각나는 조치는 다 취했어요. 하지만 가엾은 스트레이커의 원한을 풀어주고, 내 말을 되찾기 위해 나 또한 모든 수단을 총동원하려고 합니다."

"새롭게 밝혀진 사실이 있었나요?" 홈즈가 물었다.

"유감스럽게도 거의 없었습니다." 그레고리 경위가 말했다. "밖에 마차가 기다리고 있습니다. 틀림없이 홈즈 씨가 더 어두워지기 전에 사건 현장을 보고 싶어 할 것 같으니 마차를 타고 가면서 사건 이야기를 해보도록 합시다."

잠시 뒤 우리 일행은 편안한 랜도 마차(말 두 마리가 끄는 사륜 마차의 한 종류 - 옮긴이)에 앉아 고풍스럽고 옛 느낌이 물씬 풍기는 데본셔 시가지를 지나 달려갔다. 그레고리 경위는 사건에 몰두한 나머지 끊임없이 말을 쏟아놓았고, 홈즈는 이따금씩 질문이나 감탄사를 던졌다. 로스 대령은 모자를 앞으로 기울여 눈 위까지 당겨 쓴 채 팔짱을 끼고 등받이에 기대어 앉아 있었다. 나는 두 수사관의 대화를 흥미롭게 듣고 있었다. 그레고리 경위는 홈즈가 기차 안에서 예견했던 내용과 거의 일치하는 자신의 가설을 상세히 설명했다.

"수사망이 피츠로이 심슨 주변으로 좁혀지고 있어요." 그레고리 경위가 말했다. "게다가 나부터도 그자가 우리가 찾는 범인이라고 생각합니다. 하지만 지금까지는 순전히 정황 증거뿐이라 새로운 사실이 밝혀지면 뒤집어질 수 있다는 점도 알고 있습니다."

"스트레이커가 쥐고 있던 칼은 어떻게 생각하십니까?"

"쓰러지면서 자신의 칼에 상처를 입었다는 결론을 내렸습니다."

"여기 오는 도중에 내 친구 왓슨 선생도 똑같은 의견을 내

놓더군요. 그게 사실이라면 심슨이라는 자에게는 불리하겠네요."

"틀림없이 그럴 겁니다. 심슨에게는 칼도 없고 상처도 찾아볼 수 없거든요. 그자에게 확실히 불리한 증거가 되는 겁니다. 또 실버 블레이즈의 실종에 이해관계가 있었습니다. 마부 청년의 음식에 아편을 넣었다는 혐의를 받고 있고, 분명히 폭풍우가 불 때 밖에 있었으며, 묵직한 지팡이로 무장한 상태였던 데다 그자의 넥타이가 피살자의 손에서 발견되었습니다. 이 정도면 배심원 앞으로 데려가기엔 충분하다고 생각합니다."

홈즈는 고개를 가로저었다. "그 정도 증거라면 수완 좋은 변호사는 갈기갈기 찢어버릴 거요." 홈즈가 말했다. "심슨이 말을 마구간 밖으로 끌어낸 이유는 뭘까요? 부상을 입히려고 했다면 왜 마구간 안에서 하지 않았을까요? 심슨에게서 마구간 열쇠를 발견했습니까? 아편 분말을 판 약제사는 누구인가요? 무엇보다 그 지역 지리에 어두운 심슨이 말을 어디에 숨길 수 있었을까요? 이렇게나 유명한 말을 말입니다. 하녀를 시켜 마부 청년에게 전하려고 했던 종이는 뭐라고 해명하던가요?"

"10파운드짜리 지폐였다고 합니다. 심슨의 지갑에서 한 장을 발견했습니다. 하지만 그 외 다른 질문들은 생각만큼 어렵지 않습니다. 심슨은 이곳 지리에 어둡지 않아요. 여름철에 두 차례 태비스톡에서 머무른 적이 있었습니다. 아마도 아편은 런던에서 구해왔을 겁니다. 열쇠는 쓰고 나서 버렸을 거고요. 말은 황무지에 있는 깊은 구덩이나 오래된 광산 안에 있을 겁니다."

"넥타이에 대해서는 뭐라고 하던가요?"

"자신의 물건이라고 인정했지만 잃어버렸다고 딱 잘라 말하더군요. 그러나 심슨이 마구간에서 말을 끌어낸 사실을 보여주는 증거를 또 발견했습니다."

홈즈가 귀를 바짝 기울였다.

"사건이 벌어진 월요일 밤, 살해 현장으로부터 약 1.5킬로미터도 떨어지지 않은 지점에서 집시 무리가 야영했던 흔적을 찾아냈습니다. 집시들은 다음 날인 화요일에 떠나버렸죠. 심슨과 그 집시들 사이에 어떤 합의가 있었다고 가정한다면, 심슨이 말을 집시들에게 넘기려고 가다가 스트레이커에게 붙잡혔을 수도 있지 않을까요? 그리고 말은 지금 집시들에게 있는 거 아닐까요?"

"분명히 그럴 가능성이 있소."

"그 집시의 행방을 쫓아 황무지를 샅샅이 뒤지고 있는 중입니다. 저는 태비스톡에 있는 마구간과 헛간도 전부 조사했습니다. 반경 약 15킬로미터 이내는 다 뒤졌죠."

"꽤 가까이에 경마 훈련장이 또 하나 있다고 들었는데요?"

"그렇습니다. 간과해버리면 안 되는 사항입니다. 그 훈련장에 있는 데즈버러라는 말이 2위 우승 후보라 그곳 사람들도 실버 블레이즈의 실종에 이해관계가 있었습니다. 그곳 조련사인 사일러스 브라운은 이번 경마에 거액을 걸었다고 하더군요. 또 죽은 스트레이커와 사이가 썩 좋은 편은 아니었습니다.

하지만 케이플턴 마구간을 조사해도 사일러스 브라운을 이번 사건과 연관 지을 증거는 하나도 없었습니다."

"그럼 심슨이라는 자가 케이플턴 마구간의 이득과 관계되어 있다는 증거는 없습니까?"

"전혀 없습니다."

홈즈가 등을 뒤로 기댔고 대화는 중단되었다. 몇 분 뒤 마차는 길가에 있는 붉은색 벽돌 주택 앞에 섰다. 처마가 돌출된 아담하고 깔끔한 집이었다. 울타리를 두른 작은 방목장을 지나 조금 떨어진 곳에 회색 기와를 얹은 기다란 별채가 있었다. 다른 모든 방향으로는 황무지가 가볍게 살랑거리고 있었는데, 시들어가는 양치식물 때문에 청동색으로 물든 채 지평선까지 뻗어 있었다. 태비스톡의 첨탑 건물들과 서쪽에 모여 있는 주택들만이 지평선을 가리고 있었다. 그 주택들이 케이플턴 마구간 건물임을 알 수 있었다. 홈즈를 빼고 일행들이 전부 자리에서 일어나 마차에서 내렸다. 홈즈는 하늘을 물끄러미 바라보며 계속 등을 기댄 채 혼자만의 생각에 완전히 빠져 있었다. 내가 홈즈의 팔을 툭툭 치자 그제야 정신을 차리고 분주히 일어나 마차에서 내렸다.

"실례를 했군요." 약간 놀란 얼굴로 자신을 바라보는 로스 대령을 향해 홈즈가 말했다. "잠시 공상에 잠겨 있었습니다." 홈즈가 두 눈을 반짝이며 흥분을 애써 감추는 태도를 보고 내 친구가 단서를 잡았다고 나는 확신했다. 내게는 익숙한 모습이었다. 하지만 홈즈가 어디서 실마리를 얻었는지는 짐작조차

할 수 없었다.

“바로 범행 현장으로 가고 싶으시겠죠, 홈즈 씨?” 그레고리 경위가 말했다.

“여기 잠시 머물면서 한두 가지 사소한 질문을 하고 싶은데요. 스트레이커 씨의 시신은 이곳으로 옮겨놓았겠죠?”

“네, 그렇습니다. 2층에 안치했습니다. 내일 검시를 실시할 예정입니다.”

“로스 대령님, 스트레이커 씨는 수년 동안 대령님 밑에서 일했죠?”

“언제나 훌륭한 고용인이었죠.”

“그레고리 경위, 사망 당시의 소지품 목록을 만들어놓았겠죠?”

“따로 모아 거실에 두었습니다. 가서 보시죠.”

“잘됐군요.” 우리는 줄지어 거실로 들어가 가운데 놓인 테이블에 둘러앉았다. 그러는 사이 그레고리 경위는 네모난 양철 상자를 열어 여러 가지 작은 물건들을 우리 앞에 꺼내놓았다. 짧은 밀랍 성냥 한 갑, 5센티미터 크기의 수지 양초, A. D. P. 브라이어 파이프, 길게 자른 씹는담배 반 온스가 든 물개 가죽 주머니, 금줄이 달린 은시계, 1파운드짜리 금화 다섯 개, 알루미늄 필통, 종이 몇 장, 칼자루를 상아로 만든 칼. 칼은 정교하고 단단한 칼날에 ‘런던 바이스 사’라고 새겨져 있었다.

“아주 보기 드문 칼이군요.” 홈즈가 칼을 집어 들고 자세히 살펴보면서 말했다. “핏자국이 있는 걸로 봐서 피살자가 발견됐을 때 쥐고 있던 바로 그 칼이겠군. 왓슨, 이런 종류의 칼은 자네가 전문 아닌가?"

"의사들이 백내장 메스라고 부르는 칼이야." 내가 말했다.

"그럴 거라고 생각했어. 까다로운 수술을 위해 만든 매우 정교한 칼날이야. 궂은일을 하러 집을 나선 사람에게 어울리는 물건은 아니지. 특히 접어서 주머니에 넣을 수도 없으니까 말이야."

"시신 옆에서 발견한 원형 코르크판으로 칼끝이 보호되어 있었습니다." 그레고리 경위가 말했다. "스트레이커 부인이 그 칼은 화장대 위에 놓여 있었고, 남편이 방을 나서면서 챙겼다고 증언해주었습니다. 무기로는 빈약하지만, 아마도 그 순간 손에 들 수 있는 무기로는 이게 제일 나았을 겁니다."

"그럴 가능성이 높지. 이 종이쪽지들은 뭔가요?"

"세 장은 건초 판매상이 발행한 영수증이고, 한 장은 로스 대령이 지시 사항을 적은 편지입니다. 나머지는 본드 스트리트의 의상실 '마담 르쉬리에'에서 윌리엄 더비셔 앞으로 보낸 37파운드 15실링짜리 청구서입니다. 스트레이커 부인의 말에 따르면 더비셔는 남편의 친구인데, 가끔 더비셔 앞으로 가야 할 편지가 이곳으로 오기도 한답니다."

"더비셔 부인은 취향이 약간 사치스럽군요." 홈즈가 청구서를 흘깃 내려다보며 말했다. "여성복 한 벌에 22기니는 상당히 많은 돈이죠. 더 이상 알아볼 게 없을 것 같으니 이제 범행 현장으로 가봅시다."

거실을 나서자 복도에서 기다리고 있던 한 여인이 한 걸음 앞으로 다가와 손으로 그레고리 경위의 소매를 가만히 붙잡았다. 여인의 수척하게 여윈 얼굴과 간절한 표정에서 최근에 겪은 일로 인한 공포심이 그대로 드러나 보였다.

"범인들을 잡았나요? 그들을 찾으셨어요?" 스트레이커 부인이 숨을 거칠게 내쉬며 물었다.

"아직입니다, 스트레이커 부인. 하지만 여기 홈즈 씨가 도와주시려고 런던에서 오셨어요. 저희는 가능한 모든 조치를 취할 겁니다."

"스트레이커 부인, 언젠가 플리머스에서 열린 가든파티에서 부인을 만난 적이 있습니다." 홈즈가 말했다.

"아닙니다, 선생님. 잘못 보셨어요."

"이런! 확실히 만났다고 맹세할 수 있습니다. 타조 깃털 장식이 달린 비둘기색 드레스를 입고 입었죠."

"저에게는 그런 옷이 없답니다, 선생님." 부인이 대답했다.

"아, 그렇다면 의문이 풀리는군요." 홈즈가 말했다. 내 친구는 부인에게 사과하고 나서 그레고리 경위를 따라 밖으로 나갔다. 황무지를 조금 가로질러 걸어가자, 시체가 발견되었던 움푹 파인 곳에 도착했다. 가장자리에는 피살자의 외투가 걸려 있던 가시금작화 덤불이 있었다.

"그날 밤은 바람이 불지 않았다고 들었어요." 홈즈가 말했다.

"그렇습니다. 하지만 폭우가 쏟아졌습니다."

"그렇다면 외투가 가시금작화 덤불 쪽으로 날아간 게 아니라 누군가 놓아둔 거겠군요."

"네, 덤불에 걸려 있었습니다."

"흥미로운 대목이군요. 땅을 보면 발자국으로 뭉개진 자국이 상당히 많습니다. 월요일 밤 이후에도 여기에 많은 사람들이 오고 간 모양이군요."

"여기 한쪽에 매트를 깔아놓고 우리 모두 그 위에만 서 있었습니다."

"잘하셨어요."

"이 가방에 스트레이커가 신었던 부츠와 피츠로이 심슨의 신발을 한 짝씩 넣어왔습니다. 그리고 경주마 실버 블레이즈의 편자도 있습니다."

"그레고리 경위, 오늘은 활약이 대단하군요!" 홈즈는 가방을 받아 들고 구덩이로 내려가면서 가운데 쪽에 더 가깝게 매트를 밀었다. 그런 다음 바닥에 얼굴을 가까이 대고 엎드려, 손에 턱을 기댄 후 눈앞에 놓인 발자국으로 뭉개진 진흙을 주의 깊게 살펴보았다. "여기!" 홈즈가 갑자기 말했다. "이건 뭘까요?" 반쯤 탄 밀랍 성냥이었다. 진흙투성이라 얼핏 보면 작은 나뭇조각처럼 보였다.

"어째서 나는 못 보고 지나쳤는지 모르겠습니다." 그레고리 경위가 난처한 표정을 지으며 말했다.

"진흙에 파묻혀 있어서 보이지 않았던 겁니다. 난 이걸 찾고 있었기 때문에 발견한 것뿐이고."

"네? 밀랍 성냥을 찾을 거라고 생각했다는 겁니까?"

"있을 거라고 생각했죠."

홈즈는 가방에서 부츠를 꺼내 하나씩 땅바닥에 있는 발자국과 비교해보았다. 그러더니 움푹 파인 땅의 가장자리로 엉금엉금 올라가 양치식물과 덤불 사이를 기어 다녔다.

"이것 말고 다른 흔적이 없는 게 안타깝습니다." 그레고리 경위가 말했다. "제가 사방으로 대략 100미터 이내의 땅을 철저히 조사했거든요."

"그렇군요!" 홈즈가 일어서면서 말했다. "그렇게 말씀하시는데 무례하게 다시 살펴볼 수는 없죠. 하지만 어두워지기 전에 황무지를 좀 걷고 싶군요. 내일 수사를 시작할 지역을 알아야 하니까요. 이 편자는 제 행운의 주머니에 넣어두겠습니다."

내 친구 홈즈가 아무 말 없이 체계적으로 일하는 방식에 초조한 기색을 보이던 로스 대령은 자신의 시계를 흘낏 쳐다보았다. "경위, 나와 함께 돌아갑시다." 로스 대령이 말했다. "조언을 구하고 싶은 문제가 몇 가지 있소. 특히 사람들을 위해 대회 출전마 명단에서 실버 블레이즈의 이름을 빼야 하지 않을까 하는 문제요."

"당치 않습니다." 홈즈가 결연하게 외쳤다. "제가 명단에서 빠지지 않게 할 겁니다."

로스 대령은 고개를 숙여 답했다. "그리 말씀해주시니 고맙소, 홈즈 씨." 대령이 말했다. "가엾은 스트레이커의 집에서 만나도록 하죠. 다 같이 마차를 타고 태비스톡으로 갑시다."

로스 대령이 그레고리 경위와 돌아가자, 홈즈와 나는 황무지를 천천히 걸었다. 해는 케이플턴 마구간 너머로 지기 시작했다. 우리 앞에 펼쳐진 길고 비탈진 평원은 황금빛으로 물들었고, 마른 양치식물과 가시나무들은 저녁 노을빛을 머금어 진한 적갈색으로 물들었다. 하지만 깊은 생각에 잠긴 내 친구에게는 이렇게 눈부시게 아름다운 풍경도 아무 소용없었다.

"이렇게 하려고 하네, 왓슨." 마침내 홈즈가 말을 꺼냈다. "존 스트레이커를 누가 죽였는가 하는 문제는 잠시 접어두고, 말이 어떻게 되었는지를 알아내는 데 열중할 거야. 그 비극이 일어나는 동안이나 그 후에 말이 달아났다고 한다면, 녀석은 어디로 갈 수 있었을까? 말이란 무리 지어 사는 동물이지. 내버려 두면 본능을 따라 킹스 파일랜드로 되돌아갔거나 케이플턴으로 건너갔을 거야. 어째서 황무지 위를 제멋대로 뛰어다니겠어? 그랬다면 지금쯤 틀림없이 눈에 띄었을 걸세. 집시들이 무슨 연유로 실버 블레이즈를 데려가겠나? 경찰이 성가시게 하는 게 싫어서 무슨 일이 생겼다는 소식만 들어도 자리를 뜨는 사람들인데 말이야. 집시들은 그런 명마를 팔 수도 없어. 실버 블레이즈를 끌고 가면 큰 위험만 떠안을 뿐 얻는 건 아무것도 없을 테지. 불 보듯 뻔한 일이야."

"그럼 말은 어디에 있을까?"

"킹스 파일랜드나 케이플턴으로 간 게 틀림없다고 말했잖아. 그런데 킹스 파일랜드에는 없어. 그러니까 케이플턴에 있는 거지. 도움이 될 가설로 생각하고 어디로 이끌어줄지 두고 보자고. 그레고리 경위가 말한 대로 이 부근의 황무지는 아주 단단하고 메말라 있어. 하지만 케이플턴 방향으로는 낮아지는군. 저기 너머에 길게 움푹하게 꺼진 곳이 있는 게 보이는군. 거긴 월요일 밤에 분명히 아주 축축했을 거야. 추정이 맞는다면 말은 저곳을 지나갔을 테고, 우리가 말의 흔적을 찾아야 하는 장소라는 뜻이야."

우리는 이런 이야기를 하면서 열심히 걷다가 몇 분 뒤 홈즈가 말한 움푹하게 꺼진 땅에 이르렀다. 홈즈의 부탁으로 나는 경사면을 따라 오른쪽으로 내려갔고, 내 친구는 왼쪽으로 내려갔다. 쉰 걸음도 가기 전에 홈즈의 고함 소리가 들려 바라보니 홈즈가 나에게 손짓하고 있었다. 홈즈 앞에 있는 무른 땅바닥에 말의 발자국 윤곽이 뚜렷이 드러나 있었다. 홈즈가 주머니에서 꺼낸 편자는 땅바닥의 발자국과 정확히 들어맞았다.

"상상력이 이렇게 중요하단 말일세." 홈즈가 말했다. "그레고리에게 부족한 게 이런 자질이지. 우리는 무슨 일이 일어났을지 마음에 그려보고, 추정한 대로 행동에 옮기고, 우리가 옳다는 걸 알아내지. 계속해서 가보세."

우리는 질퍽한 땅을 지나 건조하고 단단한 풀밭을 약 400미터쯤 걸었다. 그러자 비탈진 땅이 나왔고, 실버 블레이즈의 발자국이 눈에 띄었다. 그러고 나서 약 800미터를 걷는 동안에는 흔적을 발견하지 못했지만, 결국 케이플턴에 아주 가까이 이르자 다시 발자국을 발견했다. 발자국을 처음 발견한 사람은 홈즈였다. 홈즈는 의기양양한 표정으로 서서 땅을 가리켰다. 말 발자국 옆에 사람의 발자국이 보였다.

"여기 올 때까지는 혼자였는데." 내가 소리쳤다.

"정말 그렇군. 여기서부터는 혼자가 아니었어. 이건 뭐지?"

두 종류의 발자국이 획 돌아 킹스 파일랜드 방향으로 향했다. 홈즈가 휘파람을 불어 나에게 신호를 주었고, 우리는 발자국을 따라갔다. 홈즈는 발자국에서 눈을 떼지 않았다. 하지만 나는 어느 방향을 언뜻 보았다가 놀랍게도 똑같은 발자국이 반대 방향에서 다시 돌아오고 있는 것을 보았다.

"잘했네, 왓슨." 내가 그 사실을 알려주자 홈즈가 말했다. "자네 덕분에 수고를 덜었군. 아니면 갔던 길을 다시 되짚어 와야 했을 거야. 되돌아온 발자국을 따라가 보세."

우리는 멀리 갈 필요가 없었다. 발자국은 케이플턴 마구간의 정문으로 이어진 아스팔트 포장도로에서 끊겼다. 마구간 가까이로 걸어가자 마부 한 사람이 달려 나왔다.

"여기서 어슬렁거리면 안 됩니다." 마부가 말했다.

"한 가지만 물어볼까 합니다." 홈즈가 말했다. 조끼 앞주머니에 엄지손가락과 집게손가락을 찔러 넣으며 말했다. "내일 새벽 5시에 들르면 너무 이른 시간이라 주인장 사일러스 브라운 씨를 만날 수 없을까?"

"그럴 리가요. 항상 제일 먼저 일어나는 분이시니 누군가 나와 있다면 그분일 겁니다. 저기 오고 계시니 선생님 질문에 직접 답을 해주시겠군요. 아니, 안 됩니다. 이 돈에 손대는 걸 보시면 제 자리를 보전하지 못할 겁니다. 정 그러시다면 나중에

받도록 하죠."

홈즈가 주머니에서 꺼낸 하프 크라운짜리 동전을 도로 집어넣었을 때, 험악하게 생긴 나이가 지긋한 남자가 손에 든 수렵용 말채찍을 흔들며 마구간 정문에서 성큼 걸어 나왔다.

"뭐하는 건가, 도슨!" 사나이가 큰 소리로 외쳤다. "쓸데없는 얘기는 그만하게! 하던 일이나 계속해! 그리고 당신, 도대체 여기서 뭐하는 거요?"

"선생과 이야기를 좀 하고 싶군요. 10분이면 됩니다." 홈즈가 듣기 좋은 목소리로 말했다.

"쓸데없는 소리! 당신 같은 사람, 상대할 시간 없소. 외부인 출입 금지란 말이오. 돌아가시오. 안 그러면 개를 풀어놓겠소."

홈즈는 몸을 앞으로 숙이며 험상궂은 조련사의 귀에다 대고 뭔가를 속삭였다. 조련사는 움찔 놀라더니 관자놀이까지 빨갛게 달아올랐다.

"거짓말, 새빨간 거짓말이야." 조련사가 고함을 질렀다.

"좋아요. 여기 남들 앞에서 따져볼까요, 아니면 응접실에서 얘기할까요?"

"그, 그러고 싶으시면 들어오시오."

홈즈가 생긋 웃었다. "혼자 오래 두지 않겠네, 왓슨." 홈즈가 말했다. "자, 브라운 씨. 당신이 원하시는 대로 하겠습니다."

20분 뒤 붉은 저녁노을은 희미해져 하늘이 잿빛이 되자, 홈즈와 조련사 사일러스 브라운이 다시 나타났다. 나는 그 짧은 시간에 사일러스 브라운에게 일어난 것만큼 급작스러운 변화는 한 번도 본 적이 없었다. 얼굴은 하얗게 질려 있었고, 이마에는 반짝이는 구슬땀이 맺혀 있었으며, 손은 심하게 떨려 말채찍이 바람에 흔들리는 나뭇가지처럼 움직이고 있었다. 위협적이고 고압적인 태도는 온데간데없고 주인을 따르는 개처럼 내 친구 옆에서 굽실거리고 있었다.

"지시하신 대로 조치하겠습니다. 말씀하신 것들을 빠짐없이 해놓겠습니다."

"실수하면 안 됩니다." 홈즈가 사일러스를 돌아보며 말했다. 상대방은 홈즈의 눈에서 위협하는 기운을 느끼고 움찔 놀랐다.

"그럼요. 실수 없이 하겠습니다. 거기 반드시 나갈 겁니다. 원래대로 바꿔놓을까요?"

홈즈는 잠깐 생각하더니 웃음을 터뜨렸다. "아닙니다. 바꾸지 마세요. 어떻게 할지는 편지로 알려드리겠습니다. 이제 속임수는 안 됩니다. 만약 그렇게 했다가는…."

"그럼요. 믿어주십시오. 믿으셔도 된다니까요!"

"좋아요, 믿겠습니다. 그럼 내일 연락드리죠." 홈즈는 상대방이 떨리는 손으로 청한 악수를 무시하고는 발길을 돌렸다. 우리는 킹스 파일랜드로 향했다.

"사일러스 브라운이라는 주인장 말이야, 그자보다 거만하고 겁 많고 비열한 성품을 가진 사람은 본 적이 없어." 함께 터벅터벅 걸어가면서 홈즈가 말했다.

"그럼 그자가 실버 블레이즈를 데리고 있는 거야?"

"고함을 지르며 발뺌을 하려고 했어. 하지만 그날 아침 그자의 행적을 아주 정확하게 묘사했더니 내가 자기를 지켜보고 있었다고 생각하더군. 물론 자네도 발자국 앞이 특이하게 각진 모양을 봤을 걸세. 사일러스 브라운의 부츠가 정확히 일치하더라고. 그리고 아랫사람은 그런 일을 할 엄두도 내지 못하는 게 당연하지. 사일러스 브라운에게 이야기해줬지. 브라운 씨는 평소 습관대로 제일 먼저 일어나 나왔다가 황무지를 돌아다니고 있는 낯선 말을 보았어. 황무지로 나가서 말에게 다가갔다가, 실버 블레이즈라는 이름이 붙은 이유인 하얀 이마를 알아보고 깜짝 놀랐지. 자기가 돈을 건 말을 이길 수 있는 유일한 말이 우연히 수중에 들어왔으니까 말이야. 그다음 이야기도 들려줬어. 처음에는 순간적으로 킹스 파일랜드에 데려다 주려고 했어. 그런데 때마침 경마가 끝날 때까지 말을 숨겨 놓자는 악마의 속삭임이 들렸던 거야. 그래서 말을 다시 끌고 와서 케이플턴에 감췄어. 이런 이야기를 전부 상세하게 해주자, 체념하고 무사히 빠져나갈 궁리만 하더군."

"하지만 경찰이 케이플턴 마구간도 수색했을 텐데?"

"그자같이 경험 많은 경마 사기꾼은 술수가 다양하지."

"하지만 실버 블레이즈를 그자의 수중에 두는 게 걱정되지 않나? 말을 해칠 수도 있는 사람이잖아."

"사일러스 브라운은 실버 블레이즈를 애지중지하며 지킬 거야. 용서를 구하는 유일한 방법은 무사히 말을 주인에게 보내는 것이거든."

"로스 대령은 어떤 경우라도 용서를 베풀 사람으로 보이지 않았어."

"그 문제는 로스 대령에게 달린 문제가 아닐세. 나는 내 방식을 고집할 테고, 어디까지 이야기하느냐는 내가 결정하기 나름이야. 사립 탐정의 특권이지. 왓슨, 자네가 눈치챘는지 모르겠지만, 로스 대령의 태도가 약간 거만하더군. 이제 대령을 이용해서 조금 재미있는 일을 꾸며볼까 해. 대령에게 실버 블레이즈에 대해서는 아무 말도 하지 말게."

"물론이지. 자네의 허락 없이는 말하지 않겠네."

"이 일은 누가 존 스트레이커를 살해했는가 하는 문제에 비하면 아주 사소한 일이야."

"그럼 자네는 이제 그 살인 사건에 전념하려고 하는 건가?"

"아니, 그 반대일세. 밤 열차 편으로 런던에 돌아가자고."

나는 내 친구의 말에 깜짝 놀랐다. 우리는 데본셔에 불과 몇 시간밖에 있지 않았다. 게다가 훌륭하게 첫발을 내디딘 수사를 포기한다는 사실을 납득하기가 어려웠다. 나는 홈즈에게서 그 이상 어떤 말도 듣지 못한 채 존 스트레이커의 집으로 돌아왔다. 로스 대령과 그레고리 경위는 거실에서 우리를 기다리고 있었다.

"저와 제 친구는 야간 급행열차로 런던으로 돌아가려고 합니다." 홈즈가 말했다. "아름다운 다트무어의 공기를 조금이나마 마셨더니 좋았습니다."

그레고리 경위가 놀라서 눈을 크게 떴고, 로스 대령은 비웃는 듯 입술을 비죽거렸다.

"그럼 가엾은 스트레이커의 살인범을 체포하는 일은 단념하시는 거군요." 그레고리 경위가 말했다.

홈즈는 어깨를 으쓱했다. "도처에 심각한 어려움들이 분명히 있습니다." 홈즈가 말했다. "하지만 실버 블레이즈가 화요일 경마에 출전할 가능성은 충분하다고 봅니다. 기수에게 준비하고 있으라고 해주시기 바랍니다. 존 스트레이커 씨의 사진을 얻을 수 있을까요?"

그레고리 경위는 봉투에서 사진을 꺼내 홈즈에게 건넸다.

"이런, 그레고리 경위, 내가 뭘 원할지 벌써 알고 있군요. 여기서 잠시만 기다려주세요. 하녀에게 물어보고 싶은 게 한 가지 있어서요."

"정말이지 런던에서 온 사립 탐정에게 약간 실망했소." 내 친구가 거실을 나가자 로스 대령이 퉁명스럽게 말했다. "탐정이 도착하고 나서 그 이상 진척된 게 없잖소."

"적어도 대령의 말이 출전할 거라는 보장은 받았잖습니까." 내가 말했다.

"그렇군요. 홈즈 씨가 보장해주긴 했죠." 로스 대령이 어깨를 으쓱하며 말했다. "그보다는 내 말을 되찾고 싶소."

내 친구를 변호하기 위해 대꾸하려던 차에 홈즈가 거실로 들어왔다.

"자, 신사 여러분." 홈즈가 말했다. "태비스톡으로 떠날 준비가 다 됐습니다."

우리 일행이 마차에 올라타려고 하자, 한 마부가 마차 문을 잡아주었다. 홈즈는 불현듯 무슨 생각이 떠올랐는지 몸을 앞으로 숙여서 마부의 소매를 잡았다.

"작은 방목장에 양이 몇 마리 있더군." 홈즈가 말했다. "양은 누가 돌보나?"

"그건 제 일입니다, 선생님."

"요즘 이상한 점은 없었나?"

"글쎄요, 별일은 아닙니다만 세 마리가 다리를 약간 절게 되었어요."

홈즈가 빙그레 웃으며 두 손을 마주 대고 비비는 걸 보니 매우 만족스러워한다는 것을 알 수 있었다.

"결판이 났네, 왓슨. 이제 다 됐어." 홈즈가 내 팔을 움켜잡으며 말했다. "그레고리 경위, 양들 사이에 돌고 있는 희한한 돌림병에 주목하라고 말하고 싶군요. 출발하세, 마부 양반!"

로스 대령은 여전히 내 친구의 능력을 하찮게 여기는 듯한 표정을 짓고 있었다. 하지만 그레고리 경위의 얼굴을 보니 경위가 홈즈의 말을 주의 깊게 듣고 있다는 사실을 알 수 있었다.

"그게 중요한 문제라고 보십니까?" 경위가 물었다.

"대단히 중요해요."

"내가 주목해야 하는 다른 일도 있습니까?"

"밤중에 개에게 일어난 기이한 일도 있었죠."

"개는 밤중에 아무 짓도 하지 않았습니다."
"그게 바로 기이한 일이죠." 셜록 홈즈가 말했다.
나흘 후 홈즈와 나는 웨식스 컵 경마 대회를 보기 위해 다시 열차를 타고 윈체스터로 향하고 있었다. 약속한 대로 기차역 바깥에서 로스 대령을 만났다. 그리고 우리는 드래그 마차를 타고 교외의 경마장으로 향했다. 로스 대령의 표정은 심각했고, 태도도 몹시 차가웠다.
"실버 블레이즈는 털끝도 보이지 않았소." 로스 대령이 말했다.
"그 녀석을 보면 바로 알아볼 수 있겠죠?" 홈즈가 물었다.
로스 대령은 크게 화를 냈다. "20년이나 경마 일을 했소. 이때까지 그런 질문은 받아본 적이 없소." 대령이 말했다. "하얀 이마와 앞다리에 반점을 보면 어린아이라도 실버 블레이즈를 알아볼 거요."
"배당률은 어떻습니까?"
"그게 이상한 일이오. 어제는 15대 1이었는데 점점 낮아지더니 지금은 3대 1도 어렵습니다."
"흠! 누군가 알고 있는 모양이군, 확실해." 홈즈가 말했다.
드래그 마차가 경마장 안으로 들어가 정면 특별관람석 근처에 서자, 나는 출전마를 확인하기 위해 경마 진행 순서표를 훑어보았다.

웨식스 컵 경마 대회

출전비 경주마당 50파운드

상금 1착 1000파운드(4, 5세 경주마에게는 가산), 2착 300파운드, 3착 200파운드

신 경주로(약 2.6킬로미터)

1번 마. 히스 뉴턴의 니그로(빨강 모자, 황갈색 재킷).

2번 마. 워드로 대령의 퓨질리스트(분홍 모자, 파랑과 검정 재킷).

3번 마. 백워터 경의 데즈버러(노랑 모자, 노랑 소매).

4번 마. 로스 대령의 실버 블레이즈(검정 모자, 빨강 재킷).

5번 마. 밸모럴 공작의 아이리스(노랑과 검정 줄무늬).

6번 마. 싱글퍼드 경의 래스퍼(자주색 모자, 검정 소매).

"당신이 한 말에 모든 희망을 걸고 다른 말을 출전시키지 않았소." 로스 대령이 말했다. "아니, 저게 뭐지? 실버 블레이즈가 우승 예상마라고?"

"실버 블레이즈 5대 4!" 벨이 시끄럽게 울렸다. "실버 블레이즈 5대 4! 데즈버러 5대 15! 나머지 5대 4!"

"계속 올라가고 있습니다!" 내가 소리쳤다. "모두 여섯 필이 있군요."

"전부 여섯 필이라고요? 그럼 내 말도 출전하는 거군요." 로스 대령이 흥분해서 소리쳤다. "그런데 말이 보이지 않는군. 빨강 재킷은 아직 지나가지 않았소."

"다섯 필만 지나갔습니다. 이번에 나오는 말이 실버 블레이즈일 겁니다."

내가 말하자마자, 힘이 넘쳐 보이는 암갈색 말이 검량(기수의 체중과 안장 등 장구의 무게를 측정하는 것—옮긴이)을 마치고 천천히 구보하며 우리 앞을 지나갔다. 말 위에는 로스 대령의 고유색으로 알려진 검정 모자와 빨강 재킷을 걸친 기수가 타고 있었다.

"저건 내 말이 아니오." 마주가 외쳤다. "저 녀석은 몸에 흰색 반점이 없잖소. 홈즈 씨, 무슨 짓을 한 거요?"

"자, 자, 어떻게 하는지 보기나 합시다." 내 친구가 침착하게 말했다. 잠시 동안 홈즈는 내 쌍안경으로 경주를 바라보았다. "최고야! 훌륭한 출발이었어!" 홈즈가 갑자기 외쳤다. "저기 있어. 곡선 코스를 돌았어!"

경주마들이 직선 코스에 들어서자 드래그 마차에서 그 대단한 광경을 볼 수 있었다. 여섯 필이 서로 가까이 달리고 있어 카펫 한 장으로 말들을 덮어버릴 수 있을 것 같았다. 중간에 케이플턴 마구간의 노란 슬리브를 입은 데즈버러가 선두로 나섰다. 그러나 경주마들이 우리 앞을 지나기도 전에 데즈버러가 힘을 다 소진해 로스 대령의 말이 갑자기 치고 나오더니 6마신(마신: 말의 코끝에서 꼬리뼈까지의 길이를 말하며, 말에 따라 다르지만 약 2.4미터를 1마신이라 함—옮긴이)이라는 상당히 큰 차이로 결승점을 통과했다. 밸모럴 공작의 아이리스는 한참 만에 3위로 들어왔다.

"어쨌든 이겼어." 로스 대령은 두 눈을 비비며 숨을 제대로 쉬지도 못했다. "도무지 영문을 모르겠군요. 이제 그만 털어놓을 때가 되지 않았나요, 홈즈 씨?"

"당연히 그래야죠, 대령. 모든 사실은 조금 이따 알게 될 겁니다. 모두 가서 말을 보죠. 여기 있군요." 마주와 관계자들만 출입할 수 있는 검량소로 들어가면서 홈즈가 말을 이었다. "말의 얼굴과 다리를 에탄올로 씻어주면 예전과 다름없는 경주마 실버 블레이즈일 겁니다."

"나를 깜짝 놀라게 하는군요!"

"한 경마 사기꾼의 수중에서 녀석을 찾았습니다. 그리고 실례를 무릅쓰고 넘겨받자마자 녀석을 출전하게 했죠."

"이봐요, 홈즈 씨. 정말 놀라운 일을 하셨소. 말은 아주 상태가 좋아 보여요. 그 어느 때보다 좋아요. 당신의 능력을 의심한 점은 대단히 미안하오. 내 말을 되찾아주다니 정말 큰 도움을 준 겁니다. 당신이 스트레이커의 살해범을 잡을 수 있다면 더 좋을 텐데요."

"이미 잡았습니다." 홈즈가 조용히 말했다.

로스 대령과 나는 깜짝 놀라서 홈즈를 쳐다보았다. "잡았다고 했소? 그럼 그자는 어디 있소?"

"이 자리에 있습니다."

"여기? 어디에 말이오?"

"지금 저와 함께 있습니다."

로스 대령은 화가 나서 얼굴을 붉혔다. "내가 당신에게 신세를 진 건 잘 알고 있소, 홈즈 씨." 대령이 말했다. "하지만 당신이 지금 지나친 농담을 하고 있거나 모욕을 주는 거라고 여길 수밖에 없군요."

셜록 홈즈가 소리 내 웃었다. "대령을 사건과 관련지어 생각해본 적은 없습니다." 홈즈가 말했다. "진짜 살인자는 바로 대령 뒤에 서 있습니다." 홈즈는 대령을 지나 순종마의 윤기가 흐르는 목덜미에 손을 얹었다.

"말이라니!" 로스 대령과 내가 동시에 외쳤다.

"그렇습니다. 이 녀석이었어요. 제가 정당방위였다고 말씀드리면 죄가 가벼워지겠죠. 그리고 존 스트레이커는 당신의 신뢰를 받을 만한 자격이 전혀 없는 사람이었습니다. 그런데 벨이 울리는군요. 다음 경주에서 조금 딸 것 같으니 긴 설명은 이따가 적당한 시간에 하도록 하겠습니다."

그날 저녁 우리는 풀먼식 침대차에 앉아 런던으로 돌아왔다. 이번 여행이 나뿐만 아니라 로스 대령에게도 짧은 여행으로 느껴졌을 것이다. 월요일 밤 다트무어 경마 훈련장에서 일어난 사건에 대해 내 친구 홈즈의 이야기를 들으며 왔기 때문이다. 거기다 홈즈는 사건을 해결한 과정도 설명해주었다.

"인정할 수밖에 없는 사실은." 홈즈가 말했다. "신문 기사를 읽고 세운 가설들이 완전히 틀렸다는 겁니다. 그렇다고 해도 암시하는 바가 있었는데, 다른 사소한 내용들에 가려서 진짜 중요한 게 안 보였을 뿐이죠. 나는 피츠로이 심슨이 범인일 거라고 확신을 하고 데번셔에 갔습니다. 물론 증거가 완벽하지 않다는 건 알고 있었습니다. 존 스트레이커의 집에 도착했을 때, 나는 마차에 앉아 있는 동안 양고기 카레가 매우 중요하다는 생각이 떠올랐어요. 다들 마차에서 내린 후에도 내가 멍하니 마차에 앉아 있던 모습을 기억하실 겁니다. 그렇게 명백한 단서를 내가 어떻게 그냥 지나칠 수 있었는지 스스로 어이가 없더군요."

"나는 아직까지도 그게 어떤 도움이 됐는지 알 수가 없군요." 로스 대령이 말했다.

"내 추리 사슬의 첫 연결 고리였죠. 분말로 만든 아편은 아무런 맛이 없는 물질이 아닙니다. 맛이 비위에 거슬리지는 않지만 눈치챌 수 있는 정도죠. 일반 음식에 넣으면 누구라도 알아차리고 더 이상 먹지 않으려고 할 겁니다. 틀림없이 카레는 아편 맛을 숨기기 위한 도구였을 거예요. 외부인인 피츠로이 심슨이 그날 밤 조련사 집에서 저녁 식사로 카레를 먹도록 했다고는 추정할 수 없었습니다. 그런데 아편 맛을 숨길 수 있는 요리가 나온 바로 그날, 피츠로이 심슨이 아편 분말을 가져왔다고 가정하는 건 말도 안 되는 우연의 일치입니다. 있을 수 없는 일인 거죠. 그래서 심슨은 용의 선상에서 제외됩니다. 그렇다면 이제 스트레이커와 그의 아내를 주목해봅시다. 이 둘은 유일하게 저녁으로 양고기 카레 요리를 선택할 수 있었던 사람들입니다. 아편은 마구간을 지키던 마부 청년에게 줄 요리를 따로 챙긴 후에 넣었습니다. 왜냐하면 같은 요리를 먹은 다른 사람들은 아무 이상이 없었으니까요. 그렇다면 두 사람 가운데 누가 하녀 몰래 요리에 손을 댔을까요?

이 문제를 생각해보기 전에 개가 짖지 않은 이유가 중요하다는 걸 깨달았습니다. 왜냐하면 추리가 정확하면 예외 없이 또 다른 추리를 떠올리게 해주거든요. 심슨이 등장했을 때 개는 마구간 안에 있었습니다. 그런데 누군가 들어와 말을 끌고 나갔는데도 개는 다락에서 자고 있던 마부들을 깨울 정도로 짖지 않았습니다. 분명히 한밤의 방문객은 개가 잘 아는 사람이었습니다.

나는 존 스트레이커가 한밤중에 마구간에 가서 실버 블레이즈를 끌고 나갔다고 이미 확신했죠. 아니 거의 확신하고 있었습니다. 하지만 어떤 목적이었을까요? 물론 부정한 목적이었겠죠. 그게 아니라면 왜 마부 청년에게 약을 먹였겠습니까? 하지만 이유를 알아낼 방법이 없었습니다. 조련사들이 대리인을 통해 상대 경주마의 우승에 돈을 건 다음, 부정한 방법을 써서 우승하지 못하게 방해하고 거액을 챙긴 사건들이 지금까지 심심치 않게 발생했죠. 기수가 고삐를 당기기도 하고 말이죠. 좀 더 확실하고 포착하기 어려운 방법이 있기도 하죠. 이 사건에서는 어떤 수법이었을까요? 나는 스트레이커의 주머니 속 소지품이 결론을 내리는 데 도움이 되기를 바랐습니다.

그런데 정말로 도움을 주었죠. 죽은 남자 손에서 발견된 특이한 칼을 잊지 않으셨죠? 제정신인 사람은 무기로 택할 리 없는 칼이었죠. 왓슨 선생이 말했듯이 외과에서도 매우 정교한 수술에나 사용하는 메스 종류였죠. 사건 당일 밤 정교한 수술을 위해 쓰일 물건이었던 겁니다. 로스 대령도 경마 경력이 풍부하시니 말 허벅지 뒤쪽에 경미한 상처를 낼 수 있다는 걸 아실 테죠. 흔적을 전혀 남기지 않으려면 피하층에다 상처를 내죠. 그렇게 상처를 입은 말은 다리를 약간 절게 됩니다. 그러면 훈련 중 무리해서 근육을 접질렸거나 류머티즘 기운이 있다고 여길 뿐 부정행위라고는 생각하지 않는 거죠."

"이런, 악랄한 놈 같으니라고!" 로스 대령이 소리쳤다.

"존 스트레이커가 말을 황무지로 끌고 나간 이유도 이제 설명할 수 있습니다. 그렇게 기운 센 동물이 칼에 찔리는 걸 느끼면 곯아떨어진 사람들이라도 분명히 깰 정도로 소란스러웠을 겁니다. 그래서 마구간 안이 아닌 바깥에서 해야 했겠죠."

"내가 눈이 멀었소!" 로스 대령이 외쳤다. "양초가 필요했고, 성냥에 불을 붙인 이유도 그 때문이군요."

"의심할 여지가 없죠. 그리고 스트레이커의 소지품을 살펴보고 범행 수법뿐만 아니라 동기도 알아낼 수 있을 만큼 운이 따라줬습니다. 대령, 당신도 남자들은 자기 주머니 곳곳에 다른 사람들의 청구서 따위는 넣고 다니지 않는다는 걸 아실 겁니다. 대부분은 자기 청구서를 정산하는 것만도 벅차니까요. 나는 스트레이커가 딴살림을 차려 이중생활을 하고 있다는 결론을 내렸습니다. 청구서 명세서를 보니 이 사건에 아주 사치스러운 취향을 가진 여자가 관련되어 있었죠. 대령이 고용인에게 후했다 해도 스트레이커가 아내에게 20기니짜리 외출복을 사줄 수 있을 거라고는 상상하기 어렵습니다. 스트레이커 부인이 눈치채지 못하게 그 드레스에 대해서 물어봤습니다. 그러고는 그 물건이 부인에게 온 것이 아님을 확신했죠. 의상실 주소를 적어두고 스트레이커의 사진을 가지고 들러 더비셔가 가공의 인물이라는 사실을 쉽게 알아냈죠.

그때부터 모든 건 빤했습니다. 스트레이커는 불빛이 남의 눈에 띄지 않는 움푹한 장소로 말을 끌고 갔습니다. 심슨은 도망치다가 넥타이를 떨어뜨렸는데, 스트레이커가 어디다 쓸 요량으로 그 넥타이를 주웠죠. 아마도 말의 다리를 잡아매는 데 쓰려고 했을 겁니다. 스트레이커는 움푹 파인 땅에 내려가서 말 뒤에 자리를 잡고 불을 켰어요. 그런데 갑작스럽게 번쩍이는 불에 말이 놀랐고, 기묘한 동물적인 본능으로 뭔가 나쁜 일이 생길 거라는 것을 눈치채고 뒷발길질을 한 겁니다. 그러자 강철 편자가 스트레이커의 이마를 정통으로 때렸죠. 비가 오고 있었지만 정교한 작업을 위해 이미 외투를 벗은 상태였죠. 그래서 쓰러지면서 자기 칼로 허벅지를 베인 겁니다. 이제 명확해졌죠?"

"훌륭해!" 로스 대령이 외쳤다. "아주 훌륭합니다! 마치 홈즈 씨가 현장에 있었던 것 같군요."

"마지막 추리는 좀 힘들었습니다. 스트레이커같이 빈틈 없는 사람이 연습도 하지 않고 힘줄을 자르는 정교한 일을 시도할 리 없다는 생각이 퍼뜩 들었죠. 그럼 무엇을 상대로 연습했을까? 양이 눈에 띄어서 물어봤더니 내 추측이 맞았습니다. 내 추측이 옳아서 나 스스로도 조금 놀랐죠."

"홈즈 씨, 정말 완벽하게 밝혀내셨군요."

"런던으로 돌아온 뒤에는 의상실에 들렀습니다. 스트레이커를 더비셔라는 이름의 우수 고객이라고 확인해주더군요. 값비싼 드레스를 아주 좋아하는 세련된 아내가 있는 사람이라면서 말이죠. 그 여인이 스트레이커를 빚더미에 올라앉게 하고, 한심한 범행을 계획하게 만든 장본인이라고 생각합니다."

"홈즈 씨, 한 가지만 빼고 모두 설명해주셨습니다." 로스 대령이 외쳤다. "실버 블레이즈는 어디에 있었소?"

"아, 말은 달아났습니다. 대령의 어느 이웃이 돌봐 주었죠. 그 점에서 특별히 너그럽게 봐줘야 한다고 생각합니다. 여기가 클래펌 교차로군요. 제 기억이 맞다면 빅토리아역까지 10분도 안 걸릴 겁니다. 대령, 저희 집에서 시가라도 피우시겠습니까? 흥미를 끌 만한 세세한 이야기를 들려드리겠습니다."

노란 얼굴

우리는 이 독특한 작품을 사랑한다. 셜록 홈즈도 모든 것을 잘못 이해할 수 있다는 사실을 보여주기 때문이다. (흔히 나오는) 신세계의 비밀, 소름 끼치는 가면 같은 얼굴, 꽤 감동적인 대단원. 코난 도일이 '그래, 홈즈에게도 자신이 실수할 수 있다는 것을 보여주어야겠어!'라고 생각한 것일지도 모른다.

- 마크와 스티븐

내 친구의 비범한 재능 덕분에 나는 수많은 사건에 귀를 기울이지 않을 수 없었고, 어느 기묘한 연극에서는 배우로 등장하기도 한다. 이런 사건들을 토대로 짧은 단편을 출판하면서 내가 홈즈의 실패담보다 성공담에 집중하는 것은 오히려 당연하다. 이는 홈즈의 이름을 높이기 위해서라기보다는(오히려 홈즈는 자신의 다재다능함이 최고의 찬사를 받을 때면 어쩔 줄을 몰라 했다) 홈즈가 실패하는 사건은 남들도 실패하는 경우가 많아서 영원히 풀리지 않는 수수께끼로 남았기 때문이다. 그러나 홈즈가 실수를 저질렀는데도 우연히 진실이 밝혀지는 일도 간혹 있었다. 나는 그런 사건을 여섯 가지 정도 기록해두었다. 그 가운데 '제2의 얼룩' 사건과 앞으로 이야기할 사건, 이 두 가지가 가장 흥미진진한 이야깃거리를 선사한다.

셜록 홈즈는 운동만을 위한 운동은 좀처럼 하지 않는 사람이다. 근력 쓰는 일이라면 홈즈를 따라갈 사람이 없을 정도다. 게다가 의심할 여지 없이 홈즈의 체급에서는 내가 여태까지 본 선수들 중 가장 뛰어난 축에 속한다. 하지만 내 친구는 목적 없이 몸을 움직이는 일을 체력 낭비로 여겼고, 직업상 필요한 일이 아니면 거의 몸을 움직이지 않았다. 그래서 피로도 모르고 지치지도 않았다. 그러면서도 항상 최상의 컨디션을 유지했다는 것은 놀랄 만한 일이다. 하지만 식사는 늘 간단히 하고, 생활 습관은 금욕 생활에 가까울 정도로 단순했다. 간혹 코카인을 하는 것 말고는 나쁜 버릇도 없었다. 사건 의뢰가 드물거나 신문 기사가 시시할 때 단조로운 일상에 시위하듯 마약에 의지하는 것뿐이다.

이른 봄의 어느 날, 홈즈는 여유가 생겨 나와 함께 공원에 산책을 갔다. 공원의 느릅나무에서 초록빛 어린 새싹이 돋아나기 시작했고, 밤나무에 자란 끈적끈적한 어린 가지 끝에도 이제 막 이파리 다섯 장이 피어날 참이었다. 우리는 서로를 속속들이 잘 아는 터라 거의 아무 말도 하지 않고 두 시간 동안 공원을 거닐었다. 그리고 5시가 다 되어서야 베이커 스트리트로 돌아왔다.

"실례합니다, 선생님." 사환 아이가 현관문을 열며 말했다. "선생님을 뵈려고 어떤 신사분이 오셨었어요."

홈즈는 나무라는 듯이 나를 쳐다보았다. "오후 산책은 이걸로 끝이야!" 홈즈가 말했다. "그럼 그 신사분은 돌아가셨나?"

"네, 가셨어요."

"들어오시라고 말씀드리지 않았어?"

"말씀드렸죠, 선생님. 들어오셨어요."

"얼마나 기다리셨지?"

"30분 정도 기다리셨어요. 굉장히 안절부절못하시더라구요. 여기 계시는 내내 왔다 갔다 하다가, 또 발을 굴렀다가 계속 그러셨어요. 제가 밖에서 기다리다 보니 그분 발소리가 들렸거든요. 결국 복도로 나오셔서 소리치셨죠. '그 사람은 안 돌아오나?' 정확히 이렇게 말씀하셨어요. '조금만 더 기다리시면 됩니다'라고 말씀드렸더니, '그럼 바깥에서 기다리겠네. 숨이 막힐 지경이라서 말이야. 내 곧 돌아오지'라고 말씀하셨죠. 그러고는 갑자기 나가셨어요. 어떤 말씀을 드려도 그분을 말릴 수 없었을 거예요."

"그래, 알았어. 수고했네." 홈즈는 이렇게 말하고 방으로 걸어 들어갔다. "그렇지만 정말 안타까워, 왓슨. 나는 사건이 절실히 필요하다고. 그 사람이 초조하게 기다렸다고 하니 중요한 사건인 것 같은데. 이런! 탁자 위에 있는 파이프는 자네 물건이 아니잖아. 손님이 놔두고 간 게 틀림없네. 멋진 골동품 브라이어 파이프야. 긴 담배설대(담배통과 물부리 사이에 끼워 맞추는 가느다란 대—옮긴이)가 좋군. 애연가들이 호박이라고 부르는 걸로 만들었어. 런던에 진짜 호박 물부리가 얼마나 있을지 궁금하군. 안에 파리가 들어 있으면 진품이라고 생각하는 사람들도 있지. 분명히 많이 아끼는 물건일 텐데 두고 가다니 정신이 없긴 없었던 모양이군."

"그 사람이 자기 파이프를 많이 아낀다는 건 어떻게 알았어?" 내가 물었다.

"음, 이 파이프는 원래 7실링 6펜스 정도 하는데, 두 번이나 수리를 했어. 자네도 한번 보게. 나무 담배설대와 호박 물부리를 각각 한 번씩 고쳤어. 여길 보면 수리할 때마다 은테를 둘렀잖아. 분명히 수선비가 파이프 가격보다 더 들었을 거야. 이 사람이 같은 값에 새것을 사기보다 가지고 있던 파이프를 수리한 걸 보면 틀림없이 이 파이프를 많이 아끼는 거지."

"그거 말고 다른 점은 없어?" 내가 물었다. 홈즈가 파이프를 들고 이리저리 돌리며, 생각에 잠긴 듯한 특유의 표정으로 파이프를 주시하고 있었기 때문이었다.

홈즈는 뼈에 대해 강의하는 교수처럼 파이프를 위로 들어 자신의 가늘고 긴 집게손가락으로 톡톡 두드렸다.

"파이프는 상당히 흥미로운 물건일 때가 많아." 홈즈가 말했다. "시계나 구두끈 정도를 제외하고 파이프보다 개성이 강하게 드러나는 물건도 없어. 하지만 이 파이프에 드러난 개성은 아주 뚜렷하지도 중요하지도 않아. 이 파이프의 주인은 분명 건장한 남성이고, 왼손잡이에다 치아 상태가 좋아. 평소 조심성 없고, 절약하며 살 필요가 없는 사람이지."

내 친구는 추리한 내용을 생각나는 대로 내뱉었다. 하지만 나를 힐끗 쳐다보며 자신의 추리를 잘 이해했는지 확인하고 있다는 사실을 나는 알고 있었다.

"그 사람이 7실링짜리 파이프를 쓰기 때문에 부자일 거라고 생각하는 거로군." 내가 말했다.

"이건 1온스에 8펜스나 하는 그로브너 혼합 담배야." 홈즈가 손바닥에 담배 가루 약간을 털어놓으며 대답했다.

"그 반값으로도 좋은 담배를 얼마든지 살 수 있으니까, 그 사람은 돈 걱정이 없는 사람인 거지."

"또 다른 점은 없나?"

"이 사람은 램프나 가스등으로 파이프에 불을 붙이는 습관이 있어. 한쪽 바닥만 많이 그을려 있는 게 보이잖아. 당연히 성냥으로는 이렇게 안 되지. 파이프 이쪽으로만 성냥불을 들이댈 이유가 없거든. 하지만 램프로 불을 붙이면 담배를 넣는 대통이 그을릴 수밖에 없어. 그런데 파이프 오른쪽만 검게 그을렸어. 그래서 파이프 주인이 왼손잡이라는 사실을 알아낸 거지. 자네도 파이프를 램프에 갖다 대보게. 오른손잡이인 자네에게 파이프 왼쪽을 불에 갖다 대는 게 얼마나 자연스러운지 말이야. 한 번쯤은 반대쪽으로 불을 붙일 수도 있지만 항상 그럴 수는 없어. 이 파이프 주인은 늘 오른쪽만 갖다 댔어. 그리고 이 사람은 호박 물부리를 깨물었어. 튼튼한 이에 건장하고 힘이 센 사람이 아니라면 이렇게 할 수 없지. 내가 잘못 들은 게 아니라면, 그 사람이 계단을 올라오고 있는 소리가 들리네. 곧 파이프보다 더 흥미로운 이야기를 듣게 될 거야."

잠시 후 문이 열리고, 키가 큰 젊은 남자가 방으로 들어왔다. 짙은 회색 정장 차림에 챙이 넓은 갈색 중절모를 손에 들고 있었다. 옷차림은 훌륭했으나 과하지 않고 점잖았다. 보기에 나이는 서른 살 정도로 보였으나 실제로는 그보다 위였다.

"죄송합니다." 젊은 남자가 약간 당황한 표정으로 말했다.

"문을 두드려야 했군요. 그래요, 당연히 그랬어야 했습니다. 사실 제가 좀 경황이 없습니다. 그러려니 하면서 이해해주시기 바랍니다." 남자는 정신이 멍해진 사람처럼 손으로 이마를 쓰다듬다가 의자에 앉았다. 아니 그보다는 의자 위로 쓰러졌다는 말이 어울렸다.

"하루나 이틀은 잠을 못 주무신 것 같군요." 홈즈가 특유의 편안하고 다정한 말투로 말했다. "불면은 일을 하는 것보다, 심지어 노는 것보다 더 사람을 혹사시키죠. 그런데 무엇을 도와드리면 될까요?"

"선생님께 조언을 구하고 싶습니다. 어떻게 해야 할지 모르겠어요. 제 인생이 전부 산산조각이 난 것 같아요."

"날 자문 탐정으로 고용하고 싶으신가요?"

"그것만이 아닙니다. 세상 이치를 잘 아는 분별력 있는 분으로서 견해를 말씀해주세요. 앞으로 제가 어떻게 해야 하는지 알고 싶어요. 부디 제발 가르쳐주세요."

남자는 말을 짧게 끊어서 경련을 일으키듯 날카롭게 내뱉었다. 말하는 것 자체도 매우 힘들어 보였지만, 말하는 내내 입에 담고 싶지 않은 말을 해야 하는 게 괴로워 보였다.

"아주 민감한 문제입니다." 남자가 말했다. "사람들은 집안일을 남에게 말하고 싶어 하지 않죠. 전에 일면식도 없는 두 사람과 자기 아내의 품행에 대해 의논하는 일은 누구에게나 끔찍할 겁니다. 그렇게 해야 한다는 사실이 소름 끼치도록 싫습니다. 하지만 지푸라기라도 잡아야 할 처지라 조언을 구하러 왔습니다."

"저, 그랜트 먼로 씨?" 홈즈가 말을 꺼냈다.

앞에 앉은 방문객이 벌떡 일어났다. "뭐라고 하셨습니까?" 남자가 소리쳤다. "제 이름을 아십니까?"

"신분을 노출하기 싫으셨으면" 하고 홈즈가 싱긋 웃으며 말했다. "모자 안쪽에 이름을 새기지 말거나 대화 상대에게 안쪽을 보여주지 마세요. 내가 하고 싶은 말은, 내 친구와 나는 이 방에서 기묘한 이야기를 수없이 많이 들었다는 겁니다. 그리고 다행히 우리는 불안해하는 많은 분들을 평온하게 해드렸죠. 당신에게도 그럴 수 있을 거라고 생각합니다. 서둘러야 하는 일일지도 모르니, 더 이상 지체하지 마시고 사건에 대해 알려주시겠어요?"

말을 꺼내기가 몹시 힘들다는 듯이 방문객은 다시 손으로 이마를 쓰다듬었다. 방문객의 몸짓과 표정으로 미뤄볼 때, 남자는 내성적이고 과묵한 사람인 데다 자존심이 강해서 자신의 상처를 내보이기보다 감추려고 하는 사람임을 짐작할 수 있었다. 그러다가 남자는 갑자기 주먹을 불끈 쥐고 흔들면서, 신중함을 완전히 잃어버린 사람처럼 이야기를 시작했다.

"사실은 이렇습니다, 홈즈 씨." 남자가 말했다. "저는 가정이 있는 사람입니다. 결혼한 지 3년 되었어요. 그동안 아내와 저는 어느 부부 못지않게 서로를 사랑했고, 행복하게 지냈습니다. 우리 부부는 생각이나 말, 행동 모두 잘 맞았습니다. 그런데 지난 월요일 이후 우리 부부 사이에 불쑥 벽이 생겼습니다.

마치 길에서 스쳐 지나가는 여인인 것처럼, 아내의 삶과 생각에 내가 전혀 모르는 부분이 존재한다는 사실을 알았습니다. 우리는 서먹서먹해지고 말았는데, 저는 그 이유를 알고 싶습니다.

홈즈 씨, 제가 그 얘기를 계속하기 전에 확실히 짚고 넘어갈 게 하나 있습니다. 아내 에피는 저를 사랑합니다. 그 점은 오해가 없으셨으면 합니다. 아내는 온 마음과 영혼을 다해 저를 사랑합니다. 지금은 그 어느 때보다 더 그렇죠. 저는 그걸 알고 있습니다. 느낄 수 있어요. 그걸 따지고 싶지는 않아요. 남자는 여자가 자기를 사랑하는지 쉽게 알아챕니다. 하지만 우리 사이에는 비밀이 생겼고, 그 비밀이 밝혀지지 않는다면 예전과 같을 수는 없을 겁니다."

"먼로 씨, 어서 이야기해주세요." 홈즈가 조바심을 내며 말했다.

"에피의 과거를 아는 대로 말씀드리겠습니다. 제가 아내를 처음 만났을 때, 에피는 미망인이었습니다. 그래도 스물다섯 살밖에 안 되었으니 상당히 젊었죠. 그때는 헤브론 부인이라고 불렸죠. 에피는 어렸을 때 미국으로 가서 애틀랜타에서 살다가 실력 있는 변호사였던 헤브론이라는 사람과 결혼했어요. 두 사람 사이에는 아이가 한 명 있었는데, 황열병이 심하게 돌아서 남편과 아이가 모두 죽고 말았습니다. 저는 전남편의 사망 증명서를 본 적 있습니다. 그 일로 미국이 싫어진 에피는 잉글랜드로 돌아와 미들섹스 주의 피너에서 미혼인 이모와 함께 살았습니다. 남편의 유산으로 편히 지낼 수 있었죠. 에피에게는 대략 4500파운드의 자산이 있었는데, 전남편이 투자를 잘해서 평균 7퍼센트의 수익을 올렸습니다. 내가 에피를 만난 것은 피너에 온 지 6개월밖에 안 되었을 때였어요. 우리는 서로 사랑에 빠졌고 몇 주 후 결혼했지요.

저는 홉 무역상입니다. 제 수입이 700~800파운드 정도 되니까 부족함 없이 살고 있습니다. 그리고 노베리에 집세가 연간 80파운드인 멋진 교외 주택도 얻었습니다. 런던에서 아주 가까우면서도 시골 정취가 풍기는 곳이죠. 우리 집에서 약간 올라가면 객점 하나와 주택 두 채가 있고, 집 앞 들판 너머에는 작은 주택이 한 채 있습니다. 이 건물들 말고는 기차역으로 가는 길 중간쯤까지 주택은 하나도 없습니다. 저는 사업 때문에 런던에 가는 계절도 있지만 여름에는 한가합니다. 우리의 시골 보금자리에서 아내와 나는 더 바랄 것 없이 행복했습니다. 그런 저주받을 사건이 터지기 전까지 우리 사이엔 그늘 한 점 없었어요.

나머지 이야기를 더 하기 전에 말씀드리고 싶은 게 또 하나 있습니다. 결혼했을 때 아내는 내게 모든 재산을 양도했습니다. 저는 마지못해 받았죠. 사실 제 사업이 잘못되면 얼마나 곤란해질지 불을 보듯 뻔하니까요. 하지만 아내가 고집을 해서 결국 그렇게 했죠. 그런데 6주 전 아내가 내게 이렇게 말했어요.

'잭, 당신이 제 돈을 받으면서 필요하면 얼마든지 말하라고

했죠?'

'그랬지. 전부 당신 돈이니까.' 제가 대답했습니다.

'그럼 100파운드만 주세요.' 아내가 말하더군요.

아내의 말을 듣고 약간 놀랐습니다. 새 옷을 사는 일처럼 일상적인 쓰임새일 거라고만 생각했기 때문이죠.

'도대체 어디에 쓰려는 거야?' 제가 물었죠.

'어머, 당신은 제 전담 은행가일 뿐이라고 했잖아요. 은행가는 고객에게 절대 질문을 하지 않아요. 알잖아요.' 아내가 특유의 장난기 섞인 말투로 말했어요.

'진담으로 하는 소리라면 당연히 줘야지.' 내가 말했어요.

'그럼요, 진담이고말고요.'

'왜 필요한지는 말하지 않을 거요?'

'언젠가는 말할게요. 하지만 지금 당장은 아니에요, 잭.'

우리 사이에 처음으로 비밀이 생겼지만, 아내의 대답에 만족해야 했습니다. 아내에게 수표를 써주고 그 일은 더 이상 떠올리지 않았습니다. 나중에 벌어진 일과는 아무 상관 없을 겁니다. 하지만 말씀드리는 게 좋을 거라고 생각했습니다.

어쨌든 방금 전에 우리 집에서 멀지 않은 곳에 작은 주택 한 채가 있다고 말씀드렸죠? 그 사이에는 들판이 있고, 우리 집에서 그곳에 가려면 도로를 따라가서 샛길로 빠져야 합니다. 그 집 너머에는 작지만 멋진 스코틀랜드 전나무 숲이 조성되어 있어서, 저는 그곳에서 산책하는 것을 아주 좋아합니다. 나무는 언제나 이웃처럼 정겹거든요. 들판 너머에 있는 그 집은 최근 8개월간 비어 있어서 참 아까웠어요. 고풍스러운 현관에 인동덩굴이 타고 올라간 이층집이 참 예뻤거든요. 저는 그 집 앞에 서서 농가로 쓰면 참 멋지겠다는 생각을 한 적이 많았죠.

지난 월요일 저녁 저는 그 길을 따라 산책을 하고 있었습니다. 그때 샛길을 따라 올라오는 텅 빈 짐마차와 마주쳤습니다. 비어 있던 그 집의 현관 옆 잔디밭에 카펫 등의 물건이 잔뜩 흩어져 있는 게 보였습니다. 드디어 세입자가 들어온 게 분명했습니다. 그 집을 지나쳐 걷다가 문득 어떤 사람들이 우리 집 근처로 이사 왔는지 궁금했습니다. 그래서 두리번거리고 있는데, 갑자기 위층 창문에서 누군가가 나를 지켜보고 있다는 걸 알게 되었습니다.

홈즈 씨, 그 얼굴에 대해 뭐라고 할 순 없지만 등골이 오싹해지는 것 같았습니다. 조금 떨어져 있어서 이목구비를 또렷이 알아볼 수 없었지만, 왠지 부자연스럽고 사람 같지 않은 데가 있었어요. 제가 받은 인상은 그랬습니다. 그래서 나를 지켜보고 있는 사람을 조금 더 가까이에서 보려고 재빨리 앞으로 다가갔어요. 하지만 다가가자마자 그 얼굴은 갑자기 사라져버렸습니다. 방 안의 어둠 속으로 끌려 들어간 것처럼 너무 갑작스러웠죠. 나는 5분 정도 우두커니 서서 방금 본 얼굴을 차근차근 떠올려 보려고 애썼어요. 남자인지 여자인지도 알 수 없었죠. 그럴 정도로 너무 멀었거든요. 하지만 무엇보다 얼굴색이 상당히 인상 깊었습니다. 시체처럼 창백한 노란 얼굴이었죠. 게다가 딱딱하게 경직되어 있는 것 같아서 기겁할 정도로 부자연스러웠어요. 너무 불안해서 새로 이사 온 사람들에 대해 조금 더 알아보기로 마음먹고 현관문을 두드렸습니다. 곧장 문이 열렸고, 무뚝뚝하고 험상궂은 얼굴에 키가 크고 몹시 마른 여인이 나오더군요.

'무슨 일이슈?' 그 여인은 북부 억양으로 물었습니다.

'저는 저기 보이는 집에 사는 이웃입니다.' 이렇게 말하며 나는 고갯짓으로 우리 집을 가리켰어요. '방금 이사 오신 것 같군요. 뭐 도울 일이라도 있을까 싶어서요.'

'네네, 필요하면 부를게유.' 여인은 그렇게 말하더니 면전에서 문을 쾅 하고 닫아버리더군요. 무례하게 거절하는 통에 나는 화가 나서 홱 돌아서서 집으로 돌아와 버렸습니다. 저녁 내내 다른 생각을 해보려고 했지만, 창가에 서 있던 기묘한 형상과 여인의 무례한 행동이 머릿속에서 떠나지 않았죠. 아내에게는 말하지 않기로 했습니다. 에피는 걱정이 많은 데다 아주 예민한 여자라서, 제가 느낀 불쾌한 기분을 느끼지 않기를 바랐기 때문입니다. 하지만 잠들기 전에 건너편 작은 주택에 누가 이사 왔다고만 일러주었습니다. 내 말에 아내는 아무런 대꾸도 하지 않더군요.

평소에 저는 아주 깊이 잠드는 편입니다. 밤에 자고 있으면 누가 업어가도 모른다고 가족들이 놀려댔었죠. 그런데 낮에 겪은 사소한 일 때문에 약간 흥분한 탓인지 모르겠지만, 그날 밤은 평소보다 깊이 잠들지 못했어요. 잠결에 방 안에서 무슨 일이 일어나는 듯한 느낌이 들었습니다. 아내가 옷을 챙겨 입더니 망토를 걸치고 보닛 모자를 쓰고 있더군요. 잘 시간에 나갈 준비를 하는 모습에 놀랐다거나, 나가지 말라고 말리려고 잠이 덜 깬 목소리로 입을 떼려는 순간, 촛불이 비친 아내의 얼굴이 불현듯 들어왔습니다. 너무 놀라서 아무 말도 할 수 없었어요. 아내는 제가 지금까지 한 번도 본 적 없는 표정을 짓고 있었습니다. 아내에게 그런 표정이 있는 줄은 생각도 못 했습니다. 아내는 죽은 듯이 창백했고, 빠르게 가쁜 숨을 몰아쉬고 있었죠. 망토를 졸라매면서 내가 혹시 깬 건 아닌가 하고 확인하려고 침대 쪽을 슬쩍 바라보더군요. 그러다 제가 아직 잠들어 있다고 생각했는지 조용히 방을 빠져나갔습니다. 잠시 뒤 현관문의 경첩에서나 들릴 법한 삐걱거리는 소리가 들렸습니다. 저는 침대에 일어나 앉아 지금 꿈을 꾸고 있는 게 아닌가 하고 주먹으로 침대 옆을 두드려봤습니다. 그러고는 베개 밑에 둔 시계를 꺼냈죠. 새벽 3시였습니다. 도대체 새벽 3시에 뭘 하려고 나간 걸까요?

20분 정도 앉아서 이런저런 생각을 하면서 그럴싸한 이유를 찾으려고 애썼습니다. 생각하면 할수록 예사롭지 않고 불가사의한 일인 것 같더군요. 여전히 그런 생각에 잠겨 있을 때였어요. 문이 조용히 닫히는 소리가 다시 났어요. 계단을 올라오는 아내의 발자국 소리도 들렸습니다.

'에피, 도대체 어디 갔다 온 거야?' 아내가 들어오자 제가 물었죠.

내 말소리에 아내는 화들짝 놀라며 경련하듯 비명을 질렀어요. 아내가 소리를 지르고 놀라는 모습이 그 무엇보다 괴로웠습니다. 아내의 반응은 말로 표현할 수 없는 죄책감이 배어 있었거든요. 아내는 언제나 솔직한 여자였어요. 그런데 침실로 살금살금 들어왔다가, 남편이 말을 걸자 소리를 지르며 움찔 놀라는 것을 보니 오싹했습니다.

'일어났군요, 잭!' 아내가 불안한 듯 어색한 웃음을 짓더니 큰소리로 말했어요. '어머, 잠들면 누가 업어가도 안 일어나는 줄 알았더니.'

'어디 갔다 온 거야?' 제가 더 심각하게 물었죠.

'당신이 놀라는 것도 무리가 아니에요.' 아내가 말했어요. 망토를 끄르면서 손가락이 떨리는 게 보였습니다. '저기, 전에는 한 번도 이런 일이 없었어요. 사실은 숨이 막힐 것처럼 답답하지 뭐예요. 그래서 신선한 공기를 마시고 싶었어요. 밖에 나가지 않았으면 정말 기절했을 거예요. 잠깐 동안 현관 밖에 서 있었더니 이제 좀 괜찮아졌어요.'

아내는 이야기를 하는 내내 저를 전혀 쳐다보지 않았어요. 목소리도 평소와 사뭇 달랐죠. 내가 보기에 거짓말을 하고 있는 게 분명했습니다. 나는 아무런 대꾸도 하지 않았지만 마음이 상해서 얼굴을 벽 쪽으로 돌려버렸습니다. 마음속에 불쾌한 의심과 의혹이 들끓었어요. 아내는 도대체 무엇을 감추고 있었을까요? 별스럽게 외출해서 다녀온 곳은 어디일까요? 그걸 알아낼 때까지 마음의 안정을 되찾지 못할 것 같더군요. 하지만 한번 거짓말을 한 아내에게 다시 묻기는 싫었어요. 그날 나는 밤새 뒤척이며 이런저런 생각을 했는데, 그럴수록 더 모를 일이었습니다.

나는 그날 런던의 구시가에 다녀올 일이 있었는데, 마음이 너무 심란해 일에 집중할 수가 없었어요. 아내도 나만큼 불안한 듯 보였습니다. 계속 나를 미심쩍은 듯한 눈길로 바라보고 있었죠. 내가 자기 말을 믿지 못한다는 사실을 눈치챈 것 같더군요. 우리는 아침을 먹으면서 거의 한마디도 하지 않았고, 나는 식사를 마친 즉시 산책을 하러 나갔습니다. 신선한 아침 공기를 마시며 이 문제를 고민해볼 요량이었죠.

나는 크리스털 팰리스까지 걸었어요. 거기에서 한 시간쯤 보내고, 1시 정각에 노베리로 돌아갔죠. 돌아가는 길에 공교롭게도 건너편 주택을 지나가다가 어제 나를 내려다보던 기이한 얼굴을 잠깐이나마 볼 수 있을까 하고선 위층 창문을 쳐다보았습니다. 그렇게 서 있을 때 제가 얼마나 놀랐을지 상상해보세요, 홈즈 씨. 갑자기 문이 열리더니 아내가 걸어 나온 겁니다!

나는 아내를 보고 놀라서 말문이 막혔습니다. 하지만 서로 눈이 마주친 순간, 아내의 얼굴에 비친 놀라움에 비하면 제가 놀란 건 아무것도 아니었습니다. 아내는 순간 다시 집 안으로 들어가려 하는 것 같았습니다. 그러다 숨는 건 소용없다는 걸 알았는지, 입에는 미소를 머금었지만 그와 상반되게 얼굴은 하얗게 질리고 눈은 겁먹은 채로 내게 다가왔습니다.

'어머, 잭.' 아내가 말했어요. '새로 이사 온 이웃분에게 도와

드릴 일이 있을까 해서 온 거예요. 왜 날 그렇게 보는 거예요? 나한테 화난 거 아니죠?'

'그래, 당신은 지난밤에 여길 왔군.' 내가 말했어요.

'무슨 말을 하는 거예요?' 아내가 큰 소리로 말했습니다.

'당신은 여길 온 거야. 확실해. 이 사람들은 누구야? 누군데 그 시간에 찾아온 거지?'

'여기는 오늘 처음 온 거예요.'

'빤히 거짓말인 줄 알면서 어떻게 나한테 그런 말을 할 수 있지?' 제가 소리쳤어요. '거짓말을 할 때는 당신 목소리부터 달라. 내가 당신에게 비밀을 만든 적 있어? 저 집에 들어가 봐야겠어. 무슨 일인지 죄다 알아낼 거야.'

'아니, 안 돼요. 잭, 제발요.' 아내는 걷잡을 수 없이 당황한 나머지 말을 제대로 잇지 못하더군요. 그러다가 제가 그 집 현관문에 다가가자 내 소매를 붙잡고 세게 끌어당겼죠.

'제발 부탁이에요. 잭. 이러지 말아요.' 아내가 소리쳤습니다. '언젠가 다 털어놓겠다고 약속해요. 하지만 당신이 이 집에 들어가면 불행해질 뿐이에요.' 제가 아내를 떼놓으려고 하자 미친 듯이 애원하며 매달렸어요.

'날 믿어줘요, 잭. 이번 한 번만 나를 믿어봐요. 절대 후회하지 않을 거예요. 당신을 위한 일이 아니라면 비밀 따위 만들지 않을 거라는 거 알잖아요. 우리의 인생이 여기에 달려 있어요. 나와 집으로 돌아가면 다 괜찮아질 거예요. 하지만 기어코 저 집 안으로 들어가면 우리 사이는 끝장나고 말 거예요.'

아내가 워낙 필사적이고 절박한 태도로 말하기에 나는 주춤거렸습니다. 문 앞에서 어쩌지 못하고 서 있었어요.

'한 가지 조건만 들어주면 당신 말을 믿겠소. 딱 한 가지만.' 결국 나는 이렇게 말했죠. '지금부터 이 수수께끼 같은 연극은 끝났다는 거야. 당신 마음대로 비밀을 지키고 싶으면 그렇게 해. 밤에 이 집에 방문하는 일도, 앞으로는 나에게 말하지 않고 하는 행동도 없을 거라고 약속해. 당신이 약속만 한다면 지난 일들은 기꺼이 잊겠어.'

'믿어줄 줄 알았어요.' 아내가 안도감에 한숨을 내쉬며 외쳤어요. '당신이 원하는 대로 할게요. 어서 이리 와요. 어서 집으로 가요.'

아내가 내 소매를 연신 잡아끌면서 그 집에서 나를 멀리 데리고 왔어요. 가면서 뒤돌아보니, 창백하고 노란 얼굴이 2층 창밖으로 우리를 지켜보고 있었습니다. 그 인간과 아내는 무슨 관계일까요? 그게 아니라면 전날 보았던 우락부락하고 사나운 여인이 아내와 관련이 있는 걸까요? 기이한 수수께끼였습니다. 저는 그걸 알아내야지만 마음이 편안해질 수 있다는 사실을 알고 있었습니다.

그 뒤 이틀 동안 저는 집에 있었고, 아내는 성실하게 약속을 지키는 것 같았습니다. 제가 아는 한, 아내는 한 번도 집을 나간 적이 없으니까요. 그러나 사흘째 되던 날, 엄숙한 약속만으로는 그 비밀스러운 일로부터 아내를 지킬 수 없다는 충분한 증거를 발견했습니다. 아내는 자기만의 비밀을 만들어 남편인 나와의 신의와 아내로서의 의무를 저버렸습니다.

그날 저는 런던에 갔습니다. 하지만 평소에 이용하는 3시 36분 기차 대신 2시 40분 기차를 타고 돌아왔죠. 집에 들어서자마자 하녀가 깜짝 놀라서 현관으로 달려 나왔습니다.

'집사람은 어디 있지?' 내가 물었어요.

'산책하러 나가신 것 같습니다.' 하녀 아이가 대답했습니다.

저는 그 말을 듣자마자 의심하기 시작했습니다. 아내가 정말 없는지 확인하려고 2층으로 뛰어 올라갔습니다. 그러다가 우연히 2층 창밖을 내다보았는데, 좀 전에 나와 이야기하던 하녀가 들판을 가로질러 건너편 주택 쪽으로 뛰어가는 걸 보았습니다. 물론 그 광경이 무엇을 뜻하는지 정확히 알아차렸죠. 아내는 그 집에 갔고, 하녀에게 제가 돌아오면 알려달라고 일러두었던 겁니다. 화가 머리끝까지 치밀어 안절부절못한 저는 아래층으로 달려 내려가 들판을 가로질러 갔습니다. 이 문제를 이번에는 영원히 끝내버리겠다고 생각하면서 말이죠. 아내와 하녀가 샛길을 따라 서둘러 돌아오고 있는 모습이 보였습니다. 하지만 저는 그 둘과 마주쳐도 멈추지 않았습니다. 그 집에는 내 인생에 어두운 그늘을 드리우는 비밀이 있었습니다. 무슨 일이 있어도 비밀을 밝혀내겠다고 맹세했습니다. 그 집 앞에 도착한 나는 문을 두드리지도 않고, 손잡이를 잡아 돌려 안으로 뛰어들어 갔습니다.

1층은 아무 소리도 들리지 않고 고요했습니다. 부엌에서는 불 위에 올려놓은 주전자가 소리를 내며 끓고 있고, 커다란 검은 고양이 한 마리가 바구니 안에서 몸을 웅크리고 누워 있더군요. 하지만 전에 보았던 여인은 어디에도 없었습니다. 다른 방으로 뛰어가 봤지만 마찬가지로 비어 있었죠. 그다음 2층으로도 뛰어 올라갔죠. 하지만 꼭대기 층에 있는 두 개의 방도 비어 있었어요. 집 안에 아무도 없었던 겁니다. 가장 흔하고 저속한 가구와 그림뿐이었습니다. 다만 내가 기이한 얼굴을 본 창문이 있는 방은 달랐습니다. 그 방은 안락하고 고상하게 꾸며져 있었어요. 그러다가 아내의 전신사진이 벽난로 위 선반에 놓여 있는 것을 보자, 의심은 거센 불길 속에서 매섭게 타올랐습니다. 그 사진은 3개월 전에 내가 권해서 찍은 사진이었죠.

집이 비어 있다는 사실이 확실할 때까지 나는 오래 머물러 있었습니다. 그러다 무거운 마음으로 그 집을 나왔습니다. 예전에 느껴보지 못한 기분이었죠. 집에 들어가자 아내가 현관으로 나오더군요. 하지만 마음이 상하고 화가 나서 아내와 이야기하고 싶지 않았습니다. 에피를 밀쳐내고 서재로 들어갔어요. 하지만 문을 닫기도 전에 아내가 따라 들어왔죠.

'잭, 약속을 지키지 못해 미안해요.' 아내가 말했어요. '하지만 사정을 전부 알고 나면 날 용서해줄 거라고 믿어요.'

'그럼 다 이야기해봐.' 제가 말했죠.

'안 돼요, 잭. 그럴 수가 없어요.' 아내가 소리쳤어요.

'저 집에 살고 있는 사람이 누구인지, 당신이 사진을 준 사람이 누구인지 말할 때까지 우리 사이에는 어떤 믿음도 있을 수 없어.' 나는 이렇게 말하고 아내에게서 도망치듯 집을 나왔습니다. 그게 어제 일이었습니다, 홈즈 씨. 그 시간 이후로 아내를 만나지도 않았고, 그 기이한 일에 대해 더 아는 바도 없습니다. 우리 부부 사이에 어두운 그림자가 드리운 건 처음 있는 일입니다. 저는 너무 심하게 충격을 받아 이 문제를 해결하려면 어떻게 해야 하는지도 잘 모르겠어요. 그런데 오늘 아침 갑자기 선생님이라면 제게 어떤 조언이라도 해주실 수 있을 것 같다는 생각이 들어 이렇게 급히 달려온 겁니다. 전적으로 선생님 손에 맡기겠습니다. 제가 제대로 말씀드리지 못한 부분이 있다면 질문을 해주세요. 하지만 무엇보다 제가 어떻게 해야 하는지부터 가르쳐주세요. 참을 수 없을 정도로 고통스럽거든요."

홈즈와 나는 이 예사롭지 않은 이야기를 대단히 흥미롭게 들었다. 먼로 씨는 격한 감정에 휩싸인 채 경련을 일으키듯 떠듬떠듬 이야기를 들려주었다. 내 친구는 아까부터 손으로 턱을 괴고 묵묵히 앉아 생각에 잠겨 있었다.

"그러니까." 홈즈가 마침내 말했다. "창문으로 본 얼굴이 남자라고 단언할 수 있나요?"

"볼 때마다 조금 떨어져 있어서 정확히 말씀드리기가 어렵습니다."

"그렇지만 불쾌한 인상을 받은 것 같군요."

"얼굴색은 부자연스러웠고, 이목구비가 이상하게 경직되어 있는 것처럼 보였습니다. 내가 다가가니까 갑자기 사라져버렸고요."

"부인께서 100파운드를 달라고 한 게 언제였죠?"

"두 달 가까이 됩니다."

"부인의 전남편 사진을 본 적이 있나요?"

"아니오. 그 사람이 사망한 직후 애틀랜타에 큰 화재가 일어났고, 아내의 서류가 모두 불에 타버렸거든요."

"그런데도 부인은 사망 증명서를 가지고 있었군요? 그걸 봤다고 하셨죠?"

"네, 그랬죠. 화재 후 아내가 재발급을 받은 거예요."

"미국에서 부인을 알던 사람을 만나보셨습니까?"

"아니오."

"부인이 미국을 다시 방문했다는 말은 들어봤나요?"

"아니오."

"그렇다면 미국에서 편지를 받은 적은요?"

"없습니다."

"고맙습니다. 이제 잠시 이 문제에 대해 생각 좀 해보고 싶군요. 그 작은 주택에 살던 사람들이 완전히 떠나버렸다면 우리 일은 좀 어려울 겁니다. 어쩌면 그 집 사람들은 당신이 온다는 소식을 듣고, 어제 당신이 집에 들이닥치기 전에 집을 떠났을 가능성이 높아 보입니다. 그렇다면 지금쯤 돌아와 있을 테고, 문제는 쉽게 해결될 겁니다. 그럼 조언을 해드리겠습니다. 노베리로 돌아가서 그 집의 창문을 다시 살펴보십시오. 집 안에 인기척이 느껴지면 억지로 들어가지 마시고, 내 친구와 나에게 전보를 치세요. 전보를 받으면 한 시간 내로 먼로 씨에게 가겠습니다. 그럼 이 일은 바로 해결할 수 있을 겁니다."

"그 집이 지금도 비어 있다면요?"

"그렇다면 내가 내일 찾아가서 당신과 의논하겠습니다. 안녕히 가십시오. 그보다도 이번 일이 고민할 만한 일이라는 근거를 발견할 때까지는 너무 애태우지 마십시오."

그랜트 먼로 씨를 문까지 따라 나가 배웅하고 돌아오면서 내 친구 홈즈가 말했다.

"심각한 일인 것 같아 걱정이군, 왓슨. 자네는 어떻게 생각하나?"

"위험한 사건인 것 같아." 내가 대답했다.

"맞아, 먼로 부인이 협박당하고 있을 거야. 그렇지 않다면 내가 큰 오해를 하는 거겠지만."

"누가 협박하는데?"

"글쎄, 그 집에서 유일하게 안락한 방에 살고 있고, 먼로 부인의 사진을 벽난로 위에 놓아둔 그 사람이겠지. 왓슨, 정말이지 창가의 노란 얼굴에는 뭔가 흥미로운 데가 있어. 절대로 사건을 놓치지 않을 거야."

"벌써 가설을 세운 거야?"

"응. 잠정적으로 하나의 가설을 세웠는데, 틀리지 않을 거라고 생각하네. 그 집에는 부인의 전남편이 있어."

"왜 그렇게 생각해?"

"남편인 먼로 씨가 그 집에 들어가지 못하게 필사적으로 만류하는 모습을 그 이유 말고 뭐로 설명할 수 있겠어? 내가 예측한 대로라면 사건의 진상은 이래. 그 여인은 미국에서 결혼을 했는데, 남편에게서 꺼림칙한 면이 드러났어. 그게 아니라면 남편이 끔찍한 병에 걸려서 나환자 혹은 정신박약 상태가 됐다고 할 수도 있어. 결국 여인은 남편을 떠나 잉글랜드로 돌아왔어. 이름도 바꿨으니 새로운 인생을 시작했다고 생각했을 거야. 먼로 씨와 결혼한 지 3년이 흘렀으니 꽤 자리 잡았다고 생각했을 걸세. 먼로 씨에게는 전남편처럼 꾸민 타인의 사망 증명서를 보여줬지. 그때 갑자기 먼로 부인의 소재가 전남편에게 발각된 거야. 그게 아니라면 병약한 전남편을 등쳐 먹고 사는 사악한 여자한테 붙들렸다고 볼 수도 있지. 그들은 먼로 부인에게 과거를 폭로하겠다고 위협하는 편지를 보냈겠지. 먼로 부인은 먼로 씨에게서 100파운드를 받아 협박범들의 입을 막으려고 했어. 그런데도 그들은 부인을 찾아온 거지. 먼로 씨가 건너편 주택에 새로운 이웃이 왔다고 무심코 말했을 때 그들이 자신의 뒤를 쫓는 협박범들임을 알게 되었어. 그러자 먼로 씨가 잠들기를 기다렸다가, 자기를 조용히 살게 놔두라고 설득하려고 그 집에 찾아간 거야. 협박범들이 자신의 말을 듣지 않자 이튿날 아침 다시 찾아갔어. 그런데 먼로 씨가 이야기한 것처럼 그 집에서 나오다가 남편과 마주친 거야. 먼로 부인은 남편에게 다시는 가지 않겠다고 약속했지만, 이틀 뒤 그 끔찍한 이웃들을 쫓아내 버리고 싶은 마음이 간절해졌지. 다시 설득하러 갈 때 협박범들이 전에 부인에게 요구했을 사진도 들고 갔어. 한창 이야기하던 중에 하녀가 달려와 주인이 집에 도착했다고 알렸겠지. 먼로 씨가 곧장 농가로 들이닥칠 거라는 걸 안 부인은 서둘러 그 집 사람들을 뒷문으로 내보냈고, 그 사람들은 아마도 그 근처에 있다는 전나무 숲으로 갔을 거야. 그래서 먼로 씨가 갔을 때는 집이 비어 있었던 거지. 하지만 오늘 저녁 먼로 씨가 살펴보러 갔을 때는 틀림없이 인기척이 있을 거야. 내 가설에 대해 어떻게 생각하나?"

"전부 추측일 뿐이잖아."

"그래도 모든 사실과 잘 맞아떨어져. 사실과 맞지 않는 새로운 사실이 드러나면 그때 고쳐 생각해도 늦지 않아. 노베리에서 우리 친구가 소식을 전할 때까지는 딱히 할 수 있는 게 아무것도 없어."

하지만 오래 기다릴 필요가 없었다. 우리가 차를 마시고 나자 바로 전보가 도착했다.

> 여전히 거주 중임. 창가에서 다시 그 얼굴을 보았음. 7시 정각 열차를 기다리겠음. 도착하실 때까지 아무 조치도 취하지 않겠음.

열차에서 내리니 먼로 씨가 승강장에서 우리를 기다리고 있었다. 역사의 불빛에 비친 먼로 씨는 몹시 창백하고 불안감에 몸을 떨고 있었다.

"그 사람들은 아직 거기 있어요, 홈즈 씨." 먼로 씨가 내 친구의 소매에 힘겹게 손을 뻗으며 말했다. "가봤더니 집 안에 불이 켜져 있더군요. 이번에는 기필코 끝장을 봐야겠어요."

"그럼 무슨 계획이라도 있나요?" 홈즈가 나무가 늘어선 어두운 거리를 걸어가며 물었다.

"쳐들어가서 그 집에 누가 있는지 직접 확인하고 말 겁니다. 두 분은 그 자리에서 증인이 되어주세요."

"그렇게 하기로 단단히 결심하셨군요. 부인이 수수께끼를 풀지 않는 게 낫다고 경고하셨는데도 꼭 그럴 건가요?"

"네, 결심했습니다."

"음, 저도 그러는 게 옳다고 생각합니다. 어떤 진실이라도 막연한 의심보다 나으니까요. 지체하지 말고 올라가 보는 게 좋겠습니다. 물론 어쩔 수 없이 법적으로는 과실이 있겠지만 충분히 그럴 만한 가치가 있다고 생각합니다."

칠흑같이 어두운 밤이었다. 위쪽 도로에서 좁은 샛길로 접어들자 가랑비가 내리기 시작했다. 샛길에는 바큇자국이 깊이 패여 있고, 양쪽으로 생울타리가 자라 있었다. 그런데도 그랜트 먼로 씨는 조바심을 내며 앞서 나갔고, 우리는 비틀거리면서도 전력을 다해 먼로 씨를 따라갔다.

"저기 우리 집 불빛이 보입니다." 먼로 씨가 나무들 사이로 깜빡이는 빛을 가리키며 소곤거렸다. "그리고 제가 들어갈 집은 이쪽에 있습니다."

먼로 씨가 말하는 동안 우리 일행은 모퉁이를 돌았고, 가까운 곳에 집 한 채가 있었다. 문이 조금 열려 있어서 노란 불빛이 새어 나와 어두운 앞마당을 비추었고, 2층 창문 하나에 환하게 불이 켜져 있었다. 올려다보니 창문의 차양 너머로 가늘고 검은 그림자가 보였다.

"저기 그 인간이 있어요!" 그랜트 먼로가 소리쳤다. "두 분도 누군가 저기 있는 거 보셨죠? 자, 이제 저만 따라오세요. 곧 모든 걸 알게 될 겁니다."

우리는 현관에 다가섰다. 그런데 갑자기 한 여인이 어둠 속에서 불쑥 나타나 집 안에서 새어 나오는 노란 불빛 속에 섰다. 나는 어두워서 여자의 얼굴을 자세히 볼 수 없었지만, 여자는 애원하는 자세로 두 팔을 내밀었다.

"제발 안 돼요, 잭!" 그 여자가 외쳤다. "오늘 밤 당신이 올 줄 알았어요. 그러지 말아요, 여보! 다시 나를 믿어줘요. 절대 후회할 일 없을 거예요."

"에피, 난 당신을 너무 오래 믿었어." 그랜트 먼로가 단호하게 소리쳤다. "나를 놔줘! 난 들어갈 거야. 내 친구들과 내가 이 문제를 확실히 매듭지을 거야!" 먼로는 아내를 옆으로 밀어냈고, 우리는 먼로 씨의 뒤를 따라갔다. 먼로가 방문을 활짝 열자, 나이 든 여인이 앞으로 뛰어나와 들어오는 걸 막으려고 했다. 그러나 먼로는 여인을 뒤로 떠밀었고 순식간에 계단을 통해 2층으로 올라갔다. 그랜트 먼로는 불이 켜진 방으로 뛰어 들어갔고, 우리는 바로 뒤이어 들어갔다.

가구를 제대로 갖춘 아늑한 방이었다. 탁자 위와 벽난로 위에 두 개씩 놓인 촛불에 불이 켜져 있었다. 구석에 작은 소녀로 보이는 아이가 책상에 앉아 엎드려 있었다. 우리가 방에 들어가자 아이는 얼굴을 돌려 외면했지만, 빨간 드레스를 입고 목이 긴 흰색 장갑을 끼고 있는 것을 볼 수 있었다. 아이가 우리를 향해 고개를 휙 돌렸을 때, 나는 너무 놀라고 소름이 끼쳐 외마디 비명을 질렀다. 우리가 본 소녀의 얼굴은 정말 기묘하게 창백한 흙빛이었고, 이목구비에는 표정이 전혀 없었다. 수수께끼는 바로 풀렸다. 홈즈가 웃으면서 아이의 귀 뒤로 손을 뻗어 가면을 벗기자 새카만 얼굴의 어린 흑인 소녀가 나타났다. 소녀는 우리의 놀란 얼굴을 보고 반짝이는 하얀 이를 드러내며 환하게 웃었다. 나도 소녀가 즐거워하는 것을 보고 웃음을 터트렸다. 하지만 그랜트 먼로는 자기 목을 붙잡고 멍하니 서서 바라보기만 했다.

"이게 도대체 뭘 뜻하는 겁니까?" 먼로가 외쳤다.

"제가 설명해줄게요." 당당하고 단호한 얼굴로 방에 들어선 여인이 소리쳤다. "당신이 진실을 원하니 마지못해 털어놓는 거예요. 그러니 이제 우리 둘이 어떻게든 극복해야 해요. 전남편은 애틀랜타에서 죽었지만, 아이는 살아 있어요."

"아이가 살아 있다니?"

먼로 부인은 가슴에서 은으로 만든 커다란 로켓을 꺼냈다. "당신은 이걸 열어본 적이 없을 거예요."

"열리지 않는 물건이라고 생각했어."

부인이 용수철을 누르자 뚜껑이 열렸다. 안에는 눈에 띄게 잘생기고 지적으로 보이는 남자의 사진이 들어 있었다. 그러나 틀림없이 얼굴에 아프리카 출신이라는 특징이 뚜렷했다.

"이 사람이 애틀랜타의 존 헤브론이에요." 부인이 말했다.

"이 세상의 그 누구보다 세속적이지 않은 고결한 사람이었죠. 나는 존과 결혼하기 위해 백인 사회와 인연을 끊었어요. 하지만 존이 살아 있는 동안 한순간도 제 결정을 후회한 적 없었어요. 우리 아이가 엄마보다 아빠를 더 닮았다는 게 불운이었죠. 흑인과 백인 부부 사이에 흔한 일이지만 우리 루시는 아빠보다도 훨씬 검어요. 하지만 피부가 검든 희든 루시는 눈에 넣어도 아프지 않을 만큼 사랑스럽고 귀여운 내 딸이에요." 어린 소녀는 그 말을 듣고 쪼르르 달려가 엄마의 드레스 자락에 파고들었다. "내가 아이를 미국에 남겨두고 떠난 건 아이의 건강이 안 좋아서 환경이 바뀌면 해로울까 봐 그랬던 거예요." 부인이 말을 이었다. "아이는 전에 우리 집 하녀였던 성실한 스코틀랜드 여자가 돌봐 주었어요. 잠깐이라도 이 아이가 내 딸이라는 사실을 부인할 생각은 해본 적이 없어요. 하지만 잭, 우연한 계기로 당신을 만나고 당신을 사랑한다는 걸 깨달았어요. 당신에게 아이에 대해 말하는 게 두려웠어요. 당신을 잃을까 봐 두려워서 털어놓을 용기가 없었어요. 두 사람 사이에서 선택해야 했고, 나약한 마음에 그만 아이를 외면했던 거예요. 3년 동안 당신에게 아이의 존재를 비밀로 부쳐오다가, 보모가 소식을 전해줘서 아이가 잘 지내고 있다는 걸 알았죠. 그러자 아이를 한번만 다시 보고 싶다는 생각이 너무나 커졌어요. 그 마음을 떨쳐버리려고 해봤지만 부질없었죠. 위험하다는 걸 알고 있었지만 아이를 데려오기로 결심했어요. 단 몇 주만이라도 말이죠. 유모에게 100파운드를 보냈고, 이웃집에 들어오게

한 거예요. 어떻게든 내가 아이와 관련이 없는 것처럼 보이도록 했죠. 나는 각별히 주의했어요. 낮 동안에는 루시가 집에만 있도록 하고, 아이가 창가에 서 있는 걸 누가 보더라도 이웃에 흑인 아이가 산다는 소문이 나지 않도록 루시의 얼굴과 손을 가리도록 했죠. 오히려 조심하지 않는 편이 나았을지도 모르겠지만, 저로서는 당신이 사실을 알게 되는 게 너무나 두려웠어요.

건너편 집에 누군가가 이사를 왔다고 처음 말해준 사람은 바로 당신이었어요. 아침까지 기다려야 했지만 흥분이 되어 잠이 오질 않았죠. 그래서 결국 새벽에 집에서 살짝 빠져나왔어요. 당신이 잘 깨지 않는다는 걸 알고 있었거든요. 하지만 당신은 내가 나가는 걸 봤고, 거기서 내 불행이 시작됐어요. 이튿날 당신은 내 비밀을 캐낼 수도 있었지만 훌륭하게 참아주었죠. 하지만 사흘 후 당신이 앞문으로 들이닥쳤을 때 보모와 아이는 뒷문으로 간신히 도망쳤어요. 그리고 오늘 밤 당신은 마침내 모든 사실을 알았어요. 이제 우리, 내 아이와 나는 어떻게 되는 건가요?" 부인은 두 손을 맞잡고 답을 기다렸다.

기나긴 2분이 지나 그랜트 먼로는 침묵을 깼다. 먼로의 대답은 내가 마음에 그리는 장면들 중 하나였다. 먼로는 어린아이를 안아 올려 뽀뽀를 해주었다. 그런 다음 아이를 안은 채 자신의 다른 손을 아내에게 내밀고 문 쪽으로 돌아섰다.

"집에 가서 좀 더 편안히 이야기를 해봅시다." 먼로가 말했다. "난 아주 좋은 남자는 아니오, 에피. 하지만 당신이 생각하는 것보다는 좋은 남자라고 생각해."

홈즈와 나는 그들을 따라 샛길을 내려갔다. 우리가 집을 나섰을 때 홈즈는 내 소매를 잡아당기며 말했다.

"우리는 노베리보다는 런던에서 더 쓸모가 있는 사람들인 것 같군."

홈즈는 그날 밤 늦게까지지도 이번 사건에 대해 다른 말은 하지 않다가, 촛불을 들고 침실을 향하며 이렇게 말했다.

"왓슨, 만일 내가 능력을 과신한다거나 사건에 최선을 다하지 않는다는 생각이 들면, 부디 내 귀에 대고 '노베리'라고 속삭여줘. 그래주면 정말 고맙겠어."

S·H·E·R·L·O·C·K

머스그레이브가의 의식문

회상 형식으로 왓슨 박사에게 들려주는 셜록 홈즈의 두 번째 사건. 교활한 악당, 학대받은 여인, 가문의 오래된 유산. 타닥거리는 모닥불 앞에서 이야기를 듣는 듯 편안하고 즐겁다.

- 마크와 스티븐

내 친구 셜록 홈즈의 성격 중 때로 별나다고 생각하는 부분이 있었다. 사고할 때는 그 누구보다 깔끔하고 질서 정연하게 굴고, 옷을 입을 때는 어느 정도 점잖고 단정하게 차려입으려고 하면서도, 생활 습관은 굉장히 어수선해서 동거인을 항상 심란하게 만든다는 것이다. 그런 점에서 나는 융통성이 없는 사람이 전혀 아니다. 아프가니스탄에서 험하게 뒹굴어본 덕에 타고난 보헤미아 기질이 최고조에 달해, 의사라는 직업에 걸맞지 않게 다소 허술한 편이 되었다. 하지만 내게는 허용치가 있다. 시가는 석탄 양동이에, 담배는 페르시아 슬리퍼의 앞코에 넣어두고, 답장을 보내지 못한 편지는 벽난로 위 목조 선반 한가운데에 잭나이프로 꽂아둔 홈즈를 보면, 나 자신이 품위 있는 사람인 양 여기게 된다. 게다가 나는 권총 사격 연습은 두말할 나위 없이 야외에서 하는 취미 생활이라고 생각한다. 그런데 홈즈는 기분이 언짢을 때면 방아쇠가 민감한 권총과 100발의 복서(밑바닥 중앙에 뇌관이 있는 실탄을 두루 가리키는 말—옮긴이) 탄약통을 들고 안락의자에 앉아서 괴상한 행동을 즐긴다. 애국적으로 보이는 빅토리아 여왕의 약자 V. R.을 총알 자국으로 새겨 맞은편 벽을 장식하는 것이다. 홈즈가 이럴 때면 우리 집 분위기든 겉모습이든 나아지지 않을 거라는 생각이 강하게 든다.

우리의 방은 언제나 화학 약품과 범죄 사건 기념품으로 가득했다. 그 물건들이 뜻밖의 위치에 굴러 들어가고, 버터 접시나 그 밖의 경악할 만한 장소에서 발견되는 일은 흔하다. 하지만 굉장히 곤란한 부분은 홈즈의 문서였다. 홈즈는 문서를 파기한다고 하면 질색했다. 특히 예전에 다룬 사건과 연관 있는 문서라면 더 그랬다. 그런데도 홈즈가 노력을 기울여 문서의 초록을 만들거나 문서를 정리하는 일은 1년에 한두 번뿐이었다. 이 조리 없는 회고록 어디선가 언급했듯이, 홈즈는 자기 이름이 거론된 사건에서 뛰어난 솜씨를 발휘할 때면 열정적인 기운을 쏟아낸다. 그 후에는 반작용으로 무기력증이 찾아와, 소파와 탁자 사이를 움직이는 거 말고는 꼼짝도 하지 않으며 바이올린과 책만 손에 든 채 빈둥거린다. 그 때문에 다달이 홈즈의 문서가 쌓여가 무슨 일이 있어도 태우면 안 되고, 문서 주인이 아니면 치울 수도 없는 원고 꾸러미가 방 구석구석에 산더미처럼 쌓이게 되었다.

어느 겨울밤 난롯가에 앉아 있다가 홈즈가 비망록에 초록을 붙이는 일을 마무리했을 때였다. 나는 앞으로 두 시간 동안 정리해서 우리 집을 좀 더 살기 좋은 곳으로 만들자고 과감하게 제안했다. 홈즈는 내 요구 사항이 정당하다는 사실을 부정할 수 없었다. 그래서 약간 애처로운 표정을 지으며 자신의 침실로 들어갔다가 이내 커다란 양철 상자를 끌고 나왔다. 상자를 바닥 한가운데 두고, 그 앞에 의자를 놓고 웅크리고 앉아서 뚜껑을 벌컥 열었다. 한 묶음씩 빨간 끈으로 묶은 종이 더미가 이미 상자의 3분의 1을 채우고 있었다.

"왓슨, 여기 많은 사건들이 들어 있어." 홈즈가 장난기 넘치는 눈으로 나를 바라보며 말했다. "이 상자에 어떤 사건이 들어 있는지 자네가 안다면, 다른 문서를 넣는 대신 안에 있는 걸 꺼내달라고 할 거야."

"그럼 자네의 초창기 사건 기록들인 거야?" 내가 물었다. "그런 기록들이 있으면 좋겠다고 생각한 적이 많았지."

"그렇다네, 친구. 오래전에 처리한 사건을 기록한 거야. 내 전기 작가가 내 이름을 높여주기 전이지." 홈즈는 어루만지듯 조심스럽게 문서 묶음을 하나씩 들어 올렸다. "모든 사건에서 다 성공한 건 아니라네, 왓슨." 홈즈가 말했다. "하지만 그중에는 재미있는 사건들도 있었어. 탈레턴 살인 사건, 포도주 상인 뱀베리 사건, 러시아 노부인 사건, 알루미늄 목발을 든 사람의 기이한 사건, 그뿐 아니라 다리가 굽은 리콜레티와 그의 가증스러운 아내에 관한 온갖 이야기도 여기 들어 있어. 그리고 여기, 이것 봐! 이건 정말 희귀한 사건이지."

홈즈는 상자 밑바닥에 팔을 깊숙이 집어넣어 장난감을 넣어 두는 상자처럼 미닫이 뚜껑이 달린 상자를 꺼냈다. 상자 안에서 나온 물건은 구깃구깃한 종이 한 장, 놋쇠로 만든 구식 열쇠, 실이 감긴 나무못 하나, 동전 모양의 오래되어 녹슨 금속 조각 세 개였다.

"자, 친구, 이 물건들의 의미가 뭐라고 생각해?" 홈즈가 이렇게 묻더니 내 표정을 보고 생글생글 웃었다.

"기이한 수집품이군."

"아주 기이하지. 이 물건들에 얽힌 이야기는 훨씬 더 기이하다고 생각할 걸세."

"그럼 이 기념품에 사건이 관련되어 있다는 거야?"

"하도 많아서 역사라고 봐야지."

"무슨 말을 하는 거야?"

셜록 홈즈는 그 물건들을 하나씩 들어서 탁자 가장자리를 따라 늘어놓았다. 그러더니 의자에 도로 앉아 만족스럽다는 듯 물건들을 그윽이 바라보았다.

"이 물건들은 말이야." 홈즈가 말했다. "전부 머스그레이브 가문의 의식문을 기억하려고 남겨둔 것들이야."

홈즈가 그 사건을 몇 번 언급한 적이 있었지만, 한 번도 상세한 이야기를 들을 수는 없었다. "그 얘기 좀 들려줘." 내가 말했다.

"잡동사니들을 이대로 놔두고?" 홈즈가 짓궂게 외쳤다. "왓슨, 자네는 깔끔해서 이렇게 지저분한 꼴은 잠시도 견디지 못할 거야. 하지만 자네 기록에 이 사건을 넣어준다면 상당히 기쁠 걸세. 이 사건의 특징을 살펴보면 유례없는 사건일 수밖에 없어. 이 나라, 아니 다른 나라의 범죄 기록에서도 보기 힘들 거야. 소소한 업적 모음집에 이런 기이한 사건을 뺀다면 분명히 불완전한 기록이 될 거야.

자네도 기억할 거야. 글로리아 스콧호 사건과 불운한 최후를 맞은 노인과 나눈 대화로 내 평생의 직업인 이 일에 처음으로 관심을 기울이게 된 거 말일세. 내 이름이 널리 알려지게 되었고, 일반 대중이나 경찰까지도 의심스러운 사건이 터지면 나를 최종 재판관으로 인정하고 있지. 자네가 '주홍색 연구'라는 제목으로 기록을 남긴 사건 때 우리가 처음 만났잖아. 그때도 나는 이미 상당한 연줄을 확보하고 있었어. 물론 돈벌이가 되지 않는 연줄이었지만 말이야. 처음에 얼마나 힘들게 사람들을 만나고, 얼마나 오랫동안 기다려 자리 잡는 데 성공했는지 자네는 모를 거야.

처음 런던에 올라왔을 때 몬터규 스트리트에 방을 얻었어. 대영 박물관에서 아주 가까운 곳에 있는 집이었지. 거기서 나는 의뢰인을 기다리면서 남아도는 여가 시간에 모든 과학 분야를 연구하며 보냈어. 그런 연구들이 내 실력을 키워줄 수 있으니까 말이야. 사건 의뢰가 들어올 때도 있었어. 대개 오랜 학교 친구들이 소개해준 사건들이었어. 대학 시절 나와 내 사고방법에 대해서 소문이 많이 났었거든. 친구들을 통해 의뢰받은 세 번째 사건이 머스그레이브가네 의식문 사건이었어. 몇 가지 기이한 사고가 연이어 터지고, 사건들은 중대사라고 밝혀지면서 세인들에게 많은 관심을 불러일으켰지. 그 때문에 내가 지금 위치로 진일보할 수 있었고.

레지널드 머스그레이브는 나와 같은 대학을 다녀서 안면이 있었어. 머스그레이브는 학생들 사이에서 인기 있는 편이 아니었어. 하지만 도도하다고 느껴지는 모습이 나에게는 사실 지나치게 수줍음을 많이 타는 성격을 감추려는 노력으로 보였지. 홀쭉하고 높은 코와 큰 눈에다 무신경한 듯하지만 예의 바른 태도까지, 겉모습을 보면 머스그레이브는 전형적인 귀족이었어. 실제로 영국에서 유서 깊은 가문의 자제였지. 16세기에 북부 머스그레이브 가문에서 갈라져 나와 서부 서식스에 자리잡은 분파이긴 하지만 말이야. 그들의 헐스톤 저택은 아마 그 지역에서 사람이 거주하는 건물 중 가장 오래된 건물일 거야. 머스그레이브에게는 출생지의 분위기가 배어 있는 것 같았어. 창백하고 날카로운 얼굴이나 침착한 태도를 보면, 회색 아치형 지붕이 덮인 길과 가운데 창살을 댄 창문, 중세 시대 성채의 고색창연한 잔해가 연상됐으니까 말이야. 오다가다 한두 번 정도 이야기를 나눈 적이 있었고, 머스그레이브가 내 관찰과 추리 방식에 깊은 관심을 보였던 걸 기억하고 있는 정도였지.

4년 동안 한 번도 만난 적이 없었는데, 어느 날 아침 머스그레이브가 몬터규 스트리트에 있는 내 방으로 찾아왔어. 변한 게 하나도 없었어. 상류 사회 인사처럼 옷을 차려입었더군. 예전에도 늘 맵시가 있었지. 옛날에 머스그레이브를 돋보이게 했던 차분하고 정중한 태도도 여전히 그대로였어.

'머스그레이브, 그동안 어떻게 지냈나?' 다정하게 악수를 나눈 후 내가 물었지.

'자네도 우리 아버지가 돌아가셨다는 소식은 들었겠지?' 머스그레이브가 말했어. '2년 전쯤이었어. 물론 그 뒤로 헐스톤의 가산을 물려받아 관리하고 있어. 게다가 지역 의회 의원이기도 해서 바쁘게 지냈어. 그런데 홈즈, 자네가 우리를 놀라게 하곤 했던 능력을 실제로 도움이 되는 데 사용하고 있다고 들었네.'

'맞아.' 내가 말했어. '내가 가진 재주로 먹고살지.'

'그리 말하니 기쁘네. 지금 자네의 조언이 큰 도움이 될 거야. 헐스톤에 아주 이상한 일이 벌어졌는데, 경찰이 실마리를 잡지 못했어. 정말 기이하고 불가사의한 사건이야.'

왓슨, 내가 그 이야기에 얼마나 열심히 귀 기울였는지 상상할 수 있을 거야. 몇 달 동안 빈둥거리며 내내 열망했던 바로 그 기회가 내 손에 잡히는 듯했어. 마음속으로 다른 사람들이 실패한 사건이라도 나는 성공할 수 있다고 믿고 있었고, 나 자신을 시험할 기회를 잡은 거지.

'자세히 이야기해보게.' 내가 큰 소리로 말했어.

맞은편에 앉은 레지널드 머스그레이브는 내가 내민 담배에 불을 붙였어.

'자네도 알 거야.' 머스그레이브가 말했지. '나는 독신이지만 헐스톤에서 적지 않은 고용인들을 관리해야 해. 저택이 오래된 데다 사방으로 뻗어 턱없이 넓은 탓에 살펴야 할 데가 많

아. 게다가 꿩이 한창일 때는 주로 집에서 파티를 열기 때문에 일손이 부족하면 안 되니까 말이야. 통틀어 하녀가 8명, 요리사, 집사, 하인 2명, 사환 한 명이 있어. 물론 정원과 마구간에도 따로 사람을 쓰지.

고용인들 중에 집사 브런턴이 가장 오래 일했어. 아버지가 처음 고용했을 때는 직장을 잃은 젊은 교사였지. 브런턴은 활력이 넘치고 성품도 좋아서, 얼마 되지 않아 우리 집안에서 상당히 중요한 사람이 되었어. 건장한 체격에 이마도 근사한 미남이야. 20년 동안 우리 집에서 일했지만, 마흔 살도 채 되지 않았어. 용모도 훌륭했지만 재능도 뛰어나지. 여러 외국어를 구사하고, 거의 모든 악기를 연주할 줄 알거든. 그런 사람이 집사 자리에 그렇게 오랫동안 만족하며 지냈다니 이상한 일이지. 하지만 브런턴이 마음 편히 지내면서 굳이 변화는 내키지 않았던 모양이라고 여겼어. 우리 집을 방문한 사람들은 모두 헐스톤의 집사를 잊지 못한다네.

하지만 이 명물 인사에게는 단점이 한 가지 있어. 약간 바람둥이거든. 그런 남자가 한적한 시골에서 여러 여자 만나는 건 어려운 일도 아니라는 걸 자네도 짐작할 수 있을 거야. 브런턴이 결혼했을 때 나무랄 데 없었어. 하지만 부인이 죽고 나서 브런턴에게는 말썽이 끊이지 않았어. 몇 달 전에 우리는 브런턴이 마음을 잡을 거라고 기대했어. 우리 집 하녀 레이첼 하웰스와 약혼했거든. 그런데 좀 지나자 브런턴은 사냥터 관리 책임자의 딸 재닛 트레절리스와 어울려 다녔어. 레이첼은 아주 선량한 아이지만 쉽게 흥분하는 웨일즈인 기질이 있어. 그 아이는 급작스럽게 가벼운 뇌염을 앓아서 예전 모습은 온데간데없고 눈이 푹 꺼진 허깨비처럼 집 안을 돌아다닌다네. 아니, 어제까지는 그랬지. 그게 헐스톤에 일어난 첫 번째 사건일세. 하지만 이 일은 두 번째 사건이 일어나 금방 뇌리에서 잊혀졌어. 두 번째 사건은 집사 브런턴이 수치스러운 일을 저지르고 해고당한 일이 발단이 되었지.

어떻게 일이 벌어졌는지 이야기하겠네. 브런턴은 머리가 좋다고 말했던 것 기억나나? 그 똑똑한 머리 때문에 사달이 난 거야. 자신과 전혀 관계없는 일에 끊임없이 호기심을 가진 게 다 그 지성 때문이었으니까 말이야. 브런턴이 그렇게까지 하리라고는 꿈에도 생각 못 하고 있다가 정말 뜻밖의 일로 알게 되었어.

내가 말한 대로 우리 집은 사방으로 뻗듯 지어 올린 넓은 곳이야. 지난주 어느 날, 정확히 말하면 목요일 밤이었어. 저녁 식사를 마치고 바보같이 진한 블랙커피를 마신 탓에 잠이 오지 않더군. 새벽 2시까지 애써 잠을 청하다가 잠들긴 글렀다 싶어 읽고 있던 책이나 계속 읽을 생각으로 촛불을 켰어. 그런데 책을 당구실에 두고 와서 실내복을 걸치고 가지러 나갔지.

당구실로 가려면 계단을 내려가서 서재와 총기실로 이어지는 복도 끝을 가로질러 가야 해. 그런데 복도를 내려보다가 열린 서재 문에서 불빛이 새어 나오는 걸 봤어. 내가 얼마나 놀랐을지 상상할 수 있을 거야. 잠자리에 들기 전에 내가 램프를 끄고 문을 닫아놓았거든. 당연히 처음에는 도둑이 들었구나 생각했지. 헐스톤 저택은 복도 벽에 전승 기념품인 오래된 무기들을 주로 장식해두었어. 그 가운데 나는 큰 도끼를 뽑아 들고, 촛불은 바닥에 내려놓은 뒤 발꿈치를 들고 살금살금 복도로 내려가 열린 문틈으로 서재 안을 들여다보았지.

집사 브런턴이 서재에 있는 거야. 옷을 완전히 차려입고 안락의자에 앉아 있었어. 무릎에 지도처럼 보이는 종이를 한 장 올려두고 아래로 숙인 이마를 한쪽 손으로 받친 채 깊은 생각에 빠져 있더군. 나는 놀란 나머지 말문을 잃고 우두커니 어두운 복도에 서서 브런턴을 지켜보았어. 탁자 가장자리에 놓인 작은 양초의 불빛은 희미했지만, 브런턴이 정장 차림이라는 걸 알아볼 수 있을 정도였어. 내가 계속 보고 있자니 브런턴이 의자에서 갑자기 일어나더니 옆에 있는 책상으로 가서 열쇠로 서랍 하나를 열었어. 거기서 문서를 꺼내 의자에 다시 앉더니, 탁자 가장자리에 있는 작은 양초 곁에서 문서를 펼쳤어. 그러고는 세심히 주의를 기울여 검토해보더군. 우리 집안의 문서를 태연하게 살펴보자 나는 화를 못 이기고 한 걸음 내디뎌 서재로 들어갔지. 고개를 든 브런턴은 입구에 서 있는 나를 보고 벌떡 일어나더군. 겁을 먹고 안색이 변하더니 처음에 살펴보고 있던 지도처럼 보이는 종이를 가슴팍에 찔러 넣었어.

'그러니까!' 내가 말했지. '자네를 신뢰했던 우리 집안에 이런 식으로 보답하는군. 내일 이 집에서 떠나게.'

브런턴은 절망적이라는 표정을 지으며 고개 숙여 인사를 하고는 한마디 말도 없이 살며시 나를 지나 걸어 나갔어. 탁자에는 아직도 양초가 놓여 있었지. 그 불빛으로 잠깐 보니 브런턴이 책상에서 꺼낸 종이가 뭐였는지 알겠더군. 의외로 별로 중요한 것도 아니었어. 머스그레이브 의식이라고 부르는, 특이하고 오래된 집안 행사에서 쓰는 문답지 사본이었어. 우리 집안만의 독특한 의식이야. 수 세기 동안 머스그레이브가의 남자들이 성년이 되면 치르는 거지. 가문의 문장이나 문장 도형처럼 아마 고고학자들에게나 약간 가치가 있을 만한 물건이야. 개인적인 관심거리라면 모를까 실제로는 전혀 쓸모없는 물건이지.

'나중에 의식문 이야기를 다시 하는 게 좋겠어.' 내가 말했어.

'그럴 필요가 있다고 생각한다면야.' 머스그레이브가 약간 주저하면서 말했지. 어쨌든 이야기를 계속할게. 나는 브런턴이 놓고 간 열쇠로 책상을 다시 잠그고 발길을 돌렸어. 그때 화들짝 놀랐어. 집사가 돌아와 내 앞에 서 있었던 거야.

'주인님.' 브런턴이 흥분해서 쉰 목소리로 소리쳤어. '이렇게 치욕스러운 일은 참을 수 없습니다. 저는 제 위치에 개의치 않고 늘 긍지를 가지고 살았습니다. 이런 불명예는 제게 죽음과 같습니다. 제 목숨은 당신 손에 달렸습니다, 주인님. 저를 절망으로 내모신다면 진짜 그럴 겁니다. 이런 일이 일어나 저를 그냥 두실 수 없다면 부디 한 달 후 사직 의사를 밝히고 떠날 수 있도록 해주십시오. 제 의지로 떠나는 것처럼 말입니다. 그건

견딜 수 있습니다, 주인님. 하지만 제가 잘 아는 사람들 앞에서 내쫓기는 건 안 됩니다.'

'자네에게 그런 배려는 과분해.' 내가 대답했지. '자네는 정말 수치스러워해야 할 행동을 저질렀어. 하지만 우리 집안에서 오랫동안 일했으니 공개적인 자리에서 체면을 깎고 싶지는 않아. 그러나 한 달은 너무 길어. 일주일 안에 나가게. 떠나는 이유는 마음 내키는 대로 말하고.'

'일주일뿐입니까, 주인님?' 브런턴이 절망한 듯한 목소리로 외쳤지. '2주, 하다못해 2주라도 시간을 주세요!'

'일주일이네.' 내가 거듭 말했어. '관대한 처분을 받았다고 생각하게.'

브런턴은 풀 죽은 사람처럼 고개를 떨구고 슬그머니 자리를 떠났지. 그리고 나는 불을 끄고 방으로 돌아갔어.

그 후 이틀 동안 브런턴은 자기 할 일에 충실하며 아주 열심히 일했어. 나는 지난밤 일은 한마디도 언급하지 않고, 브런턴이 어떻게 자기 불명예를 덮으려는지 약간 궁금해하면서 기다렸어. 그런데 사흘째 되는 날 아침, 집사가 보이지 않았어. 여느 때 같으면 아침 식사 후에 그날 일에 대한 내 지시 사항을 들으러 올 텐데 말이지. 나는 식당을 나오다가 우연히 하녀 레이첼 하웰스와 마주쳤어. 좀 전에 말했듯이, 자리를 털고 일어난 지 얼마 되지 않았지. 가여울 정도로 창백하고 힘이 없어 보여서 일하지 말라고 타일렀어.

'방에 가서 쉬어라.' 내가 말했어. '몸이 더 좋아지면 일하도

록 해.'

레이첼이 너무나도 기이한 표정을 지으며 나를 바라보기에 그 아이가 머리에 충격을 받은 게 아닌가 싶었지.

'전 아주 건강해요, 주인님.'

'의사에게 물어보면 알겠지.' 내가 대답했어. '일은 이제 그만하고 아래층에 가서 브런턴에게 내가 보자고 했다고 전해줘.'

'집사님은 갔어요.' 레이첼이 말했어.

'가다니! 어디를 갔다는 거야?'

'집사님은 떠났어요. 집사님을 본 사람이 아무도 없어요. 방에도 없어요. 아, 그런 거예요. 집사님은 떠났어요. 떠났다고요!' 레이첼은 벽 쪽으로 뒷걸음질 치더니 연이어 날카롭게 웃어댔어. 느닷없이 이성을 잃고 발작을 일으켰기 때문에 소름이 끼쳤지. 나는 급히 초인종을 울려서 도움을 청했어. 계속해서 소리를 지르며 흐느껴 우는 레이첼을 자기 방으로 돌려보냈어. 브런턴이 어찌 됐는지 알아봤더니 의심할 여지 없이 사라졌더군. 침대에는 잠을 잔 흔적이 없었고, 전날 밤 자기 방에 들어간 후 브런턴을 본 사람이 아무도 없었어. 그렇다 해도 브런턴이 어떻게 집을 나섰는지는 알아낼 수가 없었지. 아침에 창문과 문이 전부 단단히 잠겨 있었거든. 브런턴의 옷가지, 시계, 심지어 돈까지도 방에 그대로 있었어. 하지만 평소에 입는 검은 정장은 없어졌더군. 슬리퍼는 보이지 않았지만 부츠는 있었어. 그렇다면 집사 브런턴은 밤중에 어디로 간 걸까? 또 지금은 어떻게 되었을까?

물론 지하 저장실부터 다락방까지 온 저택을 다 뒤졌지. 그런데 어디에서도 흔적을 찾을 수 없었어. 내가 말한 대로 아주 복잡하게 지은 오래된 저택이거든. 처음으로 지은 건물은 이제 사실상 사람이 살지 않는 곳인데, 그곳까지도 모든 방을 샅샅이 뒤지고 지하까지 내려가 봤지만 실종된 집사의 흔적은 전혀 찾을 수 없었어. 자기 물건들을 다 놔두고 가버리다니 믿을 수가 없었지. 그렇다면 브런턴은 어디로 간 걸까? 지역 경찰을 불렀지만 의문을 풀 수 없었어. 그 전날 밤 비가 와서 저택 주변의 잔디밭과 보도를 살펴봤지만 부질없었지. 이런 상황에서 새로운 일이 터졌고, 이 일은 덮어두지 않을 수 없게 되었어.

이틀 동안 레이첼 하웰스는 때로는 헛소리를 했다가, 때로는 흥분해 발작을 일으키면서 앓았지. 그래서 간병인을 고용해 밤에 레이첼을 돌보게 했어. 브런턴이 사라지고 사흘째 되는 날 밤, 간병인은 환자가 잘 자는 것을 확인하고 안락의자에서 잠깐 졸았는데, 새벽에 깨보니 레이첼의 침대가 비어 있었다는 거야. 창문은 열려 있고 환자는 온데간데없이 사라진 거지. 나는 곧장 일어나 하인 두 사람을 데리고 지체 없이 사라진 하녀를 찾기 시작했어. 레이첼이 움직인 방향을 알아내는 건 어렵지 않았어. 그 아이의 방 창문 밑에서부터 잔디밭을 지나 작은 호숫가까지 발자국을 쉽게 따라갈 수 있었거든. 그런데 호숫가에 있는, 저택 밖으로 나가는 자갈길 가까이에서 발자국이 사라졌어. 호수 깊이는 2.5미터야. 제정신이 아닌 가여운 아이가 남긴 흔적이 호숫가에서 끝나는 걸 확인한 기분이 어땠을지 상상할 수 있을 거야.

물론 당장 그물을 가져와 시신을 수습하려고 했지만 아무런 흔적도 찾을 수 없었어. 그런데 수면에서 의외의 물건인 리넨 자루를 건져 올린 거야. 안에는 오래되어 녹슬고 변색된 금속 덩어리, 칙칙한 색깔의 조약돌인지 유리구슬인지 모를 조각들이 몇 개 들어 있었어. 우리가 호수에서 건져낸 건 이 기묘한 습득물이 전부였지. 어제 가능한 한 온갖 수색과 조사를 했지만 레이첼 하웰스나 리처드 브런턴의 운명은 알 수가 없었어. 지역 경찰도 어찌할 바를 모르고 있어서 최후의 수단으로 자네에게 온 거야.'

왓슨, 내가 얼마나 열심히 노력하고 있었을지 상상할 수 있겠지? 사건들이 기이하게 연이어 일어나는 이야기에 귀 기울이고 그 사건들을 짜 맞추면서, 그 모든 일이 들어맞는 공통된 맥락을 알아내려고 말일세. 집사가 사라졌어. 하녀도 종적을 감췄지. 하녀는 집사를 사랑했지만 나중에는 증오하게 되었어. 게다가 웨일즈 혈통이라 성격이 불같고 화를 잘 내지. 하녀는 집사가 사라진 직후 지독한 흥분 상태에 빠졌어. 그리고 이상한 내용물이 든 자루를 호수에 집어 던졌어. 이 모든 요소를 고려해야 했지. 그런데도 핵심을 찌르는 요소는 없었어. 이 사건들은 어디에서 시작한 걸까? 그 시작점에 헝클어진 실의 끝자락이 놓여 있겠지.

'머스그레이브, 그 의식문을 좀 봐야겠어.' 내가 말했어. '집사가 일자리가 날아가는 위험을 무릅쓰고도 볼 만한 가치가 있다고 여겼던 종이 말이야.'

'우리 집안의 의식문은 좀 어처구니없는 글이야.' 머스그레이브가 대답했어. '하지만 유물이라는 한 가지 이유로 너그러이 봐줄 수 있지. 자네가 훑어보고 싶어 할 것 같아서 문답지 사본을 가져왔어.'

왓슨, 여기 있는 이 종이를 머스그레이브가 내게 건네줬다네. 머스그레이브 가문의 아들이라면 누구나 성년이 되면 진술해야 하는 이상한 문답서야. 적혀 있는 대로 읽어주겠네.

'그것은 누구의 소유였나?'
'떠난 분.'
'누가 그것을 소유할 것인가?'
'오실 분.'
'그달은 언제였나?'
'첫 달부터 여섯 번째 달.'
'태양은 어디 있었나?'
'떡갈나무 위.'
'그늘은 어디에 있었나?'
'느릅나무 아래.'
'어떻게 걸었는가?'
'북쪽으로 열 걸음, 다시 열 걸음. 동쪽으로 다섯 걸음, 다시 다

섯 걸음. 남쪽으로 두 걸음, 다시 두 걸음. 서쪽으로 한 걸음, 다시 한 걸음. 그리고 아래로.'

'그것을 위해 무엇을 바칠 것인가?'

'우리가 가진 모든 것.'

'왜 바쳐야 하는가?'

'신뢰를 지키기 위해.'

'원본에는 날짜가 없지만 17세기 중반의 철자법으로 작성되어 있어.' 머스그레이브가 말했어. '그렇지만 이 수수께끼 같은 사건을 해결하는 데는 도움이 되지 않을 것 같아.'

'적어도 말이야.' 내가 말했어. '다른 수수께끼를 내줬다는 데 의의가 있지. 첫 번째 수수께끼보다 훨씬 더 흥미로워. 이 수수께끼의 답을 찾아내면 다른 수수께끼도 풀 수 있을 거야. 머스그레이브, 자네 집사는 아주 영리한 사람이었던 것 같네. 미안하지만, 열 세대에 걸친 주인들보다 나은 명석한 통찰력을 소유했군.'

'무슨 말인지 통 알 수가 없군.' 머스그레이브가 말했어. '내 생각에 의식문은 실용적인 면에서 중요한 물건이 아니야.'

'하지만 내게는 대단히 실용적으로 보이는걸. 그리고 브런턴도 나와 같은 견해였을 거라고 생각해. 자네에게 들키기 전에도 집사가 이 의식문을 봤을 가능성이 있어.'

'아마 그랬을 거야. 애써 숨기지는 않았으니까.'

'내가 생각하기에 브런턴은 단순히 마지막 순간에 기억을 되새기고 싶었을 거야. 브런턴에게 지도 같은 게 있어서 의식문과 비교해보고 있다가 자네가 나타나자 주머니에 찔러 넣었다고 했잖아?'

'그렇지. 하지만 브런턴이 우리 집안의 오래된 의식과 무슨 상관이 있었을까? 그리고 두서없는 의식문에 무슨 의미가 있겠나?'

'알아내는 데 고생할 것 같지는 않아.' 내가 말했어. '자네가 괜찮다면, 첫 기차로 서식스에 내려가 현장에서 이 문제를 좀 더 깊이 조사하세.'

그날 오후 우리 두 사람은 헐스톤에 도착했지. 아마 자네도 그 유서 깊은 건물의 사진이나 글을 본 적이 있을 거야. 그러니까 L자 모양으로 지어졌다고만 이야기하겠네. 긴 쪽은 현대식으로 지은 부분이고, 이 건물이 뻗어 나온 짧은 쪽은 아주 오래된 본채야. 본채 한가운데서 낮고 육중한 상인방을 얹은 문 위에는 1607년이라는 연도가 새겨져 있어. 하지만 전문가들은 기둥과 석조 건물은 사실 이보다 훨씬 이전 것들이라는 데 의견을 같이하지. 벽이 엄청나게 두껍고 창문이 너무 작아서 지난 세기에 머스그레이브 가문은 새 건물을 지었고, 이제 오래된 건물은 창고나 지하 저장실로 쓰이고 있어. 어쨌든 오래된 건물도 사용하고 있기는 했지. 그리고 멋진 고목이 자라는 아름다운 숲이 저택을 둘러싸고 있었어. 의뢰인이 언급했던 호수는 저택에서 200미터쯤 떨어진 진입로 가까이에 있었지.

왔슨, 나는 관련 없어 보이는 세 가지 수수께끼가 사실은 하나의 사건이라고 이미 굳게 확신하고 있었어. 그리고 머스그레이브 가문의 의식문을 제대로 해독할 수만 있다면, 집사 브런턴과 하녀 하웰스 두 사람과 관련된 진실을 밝혀줄 단서를 얻게 될 거라고 확신했지. 그래서 의식문 내용을 해독하는 데 온 힘을 기울였어. 집사가 이 오래된 문답을 해독하려고 그렇게 안달했던 이유가 무엇이었을까? 틀림없이 그동안 지주들의 눈에 띄지 않은 뭔가를 봤기 때문일 거야. 그리고 개인적으로 이득을 취할 수 있는 것이었을 거야. 그럼 그게 뭐였을까? 또 그것이 집사의 운명에 어떤 영향을 미친 걸까?

의식문을 읽으면서, 거기 나온 숫자가 나머지 문답이 암시하는 지점과 관련되어 있다는 사실이 더할 나위 없이 명백했지. 그 지점을 찾아낼 수 있다면 유서 깊은 머스그레이브 가문이 그렇게 특이한 방법으로 보존할 필요가 있다고 생각했던 비밀을 찾아낼 승산이 있다는 점도 분명했어. 우선 떡갈나무와 느릅나무라는 두 가지 길잡이가 있었지. 떡갈나무라면 의심할 여지가 전혀 없었어. 진입로 왼쪽, 저택 바로 앞에 선 떡갈나무들 가운데 어르신 나무가 하나 있었어. 여태까지 본 나무 중 가장 웅장한 나무였지.

'자네 집안의 의식문이 작성되었을 때도 저 나무는 저 자리에 있었겠지?' 마차가 떡갈나무 앞을 지나칠 때 내가 말했어.

'11세기 노르만 정복 때도 있었을 거야.' 머스그레이브가 대답했어. '둘레가 7미터야.'

움직이지 않는 지표 하나를 손에 넣은 거지.

'오래된 느릅나무도 있나?' 내가 물었어.

'저쪽에 아주 오래된 나무가 있었지. 그런데 10년 전에 번개를 맞아 베어버렸어.'

'그 나무가 어디 있었는지 알 수 있나?'

'아, 그럼.'

'그거 말고 다른 느릅나무는 없어?'

'오래된 나무는 없어. 그렇지만 너도밤나무는 많아.'

'그 느릅나무가 있던 자리를 보고 싶네.'

우리는 이륜마차를 타고 갔는데, 내 의뢰인은 저택으로 들어가지 않고 곧바로 느릅나무가 서 있던 자리로 안내하더군. 잔디밭 위에 흔적이 남아 있었어. 떡갈나무와 저택 사이의 거의 중간쯤이었지. 사건 조사는 진전을 보이는 것 같았어.

'느릅나무 높이가 얼마였는지 알아내기는 불가능하겠지?' 내가 물었어.

'당장 말해줄 수 있네. 19.5미터였어.'

'어떻게 알았나?' 내가 놀라서 물었지.

'오래전 가정교사가 삼각법 연습 문제를 내줄 때면 항상 높이를 계산하는 식이었거든. 그래서 어렸을 때 영내에 있는 나무나 건물을 모두 계산해봤지.'

예기치 않은 행운이었어. 기대했던 것보다 더 빨리 정보를 모으고 있었던 거지.

'말해보게.' 내가 물었어. '집사도 자네에게 이런 질문을 했

나?'

레즈널드 머스그레이브는 놀라서 나를 쳐다봤어. '자네가 그리 말하니 생각이 나네.' 머스그레이브가 대답했지. '몇 달 전 브런턴이 나무 높이를 물었어. 마부와 그걸 두고 옥신각신 했다면서 말이야.'

귀가 번쩍 뜨이는 정보였네, 왓슨. 제대로 찾아가고 있다는 뜻이니까 말이지. 해를 올려다보니 하늘에 낮게 떠 있었어. 계산을 해보니, 떡갈나무 고목의 가장 높은 가지 위에 닿으려면 한 시간도 채 남지 않았지. 그렇게 되면 의식문에서 언급했던 한 가지 조건이 충족되는 거였어. 느릅나무 아래 그늘이라는 건 그림자 끄트머리를 의미하는 게 틀림없었어. 그게 아니라면 나무줄기를 길잡이로 골랐을 테니까 말이지. 그래서 해가 떡갈나무에 걸리는 순간 그림자의 끝이 어디에 닿는지 알아야 했지."

"홈즈, 어려운 일이었겠군. 느릅나무가 이제 없으니까 말이야."

"글쎄, 적어도 브런턴이 알아낼 수 있었다면 나도 할 수 있을 거라고 생각했어. 게다가 별로 어렵지도 않았어. 머스그레이브와 서재로 가서 직접 이 나무못을 만들었어. 여기에 긴 실을 묶고 1미터마다 매듭을 지었어. 그런 다음 합치면 1.8미터가 되는 낚싯대 두 개를 가지고 내 의뢰인과 느릅나무가 있던 위치로 갔지. 해가 이제 막 떡갈나무 위를 스치고 있었어. 낚싯대를 세로로 단단히 고정해서 그림자 방향을 표시해두고 길이를 쟀더니 2.7미터였어.

당연히 이제 계산이 간단해졌지. 1.8미터짜리 낚싯대가 2.7미터 길이의 그림자를 드리웠으니 19.5미터 높이의 나무는 29.3미터 길이의 그림자를 드리울 거야. 그리고 방향은 둘 다 같을 테고 말이지. 거리를 쟀더니 저택 벽에 근접했고, 그 지점에 나무못을 박았어. 내 못에서 5센티미터 떨어진 곳에 원뿔 모양으로 움푹 파인 자국을 봤을 때 내가 얼마나 의기양양했을지 짐작할 수 있을 거야, 왓슨. 그건 브런턴이 측량해서 표시해둔 흔적이었고, 내가 계속해서 그자가 지나간 길을 따라가고 있다는 걸 알게 되었지.

그곳을 출발점으로 삼아서, 먼저 휴대용 나침반으로 방위기점을 찾은 다음 걸음을 내딛기 시작했어. 북쪽으로 열 걸음씩 두 번을 가니 저택의 벽을 따라 나란히 걷게 되더군. 그 지점을 다시 나무못으로 표시했지. 그런 다음 조심스럽게 동쪽으로 다섯 걸음씩 두 번 걷고 남쪽으로 두 걸음씩 두 번 걸었어. 그러자 저택의 낡은 문턱에 닿았어. 서쪽으로 두 걸음을 걸으려면 석판을 깐 복도를 걸어가야 했어. 의식문이 가리키는 지점이 바로 그곳이었어.

왓슨, 내 평생 그렇게 허탈한 적은 그때가 처음이었어. 내 계산이 근본적으로 잘못된 게 틀림없다는 생각이 잠깐 떠올랐어. 태양이 저물면서 복도 바닥을 정확히 비추고 있었지. 그리고 오래되고 닳아서 반질반질한 잿빛 석판들은 서로 단단하게 붙어 있고, 오랫동안 고정되어 있었다는 사실을 확인할 수 있었어. 브런턴도 여기를 손대지는 않았지. 바닥을 두드려봤지만 도처에서 똑같은 소리만 들렸어. 깨지거나 갈라진 흔적은 전혀 없었어. 하지만 다행스럽게도 머스그레이브가 내 행동의 의미를 이해하고서 이제 나만큼 흥분해 내 계산을 확인하려고 의식문 사본을 꺼냈어.

'그리고 아래로.' 머스그레이브가 외쳤어. '자네는 '그리고 아래로'를 빠뜨렸어.'

나는 땅을 파야 한다는 의미라고 생각하고 있었지만, 그 순간 내 생각이 틀렸다는 사실을 곧바로 깨달았지. '그럼 이 아래 지하 저장실이 있다는 건가?' 내가 소리쳤어.

'그래, 저택만큼 오래됐어. 바로 이 아래야. 이 문으로 들어가야 해.'

우리는 나선형 돌계단을 내려갔어. 내 친구는 구석의 통 위에 놓인 커다란 랜턴에 성냥으로 불을 밝혔지. 우리가 찾던 장소에 도착했다는 사실이 분명해졌어. 그리고 최근에 이 장소를 찾은 사람이 우리만이 아니라는 사실도 틀림없었지.

지하는 목재 보관고로 쓰였던 곳이었지만, 분명히 전에는 바닥에 어수선하게 흩어져 있었을 장작들이 지금은 옆에 차곡차곡 쌓여 있었어. 틀림없이 가운데 빈 공간을 만들려고 한 거지. 그 공간에는 커다랗고 묵직한 석판이 놓여 있었어. 석판 가운데에 녹슨 쇠고리가 달려 있고, 그 고리에 흑백 체크무늬의 두꺼운 목도리가 걸려 있었지.

'이런!' 내 의뢰인이 소리쳤어. '저건 브런턴이 매던 목도리

야. 매고 있는 걸 본 적이 있어, 확실해. 그놈이 여기서 뭘 하고 있었던 걸까?'

내 제안에 따라 지역 경찰 두어 명을 현장에 와달라고 요청했어. 그런 다음 목도리를 당겨서 돌을 들어 올리려고 해봤지만 약간만 움직일 뿐이었어. 순경 한 사람의 도움을 받아 결국 한쪽으로 옮길 수 있었지. 아래쪽에 어두컴컴한 구멍이 입을 떡 벌리고 있더군. 머스그레이브가 한쪽에 무릎을 꿇고 앉아 랜턴을 아래로 밀어 내렸고, 우리 모두는 구멍 안을 가만히 들여다봤어.

대략 2미터 깊이에 1.2제곱미터 크기의 방이 우리 앞에 드러났어. 방 한쪽에는 놋쇠로 테를 두른 낮고 폭이 넓은 나무 상자가 놓여 있었지. 특이한 구식 열쇠가 꽂힌 채 뚜껑은 위로 젖혀져 있었어. 상자 겉에는 먼지가 두껍게 덮여 있고, 안쪽에는 습기와 벌레 때문에 나무가 부식돼 검푸른 곰팡이가 잔뜩 슬어 있더군. 내가 여기 가진 것과 같은 옛날 동전 여러 개가 상자 바닥에 흩어져 있을 뿐, 그 밖에 상자에 들어 있는 건 아무것도 없었지.

하지만 그 순간 우리는 낡은 상자에 신경 쓸 새가 없었어. 상자 옆에 쭈그린 뭔가에 시선을 고정하고 있었거든. 그것은 한 남자의 형체였어. 검은 정장을 입은 채 쪼그려 앉아 상자 가장자리에 이마를 처박고 두 팔은 양쪽에 그대로 늘어뜨리고 있었지. 그런 자세 때문에 피가 전부 머리로 쏠렸을 거야. 일그러지고 다갈색으로 변한 얼굴을 아무도 알아볼 수 없었지. 하지만 시신을 끌어올리자 내 의뢰인은 키, 옷차림, 머리카락만으로 이 사람이 사실 실종된 집사라는 사실을 알아챘어. 집사는 며칠 전에 사망했지만, 몸에 외상이나 타박상은 전혀 없어서 어쩌다가 이렇게 끔찍하게 숨을 거뒀는지 알 수 없었어. 시신을 지하 저장실에서 끌어올리긴 했지만, 여전히 우리는 처음 조사할 때만큼 힘에 부치는 문제에 직면한 거야.

왓슨, 그때까지 내 조사 결과에 실망하고 있었음을 인정하네. 의식문에 언급된 장소만 찾으면 문제를 해결할 거라고 예상하고 있었어. 하지만 그 장소에 가도 머스그레이브 가문이 정교한 대비책을 세워 감추었던 것이 무엇인지 전혀 알 수가 없었지. 브런턴이 어떻게 됐는지는 설명할 수 있었어. 하지만 이제는 브런턴이 어쩌다 그런 최후를 맞았는지, 사라진 하녀가 이 사건에서 어떤 역할을 했는지를 알아내야 했어. 나는 구석에 놓인 작은 통 위에 앉아 사건 전체를 골똘히 생각해봤어.

왓슨, 자네도 그런 경우에 내가 쓰는 방법을 알고 있잖나. 우선 그 사람의 지능을 예상한 다음 그자의 입장에 서서 생각해보는 거지. 그리고 같은 상황에서 나 자신은 어떻게 했을지 상상해보는 거야. 이 사건의 경우에 꽤 수준급이었던 브런턴의 지능 때문에 간단해졌어. 천문학자들이 개인 오차라고 부르는 걸 감안할 필요가 없었거든. 브런턴은 귀중한 것이 숨겨져 있다는 걸 알고 있었어. 그 장소도 찾았지. 그리고 그 장소가 돌로 막혀 있고, 그 돌은 너무 무거워서 남의 도움 없이 혼자 힘으로는 들어낼 수 없다는 것을 알았어. 그다음 어떻게 했을까?

믿을 만한 사람이 있다 하더라도 외부에 도움을 청할 수는 없었지. 문을 열어주면 탄로 날 위험이 컸으니까. 할 수만 있다면 저택 안에서 협력자를 찾는 게 나은 방법이었지. 누구에게 부탁했을까? 하녀는 브런턴을 깊이 사랑하고 있었어. 남자란 자신이 여자에게 아무리 나쁘게 대했어도 여자의 사랑을 결국 잃어버릴 수도 있다는 사실을 깨닫지 못하지. 브런턴은 몇 번 관심을 보여 하녀 하웰스와 화해하려고 했을 거야. 그러다가 하웰스를 한패로 끌어들인 거지. 그들은 밤에 함께 지하 저장실로 내려갔고, 힘을 합쳐 돌을 들어 올렸겠지. 여기까지 마치 실제로 보고 있었던 것처럼 브런턴과 하웰스의 행동을 따라갈 수 있었어.

하지만 한 사람은 여자였으니 돌을 들어 올리기 힘들었을 게 분명해. 서식스의 건장한 경찰과 나도 쉽지 않았거든. 수월하게 하려고 방법을 찾지 않았을까? 나라면 그랬을 거야. 나는 일어나서 바닥에 흩어져 있던 나무 장작 여러 개를 주의 깊게 살펴봤어. 거의 단번에 내가 예상했던 것을 찾았지. 1미터쯤 되는 나무 장작 하나의 한쪽 끝에 움푹 들어간 자국이 아주 뚜렷이 남아 있었어. 반면에 몇 개는 마치 상당히 무거운 물건에 눌린 것처럼 양쪽이 납작해져 있었지. 브런턴과 하웰스는 돌을 끌어올리면서 틈새에 나무장작을 끼워 넣었어. 그리고 사람이 기어들어 갈 수 있을 만큼 벌려서 틈새에 나무 장작을 세로로 괴어놓고 구멍을 열어뒀겠지. 전체 돌 무게가 반대쪽 가장자리를 짓눌렀기 때문에 나무 장작 아래쪽 끝이 움푹 패게 됐을 거야. 여기까지도 신뢰할 만한 견해지.

그리고 이제 한밤중에 벌어진 참극을 어떻게 재구성했는지 이야기해보겠네. 분명히 그 구멍에 들어맞는 사람은 한 사람뿐이었어. 브런턴이었지. 하녀는 위에서 기다려야 했을 거야. 그러다 브런턴이 상자를 열었고, 짐작건대 내용물을 위로 올려주었을 거야. 그 물건들은 발견되지 않았으니까 말이야. 그러고는 무슨 일이 일어났을까?

자신을 모욕한, 아마도 우리가 짐작하는 것보다 더 큰 모욕감을 안겨준 남자가 자신의 수중에 들어온 걸 보고 성미가 급한 켈트족 여인의 마음에 별안간 복수심이 연기를 피우며 활활 타오르지 않았을까? 나무가 미끄러지고 돌이 내려앉아 브런턴이 자신의 무덤이 된 장소에 갇힌 게 우연한 사고였을까? 하웰스는 브런턴의 최후에 대해 침묵을 지킨 죄밖에 없는 걸까? 그게 아니라면 하웰스가 손으로 내리쳐 나무 버팀대가 날아가고 석판이 원래 있던 대로 내려앉게 만든 걸까? 어떻든지 간에 하웰스가 발굴한 보물을 손에 움켜쥐고 나선형 계단을 미친 듯이 뛰어 올라가는 모습이 눈앞에 보이는 듯했어. 아마도 뒤에서 신의가 없는 연인이 자기 목을 조르고 있는 석판을 광분해서 두드리면서 괴성을 질러대는 소리가 여자의 귓전에 울려 퍼졌을 거야.

여기에 하웰스가 이튿날 아침 창백한 얼굴로 냉정을 잃고 불안해하면서 떠들썩한 웃음으로 발작을 일으킨 이유가 있지. 그런데 상자 안에는 무엇이 있었을까? 하웰스는 그 물건을 어떻게 했을까? 물론 내 의뢰인이 호수에서 건진 오래된 금속과 조약돌이었겠지. 하녀는 자신이 저지른 범죄의 마지막 흔적을 없앨 기회가 오자, 그것들을 호수에 던져버린 거야.

20분 동안 나는 미동도 없이 앉아서 이 사건을 신중하게 생각해봤어. 아주 창백한 얼굴을 한 머스그레이브는 여전히 그 자리에 서서 랜턴을 흔들며 구멍을 자세히 들여다보고 있었지.

'찰스 1세의 주화들이야.' 머스그레이브가 말하더니 상자 안에 있던 주화 몇 개를 내밀었어. '의식문이 작성된 시기를 우리가 알아맞힌 거야.'

'찰스 1세와 관련한 뭔가를 찾을 수 있을 거야.' 내가 소리쳤어. 의식문의 처음 두 가지 질문에 내포되어 있을 법한 의미가 불현듯 떠올랐거든. '자네가 호수에서 찾은 자루에 들어 있던 물건들을 보여주게.'

서재로 올라가서 머스그레이브가 내 앞에 잡동사니를 늘어놓았어. 그 물건들을 보니 머스그레이브가 가치가 없는 물건이라고 말한 이유를 알겠더군. 금속은 거의 새카맣고 조약돌은 광택이 없고 칙칙한 색이었거든. 하지만 소매로 하나를 문질러 닦아 손바닥으로 어둡게 감싸보니 나중에는 섬광처럼 빛을 발하더군. 금속 가공물은 이중 고리 모양이었어. 그런데 구부러지고 비틀려서 본래 모양이 아니었어.

'자네가 기억해둬야 할 게 있어.' 내가 말했지. '왕당파는 찰스 1세가 처형당한 후에도 잉글랜드에서 맞서 싸웠어. 그러다 결국 달아나면서 아마 상당수의 아주 귀중한 보물들을 많이 남겨두었을 거야. 혼란이 진정되면 돌아와서 챙기려고 했겠지.'

'선조이신 랠프 머스그레이브 경은 유명한 왕당파로, 찰스 2세의 오른팔이셨지.' 내 친구가 말했어.

'아, 과연 그렇군!' 내가 대답했지. '자, 그 말을 들으니 우리가 찾고 있던 마지막 연결 고리를 얻은 것 같군. 축하해야 할 일이 틀림없군! 다소 비극적인 방법을 통하긴 했지만 말이야. 그 자체로도 가치가 크지만 진기한 역사적 유물로 엄청난 가치를 지닌 물건을 손에 넣게 된 거야.'

'이게 뭔데그래?' 머스그레이브는 놀라서 말을 제대로 잇지 못했어.

'다름 아닌 잉글랜드 왕의 아주 오래된 왕관이야.'

'왕관이라니!'

'말 그대로야. 의식문 내용을 생각해보게. 뭐라고 적혀 있었나? '그것은 누구의 소유였나?' '떠난 분.' 찰스 1세가 처형당한 후를 말하는 거야. 그리고 '누가 그것을 소유할 것인가?' '오실 분.' 이 말은 찰스 2세의 등장을 이미 내다본 거지. 내가 생각하기에 이 찌그러지고 볼품없는 왕관은 한때 스튜어트 왕가의 이마를 감쌌던 물건인 게 틀림없어.'

'이게 어쩌다 연못에서 나온 거지?'

'아, 그 질문에 답하려면 시간이 좀 걸릴 거야.' 나는 머스그레이브에게 내 머릿속에서 연이어 일어난 추리와 입증 과정을 간단히 설명했지. 땅거미가 지고 하늘에 달이 밝게 빛나자 내 이야기는 끝이 났어.

'그런데 그 후에 찰스 2세가 돌아와 자기 왕관을 찾아가지 않은 건 어떻게 된 거야?' 머스그레이브가 리넨 자루 속에 유물을 도로 넣으며 물었어.

'아, 우리가 해결할 수 없는 문제 한 가지를 정확하게 지적했군. 그사이에 비밀을 간직한 머스그레이브 가문 사람이 사망했을 수도 있어. 그리고 후손에게 의식문을 남기면서 깜빡하고 의미를 설명해주지 않았을 수도 있지. 그날 이후 오늘까지 대대손손 전해져 내려온 거야. 결국 비밀을 알아챈 남자의 손에 닿게 되었지만, 그자는 모험에 나섰다가 목숨을 잃었지.'

이게 머스그레이브 가문의 의식문 사건의 진상이야, 왓슨. 지금 그 왕관은 헐스톤에 보관되어 있어. 비록 법적으로 옥신각신하고 머스그레이브가에서 상당한 금액을 지출하고 나서야 보유해도 좋다고 허락을 받았지만 말이야. 내 이름을 대면 자네에게도 기꺼이 보여줄 거라고 확신하네. 하녀의 소식은 영영 들을 수 없었어. 아마도 범죄에 대한 기억을 간직한 채 잉글랜드를 떠나 바다 건너 어딘가로 사라졌겠지."

S·H·E·R·L·O·C·K

그리스어 통역사

추리소설로서보다 첫 부분을 위해 자주 다시 읽히는 이야기. 이 작품에서 우리는 디오게네스 클럽으로 들어가 셜록 홈즈에게 똑똑한 형이 있다는 사실을 알게 된다. 그렇다, 드디어 마이크로프트 홈즈가 등장한다!

\- 마크와 스티븐

SHERLOCK

셜록 홈즈와 오랫동안 친밀하게 지냈지만, 홈즈는 일가친척을 언급했던 적도 전혀 없었고 어린 시절 이야기를 하는 것도 거의 들어보지 못했다. 자신에 대해 과묵한 탓에 다소 인간미 없는 사람으로 비쳤던 인상은 더욱 짙어져 나도 모르게 홈즈를 속세와 동떨어진 비범한 인물로 생각할 때도 있었고, 사고력이 뛰어난 만큼 인정이 모자라 심장 없이 두뇌만 있는 사람으로 느껴질 때도 있었다. 여성을 꺼리고 새 친구를 사귀는 일을 내켜 하지 않는 두 가지 면이 홈즈의 냉정한 성격을 대변한다. 그러나 혈육에 대해 일절 언급하지 않고 감추는 것보다는 덜했다. 이 때문에 나는 홈즈가 일가친척 하나 없는 고아라고 생각하게 되었다. 하지만 어느 날 정말 놀랍게도 홈즈가 자신의 형 이야기를 꺼냈다.

어느 여름날 밤, 차를 마시고 난 뒤 대화가 이어졌다. 골프채 이야기부터 태양이 지나는 황도의 경사도가 변하는 원인까지 종잡을 수 없는 주제로 산만하게 흘러갔다. 그러다 결국 격세

유전과 유전성 재능이라는 문제에 이르렀다. 개인의 뛰어난 재능에 가계 혈통이 얼마만큼 기여하고, 어릴 적 교육은 어느 정도까지 영향을 미치는지가 토론의 핵심이었다.

"자네가 했던 이야기로 미루어보면 말이야." 내가 말했다. "자네의 관찰 능력과 남다른 추리 솜씨는 분명히 체계적으로 훈련한 덕분이야."

"얼마쯤은 그럴 거야." 홈즈가 생각에 잠긴 채 대답했다. "우리 조상은 시골 지주였어. 자기 계급에 어울리는 삶에서 크게 벗어나지 않으며 살았던 것 같아. 그렇다 하더라도 내 재능은 타고난 거지. 프랑스 화가 베르네의 누이였던 우리 할머니가 물려준 걸 거야. 예술가의 기질은 예상치 못한 모습으로 나타나기 쉽거든."

"하지만 유전이라는 건 어떻게 아는 거야?"

"나보다는 우리 형 마이크로프트가 물려받은 재능이 더 대단하거든."

내게는 대단히 흥미로운 정보였다. 잉글랜드에 그렇게 능력이 뛰어난 사람이 또 있다면 어째서 경찰이나 일반 사람들은 모르는 걸까? 내 친구가 겸손해서 형이 자신보다 우월하다고 인정한 게 아닐까 하는 기색을 보이며 질문을 던져보았다. 홈즈는 내 의견을 재미있어 했다.

"이보게, 왓슨." 홈즈가 말했다. "나는 겸손을 미덕으로 치는 사람들에게 찬성할 수 없네. 논리에 능한 사람은 모든 사물을 있는 그대로 정확히 봐야지. 자신에 대한 과소평가는 자기 능력을 과장하는 것만큼이나 진실을 왜곡하는 일이야. 그러니까 마이크로프트 형이 나보다 관찰력이 뛰어나다고 말하면, 내가 진실을 정확히 있는 그대로 말하고 있다고 보면 되는 거야."

"몇 살 차이야?"

"일곱 살 위야."

"어째서 사람들이 잘 모르는 거야?"

"아, 형이 속한 사회에서는 아주 유명해."

"거기가 어딘데?"

"음, 이를테면 디오게네스 클럽."

그런 단체는 들어본 적이 없었다. 셜록 홈즈가 회중시계를 꺼낸 걸 보면 이런 의문이 내 표정에 드러난 게 분명했다.

"런던에서 디오게네스 클럽만큼 별난 곳도 많이 없을 거야. 마이크로프트 형도 별난 걸로 치면 뒤지지 않는 사람이지. 형은 오후 5시 15분 전부터 8시 20분 전까지는 언제나 거기에 있어. 지금 6시로군. 자네가 이렇게 아름다운 밤에 한가로이 걷는 게 좋다면 희귀한 클럽과 희귀한 사람을 기꺼이 소개해 줄게."

5분 후 우리는 거리로 나와 리전트 서커스를 향해 걸어가고 있었다.

"왜 마이크로프트 형이 자신의 능력을 탐정 일에 쓰지 않는지 궁금할 테지?" 내 친구가 말했다. "형한테는 그럴 능력이 없어."

"하지만 자네가 말하기로는…."

"내 말은 형이 관찰력과 추리력에서 한 수 위라는 거였지. 탐정이 하는 일이 안락의자에서 추리를 시작해 그 자리에서 끝이 난다면 우리 형은 역사상 가장 위대한 범죄 수사관이 됐겠지. 하지만 형에게는 야망도 끈기도 없어. 굳이 자신의 가설을 확인하려고 하지도 않을 걸세. 자기가 옳다고 수고스럽게 증명하기보다 차라리 틀렸다고 인정하는 편이 낫다고 할 거야. 몇 번이나 의문점을 들고 형을 찾아가서 의견을 들었고, 나중에 틀림없는 사실로 밝혀졌지. 그렇다 해도 현장에서 실제적인 요소를 알아내는 능력은 전혀 없어. 판사나 배심원단에게 사건을 설명하기 전에 조사해야 하는 요소들인데도 말이야."

"그럼 형님의 직업은 탐정이 아니로군?"

"절대 아니지. 내게는 생계 수단이지만 형에게는 그저 심심풀이 취미 생활에 불과해. 형은 계산 능력이 보통이 아니라서 정부 부처에서 회계 감사 업무를 맡고 있어. 마이크로프트 형은 펠멜에 살고 있어. 매일 아침 걸어서 모퉁이를 돌아 화이트홀에 있는 사무실로 출근했다가 그 길로 다시 퇴근하는 거야. 1년 내내 운동도 따로 하지 않고 달리 가는 데도 없어. 단지 집 바로 맞은편에 있는 디오게네스 클럽만 오갈 뿐이야."

"들어본 적 없는 클럽이야."

"그럴 테지. 알잖나, 런던에는 남들과 함께 있는 걸 싫어하는 사람들이 많아. 숫기 없어서 그런 사람도 있고, 어울리기 싫어서 그런 사람도 있지. 그래도 편안한 의자와 정기간행물 신간까지 마다하지는 않아. 이런 사람들의 편의를 위해 디오게네스 클럽이 시작된 거지. 지금은 런던에서 사교성과 붙임성 없기로 둘째가라면 서러워할 사람들이 소속되어 있어. 서로를 아는 체하는 일조차 허락되지 않았고, 방문객용 응접실에서가 아니면 어떤 경우에도 대화는 금지야. 세 번 위반해서 위원회에 알려지면 제명 처분을 받게 돼. 우리 형이 창립에 참여했어. 나도 거기 가면 절로 마음이 편안해지더군."

이런 이야기를 나누며 우리는 세인트 제임스 스트리트의 끝에서 방향을 꺾어 펠멜 거리로 접어들었다. 셜록 홈즈는 칼턴 클럽에서 조금 떨어진 어느 건물 현관문에 멈춰 섰다. 그리고 내게 말하지 말라는 주의를 주고 앞장서서 현관으로 들어갔다. 실내로 들어서서 유리 벽 너머를 언뜻 쳐다보니 널찍하고 호화로운 방이 보였다. 방 안에는 상당히 많은 사람들이 여기저기 자신만의 아늑한 피난처에 앉아 신문을 읽고 있었다. 홈즈는 나를 펠멜이 내다보이는 작은 방으로 안내했다. 그리고 잠시 나를 혼자 두었다가 동행을 이끌고 돌아왔다. 동행이라면 홈즈의 형일 수밖에 없었다.

마이크로프트 홈즈는 셜록보다 체격이 훨씬 크고 뚱뚱했다. 살이 많이 찌고 얼굴은 큼직했지만, 동생에게서 눈에 띄는 날카로운 표정이 마이크로프트에게서도 엿보였다. 유별나게 밝고 엷은 회색 눈동자에서 항상 다른 생각에 빠져 있는 내성적인 사람이라는 눈빛이 느껴졌다. 셜록이 있는 힘을 다해 몰두하고 있을 때 비치는 눈빛이었다.

"만나서 반가워요, 왓슨 선생." 마이크로프트가 바다표범의 발처럼 크고 두툼한 손을 내밀며 말했다. "선생이 사건 기록을 맡은 후 어딜 가나 셜록 이야기를 듣습니다. 셜록, 그나저나 매너 하우스 사건을 상의하러 지난주쯤 네가 올 거라고 생각했어. 네가 한계에 부딪히지 않았을까 생각했거든."

"아니야, 해결했어." 내 친구가 생긋 웃으며 말했다.

"물론 범인은 애덤스였겠지."

"그래, 애덤스였어."

"처음부터 그자라고 생각했어." 두 사람은 클럽 안에 있는 내닫이창 쪽에 앉았다. "누구라도 인간을 연구하고 싶다면 이 자리가 딱이지." 마이크로프트가 말했다. "저 훌륭한 연구거리들을 보라고! 예를 들어 우리 쪽으로 오고 있는 두 사람을 봐."

"당구 점수 계산원과 그 옆에 있는 사람?"

"맞아. 옆에 있는 사람은 어떤 것 같아?"

창문 너머에서 두 사람이 멈춰 섰다. 한 사람의 조끼 주머니 위쪽에 초크 자국이 보였고, 그 자국이 당구와 관련해 내가 발견한 유일한 흔적이었다. 다른 사람은 아주 작고 피부가 가무잡잡했으며, 모자를 뒤로 넘겨 쓴 채 겨드랑이에 꾸러미 몇 개를 끼고 있었다.

"나이 든 군인이야." 셜록이 말했다.

"아주 최근에 퇴역했지." 마이크로프트가 말했다.

"인도에서 복무한 것 같아."

"그리고 하사관이었어."

"포병이었지." 셜록이 말했다.

"홀아비야."

"그런데 애가 하나 있어."

"동생아, 아이들이야, 아이들."

"진정들 하세요." 내가 웃으며 말했다. "너무하잖습니까."

"그렇군." 홈즈가 대답했다. "태도와 권위적인 표정에다 피부가 햇볕에 그을린 걸 보면 군인이라는 걸 어렵지 않게 알 수 있지. 게다가 사병보다는 높은 계급이었고, 인도에서 돌아온 지 오래되지 않았어."

"퇴역한 지 얼마 되지 않았다는 사실은 군에서 지급한 군화를 아직도 신고 있으니 알 수 있어."

"걸음걸이를 보니 기병은 아닌데 모자를 한쪽으로 기울여 썼어. 한쪽 이마가 반대쪽보다 더 하얀 걸로 알 수 있지. 체중을 보면 공병대는 아니었으니 포병대에 있었다는 얘기가 돼."

"그리고 상복을 제대로 갖춰 입은 걸 보니 아주 소중한 사람을 잃었어. 직접 장을 보고 있으니 아내를 잃은 걸로 보여. 아이들 물건을 사고 있는 거 봤지? 딸랑이도 산 걸 보면 아기가 있는 걸 알 수 있어. 아마도 아내는 아이를 낳자마자 죽었을 거야. 옆에 그림책을 끼고 있는 점으로 미루어 돌봐야 할 아이가 또 있는 거지."

내 친구가 자기보다 형의 능력이 더 뛰어나다고 한 말을 이제야 이해할 수 있었다. 홈즈는 나를 흘낏 쳐다보고 씩 웃었다. 마이크로프트는 거북이 등으로 만든 상자에 든 코담배를 들이 마시고, 넓은 빨간색 실크 손수건으로 외투 앞자락에 떨어진 담뱃가루를 털어냈다.

"그나저나 셜록." 마이크로프트가 말했다. "네 마음에 들 만한 일이 있어. 아주 희한한 사건이야. 내 의견을 물어보더군. 대충 해도 된다면 몰라도 나는 끝까지 알아낼 기운이 없어. 그런데 흥미로운 추리를 할 수는 있었지. 네가 그 사건 이야기를 듣고 싶다면…."

"형, 나야 좋지."

마이크로프트는 수첩 한 장에 몇 자 갈겨쓰더니, 종을 울려 종업원에게 건네주었다.

"멜라스 씨에게 좀 와달라고 부탁했어." 마이크로프트가 말했다. "멜라스 씨는 우리 집 위층에 살고 있어서 약간 안면이 있는 사이야. 그래서 어려운 일을 겪고 나를 찾아왔어. 멜라스 씨는 그리스 태생이라고 들었어. 외국어에 아주 능통해서 법정에서 통역을 하거나, 노섬벌랜드 애비뉴에 있는 여러 호텔에 머무는 동양인 부호들을 안내해 생계를 꾸려가고 있어. 멜라스 씨가 겪은 놀라운 일을 직접 이야기해달라고 할 거야."

잠시 후 땅딸막한 남자가 우리가 앉은 자리로 왔다. 황갈색 얼굴과 새카만 머리카락을 보니 분명히 남유럽 출신이었다. 하지만 말투는 교양 있는 잉글랜드 사람 같았다. 멜라스는 셜록 홈즈와 힘차게 손을 흔들어 악수했다. 그러고는 전문가가 자신의 이야기를 듣고 싶어 한다는 사실을 알고 기뻐하며 검은 두 눈을 반짝였다.

“경찰은 저를 믿는 것 같지 않아요. 확실히 믿지 않죠.” 멜라스가 한탄하는 목소리로 말했다. “경찰은 이런 이야기를 들어본 적이 없었으니까 있을 수 없는 일이라고 생각하는 거죠. 하지만 얼굴에 반창고를 붙인 가엾은 남자가 어떻게 되었는지 알 때까지 저는 절대 마음을 놓을 수 없을 겁니다.”

“경청하고 있으니 말씀해보십시오.” 셜록 홈즈가 말했다.

“지금은 수요일 밤이죠.” 멜라스 씨가 말했다. “음, 그럼 월요일 저녁이었겠군요. 아시겠습니까? 그 모든 일이 일어난 게 이틀 전입니다. 저기 계신 이웃분이 아마도 말씀하셨겠지만, 저는 통역사입니다. 모든 언어, 아니, 거의 모든 언어를 통역합니다. 태생이 그리스인이고 그리스식 이름을 가지고 있으니, 주로 맡게 되는 건 그리스어 통역이죠. 수년 동안 런던에서 으뜸가는 그리스어 통역사였고, 호텔 쪽에는 이름도 꽤 알려져 있습니다.

곤경에 빠진 외국인이나 늦게 도착해서 도움이 필요한 여행자들이 생각지도 못한 시간에 저를 부르는 일이 드물지 않답니다. 그래서 세련되게 차려입은 래티머 씨가 월요일 밤에 내 방에 올라와서, 집 앞에 대기하고 있는 마차로 같이 가달라고 부탁했을 때도 그리 놀라지 않았습니다. 그리스인 친구가 볼일이 있어 자신을 만나러 왔다고 하더군요. 친구는 자기 나라 말밖에 할 수 없어서 통역사의 도움이 꼭 필요하다고 했어요. 자신의 집은 켄징턴이라 약간 멀다고 설명했고, 많이 서두르는 것 같았습니다. 집에서 내려와 거리로 나오자마자 나를 재촉해 순식간에 마차에 태웠거든요.

제가 마차라고 말하기는 했지만, 올라타자마자 자가용 사륜마차가 아닐까 하는 생각이 들었습니다. 런던의 꼴불견인 보통의 사륜마차보다 확실히 더 널찍했고, 내부가 좀 낡기는 했지만 고급이었거든요. 래티머 씨가 맞은편에 앉았고, 마차는 채링 크로스 광장을 지나 섀프츠베리 애비뉴를 달렸습니다. 옥스퍼드 스트리트가 나오자, 나는 켄징턴으로 가는 빠른 길을 놔두고 빙 돌아가고 있다고 조심스럽게 말했죠. 그때 동행하던 남자가 예사롭지 않게 행동해 말문이 막혔습니다.

래티머 씨는 납을 박은 아주 무시무시하게 생긴 곤봉을 주머니에서 꺼내더니, 무게와 강도를 확인하려는 듯 앞뒤로 몇 차례 휘둘렀습니다. 그러고는 말없이 자기 옆자리에 놓았죠. 그런 다음 양쪽 창문을 올려 닫았어요. 놀랍게도 창문에는 종이가 덮여 있어서 창밖을 내다볼 수 없었습니다.

'멜라스 씨, 시야를 차단해 미안합니다.' 래티머 씨가 말했어요. '사실은 우리가 가는 장소가 어디인지 알려드릴 생각이 없습니다. 다시 찾아오실 수 있다면 제가 곤란해질 수도 있으니까요.'

상상하실 수 있을 겁니다. 저는 그 말에 소스라치게 놀랐습니다. 동행한 남자는 어깨가 떡 벌어진 건장한 젊은 친구였습니다. 옆에 놔둔 무기가 아니더라도 몸싸움을 해서 이길 승산은 조금도 없었죠.

'래티머 씨, 이건 터무니없는 짓이오.' 내가 더듬으면서 말했

어요. '지금 불법행위를 하고 있다는 걸 아셔야 합니다.'

'약간 제멋대로인 건 맞습니다.' 래티머 씨가 말했어요. '그렇지만 충분히 보상해드릴 겁니다. 하지만 경고하겠습니다, 멜라스 씨. 오늘 밤 언제라도 비명을 지르거나 내 일에 해가 되는 행동을 한다면 끔찍한 결과를 불러오게 될 겁니다. 아무도 당신이 있는 곳을 모른다는 점을 잊지 마시길 바랍니다. 이 마차 안이건 내 집이건 당신은 내 손바닥 안에 있다는 걸 명심하란 말입니다.'

공손하게 말했지만 귀에 거슬리는 말투는 굉장히 위협적이었죠. 저는 조용히 앉아서 도대체 이렇게 기이한 방법으로 나를 납치하는 이유가 무엇일까 생각했습니다. 무슨 이유든 간에 저항해도 소용이 없을 테니, 무슨 일이 일어날지 기다려보는 수밖에 없다는 사실은 분명했죠.

어디로 가고 있는지 조금의 실마리도 얻지 못한 채 거의 두 시간을 달렸습니다. 돌멩이들에 부딪혀 덜컹거리는 소리가 들릴 때는 돌이 깔린 큰길을 달리는 것 같았고, 어떤 때는 조용히 순조롭게 달려 아스팔트 길을 달리는 것 같기도 했어요. 하지만 소리가 변하는 것 말고는 우리가 어디 있는지 짐작해볼 수 있는 방법이 전혀 없었어요. 창문마다 종이가 붙어 있어 빛이 들어오지 않았고, 앞쪽 유리창에는 푸른색 커튼이 쳐져 있었거든요. 그러다 마침내 마차가 멈췄습니다. 펠멜 거리를 떠날 때가 7시 15분이었고, 마차가 멈춘 후 시계를 보니 9시 10분 전이었죠. 동행한 남자가 창문을 내리자 낮은 아치형 출입구가 언뜻 보였어요. 출입구 위에 램프가 켜져 있더군요. 등을 떠밀려 허둥지둥 마차에서 내렸더니 문이 활짝 열렸고, 저는 어느새 저택 안으로 들어가고 있었죠. 집 안에 들어서자 양쪽으로 잔디밭과 나무들이 어렴풋하게 보이는 것 같았어요. 하지만 저택에 딸린 사유지였는지 아니면 진짜 시골 풍경이었는지는 확실히 말할 수 없군요.

실내에는 색상이 들어간 가스등이 있기는 했지만, 너무 어둡게 켜놓아서 현관 크기와 그림이 걸려 있다는 것 말고는 보이는 게 거의 없었습니다. 흐릿한 불빛으로 현관문을 열어준 사람은, 체구가 작고 어깨가 둥근 데다 심술궂게 생긴 중년 남자라는 것을 알아볼 수 있었죠. 또 중년 남자가 우리를 돌아볼 때 빛이 반짝거려서 안경을 끼고 있다는 것을 알아챘습니다.

'해럴드, 이분이 멜라스 씨인가?' 중년 남자가 말했어요.

'네.'

'수고했네, 잘했어! 해칠 생각은 없습니다, 멜라스 씨. 폐를 끼치고 싶지 않았지만, 당신 없이는 일을 진행할 수가 없었어요. 우리 일을 잘만 처리해주면 손해 볼 일은 없습니다. 그러나 꼼수를 부리면 험한 꼴을 보게 될 거요!' 중년 남자는 실룩실룩 부자연스럽게 움직였고, 신경질적인 투로 말하면서 틈틈이 낄낄거리며 웃었죠. 웬일인지 래티머라는 젊은 남자보다 더 무서웠어요.

'날 데려온 이유가 뭡니까?' 내가 물었어요.

'우리를 찾아온 그리스 신사한테 몇 가지 물어보고 대답을 전해주기만 하면 됩니다. 하지만 우리가 하라는 말만 하시오. 그렇지 않을 시에는….' 중년 남자는 다시 신경질적으로 낄낄거리더니 말했죠. '태어난 것을 후회하게 될 겁니다.'

중년 남자는 이렇게 말하면서 문을 열어 길을 안내하더군요. 들어간 방은 호화롭게 꾸며진 것 같았지만, 불빛이라고는 역시 반쯤 낮춘 램프 하나뿐이었죠. 꽤 큰 방이었어요. 걸어가면서 발이 양탄자에 푹신하게 빠지는 느낌이 들어 호화롭다는 걸 알 수 있었죠. 얼핏 벨벳 의자 몇 개와 벽난로의 하얗고 높은 대리석 장식이 보였고, 한쪽에 일본 갑옷으로 보이는 물건도 있었죠. 램프 아래 의자가 하나 있었는데 중년 남자가 내게 거기 앉으라는 손짓을 했습니다. 젊은 남자가 자리를 비웠다가 돌연 다른 쪽 문으로 들어왔어요. 그런데 실내복으로 보이는 헐렁한 옷을 입은 신사를 끌고 오는 겁니다. 신사는 우리 쪽으로 느릿느릿 걸어왔는데, 흐릿한 램프 불빛 안으로 들어오자 또렷하게 보였죠. 그때 저는 무서워서 몸서리를 쳤습니다. 신사는 죽은 사람처럼 창백하고 몹시 수척했거든요. 하지만 체력보다 정신력이 강하다는 듯 튀어나온 두 눈이 반짝거렸죠. 그런데 쇠약한 상태를 알려주는 여러 흔적보다 더 충격적이었던 건 괴이하게도 얼굴에 반창고를 십자 모양으로 붙이고 있다는 점이었어요. 게다가 입 위에는 큰 반창고 한 장을 붙이고 있었죠.

'해럴드, 석판을 가지고 왔나?' 중년 남자가 소리쳤죠. 얼굴에 반창고를 붙인 기이한 사람은 거의 쓰러지듯 의자에 털썩

앉았어요. '손은 풀어줬겠지? 자, 그럼, 녀석에게 연필을 주게. 멜라스 씨, 이제 질문을 하세요. 이 사람은 대답을 글로 적을 겁니다. 우선 서류에 서명할 각오가 됐는지 물어보세요.'

남자의 눈에 불꽃이 일더군요.

'절대 안 돼!' 끌려온 남자가 석판에 그리스어로 적었습니다.

'조건이 뭔가?' 나는 폭군의 명령대로 물었죠.

'내가 아는 그리스인 사제의 주례로 그녀가 내 앞에서 결혼해야만 해.'

중년 남자는 악의를 품은 듯 웃으며 키득거렸어요.

'그럼 당신에게 어떤 일이 생길지 알지?'

'나는 어떻게 되든 상관없다.'

이것이 실제로 주고받은 질문과 대답입니다. 말과 글이 반반 섞인 이상한 대화였죠. 포기하고 서류에 서명할 것인지 남자에게 몇 번이고 물어봐야 했어요. 그리고 분노에 찬 똑같은 대답을 몇 번이고 들어야 했죠. 그러다 잠시 후 좋은 생각이 떠올랐어요. 질문마다 짧은 문장을 덧붙이기 시작했죠. 처음에는 어느 한쪽이라도 알아차리는지 시험할 생각으로 단순한 문장을 질문하다가, 나는 아무도 눈치채지 못한다는 것을 알고 더 대담한 놀이를 시작했습니다. 우리의 대화는 이렇게 계속됐죠.

'고집부려봤자 소용없어. 당신은 누구입니까?'

'상관없어. 런던엔 처음입니다.'

'네 목숨은 너 하기에 달렸어. 온 지 얼마나 됐죠?'

'어디 마음대로 해봐. 3주요.'

'재산은 결코 네 몫이 될 수 없어. 어디 아픈가요?'

'악당들의 몫도 아닐 거야. 날 굶기고 있어요.'

'서명하기만 하면 풀어주지. 이 집은 어떤 곳이죠?'

'절대로 서명하지 않을 거야. 나도 몰라요.'

'이건 그녀를 위하는 일이 아니야. 당신 이름은?

'그녀에게 직접 듣게 해주시오. 크라티데스.'

'서명하면 그녀를 만날 수 있어. 어디서 왔죠?'

'그럼 만나지 않겠어. 아테네.'

홈즈 씨, 5분만 더 있었어도 그들의 눈앞에서 자초지종을 들을 수 있었을 겁니다. 바로 다음 질문으로 다 밝힐 수 있었죠. 그런데 그 순간 문이 열리고 한 여인이 방으로 들어왔어요. 머리카락은 검고 헐렁한 흰색 겉옷을 입은 여성이었죠. 거기다 키가 크고 기품 있는 모습이었다는 것 말고는 또렷하게 보이지 않았어요.

'해럴드.' 그녀가 유창하지 못한 영어로 말했어요. '더 이상 떨어져 있지 않을 거예요. 저기는 너무 쓸쓸하단 말이에요. 거기는…. 어머, 세상에, 폴이잖아!'

마지막 말은 그리스어였습니다. 그와 동시에 남자는 죽을힘을 다해 입에서 반창고를 떼어냈죠. 그리고 '소피! 소피!'라고 외치며 달려가 여인을 끌어안았죠. 그러나 그들의 재회는 일순간이었을 뿐이에요. 젊은 남자가 여자를 와락 붙들어 방 밖으로 밀어냈거든요. 그러는 사이 중년 남자는 수척한 피해자를 수월하게 제압해 다른 문으로 끌어냈죠. 나는 잠깐 동안 방에 혼자 남겨졌어요. 어떻게 해서든 이 집이 어떤 곳인지 단서를 얻어야겠다는 생각이 들어 자리에서 벌떡 일어났죠. 하지만 걸음을 옮기지 않아 다행이었죠. 눈을 들어보니 중년 남자가 나를 지켜보며 출입구에 서 있었거든요.

'이제 됐습니다, 멜라스 씨.' 중년 남자가 말했죠. '아주 사적인 일을 당신에게 털어놓았다는 걸 눈치챘을 겁니다. 그리스어를 할 수 있어 이번 협상을 시작했던 친구가 동부로 돌아갈 수밖에 없는 사정이 생겼죠. 그렇지 않았다면 당신을 귀찮게 하지 않았을 겁니다. 그 역할을 할 사람을 찾는 게 급선무였거든요. 그러다 당신 능력이 대단하다는 소문을 들었으니 운이 좋았던 거죠.'

나는 머리를 숙여 인사했어요.

'여기 5소버린이 있습니다.' 중년 남자가 내게 다가오면서 말하더군요. '사례금으로 충분했으면 좋겠네요. 하지만 잊지 마시오.' 중년 남자가 내 가슴을 툭툭 치면서 덧붙여 말했어요. '단 한 사람일지라도 다른 누구에게 이 일을 발설한다면, 신께 당신의 목숨을 구걸하게 될 거요!'

그 볼품없이 생긴 남자에게 느낀 혐오감과 공포를 말로 다 표현할 수가 없습니다. 램프 불빛이 그 남자를 비추고 있어서 그제야 제대로 볼 수 있었죠. 병들어 야윈 얼굴에 혈색도 좋지 않았고, 약간 뾰족한 턱수염은 가느다랗고 윤기가 없어 푸석

했어요. 말하면서 얼굴을 앞으로 내밀어서 살펴보니, 입술과 눈꺼풀은 무도병을 앓는 사람처럼 쉴 새 없이 씰룩거리고 있었죠. 발작하는 듯 이상하게 웃는 것도 신경 질환의 증상인 것 같더군요. 하지만 무서운 건 푸른빛을 띤 회색 두 눈이었습니다. 적의가 가득한 가차 없는 잔인함이 눈동자 깊은 곳에서 차갑게 번득이고 있었거든요.

'당신이 입을 열면 우리가 모를 리 없어요.' 중년 남자가 말했죠. '우리한테는 소식통이 있답니다. 자, 나가면 마차가 대기하고 있을 거예요. 내 친구가 모셔다드릴 겁니다.'

나는 서둘러 현관을 지나 마차에 올라탔습니다. 다시 나무와 정원이 잠깐 어렴풋이 보이더군요. 래티머 씨는 내 뒤에 착 달라붙으면서 따라오더니 잠자코 맞은편에 앉았습니다. 창문을 닫은 채 아무 말 없이 지루하게 긴 거리를 다시 달렸어요. 결국 자정이 막 지난 시간에 마차가 멈춰 섰습니다.

'여기서 내리세요, 멜라스 씨.' 동행이 말했죠. '댁에서 먼 곳에 놔두고 가 미안합니다만, 어쩔 도리가 없습니다. 마차를 따라오려고 했다가는 무사하지 못할 겁니다.'

래티머 씨는 이렇게 말하며 마차 문을 열었어요. 내가 뛰어내리자마자 마부가 채찍질을 했고, 마차는 덜컹이며 달려갔습니다. 나는 섬뜩한 느낌에 주변을 돌아봤어요. 히스가 무성한 황량한 황무지 같은 곳에 서 있더군요. 시커먼 가시금작나무 덤불숲 때문에 마치 황무지에 검은 얼룩이 생긴 것처럼 보였어요. 저 멀리에 집들이 쭉 늘어서 있었고, 군데군데 위층 창문에서 불빛들이 보였죠. 반대편을 보니 붉은 철도 신호등이 보였습니다.

나를 태우고 왔던 마차는 벌써 시야에서 사라지고 없었어요. 도대체 여기가 어디일까 궁금해하면서 주변을 살피며 서 있었죠. 그때 어둠 속에서 누군가 나를 향해 다가오는 게 보였습니다. 그리고 그 사람이 가까이 다가왔을 때 철도 짐꾼이라는 걸 알았어요.

'여기가 어딘지 알려주시겠어요?' 내가 물었습니다.

'완즈워스 공유지입니다.' 짐꾼이 말했어요.

'런던까지 가는 기차를 탈 수 있나요?'

'한 1.5킬로미터쯤 걸어가면 클래펌 환승역이 나옵니다. 지금 가면 빅토리아행 마지막 기차 시간에 딱 맞을 거예요.'

이것으로 제 모험은 끝났습니다. 홈즈 씨, 제가 갔던 곳이 어디인지, 이야기를 나눈 사람들이 누구인지 나는 아무것도 모릅니다. 아는 건 홈즈 씨에게 모두 말했어요. 하지만 범죄가 일어나고 있다는 건 알고 있죠. 할 수만 있다면 그 불쌍한 남자를 구해내고 싶어요. 이튿날 마이크로프트 홈즈 씨에게 자초지종을 이야기했고, 경찰에도 알렸죠."

이 기이한 이야기를 들은 뒤 우리 모두는 잠시 아무 말 없이 앉아 있었다. 그러다가 셜록이 형을 바라보았다.

"어떤 조치를 취했어?" 홈즈가 물었다.

마이크로프트가 보조 탁자 위에 있던 〈데일리 뉴스〉를 집어 들었다.

폴 크라티데스라는 그리스인의 행방을 알려주시는 분께 사례하겠음. 아테네에서 온 신사로 영어를 할 줄 모름. 소피라는 그리스 여성에 대해서도 알려주시면 마찬가지로 사례하겠음. X 2473

"모든 일간지에 실었는데 소식이 없어."

"그리스 대사관은 어때?"

"문의해봤지. 아는 바가 없다더군."

"그럼 아테네 경찰 책임자에게 전보는 보내봤어?"

"우리 집안에서 셜록이 제일 활력이 넘쳐요." 마이크로프트가 나를 돌아보며 말했다. "셜록, 부디 네가 이 사건을 맡아서 잘 해결하면 나한테도 좀 알려줘."

"물론이지." 내 친구가 의자에서 일어서면서 대답했다. "형에게 꼭 알려줄게. 그리고 멜라스 씨께도요. 그런데 멜라스 씨, 내가 당신이라면 몸조심을 하겠어요. 놈들은 이 광고를 보고 멜라스 씨가 배신했다는 걸 알았을 테니까요."

집으로 걸어가는 길에 홈즈는 전신국에 들러 전보를 몇 통 쳤다.

"있잖아, 왓슨." 홈즈가 말했다. "오늘 저녁은 결코 헛걸음이 아니었어. 내가 맡았던 재미있는 사건들 중에는 이런 식으로 마이크로프트 형을 통해 의뢰받은 사건들도 있었거든. 조금 전 들은 사건도 특색이 있어. 가설은 하나밖에 세우지 못하겠지만 말이야."

"해결할 수 있겠어?"

"음, 벌써 이만큼 알고 있는데, 나머지를 알아낼 수 없다면 그게 더 이상한 거지. 자네도 이번 사건을 설명할 가설을 나름대로 세워봤을 테지?"

"막연하게나마 세워봤지."

"어떻게 생각하고 있어?"

"그리스 아가씨가 해럴드 래티머라는 잉글랜드 청년에게 납치된 게 분명한 것 같아."

"어디서 납치했을까?"

"아마도 아테네겠지."

셜록 홈즈가 고개를 내저었다. "그 젊은이는 그리스어를 한 마디도 할 줄 몰라. 그런데 아가씨는 영어를 웬만큼 할 수 있어. 추론하기로는, 아가씨는 잉글랜드에 온 지 어느 정도 되었지만 그 남자는 그리스에 가본 적이 없어."

"음, 그렇다면 아가씨가 잉글랜드에 들렀고, 그 해럴드라는 청년이 같이 도망가자고 꼬드긴 거라고 볼 수도 있지."

"그럴 가능성이 더 높지."

"그럼 아가씨의 오빠, 그러니까 내 생각에는 남매 관계가 틀림없으니까 말이야. 오빠는 그리스에서 여동생을 말리려고 런던에 왔어. 그런데 젊은 남자와 공범인 중년 남자에게 경솔하게 제 발로 찾아간 거야. 두 사람은 그리스 신사를 붙잡아놓고 그리스 신사가 관리하고 있을 여동생의 재산을 자기들에게 넘긴다는 서류에 서명하라고 폭력을 쓰고 있는 거지. 그런데 그리스 신사가 그걸 거부하고 있어서 협상하기 위해서는 통역사를 구해야 했어. 그래서 멜라스 씨로 정한 거야. 그전에는 다른 사람이 통역을 했을 테지. 여동생은 오빠가 왔다는 소식을 듣지 못했다가 아주 우연한 계기로 알게 된 거야."

"대단하네, 왓슨!" 홈즈가 큰 소리로 말했다. "자네의 가설이 거의 사실일 거라고 봐. 자네도 알다시피 우리는 모든 패를 쥐고 있으니, 그들이 갑자기 폭력을 행사하지 않을까 걱정하는 일만 남았어. 그들이 우리에게 시간만 좀 준다면 틀림없이 잡을 수 있어."

"하지만 그 집이 어딘지 어떻게 알아내지?"

"음, 우리가 올바르게 추리했고 그리스 아가씨의 이름이 소피 크라티데스가 맞는다면, 그 아가씨를 추적하는 건 어렵지 않을 거야. 그게 우리의 가장 큰 희망이지. 그 아가씨의 오빠는 런던에 온 게 처음이라 아는 사람이 없을 테니까. 해럴드라는 작자가 이 아가씨와 알게 된 지는 좀 된 게 분명해. 적어도 몇 주 정도는 됐을 거야. 그런 소식을 듣고 그리스에 있는 오빠가 런던에 온 기간을 보면 그렇지. 그 기간 동안 그들이 같은 곳에서 지냈다면 마이크로프트 형의 광고에 회신했을 가능성이 있어."

이런 대화를 나누다 보니 어느새 베이커 스트리트에 도착했다. 계단을 먼저 올라가 방문을 연 홈즈가 소스라치게 놀랐다. 홈즈의 어깨 너머로 방 안을 들여다본 나도 마찬가지로 놀라고 말았다. 홈즈의 형 마이크로프트가 안락의자에 앉아 담배를 피우고 있었다.

"들어와, 셜록! 들어오세요, 왓슨 선생." 마이크로프트가 우리의 놀란 얼굴을 보고 웃으며 상냥하게 말했다. "셜록, 내게 끈기가 있을 거라고는 생각도 못 해봤지, 그렇지? 그런데 어쩐지 이번 사건에는 마음이 끌리는 거야."

"여기 어떻게 온 거야?"

"핸섬 마차를 타고 두 사람을 앞질렀지."

"새로운 사실이라도 있어?"

"신문 광고에 답이 왔어."

"아!"

"맞아, 네가 떠나고 얼마 지나지 않아 도착했어."

"어떤 내용이야?"

마이크로프트 홈즈가 종이 한 장을 꺼내놓았다.

"여기 있어." 마이크로프트가 말했다. "병약한 중년 남자가 담황색 고급 용지에 J펜으로 썼어.

> 오늘 자 광고를 보고 찾고 있는 젊은 숙녀를 잘 알고 있다는 사실을 알려드립니다. 저를 찾아오신다면 그 숙녀의 가슴 아픈 사연을 자세히 알려드릴 수 있습니다. 그 숙녀는 현재 베케넘의 머틀스 저택에서 지내고 있습니다. 그럼 안녕히 계십시오.
>
> — J. 대번포트 드림

로어브릭스턴에서 보낸 편지야."

마이크로프트 홈즈가 말했다. "셜록, 지금 이자에게 가서 자세한 내용을 들어볼까?"

"형, 오빠의 목숨이 여동생의 사연보다 더 중요해. 런던 경찰국에 들러서 그레그슨 경위를 데리고 베케넘으로 곧장 가봐야 할 것 같아. 한 남자의 목숨이 위태로운 상황이라 일분일초가 아까워."

"가는 길에 멜라스 씨를 태워가는 게 좋겠어." 내가 넌지시 말했다. "통역사가 필요할 수도 있어."

"아주 좋아." 셜록 홈즈가 말했다. "사환을 보내서 사륜마차를 불러. 바로 출발하자고." 이렇게 말하면서 홈즈는 탁자 서랍을 열었다. 홈즈가 권총을 주머니에 슬며시 넣는 모습이 보였다. "맞아." 홈즈가 내 시선에 답하듯 말했다. "지금까지 들은 사건 내용으로 미루어보면 우리는 아주 위험한 범죄 조직을 상대하고 있어."

날이 어두워진 무렵에야 펠멜에 있는 멜라스 씨의 방에 도착했다. 그런데 한 신사가 찾아와서 따라 나갔다고 했다.

"어디로 갔는지 아십니까?" 마이크로프트 홈즈가 물었다.

"아니요." 문을 열어준 여인이 대답했다. "멜라스 씨가 그 신사분과 마차를 타고 떠났다는 것밖에 몰라요."

"신사분이 이름을 말하던가요?"

"아니요."

"키가 크고, 잘생기고, 가무잡잡한 남자 아니었나요?"

"아, 아니에요. 키가 작은 신사분이었어요. 얼굴은 수척하고 안경을 썼어요. 그런데 기분이 좋아 보였어요. 말하는 내내 웃고 있었거든요."

"서둘러!" 셜록 홈즈가 갑자기 소리쳤다. "상황이 심각해졌어." 런던 경찰국으로 가는 길에 홈즈가 말했다. "그자들이 멜라스 씨를 다시 잡아갔어. 멜라스 씨는 배짱 두둑한 사람이 아니야. 일전에 겪었으니 놈들도 잘 알겠지. 범인은 대면하자마자 멜라스 씨를 겁먹게 만들 수 있었어. 그자들에게는 통역이 필요한 건 분명하지만, 멜라스 씨가 배신했다고 생각할 테니까 이용하고 나면 보복하려고 할 거야."

우리는 기차를 타서 멜라스 씨가 탄 마차와 비슷한 시간에, 혹은 그보다 더 빨리 도착할 수 있기를 바랐다. 그러나 런던 경찰국에 도착해서 그레그슨 경위를 만나 그 집에 들어갈 수 있는 법률상의 절차를 밟는 데 한 시간이 넘게 걸렸다. 10시 15분 전 런던교를 건넜고, 10시 30분이 지나서야 우리 일행 네 사람은 베케넘 기차역 승강장에 내렸다. 거기서 마차를 타고 800미터를 달려 머틀스 저택에 도착했다. 어둠에 잠긴 커다란 건물이 저택 부지에 난 도로에서 멀리 떨어진 곳에 위치해 있었다. 우리는 마차를 보내고 진입로를 따라 걸어 올라갔다.

"창문에 불이 다 꺼졌군요." 그레그슨 경위가 말했다. "아무도 없는 것 같습니다."

"새들은 날아가 버리고, 둥지는 텅 비었네요." 홈즈가 말했다.

"그걸 어떻게 아시죠?"

"무거운 짐을 실은 마차가 조금 전에 여기를 지나쳐 떠났어요."

그레그슨 경위가 소리 내어 웃었다. "정문에 있는 램프 불빛으로 바퀴자국을 봤어요. 하지만 짐 이야기는 뭐로 알 수 있는 겁니까?"

"경위는 같은 바퀴자국이 다른 방향으로 나 있는 걸 봤을 겁니다. 밖으로 나가는 바퀴자국이 훨씬 깊었죠. 많이 깊은 걸 보니 의심할 여지 없이 마차에 아주 무거운 짐을 실었다고 할 수 있죠."

"그 점은 홈즈 씨가 저보다 좀 낫군요." 그레그슨 경위가 어깨를 으쓱거리며 말했다. "밀고 들어가기 쉬운 문이 아닙니다. 그렇다고 열어줄 사람도 없으니 시도라도 해봐야겠죠." 그레그슨 경위는 현관문 고리쇠를 잡고 시끄럽게 쾅쾅 두드리고 초인종을 잡아당겨 울렸다. 하지만 아무런 응답이 없었다. 홈즈가 슬그머니 사라졌다가 이내 돌아왔다.

"창문을 열었어요." 홈즈가 말했다.

"홈즈 씨, 당신이 경찰 편이라는 게 천만다행입니다." 내 친구가 솜씨 좋게 자물쇠를 뒤쪽으로 비튼 걸 보고 경위가 말했다. "음, 사정이 사정이라 초대장 없이 들어갈 수도 있다고 생각합니다."

우리는 차례로 널찍한 저택 안으로 들어갔다. 멜라스 씨가 왔던 곳이 분명했다. 그레그슨 경위가 자신의 랜턴을 밝혔다.

그 불빛에 멜라스 씨가 설명한 대로 문 두 개, 커튼, 램프, 일본 갑옷 한 벌이 보였다. 탁자 위에는 유리잔 두 개와 빈 브랜디 병이 놓여 있었고, 음식도 남겨져 있었다.

"이 소리는 뭐죠?" 홈즈가 느닷없이 물었다.

우리 모두는 그대로 서서 귀를 기울였다. 나지막한 신음 소리가 머리 위 어딘가에서 들려오고 있었다. 홈즈는 방문으로 달려 나가 현관으로 갔다. 그 음산한 소리는 위층에서 들렸다. 홈즈가 2층으로 뛰어갔고, 그레그슨 경위와 나도 홈즈의 뒤를 따라갔다. 마이크로프트도 자신의 거구가 따라주는 한 서둘러 뒤를 따랐다.

2층에 올라가자 세 개의 방문이 있었다. 그중 가운데 문에서 불길한 소리가 새어 나오고 있었다. 분명치 않은 웅얼거리는 소리로 가라앉았다가 날카롭게 낑낑거리는 소리로 높아지기도 했다. 방문은 잠겨 있었지만, 열쇠가 바깥쪽에 그대로 꽂혀 있었다. 홈즈가 문을 거칠게 열고 안으로 뛰어들어 갔다가 곧장 목을 움켜쥐고 다시 나오고 말았다.

"숯이에요." 홈즈가 큰 소리로 말했다. "잠깐 기다리세요. 맑아질 겁니다."

자세히 들여다보니 방 안에 있는 유일한 빛은 방 한가운데에 놓인 작은 황동 삼각대에서 흐릿하게 깜빡거리는 파란 불꽃뿐이었다. 그게 바닥에 부자연스러운 잿빛 원을 드리우고 있었다. 그 너머 어둠 속에서 벽에 기대어 쭈그리고 앉은 두 사람의 형체가 어렴풋하게 보였다. 열린 문으로 끔찍한 유독 연기가 흘러나와 숨이 턱 막히고 기침이 연거푸 나왔다. 홈즈는 계단 꼭대기까지 올라가 깨끗한 공기를 마신 다음, 다시 방으로 들어가 창문을 서둘러 열고는 황동 삼각대를 정원으로 내던졌다.

"잠시 기다리면 들어갈 수 있어요." 홈즈가 다시 뛰쳐나와 숨을 헐떡거리며 말했다. "양초는 어디 있죠? 저런 공기 속에서 성냥을 켤 수 있을지도 의문이군. 문 앞에서 불을 들고 있어줘. 우리가 그들을 꺼내올게. 형, 지금이야!"

우리는 안으로 돌진해서 연기에 중독된 두 남자에게 다가갔고, 밝게 불이 켜진 현관으로 그들을 끌어냈다. 두 사람 모두 입술이 새파랗고 의식이 없었다. 피가 몰린 얼굴은 부어올랐고, 두 눈은 튀어나와 있었다. 정말 이목구비가 심하게 일그러져서 검은 턱수염과 땅딸막한 몸집이 아니었다면, 그중 한 사람이 겨우 몇 시간 전에 디오게네스 클럽에서 우리와 헤어진 그리스인 통역사라는 걸 알아보지 못했을 것이다. 통역사의 손과 발은 끈으로 단단히 묶여 있었고, 한쪽 눈 위에는 얻어맞은 흔적이 있었다. 같은 방식으로 묶여 있는 다른 한 남자는 키가 크고 뼈에 가죽만 남은 듯 앙상했다. 또 얼굴에 반창고 몇 개가 괴이한 모양으로 붙어 있었다. 바닥에 눕히자, 남자는 신음 소리를 그쳤다. 한눈에 봐도 남자에게는 우리의 도움이 너무 늦었다는 것을 알 수 있었다. 하지만 멜라스 씨는 아직 살아 있었다. 멜라스 씨가 암모니아와 브랜디의 도움으로 한 시간도 채 안 되어 눈을 뜨자, 모든 인생의 마지막 행로인 죽음의 골짜기에서 내 손이 멜라스 씨를 끌어낸 것이라는 생각이 들어 보람을 느꼈다.

통역사가 들려준 이야기는 간단해서 우리의 추리를 확인해 주는 내용뿐이었다. 통역사를 찾아온 사람은 들어오자마자 소매에서 지팡이를 꺼냈다. 바로 그 자리에서 죽음을 피할 수 없을 것처럼 위협해서 다시 멜라스 씨를 납치한 것이었다. 실제로 킬킬거리는 악당이 위협을 가해 통역사는 완전히 넋이 빠진 지경이어서 악당 이야기만 나오면 창백한 얼굴로 손을 벌벌 떨었다. 통역사는 그 즉시 베케넘으로 끌려갔고, 통역사로서 두 번째 면담을 했다. 처음보다 훨씬 극적인 면담이었다. 두 잉글랜드인은 그리스인 포로에게 자신들의 요구에 따르지 않으면 당장 죽이겠다고 위협했다. 결국 온갖 위협에도 그리스인이 굴하지 않는다는 것을 깨닫고 그리스인을 다시 감금했다. 그리고 신문 광고를 통해 드러난 통역사 멜라스의 배신을 비난하더니, 지팡이로 세게 내리쳐 통역사를 기절시켰다. 그 이후부터 자신을 내려다보고 있는 우리를 발견할 때까지 아무것도 기억나는 게 없다고 했다.

이것이 그리스인 통역사가 겪은 기이한 사건이다. 이 사건의 진상은 지금도 수수께끼로 남아 있다. 신문 광고에 회신해 준 신사를 통해 불운한 아가씨가 그리스의 부유한 집안 출신이라는 사실을 알았다. 그 아가씨는 잉글랜드에 있는 친구를 만나러 왔다가 해럴드 래티머라는 젊은 남자를 만났다. 해럴드 래티머는 그리스 아가씨의 마음을 사로잡아 함께 도망가자고 꼬드겼다. 이 일에 깜짝 놀란 친구들은 아테네에 있는 아가씨의 오빠에게 알리는 것으로 안심하고 이 일에서 손을 뗐다. 아가씨의 오빠는 잉글랜드에 도착하자마자 경솔하게 이 일에 뛰어들어, 오히려 래티머와 그의 공범에게 잡히고 말았다. 공범의 이름은 윌슨 켐프였고, 악랄한 전과가 있는 남자였다. 이 그리스인이 영어를 할 줄 몰라 자신들의 손아귀에서 옴짝달싹할 수 없다는 사실을 알고 오빠를 감금했고, 학대하고 굶겨서 남매의 재산을 양도하는 서류에 서명하게 만들려고 했다. 그들은 여동생 몰래 오빠를 감금했다. 여동생이 얼핏 보게 되는 경우에 대비해 누군지 알아보기 어렵도록 오빠의 얼굴에 반창고를 붙여놓은 것이었다. 그러나 통역사가 왔을 때, 여자는 직감으로 즉각 변장 도구를 꿰뚫고 자신의 오빠를 알아보았다. 하지만 가엾은 그리스 아가씨도 포로였다. 저택에는 마부 노릇을 하는 남자와 그자의 아내밖에 없었고, 그 둘도 범인들의 수족일 뿐이었다. 범인들은 자신들의 은밀한 계획이 들통 났고, 포로의 마음을 돌릴 수 없다는 사실을 알게 되자, 몇 시간 만에 가구가 비치된 셋집에서 그리스 아가씨를 데리고 달아났다. 그들은 떠나기 전에 자신들을 거역하고 배신한 남자들에게 분풀이를 했다.

몇 달 뒤 부다페스트에서 기이한 신문 기사가 우리에게 도착했다. 잉글랜드인 두 명이 한 여성과 함께 여행을 하다가 처참한 최후를 맞은 경위에 관한 기사였다. 두 남자는 칼에 찔려 죽은 듯했다. 헝가리 경찰은 남자들이 언쟁을 벌이다가 서로에게 치명상을 입힌 걸로 보고 있었다. 하지만 홈즈는 생각이 다른 것 같았다. 지금까지도 홈즈는 그리스 아가씨를 찾으면 그 아가씨가 자신과 오빠의 원수들에게 어떻게 앙갚음했는지를 알 수 있을 거라고 생각한다.

마지막 문제

우수에 젖은 첫 단락부터 벌써 이 이야기는 다른 이야기와 다르다. 셜록 홈즈는 능력이 최고조에 달한 상태에서 범죄계의 나폴레옹과 맞선다. 모리아티 교수는 한 장면에만 나오고도 잊을 수 없는 인상을 남긴다. 라이헨바흐 폭포 옆에서 발견한 쪽지에 담긴 비애는 참을 수 없을 만큼 가슴 아프다.

- 마크와 스티븐

무거운 마음으로 내 친구 셜록 홈즈에게 유명세를 안겨준 홈즈의 비범한 재능에 대한 마지막 기록을 하기 위해 이렇게 펜을 든다. 우리를 우연히 엮어준 '주홍색 연구'의 시기부터 홈즈의 개입으로 심각한 국제 분쟁을 막을 수 있었다 해도 과언이 아닌 '해군 조약문'의 시기까지, 나는 홈즈의 곁에서 겪은 기묘한 경험을 글로 남기려고 애써왔다. 그러나 이제 와서 뼈저리게 느끼듯 그 노력은 두서가 없고 부족하기 짝이 없었다. 나는 원래 그쯤에서 기록을 멈추려 했다. 그 후로 2년이 지나도 채워지지 않는 커다란 공허함을 안겨준 그 사건에 대해서는 입을 열지 않으려 했던 것이다. 그러나 최근 제임스 모리아티 대령이 죽은 형을 옹호하는 서한을 발표한 것을 보고 나는 펜을 들지 않을 수 없었다. 이렇게 된 이상 일어난 사실을 있는 그대로 대중에게 알릴 수밖에 없다. 이 사건의 전모를 알고 있는 것은 오직 나 하나뿐인데, 입을 다물고 있는 게 더는 도움이 되지 않는 시점이 온 것이다. 내가 알기로 이 사건에 대한 신문 보도는 세 차례 있었다. 1891년 5월 6일자 〈주르날 드 주네브〉의 기사, 5월 7일 로이터 통신을 출처로 영국 각 신문에 실린 기사, 그리고 내가 방금 언급한 최근의 서한이 그것이다. 첫 번째와 두 번째는 몹시 간결한 기사였으나, 대령의 서한은 내가 이제 입증해 보이겠지만 극도로 사실을 왜곡한 것이다. 모리아티 교수와 셜록 홈즈 사이에 실제로 어떤 일이 일어났는지 최초로 밝히는 것은 이제 내 의무가 되었다.

내가 결혼을 하고 연이어 개업을 하면서 아주 가까웠던 홈즈와 나의 관계에도 작은 변화가 찾아왔다. 홈즈는 여전히 조사에 동반자가 필요할 때면 때때로 나를 찾아왔지만 점점 발길이 뜸해지더니, 마침내 1890년에는 내가 기록한 사건이 겨우 세 건에 지나지 않았다. 그해 겨울과 이듬해 봄에 나는 프랑스 정부에서 매우 중요한 임무를 위해 홈즈를 고용했다는 신문 기사를 읽었다. 홈즈가 두 도시인 나르본과 님에서 두 통의 편지를 보낸 걸로 보아, 나는 내 친구가 프랑스에 오래 머무르리라고 추측하고 있었다. 그래서 4월 24일 저녁, 나는 진료실로 들어오는 홈즈를 보고 깜짝 놀랐다. 얼굴은 평소보다도 더 파리하고 여윈 것 같았다.

"그래, 그동안 몸을 조금 과하게 굴린 감이 있지." 홈즈는 내 말이 아니라 표정을 읽고 대답했다. "최근 좀 바빴어. 덧문을 닫아도 괜찮겠지?"

방 안의 불빛이라고는 내가 책을 읽느라 켜둔 탁자 위의 램프뿐이었다. 홈즈는 벽에 바싹 붙어 슬그머니 창가로 다가가더니 덧문을 단번에 내려버리고는 빗장까지 단단히 질렀다.
"걱정되는 거라도 있어?" 내가 물었다.
"응."
"뭔데?"
"공기총."
"세상에, 그게 무슨 말이야?"
"왓슨, 자네는 나를 속속들이 알고 있잖나. 어딜 봐도 내가 겁쟁이는 아니라는 걸 알고 있겠지. 위험이 코앞으로 다가왔을 때 그것을 인정하려 들지 않는 건 용감한 게 아니라 어리석은 거야. 성냥불 좀 줄 수 있어?" 홈즈는 담배의 진정 효과에 감사하기라도 하듯이 연기를 빨아들였다.
"이렇게 늦은 시각에 찾아와서 미안해." 홈즈가 말했다. "그리고 터무니없는 소리지만, 좀 이따가 뒤뜰을 넘어서 집을 나가는 것도 양해해주게나."
"그게 무슨 말이야?" 내가 물었다.
홈즈는 한쪽 손을 내밀었다. 램프 불빛 아래로 손가락 두 마디가 뜯겨서 피가 나는 게 보였다.
"보다시피 웃어넘길 만한 일은 아니야." 홈즈가 웃으며 말했다. "반대로 사나이가 손을 다쳤을 때는 그만한 이유가 있는 거지. 부인은 집에 계신가?"
"집사람은 어디 좀 갔어."
"그렇군! 그럼 혼자라는 말이지?"
"그래."

"얘기가 쉬워지는군. 나랑 일주일 동안 대륙에 좀 다녀오면 좋겠어."

"어디로 가는데?"

"어디라도 괜찮아. 나는 어디든 상관없으니까."

이 모든 상황이 몹시 기이했다. 홈즈는 뚜렷한 목적 없이 휴가를 떠나는 사람이 아니었고, 파리하게 마른 얼굴을 보니 긴장이 최고조에 달했다는 것을 알 수 있었다. 홈즈는 내 눈에 떠오른 의문을 읽고는, 양손 손가락 끝을 마주 모으고 팔꿈치를 무릎에 얹은 채 상황을 설명하기 시작했다.

"모리아티 교수라고 혹시 들어본 적 있어?"

"전혀."

"아, 그게 바로 그 작자가 천재이자 수수께끼의 인물인 이유야!" 홈즈가 외쳤다. "모리아티는 런던을 주름잡고 있는데도 아무도 그 이름을 들어본 적이 없으니 말이야. 그자가 범죄의 역사에서 최고로 손꼽히는 이유지. 왓슨, 진지하게 얘기하는데 그 작자를 쓰러뜨리고 우리 사회를 그자의 마수에서 해방시킬 수만 있다면, 그때 비로소 내 경력도 정점에 올랐다고 할 수 있을 거야. 그다음부터는 나도 인생의 평화로운 시간을 즐길 수 있을 테고. 우리끼리 얘기지만, 최근에 스칸디나비아 왕실과 프랑스 공화국을 도와 사건 몇 개를 해결한 덕분에 나는 조용히 지내면서 화학 연구에 몰두할 수 있을 정도가 되었네. 하지만 왓슨, 나는 차마 쉴 수가 없어. 모리아티 교수 같은 작자가 런던 거리를 활개 치고 다니는데 내가 잠자코 앉아만 있을 수는 없다고."

"대체 그자가 무슨 짓을 했는데 그래?"

"비범한 경력을 자랑하는 자야. 좋은 가문에서 태어나 훌륭한 교육을 받은 데다 천재적인 수학적 재능을 타고났지. 스물한 살에 이항 정리에 대한 논문을 발표했는데, 유럽 대륙에서 호평을 받았지. 덕분에 영국의 작은 대학에서 수학 교수 자리를 얻었고, 장래가 촉망받는 상황이었지. 그런데 모리아티는 아주 악마적이라고밖에 할 수 없는 유전 성향을 타고났어. 그자의 혈관에 흐르는 범죄자의 피는 시간이 흐르면서 약해지기는커녕, 탁월한 정신적 능력 때문에 오히려 더 드세지고 이루 말할 수 없이 위험해졌어. 대학가에서 모리아티 교수를 둘러싸고 나쁜 소문들이 퍼져 나간 탓에 결국 교수직을 그만둬야 하는 상황에 이르렀지. 이후 그자는 런던으로 와서 육군 교관 자리를 얻었네. 모리아티에 대해 세상에 알려진 건 이 정도가 전부야. 하지만 이제부터 내가 직접 조사해서 밝혀낸 걸 얘기해주겠네.

왓슨, 자네도 알다시피 런던의 고급 범죄계에 대해 나처럼 훤히 꿰고 있는 사람은 어디에도 없어. 지난 몇 해 동안 나는 범죄자들의 배후에 모종의 세력이 도사리고 있다는 걸 계속해서 의식하고 있었네. 뿌리 깊게 조직을 이룬 이 세력은 끊임없이 법의 걸림돌이 되는 동시에 범죄자의 방패 노릇을 하고 있었어. 사기, 절도, 살인 등 종류를 막론한 온갖 범죄에서 나는 이 세력의 존재를 거듭 느꼈다네. 내가 개인적으로 자문을 요청받지 않은, 세상에 드러나지 않은 범죄들에서도 이 세력의 힘이 뻗어 있다는 사실을 추리해낼 수 있었지. 몇 해 동안이나 나는 문제의 세력을 은폐하고 있는 장막을 뚫어보려고 애썼어. 그리고 마침내 실마리를 잡아 추적을 시작했지. 셀 수 없이 많은 교활한 속임수들을 물리치며 근원으로 더듬어가 보니, 바로 수학계의 명사인 모리아티 전 교수가 떡하니 버티고 있었던 거야.

왓슨, 그자는 범죄계의 나폴레옹이야. 이 대도시에서 벌어지는 악행은 절반이 그자가 꾸민 것이고, 드러나지 않은 악행은 거의 전부 그자의 작품이라고 할 수 있어. 천재이자 사색가이고, 추상적 사고가 가능한 사람이지. 그자의 두뇌는 일류야. 모리아티 교수는 손가락 하나 까딱하지 않고 가만히 자기 자리를 지키고 있을 뿐이야. 거미줄 한가운데 자리 잡은 거미처럼 말이야. 하지만 그 거미줄이라는 건 천 갈래로 뻗어나가 있고, 교수는 그 하나하나의 떨림을 죄다 꿰고 있지. 모리아티가 몸소 범죄에 나서는 일은 거의 없어. 그자의 역할은 범죄를 계획하는 것이거든. 하지만 훌륭하게 조직된 수많은 하수인들이 그 밑에서 일하고 있지. 어떤 범죄가 일어나야 할 때, 가령 어떤 문서를 빼내야 하거나 집을 털어야 하거나 어떤 인물을 제거해야 하면, 그 내용이 교수에게 전달되고 그로부터 범죄가 계획되어 실행에 옮겨진다네. 하수인이 붙잡힐 수도 있지. 그런 경우에는 조직이 돈을 써서 보석을 받게 해주거나 변호인을 고용해줘. 하지만 하수인을 조종하는 핵심 세력은 결코 붙잡히지 않는다네. 애초에 용의 선상에 오르지도 않지. 왓슨, 이게 바로 내가 추적해온 조직, 내가 온 힘을 쏟아 실체를 드러내고 깨부수려 했던 조직일세.

하지만 교수는 아주 교활하게도 곳곳에 안전장치를 심어놓았기 때문에 법정에서 그자에게 유죄를 선고할 만한 증거를 확보한다는 건 아무리 기를 써도 불가능해 보였어. 왓슨, 자네는 내 능력을 잘 알고 있지. 하지만 석 달을 그렇게 보내고 나니 결국 나와 지적으로 동등한 호적수를 만났다는 것을 인정할 수밖에 없었어. 그자의 능력에 감탄하느라 그만 끔찍한 범죄를 저지른 사람이라는 사실을 잊을 뻔할 정도였다니까. 하지만 결국은 그자가 실수를 하더군. 사소하기 짝이 없는 실수였지만, 내가 뒤를 바짝 쫓고 있었으니 모리아티로서는 큰 대가를 치러야 하는 실수였지. 나는 드디어 기회를 잡고 그 지점에서부터 모리아티를 둘러싼 그물을 쳐나갔다네. 이제 그 그물을 바짝 옭아매기만 하면 되는 상황이야. 사흘 후, 그러니까 돌아오는 월요일이면 때가 무르익어서 교수와 조직의 주요 인물들은 모두 경찰의 손아귀에 들어가게 될 걸세. 바야흐로 금세기 최고의 범죄 재판이 열리고, 40개가 넘는 미제 사건들이 해결되고, 조직원들은 모두 목을 매달게 되겠지. 하지만 자네도 알다시피 너무 성급하게 움직이면, 마지막 순간에라도 우리의 손아귀를 빠져나갈 가능성이 있으니 조심해야 한단 말이야.

이 모든 작업을 모리아티 교수가 모르게 할 수 있었다면 전부 순조롭게 진행됐을 거야. 하지만 그 작자도 책략이라면 한 가닥 한단 말일세. 내가 그자를 잡으려고 한 행동 하나하나를 지켜보고 있었지 뭔가. 모리아티는 계속 달아날 기회를 엿보고 있었지만 내가 번번이 저지했어. 왓슨, 말해두겠는데 우리의 말 없는 대결을 누군가 상세히 기록했더라면, 그 싸움은 탐정의 역사에서 가장 치열한 공방전으로 남았을 걸세. 나는 그자와의 싸움에서 인생 최고의 능력을 발휘했지만, 그자 또한 내가 일찍이 겪어보지 못한 심한 압박을 가해왔어. 놈이 깊게 허를 찔러오면 나는 그 공격을 단칼에 쳐내는 형국이었네. 나는 오늘 아침에 마지막 조치를 취했고, 이제 단 사흘만 기다리면 일이 완전히 마무리될 거야. 그런데 내 방에 앉아서 이번 일을 다시금 곱씹고 있는 도중에 문이 덜컥 열리더니 모리아티 교수가 내 앞에 모습을 드러내는 게 아닌가.

왓슨, 나도 강단 있기로는 둘째가라면 서러운 사람인데, 자나 깨나 내 머릿속을 맴돌던 바로 그 남자가 내 문지방을 밟고 서 있는 것을 보자 심장이 내려앉았다네. 그자의 모습은 낯이 익었어. 아주 큰 키에 몸집은 여위었고, 허옇게 센 머리는 이마 쪽이 둥글게 벗겨져 있었으며, 두 눈은 퀭하니 꺼져 있었지. 면도를 깔끔하게 했고, 얼굴은 파리했는데, 금욕적인 인상이었다네. 아직도 교수다운 분위기가 남아 있더군. 공부를 너무 많이 한 사람 특유의 구부정한 어깨에, 목을 쭉 빼고 앞으로 내민 머리를 천천히 좌우로 내두르고 있는 게 희한하게도 파충류 같아 보였어. 모리아티는 눈살을 찌푸리고 호기심을 잔뜩 담은 눈빛으로 나를 물끄러미 쳐다보더군.

'자네는 생각보다 전두골이 크게 발달하지 않았군.' 마침내 그자가 말문을 열었어. '실내복 주머니에 장전한 화기를 넣고 만지작거리는 건 위험한 버릇이네만.'

실은 모리아티가 방에 들어선 순간 나는 즉시 엄청난 위험에 빠졌다는 걸 깨달았네. 그자가 살아남을 수 있는 방법은 내 입을 영영 다물게 하는 것 외에는 없었으니까. 나는 눈 깜짝할 사이에 서랍에서 권총을 집어 주머니에 넣고, 옷 안쪽으로 그자를 겨누고 있었어. 하지만 모리아티의 말에 나는 권총을 꺼내 공이치기를 당겨둔 채로 탁자 위에 올려놓았어. 모리아티는 여전히 미소를 머금고 눈을 끔벅이고 있었지만, 그 작자의 눈빛을 보고 나는 권총이 내 손에 있는 게 얼마나 다행이라고 생각했는지 몰라.

'자네는 나를 모르나 보군.' 모리아티가 말했어.

'천만에.' 내가 대답했어. '당신이 누구인지는 확실히 알고 있습니다. 우선 앉으시죠. 할 말이 있으면 5분 정도는 내드릴 수 있습니다.'

'내가 하고 싶은 말이 뭔지는 이미 자네 머릿속에 떠오르지 않았나.' 모리아티가 말하더군.

'그렇다면 내 대답도 당신 머릿속에 떠올랐겠군요.' 내가 응수했지.

'자네의 결심은 확고한가?'

'물론이죠.'

모리아티가 느닷없이 손을 주머니에 집어넣는 걸 보고 나는 재빨리 탁자 위의 권총을 집어 들었네. 하지만 그자가 꺼낸 건 몇 가지 날짜를 휘갈겨 쓴 수첩이었어.

'1월 4일에 자네는 내 계획에 훼방을 놓았어.' 그자가 말했어. '23일에는 내게 민폐를 끼쳤고. 2월 중순에는 자네 때문에 불편한 게 한두 가지가 아니었어. 3월 말에는 내 계획을 아주 박살 내놓았더군. 4월이 끝나가는 지금, 자네가 지치지도 않고 귀찮게 구는 탓에 나는 자유를 잃을 위험에 처해 있어. 말하자면 상황이 말도 안 되게 흘러가고 있다는 걸세.'

'뭐 제안하실 거라도 있습니까?' 내가 물었어.

'홈즈 씨, 그런 짓은 이제 그만두게.' 모리아티가 고개를 절레절레 흔들며 말했어. '이제 그만둘 때도 되지 않았나.'

'월요일 이후에 손을 떼죠.' 내가 말했어.

'쯧쯧! 자네처럼 똑똑한 사람이라면 이 상황에서 도출될 수 있는 결말은 단 하나뿐이라는 걸 이미 알고 있을 거라고 생각하네만. 자네는 지금 당장 손을 떼야 해. 자네가 일을 이런 식으로 한 까닭에 우리에게는 오직 한 가지 방법밖에 남지 않았어. 사실 자네가 이번 일을 어떻게 처리하는지 지켜보는 게 나에게는 상당한 지적 즐거움을 안겨주었지. 진심으로 말하는데, 극단적인 조치를 취할 수밖에 없는 상황이 오면 나는 꽤나 섭섭할 거야. 홈즈 씨, 내 말이 우스운가 보군. 하지만 장담하건대 정말 섭섭할 걸세.'

'위험은 내 직업의 일부입니다.' 내가 말했어.

'이건 위협이 아닐세.' 그 작자가 대답했어. '불가피한 파괴라면 모를까. 자네는 단순히 한 개인을 방해하고 있는 게 아니라, 영민한 자네조차 전부 파악하지 못할 정도로 광범위하고 강력한 조직과 맞서고 있어. 홈즈 씨, 자네는 이쯤에서 길을 비켜줘야 해. 그렇지 않으면 우리 조직의 발밑에 무참히 짓밟혀 버릴 거야.'

'이 흥미로운 대화에 심취한 나머지, 다른 곳에서 중요한 볼일이 있다는 걸 잊고 있었군요.' 내가 자리에서 일어서며 말했어.

모리아티 교수도 일어나더니 슬픈 듯이 고개를 저으며 나를 말없이 응시하더군.

'그래, 그렇군.' 마침내 그자가 다시 입을 열었어. '참으로 안타까운 일이네만 나는 할 만큼 했어. 자네의 수는 내겐 손바닥 보듯 훤해. 월요일까지는 아무것도 못할 거야. 홈즈 씨, 지금까지는 우리 두 사람 사이의 결투였지. 자네는 나를 피고석에 세우고 싶을 거야. 하지만 결단코 그러지 못할 걸세. 자네는 나를 쓰러뜨리고 싶겠지. 장담컨대 자네는 그럴 수 없을 걸세. 자네가 머리를 써서 나를 파멸시킨다면, 나 또한 똑같이 자네를 파멸시킬 거라는 걸 잊지 말게.'

'모리아티 씨, 저에게 여러 가지 덕담을 해주시는군요.' 내가 말했어. '저도 답례로 덕담 한마디 해드리겠습니다. 제가 당신을 확실히 파멸시킬 수만 있다면, 공익을 위해 기꺼이 저 스스로의 파멸을 받아들일 겁니다.'

'자네의 파멸을 약속하겠네. 하지만 내가 파멸할 일은 절대 없을 걸세.' 모리아티는 으르렁대듯 마지막 말을 던지고는 구부정한 등을 보이며 돌아서더니, 밖을 흘끔거리고 눈을 깜빡이며 방을 떠났어.

이게 바로 모리아티 교수와 나 사이의 유일한 대화였네. 솔직히 말하자면, 그 만남은 내게 영 불쾌한 느낌이었어. 부드러우면서도 명료한 그자의 화법에는 여느 불량배와는 달리 진정성이 있었거든. 물론 자네는 이렇게 말하겠지. '경찰에게 말해서 그자를 감시하도록 하면 되지 않나?' 하지만 나는 그자가 직접 움직이지 않고 하수인을 써서 공격해올 거라고 확신해. 그럴 거라는 확실한 증거도 있다네."

"아니, 벌써 공격을 당했단 말이야?"

"친애하는 왓슨, 모리아티 교수는 꾸물대다가 기회를 놓칠 위인이 아닐세. 오늘 정오 즈음 나는 옥스퍼드 스트리트에 볼일이 있어서 외출을 했지. 벤팅크 스트리트에서 웰벡 스트리트로 이어지는 사거리를 지나가고 있는데, 말 두 필이 끄는 마차 하나가 맹렬하게 튀어나와 내게로 돌진하더군. 재빨리 보도로 뛰어오른 덕분에 찰나의 차이로 목숨을 구했지. 마차는 메릴본 레인으로 꺾어 들어가 사납게 내달리더니 곧 자취를 감췄어. 왓슨, 그 후로 나는 신경 써서 보도로만 걸어 다녔다네. 하지만 비어 스트리트를 걸어 내려오고 있는데, 어느 집 지붕에서 벽돌 하나가 떨어지더니 내 발치에서 산산조각이 나는 게 아닌가. 나는 경찰을 불러 그곳을 조사하게 했어. 지붕에는 보수 공사를 위해 쌓아둔 슬레이트와 벽돌이 있었는데, 경찰은 그 가운데 하나가 바람에 날려 떨어진 것뿐이라고 나를 안심시키더군. 물론 나는 그 말을 믿을 만큼 멍청하진 않았지만, 그걸 증명할 만한 물증이 없었지. 나는 그 즉시 마차를 타고 펠멜에 있는 형의 집으로 가서 남은 오후를 보냈어. 그다음으로 자네에게 온 건데, 여기 오는 길에 또다시 곤봉을 든 괴한에게 습격당했다네. 나는 놈을 쓰러뜨리고 경찰을 불러 감방에 넣었어. 하지만 단언컨대 앞니로 내 손가락 마디를 물어뜯어 놓은 신사와, 거의 20킬로미터 밖에서 칠판에 수학 문제를 풀고 있는 은퇴한 수학 교수 사이에 모종의 관계가 있다는 건 절대 드러나지 않을 걸세. 왓슨, 얘기를 들어보니 어떤가. 자네 집에 들어오자마자 덧문을 내리게 하고, 앞문이 아니라 좀 더 비밀스러운 방법으로 집을 떠나도 될지 물어본 것도 이제 이상하지 않겠지."

일련의 사건들로 무서운 하루를 보냈을 게 분명한데도 조용히 앉아서 사건들을 차근차근 되짚고 있는 내 친구를 보며, 나는 그 어느 때보다도 내 친구의 용기에 감탄하지 않을 수 없었다.

"여기서 밤을 보낼 건가?" 내가 물었다.

"아니. 그랬다가는 자네까지 위험해질 수 있어. 내 나름대로 계획이 있으니 다 잘될 걸세. 일이 많이 진행되었으니까 그 작자를 체포하는 데는 내 도움이 필요하지 않을 거야. 물론 유죄 판결을 얻으려면 내가 꼭 법정에 출두해야겠지만. 경찰이 자유롭게 움직일 수 있을 때까지 남은 며칠 동안 잠시 런던을 떠나 있는 게 나로서는 최선이야. 그래서 말인데 자네가 유럽 대륙으로 동행해준다면 몹시 기쁠 거야."

"요새는 일도 한가하고 여차하면 부탁을 들어줄 이웃도 있으니, 나도 같이 가면 좋겠어."

"내일 아침 출발하면 어때?"

"필요하다면야."

"아, 꼭 그래야만 하네. 그리고 자네가 몇 가지 꼭 따라줘야 할 게 있어. 친애하는 왓슨, 부탁인데 내 부탁을 문자 그대로 따라주게나. 지금부터 자네는 내 편에 서서 유럽에서 가장 영악한 악당과 가장 강력한 범죄 집단을 상대로 복식 게임을 벌이게 되었으니 말이야. 이제 잘 듣게! 자네의 여행 짐은 이름도 주소도 쓰지 말고 가장 믿음직한 심부름꾼에게 맡겨서 빅토리아역에 갖다 놓으라고 하게. 아침에는 하인을 시켜 이륜마차를 잡되, 첫 번째나 두 번째로 오는 마차는 잡지 말고 그냥 보내라고 해. 이륜마차에 탄 다음에는 로더 아케이드를 따라 스트랜드 스트리트가 나올 때까지 가게. 목적지를 종이쪽지에 써서 마부에게 건네주고 절대 버리지 말라고 일러둬. 요금을 미리 준비해두었다가 마차가 목적지에 도착하자마자 내려서 아케이드를 가로질러 전속력으로 달려가게. 아케이드 반대편에 9시 15분에 딱 맞춰 도착하도록 해. 그러면 길가에 작은 사륜마차 하나가 대기하고 있을 걸세. 마부는 목깃 끝을 빨간색으로 장식한 묵직한 검은색 망토를 두르고 있을 거야. 이

마차를 타고 대륙행 특급 열차 시간에 맞춰 빅토리아역으로 가면 돼."

"자네와는 어디서 만나면 되나?"

"역에서. 일등칸 앞에서 두 번째 좌석을 예약해뒀어."

"그럼 일등칸에서 만나는 거로군?"

"그래."

홈즈에게 자고 가라고 했지만 소용없었다. 홈즈는 자기가 머물면 골치 아픈 일이 생길 거라고 생각하는 게 분명했고, 그래서 쫓기듯이 떠나려 한 것이었다. 홈즈는 다음 날 계획에 대해 서둘러 이야기한 후 일어나서 나와 함께 정원으로 갔다. 내 친구는 모티머 스트리트로 이어진 담을 훌쩍 넘더니 곧장 휘파람을 불어 이륜마차를 부르는 듯했다. 잠시 후 마차가 떠나는 소리가 들렸다.

이튿날 아침 나는 홈즈의 지시대로 따랐다. 우리를 노리고 파둔 함정을 경계하며 조심스럽게 이륜마차를 불렀고, 아침 식사를 마치자마자 로우더 아케이드로 향했다. 그리고 아케이드를 가로질러 전속력으로 뛰었다. 과연 홈즈가 말한 지점에 검은색 망토를 두른 거구의 마부가 사륜마차를 끌고 기다리고 있었다. 마부는 내가 마차에 오르자마자 채찍을 휘두르며 빅토리아역을 향해 마차를 달렸다. 내가 역에 도착해서 내리자, 마부는 곧장 마차를 돌리더니 뒤도 돌아보지 않고 다시 빠르게 사라졌다.

여기까지는 감탄스러울 정도로 일이 잘 풀렸다. 내 짐은 이미 역에 도착해 주인을 기다리고 있었고, 홈즈가 말한 좌석을 찾는 데도 어려움이 없었다. '예약'이라고 표시된 좌석이 하나밖에 없었기 때문이었다. 이제 내 걱정거리는 홈즈가 보이지 않는다는 것뿐이었다. 기차역의 시계는 출발 시간 7분 전을 가리키고 있었다. 나는 수많은 탑승객들과 배웅하는 사람들 무리 속에서 내 친구의 늘씬한 형체를 찾으려 했지만 허사였다. 홈즈는 나타날 기미가 없었다. 그사이 나는 몇 분 동안이나 나이 많은 이탈리아인 성직자에게 붙들려, 그자가 짧은 영어로 더듬거리며 짐을 파리까지 부쳐야 한다고 짐꾼에게 설명하는 것을 돕고 있었다. 홈즈를 한 번 더 찾아보고 내 자리로 오니 아까의 이탈리아인 성직자가 앉아 있었다. 짐꾼이 기차표는 무시하고, 성직자를 내 일행으로 여겨 같은 자리로 안내해 둔 것이었다. 거기 있으면 무단 침입이라는 것을 설명하려 했지만, 내 이탈리아어 실력이 그 성직자의 영어 실력보다도 떨어졌기 때문에 소용이 없었다. 나는 체념의 의미로 어깨를 한 번 으쓱하고는 계속해서 내 친구를 찾아 밖을 두리번거렸다. 홈즈가 나타나지 않는 것이 간밤에 이미 일이 터졌기 때문일 수도 있다고 생각하자 등골이 서늘해졌다. 기차는 이미 문을 전부 닫고 기적을 울리고 있었다. 그때였다.

"이봐, 왓슨." 누군가의 말소리가 들렸다. "아침 인사도 해주지 않을 텐가?"

나는 놀란 마음을 채 억누르지 못하고 뒤를 돌아보았다. 나이 지긋한 성직자가 내 쪽을 바라보고 있었다. 그때 순식간에 그자의 얼굴에서 자글자글한 주름살이 펴지고, 코와 턱 사이가 멀어지고, 튀어나왔던 아랫입술은 들어갔다. 동시에 웅얼대던 입은 가만히 멈추고, 흐리멍덩하던 눈빛은 강렬해지고, 구부정하던 몸이 쭉 펴졌다. 다음 순간 다시 체구가 쪼그라들더니 홈즈의 모습이 방금 나타났던 것만큼이나 빠른 속도로 사라졌다.

"세상에, 이럴 수가!" 내가 외쳤다. "이렇게나 놀라게 할 건가!"

"가능한 조심할 필요가 있으니까." 홈즈가 속삭였다. "놈들이 우리를 뒤쫓는 데 혈안이 되어 있다는 증거가 있어. 아, 저기 모리아티가 몸소 행차하셨군."

홈즈가 말하는 동안 기차는 이미 움직이기 시작했다. 뒤돌아보자 창문 너머로 사람들 사이를 격렬하게 밀치고 들어오며 마치 기차를 멈추게 하려는 듯 손을 휘젓고 있는 키 큰 남자 하나가 보였다. 하지만 때는 늦었다. 기차는 점점 속도를 내더니 곧 역을 완전히 벗어났다.

"그토록 조심을 거듭한 덕분에 잘 빠져나온 것 같군." 홈즈가 미소 지으며 말했다. 홈즈는 자리에서 일어나 변장용으로 입고 있던 검은 사제복과 모자를 벗어 손가방에 개켜 넣었다.

"왓슨, 혹시 조간신문 읽었나?"

"아니."

"그럼 베이커 스트리트 소식을 모르겠군?"

"베이커 스트리트라니?"

"어젯밤에 누군가 우리 하숙집에 불을 질렀어. 큰 피해는 없었지만."

"맙소사, 홈즈! 도무지 참을 수가 없군그래."

"놈들은 몽둥이를 쓰는 괴한이 체포된 후로 내 자취를 완전히 놓친 게 분명해. 그렇지 않으면 내가 하숙집으로 돌아갔을 거라고 생각했을 리 없지. 하지만 보아하니 만일을 대비해 자네를 감시하고 있었던 모양이야. 그래서 모리아티가 빅토리아 역으로 온 거지. 오다가 실수한 건 없지?"

"자네가 시킨 그대로 했어."

"사륜마차를 타고 왔나?"

"응, 길가에서 대기하고 있더군."

"마부가 누군지 혹시 알아봤나?"

"아니."

"마이크로프트 형이었어. 이런 상황에서는 비밀을 아는 사람이 적을수록 좋으니까. 하지만 우선 모리아티를 따돌릴 계획부터 세워보자고."

"우리가 타고 있는 기차는 급행열차고 역에서 곧바로 배편으로 연결되니까, 이미 그 작자를 깨끗이 떼어낸 거나 마찬가지 아닌가?"

"친애하는 왓슨, 그자의 지적 수준이 나와 동등하다는 말뜻을 제대로 이해하지 못했군. 내가 누군가를 뒤쫓는다면 그렇게 하찮은 장애물 때문에 포기할 거라고 생각하나? 그게 아니라면 모리아티를 지금처럼 얕잡아 봐서는 안 되네."

"그자는 어떻게 할까?"

"나처럼 하겠지."

"자네라면 어떻게 할 건데?"

"특별 열차를 편성해서 그걸 탈 거야."

"하지만 어차피 늦었잖아."

"말도 안 되는 소리. 이 열차는 캔터베리역에서 멈추지. 기차에서 내려 배에 오르기까지 적어도 15분은 지체될 테고. 놈은 거기서 우리를 따라잡을 거야."

"누가 보면 우리가 범죄자인 줄 알겠어. 놈이 오자마자 체포해버리는 게 어때?"

"그러면 지난 세 달간의 노력이 물거품이 돼. 대어는 잡을 수 있겠지만 피라미들은 그물 이쪽저쪽으로 빠져나갈 거란 말이야. 월요일까지만 기다리면 죄다 잡아넣을 수 있어. 지금 체포한다는 건 말도 안 되네."

"그럼 어쩌지?"

"캔터베리역에서 내리자."

"그다음엔?"

"그다음에는 기차로 뉴헤이번까지 가서, 바다를 건너 프랑스의 디에프 항으로 가세. 모리아티는 계속 내 여정을 따라 움직일 거야. 파리까지 가서 우리가 그리로 부친 짐을 확인하고 이틀 동안 역에서 우리를 기다리겠지. 그동안 우리는 여행 가방을 몇 개 사서 우리가 여행하는 지역 경제에 보탬을 조금 주고, 룩셈부르크와 바젤을 경유해서 느긋하게 스위스로 들어가면 돼."

그래서 우리는 캔터베리역에서 내렸지만 뉴헤이번으로 가는 기차를 타려면 한 시간이나 기다려야 했다.

열차가 우리 옷이 담긴 짐 가방을 싣고 빠르게 멀어져가는 것을 애처롭게 바라보고 있는데, 홈즈가 내 소매를 잡아당기더니 철로를 가리켰다.

"저것 좀 봐. 벌써 따라왔어." 홈즈가 말했다.

저 멀리 켄트 주에 속한 숲 사이로 엷은 연기가 한 줄 솟아오르고 있었다. 1분 후 기관차에 객차를 딱 하나 연결한 열차가 캔터베리역으로 이어지는 곡선 철로를 따라 돌진해오는 게 보였다. 우리가 짐 가방 뒤로 숨자마자 기차가 기적 소리를 울리고 몸체를 덜컹거리며 지나갔다. 뜨거운 공기가 우리 얼굴로 훅 끼쳐왔다.

"모리아티가 탄 열차야." 전철기 위를 지나칠 때마다 사정없이 흔들리는 객차를 보며 홈즈가 말했다. "보다시피 우리 친구의 머리에는 한계가 있는 모양이야. 하긴, 내가 추리한 걸 그대로 추리해서 행동한다면 그건 가히 신기라 할 수 있을 거야."

"저자는 우리를 따라잡아서 뭘 할 셈인가?"

"뻔하지 않나. 나를 죽이려 하겠지. 하지만 이 판에서는 그자뿐 아니라 나도 수를 쓰고 있지 않은가. 이제 문제는 여기서 이른 점심을 먹을 것인가, 아니면 뉴헤이번의 간이식당에 다다를 때까지 쫄쫄 굶을 가능성을 감수하고 당장 떠날 것인가 하는 거야."

우리는 그날 밤 브뤼셀에 도착해서 이틀을 보내고 셋째 날에는 프랑스 동부의 스트라스부르로 갔다. 월요일 아침에 홈즈는 런던 경찰국에 전보를 쳤다. 저녁에 호텔로 돌아오니 답신이 와 있었다. 홈즈는 봉투를 열어보더니 욕설을 퍼부으며 벽난로 안으로 던져 넣었다.

"눈치챘어야 하는데!" 홈즈가 신음했다. "그자가 빠져나갔어!"

"모리아티 말이야?"

"그 작자만 빼고는 조직 전체를 검거했다는군. 하지만 모리아티는 달아나 버렸어. 물론 내가 영국을 떠났으니 그자를 상대할 사람이 없었겠지. 그래도 다 잡은 사냥감을 떠안겨 준 거나 마찬가지였는데 말이야. 왓슨, 자네는 영국으로 돌아가는 게 좋겠네."

"왜?"

"이제 나와 함께 여행하는 게 위험해졌으니까. 모리아티는 달리 할 일도 없어졌고, 패배만이 기다리고 있는 런던으로 돌아가지도 않겠지. 그자의 성격이 내가 파악한 대로라면 아마 전력을 다해 나한테 복수하려 들 거야. 잠깐 대화를 나눴을 때 실제로 그렇게 말하기도 했고. 그건 진담 같았어. 그러니 자네는 런던으로 돌아가서 다시 생업에 몰두하는 게 좋겠어."

나는 홈즈의 오래된 친구이기도 했으나 그전에 오래된 참전용사이기도 했다. 내가 그런 말에 넘어갈 리가 있겠는가? 우리는 스트라스부르의 식당에 앉아서 30분 동안 그 문제로 옥신각신했지만, 결국에는 그날 밤 다시 함께 길을 떠나 제네바로 향했다.

우리는 론강 골짜기를 여행하며 근사한 한 주를 보냈고, 그러고 나서는 로이크로 빠져서 아직도 눈에 파묻힌 겜미 파스를 넘은 다음 인터라켄을 경유해 마이링겐으로 갔다. 멋진 여행이었다. 산 아래로는 앙증맞은 신록의 봄이, 산 위로는 순결한 백색의 겨울이 펼쳐져 있었다. 하지만 홈즈가 단 한 순간도 그 앞에 펼쳐진 어둠을 잊지 않고 있다는 게 내 눈에는 또렷이 보였다. 알프스의 아늑한 마을에서나 외딴 산길에서나 한결같이 주변을 빠른 눈으로 훑어보며 스쳐 지나가는 모든 사람들을 예리하게 주시하는 것을 보니, 홈즈는 우리가 어디를 가든 뒤를 바짝 쫓는 위험에서 벗어날 수 없다는 걸 확신하는 듯했다.

한번은 이런 일이 있었다. 겜미 파스를 넘는 길에 애수에 젖은 다우벤 호숫가를 걷고 있을 때였다. 오른편 산등성이에서 떨어져 나온 커다란 바위 하나가 요란하게 굴러떨어져 우리 바로 뒤의 호수 속으로 빠졌다. 홈즈는 즉시 산등성이 위로 재빨리 달려 올라가더니 우뚝 솟은 산꼭대기에 서서 목을 길게 빼고 사방을 두리번거렸다. 봄철이면 그 지점에서 바위가 종종 굴러떨어진다고 가이드가 아무리 안심시켜도 소용이 없었다. 홈즈는 아무 말도 하지 않고, 예상대로라는 듯이 나를 보며 미소 지을 뿐이었다.

하지만 홈즈는 그렇게 경계를 늦추지 않으면서도 결코 우울해하는 법이 없었다. 오히려 나는 홈즈가 그때처럼 원기 넘치는 모습을 일찍이 본 적이 없었다. 홈즈는 우리 사회를 모리아티 교수로부터 확실히 해방시킬 수만 있다면 탐정 일은 기꺼이 그만두겠다고 거듭 강조했다.

"그렇게 된다면 왓슨, 내 삶이 헛된 것만은 아니었다고 말할 수 있을 거야." 홈즈가 말했다. "설령 내 탐정 경력이 오늘 밤에 끝장난다 해도 침착한 마음으로 지난날을 되돌아볼 수 있을 걸세. 런던의 공기는 내 덕분에 더욱 달콤해졌어. 지금껏 1000건이 넘는 사건을 해결하면서 내 능력을 잘못된 편에 쓴 적이 단 한 번도 없었으니까. 최근에 나는 우리 사회의 인위성에서 비롯된 피상적인 문제들보다는 대자연이 마련해준 문제들을 연구하고 싶다는 쪽으로 마음이 기울었네. 왓슨, 내가 유럽에서 가장 위험하고 능력 있는 범죄자를 체포하거나 제거해 내 경력에 정점을 찍는 날, 자네의 회고록도 마침내 끝이 날 걸세."

이제 거의 막바지에 다다른 이야기를 나는 간단하면서도 정확하게 기록하려 한다. 가급적이면 장황하게 늘어놓고 싶지 않은 이야기지만 내게는 사소한 것 하나라도 빠뜨리지 않고 진술할 의무가 있다.

우리가 마이링겐이라는 작은 마을에 도착한 것은 5월 3일이었다. 우리는 당시 페터 슈타일러 씨가 운영하고 있던 엥글리셔 호프 호텔에 묵었다. 호텔 주인은 공부깨나 한 사람이었고, 런던의 그로브너 호텔에서 3년 동안 웨이터로 일한 덕에 영어가 유창했다. 다음 날 오후, 우리는 슈타일러 씨의 조언대로 언덕을 넘어 로젠라우이라는 작은 마을에서 묵을 생각으로 길을 떠났다. 호텔 주인은 무슨 일이 있어도 산 중턱에 있는 라이헨바흐 폭포는 지나가지 말라고 당부했다. 정 폭포를 구경하고 싶다면 길을 조금 돌아가라는 것이었다.

라이헨바흐 폭포는 과연 무시무시한 곳이다. 녹아내린 눈으로 불어난 급류가 거대한 심연으로 내리꽂히며 불길에 휩싸인 집에서 솟아오르는 연기와 같은 물보라를 일으킨다. 물줄기는 까마득한 협곡 속으로 스스로를 내다 꽂는다. 번들거리는 검은 바위에 둘러싸인 협곡은 헤아릴 수도 없이 깊은 용소龍沼로 좁혀져 들어간다. 그곳에서 부글부글 끓어오른 물은 들쑥날쑥한 가장자리로 흘러넘쳐 또다시 새로운 물줄기를 이루고 있다. 기다란 초록빛 물줄기는 노성을 지르며 영원토록 아래로 쏟아져 내리고, 물보라는 끊임없이 쉿 소리를 내며 뿜어 올라와 두껍게 펄럭이는 물의 장막을 친다. 그 소용돌이와 굉음에 사람들은 그만 현기증을 느끼고 마는 것이다. 우리는 벼랑 끝에 서서 아득한 아래쪽에서 물줄기가 검은 바위에 부딪혀 내는 희미한 빛을 바라보며, 그 심연 바깥으로 물보라와 함께 우렁차게 들려오는 반쯤은 사람의 비명과도 같은 소리에 귀를 기울였다.

폭포를 에워싸고 폭포 전경을 볼 수 있는 길이 중간까지 나 있었지만, 느닷없는 곳에서 끊겨 있어서 거기까지 온 사람들은 왔던 길로 돌아가야 한다. 우리도 돌아가려고 몸을 돌렸는데, 그때 한 스위스 소년이 편지를 들고 길을 달려왔다. 우리가 방금 떠난 호텔의 마크가 찍혀 있는 그 편지는 호텔 주인이 내게 보낸 것이었다. 우리가 출발하고 몇 분 되지 않아 폐결핵 말기인 영국 숙녀 하나가 도착한 모양이었다. 다보스 플라츠에서 겨울을 나고 루체른에 있는 친구들을 만나러 여행하는 길에 갑자기 각혈을 했다는 것이었다. 앞으로 채 몇 시간도 버티지 못하겠지만 영국인 의사가 진찰해주면 큰 위안이 될 것이므로 돌아와 주었으면 좋겠다는 내용이었다. 마음씨 좋은 슈타일러 씨는 추신으로 내가 부탁을 들어주면 큰 은혜로 알겠다고 덧붙였다. 그 숙녀는 스위스 의사의 진료를 받는 것은 절대 거부하고 있기 때문에 자기가 큰 책임감을 느끼고 있다는 것이었다.

무시할 수 없는 부탁이었다. 이국의 땅에서 죽어가고 있는 영국 여성의 요청을 거절한다는 건 상상도 할 수 없는 일이었다. 홈즈를 두고 간다는 생각에 나는 잠시 주저했다. 그러나 결국 홈즈는 소식을 가져온 스위스 소년을 가이드 겸 동반자로 삼아 여행하고, 나는 마이링겐에 다녀오는 것으로 결론이 났다. 내 친구 홈즈는 폭포에서 시간을 얼마간 보낸 후에 천천히 산을 넘어 로젠라우이로 갈 테니 나도 저녁까지 그리로 오라고 했다. 떠나려는 참에 홈즈를 돌아보니 바위에 기대서서 팔짱을 끼고 거센 물줄기를 굽어보고 있었다. 그것이 내가 이 세상에서 마지막으로 본 홈즈의 모습이었다.

산을 거의 다 내려와서 나는 뒤를 돌아보았다. 그 위치에서는 폭포가 보이지 않았지만 산등성이 너머로 폭포까지 가는 구불구불한 길은 볼 수 있었다. 그 길을 따라 한 남자가 몹시 잰걸음으로 걷고 있는 것을 본 기억이 난다.

남자의 검은 실루엣이 초록빛 산을 배경으로 또렷이 드러나 있었다. 나는 그자를 보았고, 걸음걸이에 힘이 넘친다는 것도 알아챘다. 그러나 나는 일을 보러 가는 길이었기 때문에 다시 발걸음을 급히 하면서 그 남자에 대해서는 까맣게 잊어버렸다.

마이링겐에 도착하기까지 한 시간이 조금 넘게 걸렸다. 슈타일러 씨는 호텔 현관 앞에 나와 있었다.

"어디, 그 여자분의 상태가 악화된 건 아니겠죠?" 내가 서둘러 다가가며 말했다.

슈타일러 씨의 얼굴에 당황한 표정이 떠올랐다. 눈썹이 가볍게 떨리는 것을 본 순간 나는 심장이 덜컥했다.

"슈타일러 씨가 이 편지를 쓴 게 아닙니까?" 주머니에서 편지를 꺼내며 내가 물었다. "이 호텔에 아픈 영국 여인이 머물고 있지 않다는 말인가요?"

"그런 일 없었습니다!" 슈타일러 씨가 외쳤다. "하지만 우리 호텔의 마크가 찍혀 있군요! 아, 당신들이 떠난 후에 들어온 키 큰 영국인이 쓴 게 분명합니다. 그 사람이 말하길…."

하지만 호텔 주인의 설명을 기다릴 새가 없었다. 나는 공포로 울렁거리는 심장을 부여잡고 마을 길을 내달렸다. 방금 내려온 길을 다시 뛰어 올라갔다. 내려오는 데는 한 시간이 걸렸지만, 있는 힘껏 달렸는데도 다시 라이헨바흐 폭포에 도착한 것은 두 시간이 더 지난 후였다. 홈즈의 등산용 지팡이는 내가 떠날 때 봤던 그대로 바위에 기대어 있었다. 그러나 홈즈는 어디에도 없었다. 고래고래 소리를 질러보았지만 헛수고였다. 들려오는 대답은 나를 둘러싼 절벽에 부딪혀 들려오는 메아리뿐이었다.

등산용 지팡이를 보자마자 나는 구역질이 나고 몸이 차갑게 굳었다. 홈즈는 로젠라우이로 가지 않았다. 한쪽은 바위벽으로 막혀 있고 반대쪽은 까마득한 낭떠러지인, 폭이 1미터밖에 되지 않는 그 길에 적이 다가올 때까지 남아 있었던 것이다. 스위스 소년도 사라지고 없었다. 아마도 모리아티의 사주를 받아 행동한 다음 두 사람을 떠난 것 같았다. 그렇다면 여기서 대체 무슨 일이 벌어졌을까? 여기서 무슨 일이 일어났는지 누가 말해줄 수 있을까?

두려움에 넋이 나가 있던 나는 잠시 그 자리에 서서 마음을 가다듬었다. 그러다 나는 홈즈가 고안해낸 추리 방법을 떠올렸고, 이 비극을 해석하는 데 그 방법을 적용해보기로 했다. 맙소사, 그건 너무나 간단했다. 우리는 대화를 나누느라 길 끝까지 가지 않았고, 홈즈의 지팡이는 얼마 전까지 우리 두 사람이 서 있던 바로 그 자리에 놓여 있었다. 거무스레한 흙은 끊임없이 적셔오는 물보라 때문에 새가 밟고 지나가도 자취가 남을 정도로 부드러웠다. 막다른 길 쪽으로 두 줄의 발자국이 선명하게 찍혀 있었다. 둘 다 내게서 멀어져가는 방향으로, 돌아온 흔적은 없었다. 길이 끝나는 지점에서 몇 미터 떨어진 곳은 땅이 온통 파헤쳐져 진흙탕이 되어 있었고, 절벽 가장자리의 나뭇가지와 고사리 또한 죄다 쥐어뜯기고 흙투성이가 되어 있었다. 나는 바닥에 엎드려서 사방에서 튀어 오르는 물보라를 맞으며 아래를 굽어보았다. 내가 아까 폭포를 떠난 뒤로 날이 어두워진 탓에, 눈에 보이는 거라곤 습기로 여기저기 번들거리는 검은 바위와 까마득한 아래쪽에서 물줄기가 부서지며 내는 희미한 빛뿐이었다. 나는 고함을 질러보았다. 그러나 돌아오는 것은 아까와 마찬가지로 사람의 비명을 닮은 폭포 소리뿐이었다.

그러나 결국은 내 친구이자 동료인 홈즈가 남긴 마지막 인사를 받을 수 있었다. 아까 말했듯 홈즈의 등산용 지팡이는 길가로 튀어나온 바위에 기대 세워져 있었다. 이 바위 위쪽에서 무언가 밝게 빛나는 것이 눈에 띄었다. 손으로 만져보니 홈즈가 몸에 지니고 다니던 은제 담배 케이스였다. 케이스를 집어 들자, 케이스로 눌러두었던 자그마한 종이쪽지 하나가 땅으로 나풀나풀 떨어졌다. 접혀 있던 쪽지는 홈즈의 수첩에서 뜯어낸 종이 세 장이었는데, 수신인은 나로 되어 있었다. 홈즈답게 수신인 이름은 정확히 명시되어 있었고, 글자도 서재에서 쓴 것처럼 단정하고 또렷했다.

친애하는 왓슨

모리아티의 배려로 몇 줄 적고 있네. 모리아티는 우리 사이의 몇 가지 문제를 최종 결판 짓기 위해 내가 편한 시간이 되기를 기다려주고 있어. 모리아티가 영국 경찰을 따돌리고 우리의 움직임을 파악한 방법을 간략히 설명해주었는데, 듣고 보니 과연 그자의 능력은 아주 높이 평가할 만하더군. 드디어 그자의 존재가 우리 사회에 더는 영향을 미치지 못하게 된다고 생각하니 몹시 흐뭇해. 내 친구들, 특히 친애하는 왓슨 자네를 마음 아프게 하는 대가를 치러야 하겠지만 말이야. 그러나 자네에게 말했듯이 어차피 내 경력은 이미 중대한 갈림길에 놓였고, 지금과 같은 결말이야말로 내가 원하지 않던 거야. 정말 툭 터놓고 말하자면 마이링겐에서 온 편지가 속임수라는 걸 나는 확신하고 있었어. 일이 이런 식으로 전개될 걸 확신했기 때문에 자네를 돌아가게 한 거야. 모리아티 일당에게 유죄를 선고하는 데 필요한 서류들은 M 칸막이의 '모리아티'라고 쓰인 파란 봉투 속에 들어 있다고 패터슨 경위에게 전해주게. 나는 영국을 떠나기 전에 재산을 전부 처분해서 마이크로프트 형에게 넘겼어. 왓슨 부인에게 안부 전해주게. 그리고 친애하는 왓슨, 내가 자네의 진실한 벗임을 잊지 말아줘.

— 셜록 홈즈

남은 이야기는 얼마 되지 않으므로 몇 자만 더 적으면 될 것이다. 전문가들이 조사해본 결과 두 남자는 격투를 벌인 끝에 서로를 붙잡은 채 비틀대다 떨어진 게 분명했다. 이런 상황에서 맞을 수밖에 없는 당연한 결말이었다. 시신을 수습하려는 시도는 전혀 가망이 없었다. 따라서 무시무시한 용소 안, 물줄기가 소용돌이치고 물보라가 끓어오르는 그곳에 가장 위험한 범죄자와 이 시대 최고의 법의 수호자 두 사람이 영원히 누워 있게 된 것이다. 스위스 소년은 다시 찾을 수 없었다. 모리아티가 고용한 수많은 하수인 가운데 하나임에 분명했다. 모리아티 일당으로 말할 것 같으면, 홈즈가 차곡차곡 쌓아온 증거들이 그들의 조직을 만천하에 드러냈고, 이미 죽은 자의 손이 그들을 천근만근의 무게로 짓눌렀다는 것이 대중들의 기억 속에 생생할 것이다. 재판이 진행되면서 그들의 지독한 우두머리에 대한 정보는 거의 나오지 않았다. 내가 지금 모리아티의 정체를 뚜렷하게 밝힐 수밖에 없는 것은 분별없이 홈즈를 공격함으로써 그자의 명성을 드높이려는 사람들이 있기 때문이다. 홈즈는 언제까지나 내 마음속에 가장 선하고 가장 현명한 사람으로 남아 있을 것이다.

S·H·E·R·L·O·C·K

바스커빌가의 사냥개

가장 유명한 이야기. 흔히 '아주 섬뜩한 이야기'로 불린다. 고딕풍이면서 웅장하고 적절히 으스스하다. "홈즈 씨, 그것은 거대한 사냥개 발자국이었습니다."

- 마크와 스티븐

1
셜록 홈즈

홈즈는 밤을 새는 일이 자주 있어 아침에는 보통 굉장히 늦은 시각에 일어나곤 했다. 그런데 그날은 식탁에서 아침을 먹고 있는 게 아닌가. 벽난로 앞 깔개 위에 서 있던 나는 바닥에 떨어진 지팡이를 집어 들었다. 어젯밤 우리를 찾아왔던 방문객이 두고 간 지팡이였다. 질 좋고 두꺼운 목재로 만들어진, 머리 부분이 둥근 '페낭 로여'라는 이름으로 불리는 것이었다. 바닥 부분에는 폭이 2.5센티미터쯤 되는 은색 테두리가 감겨 있었다. 테두리 위에는 '제임스 모티머 M.R.C.S.(왕립외과의사협회원—옮긴이)에게, C.C.H.의 친구들이'라는 글귀가 '1884'라는 연도와 함께 새겨져 있었다. 가족 주치의들이 흔히 가지고 다니는 위엄과 신뢰, 안정감을 주는 고풍스러운 느낌의 지팡이였다.

"왓슨, 지팡이를 보니 무슨 생각이 드나?"

홈즈는 나를 등지고 앉아 있었기 때문에 내가 뭘 하는지 전혀 알 수 없는 상황이었다.

"내가 뭘 하는지 어떻게 알았나? 자네는 뒤통수에도 눈이 달린 모양이군."

"대신 내 앞에는 잘 닦인 은도금 커피 주전자가 있지" 하더니 홈즈는 다시 말을 이었다. "왓슨, 말해보게. 방문자의 지팡이를 통해 뭘 알 수 있나? 아쉽게도 방문자를 만나지 못해 왜 왔었는지 알 수는 없지만, 우연히 놓고 간 그 지팡이가 중요한 단서가 될 것 같군. 지팡이를 보고 남자가 어떤 사람인지 추리해보게."

"내 생각에 모티머 씨는 나이 지긋하고 존경받는 성공한 의사 같군. 이런 글귀를 새겨 감사를 표시한 사람들이 있는 걸 보면." 나는 가능한 한 홈즈의 방식을 흉내 내면서 대답했다.

"잘했어! 정말 훌륭해." 홈즈가 칭찬했다.

"그리고 걸어서 자주 왕진을 다니는 시골 의사일 가능성이 매우 높아 보여."

"왜 그렇지?"

"왜냐하면 이 지팡이가 처음에는 멀쩡했을 텐데 이렇게 심하게 닳은 걸 보면 도시에 사는 의사가 가지고 다녔다고 보기는 어려워. 두꺼운 쇠로 된 지팡이 끝이 심하게 훼손된 걸 보면 지팡이 주인은 이걸 가지고 아주 많이 걸어 다닌 것이 분명해."

"완벽하군!"

"그리고 여기 'C.C.H.'의 친구들이라는 문구 말이야. 내 생각엔 사냥과 관련 있는 것 같아. 시골의 사냥 클럽 회원에게 의사인 모티머 씨가 어떤 의학적 도움을 주었고, 그 답례로 이 선물을 받은 거지."

"왓슨, 자네 정말 대단하군." 홈즈가 의자를 뒤로 밀고 담배에 불을 붙이며 말했다. "이 말을 꼭 하고 싶네. 지금까지 내가 거둔 작은 성과들은 자네의 탁월한 조언 덕분이었다네. 자네는 자신의 능력을 습관적으로 과소평가하는 경향이 있어. 자네 자신이 빛을 발하는 사람은 아닐지 모르지만, 자넨 다른 사람을 빛으로 이끄는 안내인이라네. 어떤 사람들은 천재가 아니지만 천재를 자극하는 놀라운 힘이 있거든. 고백하건대 나는 자네에게 정말 신세를 많이 졌다네."

지금까지 홈즈가 나를 이렇게 칭찬한 적은 없었다. 홈즈의 말에 나는 정말로 큰 기쁨을 느꼈다. 사실 홈즈에 대한 찬사와 홈즈의 사건 해결 방법을 널리 알리려는 내 다양한 시도에 언제나 무관심한 홈즈 때문에 그동안 마음의 상처를 꽤 받았기 때문이다. 특히 홈즈만의 추리 방법을 익혀 활용하고, 그의 인정을 받을 만큼이 되었다고 생각하니 기분이 우쭐해졌다. 홈즈는 나에게서 지팡이를 넘겨받아 잠시 눈으로 살펴봤다. 그러더니 흥미롭다는 듯 담배를 내려놓고 지팡이를 가지고 창문가로 가 볼록 렌즈로 다시 자세히 관찰했다.

"단순하긴 하지만 흥미롭군." 홈즈는 자신이 애용하는 소파의 구석 자리로 돌아가며 중얼거렸다. "지팡이에 한두 개의 분명한 단서가 있어. 이걸 기반으로 몇 가지 추리를 할 수 있을 거야."

"내가 놓친 게 있다는 말인가?" 나는 자신감에 찬 목소리로 물었다. "난 놓친 게 없는 것 같은데."

"유감스럽게도 왓슨, 자네 추리의 대부분은 틀렸다네. 자네가 나를 자극한다는 의미는 솔직히 말하면, 자네의 잘못된 추리가 가끔은 나를 사실로 안내한다는 의미였어. 그래도 이번 추리의 경우, 완전히 다 틀린 것은 아니네. 그 남자는 분명 시골 의사이고 많이 걷는다네."

"그럼 내 말이 맞지 않은가?"

"거기까지는."

"하지만 그게 전부 아닌가?"

"아니, 아니야. 왓슨, 전부가 아니라네. 생각해보게. 사냥 클럽보다는 병원이 의사에게 기념품을 줄 가능성이 더 높지 않은가? 그리고 이니셜 C.C.를 병원hospital 앞에 놓고 보면 채링 크로스Charing Cross 병원이 아주 자연스럽게 떠오른다네."

"그건 자네 말이 맞는 것 같군."

"그럴 가능성이 높네. 만약 우리가 이렇게 가설을 세운다면 이 익명의 방문자에 대해 추리를 할 수 있는 새로운 발판을 마련하는 셈이지."

"그런데 C.C.H.를 채링 크로스 병원Charing Cross Hospital의 약자라고 가정한다고 해서 우리가 더 알 수 있는 게 뭔가?"

"그것이 암시하는 것을 모르겠다고? 자네, 내 추리 방법을 알지 않는가? 그걸 사용해보게!"

"내가 분명히 추리할 수 있는 것은 그 남자가 시골로 가기 전에 도시에서 의사 생활을 했다는 것뿐이네."

"그것보다는 조금 더 많은 것을 알아낼 수 있을 걸세. 이런 관점에서 한번 살펴보게. 그와 같은 선물을 줄 만한 일이 무엇이었겠나? 친구들이 어떤 경우에 감사의 뜻을 전달하고 싶어 하겠나? 분명히 모티머 씨가 개인 병원을 개업하기 위해 도시의 병원을 그만두었을 때일 걸세. 그럴 때 보통 기념품을 주니까. 모티머 씨가 도시의 병원에서 시골 병원으로 내려간 걸로 추정한다면, 이 지팡이는 송별 기념으로 준 거라고 봐도 무리가 없지 않겠나?"

"확실히 그런 것 같군."

"이제 자네도 모티머 씨가 병원의 정식 직원은 아니었을 거라는 사실을 알 수 있을 거야. 그런 자리는 런던에 있는 병원에서 성공한 사람만이 차지할 수 있지. 또 그런 사람은 시골로 내려갈 이유도 없었을 테고. 그럼 모티머 씨는 어떤 위치였겠나? 병원에 있었지만 정식 직원이 아직 아니었다면 아마 외과나 내과의 인턴이었을 거야. 의대 졸업반 학생보다 약간 더 높은 위치 말이야. 그리고 지팡이에 새겨진 날짜를 보면 모티머 씨는 5년 전에 떠났잖아. 따라서 중년의 가족 주치의라는 자네의 추리는 완전히 틀린 것이네, 왓슨. 대신에 30대 미만의 젊고, 친절하고, 순수하지만, 산만하고, 개를 키우는 사람이라네. 개는 아마도 테리어보다는 크고 마스티프보다는 작을 걸세."

나는 미심쩍은 듯 웃었다. 홈즈는 의자에 등을 기대고 담배 연기로 흔들리는 작은 원을 만들어 천장을 향해 내뱉었다.

"마지막 부분의 자네 추리는 확신하기 어려울 것 같군. 하지만 그 남자의 나이와 전문 경력을 알아내는 것은 그리 어려운 일이 아니지." 나는 의학 관련 자료를 모아둔 작은 선반에서 의사 명부를 꺼내 이름을 찾기 시작했다. 모티머라는 이름을 가진 사람이 몇 명 있었지만, 우리의 방문자로 여겨지는 사람은 한 명뿐이었다. 나는 그의 기록을 큰 소리로 읽었다.

"제임스 모티머, M.R.C.S., 1882년, 데번 주 다트무어 시 그림펜. 1882년부터 1884년까지 채링 크로스 병원에서 외과 인턴으로 근무. 〈질병은 격세유전인가?〉라는 논문으로 비교병리학 분야의 잭슨상 수상. 스웨덴 병리학회 객원 회원. 《격세유전으로 인한 기형》(랜싯, 1882년)의 저자. 〈인류는 진보하는가?〉(심리학 저널, 1883년 3월). 그림펜, 소슬리, 하이 배로우 지역의 보건소장."

"왓슨, 지역 사냥 클럽에 대한 언급은 없군." 홈즈가 장난기 가득한 얼굴로 빈정거렸다. "하지만 시골 의사인 건 맞았군. 자네도 통찰력 있게 추리한 거야. 어쨌든 내 추리가 상당히 근거가 있었군. 내 기억이 맞다면 모티머 씨는 친절하고, 순수하지만, 산만하다고 묘사했었지. 내 경험에서 보면 오직 친절한 사람만이 그런 기념품을 선물받지. 순수하기 때문에 런던의 요직을 버리고 시골로 갈 수 있었고, 산만하기 때문에 자신의 지팡이를 두고 갔던 것이고, 우리 방에서 1시간이나 기다린 뒤에도 명함을 두고 가지 않은 걸세."

"그럼 개에 대해서는 어떻게 알았나?"

"개는 주인 뒤에서 이 지팡이를 물고 다니는 습성이 있었네. 이 무거운 지팡이의 중간을 꽉 물고 다녔지. 이빨 자국이 아주 선명하게 보이거든. 이 이빨 자국 사이의 거리를 보면 개의 턱 길이는 테리어보다는 훨씬 폭이 넓고, 마스티프보다는 작다네. 그것은 아마도…. 역시 그렇군. 털이 곱슬곱슬한 스패니얼이었어."

홈즈는 말을 하면서 일어나 방을 가로질러 창문 앞에 멈춰 섰다. 홈즈의 목소리가 너무 확신에 차 있어 나는 약간 놀란 얼굴로 바라봤다.

"홈즈, 어떻게 그렇게 확신을 하나?"

"간단하지. 지금 우리 집 현관 앞에 그 개가 있거든. 주인이 벨을 울리는군. 왓슨, 가지 말고 기다리게. 저 사람, 자네와 직업이 같으니 자네가 함께 있다면 많은 도움이 될 걸세. 이제 운명의 순간이 다가오는군. 왓슨, 계단을 올라오는 발자국 소리가 들리나? 우리의 삶을 향해 걸어오는 소리지. 그런데 저 소리가 좋은 일일지 나쁜 일일지 알 수가 없네. 과학자이며 의사인 모티머 씨가 범죄 전문가인 이 홈즈에게 묻고 싶은 것은 뭘까? 네, 들어오세요!"

전형적인 시골 의사를 예상했던 나는 방문자의 외모를 보고 깜짝 놀랐다. 그는 키가 크고 말랐으며, 좁은 미간 사이로 매부리코가 돌출돼 있었다. 날카로운 회색 눈은 금테 안경 뒤에서 밝게 빛나고 있었다. 의사다운 옷차림이었지만 단정하지는 않았다. 외투는 지저분했고, 바지는 많이 낡아 있었다. 아직 젊은데도 긴 허리는 벌써 구부정했고, 머리를 앞으로 숙인 채 걸었다. 전체적으로 선해 보이는 인상이었다. 모티머 씨는 홈즈의 손에 들린 지팡이를 보자 황급히 달려와 기쁜 목소리로 소리쳤다.

"아, 여기 있었군요! 이 지팡이를 여기다 두었는지, 해운 회사 사무실에 놓고 왔는지 알 수가 없었는데, 다시 찾아 정말 다행입니다."

"아, 선물로 받은 거로군요?" 홈즈가 물었다.

"예, 맞습니다."

"채링 크로스 병원에서요?"

"제가 결혼할 때 거기에 친구가 몇 명 있었어요."

"이런, 이런, 틀렸군!" 홈즈는 고개를 저으면서 투덜거렸다.

모티머 씨는 놀라서 안경 속에서 눈을 반짝이며 물었다.

"뭐가 틀렸다는 거죠?"

"우리의 추리를 혼란스럽게 하는 게 있어서요. 결혼하셨다고요?"

"네, 결혼했습니다. 그래서 다른 의사들처럼 개업의가 되려고 병원을 떠났죠."

"그럼, 우리의 추리가 다 틀린 건 아니군요." 홈즈가 말을 이었다. "제임스 모티머 의사 선생님."

"그냥 '씨'라고 불러주세요, 홈즈 씨. 평범한 왕립외과의사 협회원일 뿐입니다."

"성격이 매우 분명하시군요."

"과학에 취미가 좀 있습니다, 홈즈 씨. 과학이라는 거대한 미지의 바닷가에서 조개를 줍는다고 해야 할까요. 제가 지금 대화하고 있는 분이 홈즈 씨죠? 아닌가요?"

"맞습니다. 이쪽은 제 친구이자 의사인 왓슨입니다."

"만나서 반갑습니다, 왓슨 선생. 저는 선생의 이름을 의학계 통에서 일하는 선생의 친구분들을 통해 들은 적이 있습니다. 홈즈 씨도 무척 흥미로운 분이군요. 머리가 이렇게 장두長頭이고, 안와眼窩가 이처럼 잘 발달하신 분일 거라고는 전혀 예상하지 못했습니다. 실례가 안 된다면 제 손으로 두개골을 좀 만져봐도 될까요? 홈즈 씨의 두개골 모형은 원형을 구할 수 있을 때까지 인류학 박물관에 진열할 가치가 있을 것 같군요. 기분 나쁘게 할 의향은 없습니다만, 홈즈 씨 두개골은 정말이지 제가 연구해보고 싶은 분야입니다."

홈즈는 이 이상한 방문자에게 의자에 앉으라고 손짓했다.

"모티머 씨는 자신의 분야에 매우 충실하시군요. 저도 제 분야에 대해 그렇습니다. 집게손가락을 보니 직접 담배를 말아 피우시는군요. 원하신다면 언제든 피우셔도 좋습니다."

모티머 씨는 주머니에서 담배와 종이를 꺼내 놀랄 정도의 민첩한 솜씨로 담배를 말았다. 길고 날렵한 손가락은 마치 곤충의 더듬이처럼 민감하고 빠르게 움직였다.

홈즈는 말이 없었지만, 여기저기 살펴보는 모습에서 홈즈가 이 방문자에게 꽤 호기심을 느끼고 있다는 것을 알 수 있었다.

"제 생각엔, 모티머 씨." 홈즈가 드디어 말을 꺼냈다. "단순히 제 두개골을 검사하고 칭찬하시기 위해 어젯밤에 이어 오늘 또다시 오신 건 아니시죠?"

"물론 아닙니다, 홈즈 씨. 다만 두개골도 볼 수 있는 기회를 갖게 되어 기뻤을 뿐입니다. 홈즈 씨, 제가 온 이유는 갑작스럽게 굉장히 심각하고 비상식적인 문제를 만나 제 스스로 그 문제를 풀 수 없다는 것을 알았기 때문입니다. 홈즈 씨가 유럽에서 두 번째로 뛰어난 전문가라는 이야기를 듣고 왔습니다."

"아, 그래요? 영광스러운 그 첫 번째 분은 누구인지 여쭤봐도 되겠습니까?" 홈즈가 퉁명스러운 얼굴로 물었다.

"정확한 과학적 사고를 하는 사람들에게는 베르티용 씨의 업적이 아마도 가장 대단한 것으로 보일 겁니다."

"그럼 그분한테 가서 상담을 하셔야 하지 않을까요?"

"제가 말씀드린 것은 정확한 과학적 견지에서 보면 그렇다는 겁니다. 하지만 범죄 분야에서의 최고는 단연 홈즈 씨라고 하더군요. 제가 좀 경솔했나 봅니다."

"뭐, 그럴 수도 있죠. 또 다른 용건이 없으시다면 조언을 요청하시는 문제의 핵심이 정확하게 뭔지 자세히 설명해주셨으면 합니다."

2
바스커빌가의 저주

"제 주머니에 문서가 있습니다." 모티머 씨가 말을 꺼냈다.

"모티머 씨가 방에 들어올 때부터 보고 있었습니다." 홈즈가 대답했다.

"이것은 오래된 육필 원고입니다."

"위조된 것이 아니라면 18세기 초반에 만든 것이군요."

"어떻게 아신 겁니까, 홈즈 씨?"

"주머니에서 3~5센티미터가량 삐져나와 있어 대화하는 동안 줄곧 관찰할 수 있었습니다. 문서의 제작 연도를 10년 정도의 오차 내에서 추정하지 못한다면 그 사람은 분명 형편없는 전문가일 겁니다. 읽으셨는지 모르겠지만 저는 이 문제에 관한 논문을 쓴 적도 있습니다. 제가 볼 때는 1730년대입니다."

"정확한 제작 연도는 1742년입니다." 모티머 씨가 위쪽 주머니에서 문서를 꺼냈다. "이 가문의 문서는 찰스 바스커빌 경의 의뢰로 제가 보관하고 있는 것입니다. 약 3개월 전 그분의 갑작스럽고 비극적인 죽음 때문에 데번셔가 발칵 뒤집혔습니다. 저는 그분의 친구이자 주치의입니다. 찰스 경은 강한 심성을 가진 현명하고 실용적인 분으로, 저만큼이나 미신을 믿지 않는 분이셨어요. 그런데 이상하게도 이 문서만큼은 매우 심각하게 받아들였고, 결국에는 자신이 이런 일을 당하리라는 것을 예상했던 것 같습니다."

홈즈는 손을 뻗어 문서를 집어 들고 무릎 위에 펼쳤다. "왓슨, 이리 와서 한번 살펴보게. S를 길고 짧게 번갈아 사용했네. 이것이 내가 연도를 측정한 몇 가지 단서 중에 하나였어."

나는 홈즈의 어깨너머로 색이 바란 노란색 문서를 살펴봤다. 윗부분에는 '바스커빌 저택', 아래에는 크게 휘갈겨 쓴 글씨로 '1742'라고 적혀 있었다.

"일종의 진술서처럼 보이는군요."

"맞습니다. 그건 바스커빌 가문에 전해 내려오는 어떤 전설에 대한 기록입니다."

"모티머 씨가 저에게 상담하고 싶은 것은 좀 더 현대적이고 실제적인 것이라고 생각했는데요?"

"네, 가장 최근에 일어났고, 실제적이며 긴급한 문제입니다. 더구나 24시간 이내에 결정을 내려야 하고요. 하지만 문서의 내용은 길지 않고 이번 문제와 긴밀하게 연관되어 있습니다. 허락해주신다면 제가 읽어드리겠습니다."

홈즈는 손가락 끝을 모으고 눈을 감은 채 생각에 잠긴 듯 의자에 몸을 기댔다. 모티머 씨는 문서를 불빛 방향으로 돌리고 날카로운 고음의 목소리로 괴이한 과거 이야기를 읽어 내려갔다.

바스커빌 가문의 사냥개에 대한 기원은 여러 가지가 있지만, 나는 휴고 바스커빌의 직계 자손으로 아버지에게 이 얘기를 들었고, 아버지는 할아버지께 얘기를 들었다. 그렇기 때문에 나는 그것이 여기에 설명된 것처럼 실제로 일어났었다고 믿으며 이 문서를 작성한다. 우리 후손들은 죄를 벌하시는 정의의 여신은 또한 너그럽게 용서하시기도 하므로 아무리 가혹한 저주라도 기도와 참회로 풀 수 있다는 것을 믿기 바란다. 그리고 이 이야기를 통해 지난 과오를 지나치게 두려워하기보다는 우리 가문을 그토록 처참한 고통 속에 빠뜨렸던 더러운 욕망이 다시 살아나 활개 치는 일이 없도록 앞으로 신중하게 행동하기 바란다.

때는 청교도혁명의 시기였다(이와 관련된 역사는 박식한 클래런던 경이 가장 잘 알고 있다). 당시 바스커빌 저택에는 가문의 자손인 휴고가 살고 있었다. 휴고 바스커빌은 매우 사나운 성격으로, 신성을 모독하며 신을 믿지 않는 사람이었다. 사실 주변 사람들은 이 지역에서 성자가 나온 적이 한 번도 없었기 때문에 그를 용서했는지 모르겠지만, 휴고는 호색한과 잔인한 성격의 대명사로 서부 지역에 널리 알려져 있었다. 그런 휴고가 우연히 바스커빌 저택 부근에서 농사를 짓는 자작농의 딸을 보고 사랑에 빠졌다(그런 더러운 열정에 감히 사랑이라는 단어를 사용할 수 있을지는 모르겠지만). 분별력 있고 평판 좋은 젊은 처녀는 그의 소문을 익히 알고 있었기 때문에 그를 계속 피했다. 그러나 성 미가엘 축일에 휴고는 게으르고 사악한 친구 대여섯 명과 함께 처녀의 농장에 몰래 숨어들어 그녀를 납치했다. 그녀의 아버지와 오빠들이 외출 중이라는 사실을 미리 알고 있었기 때문이다. 휴고와 그 패거리들은 처녀를 저택으로 데리고 와 위층 방에 가두고 밤마다 그랬듯이 흥청망청 먹고 마셨다. 불쌍한 처녀는 밑에서 들려오는 노랫소리, 고함 소리, 끔찍한 욕지거리에 미칠 것만 같았다. 휴고는 술에 취하자 자신들을 비난하는 모든 사람을 죽일 것처럼 악을 썼다고 한다. 공포가 극에 달하자 처녀는 가장 용맹하고 민첩한 남자들도 하기 어려운 시도를 감행했다. 남쪽 벽을 덮고 있는 담쟁이덩굴(지금도 그대로 있다)을 타고 창문을 통해 아래로 내려온 것이다. 그러고는 집을 향해 황야를 가로질러 달리기 시작했다. 저택에서 그녀의 집까지는 무려 15킬로미터가 넘는 거리였다. 휴고는 패거리들을 남겨둔 채 술과 음식을 가지고 처녀가 있는 방으로 올라갔다. 물론 술과 음식이 목적이 아니라 더한 짓을 저지르려고 했지만, 방에 들어선 휴고는 처녀가 도망친 사실을 알게 되었다. 그는 악마로 돌변해 미친 듯이 계단을 뛰어내려와 식당으로 들어갔다. 휴고가 큰 식탁 위로 뛰어오르자 주변에 있던 술병과 음식이 여기저기로 튀었다. 그는 패거리들 앞에서 처녀를 다시 잡아올 수만 있다면 자신의 육체는 물론 영혼까지도 기꺼이 악마에게 팔겠다고 미친 듯이 소리쳤다. 일행들이 휴고의 분노에 놀라 정신이 없을 때 다른 놈들보다 더 취한 한 사악한 녀석이 '사냥개를 풀어야 한다'고 소리쳤다. 그러자 휴고는 저택 밖으로 뛰쳐나가면서 마부들에게 당장 말에 안장을 올려 마구간에서 데리고 나오라고 소리쳤다. 곧바로 사냥개에게 처녀의 손수건 냄새를 맡게 하고 개들을 풀었다. 그러고는 괴성을 지르며 황야의 달빛 속으로 말을 몰았다.

갑작스럽게 발생한 일에 남은 패거리들은 잠시 정신이 없었다. 그러나 술에 취했어도 황야에서 어떤 일이 벌어질지 금방 예상할 수 있었다. 이들은 서둘러 움직이기 시작했다. 일부는 총을 준비하고 나머지는 말과 술병을 챙겼다. 다시 정신을 차린 열세 명의 패거리들은 말을 타고 휴고를 따라갔다. 환한 달빛 아래서 이들은 처녀가 집으로 돌아가려면 반드시 거쳐야 하는 길을 따라서 횡대로 말을 몰았다.

2~3킬로미터쯤 추적했을 때 그들은 야간작업을 하고 있는 양치기를 만났다. 처녀를 보았는지 큰 소리로 묻자 양치기는 겁에 질려 제대로 말을 하지 못하다가, 결국 도망치는 처녀와 그 뒤를 쫓는 사냥개들을 봤다고 털어놨다. 그런데 양치기는 '그보다 더 놀라운 것도 봤어요'라고 말을 잇더니 '휴고 바스커빌이 흑마를 타고 저를 지나쳐 갈 때 그 뒤에 지옥의 사냥개가 소리 없이 따라 붙었어요. 오, 제발! 저에게는 그런 일이 일어나지 않기를…' 하면서 몸을 떨었다. 술 취한 패거리들은 무슨 미친 소리냐며 양치기를 욕하고는 다시 앞으로 말을 몰았다. 그러나 이들은 곧 소름 끼치는 광경을 목격했다. 휴고의 흑마가 거품을 물고 풀린 고삐와 안장을 질질 끌면서 빠른 속도로 달려와 패거리를 지나간 것이다. 겁에 질린 패거리들은 간격을 좁혀 계속 황야 속으로 말을 달렸다. 아마 혼자였다면 바로 말

을 돌려 돌아갔을 것이다. 조심스럽게 말을 몰아 이들은 마침내 사냥개들이 있는 곳에 도착했다. 용맹한 혈통을 지닌 것으로 알려진 사냥개들은 어찌된 일이지 깊은 구멍 같은 계곡 앞에서 무리를 지어 낑낑거리고 있었다. 패거리들이 사냥개를 부르자 몇 마리는 슬금슬금 뒷걸음을 치고, 어떤 녀석은 털을 곤추세우고 노려보는 눈빛으로 앞에 있는 좁은 계곡을 뚫어지게 쳐다봤다.

패거리들은 계곡 앞에 멈춰 섰다. 출발할 때보다 훨씬 술이 깬 상태였다. 이들 대부분은 아마 밑으로 내려가고 싶지 않았을 것이다. 그러나 가장 배짱 좋은, 아니 어쩌면 아직 술이 덜 깬 세 명이 계곡 아래로 말을 타고 내려갔다. 밑으로 내려가자 아주 먼 옛날 사람들이 세운 것으로 보이는 거대한 크기의 돌기둥 두 개가 서 있는 넓은 공간이 나타났다. 달빛이 환하게 비춰 모든 광경이 선명하게 드러나 보이는 한가운데에 불쌍한 처녀가 두려움으로 탈진해 숨진 채 쓰러져 있었다. 그러나 세 명의 패거리가 머리털이 곤추서도록 놀란 것은 처녀의 시체나 그 옆에 있는 휴고 바스커빌의 시체 때문이 아니었다. 휴고의 시체 앞에는 사냥개처럼 생긴 거대한 검은색 괴물이 휴고의 목젖을 물어뜯고 있었다. 지금까지 한 번도 본 적 없는 엄청나게 큰 덩치였다. 패거리들이 찢겨진 휴고의 목덜미를 바라보자 그 개는 이글거리는 눈빛과 피가 뚝뚝 떨어지는 얼굴을 그들 쪽으로 돌렸다. 공포에 질린 세 명은 날카로운 비명을 지르며 말을 타고 필사적으로 도망쳤다. 그 뒤로 괴물 사냥개의 울부짖음이 황야에 울려 퍼졌다. 소문에 의하면 세 명 중 한 명은 그 광경을 본 그날 밤 죽었고, 나머지 두 명도 평생을 폐인으로 살았다고 한다.

나의 후손들이여, 이것이 우리 가문을 그토록 고통스럽게 만든 사냥개의 유래다. 내가 이것을 기록한 이유는 분명하게 전달하는 것이 막연히 추측하는 것보다 공포가 줄어들 것이라고 생각했기 때문이다. 우리 가문 사람들이 갑작스럽게 흉측하고 이해할 수 없는 불행한 죽음을 당했다는 사실도 부인할 수 없다. 그러나 우리는 신의 무한한 자비로 구원받을 수 있을 것이다. 신은 성경 말씀대로 3~4세대 이후의 무고한 자손들을 벌하지는 않으실 것이다. 신의 섭리를 믿으며 나는 후손들에게 간곡하게 권하고 충고한다. 부디 악의 세력이 미쳐 날뛰는 어두운 밤에 황야를 건너는 일이 없도록 해라.

휴고 바스커빌에서 유래한 이야기를 그의 후손 로저와 존에게 전하며.

단, 누이 엘리자베스에게는 이 이야기를 절대 발설하지 말 것을 당부한다.

모티머 씨는 이 이상한 이야기를 다 읽고 나자 안경을 이마로 치켜 올리면서 맞은편에 앉은 홈즈를 빤히 바라보았다. 홈즈는 하품을 하면서 다 핀 담배를 벽난로에 던졌다.

"끝입니까?" 홈즈가 물었다.

"흥미롭지 않습니까?"

"동화 수집가에게는 흥미롭겠군요."

모티머 씨는 접혀 있는 신문을 주머니에서 꺼냈다.

"홈즈 씨, 이제 좀 더 최근의 얘기를 들려드리죠. 이것은 올해 5월 14일자 〈데번 주 신문〉입니다. 여기에 신문이 발행되기 불과 며칠 전에 발생한 찰스 바스커빌 경의 죽음에 관한 기사가 실려 있습니다."

홈즈는 몸을 조금 앞으로 숙이면서 관심을 드러냈다. 모티머 씨는 안경을 다시 쓰고 기사를 읽기 시작했다.

> 다음 선거에서 중부 데번 주의 유력한 자유당 후보로 거론되었던 찰스 바스커빌 경의 갑작스런 죽음으로 주 전체가 슬픔에 빠졌다. 찰스 경이 바스커빌 저택에 산 기간은 비교적 짧지만, 그는 성격이 온화하고 무척 인정이 많아 그를 아는 모든 사람들의 관심과 존경을 받았다. 벼락부자들이 판치는 시대에 과거 불행한 일로 몰락한 명문가의 후손이 부자가 되어 가문의 위엄을 재건하기 위해 돌아온 것은 매우 반가운 일이다. 찰스 경은 남아프리카에 투자해 큰돈을 번 것으로 알려져 있다. 그는 현명하게도 번 돈을 날린 다른 사람들과 달리 돈을 갖고 영국으로 돌아왔다. 바스커빌 저택에 거주한 지는 2년밖에 되지 않았지만, 가문을 재건하고 발전시키려던 경의 계획이 얼마나 원대했는지는 잘 알려진 사실이다. 하지만 경의 죽음으로 모든 계획은 중단되었다. 찰스 경은 자식이 없었기 때문에 평생 동안 자신의 재산으로 지역 주민들에게 도움을 주겠다

고 공공연하게 얘기했었다. 때문에 많은 사람이 경의 갑작스런 죽음에 비통함을 느낄 것이다. 찰스 경은 지역과 주 자선 단체에 막대한 돈을 기부해 자주 본지에 기사화되기도 했다. 찰스 경의 죽음과 관련된 정황이 검시를 통해 완전히 명확하게 밝혀졌다고 말하기는 힘들지만, 최소한 이 지방의 전설이 되살아났다는 소문을 잠재우기에는 충분했다. 찰스 경이 자연적 요인이 아닌 다른 이유로 죽었다고 의심할 만한 증거는 없었다. 찰스 경은 가족이 없었고, 정서적으로 여러 가지 특이한 습성이 있었다고 알려졌다. 찰스 경은 엄청난 부자임에도 불구하고 개인적으로는 간편한 것을 선호했다. 저택에 거주하는 하인은 집사와 가정부로 일한 배리모어 부부뿐이었다. 여러 친구들의 증언에 따르면 찰스 경은 건강이 좋지 않았다고 한다. 특히 심장 질환으로 인해 안색이 변하고 호흡 곤란이 오기도 하고 심각한 우울증을 겪기도 했다고 알려졌다. 친구이자 주치의인 제임스 모티머 씨도 고인이 그와 같은 증상을 보인 적이 있다고 밝혔다.
사건의 요지는 간단하다. 찰스 바스커빌 경은 매일 밤 잠자리에 들기 전 바스커빌 저택 주변에 있는 잘 꾸며진 주목나무 산책로를 걷는 버릇이 있었다. 집사인 배리모어의 증언에 따르면 이것은 경의 오랜 습관이었다고 한다. 5월 4일 찰스 경은 다음 날 런던으로 출발할 거라면서 배리모어에게 여행 가방을 준비해두라고 지시했다. 그날 밤도 찰스 경은 늘 하던 대로 야간 산책을 위해 저택을 나섰다. 찰스 경은 산책 중에 시가를 피우는 버릇이 있었다. 그러나 그날 찰스 경은 돌아오지 않았다. 밤 12시에 배리모어는 저택 현관문이 아직 열려 있는 것을 발견하고 놀라서 등불을 들고 주인을 찾아 나섰다. 그날은 날씨가 축축했기 때문에 산책로를 따라 난 찰스 경의 발자국을 쉽게 추적할 수 있었다. 산책로의 중간쯤에 황야로 나가는 문이 있다. 그 주변에는 찰스 경이 잠깐 동안 그곳에 서 있었다는 여러 가지 흔적들이 있었다. 배리모어는 계속 길을 따라 내려가 산책로 끝에서 찰스 경의 시신을 발견했다. 배리모어의 진술 중 한 가지 이해되지 않는 것은, 찰스 경의 발자국이 황야로 나가는 문을 지나는 시점부터 뒤꿈치를 들고 걸어간 것으로 보인다고 말한 부분이다. 말 장사꾼인 집시 머피가 그 시간 황야에서 멀지 않은 곳에 있었지만 술에 많이 취해 있었다고 한다. 머피의 진술에 따르면 어느 방향에서 들려오는지는 알 수 없었지만 울음소리를 들었다고 한다. 찰스 경의 몸에서는 그 어떤 폭행의 흔적도 발견되지 않았지만, 의사는 믿기 어려울 정도로 얼굴이 일그러져 있었다고 증언했다. 그래서 제임스 모티머 씨는 처음에는 자기 앞에 있는 시체가 정말 자신의 친구이자 담당 환자인 찰스 경이 맞는지 믿기 어려웠다고 한다. 그러나 그와 같은 증상은 심장 마비로 인한 호흡 곤란으로 사망한 경우에 흔하게 볼 수 있는 것이라고 한다. 사후 검시를 통해 찰스 경이 오랫동안 심장 질환을 앓고 있었다는 것이 밝혀졌고, 이를 바탕으로 검시 배심원단은 찰스 경이 자연사했다는 평결을 내렸다. 이렇게 평결이 난 것은 잘된 일이다. 찰스 경의 상속자가 저택에 다시 거주해야 하고, 경의 죽음으로 안타깝게도 중단된 자선 사업들이 계속되기 위해서는 아주 중요한 일이기도 하다. 검시관이 발견한 의학적 증거가 이 사건과 관련해 은밀하게 퍼지고 있는 괴이한 소문을 막지 못했다면, 바스커빌 저택의 새 주인을 찾기 힘들었을 것이다. 만약 살아 있다면, 찰스 경의 상속자는 동생의 아들인 헨리 바스커빌로 밝혀졌다. 이 젊은 상속자는 미국에 있는 것으로 알려졌는데, 막대한 유산상속 소식을 전달하기 위해 조사가 진행 중이다.

모티머 씨는 신문을 접어 다시 주머니에 집어넣었다. "이것이 찰스 바스커빌 경의 사망과 관련해 공개된 사실입니다, 홈즈 씨."

"감사하다고 말해야겠네요." 홈즈가 대답했다. "몇 가지 점에 있어 이 사건은 매우 흥미롭습니다. 당시 저는 이 사건에 대한 몇몇 신문 기사를 본 적이 있습니다. 그러나 바티칸 카메오 사건에 완전히 몰두해 관심을 교황에게 두고 있었기 때문에 영국에서 발생한 흥미로운 몇 가지 사건을 놓치고 말았지요. 이 기사가 알려진 모든 사실을 담고 있나요?"

"네, 그렇습니다."

"그럼 이제 알려지지 않은 사실을 얘기해주세요." 홈즈는 의자에 등을 기대고 손가락 끝을 맞대었다. 이것은 홈즈가 매우 침착하고 이성적인 상태라는 것을 의미한다.

"그럴까요?"라고 말하면서 모티머 씨는 심각한 감정적 동요를 드러내기 시작했다.

“지금까지 누구에게도 말하지 않은 사실을 말씀드리겠습니다. 검시관의 조사 당시 제가 알고 있는 일부 사실을 감춘 이유는 과학을 하는 사람이 널리 퍼져 있는 미신을 지지하는 것처럼 대중에게 보이고 싶지 않았기 때문입니다. 더 나아가서 저의 증언이 바스커빌 저택이 갖고 있는 흉측한 소문을 증폭시키는 일을 한다면, 기사에서 언급했듯 분명히 저택의 새 주인을 구하지 못할 것이기 때문입니다. 이 두 가지 이유 때문에 경찰에는 제가 알고 있는 것보다 훨씬 적게 얘기를 했는데, 제 얘기를 통해 좋은 결과가 나올 것 같지 않았기 때문입니다. 하지만 두 분에게는 솔직하게 다 털어놓지 못할 이유가 없습니다. 황야 주변에는 거주하는 사람이 많지 않기 때문에 이웃 간에 서로 아주 친하게 지냅니다. 그래서 저와 찰스 경도 무척 자주 만났습니다. 래프터 저택의 프랭클랜드 씨와 박물학자인 스테이플턴 씨를 제외하면 그 주변에는 제대로 된 교육을 받은 사람이 없거든요. 찰스 경은 은퇴했지만 경의 병 때문에 저와 만나는 계기가 되었고, 과학에 대한 공통된 관심으로 계속 만남을 가졌습니다. 찰스 경은 남아프리카에서 많은 과학 정보를 가지고 돌아왔고, 우리는 부시먼과 호텐토트의 비교해부학에 대해 논의하면서 여러 날 밤을 즐겁게 보내기도 했습니다.

최근 몇 달 사이에 저는 찰스 경이 견디기 힘들 정도의 강한 심리적 압박을 받고 있다는 것을 분명히 알 수 있었습니다. 제가 두 분에게 자세히 읽어드린 그 전설을 찰스 경은 심각하게 받아들였습니다. 얼마나 신경을 썼는지 찰스 경은 자신의 저택을 산책하면서도 밤에는 결코 황야로 나가지 않았습니다. 우습게 들리시겠지만 홈즈 씨, 솔직히 찰스 경은 자신의 가문을 둘러싼 끔찍한 운명을 믿고 말았습니다. 조상에게 물려받은 그 기록도 찰스 경에게는 위안이 되지 못했습니다. 무시무시한 존재가 있다는 생각이 끊임없이 경을 괴롭혔기 때문에 제가 밤에 왕진을 다닐 때 이상한 물체를 보거나 사냥개 짖는 소리를 들은 적이 있냐고 자주 묻곤 했습니다. 그 질문을 할 때면 찰스 경의 목소리는 공포로 떨렸죠.

사건이 일어나기 3주 전쯤 밤에 찰스 경의 저택으로 마차를 몰고 갔을 때가 생생하게 떠오르는군요. 경은 저택 현관문 근처에 있었어요. 제가 마차에서 내려 경의 앞으로 다가가 찰스 경의 눈을 봤는데, 찰스 경은 끔찍한 공포에 사로잡힌 눈으로 제 어깨너머의 뭔가를 응시하고 있었습니다. 제가 재빨리 몸을 돌려 뭔가 하고 봤더니 커다란 검은색 송아지 같은 것이 진입로 앞을 지나고 있었어요. 찰스 경이 너무 놀라고 겁을 먹어서 제가 그 짐승이 있던 곳으로 달려가서 둘러보기까지 했습니다. 하지만 놈은 이미 어디론가 사라진 뒤였죠. 찰스 경은 이 사건으로 엄청난 충격을 받았습니다. 그날 밤 제가 찰스 경과 함께 있어야 했는데, 찰스 경은 자신이 왜 그랬는지를 설명하고 제가 처음에 읽어드린 그 이야기가 담긴 문서를 저에게 맡겼습니다. 제가 이 말씀을 드리는 이유는 이것이 그다음에 벌어진 비극적인 사건과 어떤 연관성이 있다고 생각하기 때문입니다. 하지만 분명히 말씀드리지만 그날 밤 나타났던 동물은 별거 아닌 하찮은 동물이었고, 찰스 경이 그렇게 놀랄 만한 일은 아니었습니다.

찰스 경이 런던에 가려고 한 것도 제가 조언을 했기 때문입니다. 심장에 이상이 있기도 했고, 그 이야기가 근거가 없다고는 하지만 경이 생활하는 내내 불안감을 느꼈기 때문에 분명 건강에 악영향을 끼치고 있었거든요. 그래서 도시의 번잡함 속에서 몇 달 보내면 좋아질 거라고 생각했죠. 친구인 스테이플턴 씨도 찰스 경의 건강을 무척 염려했던 터라 저의 의견에 동의했습니다. 그런데 런던으로 떠나기 바로 전날 밤에 이런 비극이 생기고 말았습니다.

찰스 경이 죽은 그날 밤 집사인 배리모어는 시체를 발견하고 마부 퍼킨스를 말에 태워 제게 보냈어요. 저는 그때까지 잠들지 않고 있었기 때문에 사건 발생 후 한 시간도 안 돼 바스커빌 저택에 도착할 수 있었습니다. 거기서 경찰 조사에서 언급된 모든 단서들을 조사하고 확인했습니다. 발자국을 따라 산책로로 갔고, 경이 잠깐 멈추었던 것으로 추정되는 황야로 나가는 문도 확인했고, 그곳에서부터 발자국이 바뀌었다는 점에도 주목했죠. 부드러운 자갈흙이 깔린 그 길에 찍힌 집사 배리모어의 발자국을 제외하고 다른 사람의 발자국은 없었다는 사실도 기록했습니다. 그러고 나서 드디어 조심스럽게 찰스 경의 시신을 조사했습니다. 제가 오기 전까지 시신에 손을 댄 사람은 아무도 없었습니다. 찰스 경은 엎드려 있었는데, 팔은 옆으로 나와 있었고 손가락은 땅을 파고 들어가 있었습니다. 얼굴은 제가 찰스 경이 맞는지 확신하기 힘들 정도로 어떤 심한 고통에 의해 일그러진 상태였죠. 그런데 경찰 조사에서 배리모어가 한 가지 잘못 진술한 부분이 있습니다. 배리모어는 시신 주변에서 그 어떤 다른 흔적도 보지 못했다고 진술했어요. 아무것도 발견하지 못했다고요. 그러나 저는 시신에서 약간 떨어진 곳에서 처음 보는, 그러나 분명한 흔적을 발견했습니다."

"발자국이오?"

"네, 발자국이요."

"남자 것이었나요? 아니면 여자?"

모티머 씨는 약간 어색한 눈빛으로 잠시 우리를 바라봤다. 그러더니 거의 속삭이듯이 대답했다.

"홈즈 씨, 그것은 거대한 사냥개 발자국이었습니다."

3
문제

그 말을 듣는 순간 온몸이 부르르 떨렸다. 모티머 씨의 목소리에는 우리에게 한 얘기를 본인 스스로가 깊이 믿고 있다는 것을 보여주는 오싹함이 담겨 있었다. 홈즈는 흥분해서 몸을 앞으로 숙였다. 눈은 강렬하고 매섭게 빛났는데, 그것은 홈즈가 무언가에 매우 흥미를 느꼈을 때 나타나는 눈빛이었다.

"확실한가요?"

"제가 두 눈으로 똑똑히 봤습니다."

"그런데 아무에게도 얘기하지 않았다고요?"

"어떻게 얘기하겠어요?"

"다른 사람은 왜 그걸 보지 못했죠?"

"그 발자국은 시신에서 약 20미터쯤 떨어져 있었어요. 아무도 거기까지 볼 생각은 못 한 거죠. 저도 그 전설을 몰랐다면 아마 그랬을 겁니다."

"황야에는 양치기 개가 많이 있지 않나요?"

"많이 있죠. 그렇지만 그건 분명 양치기 개의 발자국이 아니었습니다."

"아주 컸다고요?"

"무척 컸습니다."

"그 발자국이 시체에 접근한 흔적은 없었고요?"

"네."

"그날 날씨는 어땠나요?"

"습기가 차고 냉랭했어요."

"비는 오지 않았고요?"

"네."

"산책로는 어떤 모양이죠?"

"양쪽으로 주목나무 울타리가 있어요. 약 3.5미터쯤 되는 높은 울타리라 외부에서 들어오기는 힘들어요. 가운데 있는 산책로는 폭이 2.5미터쯤 됩니다."

"울타리와 산책로 사이에는 뭐가 있나요?"

"양쪽에 폭이 2미터쯤 되는 풀밭이 있습니다."

"주목나무 울타리는 문이 딱 한 곳만 있고요?"

"네, 황야로 나가는 문이죠."

"혹시 다른 문은 없나요?"

"전혀 없습니다."

"그렇다면 그 산책로에 접근하기 위해서는 저택에서부터 내려가거나 아니면 그 황야로 나가는 문으로 들어와야 하는군요?"

"산책로가 끝나는 곳에 여름 별장에서 들어오는 문이 하나 있습니다."

"찰스 경이 거기에 있었나요?"

"아뇨, 경의 시신은 그 문까지 50미터쯤 남은 곳에서 발견됐습니다."

"모티머 씨, 지금부터 매우 중요한 질문입니다. 보셨다는 발자국이 산책로에 있었나요? 풀밭이 아니고?"

"풀밭에는 어떤 발자국도 없었습니다."

"그 발자국은 산책로에서 황야로 나가는 문 쪽 방향에 있었나요?"

"네, 황야로 나가는 문이 있는 쪽의 산책로 가장자리를 따라나 있었습니다."

"이거 정말 흥미롭군요. 자, 또 다른 중요한 질문입니다. 그 문은 닫혀 있었나요?"

"닫혀 있었고 자물쇠도 채워져 있었습니다."

"높이가 얼마나 되나요?"

"한 1미터쯤 됩니다."

"누구나 쉽게 넘어올 수 있겠군요?"

"그렇죠."

"그럼 그 문 부근에서 무슨 흔적이라도 발견했나요?"

"특별한 건 없었습니다."

"오, 이런! 아무도 확인하지 못한 건가요?"

"아니오, 제가 직접 확인했습니다."

"아무것도 없었나요?"

"사실 뭔가 혼란스럽습니다. 찰스 경은 분명히 5~10분 정도 그곳에 서 있었거든요."

"그걸 어떻게 아세요?"

"경의 시가에서 떨어진 재가 바닥에 있었습니다."

"훌륭하군요. 왓슨, 이분은 마치 우리 동료 같아. 우리 방법을 금방 배우셨군. 그런데 발자국은요?"

"찰스 경은 그 자갈흙 위 모든 곳에 발자국을 남겼어요. 경의 발자국 외에 다른 발자국은 없었고요."

홈즈는 참을 수 없다는 듯이 손으로 무릎을 쳤다.

"내가 거기 있었어야 했는데!" 홈즈가 소리쳤다. "이건 정말 매우 흥미로운 사건이군. 전문가에겐 엄청난 기회를 주는 사건이야. 그 자갈흙 길을 내가 봤더라면 정말 많은 것을 알아낼 수 있었을 텐데. 이미 시간이 너무 지나버렸어. 비에 씻겨나가고 호기심 어린 농부들의 방문으로 현장이 훼손됐겠지. 모티머 씨, 왜 바로 저에게 연락하지 않았습니까? 이유가 정말 궁금하군요."

"이런 모든 사실들을 세상에 알리지 않고서는 홈즈 씨를 부를 수가 없었습니다. 이미 말씀드렸듯이 전 이런 일들이 일반에 공개되기를 원하지 않았습니다. 게다가, 게다가…."

"뭘 망설이시죠?"

"가장 날카롭고 경험 많은 탐정도 도움이 되지 않는 영역이 있습니다."

"초자연적인 현상을 말씀하시는 건가요?"

"반드시 그걸 얘기하는 것만은 아닙니다."

"하지만 분명히 그걸 생각하고 계셨잖아요."

"홈즈 씨, 그 비극적인 전설 이후 저는 일반적인 자연법칙으로는 이해되지 않는 여러 사건에 대한 얘기를 들었습니다."

"예를 들면요?"

"찰스 바스커빌 경이 사망하기 전에 몇몇 사람들이 바스커빌의 전설에 나오는 사냥개와 유사한 생명체를 황야에서 목격한 적이 있습니다. 그것은 분명 과학적으로 밝혀진 일반 동물이 아니었어요. 목격자들은 모두 그것이 매우 크고, 밤에도 빛이 나며, 유령처럼 무시무시했다고 진술했습니다. 저는 이들 중 순박한 지역주민, 수의사, 황야에 사는 농부 등 세 사람을 비교 조사했는데, 이들은 모두 그 무시무시한 생명체가 전설에 나오는 지옥의 사냥개와 정확하게 일치했다고 한결같이 주장했습니다. 말씀드렸듯이 그 지역에는 공포의 전설이 알려진 시대가 있었습니다. 때문에 밤에 황야를 지나는 사람은 보기 어렵습니다."

"모티머 씨는요? 과학을 배우신 분이 그런 초자연적 현상을 믿으십니까?"

"이제는 뭘 믿어야 할지 모르겠습니다."

홈즈는 어이없다는 듯 어깨를 으쓱하더니 말했다. "지금까지 저는 제가 조사하는 사건의 범위를 이 현실 세계로 한정하고 있습니다. 제 나름의 방법으로 악당들과 싸워왔죠. 그런데 진짜 악마와 싸우는 것은 아무래도 너무 지나친 일인 것 같습니다. 그러니 그 발자국이 분명 현실에 존재하는 것이라고 얘기해주세요."

"그 이야기 속의 사냥개는 사람의 목덜미를 물어뜯었다는 것에서 알 수 있듯이 실제 존재했습니다. 하지만 동시에 악마적 존재였습니다."

"초자연적인 것에 대해 지나치게 관심을 가지고 계시군요. 아무튼 알겠습니다. 그런데 모티머 씨, 그런 생각이라면 도대체 왜 저에게 상담을 하러 오셨습니까? 찰스 경의 죽음에 대해 조사하는 것은 소용없는 짓이라고 얘기하시면서, 동시에 제가 조사해주기를 원하신다는 말씀인가요?"

"홈즈 씨에게 그 사건을 조사해달라고 말한 적이 없습니다."

"그럼, 저에게 뭘 바라시는 거죠?"

"이제 곧 워털루역에 도착하는 헨리 바스커빌 경에게 제가 어떻게 해야 할지 조언을 부탁드립니다." 모티머 씨는 시계를 보면서 다시 말했다. "정확히 1시간 15분 후에 도착합니다."

"그가 상속자인가요?"

"그렇습니다. 찰스 경이 사망한 후 캐나다에서 농사를 짓고 있던 이 젊은 상속자를 찾았습니다. 지금까지 우리가 조사한 바에 따르면 헨리 경은 모든 면에서 매우 뛰어난 인물입니다. 저는 지금 의사로서가 아니라 찰스 경의 유산 집행인이자 재산 관리인으로서 말씀드리는 겁니다."

"또 다른 상속자는 없는 것이 분명합니까?"

"없습니다. 우리가 찾을 수 있었던 유일한 친척은 로저 바스커빌 씨였습니다. 사망한 찰스 경이 삼 형제 중 장남이었고 로

저 씨가 막내입니다. 둘째 동생은 헨리 경만을 남겨두고 젊은 나이에 일찍 죽었습니다. 막내인 로저 씨는 가문의 골칫덩어리였습니다. 옛 바스커빌 가문의 오만함을 그대로 물려받았지요. 주변 사람들의 말에 따르면 가족 초상화에 나오는 휴고 바스커빌과 무척 닮았다고 하더군요. 로저 씨는 사고를 쳐서 영국에는 있을 수 없어 남아메리카로 이주했고, 그곳에서 1876년에 황열병으로 죽었습니다. 헨리 경이 마지막 남은 바스커빌 가문의 사람입니다. 1시간 5분 후에 워털루역에서 만날 예정이고요. 사우샘프턴역에 오늘 아침 도착했다는 전보를 받았습니다. 자, 홈즈 씨, 제가 그분에게 뭐라고 해야 할까요?"

"왜 그가 찰스 경의 저택에 가는 것을 막으려고 하시죠?"

"너무 당연한 얘기 아닌가요? 그리고 생각해보세요. 그 저택에 갔던 바스커빌가의 사람들은 모두 끔찍한 죽음을 당했습니다. 만약 찰스 경이 죽기 전에 헨리 경을 저택으로 데려오는 문제를 상의했다면, 찰스 경은 가문에 마지막 남은 자손이자 막대한 재산의 상속자를 죽음의 저택으로 데려오는 것에 반대했으리라고 저는 확신합니다. 하지만 가난하고 비참한 그 지역의 발전이 순전히 헨리 경의 손에 달려 있다는 사실도 부인할 수 없습니다. 찰스 경이 추진했던 모든 지역 발전 사업은 헨리 경이 오지 않으면 무산될 처지입니다. 저는 이 문제에 있어서 저의 개인적인 지나친 걱정 때문에 판단을 제대로 내리지 못할까봐 걱정입니다. 그래서 이 문제를 홈즈 씨에게 가져왔고, 이렇게 조언을 구하는 것입니다."

홈즈는 잠시 생각하다 입을 열었다.

"이 문제를 좀 단순화해서 보면, 모티머 씨는 저택이 있는 다트무어에는 어떤 사악한 힘이 있어서 바스커빌 사람이 거주하기에는 안전하지 않다, 이 말씀이신가요?"

"그럴 수도 있다는 몇몇 증거들이 발견되었기 때문입니다."

"제 말이 맞군요. 그런데 만약 선생이 주장하는 그 초자연적인 현상이 사실이라면, 그 젊은 상속자가 런던에 있거나 저택에 있거나 위험하기는 마찬가지일 겁니다. 사악한 힘이 지역 교회 위원처럼 지역 내에서만 힘을 발휘하지는 않을 테니까요."

"홈즈 씨, 문제를 너무 가볍게 보시는군요. 저는 홈즈 씨가 제 입장이라면 이런 문제를 만났을 때 어떻게 하셨을지 듣고 싶었습니다. 제가 이해한 바로는 홈즈 씨의 얘기대로라면, 이 젊은 상속자는 저택에서도, 런던에 있을 때처럼 안전할 거라는 말씀인가요? 이제 헨리 경이 도착하기까지 50분 남았습니다. 제가 어떻게 했으면 좋겠습니까?"

"모티머 씨, 우선 마차를 부르고, 저 개가 저희 집 현관문을 그만 긁도록 해주세요. 그리고 워털루역으로 가서 헨리 바스커빌 경을 만나세요."

"그런 후에는요?"

"그러고 나서 이 문제에 대해 제가 어떻게 할지 결정할 때까지 헨리 경에게는 아무 말도 하지 마십시오."

"결정하시는 데 얼마나 걸릴까요?"

"하루면 됩니다, 모티머 씨. 그리고 내일 10시에 여기로 다시 와주시면 감사하겠습니다. 특히 헨리 바스커빌 경을 데리고 오신다면 향후 계획을 세우는 데 큰 도움이 될 것 같습니다."

"그렇게 하겠습니다, 홈즈 씨." 모티머 씨는 약속을 자신의 셔츠 소매에 기록하고는 이상하고 산만한 차림새 그대로 서둘러 나갔다. 홈즈가 모티머 씨를 계단에서 불러 세웠다.

"한 가지 질문이 더 있습니다, 모티머 씨. 찰스 경이 죽기 전에 여러 사람이 황야에서 그 괴생명체를 봤다고 하셨죠?"

"세 사람이 봤습니다."

"사건 이후에는 본 사람이 있나요?"

"그런 얘기는 못 들었습니다."

"알겠습니다. 조심해서 가세요."

홈즈는 만족스러운 표정으로 의자에 다시 앉았다. 뭔가 기분 좋은 일이 있다는 것을 의미한다.

"나갈 건가, 왓슨?"

"도울 일이 없다면."

"아닐세, 친구. 이제야말로 내가 자네에게 도움을 요청할 시간이네. 몇 가지 부분에서 이 사건은 정말 멋지고 독특하군. 자네, 브래들리 가게를 지날 때 그에게 최고로 강력한 살담배 450그램을 나에게 배달하라고 전해주겠나? 고맙군. 그리고 상황을 봐서 저녁때까지 어디서 시간을 보내고 온다면 그것도 좋을 것 같아. 그동안 나는 오늘 아침 우리를 찾아온 이 흥미진진한 사건에 관한 여러 가지 면들을 비교해보겠네."

나는 홈즈가 정신을 완전히 집중하기 위해서는 이런 격리와 혼자만의 시간이 절대적으로 필요하다는 것을 잘 알고 있었다. 그 시간 동안 홈즈는 증거의 모든 세세한 부분을 점검하고, 사건을 재구성하고, 각 단서 간의 균형을 맞추고, 핵심은 무엇이고 중요하지 않은 것은 무엇인지 결정할 것이다. 나는 클럽에 하루 종일 있으면서 밤이 될 때까지 베이커 스트리트로 돌아가지 않았다. 홈즈의 집으로 다시 돌아온 것은 거의 밤 9시가 다 되어서였다. 방문을 열었을 때 나는 방 안에 가득 찬 연기에 가려 탁자 위의 등잔 불빛이 흐릿해진 것을 보고 불이 난 줄 알았다. 하지만 방으로 들어서자 그런 걱정은 사라졌다. 그것은 질 나쁜 싸구려 담배에서 나는 독한 연기 때문이었다. 목이 칼칼해지고 기침이 났다. 연기를 뚫고 안으로 들어서자 홈즈의 모습이 흐릿하게 보였다. 홈즈는 가운을 입고 안락의자에 앉아 검은색 담배 파이프를 물고 있었다. 주변에는 여러 장의 종이가 놓여 있었다.

"감기 걸렸나, 왓슨?" 홈즈가 물었다.

"아니, 이 지독한 연기 때문일세."

"자네 말대로 제법 독하긴 하군."

"독하다고? 이건 견딜 수 없을 정도네."

"그럼 창문을 열게! 자네 하루 종일 클럽에 있었군."

"역시 자네답군."

"내 말이 맞지?"

"정확해. 그런데 어떻게?"

홈즈는 내 당황한 표정을 보고 크게 웃었다. "왓슨, 자네는 볼수록 재미가 있어. 내 추리력을 자네에게 사용하면 언제나 즐거움을 주거든. 이렇게 비 오는 질펀한 날에 양복 입은 신사가 밖에 나갔다 밤늦게 돌아왔는데 모자나 구두에 얼룩 하나 없이 깨끗하다면, 하루 종일 실내에 머문 것이 분명하지. 더구나 가까운 친구도 많지 않은 사람이면 더욱 그렇지. 그렇다면 그 신사가 어디에 있었겠나? 분명하지 않나?"

"그렇군. 무척 명확해."

"이 세상은 분명한 것들로 가득 차 있지만 아무도 그것을 관찰하지 않을 뿐이야. 나는 어디에 있었다고 생각하나?"

"자네도 하루 종일 여기 있었군."

"아니, 난 데번셔에 갔었어."

"마음속으로?"

"그렇지. 유감스럽게도 내 몸은 이 안락의자에 앉아 있었네. 큰 주전자 두 개 분량의 커피를 비우고 엄청난 양의 담배를 피우면서 말이야. 자네가 나간 후 스탬퍼드 가게에 가서 황야 부분이 나온 정밀 지도를 샀다네. 내 영혼은 황야에 가서 하루 종일 서성였지. 내가 발견한 것에 우쭐해하면서."

"분명 대축척 지도겠군?"

"아주 큰 지도라네."

홈즈는 지도의 한 부분을 펼쳐 무릎 위에 놓았다. "여기가 바로 우리가 주목하는 특별한 지역일세, 여기 중앙에 있는 것은 바스커빌 저택이고."

"숲으로 둘러싸여 있는 곳?"

"그렇지. 지도에는 안 나오지만 주목나무 산책로를 상상해 보았어. 황야는 분명 이 선을 따라 이렇게 이어져 있을 거야. 그렇다면 자네가 보듯이 황야는 산책로의 오른편에 있는 거지. 여기 이 작은 덤불숲이 우리의 친구 모티머 씨의 주거지가 있는 그림펜 마을일세. 여기 보이듯이 반경 8킬로미터 안에는 겨우 몇 개의 집들만 흩어져 있네. 여기가 래프터 저택이네. 내 기억이 맞다면 여기에 표시된 곳이 박물학자 스테이플턴의 거주지고. 여기가 황야에 있는 두 채의 농가, 하이 토어와 파울마이어네 집이지. 그리고 약 20킬로미터 떨어진 곳에 프린스타운의 중범죄자 감옥이 있어. 여기 흩어져 있는 점들과 그 사이를 연장하면 사람이 살지 않는 황야라네. 그리고 여기가 바로 비극이 벌어진 무대지. 어쩌면 우리가 그 사건이 다시 재연되도록 거들어야 하는 곳이기도 하고."

"무척 험악한 곳이겠군."

"맞아. 장소는 그럴듯해. 만약 악마가 인간의 일에 관여하고 싶어 한다면 최적의 무대지."

"그럼 자네도 그 초자연 현상 이론에 동조한다는 말인가?"

"악마의 하수인은 아마도 사람일 거야, 안 그렇겠나? 우선 두 가지 의문이 우리 앞에 놓여 있네. 첫 번째, 도대체 범죄가 일어나기는 했는가, 두 번째는 어떤 범죄이고 어떻게 일어났는가일세. 물론 모티머 씨의 추측이 맞다면, 그래서 우리가 지금 일반적인 자연법칙을 벗어난 어떤 초자연적인 힘을 찾는 거라면 우리의 조사는 이것으로 끝이네. 그러나 그런 결론을 내리기 전에 다른 모든 가설을 검증해야 해. 내 생각엔 창문을 다시 닫는 게 좋겠군, 자네만 괜찮다면 말이야. 간단한 것이지만 생각에 집중하기 위해서는 주변 분위기도 집중하기 좋게 만드는 것이 도움이 되거든. 아직까지 생각을 많이 좁히지는 못했지만 이것이 내 추리가 내린 합리적인 결론일세. 자네도 이 사건을 생각해봤지?"

"그럼. 오늘 하루 동안 아주 많은 것을 생각했지."

"그래, 뭘 알아냈나?"

"도무지 갈피를 못 잡겠어."

"확실히 이 사건만의 독특한 측면이 있긴 해. 다른 사건과 구별되는 면이지. 발자국의 변화 같은 것 말이야. 그걸 어떻게 생각하나?"

"모티머 씨는 찰스 경이 산책로의 특정 부분에서 발끝으로 걸었다고 얘기했잖아."

"그는 단지 어떤 멍청이가 경찰 조사에서 한 말을 옮겼을 뿐이야. 왜 발끝으로 산책로를 걸었겠나?"

"왜 그랬을까?"

"찰스 경은 도망치고 있었다네, 왓슨. 필사적으로 도망치고 있었지. 살기 위해서 심장이 터질 정도로. 그러고는 결국 엎어져 숨진 거야."

"무엇으로부터 도망쳤단 말인가?"

"그게 우리가 해결해야 할 문제야. 찰스 경이 도망치기 직전에 엄청난 공포에 사로잡혔다는 단서가 있어."

"그걸 어떻게 알 수 있지?"

"찰스 경을 공포에 떨게 한 것은 아마 황야를 건너왔을 거야. 그런데 저택을 향해서가 아니라 오히려 저택을 등지고 도망친 것으로 보아, 당시 이미 이성을 잃었을 가능성이 매우 높아. 만약 그 집시의 증언이 사실이라면 찰스 경은 도와줄 사람이 아무도 없는 곳을 향해 도와달라고 소리치면서 달려간 것이네. 그렇다면 다시, 찰스 경은 그날 밤 누구를 기다리고 있었던 걸까? 왜 자신의 집이 아니라 그 주목나무 산책로에서 기다렸을까?"

"자네는 경이 누군가를 기다렸다고 생각하는 건가?"

"찰스 경은 나이가 많고 기력이 쇠한 노인이었네. 밤에 산책을 나갔다는 것은 이해할 수 있지만 그날 밤은 땅이 질퍽하고 추웠지. 모티머 씨가 담뱃재를 보고 추리한 것처럼 그런 날씨에 찰스 경이 할 일 없이 5~10분가량 그냥 서 있었다는 얘기는 논리적으로 어폐가 있지 않은가?"

"하지만 찰스 경은 매일 밤 산책을 나갔잖은가?"

"내 생각에 찰스 경이 매일 밤 황야로 나가는 문에서 잠깐 쉬었을 것 같지는 않아. 증거들을 보면 오히려 찰스 경은 황야를 피하려 했지. 그런데 그날 밤에는 거기에 있었네. 그날은 찰스 경이 런던으로 떠나기 전날 밤이었어. 사건이 점점 명확해지는군. 앞뒤가 들어맞아 가고 있어. 왓슨, 내 바이올린을 좀 주겠나? 그리고 이 사건에 대한 나머지 얘기는 내일 아침 모티머 씨와 헨리 경을 만날 때까지 연기하는 게 어떨까?"

4
헨리 바스커빌 경

우리는 아침 일찍 식사를 마쳤다. 홈즈는 가운을 입은 채 시간이 되기를 기다렸다. 우리의 고객은 정확히 약속한 시각에 등장했다. 시계가 10시를 가리키자 모티머 씨가 나타났고, 이어 젊은 준남작이 따라 들어왔다. 30대의 검은 눈을 가진 헨리 경은 키가 작고 민첩해 보였다. 짙은 검은색 눈썹과 무척 다부진 몸매에 강하고 도전적인 얼굴이었다. 빨간 트위드 양복을 입었는데, 많은 시간을 야외에서 보내는 사람처럼 햇살에 그을린 모습이었다. 그렇지만 안정된 눈빛과 은근히 배어 나오는 자신감 넘치는 태도는 그가 신사라는 사실을 분명하게 보여주었다.

"이분이 헨리 바스커빌 경입니다." 모티머 씨가 그 젊은 남자를 소개했다.

"네, 제가 헨리입니다." 헨리 경이 인사했다. "홈즈 씨, 여기 모티머 선생이 만약 저에게 오늘 아침 여기 오자고 하지 않았다면 저 혼자라도 왔을 겁니다. 우연치고는 참. 홈즈 씨가 그 사건의 수수께끼를 풀기 위해 고민하고 있는 것으로 알고 있는데요, 오늘 아침 저도 이해하기 힘든 일이 하나 있었습니다."

"우선 자리에 앉으시죠, 헨리 경. 지금 하신 얘기는 런던에 도착하신 이후 뭔가 주목할 만한 일이 있었다는 것처럼 들리는군요."

"대단히 중요한 일은 아닙니다, 홈즈 씨. 가벼운 장난 정도죠. 아닐 수도 있고요. 이걸 편지라고 할 수 있을지 모르겠지만, 오늘 아침 이 편지를 받았습니다."

헨리 경은 편지를 테이블 위해 펼쳐놓았다. 우리 모두 그 편지를 살펴봤다. 평범한 종이의 회색 봉투였다. '헨리 바스커빌 경, 노섬벌랜드 호텔'이라는 주소가 휘갈긴 글씨체로 쓰여 있었고, 우체국 소인은 '채링 크로스'였다. 발송 날짜는 전날 밤이었다.

"헨리 경이 노섬벌랜드 호텔로 갈 거라는 사실을 아는 사람이 누가 있었을까요?" 홈즈가 날카로운 눈빛으로 방문자들을 바라봤다.

"아무도 알 수 있는 사람이 없었습니다. 모티머 선생을 만나고 나서 거기로 가기로 결정했거든요."

"하지만 모티머 씨는 이미 호텔에 머물고 계셨죠?"

"아닙니다. 저는 친구네 집에 머물고 있었습니다." 모티머 씨가 대답했다.

"우리가 그 호텔로 갈 것이라고 생각할 만한 그 어떤 조짐도 없었습니다."

"음…. 누군가 경의 움직임에 아주 깊은 관심을 가지고 있군요." 홈즈는 책 크기의 절반 정도 되는, 네 번 접힌 그 종이를 봉투에서 꺼내 테이블 위에 펼쳤다. 종이 한가운데에 인쇄된 단어를 조각조각 오려 붙여 만든 단 한 줄의 문장이 있었다.

삶이나 이성의 가치를 믿는다면 황야에서 멀어져라.

오직 '황야'라는 글자만 손으로 쓰였다.

"이제 홈즈 씨가 대답하실 차례인 것 같습니다." 헨리 경이 말을 꺼냈다. "홈즈 씨, 이 협박 편지는 무엇을 의미하는 걸까요? 그리고 누가 이렇게 제 일에 관심이 많을까요?"

"모티머 씨는 어떻게 생각하십니까? 이 사건과 관련해서 적어도 초자연적인 현상 따위는 없다는 것을 인정하시겠지요?"

"그럼요, 홈즈 씨. 하지만 이 편지는 그 사건이 초자연적인 현상이라고 확신하는 사람으로부터 온 것 같군요."

"무슨 사건이죠?" 헨리 경이 날카롭게 물었다. "제가 보기에 여기 계신 모든 분은 제 일에 대해 제가 아는 것보다 훨씬 많은 것을 알고 계신 것 같군요."

"헨리 경이 이 방을 떠나기 전에 우리가 알고 있는 모든 것을 알게 될 것입니다. 제가 약속하지요." 홈즈가 대답했다. "헨리 경이 허락하신다면 지금은 이 흥미로운 편지에만 집중했으면 합니다. 어젯밤 저녁에 작성해서 발송한 것 같군요. 왓슨,

어제 날짜 〈타임스〉 신문 있나?"

"여기 있네."

"부탁을 좀 해야 할 것 같군. 안쪽 페이지의 사설 좀 줘보게나." 홈즈는 눈을 위아래로 굴리면서 사설을 빠르게 살펴봤다. "자유 무역에 관한 이 금융 기사, 제가 여러분께 일부분을 읽어드리겠습니다.

> 보호관세로 인해 우리나라의 산업이나 특별한 무역 거래가 더 활성화될 것이라고 믿는 것 같다. 그러나 긴 이성적 안목에서 보면 그런 규제가 국가를 성장에서 멀어지게 하고 수입품의 가치를 떨어뜨려 영국 국민의 보편적인 삶의 형편을 어렵게 만든다.

왓슨 어떻게 생각하나?" 홈즈는 신난 얼굴로 만족스럽게 양손을 비비면서 소리쳤다. "훌륭한 의견이라고 생각하지 않나?"

모티머 씨는 전문가적 관심을 보이면서 홈즈를 쳐다봤다. 헨리 경은 의문이 가득한 눈으로 홈즈를 바라봤다.

"저는 관세나 그와 비슷한 종류에 대해 아는 것이 많지 않습니다. 그런데 제가 보기에 그 기사가 문제라면 우리가 지금까지 얘기했던 것에서 약간 벗어난 것 같군요." 헨리 경이 끼어들었다.

"그 반대입니다, 헨리 경. 제 생각에 우리가 이제 구체적인 추적에 나선 것 같습니다. 여기 왓슨은 경이 하신 것보다 제 추리방법에 대해 더 많이 알고 있는데, 안타깝게도 왓슨조차 이 기사의 중요성을 완전히 파악하지 못한 것 같군요."

"맞아. 그 어떤 연관성도 찾지 못하겠어."

"하지만 왓슨, 기사에서 단어를 추출하면 아주 깊은 연관성을 발견할 수 있다네. '삶', '이성', '가치', '멀어져라'. 이제 이 단어들이 어디서 나왔는지 알겠나?"

"아, 그렇군요! 홈즈 씨 말이 정말 맞네요. 그들이 그렇게 영악하지는 않군요." 헨리 경이 소리쳤다.

"아직도 의심이 된다면, '멀어져라'와 '믿는다면'이 같은 부분에서 잘려 나온 것을 보면 확실해질 겁니다."

"어디, 아! 정말 그렇군요!"

"홈즈 씨는 정말 제가 상상했던 것보다 훨씬 더 뛰어나십니다." 모티머 씨가 놀라운 얼굴로 홈즈를 바라보며 감탄했다. "그 글자들을 신문에서 오렸다는 얘기는 이해가 갑니다. 하지만 어떤 신문인지, 또 그 단어들이 사설에 나왔는지를 어떻게 아셨죠? 이건 정말 제가 지금까지 알고 있던 얘기 중에서도 가장 놀라운 것 중 하나입니다."

"모티머 씨는 흑인의 두개골과 에스키모의 두개골을 구별하실 수 있으시죠?"

"당연하죠."

"어떻게 아시죠?"

"그거야 제 특별한 취미니까요. 둘 사이의 차이가 분명합니다. 눈구멍 위의 각도, 안면각, 상악골의 곡선, 또…."

"그것처럼 이 분야는 저의 특별한 취미입니다. 차이점도 똑같이 분명하고요. 제 눈에는 중산층이 읽는 신문 기사의 활자와 조악하게 만들어져 저녁에 1/2페니에 팔리는 신문 기사의 활자는 흑인과 에스키모의 두개골 차이만큼이나 분명해 보입니다. 이런 종류의 발견은 범죄 전문가들의 능력 중에서 가장 기본적인 것입니다. 사실 저는 아주 어렸을 때 〈리즈 머큐리〉와 〈웨스턴 모닝 신문〉을 구별하지 못했습니다. 그러나 〈타임스〉 독자라면 충분히 구별 가능하죠. 그리고 이런 단어들은 그 외 다른 신문에서 가져올 수 있는 게 아닙니다. 이 편지는 어제 만들었을 가능성이 매우 높기 때문에, 어제 신문의 기사 중에서 찾은 거죠."

"무슨 말씀인지 알겠습니다, 홈즈 씨." 헨리 경이 물었다. "그럼 누군가 이 단어들을 가위로 오려서 붙였다는 얘기시군요?"

"미용 가위죠." 홈즈가 대답했다. "여기를 보면 날이 짧은 가위라는 것을 알 수 있습니다. '멀어져라'라는 단어를 자를 때는 가위질을 두 번 했거든요."

"정말 그렇군요. 그렇다면 누군가가 미용 가위로 이 단어들을 오려서 풀로 붙였다?"

"고무풀로요." 홈즈가 정정했다.

"고무풀로 종이 위에 붙였다? 그런데 왜 '황야'라는 단어는 굳이 손으로 썼을까요?"

"인쇄된 글자를 찾을 수 없었기 때문이죠. 다른 글자들은 모두 단순하기 때문에 다른 기사에서도 찾을 수 있었을 겁니다. 하지만 '황야'라는 단어는 자주 쓰이는 단어가 아니죠."

"아, 그렇게 설명이 되는군요. 이 메시지에서 또 다른 어떤 의미를 찾으셨나요, 홈즈 씨?"

"한두 개의 단서는 있습니다만, 흔적을 감추려고 엄청나게 수고를 한 것 같습니다. 그 주소 말입니다. 휘갈긴 필기체로 겉면에 쓰여 있던 주소요. 〈타임스〉는 아무나 보는 신문이 아니고 교육 수준이 높은 사람들이 보는 겁니다. 따라서 그 편지는 교육 수준이 높은 사람이 그렇지 않은 것처럼 보이려고 애를 쓰면서 만든 것으로 추정할 수 있습니다. 그리고 자신의 글씨체를 숨기려고 노력한 것으로 보아 그 글씨체는 헨리 경이 알거나 알 수 있는 것일 겁니다. 다시 한번 보시면 아시겠지만 특정 단어는 정확한 줄에 붙어 있지 않고, 어떤 것은 다른 단어에 비해 높은 위치에 있습니다. '삶'을 예로 들면 이것은 원래 자리를 훨씬 벗어나서 붙어 있습니다. 이것은 아마도 부주의했거나 편지를 만든 사람이 무척 불안해하고 서둘렀다는 것을 보여줍니다. 전반적으로 봤을 때 저는 후자 쪽입니다. 이 편지는 절대적으로 중요한데, 그런 편지의 제작자가 부주의한 사람이라고는 생각되지 않기 때문이죠. 만약 편지의 제작자가 서둘렀다면 왜 서둘러야만 했는지 흥미로운 의문이 생기는데, 그건 아침 일찍 편지를 보내야 헨리 경이 호텔을 떠나기 전에 받을 수 있기 때문입니다. 그렇다면 편지 제작자는 편지를 쓸 때 누군가로부터 방해받을까 봐 걱정을 했을까요? 방해자는 누구였을까요?"

"이제 우리 모두 추측을 해야 하는 단계군요." 모티머 씨가 말했다.

"추측이라기보다 여러 가능성을 살펴보고 그중에서 가장 가능성이 높은 것을 선택하는 단계에 이른 거죠. 과학적으로 상상력을 사용하는 겁니다. 그러나 우리는 항상 추리의 기반이 되는 어떤 물질적인 단서가 있어야 합니다. 아마 이것도 추측이라고 할지 모르겠지만, 저는 그 주소가 호텔 안에서 쓰였다고 매우 강하게 믿고 있습니다."

"어떤 근거로 그렇게 볼 수 있죠?"

"자세히 살펴보면 아시겠지만 펜과 잉크가 글씨를 쓸 때 문제가 되었습니다. 펜은 한 단어를 쓰면서 두 번이나 잘못 긁혔고, 짧은 주소를 쓰는 데 세 번이나 잉크가 말랐습니다. 이건 병에 잉크가 거의 없었다는 걸 의미합니다. 개인용 펜이나 잉크는 그런 경우가 거의 없고, 특히 두 개가 동시에 문제가 되는 경우는 매우 드물죠. 하지만 호텔에 있는 잉크와 펜이라면 그럴 가능성이 높은 편입니다. 그래서 저는 조금의 망설임도 없이 말씀드릴 수 있습니다. 채링 크로스 근처 호텔들의 휴지통을 조사해 오려진 채 버려진 〈타임스〉 일부를 발견한다면, 이 단일 문장의 편지를 보낸 사람이 누구인지 금방 알아낼 수 있을 겁니다. 어, 어, 이건 뭐지?"

홈즈는 속으로 들어갈 듯이 바짝 눈앞에 편지를 들고 세밀하게 살펴봤다.

"뭐죠?"

"별거 아니네요." 홈즈가 편지를 내려놓으면서 대답했다. "아무런 비침 무늬도 없는 반 장짜리 종이네요. 제 생각엔 우리가 이 흥미로운 편지에 대해서는 살펴볼 만큼 본 것 같습니다. 헨리 경, 런던에 오신 이후 이것 외에 뭐 또 다른 흥미로운 사건은 없었나요?"

"없었습니다, 홈즈 씨."

"미행을 한 사람이나 지켜보는 사람은 못 보셨나요?"

"마치 제가 삼류 소설 속의 주인공이 된 것 같군요. 왜 누군가 힘들게 저를 미행하거나 지켜봐야 한다고 생각하시죠?"

"그 얘기는 좀 이따 하시고, 이 문제를 좀 더 파고들기 전에 우리에게 알려주실 다른 내용은 없나요?"

"글쎄요. 홈즈 씨가 중요하게 생각하는 것이 무엇인지에 따라 다르겠죠."

"일반적인 생활 방식을 벗어난 것은 무엇이든 알려주실 필요가 있습니다."

헨리 경이 미소를 지었다. "저는 대부분의 시간을 미국과 캐나다에서 보냈기 때문에 아직 영국식 생활 방식에 대해 잘 모릅니다. 하지만 구두 한 짝을 잃어버린 것이 이곳에서도 일상적인 일은 아니겠죠?"

"구두 한 짝을 잃어버리셨다고요?"

"이런." 모티머 씨가 안타까운 듯 외쳤다. "어딘가 있겠죠. 호텔로 돌아가면 아마 찾을 수 있을 겁니다. 그런 사소한 일까지 홈즈 씨에게 부탁하셔서 뭘 하겠어요?"

"홈즈 씨가 일상적인 일에서 벗어난 일이 있냐고 물으시기에…."

"맞습니다." 홈즈가 대답했다. "어쩌면 단순한 일로 보일 수도 있지만, 구두 한 짝을 잃어버리셨다고요?"

"아마 어디다 잘못 둔 것 같아요. 어젯밤에 두 짝을 모두 문 밖에 두었는데, 아침에 보니 한 짝뿐이더군요. 구두를 닦은 녀석은 모른다는 얘기뿐이었습니다. 가장 아쉬운 점은 지난밤 스트랜드 거리에서 그 구두를 사기만 했고 아직 신어보지도 못했다는 겁니다."

"한 번도 신지 않았다면 왜 구두를 닦으라고 밖에 내놓으셨죠?"

"그 구두는 무두질을 한 것인데 한 번도 광을 내본 적이 없었어요. 그래서 밖에 내놨죠."

"그럼 어제 영국에 도착하자마자 외출해서 구두를 사셨다는 얘긴가요?"

"쇼핑을 많이 했습니다. 모티머 선생과 함께 다녔죠. 아시다시피 제가 지역의 대지주로 그곳에 내려가려면 거기에 맞게 옷을 입어야 합니다. 서부에 있을 때는 옷차림에 별로 신경을 안 썼거든요. 다른 것들과 함께 그 구두를 샀죠, 6달러를 주고요. 그런데 신어보기도 전에 한 짝을 잃어버렸네요."

"한 짝은 훔쳐봐야 소용도 없을 텐데요." 홈즈가 대답했다. "저도 모티머 씨처럼 잃어버린 구두를 찾는 데 오래 걸리지 않을 거라고 생각합니다."

"자, 이제 신사 여러분." 헨리 경이 결심한 듯 말을 꺼냈다. "저는 제가 알고 있는 모든 것을 충분히 말씀드린 것 같습니다. 이제 여러분이 아까 약속한 대로 지금 우리가 하고 있는 얘기가 모두 무엇 때문인지 말씀해주실 차례입니다."

"맞는 말씀입니다." 홈즈가 대답했다. "모티머 씨, 이제 선생이 우리에게 했던 그 이야기를 해야 할 시간인 것 같군요."

홈즈가 얘기를 하자 모티머 씨는 주머니에서 그 자료들을 꺼내 어제 아침 우리에게 한 것처럼 모든 것을 설명하기 시작했다. 헨리 바스커빌 경은 매우 주의 깊게 얘기를 들으면서 중간중간 놀라움의 감탄사를 내뱉었다.

"음, 제가 원한 맺힌 재산을 상속받는다는 것처럼 들리는군요." 모티머 씨의 긴 이야기가 끝나자 헨리 경이 말을 꺼냈다. "물론 저도 그 사냥개에 대한 얘기를 어린 시절부터 들었습니다. 그전에는 심각하게 받아들이지 않았기 때문에 그냥 집안의 애완견 얘기라고 생각했어요. 그런데 백부님이 사망하셨다니…. 음, 여러 가지 생각으로 머릿속이 복잡해지네요. 아직도 뭐가 뭔지 모르겠어요. 모티머 선생은 이 사건을 경찰에 의뢰할지 아니면 성직자에게 할지 아직 결정을 못 하신 것 같군요."

"맞습니다."

"그래서 이 편지가 호텔에 있는 저에게 배달된 거군요. 아주 제대로 찾아온 거네요."

"누군가 우리보다 황야에서 어떤 일이 있었는지 더 잘 아는 사람이 있는 것 같습니다." 모티머 씨가 한마디 했다.

"그리고 또." 홈즈가 입을 열었다. "그들은 헨리 경에 대해 나쁜 감정을 가지고 있는 건 아닙니다. 위험을 경고한 걸 보면."

"아니면, 저를 겁주어 쫓아내려는 자신들의 목적을 이루기 위한 것인지도 모르죠."

"물론 그것도 가능합니다. 저는 모티머 씨에게 무척 감사하고 있습니다. 여러 가지 흥미로운 요소가 있는 문제를 가지고 오셨으니까요. 그러나 우리가 지금 당장 결정해야 하는 실제적인 문제는 헨리 경이 바스커빌 저택에 가는 것이 현명한지 아닌지 결론을 내리는 일입니다."

"제가 왜 가지 말아야 하죠?"

"위험할 것 같습니다."

"우리 가문에 얽힌 그 악마 같은 존재 때문에 위험하다는 얘긴가요? 아니면 그곳에 있는 어떤 사람 때문에 위험하다는 말인가요?"

"그게 바로 우리가 알아내야 하는 겁니다."

"그게 무엇이든 제 대답은 똑같습니다. 홈즈 씨, 지옥의 악마 따위는 없습니다. 그리고 이 지구상에 제가 가문의 고향으로 돌아가는 것을 막을 사람도 없고요. 이것이 제 마지막 대답입니다." 말을 할 때 헨리 경의 짙은 눈썹은 찌푸려졌고, 홍조 띤 얼굴은 거의 검붉은 빛으로 변했다. 바스커빌 가문의 불같은 성격이 사라지지 않고 이 마지막 생존자에게 남아 있는 것이 분명했다. "한편으론." 헨리 경이 얘기를 계속했다. "여러분이 얘기한 그 모든 것을 충분히 생각하기에는 시간이 부족했습니다. 이것은 아주 큰 문제라 충분히 이해하고 결정을 내려야 합니다. 제가 마음을 정리할 수 있도록 저 혼자만의 조용한 시간을 가져야 할 것 같습니다. 홈즈 씨, 지금 시간이 11시 30분을 지나고 있습니다. 저는 바로 호텔로 돌아가겠습니다. 홈즈 씨와 왓슨 선생이 오후 2시경에 오셔서 점심을 같이 했으면 합니다. 그때 이 문제를 제가 어떻게 생각하고 있는지 좀 더 분명하게 말씀드릴 수 있을 것 같습니다."

"왓슨, 시간 괜찮은가?"

"전혀 문제없네."

"그럼, 그때 뵙겠습니다. 마차를 불러 드릴까요?"

"너무 혼란스러워서 차라리 걷고 싶습니다."

"제가 함께 걷겠습니다." 모티머 씨가 대답했다.

"오후 2시에 다시 뵙겠습니다. 그럼, 이만 가겠습니다."

우리의 방문자들이 계단을 내려가는 소리와 현관문을 '쾅' 닫는 소리가 들렸다. 그 순간 홈즈는 갑자기 나른한 공상가에서 활기 넘치는 남자로 돌변했다.

"자네 모자 그리고 구두! 왓슨, 서둘러! 한순간도 놓치면 안 돼!" 홈즈는 가운을 입은 채 신속하게 방으로 들어가더니 순식간에 외투를 걸치고 다시 나왔다. 우리는 서둘러 계단을 내려가 거리로 접어들었다. 모티머 씨와 헨리 경은 약 200미터 전방에서 옥스퍼드 스트리트 방향으로 가고 있었다.

"내가 뛰어가서 잠깐 멈추라고 할까?"

"그럴 필요 없네, 왓슨. 자네만 좋다면 나는 자네와 함께 걷는 게 더 만족스럽다네. 저 친구들도 오늘이 산책하기 정말 좋은 아침이라는 걸 아는 것 같군."

앞 사람들과의 거리가 반으로 줄어들 때까지 홈즈는 빠르게 걸었다. 그래도 여전히 100미터가량 떨어져 있었다. 우리는 두 사람을 따라 옥스퍼드 스트리트로 들어가 리젠트 스트리트로 내려갔다. 한번은 앞에 가던 우리 친구들이 멈춰 서서 상점 진열대를 응시하자 홈즈도 똑같이 했다. 그러고는 금방 만족스러운 듯 소리를 질렀다. 홈즈의 반짝이는 눈이 바라보는 곳을 따라가자 이륜마차 안에 타고 있는 한 남자를 볼 수 있었다. 마차는 거리의 반대편에 정차했다가 이제 다시 천천히 앞으로 가고 있었다.

"바로 저 남자야. 왓슨, 따라와! 이왕이면 가서 자세히 보자고."

그 순간 나는 덥수룩한 검은 턱수염을 달고 있는 남자가 마차의 창문을 통해 날카로운 눈빛으로 우리를 보고 있다는 것을 알아차렸다. 마차 위쪽의 작은 문이 열리더니 안에서 뭐라고 마부를 향해 소리를 쳤다. 그러자 마부는 마차를 몰고 미친 듯이 리젠트 스트리트를 달렸다. 홈즈가 열심히 주변을 둘러보았지만 빈 마차는 없었다. 그러자 홈즈는 마차들 사이를 뛰어 추적을 시작했다. 하지만 출발은 좋았으나 이미 마차는 시야에서 사라진 뒤였다.

"이런 제길." 홈즈가 어쩔 수 없다는 듯 한숨을 내뱉었다. 홈즈는 숨을 헐떡이며 하얗게 질린 얼굴로 짜증을 내면서 마차들 사이에서 나타났다. "이렇게 운이 안 좋은 날이 있었던가? 이렇게 놓친 경우가 말이야? 왓슨, 자네가 정직한 사람이라면 오늘 이 일도 기록해야 할 거야. 내 성공과 대비해서 이런 실패도 남겨야 해!"

"그 남자가 누구였나?"

"나도 모른다네."

"미행자?"

"미행의 증거지. 우리가 헨리 경에게 들은 바에 의하면 경이 런던에 도착할 때부터 누군가가 매우 가깝게 쫓아다니고 있네. 그게 아니라면 헨리 경이 노섬벌랜드 호텔에 투숙한 것을 어떻게 그렇게 빨리 알 수 있었겠나? 그들이 첫날부터 헨리 경을 미행했다면 둘째 날에도 당연히 미행했다고 볼 수 있지. 자네도 아까 봤을 거야. 모티머 씨가 그 전설에 대해 얘기할 때 내가 창문 쪽으로 두 차례 갔던 것을."

"그래, 기억나네."

"그때 나는 거리에서 빈둥거리는 사람을 찾고 있었지. 하지만 아무도 보지 못했어. 왓슨, 우리는 지금 아주 영리한 사람을 상대하고 있다네. 이건 심각한 문제야. 우리와 마주친 그 사람이 좋은 편인지 나쁜 편인지 아직 최종적으로 알 수 없지만, 나는 항상 어떤 힘과 음모를 느끼고 있다네. 우리의 친구들이 떠나자마자 그들을 쫓는 보이지 않는 미행자들을 확인하기 위해서 즉시 그들을 따라 나왔잖아. 하지만 그 영리한 미행자는 도보가 아니라 마차를 이용하고 있었던 거야. 그래서 뒤에서 빈둥거릴 필요도 없었고, 가끔은 그들 앞으로 지나치면서 그들이 눈치채지 못하도록 했지. 이 방법은 추가적인 장점도 있네. 이미 마차를 타고 있기 때문에 헨리 경이 마차를 타더라도 얼마든지 미행할 수 있다는 거야. 그러나 한 가지 명백한 단점이 있지."

"마부가 있다는 것."

"그렇지."

"마차 번호를 보지 못해 정말 안타깝군."

"왓슨, 내가 오늘 좀 서툴게 굴었다고 정말로 마차 번호조차 보지 못했다고 생각하는 건 아니겠지? 2704번이야, 이게 바로 그 마부네. 하지만 당장은 이 번호가 쓸모가 없어."

"자네로서는 최선이었네."

"마차를 봤을 때 나는 즉시 돌아서서 다른 방향으로 걸어갔어야 했어. 그러고 나서 느긋하게 다른 마차를 잡아타고 충분한 거리를 두고 그 마차를 따라갔어야 했네. 아니면 더 좋은 방법으로, 마차를 타고 노섬벌랜드 호텔로 가서 기다리는 거였어. 그러다가 그 알려지지 않은 미행자가 헨리 경을 따라 호텔에 왔을 때, 우리도 그 미행자와 같은 방식으로 미행자를 미행해서 어디로 가는지 봤어야 했네. 그런데 우리의 무모한 열정으로 인한 실수와 뛰어난 민첩성과 활동력을 갖춘 우리의 적 때문에 결국 기회를 놓치고 말았군."

이런 이야기를 나누며 어슬렁어슬렁 리젠트 스트리트를 걷는 동안 우리 앞에 있던 모티머 씨와 헨리 경은 어디론가 멀리 사라졌다.

"헨리 경 일행을 따라갈 이유가 없어졌군." 홈즈가 말했다. "미행자는 사라져버렸고 다시 돌아오지 않을 걸세. 우리가 활용할 수 있는 다음 카드가 뭔지 보고 그걸 갖고 다시 시작해야겠어. 마차에 타고 있던 그 남자 얼굴을 기억할 수 있겠나?"

"내가 확신할 수 있는 것은 오직 턱수염뿐이네."

"사실 나도 그래. 내 추측에 따르면 그 턱수염은 분명 가짜일 가능성이 매우 높아. 그렇게 세심하게 편지를 조작할 정도로 영리한 사람이 얼굴을 감추려는 이유가 아니라면 턱수염을 하고 있을 이유가 없지. 들어오게, 왓슨!"

홈즈는 지역 심부름센터 사무실로 들어갔다. 사무장이 홈즈를 친절하게 맞았다.

"윌슨, 지난번에 내가 자네를 도와주었던 그 일을 잊지 않았겠지?"

"그럼요, 홈즈 선생님. 절대 잊을 수 없죠. 제 명성을 지켜주시고, 어쩌면 생명까지 구해주신 일인데요."

"이 사람 과장이 심하군. 윌슨, 내 기억에 자네 직원 중에 젊은 친구가 있었는데, 조사하는 일에서 뛰어난 실력을 보여준 이름이 카트라이트인 친구."

"네, 지금도 함께 일하고 있습니다."

"그 친구 좀 불러주겠나? 고맙네! 그리고 이 5파운드 지폐 좀 잔돈으로 바꿔주면 좋겠네."

밝고 영리한 얼굴의 열네 살 소년이 사무장의 호출에 불려 나왔다. 소년은 커다란 존경심을 갖고 유명한 탐정을 바라보고 섰다.

"호텔 목록 좀 보여주게." 홈즈가 물었다. "고맙네! 카트라이트군, 여기 스물세 개의 호텔 이름이 있네. 모두 다 채링 크로스 주변에 있지. 보이나?"

"네, 보입니다."

"자네는 이 모든 호텔을 방문하게."

"네, 알겠습니다."

"각각의 호텔에 가면 우선 밖에 있는 문지기에게 1실링씩 돈을 주게나. 여기 23실링이 있네."

"네, 알겠습니다."

"그런 다음 어제 사용한 휴지통을 보여달라고 하게. 매우 중요한 전보가 전달되지 않아서 그걸 찾고 있다고 말하면 될 거야. 무슨 말인지 알겠지?"

"네, 알겠습니다."

"그러나 자네가 정말로 찾을 것은 가위로 오려진 여러 개의 구멍이 있는 〈타임스〉의 가운데 페이지일세. 여기 〈타임스〉 사본이 있어. 이런 페이지를 찾으면 돼. 쉽게 알아볼 수 있겠지?"

"네, 그렇습니다."

"자네가 용건을 얘기하면 문지기가 호텔 내의 짐꾼을 부를 거야. 그럼 그 짐꾼에게도 역시 1실링씩을 주게. 여기 23실링이 있네. 아마도 스물세 개 중 스무 개 호텔의 휴지통에서 나온 쓰레기는 이미 불태워졌거나 치워졌을 걸세. 나머지 세 군데에서는 아마 종이 뭉치를 발견하게 될 거야. 그중에서 〈타임스〉의 이런 페이지를 찾으면 되네. 찾을 확률은 크지 않다네. 여기 10실링이 더 있으니 만일의 경우에 사용하게. 베이커 스트리트의 내 집에 있을 테니 저녁이 되기 전에 전보로 결과를 알려주게. 왓슨, 이제 우리에게 남은 것은 전보를 통해 마차 번호 2704의 마부가 누구인지 알아내는 일뿐이군. 그리고 본드 스트리트의 미술관에 들러 점심 약속 때까지 시간을 보내면 되겠어."

5
끊어진 세 가닥의 실마리

셜록 홈즈는 자신의 관심을 자유자재로 변경하는 매우 놀라운 능력이 있었다. 미술관에 있는 두 시간 동안 홈즈는 우리가 방금 전까지 관여했던 그 사건을 까맣게 잊어버리고 벨기에 현대 미술 거장의 그림에 완전히 빠져들었다. 다른 얘기는 일절 하지 않고 예술에 관한 가장 최근의 견해들을 마구 쏟아냈다. 이후 우리는 미술관을 떠나 노섬벌랜드 호텔로 갔다.

"헨리 바스커빌 경이 위층에서 기다리고 계십니다." 호텔 직원이 안내하면서 설명했다. "경께서는 선생님이 오시면 즉시 위층으로 모시라고 하셨습니다."

"제가 숙박인 명부를 좀 보고 싶은데, 괜찮을까요?" 홈즈가 물었다.

"물론입니다."

숙박인 명부를 보니 헨리 경이 숙박한 후로 두 명의 이름이 추가되었다. 한 사람은 티오필러스 존슨으로, 가족과 함께 뉴캐슬에서 왔다. 다른 한 사람은 올드모어 부인과 하녀로, 올톤의 하이 로지에서 왔다.

"여기 이 존슨은 내가 전에 알고 지내던 그분이 확실하군요." 홈즈가 직원에게 물었다. "변호사고, 은빛 머리에 걸을 때 다리를 저는 분이시죠?"

"아닙니다. 이 존슨 씨는 광산 회사 사장으로 매우 활동적인 분입니다. 선생님보다 어리고요."

"확실한가요? 직업을 잘못 알고 있는 건 아닌가요?"

"절대 아닙니다. 그분은 저희 호텔을 몇 년 동안 계속 이용하고 계셔서 저희들이 잘 알고 있습니다."

"오, 그렇다면 맞겠군요. 여기 올드모어 부인도 역시 내가 아는 분인 것 같은데. 자꾸 물어봐서 미안하지만, 종종 한 친구를 만나다 보면 다른 친구도 만나게 되거든요."

"그분은 몸이 편찮으세요. 부인의 남편은 한때 글로스터 시의 시장을 역임하기도 하셨습니다. 런던에 오시면 항상 저희 호텔을 이용하시죠."

"고맙습니다. 내가 아는 분이 아니라니 유감이지만요. 왓슨, 몇 가지 질문을 통해 매우 중요한 사실을 확인했네." 홈즈는 위층으로 함께 가는 동안 계속 낮은 목소리로 얘기했다. "우리는 지금 우리 친구들에게 무척 관심이 있는 그 사람들이 이 호텔에 묵지 않았다는 것을 확인했네. 이건 우리가 그들을 보았기 때문에 그들이 헨리 바스커빌 경을 감시하는 데 무척 어려움을 겪고 있다는 걸 의미하지. 또 헨리 경이 자신들을 알게 될까 봐 걱정한다는 의미도 되고. 이건 무척 큰 의미를 담고 있는 거라네."

"그게 의미하는 게 뭔가?"

"뭘 의미하냐면…. 오, 헨리 경, 왜 그러고 계십니까?"

우리가 계단을 거의 다 올라갔을 때 헨리 바스커빌 경과 마주쳤다. 헨리 경의 얼굴은 분노로 붉게 물들었고, 한 손에는 낡고 더러운 구두를 한 짝 들고 있었다. 얼마나 화가 크게 났는지 말을 더듬는 것은 물론, 우리가 오늘 아침 만남에서 들었던 것보다 훨씬 더 많고 다양한 서쪽 지방의 사투리가 튀어나왔다.

"아무래도 호텔 직원들이 저를 바보로 아는 것 같아요." 헨리 경이 소리쳤다. "조심하지 않으면 조만간 사람을 잘못 건드렸다는 것을 알게 될 겁니다. 이런 제기랄. 만약 직원 녀석이 없어진 내 구두를 찾지 못하면 분명하게 문제를 제기할 겁니다. 홈즈 씨, 저는 누구 못지않게 재밌는 사람인데 이번에는 저들이 선을 넘은 것 같군요."

"아직 구두를 찾고 계신 겁니까?"

"네, 아직도 찾고 있습니다."

"그런데 잃어버린 구두는 분명히 갈색의 새 구두라고 하셨잖아요?"

"그랬죠. 그런데 보시는 것처럼 이번엔 낡은 검정색 구두입니다."

"아니, 구두를 또 잃어버리셨단 말이에요?"

"지금 제가 하려는 말이 그 말입니다. 저는 구두가 세 켤레

밖에 없습니다. 새로 산 갈색 구두, 신던 검은색 구두, 그리고 지금 제가 신고 있는 이 에나멜 구두요. 지난밤 누군가 제 갈색 구두 한 짝을 가져갔어요. 그리고 오늘은 검은색 구두 한 짝을 훔쳐갔어요. 거기, 무슨 말인지 알겠어? 말을 해봐. 그렇게 빤히 쳐다보지만 말고!"

당황한 독일 웨이터가 우리 앞으로 왔다.

"아닙니다. 제가 호텔 전체를 돌아다니며 확인했지만, 구두에 대한 얘기는 듣지 못했습니다."

"아무튼, 오늘 일몰 전까지 구두를 찾지 못하면 호텔 매니저를 불러서 당장 이 호텔을 나가겠다고 얘기할 거야."

"찾을 겁니다. 찾을 때까지 조금만 더 기다려주십시오."

"그래야 할 거야. 이 도둑놈 소굴에서 내가 더 이상 물건을 잃어버리지는 않을 테니까. 이런, 이런. 홈즈 씨, 사소한 일로 불편을 끼쳐서 죄송합니다."

"제 생각엔 충분히 문제가 될 만한 일입니다."

"이 문제를 무척 심각하게 보시는 것 같군요?"

"헨리 경은 어떻게 생각하세요?"

"생각하고 말고가 없습니다. 이전에는 없었던 가장 화가 나고 이상한 일입니다."

"가장 이상한 일, 아마도요." 홈즈가 의미심장한 표정으로 대답했다.

"홈즈 씨는 어떻게 생각하세요?"

"음, 아직 얘기할 단계는 아닙니다. 헨리 경, 이번 사건은 매우 복잡합니다. 경의 백부 사망 사건은 제가 지금까지 런던에서 다룬 500여 건의 사건들 중 그 어떤 것보다도 복잡합니다. 그러나 우리는 여러 개의 단서를 가지고 있고, 그것들 중 일부가 우리를 진실로 인도할 것입니다. 어쩌면 지금까지 우리는 엉뚱한 단서를 따라왔는지도 모릅니다. 하지만 조만간 제대로 길을 찾을 겁니다."

우리는 아주 즐겁게 점심을 먹었다. 우리가 모인 이유인 사건에 대해서는 많이 얘기하지 않았다. 식사를 마친 후 헨리 경의 거실에 모이자 홈즈가 헨리 경에게 어떻게 할 생각인지 물었다.

"바스커빌 저택으로 갈 겁니다."

"그럼, 언제요?"

"이번 주말에요."

"전체적으로 봤을 때." 홈즈가 얘기를 시작했다. "경이 현명한 결정을 한 것 같습니다. 저는 경이 런던에서 지속적으로 미행을 당하고 있었다는 다양한 증거를 가지고 있습니다. 수백만 명이 사는 이 거대한 도시에서 그들이 누구며, 목적이 무엇인지 알아내는 것은 쉬운 일이 아닙니다. 만약 그들이 나쁜 의도를 갖고 있다면 아마도 경을 위험하게 할 겁니다. 하지만 그것을 막기는 쉽지 않을 거고요. 모티머 씨, 아침에 저희 집을 나왔을 때부터 두 분은 미행당하고 계셨어요."

모티머 씨는 깜짝 놀라며 물었다. "미행이요? 누가요?"

"안타깝게도 아직은 모릅니다. 다트무어에 사는 이웃 사람이나 지인 중 혹시 얼굴에 온통 검은색 수염이 난 남자가 있습니까?"

"아니오, 잠깐만요. 음, 예, 있어요. 배리모어요, 찰스 경의 집사. 그 사람이 얼굴 가득 수염을 길렀어요."

"배리모어는 지금 어디 있습니까?"

"저택을 지키고 있죠."

"배리모어가 정말 저택에 있는지, 아니면 지금 런던에 있는지 확인할 수 있는 방법이 있죠."

"어떻게요?"

"전보 양식을 저에게 주세요. '헨리 경을 위한 준비는 다 됐는가?' 이거면 충분하겠군. 주소는 바스커빌 저택의 배리모어 씨. 가장 가까운 우체국이 어디죠? 그림펜이요, 좋습니다. 우리는 두 번째 전보를 그림펜 우체국 국장에게 보낼 겁니다. '이 전보를 배리모어 씨에게 직접 전달해주세요. 만약 배리모어가 없다면 노섬벌랜드 호텔의 헨리 바스커빌 경에게 전보로 알려주세요.' 이렇게 하면 배리모어가 데번셔의 저택에 있는지 없는지 오늘 저녁 때쯤이면 알 수 있을 겁니다."

"그렇네요." 헨리 경이 동의했다. "그런데 모티머 선생, 이 배리모어란 사람은 누구죠?"

"지금은 죽은 옛 관리인의 아들입니다. 배리모어 가족은 지금까지 4대째 저택을 관리하고 있습니다. 지금까지 제가 아는 바로는 배리모어와 그의 아내는 그 누구보다도 그 지역에서 착실한 사람입니다."

"그렇지만." 헨리 경이 말을 꺼냈다. "저택에 바스커빌 가문 사람이 하나도 없으니, 그 사람들이 하는 일 없이 놀고 있을 것이라는 사실도 분명해 보이는군요."

"그 말은 맞습니다."

"찰스 경의 재산 중 일부를 배리모어가 받나요?" 홈즈가 물었다.

"배리모어와 그의 아내가 각각 500파운드씩 받습니다."

"그들은 자신들이 그 돈을 받는다는 사실을 알고 있나요?"

"네, 찰스 경이 생전에 유산 분배에 대한 얘기를 자주 하셨으니까요."

"그것참 흥미롭군요."

"제가 바라는 건." 모티머 씨가 말했다. "홈즈 씨가 찰스 경의 재산을 나눠 받는 모든 사람들을 의심스러운 눈으로 보지 않았으면 하는 겁니다. 저 역시 1000파운드를 상속받거든요."

"정말입니까? 또 다른 사람은요?"

"여러 명의 개인들이 조금씩 돈을 받고요, 일부 큰돈은 자선단체에 기부됩니다. 나머지 모든 재산은 헨리 경이 받게 되어 있습니다."

"그 나머지는 얼마나 됩니까?"

"74만 파운드입니다."

홈즈는 너무 놀라 눈썹을 위로 치켜뜨면 말했다. "그렇게 엄청난 금액이 연관되어 있는 줄은 미처 몰랐군요."

"찰스 경은 부자로 알려져 있었지만, 사실 우리도 경의 재산을 조사하기 전까지 얼마나 큰 부자인지 알지 못했습니다. 찰스 경의 전 재산은 거의 100만 파운드 정도 됩니다."

"저런! 누군가 이런 위험한 게임을 벌일 만큼 엄청난 돈이군요. 한 가지만 더요, 모티머 씨. 만약에 여기 있는 헨리 경에게 무슨 일이 생긴다면, 헨리 경, 불편한 가정법을 용서해주십시오. 누가 그 재산을 물려받게 됩니까?"

"찰스 경의 막냇동생인 로저 바스커빌이 미혼으로 죽었기 때문에 그 재산은 먼 사촌인 데즈먼드에게 상속됩니다. 제임스 데즈먼드는 웨스트멀랜드에 사는 나이 지긋한 목사입니다."

"그렇군요. 이런 사소한 일들 전부가 정말 흥미로워요. 제임스 데즈먼드 씨를 만나보신 적은 있나요?"

"네, 한 번 찰스 경을 찾아온 적이 있습니다. 점잖은 외모에 성자와 같은 삶을 사는 분입니다. 데즈먼드 씨는 찰스 경이 물려주려는 유산을 거절해서 찰스 경이 강제로 줬던 것을 기억합니다."

"그런 순수함 덕분에 찰스 경으로부터 수십만 파운드를 물려받는 상속인이 될 수 있었겠죠."

"데즈먼드 씨는 상속인이 한정되어 있는 부동산도 상속받게 됩니다. 또한 헨리 경이 유언장을 변경하지 않는 한 현금도 상속받게 됩니다. 물론 헨리 경이 원하는 대로 할 수 있습니다."

"유언장을 작성하셨나요, 헨리 경?"

"하지 않았습니다, 홈즈 씨. 시간이 없었습니다. 어제야 겨우 어떤 문제가 있는지 알았거든요. 그러나 어떤 경우라도 저는 현금이 지위, 부동산과 함께 필요하다고 생각합니다. 돌아가신 백부님의 생각이시기도 하고요. 땅을 관리하기에 충분한 현금이 없다면 어떻게 바스커빌 가문의 옛 영광을 재현할 수 있겠습니까? 저택, 땅, 현금이 반드시 함께 있어야 합니다."

"그렇군요. 헨리 경, 지체하지 않고 데번셔에 내려가겠다는 생각에 동의합니다. 한 가지 제가 반드시 말씀드리고 싶은 것이 있습니다. 절대 혼자 가셔서는 안 됩니다."

"모티머 선생과 함께 갑니다."

"하지만 모티머 씨는 운영해야 하는 병원이 있습니다. 그리고 집도 경의 저택에서 한참 떨어져 있고요. 아무리 돕고 싶어도 늘 도움을 줄 수는 없을 것입니다. 헨리 경, 신뢰할 수 있고 항상 곁에 있을 수 있는 사람과 반드시 같이 가셔야 합니다."

"홈즈 씨가 직접 저와 동행해주실 수 있나요?"

"이 사건이 중요한 단계로 접어들면 제가 직접 그곳에 가겠습니다. 하지만 현재 제가 다양한 사건 상담을 하고 있고, 여러 지역에서 끊임없이 상담 요청이 들어오고 있어 지금 당장 런던을 떠날 수는 없습니다. 특히 최근 영국에서 가장 존경받는 가문 중 하나가 협박범들에 의해 명예가 실추되고 있어 추잡한 소문이 나지 않도록 제가 막는 역할을 하고 있습니다. 지금 제가 다트무어에 가는 것은 불가능합니다."

"그럼 누구를 추천하시겠습니까?"

홈즈가 손으로 내 팔을 잡았다. "이 친구가 함께 간다면 경이 어려움에 처했을 때 그 누구보다도 잘 도와드릴 수 있을 겁니다. 제가 보장하지요."

갑작스러운 홈즈의 제안에 나는 깜짝 놀랐다. 그러나 내가 뭐라고 대답하기도 전에 바스커빌 경이 두 손으로 나를 단단히 움켜잡았다.

"아, 왓슨 선생이 그런 분이셨군요. 이 사건이 저에게 어떤 의미인지, 그리고 제가 사건에 대해 아는 것만큼 잘 알고 계시니 큰 도움이 될 겁니다. 선생께서 바스커빌 저택으로 내려와 저를 도와주신다면 그 은혜는 평생 잊지 않겠습니다."

나는 언제나 이런 흥미진진한 사건에 매료되었다. 그리고 이미 홈즈가 나를 한껏 추켜세웠고 헨리 경도 도와달라고 간절하게 부탁했기 때문에 별다른 방법이 없었다.

"기꺼이 함께 가겠습니다. 그런데 어떻게 해야 그곳에서의 시간을 효과적으로 보낼 수 있을지 고민입니다."

"나에게 아주 상세하게 현지 상황을 알려주게." 홈즈가 대답했다. "결정적 순간이 오면, 그런 순간이 올 걸세. 그럼 내가 직접 자네가 어떻게 해야 할지 알려주겠네. 토요일이면 내려갈 준비를 다 마칠 수 있겠지?"

"왓슨 선생, 가능하시겠습니까?"

"전혀 문제없습니다."

"그럼 다른 얘기가 없는 한 토요일 패딩턴역에서 출발하는 10시 30분 기차를 타고 내려갑시다."

우리가 방을 나서려고 막 일어나던 때, 바스커빌 경이 갑자기 기쁨에 찬 목소리로 소리를 지르며 방구석으로 달려가 진열장 아래에서 갈색 구두를 집어 들었다.

"없어졌던 구두가 여기 있네!"

"우리가 고민했던 부분이 쉽게 풀릴 수도 있겠군!" 홈즈가 중얼거렸다.

"하지만 뭔가 이상하군요." 모티머 씨가 끼어들었다. "제가 점심 식사 전에 이 방을 아주 꼼꼼하게 살펴봤거든요."

"저도 그랬죠." 바스커빌 경이 말을 이었다. "아주 샅샅이 뒤져봤죠."

"그때는 분명히 이 구두가 여기 없었습니다."

"그렇다면 우리가 점심 식사를 하는 동안 웨이터가 갖다 놓은 모양이네요."

조금 전에 만났던 독일 웨이터를 불러 물어봤지만 자신은 갖다 놓은 적이 없다고 했다. 또 다른 직원들에게 물어봐도 모른다고 했다. 분명한 의미를 알 수 없는 이상한 일들이 빠르게 계속 일어나는 가운데 한 가지 문제가 더 추가되었다. 찰스 경의 끔찍한 죽음을 제외하고도 단 이틀 사이에 이해할 수 없는 사건들이 연달아 일어나고 있었다. 신문 활자를 오려 만든 편지, 이륜마차를 타고 미행하던 검은 턱수염, 새로 산 갈색 구두 한 짝 분실, 낡은 검은색 구두 한 짝 분실, 그리고 지금 다시 돌아온 갈색 구두 한 짝. 베이커 스트리트의 집으로 돌아가는 마차 안에서 홈즈는 말이 없었다. 그러나 홈즈의 찌푸린 눈썹과 고민하는 표정에서 그가 무슨 생각을 하는지 내 마음처럼 알 수 있을 것 같았다. 언뜻 보기에 이상하고 서로 전혀 상관없는 것처럼 보이는 이 모든 사건들을 하나의 틀에 넣어 맞추기 위해 바쁘게 노력하고 있는 것이다. 오후 내내 그리고 저녁 늦게까지 홈즈는 담배를 피우며 생각에 잠겨 있었다.

저녁 식사 바로 직전에 두 개의 전보가 도착했다. 첫 번째는 '방금 배리모어가 저택에 있다는 얘기를 들었음, 바스커빌.' 그리고 두 번째는 '스물세 개 호텔을 직접 방문했음. 그러나 죄송하게도 오려진 〈타임스〉 조각은 찾을 수 없었음, 카트라이트.'였다.

"왓슨, 이렇게 실마리 두 개가 사라지는군. 어려운 사건보다 더 나를 자극하는 건 없지. 우린 이제 다른 실마리를 찾기 위해 고민해야 하네."

"우리에겐 아직 미행자를 태웠던 마부가 남아 있잖아."

"맞아. 마부의 이름과 주소를 알아내기 위해 등록 기관에 전보를 보냈어. 내 질문에 대한 답변이 지금 오는 모양이군."

초인종이 울리며 답변보다 더 만족스러운 뭔가가 왔음을 알렸다. 문이 열리자 건장한 사내가 들어왔는데, 분명 그 마부였다.

"본사 사무실에서 이 주소에 계신 신사분이 제 번호 2704를 의뢰하셨다는 메시지를 받았습니다." 마부가 설명했다. "저는 7년이나 마차를 몰고 있지만 한 번도 고객의 불평을 들은 적이 없습니다. 얼굴을 직접 뵙고 왜 그러시는지 여쭙기 위해 제가 직접 왔습니다."

"당신에게는 전혀 불만이 없습니다." 홈즈가 대답했다. "오히려 그 반대죠. 만약 제 질문에 분명하게 답변을 해주시면 반 파운드를 드리겠습니다."

"오늘은 정말 운이 좋은 날이군요." 마부가 미소를 지으며 대답했다. "제게 묻고 싶은 게 무엇입니까, 선생님."

"우선 이름과 주소를 알려주세요. 만약의 경우 제가 다시 만날 수 있도록."

"존 클레이턴이고 버러구 터피 3번가에 삽니다. 제 마차는 워털루역 근처의 시플리 보관소에 있습니다."

홈즈는 내용을 기록했다.

"클레이턴 씨, 이제 오늘 아침 10시에 와서 이 집을 감시하고, 나중에 두 명의 신사를 따라 리젠트 스트리트로 갔던 그 손님에 대해 얘기해주세요."

마부는 깜짝 놀라면서 당황했다. "이미 제가 아는 모든 것을 알고 계신 것 같아 달리 드릴 말씀이 없습니다. 그 손님은 저에게 자신은 탐정이라고 하면서, 누구에게도 자신에 대해 말해서는 안 된다고 당부했습니다."

"클레이턴 씨, 이건 매우 심각한 문제입니다. 만약 저에게 뭔가를 숨기려고 했다가는 당신이 아주 심각한 처지에 빠질 수도 있어요. 지금 그 말은 그 손님이 자신을 탐정이라고 했다는 거죠?"

"네, 그렇습니다."

"언제 그러던가요?"

"마차에서 내릴 때 그랬습니다."

"그 외 다른 얘기는 없었나요?"

"자기 이름을 얘기했습니다."

홈즈는 밝은 표정으로 재빠르게 나를 한 번 쳐다봤다. "그 남자가 자기 이름을 얘기했다고요? 실수를 했군요. 그래, 이름이 뭐라고 하던가요?"

"그의 이름은." 마부가 대답했다. "셜록 홈즈입니다."

마부의 대답에 홈즈는 지금까지 내가 한 번도 본 적이 없을 정도로 당황한 표정을 지었다. 잠시 동안 홈즈는 정신이 나간 듯 조용히 앉아 있었다. 그러더니 갑자기 온몸을 흔들며 웃기 시작했다.

"정말 감동적이지 않은가, 왓슨? 이보다 감동적일 순 없을 거야!" 홈즈가 감탄했다. "내가 나만큼이나 순발력 있고 머리가 잘 돌아가는 놈에게 한 방 먹었군. 완전히 한 방 먹었어. 그래, 자기가 셜록 홈즈라고 했단 말이죠?"

"네, 그렇습니다. 그게 바로 그 신사분의 이름입니다."

"훌륭해! 이제 그를 어디서 태웠는지부터 시작해서 있었던 모든 일을 얘기해주세요."

"트래펄가 광장에서 9시 30분쯤 태웠어요. 자기가 탐정이라면서, 만약 제가 하루 종일 자신이 하라는 대로 정확히 하고 아무것도 묻지 않으면 금화 두 개를 주겠다고 했어요. 저는 당연히 그런다고 했죠. 우리는 우선 노섬벌랜드 호텔로 가서 두 신사분이 나와서 마차를 타는 것을 지켜봤습니다. 그리고 그

마차를 따라 여기서 가까운 곳까지 왔습니다."

"이 집 문 앞이었군." 홈즈가 끼어들었다.

"확실하지는 않습니다. 그러나 그 손님은 모든 것을 알고 있었던 것 같습니다. 우리는 이 거리의 중간쯤에 마차를 세우고 한 시간 반쯤 기다렸습니다. 그런데 그 두 신사분이 우리 앞을 지나쳐서 걸어갔고, 우리는 그분들을 따라 베이커 스트리트를 쭉 내려갔습니다."

"그럴 줄 알았어." 홈즈가 중얼거렸다.

"리젠트 스트리트의 4분의 3분쯤 갔을 때였습니다. 갑자기 그 손님이 쪽문을 열고 소리쳤어요. '지금 즉시 워털루역으로, 갈 수 있는 최대한의 속도로 빨리'라고요. 저는 마차를 급히 몰아서 역에 10분도 안 돼 도착했습니다. 그러자 손님은 고맙게도 금화 두 개를 주고 역을 향해 걸어갔어요. 저만큼 걸어가다가 돌아서서는 '내가 누군지 궁금할 테지. 지금까지 당신이 태우고 다닌 사람은 셜록 홈즈요'라고 얘기했어요. 그래서 제가 이름을 알게 된 겁니다."

"알겠습니다. 그리고 뭐 다른 것은 없었나요?"

"그분이 역으로 들어간 후로는 없습니다."

"그럼 그 셜록 홈즈라는 분이 어떻게 생겼나요?"

마부는 머리를 긁적였다. "그분은 전반적으로 일반적인 신사들과는 달랐습니다. 마흔 살 정도 돼 보였고, 선생님보다 5~7센티미터쯤 작은 중간 정도의 키였습니다. 정장을 차려입었는데, 귀밑 바로 전까지 검은 턱수염을 길렀고 얼굴이 창백했어요. 이 정도밖에는 기억이 나지 않습니다."
"눈동자 색깔은요?"
"그건 모르겠습니다."
"더 기억나는 것은 없나요?"
"더 이상 없습니다."
"수고하셨습니다. 여기 약속한 반 파운드입니다. 또 다른 정보를 가지고 온다면 좀 더 드리죠. 안녕히 가세요."
"감사합니다. 안녕히 계세요."
존 클레이턴은 만족스러운 웃음을 띤 채 떠났다. 홈즈는 내 쪽으로 몸을 돌리고 아쉬운 표정으로 어깨를 으쓱 올렸다.
"우리의 세 번째 실마리가 사라졌군. 우린 처음 자리로 다시 돌아왔어." 홈즈가 말을 꺼냈다. "교활한 녀석! 그자는 우리의 계획을 알고 있었어. 헨리 바스커빌 경이 나한테 상담하러 올 거라는 사실도, 리젠트 스트리트에 있을 때 내가 누구인지도 알았고, 내가 마차 번호를 보고 저 마부를 수소문해 찾을 거라는 것까지도 예상했어. 그래서 다시 돌아와 대담한 메시지를 남긴 거지. 왓슨, 이번엔 우리가 대적할 만한 강적을 제대로 만난 것 같아. 런던에서는 내가 한 방 먹었으니, 데번셔에서는 자네가 훨씬 잘해주길 바랄 수밖에 없겠어. 아무래도 그게 마음에 좀 걸리는군."
"걸리는 게 뭔데?"
"자네를 보내는 것 말이야. 왓슨, 이건 매우 심각한 사건이야. 아주 위험한 사건이라고. 이 사건을 캐면 캘수록 기분이 안

좋군. 자네는 웃을지 모르지만, 자네가 아무 탈 없이 다시 이 베이커 스트리트로 돌아온다면 난 정말 기쁠 걸세."

6
바스커빌 저택

헨리 바스커빌 경과 모티머 씨는 약속한 날에 준비를 마쳤다. 우리도 계획대로 데번셔로 가기 위해 집을 나섰다. 홈즈는 나와 함께 마차를 타고 역까지 와서 마지막으로 내가 할 일과 방법에 대해 조언해주었다.

"왓슨, 내가 생각하는 이론이나 의심나는 부분을 이야기하면 자네가 오히려 헷갈릴 수 있어. 나는 자네가 단순하게 사실만을 최대한 자세히 알려주길 바라네. 가설을 세우는 것은 나한테 맡기고 말이야."

"어떤 종류의 사실 말인가?" 내가 질문했다.

"분명하지 않더라도 사건과 관련 있어 보이는 것은 무엇이든. 그리고 특히 바스커빌 경과 이웃 사람들 사이의 관계를 자세히 알려주고, 찰스 경의 죽음과 연관 있는 새로운 사실이 있으면 알려주게. 지난 며칠 동안 이 사건에 대해 꼼꼼히 생각해봤는데, 유감스럽게도 결과는 마땅치가 않아. 한 가지 분명한 것은 다음 상속 순위자라는 그 제임스 데즈먼드 말일세. 점잖은 성품의 나이 든 신사라고 하는 걸 보면 이번 일을 꾸민 것 같지는 않아. 아마도 그 사람은 용의 선상에서 완전히 배제해야 할 것 같아. 그러고 나면 황야에서 헨리 바스커빌 경 주변에 실제 살고 있는 사람들만 남게 되네."

"제일 먼저 배리모어 부부를 저택에서 내보내는 게 좋지 않을까?"

"절대 안 되네. 큰 실수를 해서는 안 돼. 만약 그들이 죄가 없다면 가혹한 처사가 될 테고, 만약 죄가 있다면 그들을 조사할 수 있는 기회를 놓쳐버리는 걸세. 안 되지, 안 돼. 그들을 계속 용의자 명단에 두고 지켜봐야 하네. 그리고 내 기억이 맞다면 저택에는 마부가 있고 황야에는 두 명의 농부도 살고 있지. 사건과는 전혀 무관해 보이는 우리의 친구 모티머 씨도 있고, 전혀 알려진 게 없는 그의 아내도 있어. 박물학자인 스테이플턴과 젊고 매력적이라는 그의 여동생도 있고, 래프터 저택의 플랭클랜드도 알려진 게 거의 없군. 마지막으로 한두 명의 다른 이웃 사람들이 있지. 이 모든 사람들을 자네가 관심을 갖고 잘 조사해야 할 거야."

"최선을 다할 생각이네."

"총은 가지고 가는 거지?"

"그럼, 아무래도 가지고 가는 게 좋을 것 같아."

"당연하지. 밤이고 낮이고 항상 리볼버를 가지고 다니게. 절대 놓고 다니지 말고."

헨리 경과 모티머 씨는 벌써 일등석 칸의 표를 구매해 승강장에서 우리를 기다리고 있었다.

"없어요, 어떤 종류든 새로운 소식은 없었어요." 홈즈의 질문에 모티머 씨가 대답했다. "제가 한 가지 분명히 말씀드릴 수 있는 것은 지난 이틀 동안 미행을 당하지는 않았다는 겁니다. 외출하기 전에 주변을 아주 샅샅이 살펴봤거든요. 누가 있었다면 바로 알았을 겁니다."

"두 분이 항상 같이 다니셨군요?"

"어제 오후만 빼고요. 제가 보통 런던에 오면 하루 정도는 개인적으로 시간을 보내거든요. 그래서 어제는 의과 대학 박물관을 구경했습니다."

"저는 공원에서 친구를 만났습니다." 헨리 바스커빌 경이 대답했다.

"하지만 그 어떤 미행이나 문제도 없었어요."

"그렇다고 하더라도 경솔한 행동이었습니다." 홈즈는 걱정스러운 눈빛으로 고개를 가로저었다. "헨리 경, 절대 혼자 돌아다니시면 안 됩니다. 계속 그렇게 하시다가는 대단히 위험이 일이 생길 수 있습니다. 그런데 다른 구두 한 짝은 찾으셨나요?"

"아니오. 찾지 못했습니다, 홈즈 씨."

"그것참 기묘한 일이군요. 아무튼 안녕히 가십시오." 기차가 승강장으로 서서히 들어오자 홈즈가 작별 인사를 건넸다. "헨리 경, 모티머 씨가 우리에게 들려준 그 괴이한 옛 전설을 명심하세요. 사악한 힘이 기승을 부리는 어두운 밤에는 절대로 황야에 가시면 안 됩니다."

기차가 출발하자 나는 고개를 돌려 승강장을 바라봤다. 큰 키의 홈즈가 심각한 표정을 띤 채 미동도 하지 않고 우리를 바라보고 서 있었다.

기차 여행은 빠르게 흘러갔지만 무척 즐거웠다. 나는 헨리 경, 모티머 씨와 더욱 가까워질 수 있었고, 모티머 씨의 개와도 장난을 치며 놀았다. 얼마 지나지 않아 온난 습윤한 활엽수림 지역에서 볼 수 있는 갈색 삼림토가 창밖으로 계속 보이더니, 벽돌집들은 사라지고 화강암이 나타났다. 울타리가 쳐진 들판에서는 붉은 소들이 한가로이 풀을 뜯고 있었다. 무성하게 자란 풀과 울창한 식물들이 이곳 기후가 습하다는 것을 말해주고 있었다. 아직 젊은 바스커빌 경은 감회 어린 눈빛으로 창문 밖을 바라보더니, 데번셔의 익숙한 풍경을 알아보고는 들떠서 큰 목소리로 말했다.

"저는 여기를 떠나 여러 좋은 나라에서 살아봤습니다, 왓슨 선생. 하지만 이곳과 비교할 만한 곳은 없었습니다."

"데번셔 사람들은 누구나 항상 그렇게 말하더군요." 내가 대답했다.

"그것은 지역성만큼이나 혈통과도 관계가 있습니다." 모티머 씨가 끼어들었다. "언뜻 보기에도 여기 헨리 경은 켈트족의 둥근 두상을 갖고 있습니다. 켈트족의 열정과 자부심을 마음속 깊이 가지고 있다는 얘기죠. 돌아가신 찰스 경의 두상은 매우 예외적으로 반은 게일 인, 반은 이베르니언의 특징을 가지고 있었습니다. 어쨌든 헨리 경이 바스커빌 저택을 마지막으로 보신 것은 무척 어렸을 때죠? 그렇지 않은가요?"

"제가 10대 소년일 때 아버지가 돌아가셨어요. 그때 이후로는 그 저택에 가본 적이 없습니다. 우리는 남쪽 해안가의 작은 집에 살았거든요. 그 후 전 바로 친구가 있는 미국으로 건너갔죠. 저는 지금 왓슨 선생만큼이나 모든 것이 다 새롭습니다. 빨리 황야를 보고 싶군요."

"아, 그래요? 그렇다면 경의 소원은 벌써 이루어졌습니다. 지금 보고 계신 곳이 황야입니다." 모티머 씨가 창문 밖을 손가락으로 가리켰다.

초록색의 넓은 들판과 낮은 곡선을 그리고 있는 나무들 뒤로 저 멀리 회색의 우중충한 언덕과 톱니 모양의 괴이한 꼭대기가 보였다. 어둡고 흐릿한 광경이 마치 꿈속에서나 봄직한 풍경이었다. 바스커빌 경은 자리에 앉아 한참 동안 황야를 바라보았다. 나는 경의 진지한 표정에서 황야가 그에게 얼마나 큰 의미로 다가오는지 느낄 수 있었다. 경은 지금 자신의 가문 사람들을 오랫동안 괴롭히면서 씻을 수 없는 깊은 상처를 남긴 괴이한 장소를 처음으로 보고 있는 것이다. 비록 지금 트위드 정장을 입고 미국식 억양을 사용하며 평범하기 그지없는 기차 객실 한쪽에 앉아 있지만, 어둡고 의미심장한 그의 얼굴에서 불처럼 격정적인 바스커빌 가문의 직계 후손임을 분명하게 느낄 수 있었다. 짙은 눈썹과 적갈색 눈동자, 날렵한 코에서는 가문의 자부심, 용기, 강인함이 묻어났다. 만약 우리가 저

으스스한 황야에 대해 어렵고 위험천만한 조사를 해야 한다면, 헨리 경은 동료로서 분명한 위험이 도사리고 있는 모험을 함께 감행할 만한 사람이었다.

기차가 목적지인 간이역에 도착하자 우리는 모두 하차했다. 흰색의 낮은 울타리 너머로 두 마리의 말이 끄는 사륜마차가 대기하고 있었다. 헨리 경의 도착은 굉장히 큰 사건이었기 때문에 역장과 짐을 운반하려는 짐꾼들이 우리를 둘러쌌다. 크지 않은 평범한 시골이었지만 군인처럼 검은 제복을 입고 짧은 소총을 다리에 기댄 채 두 명의 남자가 출입문 주변에 서 있었다. 우리가 지나갈 때 이들이 날카롭게 쳐다봐서 나는 약간 놀랐다. 햇볕에 검게 그을린 강인한 얼굴을 한 작은 키의 마부가 헨리 경에게 다가와 예의 바르게 인사를 했다. 마부는 우리를 태우고 넓고 하얀 길을 쏜살같이 달리기 시작했다. 마차의 양쪽 위로 완만하게 펼쳐진 방목장이 보이고, 빽빽한 초록색 나뭇잎 사이로 오래된 삼각형 모양의 지붕을 한 집들이 보였다. 그러나 평화롭고 햇살 가득한 시골 풍경 뒤로는 톱니 모양의 불길한 언덕들로 인해 여기저기 끊긴 우울한 분위기의 황야가 저녁 하늘을 배경으로 어둡고 긴 곡선을 그리며 솟아 있었다.

사륜마차가 방향을 바꿔 옆길로 들어섰다. 우리는 오랫동안 바퀴자국에 닳아 파인 길을 따라 위쪽으로 돌아 올라갔다. 길 양쪽으로는 경사가 졌고 이끼와 잘 자란 고사리과 식물들이 풍부하게 돋아 있었다. 갈색의 관목 덤불과 얼룩덜룩한 검은

딸기가 저물어가는 햇볕을 받아 반짝이고 있었다. 잠시 후 좁은 화강암 다리를 지나갔다. 다리 아래에는 반들반들하게 닦인 회색 바위들 사이로 냇물이 요란한 소리를 내며 빠른 속도로 흘러내려 갔다. 길과 냇물 둘 다 참나무와 전나무가 빽빽한 계곡을 따라 이어졌다. 여기저기 지날 때마다 바스커빌 경은 호기심 가득한 눈으로 바라보며, 즐거움의 탄성을 지르면서 끝도 없이 질문을 했다. 경의 눈에는 모든 것이 아름다웠지만, 나에게는 한 해가 저물어가는 기미가 분명하게 보이는 지루하고 우울한 시골 풍경일 뿐이었다. 마차가 지나가자 길 위에 깔려 있던 노란 나뭇잎이 날아올라 우리 위로 떨어졌다. 식물들이 쌓여 썩은 길 위를 지날 때는 마차의 덜컹거림도 잦아들었다. 나는 이 모든 것이 바스커빌 상속자의 귀향 마차에 자연이 선사하는 슬픈 선물처럼 느껴졌다.

"어!" 모티머 씨가 소리쳤다. "이건 뭐지?"

우리 앞에 황야에서 한쪽으로 삐져나온 히스 관목으로 덮인 경사진 언덕이 나타났다. 언덕 위에는 말을 탄 군인이 어둡고 굳은 얼굴로 소총을 자신의 팔뚝 위에 올려놓은 채 조각대 위에 놓인 딱딱한 기마병 조각처럼 서 있었다. 군인은 우리가 지나가는 길을 유심히 지켜보고 있었다.

"무슨 일인가, 퍼킨스?" 모티머 씨가 물었다.

마부는 180도로 돌아앉으면서 대답했다. "프린스타운 감옥에서 탈출한 죄수가 있습니다. 탈출한 지 벌써 사흘이나 됐습니다. 그래서 교도관들이 모든 길과 기차역을 감시하고 있지요. 하지만 아직 발견되지 않았습니다. 여기 사는 농부들도 이런 상황을 좋아하지 않지만 어쩔 수가 없습니다."

"음, 농부들이 어떤 정보를 제공하면 5파운드를 받는 걸로 알고 있는데…."

"맞습니다. 하지만 5파운드 때문에 잘못 신고했다가는 목이 날아갈 판입니다. 이번에 탈옥한 죄수는 평범한 놈이 아닙니다, 모티머 선생님. 무슨 일이든 서슴지 않고 저지를 무서운 놈입니다."

"그게 누군데 그러나?"

"바로 셀던입니다. 노팅힐 살인자 말입니다."

나도 그 사건을 잘 알고 있었다. 유별나게 잔인한 범죄였다. 살인자의 모든 행동을 그대로 보여주는 경악스럽고 흉포한 수법 때문에 홈즈가 무척 흥미를 느꼈던 사건이었다. 그자가 사형을 선고받았다가 감형된 이유는 정신적으로 문제가 있을 것이라는 의심 때문이었다. 그 정도로 그자의 범죄는 잔인했다. 우리가 탄 마차가 언덕 꼭대기에 올라섰다. 우리 앞에는 광활한 면적의 황야가 펼쳐져 있었다. 울퉁불퉁하고 우락부락한 돌무더기와 바위산들이 여기저기 솟아 있었다. 우리는 황야에서 불어온 차가운 바람에 부르르 몸을 떨었다. 저기 어딘가 황폐한 들판에 극악무도한 살인범이 숨어 있는 것이다. 마치 야생 동물처럼 굴을 파고 숨어서 자신을 내쫓은 모든 사람들을 향해 악의를 잔뜩 내뿜고 있을 것이다. 으슬으슬 불어오는 차가운 바람과 어두운 하늘은 황야의 섬뜩한 분위기와 더할 나위 없이 완벽하게 어울렸다. 바스커빌 경조차 말없이 자신의 외투를 잡아당겨 단단하게 몸을 감쌌다.

우리는 발아래 펼쳐진 비옥한 땅을 뒤로하고 계속 달렸다. 뒤돌아보니 저물어가는 태양이 개울을 황금 실타래로 바꿔놓고, 이제 막 쟁기로 뒤집은 붉은 흙과 여기저기 뒤엉킨 덤불숲 위에서 빛나고 있었다. 우리 앞에 놓인 길은 점점 거칠어졌다. 적갈색과 올리브색의 비탈길 곳곳에 있는 커다란 바위들 때문에 주변 분위기는 을씨년스러웠다. 우리는 이따금씩 벽과 지붕을 돌로 꾸민 황야의 작은 집들을 지나쳤는데, 황량한 집 분위기를 바꿔줄 만한 덩굴 식물조차 찾아볼 수 없었다. 우리 앞에 갑자기 컵처럼 움푹 파인 저지대가 나타났다. 주변에는 여러 해 동안 비바람을 맞아 성장을 멈춘 채 휘어지고 구부러진 참나무들이 있고, 두 개의 높고 좁은 탑이 나무 위로 솟아 있었다. 마부가 채찍으로 건물을 가리키면서 소리쳤다.

"바스커빌 저택입니다."

헨리 경이 자리에서 일어나 홍조 띤 뺨과 반짝이는 눈으로 저택을 바라봤다.

잠시 후 우리는 저택 정원의 관리실 문 앞에 도착했다. 연철로 된 문에는 미로와 같은 복잡한 무늬가 새겨져 있고, 비바람에 깎이고 이끼류에 뒤덮여 얼룩이 진 양쪽의 기둥 위에는 바스커빌 가문의 상징인 수퇘지의 머리 조각이 놓여 있었다. 거의 폐허가 된 관리실은 검은색 화강암과 서까래 기둥이 그대로 드러나 있었다. 하지만 맞은편에 반쯤 지어진 새 건물이 있었다. 찰스 경이 남아프리카에서 벌어온 돈이 투자된 첫 결실이었다.

우리는 대문을 지나 안으로 이어지는 길로 들어섰다. 쌓인 나뭇잎 위를 지나가자 마차가 다시 한번 덜컹거렸다. 우리 머리 위로는 오래된 나뭇가지들이 늘어져 만든 칙칙한 터널이 있었다. 나는 저 멀리 끝에서 유령처럼 반짝이는 저택으로 들어가는 길고 어두운 길을 바라보며 몸서리쳤다.

"여기가 거긴가요?" 헨리 경이 낮은 목소리로 조심스럽게 물었다.

"여기가 아닙니다. 주목나무 산책로는 다른 쪽에 있습니다."

젊은 상속자는 우울한 얼굴로 주위를 둘러봤다.

"이런 음침한 장소에 계셨으니 백부님이 그런 일이 생길 거라고 느끼신 것도 무리가 아니네요." 헨리 경이 말을 꺼냈다. "여기 오면 누구든 겁을 먹기에 충분하겠어요. 6개월 안에 여기에 전등를 줄줄이 달아야겠어요. 저택의 현관문 앞에 1000촉짜리 스원 에디슨 전구를 달면 아마 몰라보게 달라질 겁니다."

길을 따라 잔디가 깔린 넓은 정원으로 들어서자 저 앞에 저택이 모습을 드러냈다. 희미한 불빛 속에서 육중한 건물의 중앙에 돌출되어 있는 현관을 볼 수 있었다. 저택의 전면은 담쟁이덩굴로 덮여 있었고, 덩굴로 가려지지 않은 곳곳에 창문과 가문의 문양을 수놓은 방패가 어두운 베일 사이로 보였다. 이 건물의 중앙에서부터 두 개의 돌탑이 솟아 있었다. 총을 쏘기 위한 오래된 구멍이 여기저기 뚫려 있는 탑이었다. 돌탑의 좌우 양측에는 검은색 화강암으로 만들어져 훨씬 현대적인 부속 건물이 있었다. 세로 칸막이가 있는 육중한 창문 사이로 희미한 불빛이 새어 나오고, 높은 지붕 위 경사가 급한 곳에 세워진 굴뚝에서는 한 줄기 검은 연기가 솟아오르고 있었다.

"어서 오십시오, 헨리 경. 바스커빌 저택에 오신 것을 환영합니다."

현관에서 나온 키 큰 남자가 계단을 내려와 사륜마차의 문을 열었다. 저택에는 노란색 불빛에 비친 여성의 실루엣이 보였다. 그 여성은 밖으로 나와 남자가 우리 짐을 내리는 것을 도왔다.

"헨리 경, 괜찮으시다면 저는 마차를 타고 바로 집으로 돌아가겠습니다." 모티머 씨가 의견을 물었다. "제 아내가 저를 기다리고 있거든요."

"여기서 저녁 식사를 하고 가시는 게 아니고요?"

"아닙니다. 저는 가야 합니다. 가서 해야 할 일들이 있습니다. 여기 남아서 저택을 안내해드리고 싶지만, 배리모어가 저보다 훨씬 더 잘할 겁니다. 그리고 낮이든 밤이든 제가 도와드릴 일이 있으면 망설이지 말고 알려주십시오. 그럼, 안녕히 계십시오."

멀어져가는 마차 소리를 들으며 헨리 경과 나는 안으로 들어갔다. 우리 뒤로 현관문이 육중한 소리를 내면서 닫혔다. 밖과 달리 실내는 상당히 괜찮았다. 세월의 때가 낀 검은색의 거대한 참나무 들보와 육중한 서까래로 만든 홀은 넓고 고상한 분위기였다. 쇠로 만든 높은 장작 받침대 뒤에 놓인 고풍스럽고 커다란 벽난로에서는 '탁탁' 소리를 내며 장작이 타고 있었다. 헨리 경과 나는 벽난로 쪽으로 손을 뻗었다. 오랜 여행 탓에 손이 마비될 정도로 차가웠다. 주변을 둘러보니 높고 얇은 오래된 스테인드글라스 창문, 참나무 장식판, 사슴 머리 장식, 벽에 걸린 가문의 문장이 새겨진 방패 등 집 안의 모든 물건이 천장에 매달린 등의 약한 불빛 속에서 흐릿하고 칙칙하게 보였다.

"제가 상상한 그대로군요." 헨리 경이 입을 열었다. "정말로 오래된 가문을 그린다면 이런 모습이 아닐까요? 바로 이 저택에서 우리 가문의 사람들이 500년을 살아왔다고 생각하니, 육중한 세월의 무게가 느껴집니다."

나는 헨리 경의 어두웠던 얼굴이 주변을 돌아보는 동안 마치 소년 같은 열정으로 밝아지는 것을 목격했다. 헨리 경이 서 있는 자리에 불빛이 있었지만 벽을 타고 올라간 커다란 그림자가 마치 검은색 덮개처럼 경의 머리 위에 걸려 있었다. 배리모어가 우리 짐을 방에 풀고 돌아왔다. 배리모어는 아주 숙련된 집사의 태도로 공손하게 우리 앞에 섰다. 집사는 아주 뛰어난 외모의 소유자였다. 큰 키에 잘생긴 얼굴, 멋지게 기른 턱수염과 창백할 정도로 하얀 얼굴이 눈에 띄었다.

"지금 바로 저녁을 준비할까요, 헨리 경?"

"준비되었나요?"

"잠시 후면 됩니다. 방에 가시면 따뜻한 물이 준비되어 있습니다. 제 아내와 저는 헨리 경께서 새로운 계획을 준비하실 때까지 모시게 되어 대단한 영광으로 여기고 있습니다. 경이 새로 오셔서 사정이 달라졌기 때문에 이 저택에는 그에 걸맞은 사람들이 필요합니다."

"사정이 달라졌다니 무슨 말인가요?"

"제 말씀은, 찰스 경은 완전히 은퇴를 하셨기 때문에 저희가 그분을 돌봐드릴 수 있었습니다. 하지만 경께서는 앞으로 자연스럽게 여러 손님들과 교류를 하실 텐데, 그렇게 하기 위해서는 일하는 사람들을 교체하셔야 될 거라는 말씀입니다."

"그 말은 배리모어 당신과 당신 아내가 이 집을 떠나고 싶다는 얘긴가요?"

"경께서 원하신다면요."

"하지만 당신 가족들은 우리 가문과 수 대에 걸쳐 함께하지 않았나요? 내가 이제 막 여기서 생활하려고 하는데 오랜 가족을 내보낼 수야 없지요."

나는 집사의 하얀 얼굴에 나타난 어떤 감정의 변화를 읽을 수 있었다.

"저도 그렇게 생각합니다. 제 아내 또한 그럴 것입니다. 그러나 솔직히 말씀드리면 저와 아내는 찰스 경에게 속해 있던 사람들이라 그분의 죽음에 굉장한 충격을 받았고, 그와 관련된 여러 가지 일들로 매우 고통스럽습니다. 이 바스커빌 저택에 계속 있는다면 하루도 마음 편할 날이 없을 것입니다."

"그렇다면, 앞으로 뭘 할 생각입니까?"

"조그마한 사업을 시작하려고 생각하고 있습니다. 찰스 경께서 자상하시게도 저희가 뭔가를 해볼 수 있는 돈을 조금 주셨습니다. 이제 경께 저택을 안내해드리겠습니다."

오래된 홀의 위쪽에는 난간이 쳐진 네모난 복도가 있고 양쪽으로 올라가는 계단이 있었다. 이 중앙 홀에서 두 개의 긴 복도가 건물 전체로 뻗어 있고, 모든 침실들은 복도 쪽으로 문이 나 있었다. 내 방은 바스커빌 경의 방과 같은 건물에, 매우 가까이 있었다. 우리가 묵을 방들은 저택의 중앙부보다는 훨씬 현대적이었다. 밝은 분위기의 벽지와 촛불이 많이 있어 처음 저택에 도착했을 때 느꼈던 우울한 이미지를 잊을 수 있었다.

그러나 홀 쪽으로 나 있는 식당은 그림자가 지고 우울한 분위기였다. 기다란 식당은 중간에 단을 나눠 바스커빌 사람들은 위쪽에, 그 외의 사람들은 아래쪽에 앉도록 구분되어 있었다. 한쪽 끝에는 식당을 내려다볼 수 있는 위치에 악단을 위한 베란다가 있었다. 우리 머리 위로 검은색의 들보가 가로질러 지나가고, 그 위의 천장은 연기에 검게 그을려 있었다. 불붙인 횃불을 나란히 걸어둔 채 화려하게 차려입고 흥청망청 떠들던 과거의 연회와는 어울렸을지도 모른다. 하지만 지금은 검은 정장을 한 두 명의 신사만이 등불이 만든 작은 원 안에 앉아 있었다. 두 명 모두 조용히 입을 다물고 가만히 앉아 있었다. 엘리자베스 여왕 시대의 기사부터 섭정 시대의 귀족들까지 다양한 옷차림을 한 조상들의 그림이 우리를 내려다보면서 조용히 침묵하고 있어 분위기는 더욱 우울했다. 우리는 별로 말이 없었는데, 식사가 끝난 뒤, 최신식 당구대가 설치된 방으로 옮겨가 담배를 피울 수 있어서 그나마 즐거웠다.

"음, 분위기가 밝은 곳은 아니군요." 헨리 경이 말을 꺼냈다. "처음에는 분위기를 좀 바꿀 수 있을 거라고 짐작했는데, 지금은 그럴 수 있을지 의심이 됩니다. 백부님이 이런 분위기의 집에서 계속 혼자 생활하셨다니, 그런 신경과민을 겪었다는 것도 이해가 되고요. 괜찮으시다면 오늘 밤은 일찍 쉬었으면 합니다. 아마도 아침에는 많은 것이 좀 더 나아질 것입니다."

나는 침대에 들기 전에 커튼을 젖히고 창밖을 내다봤다. 저택 현관문 앞에 있는 것과 같은 풀밭이 펼쳐져 있었다. 두 그루의 나무가 불어오는 바람에 흔들리면서 소리를 내고 있었다. 하늘에는 천천히 이동하는 구름 사이로 반달이 보였다. 차가운 달빛 속에서 나무들 너머로 부서진 바위들과 길고 낮게 굴곡진 우울한 황야가 보였다. 커튼을 닫았지만 마지막으로 본 광경은 쉬는 동안에도 계속 내 마음에 남았다.

하지만 이것이 전부가 아니었다. 나는 매우 피곤했지만 좀처럼 잠을 이루지 못했다. 쉴 새 없이 좌우로 이리저리 뒤척이면서 올 것 같지 않은 잠을 억지로 청해야 했다. 저 멀리서 15분이 되었음을 알리는 시계 소리가 들렸다. 그 소리라도 없었다면 이 오래된 저택에는 죽음과 같은 침묵만이 흘렀을 것이다. 그런데 갑자기 쥐 죽은 듯한 정적을 깨고 무슨 소리가 들렸다. 분명 뭔가가 우는 소리였다. 바로 여자의 흐느낌이었다. 참으려고 애를 쓰지만 북받치는 슬픔을 참을 수 없어 헐떡이는 울음소리. 나는 침대에서 일어나 좀 더 자세히 듣기 위해 귀를 기울였다. 그 소리는 먼 곳에서 나는 것이 아니라 분명이 건물 안에서 나고 있었다. 약 30분간 나는 모든 신경을 그 소리에 집중했다. 그러나 시계의 종소리와 담쟁이덩굴이 벽에 긁히는 소리를 제외하고 다른 소리는 더 이상 들리지 않았다.

7
머리핏 하우스의 스테이플턴가

다음 날 아침 저택의 신선한 아름다움은 우리가 처음 이곳에 도착했을 때 느꼈던 섬뜩하고 칙칙한 인상을 깨끗이 지워 버렸다. 헨리 경과 내가 아침 식사 테이블에 앉았을 때 커다란 창문을 통해 햇살이 쏟아져 들어왔고, 가문의 문장이 새겨진 방패가 햇살을 받아 다양한 색깔로 빛났다. 칙칙해 보이던 장식판도 구리와 같은 황금빛으로 빛났다. 지금 있는 이 실내 공간이 정말로 어제저녁 우리를 우울하게 만들었던 그곳인지 믿어지지 않을 정도였다.

"제 생각에 어제 우리가 느꼈던 거북한 감정은 이 집 때문이 아니라 우리 자신 때문이었던 것 같습니다." 헨리 경이 말을 꺼냈다. "어제는 오랜 시간 여행으로 피곤했고, 여기 오면서 본 풍경 때문에 우울해서 이 집에 대해서도 안 좋게 본 것 같습니다. 지금은 상쾌하게 피곤이 풀리고 나니 모든 것이 이렇게 좋을 수가 없군요."

"그렇기는 하지만 제 모든 의문이 완전히 사라진 것은 아닙니다." 내가 대답했다. "혹시 어젯밤에 여자가 우는 소리를 들으셨나요?"

"이럴 수가! 저도 반쯤 잠이 든 상태로 그 소리를 듣기는 했습니다. 그런데 한참 동안 기다려도 더 이상 소리가 들리지 않아 제가 꿈을 꾼 줄 알았습니다."

"저는 분명하게 들었습니다. 분명히 여자가 흐느끼는 소리였습니다."

"지금 당장 분명하게 확인을 해야겠습니다." 헨리 경은 벨을 울려 배리모어를 호출해 어젯밤에 무슨 일이 있었는지 물었다. 헨리 경의 질문을 받자 창백한 집사의 얼굴이 더욱 창백해지는 것 같았다.

"이 집에 있는 여자는 오직 두 명뿐입니다." 집사가 대답했다. "한 명은 식당에서 일하는 하녀로, 잠은 다른 부속 건물에서 잡니다. 다른 한 명은 제 아내인데, 어젯밤에 결코 그런 소리를 내지 않았습니다."

하지만 집사가 한 말은 거짓이었다. 식사 후 나는 긴 복도에서 배리모어의 아내와 마주쳤는데, 햇살이 환하게 비추고 있어 그녀의 얼굴을 똑똑히 볼 수 있었다. 무표정한 얼굴에 체격이 큰 여자로, 꾹 다문 입술이 단호한 느낌을 풍겼다. 하지만 그녀의 눈은 붉게 충혈돼 있었고 나를 흘낏 바라보는 눈꺼풀이 부어 있었다. 어젯밤에 흐느낀 것은 그 여자가 분명했다. 만약 그녀가 울었다면 남편인 배리모어가 분명히 알았을 것이다. 하지만 배리모어는 발각될 수 있는 위험에도 불구하고 그런 적이 없다고 말했다. 왜 그랬을까? 또 배리모어의 아내는 왜 그렇게 슬프게 울었을까? 창백한 얼굴에 턱수염을 기른 이 잘생긴 집사는 벌써부터 의심스럽고 음침한 분위기를 풍기기 시작했다. 찰스 경의 시신을 처음 발견한 것도 그였고, 경의 죽음과 관련된 모든 상황은 집사의 입에서 나온 것뿐이다. 홈즈와 내가 리젠트 스트리트의 마차에서 본 사람이 배리모어일 가능성이 있을까? 턱수염은 분명 그때 본 남자와 똑같아 보였다. 마부는 남자의 키가 작았다고 설명했지만 그런 특징은 쉽게 잘못 볼 수도 있는 것이다. 이 문제를 어떻게 확인할 수 있을까? 그렇지. 우선 그림펜의 우편배달부를 찾아서 배달부가 정말로 당시 우리가 보낸 전보를 배리모어에게 직접 전달했는지 확인하면 될 것이다. 어떤 결과가 나오든 홈즈에게 보고할 얘기가 생길 것이다.

아침 식사 후 헨리 경은 검토해야 할 서류가 엄청나게 많았다. 그 덕에 나는 조사를 위한 시간을 낼 수 있었다. 황야의 가장자리를 따라 걷는 6킬로미터의 산책은 아주 즐거웠다. 길 끝에는 작은 마을이 있었다. 다른 집들을 내려다보며 서 있는 두 개의 큰 건물 중 하나는 여관이었고, 다른 하나는 모티머 씨의 집이었다. 식료품 상점도 함께 운영하는 우편배달부는 그 전보를 분명하게 기억하고 있었다.

"분명합니다." 배달부가 대답했다. "그 전보를 분명히 배리모어 씨에게 직접 전달했습니다."

"누가 배달했나요?"

"제 아들인 제임스가 했습니다. 너 분명히 지난주 그 전보를 바스커빌 저택의 배리모어 씨에게 전달했지, 응?"

"그럼요, 아버지. 배달했어요."

"배리모어 씨의 손에 직접 전달했니?" 내가 재차 물었다.

"음, 그때 집사님은 위층에 있었어요. 그래서 직접 그분께 전달하지는 못했습니다. 하지만 부인에게 전달했고, 즉시 배리모어 씨에게 전하겠다고 약속했어요."

"당시에 배리모어 씨를 봤니?"

"아뇨, 위층에 있어서 보지 못했어요."

"너는 그 사람을 보지도 못했는데, 어떻게 2층에 있는지 알았지?"

"배리모어 부인이 분명 그렇게 얘기했거든요. 배리모어 씨가 전보를 받지 못했다고 하던가요? 그렇다면 그건 순전히 배리모어 씨 잘못입니다."

더 이상의 조사는 별 의미가 없어 보였다. 홈즈의 전보 계략에도 불구하고 배리모어가 당시 런던에 있었는지 여부를 분명하게 확인할 증거가 없었다. 배리모어가 런던에 있었다고 가정한다면? 찰스 경이 살아 있는 모습을 본 마지막 사람이 그라면? 그리고 새로운 상속자가 영국으로 돌아왔을 때 헨리 경을 처음으로 미행한 사람이 배리모어라면 어떻게 되는 거지? 배리모어는 다른 누군가에게 고용된 것일까? 아니면 자신 스스로 이런 음모를 꾸민 걸까? 무엇 때문에 배리모어는 바스커빌 가문을 공격했을까? 나는 〈타임스〉 사설의 활자를 오려 만든 경고 편지를 떠올렸다. 정말로 배리모어가 그 편지를 만들었을까? 아니면 그의 음모를 좌절시키려는 사람이 만들었을까? 헨리 경이 제시한 것처럼 가장 확실한 것은 이 사건의 목적은 누군가 바스커빌 사람들을 저택에서 쫓아버리려고 하는 것이고, 그렇게 된다면 저택은 배리모어 부부의 편안하고 영구적인 거처가 될 것이라는 사실이다. 그러나 확실히 이런 설명도 젊은 상속자를 잡기 위해 보이지 않는 그물을 짜고 있는 것처럼, 은밀하고 깊이 있게 진행 중인 음모를 설명하기에는 많이 부족해 보였다. 홈즈 스스로가 얘기했듯이 이 사건은 홈즈가 지금까지 접해온 모든 놀라운 사건들 중에서도 가장 복잡한 사건이었다. 나는 혼자 외롭게 황야의 가장자리를 따라 저택으로 돌아가면서 홈즈가 하루빨리 현재 진행 중인 사건을 끝내고 이곳으로 내려와, 내 어깨에 올려진 이 무거운 책임감을 모두 가져가기를 빌었다.

그때 갑자기 뒤에서 내 이름을 부르며 뛰어오는 발자국 소리에 생각을 멈췄다. 모티머 씨일 거라고 생각하며 돌아섰는데, 낯선 사람이 나를 향해 달려오고 있어 깜짝 놀랐다. 키가 작고 날씬했으며, 깨끗이 면도한 얼굴의 단정한 남자였다. 30대 중반에서 40대로 보이는 이 남자는 금발에 턱이 갸름하고 회색 정장을 입은 채 밀짚모자를 쓰고 있었다. 어깨에는 식물 표본이 들어 있는 양철통을 메고 한 손에는 녹색 포충망을 들고 있었다.

"제 무례를 용서하시리라 생각하며 말씀드립니다. 왓슨 선생님이 맞으시죠?" 내가 서 있는 자리까지 달려온 남자가 헐떡이면서 말을 꺼냈다. "이곳 황야에서는 우리 모두 편안한 친구처럼 지내기 때문에 정식으로 인사드릴 때까지 기다리지 않고 이렇게 왔습니다. 아마 제 이름을 우리의 친구인 모티머 씨를 통해 들으셨을 겁니다. 저는 머리핏 하우스에 사는 스테이플턴이라고 합니다."

"포충망과 양철통을 보고 짐작했습니다. 스테이플턴 씨가 박물학자라고 알고 있었거든요. 그런데 저에 대해서는 어떻게 아셨나요?"

"모티머 씨에게 여쭤봤는데, 병원 창문을 통해서 지나가시는 선생님을 보고 알려주시더군요. 마침 저와 같은 방향이라 따라와 인사드리려고 이렇게 왔습니다. 헨리 경은 힘든 여행에도 불구하고 건강하시다고 들었습니다."

"네, 아주 좋으십니다."

"저희들은 모두 찰스 경이 비참하게 돌아가시고 나서 그분의 상속자가 여기에 거주하기를 거부하면 어떻게 하나 꽤 걱정을 했습니다. 경과 같이 큰 부자인 분이 이런 곳에 오셔서 사시는 것이 이런 시골 지역의 발전을 위해서는 매우 큰 의미가 있거든요. 헨리 경이 설마 그 사건과 관련된 미신을 두려워하시는 것은 아니겠죠?"

"그렇지 않습니다."

"경의 가문을 괴롭힌 그 지옥의 개에 대한 전설은 알고 계시죠?"

"네, 들어봤습니다."

"여기 시골 사람들이 그 전설을 얼마나 믿고 있는지 아시면 놀라실 겁니다. 무척 많은 사람이 황야에서 그 개를 봤다고 주장하고 있거든요."

분명 웃으며 얘기하고 있는 스테이플턴의 눈에서 나는 그가 이 문제를 매우 심각하게 여긴다는 것을 읽을 수 있었다.

"찰스 경은 그 전설을 마음속으로 무척 심각하게 받아들였습니다. 그래서 그런 비극적인 죽음을 당했다고 저는 생각하고 있습니다."

"어떻게요?"

"찰스 경은 극도의 신경 쇠약 증세를 보이고 있었기 때문에 그 어떤 개라도 나타나면 경의 병든 심장에 치명적인 영향을 줄 수 있었을 것입니다. 제 생각에는 그 마지막 날 주목나무 산책로에서 찰스 경은 뭔가를 봤습니다. 저는 경을 존경했기 때문에 심장이 약하다는 것을 알고 있었고, 그래서 뭔가 불길한 일이 일어날까 봐 항상 걱정하고 있었습니다."

"그걸 어떻게 아셨어요?"

"모티머 씨가 얘기해줬거든요."

"그러니까 사건이 있던 날 어떤 개가 찰스 경을 뒤쫓아왔다, 그래서 경이 너무 놀라 사망했다는 얘기군요?"

"이보다 더 나은 가설이 있나요?"

"저는 아직 그 어떤 결론도 내리지 않았습니다."

"셜록 홈즈 씨는 어떤가요?

그 말에 나는 순간적으로 깜짝 놀랐다. 그러나 스테이플턴의 담담한 얼굴과 고정된 눈빛으로 그가 전혀 동요하고 있지 않는다는 것을 알 수 있었다.

"왓슨 선생님을 모르는 척하고 싶지는 않습니다. 두 분이 많은 사건을 해결하셨다는 얘기는 여기 시골에 있는 저희도 잘 알고 있습니다. 그걸 감춘 채 헨리 경을 도울 수는 없을 것입니다. 모티머 씨가 저에게 선생님 얘기를 했을 때 선생님이 누구신지 감출 수 없었거든요. 그리고 왓슨 선생님이 여기에 오셨다는 것은 셜록 홈즈 씨도 역시 이 사건에 흥미를 느끼고 있다는 것을 말하는 것이고요. 그래서 저는 자연스럽게 홈즈 씨가 어떤 생각을 하고 있는지 궁금했던 것입니다."

"그 질문에 대답할 수 없어 유감스럽네요."

"그분을 찾아뵙고 직접 물어봐도 될까요?"

"홈즈는 지금 런던에 있습니다. 다른 사건을 해결하고 있는 중입니다."

"아, 아쉽네요! 우리가 잘 모르는 부분들을 홈즈 씨가 환하게 밝혀주면 좋을 텐데요. 하지만 현재 하시는 조사에서 제가 도와드릴 부분이 있다면 언제든지 말씀해주세요. 선생님이 찾으시는 단서나 이번 사건을 조사하는 데 도움이 될 만한 것이 있다면 지금 당장이라도 지원해드리고 싶습니다."

"분명히 말씀드리지만 저는 여기 단순히 친구인 헨리 경을 방문하러 왔기 때문에 특별한 도움은 필요하지 않습니다."

"역시!" 스테이플턴이 감탄했다. "그렇게 조심스럽고 신중하신 태도를 충분히 이해합니다. 제가 무례한 부탁을 드린 것 같아 죄송합니다. 다시는 이 문제에 대해 언급하지 않겠다고 약속드리겠습니다."

우리는 좁은 풀밭 길에 이르렀다. 큰길에서 벗어나 있는 이 길은 황야를 가로질러 나 있었다. 오른쪽에는 수많은 바윗돌이 산재하고 경사가 심한 언덕이 있었는데, 그곳은 예전에 화강암 채석장이었다. 절벽처럼 언덕의 경사면이 우리 쪽을 향해 있었다. 경사면 사이사이에는 고사리와 나무딸기가 자라고 있었다. 저 멀리서 회색 깃털 같은 연기가 올라오는 것이 보였다.

"이 황야의 길을 따라 조금만 가면 머리핏 하우스가 나옵니다. 시간이 괜찮으시다면 선생님께 제 여동생을 소개시켜드리고 싶습니다."

얘기를 듣고 맨 처음 떠오른 생각은 빨리 헨리 경 곁으로 가야 한다는 것이었다. 하지만 이내 헨리 경의 집무실 책상 위에 잔뜩 쌓인 각종 서류 뭉치들이 떠올랐다. 그것은 내가 도와줄 수 있는 성격의 일들이 아니었다. 게다가 홈즈는 내가 황야 주변에 사는 이웃 사람들을 조사해야 한다고 강조했었다. 나는 스테이플턴의 초청을 받아들여 함께 길을 걷기 시작했다.

"황야는 멋진 곳입니다!" 스테이플턴이 물결치듯 펼쳐진 구릉과 길게 자란 풀, 톱니 모양의 화강암이 솟아 있는 환상적인 절벽을 올려다보면서 소리쳤다. "절대 황야에 싫증 나지 않으실 겁니다. 여기에 숨겨진 놀라운 비밀을 아마 상상도 못 하실 겁니다. 정말 광범위하고 삭막하면서도 괴이한 곳이거든요."

"이곳을 잘 아시나요?"

"저는 여기 온 지 2년밖에 되지 않았습니다. 이곳 사람들은 아직도 저를 신입 거주자라고 부르죠. 찰스 경이 이곳에 온 지 얼마 되지 않아 제가 왔습니다. 하지만 제 성격상 이 지역의 모든 곳을 탐험했죠. 제 생각에 저만큼 이곳을 잘 아는 사람도 아마 없을 겁니다."

"여긴 파악하기 어려운 곳인가요?"

"무척 어렵죠. 예를 들어 이 거대한 평원은 북쪽으로 향하고 있는데, 저 기이하게 생긴 언덕들이 가로막고 있죠. 뭔가 특별한 것이 눈에 보이시나요?"

"흔치 않게 말타기에 좋은 장소인 것 같습니다."

"그렇게 생각하시는 게 자연스럽죠. 하지만 이전에 그렇게 생각했던 몇몇 사람이 목숨을 잃었답니다. 저 위쪽에 유난히 푸르고 빽빽한 지역이 보이시나요?"

"네, 다른 지역보다 훨씬 비옥해 보이는군요."

"저곳은 그림펜 늪입니다." 스테이플턴이 웃으면서 대답했다. "저 근처에서 발을 헛디디면 사람이든 동물이든 죽습니다. 어제도 황야에 서식하는 조랑말 한 마리가 그 근처를 배회하다 빠져서 나오지 못했습니다. 조랑말은 한참 동안 늪에서 나오려고 발버둥 쳤지만, 결국 빠져 죽고 말았죠. 비가 오지 않는 건조한 시기에도 늪을 건너는 것은 위험합니다. 그러니 비가 많이 오는 이 가을이 지나고 나면 정말 최악의 장소가 될 겁니다.

그렇지만 전 늪의 중앙으로 들어가는 길을 알고 있어 살아 돌아올 수 있었습니다. 저런, 저기 불쌍한 조랑말이 한 마리 더 있네요!"

갈색의 뭔가가 늪 한가운데서 빠져나오려고 이리저리 몸을 비틀고 있었다. 괴로움에 몸부림치는 긴 목에서 터져 나온 끔찍한 울음소리가 황야 전체에 울렸다. 그 소리를 듣자 온몸에 소름이 돋았다. 하지만 스테이플턴의 배짱은 나보다 훨씬 좋아 보였다.

"사라졌네요! 늪이 삼켜버렸어요. 이틀 동안 두 마리, 아니 아마도 더 많이 죽었을 겁니다. 동물들은 건조한 시기면 그곳으로 모이거든요. 늪이 그 동물들을 움켜쥐고 삼키기 전까지는 다른 곳과의 차이를 절대 알 수 없지요. 정말 그림펜의 늪은 거대하고 끔찍합니다."

"하지만 스테이플턴 씨는 이곳을 지나갈 수 있다고 하셨잖아요?"

"네, 아주 건강한 사람이라면 건널 수 있는 한두 개의 통로가 있어요. 제가 발견했죠."

"그런데 어째서 저런 끔찍한 장소를 지나가려고 하시는 겁니까?"

"음, 저쪽에 언덕들 보이시죠? 저곳은 늪에 둘러싸여 섬처럼 고립돼 있습니다. 그렇게 여러 해 동안 방치돼왔죠. 그런데 저기에는 희귀 식물들과 나비들이 살고 있습니다. 그곳에 갈 수만 있다면 정말 대단한 일이죠."

"언젠가 한번 시도해봐야겠군요."

스테이플턴은 놀란 표정으로 나를 쳐다봤다. "절대 그런 생각은 하지 마십시오. 무척 위험합니다. 제가 말씀드리는데, 살아서 돌아올 확률이 거의 없습니다. 제가 알고 있는 특정한 위치에 있는 복잡한 표시를 기억하지 않는 한 힘들 겁니다."

"세상에, 이건 뭐죠?" 내가 소리쳤다.

길고 낮은 울음소리가 구슬프게 황야 위를 휩쓸었다. 그 소리는 허공 전체를 가득 메웠지만 어디서 나는지는 알 수 없었다. 희미한 중얼거림으로 시작해서 깊은 울음으로 커지더니 다시 우울한 소리로 바뀌면서 웅얼거림으로 변했다. 스테이플턴은 호기심이 가득 담긴 얼굴로 나를 쳐다봤다.

"황야는 정말 괴이한 곳이죠!" 그가 소리쳤다.

"이 소리는 대체 뭡니까?"

"이곳 사람들은 저것이 바스커빌의 사냥개가 먹이를 유혹하는 소리라고 부르죠. 전에 한두 번 들은 적이 있지만 오늘처럼 이렇게 크게 들리는 건 처음이군요."

나는 마음속 깊이 공포를 느끼며 주위를 둘러봤다. 완만하게 솟아 있는 넓은 평원에는 초록색 골풀이 얼룩처럼 여기저기 나 있었다. 광활한 공간을 휘젓는 이 소리가 무엇인지 도통 알 수가 없었다. 우리 뒤에 있는 바위산에서 까마귀 두 마리가 시끄럽게 울 뿐이었다.

"스테이플턴 씨는 교육을 받은 분 아니신가요? 설마 그런 말도 안 되는 얘기를 믿으시는 건 아니겠죠? 이 이상한 소리의 정체가 정말 무엇이라고 생각하십니까?"

"늪이 가끔 이상한 소리를 만듭니다. 흙이 무너지거나 물이 솟아나거나 할 때요."

"아니요, 그건 아닙니다. 분명 살아 있는 뭔가의 목소리였어요."

"글쎄요, 아마도… 혹시 알락해오라기 우는 소리를 들어보셨나요?"

"아뇨, 들어본 적 없습니다."

"굉장히 희귀한 새입니다. 실질적으로 영국에서는 멸종된 새죠. 하지만 이 황야에서는 모든 것이 가능합니다. 저희가 들은 것이 이 세상 마지막으로 남은 알락해오라기의 울음소리라고 해도 전 아마 놀라지 않을 겁니다."

"그 소리는 제가 지금까지 들어본 것 중 가장 이상하고 신기한 소리였습니다."

"맞습니다. 전체적으로 아주 신비스러운 곳이죠. 저쪽의 언덕 비탈을 좀 보십시오. 무엇처럼 보이나요?"

"저게 뭐죠? 양을 가두는 우리인가요?"

"아닙니다. 옛날 우리 조상들이 살던 집입니다. 선사 시대 사람들은 이 황야 주변에 모여 살았습니다. 그 이후로는 특별히 이곳에 산 사람이 없죠. 우리는 그들이 살던 흔적 그대로 남아 있는 모든 것을 발견했습니다. 저것들은 그들이 살던 지붕이 없는 오두막입니다. 안으로 들어가 보면 화로와 심지어 잠자리까지 볼 수 있습니다."

"마을이라고 할 만하군요. 언제쯤 사람이 살았을까요?"

"아마 신석기 시대쯤? 알 수가 없습니다."

"그들은 어떻게 살았을까요?"

"그들은 이곳 언덕에서 소를 방목하고 청동검이 돌도끼를 대체하기 시작하면서부터 주석을 캐내는 방법을 알게 되었습니다. 저 반대편 언덕의 커다란 참호를 보세요. 저게 조상들의 흔적이에요. 찾아보시면 황야에는 매우 특이한 점들이 많습니다, 왓슨 선생님. 오, 잠깐만 실례할게요. 이건 분명 사이클로피데스군요."

작은 파리 혹은 나방이 날갯짓을 하며 우리 앞을 가로질러 갔다. 순식간에 스테이플턴은 놀라운 에너지와 속도로 그것을 쫓았다. 알 수 없는 생명체가 곧장 거대한 늪으로 날아가자 나는 당황했다. 하지만 스테이플턴은 그 순간에도 추격을 멈추지 않고 초록색 포충망으로 허공을 가르면서 이쪽 덤불에서 저쪽 덤불로 폴짝폴짝 뛰었다. 회색 옷을 입고 지그재그로 이리저리 불규칙하게 움직이는 모습이 마치 거대한 나방처럼 보였다. 나는 그 자리에 서서 그의 추격을 복잡한 심정으로 바라봤다. 스테이플턴의 놀라운 활동성에 찬사를 보내면서도 한편으론 발을 잘못 디뎌 위험한 늪에 빠지면 어쩌나 걱정이 되었다. 그러던 중 발자국 소리가 들려 돌아보니 길가에 웬 여자가 한 명 서 있는 게 보였다. 그녀는 머리핏 하우스가 있는 지역에서 올라오는 깃털 같은 연기가 나는 쪽에서부터 걸어왔다. 그녀가 움푹 파인 황야의 길을 걸어왔기 때문에 가까이 올 때까지도 존재를 알아채지 못한 것이다.

나는 그녀가 전에 들은 적이 있는 스테이플턴의 여동생이라는 것을 금방 알 수 있었다. 황야에서 이런 스타일의 여성은 매우 드물고, 누군가 그녀의 미모에 대해 얘기한 것을 기억하고 있었기 때문이다. 내게 다가온 여성은 확실히 내 기억과 일치했고 무척 특이한 유형이었다. 오빠와 여동생이 이토록 대조적인 경우는 드물 것이다. 스테이플턴은 피부색이 연한 회색이고 금발에 눈이 회색인 반면, 동생은 내가 영국에서 본 그 어떤 여성보다 머리카락이 검고 날씬하며 우아하고 키가 컸다. 그런데 여자는 자부심이 느껴지는 또렷한 이목구비에 지나치게 단정한 모습이어서, 생기 있는 입술과 아름답게 빛나는 검은 눈이 아니었더라면 감정이 없는 사람처럼 보일 것 같았다. 뛰어난 외모와 우아한 드레스 차림의 그녀는 쓸쓸한 황야의 길 위에 나타난 기이한 유령처럼 보였다. 내가 돌아섰을 때 그녀의 눈은 오빠를 쫓고 있었다. 스테이플턴의 여동생은 빠르게 내게 다가왔다. 나는 정식으로 인사를 할 생각으로 모자를 벗으려고 했는데, 그녀의 입에서 나온 말이 그런 생각을 완전히 다른 방향으로 돌려세웠다.

"돌아가세요, 지금 즉시. 곧장 런던으로 돌아가세요."

나는 너무 놀라 멍청한 표정으로 여자를 바라볼 수밖에 없었다. 그녀는 격앙된 눈으로 나를 바라보며 조급한 듯 발을 굴렀다.

"왜 내가 돌아가야 하나요?" 내가 물었다.

"설명할 순 없어요." 여자는 간절함이 담긴 낮은 목소리로 대답했는데, 이상하게 말투가 어색했다. "하지만 제발 제 말대로 하세요. 돌아가시고 다시는 황야에 오지 마세요."

"하지만 전 그냥 온 겁니다."

"이보세요, 이봐요. 지금 당신을 위해서 경고하고 있는 거예요. 런던으로 돌아가세요! 오늘 밤 당장! 무슨 일이 있어도 여기서 벗어나세요! 쉿, 저기 오빠가 오고 있어요. 제가 한 말은 못 들은 척해주세요. 실례가 안 된다면 저기 쇠뜨기말 뒤편에 있는 난초를 좀 꺾어주시겠어요? 황야에는 난초가 아주 많거든요. 하긴 이곳의 아름다움을 보기에는 너무 늦었군요."

스테이플턴은 정신없이 감행했던 추적을 끝내고 숨을 헐떡이며 홍조 띤 얼굴로 돌아왔다.

"어, 베릴!" 스테이플턴이 동생을 보고 인사했지만, 그의 말투는 전체적으로 매우 어색했다.

"잭 오빠, 무척 더워 보이네요."

"맞아, 사이클로피데스를 쫓고 있었거든. 희귀종인 데다 이런 늦가을에는 더욱 보기 어려운데, 놓쳐서 정말 너무 아까워!" 태연한 척 말하고 있었지만 빛나는 그의 작은 눈은 끊임없이 나와 여동생을 번갈아 훔쳐보고 있었다.

"저쪽에서 보니 벌써 인사를 나눈 것 같더구나."

"맞아요. 지금 헨리 경에게 황야의 진정한 아름다움을 보기에는 너무 늦었다고 얘기하고 있었어요."

"누구? 지금 누구라고 했어?"

"나는 이분이 헨리 바스커빌 경이라고 생각했는데…."

"아니, 아닙니다." 내가 끼어들었다. "저는 그저 평범한 서민일 뿐입니다. 물론 헨리 경의 친구이고요. 저는 의사인 왓슨입니다."

그녀의 아름다운 얼굴이 난처함으로 붉게 물들었다. "제가 사람을 잘못 보고 얘기를 했군요."

"음, 별로 얘기할 시간이 없었구나." 그녀의 오빠는 여전히 의심스러운 눈으로 바라보며 말을 받았다.

"저는 왓슨 선생님이 이곳에 처음 오신 분인 줄 모르고 얘기했습니다. 그렇다면 지금이 난초를 보기에 너무 이른 시기인지 아니면 늦었는지는 큰 문제가 안 되겠군요. 하지만 이쪽으로 오세요. 머리핏 하우스를 보여드릴게요."

조금 더 걸어가자 머리핏 하우스가 나왔다. 집은 을씨년스러워 보였다. 예전에 한창 번창하던 시기에 목축업자들이 농장으로 사용했던 곳이다. 현재는 수리를 해서 좀 더 현대적인 거주지로 바뀌었다. 집 주변은 황야에서 흔히 볼 수 있는 나무들이 심긴 과수원이 둘러싸고 있었다. 나무들은 성장 상태가 좋지 않아 시들해 보였다. 이런 이유 때문에 전체적인 분위기는 스산하고 우울했다. 마치 집 분위기와 맞추기라도 한 듯 주름살이 많고 뭔가 어색한 느낌을 주는 이상한 하인이 우리를 맞았다. 외형과 달리 집에는 넓은 방들이 있었고, 방 안에는 숙녀의 세련된 감각을 느낄 수 있는 우아한 가구들이 배치돼 있었다. 창문을 통해 화강암이 얼룩처럼 여기저기 박힌 채 저 멀리 지평선까지 완만하게 펼쳐진 황야가 보였다. 고등교육을 받은 남자와 아름다운 여자가 왜 이런 곳에 사는지 이유는 알 수 없지만 상당히 의외의 일이었다.

"저희가 정말 이상한 곳에 살고 있죠?" 스테이플턴이 내 생각에 대답이라도 하듯 말을 내뱉었다. "하지만 우리는 여기서 아주 행복하게 살고 있습니다. 안 그래, 베릴?"

"그럼요, 행복하죠." 여동생이 동의했지만 목소리에서는 생기가 느껴지지 않았다.

"저는 북부에서 학교를 운영했었죠." 스테이플턴이 설명하기 시작했다. "저와 같은 성격의 사람에게 학교 운영은 단순하고 별 흥미가 없었지만, 어린 학생들과 생활할 수 있어서 좋았습니다. 학생들이 공부하는 것을 돕고, 성격 형성에 영향을 주는 특권을 누렸죠. 그런 교육에 대한 저의 이상은 매우 소중한 것이었습니다. 하지만 큰일이 생겼습니다. 학교에 심각한 전염병이 발생해 학생 세 명이 죽은 겁니다. 그 충격에서 벗어날 수가 없었고 제가 가지고 있던 돈도 대부분 날렸죠. 만약 학생들이 죽지만 않았더라도 재산을 날린 것쯤은 식물과 동물을 연구하면서 쉽게 잊을 수 있었을 겁니다. 그 이후 여기로 이주해 아무런 제한 없이 연구를 하고 있고, 제 동생도 저만큼이나 자연을 사랑합니다. 왓슨 선생님, 이것이 선생님이 저희 집 창문을 통해 황야를 바라보면서 떠올리셨을 생각에 대한 답변입니다."

"이곳 생활이 지루하지 않을까 하는 생각이 들기는 했습니다. 스테이플턴 씨가 아니라 여동생분에게 말입니다."

"전혀요, 전 지루하지 않아요." 여동생이 재빨리 대답했다.

"여긴 책도 많고, 연구할 것도 많습니다. 무엇보다 재미있는 이웃이 있죠. 모티머 씨는 의학 계통의 전문가고, 돌아가신 찰스 경도 아주 좋은 분이셨어요. 우리는 무척 친했기 때문에 그분이 많이 그립습니다. 혹시 오늘 오후에 제가 헨리 경을 찾아뵙고 인사를 드리면 실례가 될까요?"

"그렇게 한다면 경이 아주 기뻐하실 겁니다."

"그렇다면 선생님께서 제가 그렇게 하고 싶어 한다고 전해주세요. 그러면 헨리 경이 새로운 주변 환경에 익숙해질 때까지 저희가 조금이나마 도움을 드릴 수 있을 겁니다. 위층으로 올라가셔서 제 나비 표본을 구경하시겠습니까? 왓슨 선생님, 그 표본에는 영국 서남부 지역 대부분의 나비가 있습니다. 표본을 보시면서 잠시 시간을 보내시는 동안 금방 점심 식사를 준비하겠습니다."

하지만 나는 조금이라도 빨리 저택의 내 방으로 돌아가고 싶었다. 음습한 분위기의 황야, 불행한 조랑말의 죽음, 바스커빌의 끔찍한 전설과 연관이 있는 그 괴이한 소리 등. 모든 것이 뒤섞여 조금 심란했기 때문이다. 이런 막연한 여러 일 중에서도 특히 스테이플턴의 여동생이 한 경고는 분명하게 의미 있는 것이었다. 그토록 강렬하게 진심을 담아 얘기한 뒷면에는 무언가 중요하고 결정적인 이유가 있을 것이다. 나는 점심을 먹고 가라는 요청을 뿌리치고 집을 나왔다. 곧장 우리가 지나왔던 풀밭 길을 따라 저택을 향해 걷기 시작했다.

그러나 그곳에는 아는 사람만 아는 지름길이 있는 모양이었다. 내가 큰길로 접어들기도 전에 길 한쪽의 바위 위에 스테이플턴의 여동생이 앉아 있어 깜짝 놀랐다. 뛰어왔는지 그녀는 얼굴 가득 홍조를 띤 채 팔짱을 끼고 있었다.

“왓슨 선생님을 따라잡기 위해 계속 뛰어왔어요. 모자를 챙겨 쓸 시간조차 없이요. 여기 오래 있을 수는 없어요. 오빠가 곧 저를 찾을 거예요. 제가 선생님을 헨리 경으로 착각하고 했던 실수에 대해 사과드리고 싶었어요. 제가 한 말들은 잊어주세요. 그건 선생님과는 전혀 상관이 없습니다.”

“그러나 저는 잊을 수 없을 것 같군요. 저는 헨리 경의 친구입니다. 당연히 그의 안전은 저에게 매우 중요합니다. 왜 헨리 경에게 런던으로 돌아가라고 그토록 간절하게 얘기했는지 이유를 말씀해주세요.”

“여자의 직감입니다, 왓슨 선생님. 저를 좀 더 알게 되시면 제가 한 말이나 행동에 대해 다 설명할 수 없다는 것을 이해하실 거예요.”

“아뇨, 못 할 겁니다. 분명 스테이플턴 양의 목소리에는 절박함이 담겨 있었어요. 당신의 긴장한 눈빛도 분명하게 기억납니다. 제발 솔직하게 얘기해주세요, 스테이플턴 양. 제가 여기 온 이후로 언제나 제 주변에 뭔가가 따라다니는 느낌을 받았습니다. 여기서의 생활은 마치 그림펜 늪 같더군요. 늪 속으로 가라앉을 수도 있는 작은 단서들이 여기저기 사방에 널려 있지만, 아무도 거기에 가 닿을 수 있는 길을 가르쳐주지 않네요. 부디 아까 하신 말씀이 무슨 뜻인지 얘기해주세요. 제가 반드시 헨리 경에게 그 경고를 전달해드리겠습니다."

잠깐 동안 그녀의 얼굴에 망설임이 스쳐 지나갔다. 하지만 그녀는 곧 마음을 단단히 먹고 대답했다.

"너무 생각이 많으시군요, 왓슨 선생님. 저와 오빠는 찰스 경의 죽음으로 상당히 큰 충격을 받았습니다. 그분은 황야를 지나 저희 집까지 오시는 길을 아주 좋아하셨기 때문에 우리는 매우 친하게 지냈거든요. 찰스 경은 당신 가문에 드리워진 저주를 상당히 심각하게 생각했어요. 그분이 돌아가셨을 때 저는 분명히 알 수 있었어요. 그분이 그토록 두려워했던 데에는 뭔가 분명한 이유가 있다는 사실을요. 그래서 그 가문의 또 다른 사람이 다시 여기에 온다면, 곧 닥치게 될 위험에 대해 경고를 해야 한다고 생각했습니다. 이것이 제가 말씀드리고 싶었던 전부입니다."

"하지만 무엇 때문에 위험하죠?"

"그 사냥개에 대한 전설을 아시잖아요?"

"전 그런 미신을 믿지 않습니다."

"전 믿어요. 만약 선생님이 헨리 경의 친구라면 항상 치명적으로 위험한 일이 발생하는 그 저택에서 그분을 데리고 나와 멀리 가세요. 갈 곳은 많을 거예요. 헨리 경이 그렇게 위험한 곳에서 살 이유가 없잖아요?"

"그곳이 위험하기 때문입니다. 헨리 경은 그런 분이에요. 당신이 지금보다 좀 더 분명한 얘기를 해주지 않는다면, 제가 그 분을 다른 곳으로 데려갈 수가 없습니다."

"이 이상 분명한 말씀을 해드릴 수가 없어요. 저 역시도 더 이상은 분명하게 아는 것이 없습니다."

"한 가지만 더 얘기해주세요, 스테이플턴 양. 아까 하신 말씀이 그런 뜻이었다면, 맨 처음 저한테 얘기하실 때 왜 당신의 얘기를 오빠가 들을까 봐 걱정하셨죠? 오빠나 다른 사람이 들어도 괜찮은 얘기잖아요."

"오빠는 바스커빌 저택에 누군가 살기를 간절하게 바라고 있어요. 그래야 황야의 가난한 사람들에게 도움이 된다고 생각하거든요. 만약 제가 헨리 경에게 떠나라고 한 얘기를 들었다면 오빠는 엄청 화를 냈을 거예요. 이제 저는 제가 하고 싶은 말을 다했습니다. 더 이상 여기 있을 수 없어요. 돌아가야 해요. 그렇지 않으면 오빠가 제가 선생님을 만났다고 의심할 거예요. 조심해서 가세요." 스테이플턴 양은 인사를 하고 잠시 후 여기저기 흩어져 있는 바위틈 사이로 사라졌다. 바스커빌 저택으로 돌아가는 내내 나는 막연한 불안감에 사로잡혔다.

8
왓슨 박사의 첫 번째 보고

여기서부터 앞으로의 사건에 대한 소개는 지금 내 앞 책상 위에 놓여 있는 셜록 홈즈에게 보냈던 편지를 인용하겠다. 한 장이 어디론가 사라지기는 했지만, 이것은 내가 당시 직접 썼기 때문에 지금의 기억보다 훨씬 정확하게 그 비극적인 사건에 대한 내 느낌과 생각들을 보여줄 것이다.

바스커빌 저택에서, 10월 13일. 홈즈에게.

앞에 보낸 편지와 전보를 통해 이 신에게 버림받은 세상의 한쪽 구석에서 일어나고 있는 모든 일에 관한 최근 소식을 아주 자세히 알고 있을 걸세. 여기에 오래 머물수록 황야의 기운이 사람의 영혼 속으로 더 깊이 파고들어 영향을 준다네. 광대하고 소름 끼치는 마력 같은 기운이지. 누구든 한번 거기에 빠지면 현대적인 모든 생활 방식을 뒤로 밀쳐버리게 된다네. 그리고 선사 시대에 살았던 사람들의 집과 흔적을 모든 곳에서 목격하게 되지. 이곳을 산책하면서 보면 모든 곳에 옛날 사람들의 집과 그들의 무덤 그리고 아마도 그들의 신전이었던 것으로 추정되는 거대한 암석이 있어. 산기슭 여기저기에 산재해 있는 회색 돌로 지어진 오두막을 보면 사람의 나이를 잊어버리게 될 걸세. 만약 자네가 가죽옷을 입고 온몸에 털이 많은 사람들이 그 오두막의 낮은 문을 열고 나오면서 끝이 뾰족한 화살을 활시위에 거는 장면을 본다 해도, 자네가 이곳에 온 것보다 더 자연스럽다고 느낄 거야. 이해 안 되는 점은 1년 내내 언제나 척박한 이 땅에 그들이 왜 그토록 많이 모여 살았나 하는 것이네. 나는 옛날 일에 관심이 많은 사람은 아니지만, 내 생각엔 아마 그들은 평화적인 사람들로, 싸움에 져서 어쩔 수 없이 아무도 살지 않는 이 땅에 강제로 살게 된 것이 아닌가 싶네. 하지만 이 모든 것은 자네가 나를 여기로 보낸 임무와는 무관한 일이고, 자네의 매우 실용적인 성향을 생각할 때 아마 아무런 흥미도 느끼지 못하는 일이겠지. 나는 자네가 태양이 지구 주변을 도는지, 아니면 지구가 태양 주변을 도는지에 대해 아무런 관심도 없다는 것을 지금도 기억하고 있다네. 그러니 이제 우리의 주요 관심사인 헨리 바스커빌 경에 관한 얘기를 해보세.

최근 며칠 동안 자네가 아무런 보고도 받지 못했다면 그것은 오늘까지 이곳에서 아무런 중요한 일도 일어나지 않았기 때문이네. 그런데 아주 놀라운 일이 생겼다네. 이제부터 시간 순서에 따라 얘기를 해보겠네. 하지만 우선 그 상황과 관련해 몇 가지 다른 사실부터 이야기해야겠군.

언젠가 잠시 얘기했듯이 여기 황야에는 최근 탈옥한 죄수가 있다네. 그자가 어디론가 도망쳤다는 확실한 증거가 있지. 사실 그자가 사라진 것은 이 지역 여기저기에 흩어져 사는 사람들이 안심할 수 있어서 무척 다행스러운 일이네. 탈옥한 지 2주가 지났지만 아무도 그자를 본 사람이 없고, 그자에 대한 어떠한 소문도 없다네. 그 기간 동안 그자가 황야에서 살아남았다는 사실은 정말 믿기 어려운 일이네. 지금까지 그가 어디에 숨어 있는지 알려진 것은 전혀 없다네. 어쩌면 저 돌 오두막 중에 하나가 그자의 은신처일지도 모르지. 그러나 탈주범이 황야의 양을 잡아먹지 않는 한 그곳에는 먹을 것이 전혀 없다네. 아무튼 외진 지역에 떨어져 살고 있는 농부들은 밤에 잠을 편히 잘 수 있게 되었지.

이 저택에는 네 명의 성인이 있기 때문에 우리 자신을 지키는 데 아무런 걱정이 없네. 하지만 스테이플턴 남매를 생각하면 불안한 마음이 생기는 것이 사실이야. 그들은 따로 떨어져 살고 있어 주변에 도와줄 만한 사람이 없다네. 그 집에는 늙은 하인 한 명과 여동생 그리고 스테이플턴이 사는데, 그는 강한 남자가 아니거든. 그래서 만약 노팅힐 사건을 저지른 그 탈옥수처럼 자포자기한 놈이 그 집에 들이닥친다면 매우 위험할 걸세. 헨리 경과 나 역시 그런 상황을 걱정해 마부 퍼킨스를 밤에 그 집에 보내 함께 자도록 하자고 제안했지만, 스테이플턴이 들은 척도 하지 않았다네.

사실 헨리 경 역시 우리의 먼 이웃에게 상당한 관심을 보이기 시작했네. 그도 그럴 것이 헨리 경처럼 활동적인 사람이 이처럼 외진 지역에서 시간을 보내는 건 고역이거든. 게다가 스테이플턴의 여동생은 매우 매혹적이고 아름답다네. 그녀에게는 열정적이고 독특한 매력이 있어. 차갑고 별 감정이 없어 보이는 오빠와는 매우 대조적이지. 하지만 스테이플턴에게도 뭔가 감춰진 것이 있는 것 같네. 스테이플턴은 여동생에게 커다란 영향력을 가지고 있는 것 같더군. 나는 여동생이 얘기를 할 때마다 계속 오빠를 힐끔거리며 자신이 그런 얘기를 해도 되는지 허락을 구하는 모습을 여러 차례 봤어. 분명히 그 남자는 그런 사람이라네. 스테이플턴의 눈은 날카롭게 반짝이고 입술에는 단호함이 어려 있어. 어쩌면 이것은 스테이플턴의 억압적이고 거친 성격을 보여주는 것일지도 모르지. 자네도 스테이플턴에게서 흥미로운 면을 찾을 수 있을 것이네.

스테이플턴은 우리가 만난 그다음 날 아침 바로 바스커빌 저택을 찾아왔다네. 그리고 다음 날 나와 헨리 경을 사악한 휴고 바스커빌의 전설이 시작된 곳으로 데리고 가 보여주었지. 황야를 몇 킬로미터쯤 가로질러 가면 있는데, 그런 전설의 발생지라고 암시라도 하듯 매우 음산한 곳이었네. 우리는 울퉁불퉁한 바위산 사이에 있는 짧은 계곡을 발견했는데, 계곡은 하얀 황새풀이 여기저기 나 있는 풀밭으로 연결되어 있더군. 풀밭의 한가운데에는 거대한 돌기둥 두 개가 있어. 돌기둥의 윗부분은 비바람에 날카롭게 깎였는데, 마치 무시무시한 괴물의 거대한 송곳니처럼 생겼다네. 모든 면에서 그곳은 그 옛날 비극의 장면이 떠오르는 곳이었어. 헨리 경은 큰 관심을 보이며 스테이플턴에게 정말로 그런 초자연적인 현상이 인간사에 간섭할 가능성이 있다고 믿느냐고 여러 차례 묻더군. 경은 가볍게 묻는 듯했지만 이 젊은 준남작이 진심으로 궁금해한다는 것을 느낄 수 있었다네. 스테이플턴은 조심스럽게 대답하더군. 하지만 자기가 생각하고 있는 것을 다 말하지 않았고, 헨리 경에 대한 걱정은 전혀 말하지 않았다는 것을 쉽게 알 수 있었지. 스테이플턴은 우리에게 한 가문이 어떤 사악한 힘 때문에 고통받았다는 비슷한 사건을 얘기해주었다네. 그러면서 그 사건에 대한 대중적인 의견에 동의한다는 뜻을 내비추더군.

돌아오는 길에 우리는 머리핏 하우스에 들러 점심을 먹었네. 그때 헨리 경이 스테이플턴 양을 처음 알게 되었지. 헨리 경은 그녀를 처음 본 순간부터 강하게 매료되어 관심을 나타냈고, 그녀 역시도 헨리 경에게 상당한 호감을 보였어. 저택으로 돌아가는 길에 헨리 경은 여러 차례 그녀를 언급했고, 그 이후로 그 남매를 보지 않고 그냥 지나간 날이 단 하루도 없을 정도라네. 오늘 밤 저택에서 다 함께 저녁을 먹으면서 다음 주에 또 방문하자는 얘기를 나누는 식이지. 사람들은 그 둘의 만남을 스테이플턴이 매우 환영할 거라고 생각하겠지만, 헨리 경이 여동생에게 관심을 보일 때 스테이플턴이 매우 못마땅한 표정을 짓는 것을 나는 여러 차례 보았다네. 스테이플턴이 여동생에게 매우 집착하고 있다는 것은 의심할 여지가 없어. 여동생이 없다면 스테이플턴은 외로운 삶을 살게 되겠지. 하지만 여동생이 성대한 결혼을 향해 가는 길을 막는다면 그것은 매우 이기적인 행동이야. 그러나 두 사람이 친밀해져 사랑에 빠지는 것을 스테이플턴이 바라지 않는다는 사실은 분명하네. 나는 스테이플턴이 헨리 경과 여동생이 단둘이 만나지 못하도록 애쓰는 것을 여러 번 목격했거든. 그래서 말인데, 헨리 경 혼자 절대 밖으로 나가지 못하게 하라는 지시는 점점 지키기 어려워질 것 같아. 두 사람이 사랑에 빠지면 그런 얘기가 제대로 들리겠나. 내가 자네의 말을 곧이곧대로 전한다면 내 입장이 많이 곤란해질 걸세.

요 전날, 정확히는 목요일에 모티머 씨와 우리는 함께 점심을 먹었다네. 최근 롱 다운 지역의 고분을 발굴하던 중 선사 시대 사람의 두개골을 발견했다고 아주 좋아하더군. 그처럼 오직 한 가지 일에만 열정을 쏟는 사람도 드물 걸세. 잠시 후 스테이플턴 남매가 왔는데, 헨리 경이 요청하자 모티머 씨가 우리를 주목나무 산책로로 데리고 가서 비극적인 그날 밤 일어난 모든 일들을 아주 상세히 들려주었다네. 주목나무 산책로는 길고 음산한 길이더군. 양쪽으로 꽤 높은 울타리가 쳐져 있고, 그 밑에는 양편으로 좁은 풀밭 길이 나 있네. 저 멀리 산책로의 끝에는 다 쓰러져가는 여름 별장이 있고, 중간쯤에 찰스 경의 담뱃재가 떨어져 있던 황야로 나가는 문이 있네. 빗장이 쳐져 있는 하얀 나무문이더군. 문 뒤로는 넓은 황야가 펼쳐져 있지. 그 사건에 대한 자네의 가설을 바탕으로 나는 그곳에서 벌어진 일을 상상해봤다네. 찰스 경이 여기 서 있다가 황야를 가로질러 달려오는 뭔가를 보고 기겁을 해서 이성을 잃고 공포에 질려 지쳐서 죽을 때까지 달리고 또 달렸다. 찰스 경은 길고 음산한 터널 아래를 지나 달렸지. 무엇을 보고 도망쳤을까? 황야의 양치기 개? 아니면 검은색의 소리 없이 다가오는 무시무시한 유령 사냥개? 이 사건에 사람이 관여한 부분은 없었을까? 창백한 얼굴의 신중한 배리모어는 자신이 얘기한 것보다 더 많은 것을 알고 있지는 않을까? 모든 것이 흐릿하고 막연했다네. 그러나 항상 범죄의 이면에는 어두운 그림자가 있기 마련 아닌가.

지난번 편지 이후 내가 만난 또 다른 이웃은 래프터 저택에 사는 프랭클랜드 씨라네. 우리가 있는 곳에서 남쪽으로 7킬로미터 정도 떨어진 곳에 살고 있지. 나이가 많고 붉은 얼굴에 머리는 백발이고 화를 잘 내는 성격이라네. 법에 매우 관심이 많고 아주 많은 돈을 소송하는 데 썼더군. 이 괴팍한 노인은 싸움 자체에 재미를 즐기는 사람이라 자신이 소송을 당하는 일도 개의치 않는다네. 비싼 대가를 치르는 오락을 하는 셈이지. 종종 프랭클랜드 씨는 도로를 폐쇄하고 행정 당국이 도로를 개통하지 못하도록 도전을 하기도 해. 그러면서도 본인은 다른 사람의 통행로에 설치된 문을 부수고는 이 길은 아득한 옛날부터 존재했었다고 주장하면서 땅 주인이 자신을 불법 침입으로 고소하는 것에 이의를 제기한다네. 그런가 하면 옛날 장원 제도와 공동 사용 권리에 대해 잘 알고 있는데 때로는 이 지식을 펜워디 마을 주민의 편에 서서 사용하고, 때로는 그 주민들과 맞서 싸우는 데 사용하기도 하지. 그래서 프랭클랜드 씨가 가장 최근에 한 일에 따라 주기적으로 의기양양하게 마을 거리를 돌아다니기도 하고, 반대로 그의 인형이 불태워지기도 한다네. 현재도 일곱 개의 법률 소송에 휘말려 있다고 하더군. 아마도 소송으로 남은 재산조차 몽땅 날리고 말 거야. 그렇게 되면 그 노인의 독기는 빠지고 장차 아무것도 남지 않게 되겠지. 이런 부분만 제외하면 친절하고 성격이 좋은 사람이라네. 이 사람에 대해 얘기하는 것은 자네가 특별히 우리 주변에 있는 사람들에 대해 자세히 알려달라고 했기 때문일세. 프랭클랜드 씨는 요즘 재미난 일을 하고 있다네. 아마추어 천문학자가 되어 자기 집 옥상에 성능 좋은 망원경을 설치해놓고 혹시나 탈옥한 죄수를 발견하지 않을까 하는 희망에 하루 종일 황야를 관찰하고 있지. 자신의 넘치는 에너지를 이와 같이 좋은 일에만 사용한다면 좋을 텐데, 들리는 소문에 의하면 프랭클랜드 씨는 친척들의 동의 없이 무덤을 파헤쳤다는 이유로 모티머 씨를 고소하려고 준비하고 있다네. 앞서 얘기했듯이 모티머 씨가 롱 다운의 고분에서 신석기 시대 사람의 두개골을 하나 발굴했거든. 사실 선생의 행동은 이곳의 단조로운 생활 속에서 사람들에게 재미를 주는 역할을 한다네. 그런 재미야말로 여기서 절대적으로 필요한 것이지.

탈옥수에 관한 일부터 스테이플턴, 모티머 씨, 래프터 저택의 프랭클랜드 씨까지, 할 얘기는 다했네. 마지막으로 가장 중요하고, 배리모어에 대해 더 자세히 알 수 있는 얘기를 하겠네.

특히 어젯밤에 아주 놀라운 일이 있었지.

먼저 전보에 대해 얘기하겠네. 우리가 런던에 있을 때 자네가 배리모어가 정말로 당시 여기에 있었는지 확인하기 위해 보낸 전보 말일세. 내가 이미 설명했듯이 우체국장의 증언에 따르면 그 테스트는 별 성과가 없었네. 우리는 배리모어가 여기 있었는지 없었는지 알 수가 없었어. 내가 헨리 경에게 이 얘기를 하자, 직설적인 성격답게 바로 배리모어를 불러 직접 그 전보를 받았는지 여부를 물었다네. 배리모어는 그랬다고 대답하더군.

헨리 경이 다시 "우편배달부 소년이 당신 손에 직접 전해주었나요?"라고 물었어.

배리모어는 놀란 표정이 되더니 잠깐 동안 고민하다가 대답했다네.

"아닙니다. 저는 당시 위층에 있어서 제 아내가 전보를 가지고 올라왔습니다."

"그럼, 배리모어 씨가 직접 답변을 했나요?"

"아닙니다. 제가 아내에게 어떻게 답변을 쓰라고 얘기했고, 아내가 내려가 그렇게 썼습니다."

그런데 저녁에 배리모어가 스스로 이 문제를 다시 꺼내는 게 아니겠는가.

"헨리 경께서 오늘 아침에 하신 질문의 의도를 정확히 이해할 수가 없습니다. 저는 제가 경의 신뢰를 손상시키는 그 어떤 일도 하지 않았다고 믿습니다."

헨리 경은 그런 것이 아니라고 배리모어를 안심시키고 달래기 위해 옛날 옷 중에서 쓸 만한 것을 한 벌 주었다네. 런던에서 새로 산 옷들이 지금은 모두 도착했거든.

배리모어 부인도 무척 흥미로워. 부인은 체격이 크고 단단한 사람일세. 절제되고 상당히 존경스러운 청교도적인 면이 있지. 아마도 그녀처럼 감정을 드러내지 않는 사람을 찾기는 힘들 거야. 그런데 내가 얘기했듯이 여기 온 첫날 밤 그녀가 심하게 우는 소리를 들었다네. 그 이후로도 부인의 얼굴에 난 눈물 자국을 여러 차례 봤지. 어떤 깊은 슬픔이 그녀의 가슴속에 있는 것 같아. 나는 가끔 부인을 괴롭히는 그것이 무엇인지 궁금하다네. 그래서 종종 배리모어가 폭력적인 남편이 아닐까 의심하기도 해. 나는 항상 그에게서 어떤 특이하고 의심스러운 면이 있다고 느꼈는데, 지난 밤 배리모어의 대담한 행동이 나의 이런 모든 의심을 더욱 크게 만들었지. 그렇지만 이것은 여전히 본질적으로는 작은 문제인 것 같네.

자네도 알다시피 나는 깊이 잠드는 편이 아니야. 그런데 이 저택에 와서 신경이 곤두선 이후로는 이전에 비해 더욱 쉽게 잠을 깬다네. 어젯밤에도 새벽 2시쯤 내 방을 지나가는 조심스러운 발소리에 놀라 잠이 깼지. 침대에서 일어나 문을 열고 내다봤더니 기다란 검은 그림자가 복도를 지나가고 있더군. 그것은 분명 손에 촛불을 든 남자가 조심스럽게 복도를 걸어가는 모습이었네. 그는 셔츠와 바지는 입었지만 신발은 신지 않았어. 나는 겨우 그림자의 윤곽을 알아볼 수 있었는데, 키로 봐서 분명 배리모어였다네. 그 남자는 천천히 매우 조심스럽게 걸어가더군. 그의 전체적인 모습에서 설명할 수는 없지만 뭔가를 은밀하게 감추고 있다는 느낌을 받았다네.

전에 얘기했듯이 그 복도는 둘로 나뉘어 있고 발코니가 저택을 감싸고 빙 둘러 있네. 나는 배리모어가 시야에서 사라질 때까지 기다렸다 그를 쫓아갔어. 내가 발코니에 이르렀을 때 그는 저 멀리 복도 끝쯤에 있었네. 그 남자가 어떤 방으로 들어가려고 문을 열었을 때 안에서 새어 나온 깜빡이는 불빛을 통해 그를 볼 수 있었지. 지금 모든 방에는 가구도 없고 거주자도 없기 때문에 집사의 행동은 더욱 의심스럽기만 했다네. 불빛이 계속 비추고 있었는데, 배리모어는 마치 정지한 사람처럼 가만히 서 있더군. 나는 최대한 소리를 내지 않고 조심스럽게 복도를 기어 문 한쪽에서 안을 훔쳐보았네.

배리모어는 촛불을 유리에 기대 세워두고 창문 앞에 몸을 숙이고 서 있었네. 옆얼굴이 내 쪽을 향해 있었는데, 컴컴한 황야를 응시할 때 배리모어의 얼굴은 뭔가를 기대하듯 진지해 보였어. 그렇게 몇 분간 골똘하게 밖을 내다보더군. 그러더니 깊은 신음 소리를 내며 참을 수 없다는 듯 촛불을 꺼버렸어. 그 즉시 나는 내방으로 돌아왔네. 잠시 후 조심스러운 발자국이 다시 내 방 앞을 지나갔지. 그리고 한참 후에 선잠이 들었는데, 잠결에 어딘가에서 열쇠로 뭔가를 여는 소리를 들었다네. 하지만 그 소리가 어디서 나는지는 알 수 없었어. 이 모든 것이 무엇을 의미하는지는 모르지만 이 음침한 저택에서 어떤 비밀스러운 일이 진행되고 있는 것은 분명하네. 우리는 조만간 그것이 무엇인지 알 수 있을 걸세. 자네가 나에게 오직 사실만을 알려달라고 했기에 내 가설을 얘기하지는 않겠네. 오늘 아침 헨리 경과 오랫동안 논의를 했다네. 우리는 어젯밤 있었던 일을 기반으로 어떻게 할지 계획을 수립했어. 지금 당장은 계획에 대해 얘기하지 않겠네. 하지만 다음번 내 보고는 상당히 흥미로울 걸세.

9
왓슨 박사의 두 번째 보고

바스커빌 저택. 10월 15일. 홈즈에게.

여기 와서 임무를 수행하는 초기에는 새로운 소식을 많이 전하지 못했는데, 지금은 그것을 보충하기 위해 노력하고 있다네. 최근 주변에서 많은 사건이 연속해서 일어나고 있어. 지난번의 마지막 보고는 창가에 서 있던 배리모어의 얘기로 마무리했는데, 그것에 대해 보고할 것이 많다네. 내가 틀리지 않았다면 이 소식은 아마 자네를 깜짝 놀라게 할 거야. 여러 가지 일이 내가 예상하지 못한 방향으로 전개되고 있어. 최근 이틀 동안 어떤 면에서는 사건이 훨씬 분명해졌고, 또 어떤 면에서는 더욱 복잡해졌다네. 지금부터 그간 있었던 일을 모두 말할 테니 자네가 한번 판단해보게.

어젯밤 모험에 이어 오늘 아침 식사 전에 나는 복도를 따라 걸어가 어제 배리모어가 들어갔던 방을 조사했어. 그가 골똘하게 뭔가를 응시하던 그 서쪽 창문은 이 집의 다른 창문들에 비해 묘한 특징을 가지고 있더군. 그 창문은 황야를 가장 가까이서 볼 수 있는 곳이었어. 다른 창문을 통해서 보면 황야의 일부만 저 멀리 보일 뿐인데, 여기에서는 두 그루의 나무 사이로 황야를 바로 내려다볼 수 있다네. 그러니까 내 말은 배리모어가 황야에서 무언가 혹은 누구인가를 찾으려 했다면, 이 창문이 그 목적에 가장 적합하다는 얘기지. 어젯밤은 무척 어두웠기 때문에 배리모어가 뭔가를 보려고 했다고 추정하기는 어려워. 그래서 순간적으로 배리모어가 바람을 피고 있는 것은 아닐까 하는 생각이 떠오르더군. 그렇게 본다면 배리모어의 은밀한 움직임은 물론 배리모어 부인의 불안정한 모습도 설명이 되는 셈이지. 배리모어는 아주 잘생기고 건장해서 여기 시골 처녀들의 마음을 훔치기에 충분하다네. 아마도 이런 생각이 전혀 터무니없지는 않을 거야. 어젯밤 내가 방으로 돌아와 잠결에 들었던 그 문 여는 소리는 아마도 배리모어가 은밀한 만남을 위해 집을 나설 때 난 소리 같아. 오늘 아침에 추리한 건 이 정도일세. 하지만 전에도 내가 했던 추측이 틀린 적이 많았으니 일단 의심이 가는 부분만 얘기한 거네.

아무튼 배리모어가 그런 행동을 한 진짜 이유가 무엇이든 지간에, 이유를 알아낼 때까지 나 혼자 이 사실을 알고 있어야 한다는 부담감이 생각보다 크더군. 그래서 오늘 아침 식사 후 헨리 경에게 모든 것을 다 얘기했어. 경은 내가 예상했던 것과는 달리 많이 놀라지 않더군.

"배리모어가 밤마다 움직이는 것을 알고 있었어요. 그것에 대해 배리모어에게 물어볼 생각입니다. 두세 번 정도 복도를 지나가는 배리모어의 발자국 소리를 들었고, 그 시각에 집을 나갔다 들어오는 소리도 들었거든요."

"그렇다면 아마도 매일 밤 그 창문에 가는 모양이군요." 내가 의견을 제시했지.

"아마도 그런 것 같습니다. 아무래도 우리가 배리모어를 미행해서 무슨 일인지, 무엇을 하는지 봐야 할 것 같습니다. 만약 홈즈 씨가 여기 있었다면 어떻게 했을지 궁금하네요."

"아마 방금 얘기하신 대로 했을 겁니다. 배리모어를 미행해 그가 무엇을 하는지 봤겠지요."

"그럼, 오늘 밤에 하시죠."

"하지만 배리모어가 눈치챌 가능성이 높습니다."

"배리모어는 귀가 잘 안 들리는 편입니다. 그리고 어떤 경우라도 그것을 확인해야 합니다. 오늘 밤 제 방에서 배리모어가 지나갈 때까지 함께 기다려봅시다." 헨리 경은 신이 나는 듯 손을 비볐다네. 황야에서의 지루한 생활을 잠시나마 잊게 해 줄 모험을 반기는 모습이 분명했어.

헨리 경은 찰스 경을 위해 건설 계획을 세웠던 건축가와 런던에 있는 하청업자와 함께 건축 계획을 논의하고 있다네. 조만간 이곳에서 커다란 변화가 시작될 거야. 플리머스에서 실내장식업자와 가구업자도 왔었어. 헨리 경은 가문의 영광을 재현하기 위한 다양한 계획과 방법을 생각하고 있어. 또 이를 위해서는 어떠한 수고도 아끼지 않고 큰 비용을 지불할 작정인 게 분명해. 이 저택의 재건축과 가구 배치가 끝나고 나면

이 모든 것을 완성시키는 데 필요한 마지막은 바로 아내를 맞이하는 것일세.

헨리 경과 나는 이 모든 일이 전부 그 숙녀 때문이라는 것을 잘 알고 있지. 지금까지 헨리 경이 매혹적인 스테이플턴 양에게 빠진 것처럼 여자에게 깊이 반한 남자를 본 적이 없어. 하지만 헨리 경의 사랑이 바라는 것처럼 쉽게 진행되지는 못하고 있어. 바로 오늘처럼 말이야. 전혀 예상하지 못한 일로 그들 사이에 거리가 생겼어. 아마도 이것 때문에 헨리 경이 많이 혼란스러워하고 괴로움을 겪었을 거야.

배리모어에 대한 얘기가 끝나자 헨리 경은 모자를 쓰고 나갈 준비를 하더라고. 나도 당연히 함께 나갈 준비를 했지.

"따라 오시게요, 왓슨 선생?" 젊은 준남작이 매우 진지한 표정으로 나에게 묻더군.

"경이 황야에 가느냐, 안 가느냐에 달려 있지요."

"네, 황야에 갈 겁니다."

"제 역할을 잘 아시잖아요. 방해를 해서 죄송하지만 아시다시피 제가 경의 곁을 떠나서는 안 된다고 홈즈가 분명하게 강조했습니다. 특히 경이 혼자서는 절대 황야에 가게 해서는 안 된다고요."

헨리 경은 아주 즐거운 듯 웃으며 내 어깨에 손을 올리더군.

"왓슨 선생, 홈즈 씨의 예리한 추리력으로도 제가 황야에 다녀온 이후 어떤 일이 생길지 예측하지 못했습니다. 무슨 말인지 아시죠? 선생이야말로 이 세상에서 유일하게 제 사랑을 방해하시려는 분이시군요. 전 혼자 가겠습니다."

내 입장이 그렇게 난처할 수가 없었다네. 내가 뭐라고 해야 할지, 어떻게 해야 할지 알 수 없어 잠시 망설이는 사이 헨리 경은 지팡이를 들고 나가버리더군.

하지만 곧 헨리 경을 혼자 돌아다니도록 해놓고 어쩔 수 없었다는 핑계를 대고 있는 것 같아 무척 마음에 걸렸어. 그리고 런던으로 돌아가 자네의 지시를 어겨서 헨리 경에게 불행한 일이 일어났다고 얘기를 해야 한다면 어떤 기분이 들지 상상해봤지. 그 생각을 하니 창피해서 얼굴이 화끈거리더군. 지금이라도 늦지 않았기를 바라면서 나는 즉시 저택을 나서서 머리핏 하우스로 갔다네.

길을 따라 전속력으로 달려 황야로 들어가는 작은 길이 있는 지점에 이르렀지만 헨리 경은 보이지 않았어. 그 순간 내가 전혀 엉뚱한 길로 온 것은 아닌가 걱정이 퍼뜩 들더군. 그래서 높은 곳에서 사방을 둘러보기 위해 채석장 주변의 언덕 위로 올라갔지. 그러자 바로 헨리 경을 볼 수 있었어. 경은 황야로 들어가는 길에서 400미터쯤 떨어진 곳에서 스테이플턴 양과 나란히 걷고 있었네. 둘 사이에는 이미 그곳에서 만나기로 약속이 되어 있던 것이 분명해. 그들은 천천히 걸으면서 아주 깊은 대화를 나누더군. 그녀는 말을 하면서 손을 계속 움직였는데, 그것만 봐도 그녀가 무언가에 대해 아주 진지하게 얘기하고 있다는 것을 알 수 있었지. 헨리 경은 아주 열심히 듣고 있었는데, 이따금씩 뭔가를 부정하듯 고개를 가로젓더군. 바위 사이에 서서 그들을 지켜보자니 어떻게 해야 될지 난감하더라고. 그래도 내려가서 그들의 친밀한 대화에 끼어드는 것은 너무 심한 것 같았어. 내 임무는 잠시라도 헨리 경이 내 시야에서 벗어나지 않도록 하면 되는 거잖아. 친구를 감시하는 것은 아주 얄궂은 일이었어. 그렇지만 그 언덕만큼 잘 지켜볼 수 있는 방법을 찾을 수가 없어 나중에 내가 한 일에 대해 고백을 해야겠다는 생각을 했네. 거리가 멀어서 만약 갑작스럽게 헨리 경에게 어떤 일이 생긴다면 돕기 힘든 것이 사실이었어. 하지만 아마 자네가 여기 있었더라도 내가 그 자리에 있어야 한다고, 그것밖에는 달리 할 수 있는 일이 없었다는 사실에 동의했을 거라고 확신하네.

헨리 경과 스테이플턴 양은 길 위에 가만히 서서 아주 깊은 대화를 나누고 있었네. 그 순간 나는 그들의 대화를 지켜보는 것이 나 혼자만은 아니라는 사실을 알았어. 허공에 떠 있는 초록색 작은 조각이 보였는데, 그것은 바위틈 사이로 움직이고 있는 한 남자가 들고 있는 것이었네. 스테이플턴과 그가 가지고 다니는 포충망이었지. 스테이플턴은 나보다도 더 가깝게 두 사람 주변에 있었는데, 둘이 있는 방향으로 계속 가더군. 그 순간 헨리 경이 갑자기 스테이플턴 양을 자기 쪽으로 끌어당겨 가슴에 안았어. 그런데 스테이플턴 양은 그에게서 벗어나려고 하면서 얼굴을 옆으로 돌렸지. 헨리 경이 그녀의 얼굴을 향해 고개를 숙였는데, 그녀는 거부하려는 듯 손을 들어 막았네. 그러더니 둘은 갑자기 떨어져서 황급히 서로 등을 돌렸어.

스테이플턴이 나타났거든. 이 박물학자는 아주 저돌적으로 그들에게 달려갔는데, 어울리지 않게 포충망은 여전히 뒤에 매달고 있었어. 스테이플턴은 너무 흥분한 나머지 두 사람 앞에서 춤을 추듯 거의 온몸으로 얘기를 하더군. 전혀 예상하지 못한 상황이었지. 헨리 경이 설명을 했지만 스테이플턴은 이해할 수 없다며 더욱 화를 냈고, 헨리 경을 윽박지르기까지 했다네. 스테이플턴 양은 아무 말도 없이 가만히 서 있더군. 결국 스테이플턴은 돌아서서 아주 단호한 손짓으로 여동생을 불렀고, 그녀는 망설이듯 헨리 경을 한 번 쳐다보더니 오빠를 따라갔다네. 스테이플턴의 몹시 화난 몸짓을 봤을 때 그녀가 아주 곤란한 상황에 빠졌다는 것을 알 수 있었지. 헨리 경은 그들을 바라보며 잠시 서 있더니 크게 낙담한 듯 고개를 푹 숙이고 천천히 저택을 향해 걷기 시작했지.

이 모든 것은 나도 전혀 상상하지 못했던 일이네. 하지만 어쨌든 그들이 모르는 사이에 지극히 사적인 상황을 보게 되어 무척 난감했지. 그래서 곧장 언덕을 내려가 헨리 경 앞에 나타났어. 깜짝 놀라 눈썹을 치켜뜨며 얼굴을 붉히더군. 마치 정신이 나가 뭘 해야 할지 모르는 사람처럼.

"세상에, 왓슨 선생! 대체 어디서 내려오는 겁니까? 설마 이러면서도 나를 쫓아올 생각이 아니었다고 말하려는 것은 아니겠죠?"

나는 모든 것을 설명했네. 왜 저택에 남아 있을 수 없었는지, 어떻게 그를 따라왔고, 방금 전에 있었던 모든 일을 어떻게 보게 되었는지 등등. 헨리 경은 잠깐 동안 나를 노려봤지만 내가 솔직하게 얘기하자 화를 풀고 결국 어색한 웃음을 터트리고 말았지.

"이런 초원 한가운데라면 사적인 얘기를 나누기에 아주 적절한 장소라고 생각했어요. 그런데 이런! 마치 이 지역 사람들 전부에게 내가 구애하는 장면을 들킨 것 같군요. 더구나 어설프기 짝이 없는 구애를요! 도대체 어디에 있었던 겁니까?"

"언덕 위에 있었습니다."

"꽤 멀리 뒤쪽에 있었군요. 하지만 그녀의 오빠는 앞쪽에서 불쑥 나타났어요. 그가 우리에게 접근하는 것을 봤나요?"

"네, 봤습니다."

"그가 오늘처럼 미친 듯이 화를 내는 것을 본 적이 있으세요? 그녀의 오빠 말입니다."

"본 적이 없습니다."

"저 역시 그렇습니다. 오늘까지 저는 스테이플턴이 매우 이성적인 사람이라고 생각했어요. 그런데 지금 보니까 그 사람과 저, 둘 중 한 사람이 너무 지나친 것 같군요. 도대체 제가 뭘 잘못한 거죠? 왓슨 선생은 몇 주 동안 저와 가까이서 생활하셨잖아요. 한번 솔직히 얘기해보세요. 제가 사랑하는 여자를 위해 좋은 남편이 되기에 부족한 점이라도 있습니까?"

"절대 없습니다."

"스테이플턴이 제 사회적 지위를 싫어할 이유는 없을 테니 그가 반대하는 것은 저 자신이 분명합니다. 왜 저를 싫어할까요? 제가 아는 한 저는 여자든 남자든 누구도 힘들게 한 적이 없습니다. 그런데도 그 남자는 자기 동생에게 접근조차 하지 못하게 하는군요."

"그렇게 얘기하던가요?"

"네, 그 이상이었습니다. 다 말씀드리죠. 그녀를 알게 된 것은 불과 몇 주밖에 안됐지만 처음부터 스테이플턴 양이 마음에 들었고, 그녀도 그랬어요. 저와 함께 있으면 무척 행복해하는 것이 분명했거든요. 그녀의 말보다 그녀의 눈빛이 더 많은 것을 얘기하고 있었어요. 하지만 스테이플턴이 우리가 단둘이 만나는 것을 몹시 반대해서 오늘에서야 처음으로 둘이 만나서 얘기를 나눴습니다. 스테이플턴 양도 저를 만나 즐거워했지만 그녀가 말하려던 것은 사랑의 말이 아니었어요. 그녀가 못 하도록 했기 때문에 제가 그런 얘기를 꺼낼 수조차 없었지요. 그녀는 돌아가라고, 여기는 위험한 곳이라고, 제가 떠날 때까지 자신은 결코 행복할 수 없을 거라고 계속 얘기하더군요. 저도 얘기했죠. 당신을 만났기 때문에 여기를 결코 떠나지 않을 것이고, 내가 정말로 떠나기를 원한다면 가능한 유일한 방법은 당신이 나와 함께 가는 것이라고요. 이렇게 얘기하면서 그만큼 열렬하게 당신과 결혼하고 싶다고 청혼했어요. 그런데 그녀가 대답하기도 전에 오빠가 나타나서 미친 사람 같은 얼굴로 우리에게 뛰어온 겁니다. 그는 얼굴이 하얗게 질린 정도로 화가 나 있었고, 눈은 분노로 불타고 있었어요. 내가 그녀에게 무슨 짓을 했나요? 그 남자의 여동생을 불쾌하게 만드는 짓이라도 했습니까? 제가 준남작이라 원하는 것은 무엇이든 할 수 있다고 생각하는 사람처럼 보이시나요? 스테이플턴이 그녀의 오빠가 아니었더라면 저 역시 가만있지 않았을 겁니다. 오빠이기 때문에 동생에 대한 내 감정은 숨길 것 없는 순수한 것이고, 그녀가 내 아내가 되어주기 바라며, 그렇게 되면 무척 영광스러운 일이 될 것이라고 말했어요. 그런데 오히려 그 말이 화를 더 키운 것 같아요. 그래서 저도 그만 이성을 잃고 말았죠. 그녀가 옆에 있다는 것을 생각하면 하지 말았어야 할 얘기까지 하면서 꽤나 강하게 스테이플턴을 쏘아붙였습니다. 결국 왓슨 선생이 본 것처럼 그가 여동생을 데리고 가는 것으로 끝났고, 지금은 이 지역의 그 누구보다도 그가 어떤 사람인지 정말 알고 싶습니다. 이걸 어떻게 이해해야 할지 얘기 좀 해보세요. 왓슨 선생, 이에 대해 설명해주신다면 정말 그 무엇보다도 감사할 것 같습니다."

내가 한두 가지 위로를 하기는 했지만 사실 나조차도 정말 이유를 알 수가 없었네. 헨리 경은 지위, 엄청난 재산, 젊은 나이, 원만한 성격, 잘생긴 외모 등 무엇 하나 빠지는 게 없지 않은가. 단 하나 그의 가문에 드리워진 어두운 운명만 빼고 말이야. 경의 청혼에 대해 스테이플턴 양이 어떻게 생각하는지 확인하지도 않고 일언지하에 거부한다면, 그런 상황을 그녀가 아무런 반발도 없이 받아들인다면 이건 정말 놀라운 일일 걸세. 그러나 이런 추측은 안 해도 될 것 같네. 그날 오후 스테이플턴이 아침에 자신이 저지른 무례에 대해 사과하기 위해 저택에 왔거든. 헨리 경과 두 사람은 그 문제에 대해 아주 오랫동안 얘기를 나눈 끝에 화해하기로 했네. 그런 뜻에서 다음 주 금요일에 머리핏 하우스에서 저녁 식사를 함께하기로 했어.

"스테이플턴은 분명 미친 것 같았어요." 헨리 경이 만남 후 결과에 대해 설명해줬어. "오늘 아침 나에게 달려들 때 그의 얼굴을 잊을 수는 없겠지만, 스테이플턴이 너무나 공손하게 사과를 해서 받아들이지 않을 수 없었습니다."

"왜 그랬는지 설명하던가요?"

"자기에게 여동생은 인생의 전부라고 하더군요. 충분히 이해할 수 있을 것 같아요. 여동생을 그처럼 소중히 여기다니 오히려 제가 더 기쁩니다. 그는 여동생 외에는 다른 친구가 없어 항상 외로웠고, 그럴수록 둘이 더 친해졌다고 합니다. 그런데 갑자기 동생이 떠난다고 생각하니 너무 끔찍했다고 설명하더군요. 스테이플턴은 제가 동생에게 관심을 갖고 있는지 몰랐는데, 그런 모습을 눈으로 직접 보니 어쩌면 그녀를 데려갈지도 모른다고 생각했대요. 그게 너무 충격적이라 순간적으로 이성을 잃었고, 자기가 어떻게 했는지, 뭐라고 했는지 기억도 못 할 정도라고 하면서 깊이 사과했어요. 그리고 자기 여동생처럼 아름다운 여자를 평생 붙잡고 있으려고 한 것이 얼마나 이기적이고 바보 같은 생각인지 깨달았다고 하더군요. 그러면서 여동생이 결혼을 해서 자신을 떠나야 한다면 다른 누구보다도 저와 같은 사람이면 좋겠다고 강조하더군요. 하지만 어떤 경우든 지금은 매우 충격적이라 이별을 준비할 시간이 필요할 것 같다고 했어요. 그러면서 만약 내가 석 달 동안만 결혼 문제를 거론하지 않고 그녀에게 청혼을 받아달라고 요구하지 않으면서 그냥 친구처럼 지낸다면, 자기는 더 이상 그 어떤 반대도 하지 않겠다고 제안했어요. 제가 그 제안을 받아들였고, 그래서 문제가 해결된 거죠."

이렇게 해서 우리의 작은 궁금증 하나가 해결되었다네. 우리가 뭔가를 찾기 위해 버둥대고 있는 이 습지대에서, 처음으로 명확한 결론이 하나 나온 셈이지. 이제 스테이플턴이 여동생의 구혼자를, 더구나 헨리 경처럼 모든 면에서 자격을 갖춘 사람을 왜 그토록 싫어했는지 이유를 알 수 있게 되었다네.

이제 여러 가지 얽힌 문제 중에 이유를 알아낸 또 다른 문제에 대해 얘기하겠네. 한밤중에 들리는 여자의 흐느낌, 배리모어 부인의 얼굴에 난 눈물자국, 밤마다 서쪽 창문으로 가던 집사 배리모어의 비밀스런 움직임 말일세. 이보게 홈즈, 기뻐하게. 그리고 내가 자네를 실망시키지 않는 꽤 괜찮은 조수라고 칭찬해주겠나. 자네가 나를 이곳으로 내려보낼 때 했던 그 칭찬들이 결코 헛되지 않았다고 말일세. 아까 그 모든 일들이 하룻밤 작전으로 아주 깨끗하게 해결되었다네.

하룻밤의 작전이라고 얘기했지만 사실은 이틀이 걸렸지. 첫날 밤은 완전히 공을 쳤거든. 헨리 경하고 같이 경의 방에서 거의 새벽 3시까지 기다렸지만 그날은 어떤 종류의 소리도 들리지 않았어. 오직 계단에 있는 시계 소리뿐이었지. 정말 허망하게 밤을 새우다 우리 둘 모두 의자에 앉아 잠이 들고 말았지. 하지만 다행히 우리는 포기하지 않고 다시 시도하기로 했다네. 다음 날 밤 우리는 등잔불의 불빛을 최대한 낮추고 담배 연기가 밖으로 새어 나가지 못하도록 하고 조용히 앉아 있었네. 시간이 어찌나 천천히 흘러가든지 무척 힘들었지. 하지만 덫을 쳐놓고 사냥감이 오기를 기다리는 사냥꾼처럼 참을성 있게 기다렸네. 새벽 1시, 2시, 시간은 흘러갔지만 아무런 소득이 없자 지쳐서 두 번째 시도도 거의 포기하려고 하던 순간, 우리 둘은 동시에 앉아 있던 의자에서 벌떡 일어났어. 그리고 모든 신경을 곤두세운 채 한 치의 빈틈도 없이 주의를 기울였지. 복도에서 '삐그덕' 하는 소리가 났거든.

우리는 아주 조심스럽게 소리가 저 멀리 사라질 때까지 기다렸어. 그리고 헨리 경이 조심스럽게 문을 열었고, 우리는 추적을 시작했지. 그 남자는 벌써 컴컴한 복도를 지나 모퉁이를 돌고 있었다네. 우리는 아주 조심스럽게 그를 따라 옆 부속 건물로 들어갔어. 키가 크고 얼굴에 수염을 기른 남자가 어깨를 잔뜩 움츠린 채 발끝으로 복도를 걷고 있더군. 그가 전에 들어갔던 그 방으로 다시 들어가 어둠 속에서 촛불을 조정하자 노란색 불빛이 컴컴한 복도 밖으로 흘러나왔네. 우리는 마룻바닥을 밟을 때 몸무게 때문에 소리가 나지 않도록 발뒤꿈치를 들고 조심스럽게 다가갔어. 소리가 나지 않게 하기 위해 미리 신발을 벗어두고 왔는데도 낡은 마룻바닥은 걸을 때마다 '탁', '끼이익' 소리가 나더군. 그 소리가 너무 커서 배리모어가 금방 우리의 접근을 알아차릴 것 같았지만 다행히 집사는 귀가 잘

들리지 않았다네. 더구나 자신이 하는 일에 완전히 몰두해 있었기 때문에 소리를 듣지 못했어. 마침내 우리는 그 방 근처에 도착해 방 안을 몰래 훔쳐보았어. 배리모어는 손에 촛불을 들고 창문 앞에 웅크리고 서 있었는데, 긴장한 그의 하얀 얼굴이 내가 이틀 전 밤에 본 그 모습 그대로 창문에 비치더군.

우리는 구체적인 계획을 세우지 못했는데, 헨리 경은 무슨 일이든 항상 직설적으로 처리하는 성격이라네. 경은 바로 방 안으로 걸어 들어갔지. 창가에 있던 배리모어는 깜짝 놀라 창문에서 뛰듯이 물러서면서 '흡' 하고 숨을 들이쉬고는 납빛이 된 얼굴로 우리 앞에 떨면서 서 있었다네. 얼굴은 하얗게 질렸고 헨리 경과 나를 바라볼 때 그의 검은 눈은 공포와 놀라움으로 가득했지.

"지금 여기서 뭘 하고 있는 거요, 배리모어?"

"아무것도 아닙니다." 배리모어는 너무 놀란 나머지 거의 말을 하지 못하더군. 그가 떠는 바람에 촛불이 흔들리면서 그림자가 커졌다 작아졌다 했지. "그냥 창문을 확인하고 있었습니다, 헨리 경. 저는 그저 밤에 창문이 잘 잠겼는지 둘러보고 있었습니다."

"여긴 2층이지 않나요?"

"네, 모든 창문을 둘러보고 있습니다."

"이봐요, 배리모어." 헨리 경이 엄한 목소리로 추궁했지. "우리는 오늘 여기서 무슨 일이 있었는지 반드시 알아야겠소. 지금 당장 말하는 것이 당신에게 좋을 겁니다. 어서 말해보세요,

거짓말하지 말고. 이렇게 늦은 시간에 이 창문 앞에서 도대체 뭘 하고 있었던 거요?"

집사는 막다른 골목에 갇힌 사람처럼 두 손을 모으고 절망적인 눈으로 우리를 바라보면서 대답했다네.

"저는 경에게 위험한 짓은 하지 않았습니다. 그저 촛불을 들고 창가에 서 있었을 뿐입니다."

"그러니까 왜 촛불을 들고 창문에 서 있었냐고요?"

"더 이상 묻지 말아 주십시오. 더 이상, 제발요! 헨리 경, 분명하게 말씀드릴 수 있는 것은 이것은 제 일이 아니기 때문에 말씀드릴 수가 없다는 사실입니다. 만약 이게 제 일이었다면 경에게 감추지 않았을 겁니다."

그때 갑자기 어떤 아이디어가 떠올라 나는 떨고 있는 집사의 손에서 촛불을 낚아챘지.

"이자는 아마 어떤 신호용으로 이 촛불을 들고 있었을 겁니다. 어디 어떤 대답이 오는지 한번 봅시다." 나는 배리모어가 했던 것처럼 촛불을 들고 창밖의 어둠을 주의 깊게 바라봤네. 달이 구름에 가려져 있어서 분명하지는 않았지만 어둠 속에서 여러 나무들의 검은 형체와 그것들보다 더 환하게 보이는 넓은 황야가 한눈에 들어오더군. 그 순간 나는 기쁨의 환호를 질렀다네. 노란색의 아주 희미한 불빛이 갑자기 어둠을 뚫고 나타나더니, 내가 들고 있는 촛불과 창틀로 인해 황야에 형성된 검은색 사각형 안에서 지속적으로 빛을 발하기 시작했거든.

"저거군." 내가 소리쳤지.

"아뇨, 아닙니다! 헨리 경, 이게 아닙니다. 이건 경과 아무 상관이 없습니다." 집사가 울면서 소리쳤어. "정말입니다. 헨리 경."

"왓슨 선생, 촛불을 움직여보세요." 헨리 경이 소리쳤어. "아니라고요? 저렇게 따라서 움직이지 않소! 이런 악한 같으니. 이게 신호가 아니면 뭐란 말이오? 어서 말해보시오! 저쪽에 있는 당신과 한패인 저놈은 누구요? 도대체 무슨 음모를 꾸미고 있는 거요?"

집사의 얼굴이 점점 도전적으로 변하더니 단호하게 말하더군. "이건 제 일입니다. 경이 상관하실 일이 아닙니다. 제가 말씀드릴 이유가 없습니다."

"좋아, 그렇다면 당신은 지금 당장 해고요."

"좋습니다. 그렇게 해야 한다면 하겠습니다."

"창피한 줄 알아야지. 이런 제기랄. 지금 당신이 얼마나 부끄러운 짓을 하고 있는지 아시오? 당신 집안은 우리 가문과 함께 이 집에서 수백 년을 함께했어. 그런데 감히 나를 해치려는 못된 음모를 꾸미다니."

"아니에요, 아닙니다. 헨리 경, 이것은 경을 해치려는 게 아닙니다." 갑자기 배리모어 부인의 목소리가 들렸어. 부인은 배리모어보다 더 창백하고 두려움에 사로잡힌 얼굴로 문 옆에 서 있었지. 부인의 얼굴에 나타난 심각한 표정이 아니었다면 어깨에 숄을 두르고 치마를 입은 덩치 큰 부인의 모습이 우스꽝스럽게 보였을 거야.

"우린 이 집을 떠나야 해, 일라이자. 이제 끝이야. 짐을 싸자고." 집사가 체념한 듯 말했어.

"오, 존, 이건 당신 잘못이 아니잖아요? 이건 제 일입니다, 전부 다요. 헨리 경, 제 남편은 그저 제가 부탁하는 대로 했을 뿐입니다."

"그렇다면 말해보시죠. 도대체 무슨 일인가요?"

"제 불쌍한 동생이 황야에서 굶주림에 떨고 있습니다. 제가 이렇게 가까이 있는데 차마 동생을 죽게 내버려 둘 수가 없었습니다. 이 불빛은 그 아이에게 줄 음식이 준비되었다는 신호입니다. 그리고 저 불빛은 음식을 그쪽으로 가지고 오라고 위치를 알려주는 것입니다."

"그럼, 부인 동생이…?"

"그렇습니다. 탈옥수 셀던이 제 동생입니다."

"사실입니다. 헨리 경." 배리모어가 거들었어. "제가 말씀드렸듯이 이건 제 일이 아니라 경께 말씀드릴 수가 없었습니다. 하지만 이제 모두 들으셨으니 아셨을 겁니다. 여기에는 경을 해치려는 그 어떤 음모도 없습니다."

그렇다네. 이것이 배리모어가 밤에 몰래 그 방에 들어가 불빛을 들고 창문에 서 있던 이유라네. 헨리 경과 나는 아연실색한 표정으로 배리모어 부인을 바라봤지. 정말 놀라운 일이지 않은가. 이렇게 착해빠진 사람과 이 나라에서 가장 악명 높은 흉악한 범죄자가 어떻게 한 뱃속에서 나왔을까?

"네, 헨리 경. 제 결혼 전 성이 셀던이고, 그 탈옥수는 제 남동생입니다. 동생이 어렸을 때 우리 가족은 동생을 매우 사랑했기 때문에 너무 오냐오냐하며 키웠습니다. 동생은 자기가 좋아하는 것은 무엇이든 할 수 있고, 이 세상은 자신을 위해 존재한다고 착각하게 되었죠. 그러더니 커가면서 못된 친구들을 사귀게 되었고, 악마에 사로잡힌 듯 온갖 나쁜 일을 저질러 저희 어머니의 가슴을 미어지게 하고, 저희 가족의 이름을 더럽혔습니다. 계속 끔찍한 범죄를 저지르면서 점점 더 악의 구렁텅이에 빠졌고, 결국 신의 자비만이 동생을 그를 죽음에서 구할 수 있게 되었습니다. 하지만 헨리 경, 저에게 그 아이는 여전히 곱슬머리의 작은 소년일 뿐입니다. 어렸을 때 누나로서 돌봐 주고 함께 놀아주었던 어린아이일 뿐입니다. 동생이 감옥을 탈출한 이유도 제가 여기 있는 줄 알고 자신이 찾아오면 절대 도움을 거절하지 못할 것이라는 사실을 알았기 때문입니다. 동생이 피로와 배고픔에 지친 채 교도관들에게 쫓겨 처음 찾아왔던 날 밤, 저희가 어떻게 할 수 있었겠습니까? 집으로 들어오게 해 먹이고 돌봐 줄 수밖에 없었습니다. 그런데 경이 돌아오셨고, 동생은 요란한 추적이 끝날 때까지 여기보다는 황야가 더 안전할 것이라고 생각했습니다. 그래서 황야 어딘가에 숨었습니다. 그 후 이틀 간격으로 이 창문에 와서 불빛을 비춰 동생이 아직도 황야에 있는지 확인했습니다. 만약 신호가 오면 남편이 빵과 고기를 좀 가져다주었습니다. 매일 밤 저희는 동생이 떠났기를 바랐지만 동생이 저 황야에 있는 동안은 저버릴 수가 없었습니다. 독실한 기독교인으로 이 모든 것이 분명한 사실이라는 것을 맹세합니다. 이번 일과 관련해 비난받아야 할 사람이 있다면 거짓말을 한 제 남편이 아니라 바로 저입니다. 남편은 단지 제가 부탁한 대로 했을 뿐입니다."

배리모어 부인의 얘기는 믿지 않을 수 없을 정도로 절실한 진심을 담고 있었다네.

"이게 모두 사실인가요, 배리모어?"

"그렇습니다, 헨리 경. 모든 것이 사실입니다."

"그렇다면 당신이 아내를 위해 한 행동을 탓할 수는 없을 것 같소. 내가 했던 얘기는 모두 잊어버리세요. 그리고 두 사람 모두 방으로 돌아가세요. 이 문제는 내일 아침에 다시 얘기하도록 하죠."

그들이 떠나고 나서 우리는 다시 창밖을 내다봤다네. 헨리 경이 거칠게 창문을 열자 차가운 밤바람이 얼굴에 불어왔지. 저 멀리 어둠 속에서 아주 작은 노란 불빛이 여전히 빛나고 있었다네.

"여전히 저기 있는지 궁금하군요." 헨리 경이 혼잣말처럼 중얼거렸지.

"정말 감쪽같이 숨어 있군요. 저 불빛을 볼 수 있는 곳은 오직 여기뿐일 겁니다."

"정말 그렇군요. 여기서 거리가 얼마나 될까요?"

"제 생각엔 뾰족한 바위산 부근 같군요."

"2~3킬로미터 이내일 것 같지요?"

"그 정도 돼 보이네요."

"음, 배리모어가 음식을 가져다줄 만한 거리네요. 여기 이 촛불 옆에서 그놈을 기다렸던 거군요. 왓슨 선생, 아무래도 나가서 그놈을 잡아야겠어요!"

나도 똑같은 생각을 하고 있었어. 배리모어 부부가 우리를 동생에게 데려다주지는 않았을 거야. 그들의 관계 때문에 그렇게는 못 할 테니까. 하지만 그놈은 이 지역 사람들 모두에게 매우 위험한 자이고, 동정이나 변명이 통하지 않는 무지막지한 범죄자 아닌가. 우리는 단지 아무도 해칠 수 없는 감옥으로 그자를 다시 돌려보낼 수 있는 기회를 놓치고 싶지 않았다네. 만약 우리가 이 기회를 포기한다면 그 탈옥수의 잔인하고 폭력적인 성향으로 봐서 누군가 또 해를 입을 수도 있거든. 누가 알겠나, 어느 날 밤에 스테이플턴 남매가 그자에게 공격을 당할지. 아마도 이런 우려 때문에 헨리 경이 더 적극적으로 그자를 잡으려고 하는 것 같았어.

"저도 같이 가겠습니다."

"그럼 리볼버 권총을 챙기고 신발을 신으세요. 빨리 출발하는 게 좋겠어요. 저놈이 불을 끄고 어디론가 사라지기 전에."

5분 후 우리는 드디어 놈을 잡기 위한 모험을 시작했다네. 가을바람이 음산하게 불어오고 떨어진 낙엽들이 버스럭거리는 관목들 사이로 서둘러 출발했지. 차가운 밤공기 속에는 축축하고 부패한 냄새가 섞여 있었어. 밤하늘에 걸린 구름은 계속 흘러가고 있었고, 그 사이로 우리를 훔쳐보듯 달이 가끔 보이기도 했지. 그러더니 우리가 막 황야로 접어들었을 때 가는 비가 내리기 시작했어. 다행히 우리 앞의 불빛은 여전히 그대로 있었네.

"무장은 하셨죠?" 내가 물었어.

"사냥용 채찍을 가지고 왔어요."

"그놈은 무자비한 놈이라 우리는 최대한 빨리 놈에게 접근해야 합니다. 그자가 저항하기 전에 기습을 해야 생포할 수 있어요."

"저도 같은 생각입니다, 왓슨 선생." 헨리 경도 동의하더군. "이 일에 대해 홈즈 씨는 뭐라고 얘기할까요? 사악한 힘이 기승을 부리는 이 어둠의 시간에 대해서 말이죠?"

그때 마치 헨리 경의 질문에 대답이라도 하듯 갑자기 이전에 그림펜 늪 부근에서 들었던 그 괴이한 울음소리가 광활한 황야의 어둠을 뚫고 들렸다네. 그 소리는 바람에 실려 밤의 고요함을 뚫고 들렸네. 길고 깊은 웅얼거림 후에 소리가 높이 치솟았다가 음습한 신음 소리로 변하면서 잦아들었지. 밤공기 전체에 그 소리가 담겨 계속 들렸다네. 거칠고 위협적인 소리가 매우 불쾌했지. 내 소매를 붙잡는 헨리 경의 놀란 얼굴이 어둠 속에서 희미하게 보이더군.

"세상에! 저건 무슨 소리죠, 왓슨 선생?"

"전에 한 번 황야에서 들어본 적은 있지만 무슨 소리인지는 저도 모릅니다."

그 소리는 점점 멀어지더니 마침내 완전한 고요만이 남았네. 우리는 가만히 멈춰 서서 귀를 기울였지만 더 이상 아무 소리도 들리지 않더군.

"왓슨 선생, 이건 사냥개 울음소리입니다." 헨리 경이 스스로 대답했지.

순간 내 혈관의 피가 얼어붙는 것 같았다네. 경의 목소리에 갑작스럽게 헨리 경을 사로잡은 공포심이 그대로 묻어났거든.

"사람들은 이것을 뭐라고 하던가요?" 헨리 경이 물었어.

"누구요?"

"이 지역 사람들 말입니다."

"그들은 그냥 무시하세요. 그들이 뭐라고 부르든 신경 쓰지 마세요."

"얘기해주세요. 왓슨 선생, 그들이 뭐라고 하던가요?"

나는 망설였지만 대답을 하지 않을 수 없었네.

"그들은 이것을 바스커빌 가문의 사냥개가 울부짖는 소리라고 하더군요."

헨리 경은 '끄응' 하고 신음 소리를 내더니 잠깐 동안 말이 없었네.

"전설의 사냥개 소리라고요?" 경이 다시 입을 열었어. "하지만 제 생각에 그 소리는 저 멀리 1~2킬로미터 밖에서 들려온 것 같은데요."

"그 소리가 어디서 시작됐는지는 알 수가 없습니다."

"그 소리는 바람을 타고 들려왔어요. 저 거대한 그림펜 늪 방향에서 들려오지 않았나요?"

"네, 맞습니다."

"음, 저 위쪽이었어요. 말해보세요, 왓슨 선생. 아까 그 소리가 진짜 사냥개 울음소리라고 생각되지 않나요? 저는 어린아이가 아닙니다. 걱정하지 마시고 사실대로 얘기해주세요."

"지난번에 이 소리를 들었을 때는 스테이플턴과 같이 있었습니다. 그는 이게 어쩌면 종류를 알 수 없는 어떤 새의 울음소리일 거라고 하더군요."

"아뇨, 아닙니다. 이건 사냥개예요. 어쩜, 그 모든 이야기가 사실일 수도 있겠군요? 정말로 알 수 없는 사악한 힘 때문에 제가 위험에 빠질 가능성이 있을까요? 그렇게 믿지 않으세요? 어때요, 왓슨 선생?"

"아니오, 믿지 않습니다."

"이 얘기를 런던에서 들을 때는 웃었지만 여기 황야의 어둠 속에서 아까와 같은 울음소리를 듣고 나니 도저히 웃을 수가 없군요. 아, 백부님! 백부님의 시체 주변에도 사냥개 발자국이 있었잖아요. 이 모든 것이 맞아 들어가는군요. 저는 제가 겁쟁이가 아니라고 생각하지만 왓슨 선생, 그 소리는 마치 제 피를 얼어붙게 만드는 것 같아요. 제 손을 잡아보세요!"

헨리 경의 손은 대리석 조각처럼 차가웠다네.

"걱정 마십시오. 아무 일도 없을 겁니다."

"그 소리를 잊을 수 없을 것 같아요. 이제 어떻게 하면 좋을까요?"

"저택으로 돌아갈까요?"

"아니죠. 우리는 탈옥수를 잡기 위해 나왔고, 꼭 잡을 겁니다. 우리가 지금 놈을 추적하더라도 그 지옥의 사냥개가 우리를 추적할 것 같지는 않네요. 갑시다. 잘하면 지옥에서 풀려나와 황야를 배회하는 사악한 놈들을 모두 볼 수 있겠군요."

우리는 어둠 속에서 천천히 걸어갔는데, 주변에 어렴풋하게 바위산의 형체가 보이더군. 노란 불빛은 여전히 앞에서 빛을 내고 있었네. 매우 캄캄한 밤이라 그 불빛을 찾아가는 도중 길을 잘못 들 가능성은 없었지만, 종종 그 희미한 불빛은 저 멀리 지평선 위에 있는 것도 같고 어떨 때는 우리와 매우 가까이 있는 것처럼 보였어. 마침내 우리는 그 불빛이 있는 곳에 도착했지. 아주 가까이 왔다는 것을 알 수 있었어. 작은 통에 담긴 촛불이 바위틈 사이에 끼워져 있더군. 바위가 양쪽에서 지탱해주고 있어 바람에도 촛불이 꺼지지 않았고, 바스커빌 저택을 제외한 다른 방향에서는 불빛을 볼 수가 없었던 거네. 주변에 있는 화강암 바위들 사이로 조용히 접근해서 바위 뒤에 웅크리고 앉아 그 불빛을 내려다봤다네. 황야 한가운데서 불타고 있는 신호용 촛불을 보고 있으니 이상하더군. 근처에 생명체의 흔적은 아무것도 없는 것 같았어. 오직 꿋꿋하게 타고 있는 노란 불빛과 그 불빛으로 인해 환하게 드러난 바위틈뿐이었지.

"이제 어떻게 할까요?" 헨리 경이 속삭이듯 물었지.

"잠깐 기다리죠. 그놈은 분명 이 근처 어디에 있을 겁니다. 놈이 나타나는지 좀 지켜보죠."

그놈이 나타났을 때 우리는 거의 말을 할 수가 없었다네. 촛불이 타고 있는 바위틈 사이에서 놈이 사악한 노란 얼굴을 드러냈지. 여기저기 상처가 나고 긁힌 얼굴에 흉악한 욕망이 가득했다네. 늪처럼 더럽고 덥수룩하게 자란 턱수염과 헝클어진 머리를 한 모습이 언덕에 굴을 파고 살았던 선사 시대의 사람이라고 해도 믿겠더군. 밑에 있던 촛불에 놈의 얼굴이 훤히 드러났는데, 작고 교활한 눈으로 어둠 속에서도 좌우를 집요하게 살피고 있었네. 마치 사냥꾼의 발자국 소리를 들은 영악하고 사나운 짐승처럼 말이야.

분명히 뭔가 의심스럽게 생각하는 눈치였다네. 어쩌면 우리가 모르는 사이에 배리모어가 또 다른 어떤 신호를 보냈을지도 모르지. 그게 아니라면 뭔가 이상하다고 느낄 만한 다른 이유가 있었든가. 아무튼 놈의 얼굴만 보고는 그 이유를 알 수가 없었어. 순간 놈이 갑자기 불빛을 벗어나 어둠 속으로 사라질 것 같았지. 나는 앞으로 뛰어나갔고 헨리 경도 동시에 뛰어나왔어. 그와 동시에 그놈이 우리에게 욕을 하면서 돌을 던졌다네. 돌은 우리가 숨어 있던 바위에 맞아 산산조각이 났지. 놈이 벌떡 일어나 달리기 시작하는데, 순간 보니 작지만 강인해 보이더군. 그때 운 좋게도 달이 구름 사이로 나왔어. 우리는 서둘러 언덕 위로 올라갔는데, 놈이 놀라운 속도로 다른 쪽으로 도망치고 있었어. 마치 산양처럼 앞에 놓인 바위들을 뛰어넘어 가고 있더군. 먼 거리였지만 운이 좋다면 내 리볼버 권총으로 놈에게 상처를 입힐 수 있었을 거야. 그렇지만 이 총은 오직 방어용으로 가지고 왔지 공격이나 무장하지 않고 도망가는 사람을 쏘기 위한 것은 아니었네.

헨리 경과 나는 재빨리 달리기 시작했어. 우린 꽤 건강한 편이지만 그놈을 따라잡기 어렵다는 것을 금방 알 수 있었어. 달빛 아래에서 그놈이 저 멀리 언덕 위의 바위 사이로 쏜살같이 사라지는 모습을 한참 동안 바라보고 있었지. 완전히 지칠 때까지 달리고 또 달렸지만 그놈과의 거리는 점점 멀어지더군. 결국 우리는 포기하고 근처 바위에 앉아 숨을 헐떡였지. 그놈이 더 멀리 어디론가 사라지는 것을 바라보면서 말이야.

바로 그때 정말 기이하고 전혀 예상하지 못했던 일이 발생했네. 우리는 가망 없는 추격을 포기하고 바위틈에서 나와 저택으로 돌아가고 있었어. 오른편에 달이 낮게 떠 있었고 톱니처럼 들쭉날쭉한 바위산의 꼭대기는 곡선을 그리고 있는 달의 아랫부분을 가린 채 올라와 있었지. 이렇게 밝은 배경 위로 흑단처럼 새까만 조각 같은 형체가 나타났다네. 바위산 위에 한 남자의 윤곽이 분명하게 보였지. 홈즈, 내가 잘못 본 것이라고 생각하지 말게. 맹세할 수 있네. 내가 지금까지 뭔가를 이렇게 분명하게 본 적이 없다네. 그 형체는 키가 크고 마른 남자였네. 남자는 다리를 양쪽으로 벌리고 팔짱을 낀 채 고개를 숙이고 있었어. 마치 남자의 앞에 놓인 수많은 나무와 화강암을 내려다보면서 골똘히 생각에 잠긴 사람처럼 말이야. 그 키 큰 남자는 그 무시무시한 장소와 잘 어울려 보였네. 우리가 쫓던 탈옥수는 아니었어. 그 남자는 탈옥수가 도망친 방향과는 전혀 다른 위치에 서 있었거든. 게다가 탈옥수보다 훨씬 키가 컸다네. 내가 놀라 소리치며 그 남자의 위치를 알려주려고 헨리 경의 팔을 잡는 찰나 그 남자는 어디론가 사라졌네. 화강암 바위산의 날카로운 꼭대기만이 여전히 낮게 뜬 달의 가장자리를 가리고 있었지. 하지만 거기에 미동도 하지 않고 서 있던 남자의 형체는 더 이상 볼 수 없었다네.

그쪽으로 가서 바위산을 조사해보고 싶었지만 너무 거리가 멀었네. 헨리 경은 자기 가문의 어두운 이야기를 떠올리는 그 울음소리 때문에 여전히 흥분한 상태라 새로운 모험을 할 만한 분위기도 아니었지. 경은 바위산 위에 혼자 서 있던 남자를 보지 못했기에 남자의 특이한 윤곽도 알 수 없었고, 내가 느꼈던 압도적인 느낌도 받지 못했던 거야.

"교도관이 분명합니다." 헨리 경이 얘기하더군. "죄수가 탈옥했기 때문에 교도관들이 황야에 많이 있잖아요."

어쩌면 경의 얘기가 맞는지도 모르겠어. 하지만 나는 좀 더 분명하게 하고 싶었네. 그래서 오늘 탈옥수를 찾고 있는 프린스타운의 사람들과 얘기를 할 생각이야. 아무튼 어젯밤에 그 탈옥수를 잡아 다시 감옥으로 돌려보내지 못한 것은 안타까운 일이었네. 홈즈, 자네는 분명 인정해야 할 거야. 보고서에서 얘기한 것처럼 어젯밤과 같은 모험에서 내가 잘하고 있다는 사실을 말이야. 내가 얘기했던 많은 일들은 우리 사건과는 관계가 없다는 사실이 분명하게 밝혀졌네. 물론 나는 자네에게 모든 일의 사실만을 전달하는 것이 가장 좋다고 생각하고 있어.

자네가 이 일들 중에서 어떤 결론을 내리는 데 도움이 되는 단서들을 스스로 선택할 수 있도록 말이야. 아무튼 우리는 확실히 약간의 진전을 이루었다네. 배리모어 부부가 지금까지 왜 그런 행동을 했는지 이유를 밝혀냈고, 그것이 여러 상황을 분명하게 이해하는 데 무척 많은 도움을 주었어. 그러나 여전히 알 수 없는 미스터리를 간직하고 있는 황야와 그곳에 사는 특이한 거주자들이 풀리지 않는 수수께끼로 남아 있네. 다음번 편지에서는 이런 문제들 역시 어느 정도 풀릴 수 있겠지. 무엇보다 좋은 것은 자네가 이쪽으로 내려오는 것이라네. 어쨌든 며칠 안으로 다시 보고를 하겠네.

10
왓슨 박사의 일기 발췌

지금까지는 내가 최근에 셜록 홈즈에게 보낸 보고서를 인용했다. 그러나 이제 그 방법을 버리고, 당시에 썼던 일기를 바탕으로 다시 한번 기억에 의존해 이야기를 계속해야 할 시점이다. 일기에서 인용한 내용은 선명하게 내 기억 속에 남아 있던 당시의 아주 세세한 부분까지 보여줄 것이다. 그럼 실패로 끝난 탈옥수 추적과 황야에서 기이한 경험을 한 다음 날 아침부터 다시 이야기를 시작한다.

10월 16일. 이슬비가 내리고 안개가 껴 우중충한 날. 저택 위의 하늘에는 구름이 잔뜩 끼었다. 구름이 흘러가면 이따금씩 황야의 쓸쓸한 굴곡이 드러났고, 언덕 위에는 빗물이 얇은 은맥처럼 흘렀다. 번개가 치면 저 멀리 바위산의 표면이 번쩍하고 빛났다. 저택 안과 밖 모두 우울한 분위기였다. 헨리 경은 어젯밤의 흥분이 가라앉아 매우 암담한 기분에 쌓여 있었다. 나는 항상 존재하던 위험이 현실로 다가올 것 같은 불길한 예감에 가슴이 답답했다. 그것을 느낄 수는 있었지만 정확히 알 수가 없어 불안감은 더욱 커졌다.

왜 이렇게 불길한 느낌이 들까? 주변에서 연속적으로 일어난 사건들을 정리해보자. 그것들은 모두 주변에서 감지되고 있는 어떤 불길한 조짐을 예고하고 있으니까. 이 저택의 전 주인이 가문에 전해 내려오는 전설을 그대로 재현하듯 죽었고, 이곳 농부들이 황야에서 괴이한 형태의 생명체를 봤다는 얘기가 지속적으로 들려오고 있다. 두 번이나 내 귀로 직접 먼 거리에서 사냥개가 짖는 듯한 소리를 들었다. 그것은 이 세상에서 들을 수 있는 소리라고는 도저히 믿을 수 없는 기이한 것이었다. 실제로 발자국과 황야를 울리는 울음소리를 남겼지만 유령 같은 사냥개가 있다고는 도저히 믿을 수가 없다. 스테이플턴은 어쩌면 그런 미신을 믿는지도 모르겠다. 모티머 씨도 믿는 것 같고. 그러나 나는 이 세상에서 통하는 평범한 상식을 따르는 사람이다. 때문에 도저히 그런 존재가 있다고 믿을 수가 없다. 그걸 믿는다는 것은 이곳에 사는 순진한 농부들과 같은 수준이라는 말밖에 안 된다. 그들은 단순히 지옥의 사냥개라는 말로도 모자라 입과 눈에서 지옥의 불꽃을 쏜다고 묘사해야 만족하는 사람들이다. 홈즈는 이런 황당한 얘기를 믿지 않을 것이다. 그리고 나는 홈즈의 조수다. 그러나 사건이 실제로 일어난 것도 사실이다. 황야에서 두 번이나 그 괴이한 울음소리를 들었다. 정말로 황야에 그런 거대한 사냥개가 있다고 가정하면 지금까지 일어난 모든 일들을 설명할 수 있다. 그렇지만 도대체 어디에 숨어 있는 것일까? 먹이는 어디서 구할까? 어디에서 왔을까? 왜 낮에는 그 개를 봤다는 사람이 아무도 없는 걸까? 그 개가 실제 존재한다고 보더라도 다른 것과 마찬가지로 여전히 설명하기 어려운 부분들이 많다. 사냥개를 제외하고 보더라도, 사람이 관여한 많은 일이 런던에서 일어났었다. 마차에 타고 있던 의문의 남자, 헨리 경에게 황야에 오지 말라고 경고했던 편지. 적어도 이것들은 분명한 사실임에도 불구하고 그를 보호하려는 친구가 했는지, 해치려는 사람의 짓인지도 확실하지가 않다. 그리고 지금 그 친구 혹은 그 적은 도대체 어디 있단 말인가? 런던에 남아 있는 것일까? 아니면 우리를 따라 이곳으로 내려왔을까? 그가 혹시… 바위산에서 봤던 그 기이한 남자일까?

그를 한 번밖에 보지 못했어도 분명하게 말할 수 있는 것이 있다. 그는 이곳 사람이 아니다. 지금까지 나는 이곳에 사는 이웃 사람 모두를 만나봤다. 그는 스테이플턴보다 훨씬 컸고 프랭클랜드보다 훨씬 말랐다. 체격은 배리모어와 비슷했지만 그는 저택에 남아 있었기 때문에 우리를 따라올 수 없었던 것이 확실하다. 정체를 알 수 없는 그 사람은 런던에서 우리를 미행했던 것처럼 여기서도 여전히 따라다니고 있는 것이다. 결국 우리는 항상 미행을 당하고 있었던 것이다. 만약 그가 누구인지 내가 밝혀낸다면 적어도 우리에게 다가오고 있는 위험이 무엇인지 알아낼 수 있을 것이다. 이것을 알아내기 위해 이제부터 내 모든 에너지를 쏟아부어야 한다.

처음에는 이 모든 계획을 헨리 경에게 털어놓고 싶었다. 그러나 다시 생각해보니 가장 현명한 행동은 나만의 작전을 펼치면서 이를 아무에게도 말하지 않는 것이었다. 헨리 경은 요즘 말이 없고 약간 멍한 상태다. 황야에서 그 소리를 들은 이후로 이상할 정도로 신경이 곤두서 있다. 그의 불안감을 부추길 수 있는 그 어떤 얘기도 하지 않고 이 사건을 해결할 수 있도록 조용히 행동해야 한다.

아침 식사 후 작은 소란이 있었다. 배리모어가 헨리 경에게 시간을 내달라고 요청해 잠깐 동안 단둘이 얘기를 나눴다. 당구대가 있는 방에 앉아 몇 차례 언성이 높아지는 것을 들었다. 무슨 얘기를 나누고 있는지 충분히 짐작이 갔다. 잠시 후 헨리 경이 문을 열고 나를 불렀다. "배리모어가 우리에게 불만이 있답니다." 헨리 경이 설명했다. "스스로 모든 비밀을 털어놨는데 처남을 추격한 것은 정당하지 못했다고 하는군요."

배리모어는 매우 창백한 얼굴이었지만 무척 침착한 모습이었다.

"저는 간절하게 말씀을 드렸다고 생각합니다, 헨리 경." 배리모어가 말을 받았다. "그랬기 때문에 저는 경이 그 상황을 이해해주시리라 믿었습니다. 그런데 두 분께서 처남을 추적하다 오늘 아침에 돌아오셨다는 얘기를 듣고 너무 놀랐습니다. 두 분이 아니더라도 그 불쌍한 녀석은 교도관들의 추적을 피해 도망 다니느라 정신이 없습니다."

"만약 사전에 우리에게 얘기를 했다면 아마 달랐을 거요."

헨리 경이 설명하기 시작했다. "당신은 상황이, 아니 당신 부인이 얘기했다고 봐야겠지. 당신은 도저히 어쩔 수 없는 상황이 되니까 그제야 겨우 얘기하지 않았소?"

"그걸 가지고 얘기하실 줄은 몰랐습니다. 헨리 경, 정말 이러실 줄은 몰랐습니다!"

"그 탈옥수는 사회적으로 매우 위험한 자요. 황야에는 따로 떨어져 사는 집들이 많아요. 녀석은 망설일 게 아무것도 없는 자요. 우리는 한 번만 보고도 그것을 알 수 있었소. 스테이플턴의 집을 생각해보세요, 거기에는 스테이플턴 말고는 아무도 그놈을 막을 사람이 없어요. 그자가 다시 감옥에 갇힐 때까지 그 누구도 안전하지가 않단 말이오."

"처남은 절대 남의 집에 침입하지 않을 겁니다. 헨리 경, 제가 이것은 분명하게 약속드릴 수 있습니다. 절대 이 지역 사람들에게 어떤 피해도 주지 않을 겁니다. 제가 장담할 수 있습니다. 헨리 경, 며칠만 시간을 주십시오. 처남은 그동안 필요한 것들을 챙겨 남아프리카로 떠날 것입니다. 부디 제발 이렇게 부탁드립니다. 탈옥수 셀던이 아직도 황야에 있다고 절대 경찰에게 알리지 말아주십시오. 그들은 이미 황야 수색을 포기했습니다. 처남이 떠날 배가 올 때까지만 그곳에 숨어 있을 수 있도록 해주십시오. 처남에 대해 얘기하신다면 저와 제 아내는 큰 고통에 빠질 것입니다. 헨리 경, 부디 경찰에게 아무 얘기도 하지 말아주십시오."

"어떻게 생각하세요, 왓슨 선생?"

나는 어깨를 으쓱하고는 대답했다. "만약 아무 말썽 피우지 않고 이 나라 밖으로 나간다면 오히려 그자를 관리하는 데 들어가는 세금을 줄일 수 있을 겁니다."

"하지만 그 녀석이 떠나기 전에 다른 누군가를 해칠 가능성도 있지 않을까요?"

"처남은 절대 그런 짓을 하지 않을 겁니다, 헨리 경. 필요한 것이라면 모두 저희가 제공했습니다. 범죄를 저지르는 것은 자기가 이곳에 숨어 있다고 알리는 짓일 뿐입니다."

"하긴 그렇지." 헨리 경이 대답했다. "배리모어, 그렇다면 뭐…."

"감사합니다, 정말 감사합니다! 처남이 다시 붙잡혔다면 제 불쌍한 아내는 아마 슬픔에 빠져 죽었을 겁니다."

"결국 우리가 중범죄자를 돕고 지원하는 셈이군요. 안 그래요, 왓슨 선생? 하지만 이렇게 장담하는 걸 들었으니 그자를 그냥 놓아준 것은 아니라고 생각해요. 좋아, 이것으로 끝내자고요. 배리모어, 이제 가보세요."

배리모어는 몇 번 더 감사의 인사를 하고 돌아서서 나가다가 잠시 망설이더니 다시 돌아와 얘기를 시작했다.

"경께서는 저희 부부에게 너무 큰 은혜를 베푸셨습니다. 답례로 제가 할 수 있는 최선을 다하고 싶습니다. 헨리 경, 제가 알고 있는 사실이 있습니다. 어쩌면 진작 말씀을 드려야 했는데, 경찰 조사가 끝나고 한참 후에야 저도 알게 되었습니다. 아직까지 그 누구에게도 말하지 않은 사실입니다. 바로 비참하게 돌아가신 찰스 경의 죽음에 관한 얘기입니다."

헨리 경과 나는 동시에 의자에서 벌떡 일어났다. "그분이 어떻게 돌아가셨는지 안단 말인가요?"

"아뇨, 그건 모릅니다."

"그럼 무엇에 관한 건가요?"

"왜 그분이 그 시각에 황야로 나가는 문에 서 계셨는지 압니다. 그건 바로 어떤 여자를 만나기 위해서였습니다."

"여자를 만나기 위해서? 정말입니까?"

"네, 헨리 경."

"그럼, 그 여자 이름은?"

"이름은 저도 모릅니다. 다만 이니셜은 알고 있습니다. L.L.이었습니다."

"배리모어, 당신이 그걸 어떻게 알죠?"

"헨리 경의 백부님께서는 그날 아침에 편지를 받으셨습니다. 찰스 경은 늘 편지를 많이 받으셨습니다. 공인이시고 자선사업도 많이 하셨기 때문에 어려움에 처한 사람들이 그분에게 도움을 요청하는 경우가 많았습니다. 그런데 그날 아침은 우연히도 그 편지 한 통뿐이었습니다. 그래서 제가 잘 기억하고 있습니다. 그 편지는 쿰 트레이시에서 왔고, 주소는 여자 글씨체였습니다."

"그래서?"

"그 이상은 저도 몰랐습니다. 만약 아내가 아니었다면 그냥 지나쳤을 겁니다. 찰스 경이 돌아가신 후 전혀 들어가지 않다가 몇 주 전 아내가 경의 서재를 청소했습니다. 그런데 벽난로 뒤쪽에서 타나 남은 편지의 일부를 발견했습니다. 대부분은 검게 타버렸지만 마지막 페이지의 일부분은 검은 바탕에 회색이라 아직 읽을 수 있었습니다. 저희가 보기에는 편지 마지막 부분에 쓴 추신 같았습니다. 거기에는 '부디 제 부탁을 들어주세요. 당신이 신사라면 이 편지를 읽고 난 후에는 불태워주세요. 그리고 10시에 황야로 나가는 문에서 만나요.' 그 밑에는 이니셜로 L.L.이 적혀 있었습니다."

"지금도 그것을 가지고 있나요?"

"아닙니다. 저희가 옮길 때 모두 바스라져 버렸습니다."

"백부님이 그 사람으로부터 다른 편지를 받으신 적이 있었습니까?"

"글쎄요. 저는 찰스 경의 편지에 대해서 특별히 살펴본 적이 없습니다. 제가 관심을 가져야 할 부분이 아니었거든요. 오직 그 편지만 기억이 납니다."

"그럼 그 L.L.이 누구인지 짐작 가는 사람은 없나요?"

"네, 헨리 경. 누구인지 모릅니다. 하지만 그 여자분에 대해 알아낸다면 찰스 경의 죽음에 관해서 더 많은 것을 알 수 있을 것입니다."

"이해할 수가 없군. 배리모어, 어떻게 이렇게 중요한 사실을 숨겼단 말이오."

"헨리 경, 셀던이 우리를 찾아오고 난 직후 알게 되어 정신이 없었습니다. 그리고 말씀드렸듯이 저희 부부는 찰스 경을 매우 존경했습니다. 그분이 저희들에게 잘해주셨기 때문에 저희는 모든 것을 고려해야 했습니다. 이런 사실이 알려졌을 때 돌아가신 찰스 경에게 해가 될 수도 있기 때문에 그 사건에 여자가 개입되었다는 사실을 조심스럽게 다뤄야 했습니다. 그것이 최선이었습니다."

"당신 말은 그것이 백부님의 명성에 흠집을 낼 수도 있다는 얘긴 거요?"

"알려져서 좋을 게 없다고 생각했습니다. 하지만 지금 경께서 저희를 이렇게 배려해주시니, 그 사건에 대해 제가 아는 모든 것을 말씀드려야 한다고 느꼈습니다."

"고맙소, 배리모어. 이제 가도 좋아요." 집사가 떠나자 헨리 경이 나에게로 돌아서며 말했다. "왓슨 선생, 이 새로운 실마리에 대해 어떻게 생각해요?"

"이전보다 오히려 더 뭐가 뭔지 모르겠군요."

"저도 그래요. 하지만 우리가 그 L.L.만 찾아낸다면 모든 의문이 다 풀릴 겁니다. 그만큼은 얻은 거죠. 이 사건에 대해 잘 알고 있는 어떤 여자가 있다는 사실을 알았고, 그 여자를 찾기만 하면 됩니다. 이제 어떻게 해야 될까요?"

"우선 홈즈에게 이 모든 사실을 알려야 합니다. 이것이 홈즈가 지금까지 찾고 있는 뭔가의 단서가 될 수도 있습니다. 홈즈에게 알리지 않는다면 큰 착오가 생길 겁니다."

나는 즉시 방으로 들어가서 홈즈에게 보내기 위해 오늘 아침에 있었던 얘기를 기록했다. 베이커 스트리트에 있는 홈즈로부터 받은 답장은 매우 짧고 간략했다. 내가 보낸 정보에 대해서도 별다른 언급이 없었고, 내게 어떻게 하라는 지시도 거의 없었다. 최근 홈즈가 매우 바쁘다는 증거였다. 자신이 맡고 있는 협박편지 사건에 온통 정신이 팔려 있는 것이다. 하지만 이 새로운 사실이 홈즈의 관심을 이쪽으로 돌리도록 분명 새로운 흥미를 불러일으킬 것이다. 홈즈가 빨리 이쪽으로 왔으면 좋겠다.

10월 17일. 하루 종일 비가 내려 처마 끝의 담쟁이덩굴이 바스락거리면서 떨어져 내림. 나는 황량하고 춥지만 쉴 곳이 없는 황야에 있는 탈옥수를 생각했다. 불쌍한 악마! 그는 끔찍한 범죄를 저질러 지금 그에 상응하는 고통을 받고 있는 것이다. 그리고 또 다른 얼굴을 떠올렸다. 마차에 타고 있던 인물, 달을 배경으로 서 있던 사람. 이렇게 비가 많이 오는데 그들도 밖에 나와 있을까? 미지의 감시자, 어둠 속의 그 남자. 저녁에는 우비를 입고 물이 크게 불어난 황야의 멀리까지 걸어가 보았다. 완전한 어둠 속에서 비는 연신 내 얼굴을 때리고 바람은 휙휙 소리를 내며 얼굴을 스쳐갔다. 신이 거대한 늪 주변을 서성이는 모든 것들을 돕기 바랄 뿐이었다. 심지어 단단한 고지대조차도 점차 습지로 바뀌고 있었다. 나는 그날 밤 그 괴이한 감시자가 서 있던 검은 바위산을 찾아갔다. 울퉁불퉁한 꼭대기에 서서 나는 직접 음습한 황야를 내려다봤다. 비바람이 황야의 적갈색 얼굴 위로 몰려다니고, 낮게 깔린 무겁고 우중충한 회색 구름이 몽환적인 느낌을 주는 언덕 아래에 회색 화환처럼 걸려 있었다. 왼쪽으로 반쯤 안개에 가려진 채 보이는 저 멀리 빈 공간에는 나무 위로 우뚝 솟은 바스커빌 저택의 길쭉한 두 개의 탑이 보였다. 언덕의 경사면에 밀집해 있는 선사 시대 오두막을 제외하고는 그 탑들이 내가 볼 수 있는 유일한 인간의 흔적이었다. 그 어디에도 이틀 전 밤에 여기 서 있던 남자의 흔적은 없었다.

걸어서 저택으로 돌아가던 길에 나는 파울마이어 마을의 농부 집에 다녀오던 모티머 씨의 이륜마차에 억지로 타야 했다. 모티머 씨는 나와 헨리 경에게 늘 관심이 많아 최근에 우리가 어떻게 지내는지 보러 날마다 저택을 찾아왔다. 모티머 씨는 걷고 있던 나를 보더니 반강제로 자신의 마차에 태워 저택까지 데려다주었다. 이 시골 의사는 요즘 자신의 작은 스패니얼이 어디론가 사라져 크게 걱정을 하고 있었다. 황야 부근을 돌아다니더니 아직까지 돌아오지 않았다고 한다. 나는 친구로서 상심하고 있던 모티머 씨를 위로했다. 하지만 속으로는 그림펜 늪에서 봤던 조랑말을 떠올렸다. 모티머 씨가 다시 그 개를 볼 수 있을 것 같지 않았다.

"그런데, 모티머 씨." 거친 길 위에서 마차는 심하게 덜컹거렸다. "이 근처에는 모티머 씨가 모르는 사람들도 몇 명 살고 있을 것 같은데요?"

"거의 없을 걸요, 아마."

"그럼 혹시 이니셜이 L. L.인 여성을 알고 계십니까?"

모티머 씨는 잠시 생각에 잠겼다.

"아니오." 우리의 친구가 대답했다. "제가 알지 못하는 몇몇 집시들과 노동자들이 있기는 합니다. 그러나 농부나 일반 사람들 중에서는 그런 이니셜을 쓰는 사람은 없습니다. 아, 잠깐만요." 그는 잠시 더 생각했다. "아, 로라 라이언스 부인이 있군요. 부인의 이니셜이 L.L.입니다. 하지만 그 부인은 쿰 트레이시에 삽니다."

"그 부인이 누구죠?" 내가 재차 물었다.

"프랭클랜드의 딸입니다."

"아, 그 괴짜 늙은이 프랭클랜드요?"

"맞습니다. 부인은 황야에 그림을 그리려고 왔던 라이언스라는 화가와 결혼했어요. 그런데 그자는 아주 몹쓸 놈이었고 그녀는 버림받았죠. 그런데 제가 들은 바로는 어느 한쪽의 잘못만은 아니었던 것 같습니다. 프랭클랜드가 자기 딸을 위해 아무것도 하지 않았는데, 딸이 자신의 허락 없이 결혼했기 때문이기도 하지만 그 외에 또 다른 한두 가지 이유가 있었다고 합니다. 그래서 결국 나이 먹은 그 못된 놈과 젊은 여자는 아주 힘든 시간을 보냈다고 하더군요."

"그 부인은 어떻게 생활하고 있나요?"

"제가 알기로는 아버지가 생활비를 조금 주고 있어요. 충분하지는 않지만요. 프랭클랜드 씨 본인이 여러 소송에 휘말려 있잖아요. 아무런 희망도 없는 끔찍한 생활에서 벗어나기 위해서 부인은 뭐라도 해야 하는 상황이었죠. 이런 얘기가 알려지자 여기에 사는 몇몇 사람들이 부인이 정당하게 돈을 벌 수 있도록 도와주었어요. 스테이플턴도 일을 주고, 찰스 경도, 저도 작은 일을 주었죠. 그런 일들이 모여 부인이 문서 작성 대행 사업을 할 수 있었습니다."

모티머 씨는 내가 왜 그런 질문을 하는지 궁금해했지만 나는 많은 얘기를 하지 않고 적당히 둘러댔다. 이 사건에 여러 사람을 끌어들일 이유가 없었기 때문이다. 내일 아침 쿰 트레이시로 가봐야겠다. 만약 이 수상쩍은 소문의 로라 라이언스에 대해 알아낸다면, 괴이하게 연속되는 사건을 해결하기 위해 달려온 긴 여정에서 중요한 사실 하나를 밝혀내는 셈이다. 확실히 내 잔꾀가 늘고 있는 것이 분명했다. 모티머 씨가 집요하게 질문을 해오자 나는 그에게 프랭클랜드의 두개골은 어떤 유형에 속하냐고 지나가듯 물어봤다. 모티머 씨는 더 이상 질문하지 않고 저택으로 돌아오는 내내 두개골에 대한 설명을 계속했다. 홈즈와 몇 년 동안 함께하면서 배운 기술이었다.

비바람이 사납게 몰아친 우중충한 날에 마지막으로 기록해야 할 한 가지가 더 있다. 방금 전에 배리모어와 얘기를 나눴는데, 언제가 유용하게 써먹을 수 있는 사실이 있었다.

모티머 씨는 우리와 함께 저녁을 먹고 헨리 경과 카드놀이를 하고 있었다. 배리모어가 서재에 있는 나에게 커피를 가지고 왔다. 몇 가지 질문을 할 좋은 기회였다.

"배리모어, 당신 처남은 여기를 떠났나요? 아니면 아직 저기 어딘가에 숨어 있나요?"

"잘 모르겠습니다. 저희도 처남이 하루빨리 떠나기를 바라고 있습니다. 여기 있으면 오직 문제만 생길 뿐입니다. 사흘 전 마지막으로 음식을 가져다준 이후로는 아직 아무 소식도 듣지 못했습니다."

"전혀 보지 못했다고요?"

"네, 하지만 제가 다음 날 가보니 남은 음식은 없었습니다."

"그렇다면 분명히 저기 있기는 했군요."

"저도 그렇게 생각합니다. 또 다른 누군가가 가져간 게 아니라면요."

나는 커피 잔을 입술로 반쯤 가져가다 다시 배리모어에게 질문을 했다.

"그럼, 저기 다른 사람이 있단 말이오?"

"네, 왓슨 선생님. 저 황야에는 또 다른 사람이 있습니다."

"그자를 본 적이 있소?"

"아닙니다."

"그럼 어떻게 알죠?"

"셀던이 그 사람에 대해 얘기한 적이 있습니다. 일주일쯤 전에요. 그 역시 숨어 있는 은둔자인데, 제가 아는 한 죄수는 아닙니다. 저는 그 사람이 싫습니다. 왓슨 선생님, 솔직히 말씀드려서 그 사람 때문에 불안합니다." 배리모어는 갑자기 매우 진지한 어조로 목소리를 높였다.

"배리모어, 내 말 좀 들어보세요. 나는 당신 주인의 일이 아니면 아무것도 관심이 없어요. 내가 여기 온 이유는 오직 헨리 경을 돕기 위해서지 다른 이유는 없소. 솔직하게 말해주시오.

당신이 불안해하는 게 도대체 뭐요?"

배리모어는 잠깐 동안 망설였다. 자신의 속내를 내보인 것을 후회하는 것도 같았고, 자신의 감정을 표현할 적당한 말을 찾는 것도 같았다.

"어떤 음모가 진행 중인 게 분명합니다." 배리모어는 빗줄기가 세차게 때리는 황야 쪽으로 난 창문을 향해 손짓을 하며 소리쳤다. "저기 어딘가에 뭔가가 있어요. 뭔가 흉측한 계획이 세워지고 있어요. 저는 분명하게 느낄 수 있습니다. 왓슨 선생님, 저는 헨리 경이 런던으로 다시 돌아가는 것을 보면 무척 안심이 될 것 같습니다."

"하지만 도대체 뭘 걱정하는 건가요?"

"찰스 경의 죽음을 보세요! 그것은 아주 불길한 일입니다. 검시관의 얘기도 그렇고요. 한밤중에 황야에서 들리는 그 괴이한 울음소리도 생각해보세요. 죽고 싶은 사람이 아니라면 해가 진 후에 황야를 돌아다니는 사람은 없을 겁니다. 그런데 저기 숨어서 뭔가를 기다리는 정체를 알 수 없는 저 사람을 보세요. 그가 기다리는 게 뭐겠습니까? 이게 뭘 의미하겠습니까? 이것은 바스커빌 사람에게는 좋을 것이 하나도 없는 일입니다. 헨리 경의 새로운 하인들이 이 저택을 맡을 준비가 되면 저는 아주 기쁜 마음으로 이 집을 떠나고 싶습니다."

"그 이상한 남자 말이오, 그자에 대해 해줄 말은 없나요? 셀던이 뭐라고 하던가요? 그자가 숨어 있는 곳을 찾았다고 하던가요? 아니면 그자가 뭘 하는지 말하지 않던가요?"

"처남은 그 사람을 한두 번 봤지만 속을 알 수 없는 사람이라 아무것도 모른다고 했습니다. 처음 그 사람을 봤을 때는 경찰이라고 생각했는데, 금방 그런 사람이 아니라는 것을 알았답니다. 보기에는 신사처럼 보였지만, 뭘 하는지는 알 수가 없다고 했어요."

"그럼 어디에 산다고 하던가요?"

"언덕의 비탈에 있는 옛날 오두막 중 하나예요. 옛날 사람들이 살았던 그 돌 오두막 말입니다."

"그럼 음식은 어떻게 하고?"

"처남 말에 의하면 그 사람을 도와주는 소년이 있어서 필요한 것을 갖다 준다고 합니다. 제 생각엔 그 사람은 자신에게 필요한 것이 있으면 쿰 트레이시에 가는 것 같아요."

"고맙소, 배리모어. 나중에 다른 시간에 좀 더 얘기하도록 해요." 집사가 나가고 나자 나는 컴컴한 창가로 걸어가 흐릿한 창문 사이로 흘러가는 구름과 바람에 흔들리는 나무의 윤곽을 바라보았다. 집 안에서 봐도 이렇게 힘들어 보이는데, 황야의 돌 오두막은 더할 나위 없을 것이다. 도대체 어떤 원한이 있기에 이런 궂은 날씨에 그 남자는 저런 험한 장소에 숨어 있는 것일까! 과연 얼마나 깊고 간절한 목적이 있어 저런 고된 시련을 견디는 걸까! 저 황야의 오두막이야말로 나를 이토록 간절하게 고민하게 만드는 문제의 핵심이 있는 곳 같았다. 언제가 이 문제를 반드시 확인해보리라. 그 남자의 비밀을 캐내기 위해 할 수 있는 모든 일을 다할 것이다.

11
바위산 위의 사나이

앞 장은 내 일기에서 인용한 내용으로 10월 17일까지의 일을 서술했다. 그 기간은 이 이상한 사건들이 끔찍한 결론을 향해 숨 가쁘게 전개되기 시작한 순간이었다. 그다음 며칠 동안 일어난 사건들은 내 기억 속에 지워지지 않을 정도로 선명하게 남아 있어, 당시 쓴 일기를 참고하지 않더라도 얘기할 수 있다. 매우 중요한 두 가지 사실을 알게 된 그다음 날부터 이야기를 다시 시작하겠다.

쿰 트레이시에 사는 로라 라이언스 부인은 헨리 바스커빌 경에게 편지를 보내 경이 죽은 바로 그 장소, 그 시각에 만나자고 약속을 했다. 황야에 숨어 사는 그 남자는 언덕의 경사면에 있는 돌 오두막 중 한 곳에 사는 것으로 밝혀졌다. 새로 알게 된 이 두 가지 사실을 가지고도 비밀에 싸인 이 어두운 곳을 새로운 빛으로 밝히지 못한다면, 나는 나 자신이 지적인 면과 용기, 둘 다 부족하다는 것을 절감하게 될 것이다.

헨리 경에게는 전날 저녁에 알게 된 라이언스 부인에 대해 얘기할 시간이 없었다. 모티머 씨가 늦게까지 남아 경과 카드 게임을 했기 때문이다. 아침 식사 시간에 나는 경에게 새롭게 알게 된 내용을 얘기하고, 함께 쿰 트레이시에 가겠냐고 물었다. 처음에 경은 그곳에 무척 가고 싶어 했다. 그러나 다시 생각해보니 우리 두 사람 모두 가는 것보다는 나 혼자 가는 것이 더 좋을 것 같았다. 너무 거창하게 그곳을 방문하면 우리가 얻고자 하는 정보를 오히려 더 적게 얻게 될 것이다. 전혀 망설임이 없었던 것은 아니지만 결국 나는 헨리 경을 혼자 남겨두고 새로운 조사를 위해 저택을 나섰다.

쿰 트레이시에 도착하자 나는 마부 퍼킨스에게 마차를 근처에 세워두라고 지시하고, 부인에 대한 조사에 들어갔다. 마을 중앙에 있는 잘 꾸며진 부인의 집을 찾는 것은 어렵지 않았다. 하녀가 무뚝뚝한 얼굴로 나를 맞아 거실로 안내했다. 거실의 레밍턴 타자기 앞에 앉아 있던 부인은 자리에서 일어나 얼굴 가득 환영의 미소를 띠고 나를 맞았다. 그러나 내가 낯선 사람이라는 사실을 알고 곧 미소를 거두며 다시 자리에 앉아 왜 왔는지 물었다.

부인은 첫눈에 보기에도 매우 아름다웠다. 적갈색의 눈과 머리카락, 주근깨가 많기는 했지만 뺨에는 머리카락과 잘 어울리는 홍조를 띠고 있었는데, 노란 장미 한가운데 숨은 우아한 분홍 장미 같았다. 다시 한번 말하지만 처음 봤을 때는 감탄할 정도로 아름다웠다. 그러나 자세히 보면 조금 달랐다. 얼굴 전체적으로 뭔가 약간 부족한 느낌이었다. 어딘가 모르게 사납게 느껴졌다. 특히 냉정하게 보이는 눈과 뭔가 정직하지 못한 느낌의 입술은 부인의 아름다움을 반감시켰다. 물론 이런 사실은 자세히 보지 않으면 알기 어려웠다. 아무튼 지금 당장은 눈앞에 있는 여자의 아름다움에 놀라고 있었는데, 부인이 방문 목적을 물었다. 나는 잠시 동안 내가 여기 온 이유가 매우 민감한 문제라는 사실을 잊고 있었다.

"저는 부인의 아버님을 잘 알고 있습니다." 나는 얼떨결에 그렇게 대답했다.

무척 바보 같은 대답이었고 부인의 얘기에서 그것을 바로 알 수 있었다. "저와 아버지는 별로 닮은 점이 없습니다. 저는 아버지에게 도움 받은 일도 거의 없고요. 아버지의 친구분들도 잘 모릅니다. 돌아가신 찰스 바스커빌 경과 다른 분들의 호의가 없었다면 아버지의 도움을 기대했을지도 모르지만요."

"제가 여기 부인을 뵈러 온 것은 찰스 바스커빌 경에 관한 일 때문입니다."

부인의 얼굴이 갑자기 심각하게 변했다.

"무슨 얘기가 궁금하시죠?" 부인은 타자기 앞에서 신경질적으로 손가락을 움직였다.

"찰스 경을 알고 계셨죠? 그렇죠?"

"제가 이미 말씀드린 것처럼 그분에게 큰 신세를 졌어요. 제가 이렇게 혼자 자립할 수 있었던 것은 찰스 경이 제 어려운 사정을 아시고 큰 도움을 주셨기 때문입니다."

"경에게 편지를 보내셨죠?"

"무엇 때문에 그런 질문을 하시죠?" 부인이 거칠게 반문했다.

"추잡한 소문을 막기 위해서입니다. 이상한 소문이 저희들의 손을 벗어나 외부에 알려지지 못하도록 지금 여기서 확인하려는 것입니다."

부인은 말이 없었고 얼굴은 더욱 창백해졌다. 잠시 후 부인은 아무것도 개의치 않는다는 듯 도전적인 태도로 나를 올려다봤다.

"다시 질문할게요. 정확히 뭐가 궁금하시죠?"

"찰스 경에게 편지를 보내셨나요?"

"한두 차례 보냈습니다. 그분의 자상함과 관대함에 감사드리는 뜻에서요."

"편지를 보낸 날짜를 기억하시나요?"

"아니오."

"찰스 경을 만난 적이 있나요?"

"네, 그분이 여기 쿰 트레이시에 오셨을 때 한두 번 만난 적이 있습니다. 그분은 완전히 은퇴하신 분이라 남을 돕는 일도 조용히 하기를 원하셨어요."

"만약 부인이 그분과 만난 적도 별로 없고 편지도 거의 쓰지 않았다면, 찰스 경이 어떻게 부인의 생활이 도움이 필요할 정도로 힘들다는 것을 알았죠? 아까 얘기하신 것처럼 그분이 많은 도움을 주셨다면서요?"

내가 까다로운 질문을 던졌지만 부인은 만반의 준비가 되어 있었다.

"몇몇 신사분들이 제 불행한 얘기를 아시고 함께 힘을 합쳐 도와주셨어요. 그중 한 분이 스테이플턴 씨인데, 찰스 경과 가까운 이웃으로 매우 친하게 지내셨어요. 스테이플턴 씨는 무척 좋은 분이시고, 그분을 통해 찰스 경도 제 사정을 알게 되셨죠."

이미 찰스 경이 종종 스테이플턴을 통해 남을 도왔다는 것을 알고 있었기 때문에 부인의 말은 사실인 것 같았다.

"전에 찰스 경에게 만나고 싶다고 편지를 보낸 낸 적이 있으신가요?" 내가 재차 질문했다.

라이언스 부인은 다시 화를 냈다. "정말로 예의에 벗어나는 질문을 하시는군요."

"정말 죄송합니다, 부인. 하지만 저는 꼭 알아야 합니다."

"그렇다면 대답하죠. 그런 적 없습니다."

"찰스 경이 돌아가신 날에 만나자고 한 일이 없었나요?"

순식간에 부인의 얼굴에서 핏기가 사라지고 납처럼 창백해졌다. 부인의 마른 입술은 심지어 '아니오'라는 말조차 못 했지만, 나는 귀로 듣기보다 눈으로 보는 것만 같았다.

"기억이 안 나시는 모양이군요. 필요하다면 부인께서 보내신 편지의 일부를 말씀드리겠습니다. '부디 제 부탁을 들어주세요. 당신이 신사라면 이 편지를 읽고 난 후에는 불태워주세요. 그리고 10시에 황야로 나가는 문에서 만나요' 이렇게 쓰셨죠."

부인은 거의 기절할 지경으로 보였지만 안간힘을 쓰며 정신을 차렸다.

"세상에 신사 같은 건 없는 모양이군요?" 부인이 짧게 내뱉었다.

"찰스 경에 대해 오해하지 마십시오. 경은 분명 편지를 불태웠습니다. 하지만 종종 태운 편지라도 읽을 수 있는 경우가 생기죠. 지금 그 편지를 쓰셨다는 사실을 인정하시는 건가요?"

"그래요. 제가 썼어요." 라이언스 부인은 더 이상 참지 못하겠다는 듯 속에 있는 말을 쏟아냈다. "제가 쓴 게 맞아요. 제가 왜 아니라고 해야 하죠? 저는 하나도 부끄러울 게 없어요. 그 분이 절 그냥 도와주기 바랐을 뿐이에요. 만나서 사정 얘기를 하면 도움을 받을 수 있을 거라고 믿었어요. 그래서 만나달라고 했던 것입니다."

"그럼, 왜 그렇게 늦은 시각에?"

"왜냐하면 찰스 경이 다음 날 런던으로 가 몇 개월 동안 머물 거라는 얘기를 들었기 때문이에요. 그리고 제가 그 시각보다 빨리 거기에 갈 수 없는 사정이 있었어요."

"그렇다면 왜 저택으로 오지 않고 그 문에서 만나자고 하셨습니까?"

"그렇게 늦은 시간에 여자 혼자 그 집에 갈 수 있겠어요?"

"음, 그럼 두 분이 만났을 때 무슨 일이 있었죠?"

"전 가지 않았어요."

"라이언스 부인!"

"정말이에요. 하늘에 대고 맹세할 수 있어요. 전 절대 가지 않았어요. 가려고 했지만 일이 생겨 갈 수가 없었어요."

"그게 무슨 일이었죠?"

"개인적인 일입니다. 그건 말할 수 없어요."

"부인은 지금 찰스 경이 죽은 그 시각, 그 장소에서 경과 만나기로 약속을 했다는 사실을 인정했습니다. 그런데 이제 와서 거기 가지 않았다고 부인하고 계시네요."

"그게 사실입니다."

하고 또 하고 여러 차례 그녀를 심문했지만 진전이 없었다.

"라이언스 부인." 마침내 나는 결론 없이 길게 이어지는 대화를 끝내기 위해 일어서면서 물었다. "부인은 지금 찰스 경의 죽음에 상당한 책임이 있고, 부인이 알고 있는 모든 것을 분명하게 밝히지 않음으로써 매우 불리한 처지에 놓였습니다. 제가 만약 경찰을 불러 부인을 조사한다면 상당히 곤란해질 것입니다. 그리고 부인이 감출 것이 없었다면 왜 맨 처음에 찰스 경에게 만나자는 편지를 썼다는 사실을 부인하셨습니까?"

"그런 사실을 얘기하면 이상한 쪽으로 결론이 나서 제 자신이 추문에 휘말릴까 봐 두려웠기 때문입니다."

"그럼 왜 찰스 경에게 그 편지를 불태우라고 그토록 간절하게 요청하셨습니까?"

"그 편지를 읽었다면 알 거예요."

"저는 그 편지를 다 읽지 않았다고 말씀드렸습니다."

"그 편지의 일부를 인용하셨잖아요."

"전 단지 추신을 인용했을 뿐입니다. 제가 말씀드렸듯이 그 편지는 불태워졌기 때문에 다 읽을 수가 없었습니다. 다시 한

번 질문을 드리죠. 찰스 경이 죽은 날 받은 그 편지를 불태워 버리라고 왜 그토록 간절하게 부탁하셨습니까?"

"그것은 매우 사적인 일이라 얘기할 수 없습니다."

"그보다 경찰 수사를 피하시는 게 더 중요하지 않을까요?"

"그렇다면 말씀드리죠. 만약 선생님이 저의 불행한 인생에 대한 얘기를 들으시면 제가 얼마나 경솔하게 결혼을 했는지, 그것을 후회할 만한 충분한 이유가 있다는 것을 아시게 될 겁니다."

"저도 얘기 들었습니다."

"저는 보기만 해도 끔찍한 남편에게 끊임없이 학대받으며 살았어요. 법은 남편의 편이었고, 저는 억지로 남편과 살아야 하는 현실을 매일 직면해야 했죠. 그때 찰스 경에게 그 편지를 보냈어요. 얼마간의 비용만 있으면 제가 다시 자유롭게 살 수 있는 가능성이 있다는 것을 알았기 때문이죠. 그 편지는 제 마음의 평화와 행복, 자존심을 되살릴 수 있는 저의 전부였어요. 찰스 경이 마음이 후하다는 것을 알았기 때문에 그분이 제 얘기를 직접 들으면 도와주실 거라고 생각했어요."

"그렇다면 왜 약속 장소에 안 나가신 거죠?"

"왜냐하면 그때 마침 다른 사람에게서 도움을 받았거든요."

"그럼 왜 찰스 경에게 편지를 보내서 그런 사정을 설명하지 않았습니까?"

"그렇게 하려고 했어요. 찰스 경이 죽지 않았다면 그다음 날 편지를 보내려고 했어요."

부인의 얘기는 시종일관 논리적이어서 질문을 통해 허점을 발견하기 어려웠다. 부인이 찰스 경의 사건이 있을 무렵에 남편과 이혼하기 위한 절차를 밟고 있었다는 사실만을 겨우 확인했다.

라이언스 부인이 당시 바스커빌 저택에 가지 않았다는 말은 사실인 것 같았다. 만약 부인이 그 시각에 바스커빌 저택에 있었고, 부인이 헨리 경을 유인하는 미끼였다면, 부인은 다음 날 아침 이른 시각까지 쿰 트레이시에 돌아갈 수 없었을 것이다. 그 정도의 움직임이 비밀로 지켜지기는 어렵기 때문이다. 그렇다면 부인은 부분적일지언정 사실을 말하고 있는 것 같았다. 난처했다. 다시 한번 막다른 골목에 이르렀다. 이 사건을 조사하면 할수록 모든 방향에서 길을 막고 있는 이 벽을 만나게 되었다. 그리고 부인의 얼굴 표정과 행동을 돌이켜보면 볼수록 뭔가를 감추고 있다는 것을 더 크게 느낄 수 있었다. 왜 그녀는 그렇게 얼굴이 창백해졌을까? 왜 모든 것을 감추고 있다가 어쩔 수 없는 상황이 돼서야 이야기를 하는 걸까? 어떻게 그 비극적 사건에 대해 저렇듯 침묵할 수 있을까? 틀림없이 이 모든 것을 설명할 수 있는 진실은 내가 자기의 말을 믿어주기 바라는 부인의 마음처럼 순수하지 않을 것이다. 하지만 당장은 거기서 더 조사를 진행할 수가 없었다. 황야의 돌 오두막 중 한 곳에 살고 있는 또 다른 단서를 확인해야만 했기 때문이다.

그러나 이것이야말로 가장 모호한 단서였다. 나는 그것을 곧 깨달았다. 마차를 타고 돌아가면서 선사 시대 사람들의 흔적이 있는 언덕이 얼마나 많은지를 보았다. 배리모어는 단지 여기 버려진 오두막 어딘가에 그 낯선 사람이 산다고 말했을 뿐이다. 그러나 수백 개의 오두막이 넓고 길게 황야의 여기저기에 흩어져 있었다. 다행히 나는 그 수상한 남자가 검은 바위산 정상에 서 있던 모습을 본 적이 있었다. 그래서 그곳을 중심으로 조사를 시작할 생각이었다. 거기서부터 그 사람이 사는 곳을 찾을 때까지 황야의 모든 오두막을 확인해야 한다. 만약 그자가 있는 곳을 발견한다면 어쩌면 그때 내 리볼버가 필요할지도 모르겠다. 그자의 입을 통해 직접 누구이며 왜 우리를 그토록 오랫동안 미행했는지 알아낼 수 있을 것이다. 복잡한 리젠트 스트리트에서는 우리를 따돌릴 수 있었지만 이렇게 고립된 황야에서는 그렇게 하기 힘들 것이다. 다른 한편으로는 내가 그자의 오두막을 찾더라도 그자가 거기 없다면, 돌아올 때까지 아무리 시간이 걸리더라도 거기 남아 기다려야 한다고 생각했다. 홈즈는 런던에서 그 남자를 놓쳤다. 홈즈가 놓친 그자를 내가 잡는다면 이것이야말로 내게 정말 큰 영광이 될 것이다.

이번 사건 조사에서 우리는 계속 운이 없었다. 하지만 지금 이 순간에는 적어도 운이 조금 따르고 있었다. 나에게 행운을 가지고 온 남자는 다름 아닌 프랭클랜드였다. 노인은 내가 마차를 타고 지나가는 큰길을 향해 열려 있는 정원 출입문 밖에서 회색 구레나룻을 기른 붉은 얼굴로 서 있었다.

"안녕하시오, 왓슨 선생." 노인이 평소에는 볼 수 없던 공손한 태도로 인사를 했다. "잠깐 말을 쉬게 하고 저희 집에 들어 오셔서 와인 한잔 하시면서 저를 축하해주세요."

이 괴팍한 노인이 자신의 딸을 어떻게 대했는지 얘기를 들은 후부터 그다지 호의적인 감정을 가지고 있지 않았다. 하지만 빨리 마부 퍼킨스와 마차를 저택으로 돌려보내고 싶었는데, 마침 좋은 기회였다. 퍼킨스에게 저녁 시간에 맞춰 가겠다고 헨리 경에게 전해달라고 하면서 마차에서 내렸다. 그리고 프랭클랜드를 따라 집 안의 식당으로 들어갔다.

"오늘은 정말 저에게 좋은 날입니다, 왓슨 선생. 제 인생에서 기념할 만한 날이죠." 프랭클랜드는 좋아서 키득거리며 외쳤다. "두 가지 소송에서 모두 승리했습니다. 이 소송을 통해 그들에게 법이 우선이라는 것을 가르쳐주고 싶었어요. 이 지역에 법을 전혀 두려워하지 않는 사람이 있었거든요. 드디어 미들턴 영감의 정원 중앙에서부터 그 영감의 집 현관문 앞 90미터까지 지나갈 수 있는 통행권을 확보했습니다. 어떻게 생각하세요? 그런 지역 유지들에게 우리 같은 평민이라도 함부로 대해서는 안 된다는 것을 가르쳐줄 겁니다. 어떠냐, 이놈들아! 그리고 펜워디 사람들이 전에 소풍을 다니던 숲을 폐쇄했어요. 이 못된 사람들이 그곳이 사유지인지도 모르고 떼로 놀러와 온갖 쓰레기와 병을 버리지 뭡니까. 왓슨 선생, 이 두 가지 소송에서 모두 제가 이겼습니다. 이런 날은 제가 존 몰런드 경이 야생 조수 사육장에서 사냥을 했다는 이유로 불법 침입 소송을 해 이긴 이후로는 처음입니다."

"도대체 어떻게 이길 수 있었나요?"

"여기 이 책을 좀 보십시오. 볼 만할 겁니다. '프랭클랜드 대 몰런드 사건', 왕좌 재판소. 소송 비용이 200파운드지만 제가 이겼지요."

"소송에 이기면, 뭐 좋은 게 있나요?"

"아니오, 왓슨 선생, 없습니다. 저는 자신 있게 말할 수 있습니다. 그런 것에는 관심이 없습니다. 저는 오로지 공적인 차원에서 이 일을 한 겁니다. 두고 보세요. 분명히 오늘 밤 펜워디 사람들이 제 인형을 불태울 겁니다. 저는 지난번에 마을 사람들이 제 인형을 불태웠을 때 경찰에게 저런 인신공격적인 행동은 막아야 한다고 분명히 얘기했습니다. 지역 경찰대는 저를 무척 괘씸하게 생각하기 때문에 제가 보호받을 자격이 있음에도 불구하고 그렇게 하지 않았습니다. '프랭클랜드 대 국가의 소송'은 공개적인 관심을 끌기 위해 이 문제를 다룰 것입니다. 경찰에게 저를 그렇게 대우한 것을 후회하게 될 거라고 얘기했습니다. 그런데 벌써 제 얘기가 현실이 되고 있어요."

"어떻게요?" 내가 다시 물었다.

프랭클랜드는 매우 우쭐한 표정으로 계속 자랑을 늘어놓았다. "제가 경찰에게 얘기했어요. 그들이 정말로 알고 싶어 하는 것을 내가 알고 있지만 어떤 경우에도 말하지 않겠다고요."

지금까지 나는 빨리 프랭클랜드의 잡담에서 벗어날 생각으로 여러 가지 얘기를 던지고 있었지만, 지금부터는 정말로 더 많은 얘기를 듣고 싶었다. 나는 커다란 관심을 보이면 금방 얘기를 중단하는 이 늙은 심술쟁이의 청개구리 같은 성격을 잘 알고 있었다.

"아, 밀렵 사건을 말하는군요." 나는 일부러 무관심한 척 얘기를 던졌다.

"하하, 왓슨 선생, 그것보다 훨씬 더 중요한 거죠! 황야에 있는 탈옥수 얘기라면 어떨까요?"

나는 프랭클랜드를 똑바로 바라보며 물었다. "정말로 그자가 있는 곳을 안다는 얘기는 아니죠?"

"그놈이 있는 곳을 정확히 알지는 못합니다. 하지만 경찰이 그놈을 잡을 만큼은 어디에 있는지 확실하게 알고 있습니다. 그놈을 잡을 수 있는 방법을 정 모르겠다면 그놈이 어디서 음식을 구하는지 확인해서 그것을 추적하면 잡을 수 있지 않을까요?"

확실히 프랭클랜드는 탈옥수에 대한 어떤 사실을 알고 있는 것 같았다. "물론이죠. 그렇지만 그자가 황야의 어디에 있는지 어떻게 알 수 있죠?"

"저는 알고 있습니다. 제 두 눈으로 그놈에게 음식을 가져다주는 사람을 똑똑히 봤거든요."

배리모어가 퍼뜩 떠올랐다. 참견하기 좋아하는 이 늙은 심술쟁이가 그 사실을 알았다니 매우 심각한 문제였다. 그러나 노인의 다음 얘기가 내 모든 걱정을 덜어줬다.

"그놈에게 음식을 가져다주는 사람이 소년이라는 사실을 알면 무척 놀랄 겁니다. 저는 옥상에 설치한 망원경을 통해 그 아이를 매일 봅니다. 그 아이는 매일 같은 시각에 똑같은 길을 따라다니는데, 탈옥수가 아니라면 누구에게 가겠어요?"

이건 정말 행운이었다! 하지만 나는 전혀 관심이 없는 척했다. "소년이 맞군요! 배리모어가 그 탈옥수에게 음식을 가져다주는 사람이 소년이라고 말한 적이 있어요. 하지만 거기가 소년이 다니는 길이지 탈옥수가 있는 곳은 아니잖아요."

이 말에 프랭클랜드는 조금 망설였다. 만약 이 노인이 알고 있는 것을 내가 알아낸다면 황야의 그 남자를 찾기 위한 길고 힘든 시간을 단축할 수 있을 것이다. 그러기 위해서 나는 짐짓 믿을 수 없다는 듯 관심 없는 척을 하며 말을 던졌다.

"제가 보기에는 황야의 양치기 자식 중 한 명이 아버지에게 저녁을 가져다주는 것처럼 들리는군요."

자신의 말을 믿을 수 없다는 내 말에 프랭클랜드는 극도로 화를 냈다. 적의로 가득 찬 눈으로 나를 노려봤고, 노인의 회색 구레나룻은 성난 고양이 털처럼 곤두섰다.

"정말입니다. 왓슨 선생!" 프랭클랜드는 넓게 펼쳐진 황야를 가리키며 대답했다. "저 멀리 있는 검은 바위산 보이시죠? 저쪽에 가시나무 덤불이 있는 낮은 언덕 보이시나요? 이 황야 전체에서 가장 돌이 많은 곳 말입니다. 저런 곳이 양치기가 양을 몰고 갈 만한 장소인가요? 선생의 얘기는 정말 말도 안 돼요!"

나는 그런 사실을 알지 못하고 잘못 얘기했다고 순순히 대답했다. 나의 이런 모습에 프랭클랜드는 아주 좋아하며 더 많은 얘기를 꺼내놓았다.

"아마 그랬을 겁니다, 왓슨 선생. 저는 분명한 사실을 바탕으로 얘기하고 있습니다. 저는 아주 여러 차례 그 소년이 보따리를 메고 가는 것을 봤습니다. 매일 말입니다. 어떨 때는 하루에 두 번씩도 볼 수 있었어요. 잠깐만요, 왓슨 선생. 내 눈이 잘못 된 게 아니라면 저쪽 언덕 경사면에 지금 뭔가 움직이는 것이 있군요."

저 멀리 몇 킬로미터 떨어진 곳이었지만, 나는 엷은 푸른색과 갈색 배경과는 구분되는 별도의 작은 검은색 점을 분명하게 볼 수 있었다.

"이리 오세요, 선생. 빨리요!" 프랭클랜드가 소리치며 위층으로 뛰어 올라갔다. "눈으로 직접 보시고 판단해보세요."

삼각대 위에 설치된 성능이 무척 좋아 보이는 망원경은 함석지붕 위로 길게 나와 있었다. 프랭클랜드가 망원경을 들여다보더니 기쁨의 함성을 질렀다.

"빨리요, 왓슨 선생. 서둘러요, 녀석이 언덕을 다 지나가기 전에요."

분명히 작은 사내아이가 어깨에 보따리를 메고 천천히 언덕을 오르고 있었다. 소년이 언덕 정상에 오르자 누더기를 걸친 괴이한 형체가 선명한 푸른 하늘을 배경으로 나타났다. 소년은 추격을 걱정하는 사람처럼 조심스럽고 은밀하게 주변을 살폈다. 그러더니 언덕을 넘어 사라졌다.

"맞죠, 제 말이 맞죠?"

"정말이군요. 뭔가 비밀스러운 심부름꾼이 있었네요."

"저게 무슨 심부름인지 지역 경찰대도 쉽게 알 수 있을 겁니다. 하지만 절대 저에게 듣지는 못할 겁니다. 그러니 왓슨 선생도 이 얘기를 하지 말아주세요. 절대 안 됩니다. 아셨죠?"

"물론입니다."

"경찰은 저에게 모욕을 줬어요, 모욕을! 제가 국가를 상대로 낸 소송의 결과가 나오면 제 분노가 이 지역 전체에 울려 퍼질 것이라고 분명하게 말할 수 있습니다. 어떤 경우에도 경찰을 돕지 않을 겁니다. 못된 마을 사람들이 제 인형을 말뚝에 박아 태울 때 경찰은 인형이 아니라 저를 신경 썼어야 했어요. 절대 경찰에게 얘기하지 마세요! 명예가 걸린 이 중요한 사건에서 제가 이길 수 있도록 도와주세요!"

하지만 나는 프랭클랜드의 간청과 저택까지 바래다주겠다는 그의 제안도 간곡하게 거부했다. 그러고는 노인이 바라보고 있을 때까지 저택으로 가는 척 길을 따라가다 재빨리 황야로 접어들어, 그 소년이 사라졌던 돌투성이 언덕을 향해 걸었다. 주변의 모든 상황이 나를 도와주고 있었다. 나는 체력이나 인내심 부족으로 내 앞으로 굴러온 행운의 기회를 놓쳐서는 안 된다고 다짐했다.

언덕 정상에 도착했을 때 태양은 이미 지고 있었다. 발밑으로 펼쳐진 기다란 경사면의 한쪽은 황금빛으로 물든 초록색이었고, 다른 한쪽은 회색 그림자가 덮여 있었다. 저 멀리 하늘에는 낮게 안개가 끼어 있었고 그 옆으로 특이한 모양의 벨리버와 빅슨 바위산이 튀어나와 있었다. 광활한 황야 어디에서도 아무 소리도 들리지 않고 움직임도 없었다. 갈매기나 마도요로 보이는 거대한 회색빛의 새 한 마리가 파란 하늘 위로 높이 솟아올랐다. 거대한 아치를 그리고 있는 하늘과 그 아래 버려진 이 땅 사이에서 그 남자와 나만이 유일하게 살아 있는 생명체인 것처럼 느껴졌다. 황야의 풍경이 만드는 쓸쓸함과 내가 맡은 기이한 사건과 이를 해결해야 한다는 절박감이 가슴속 깊이 한기를 느끼게 했다. 소년은 어디에도 없었다. 그러나 내 발밑으로 보이는 언덕 사이사이에는 오래된 돌 오두막이 원을 그리면 산재해 있었다. 그들 중에서 비바람을 막기에 충분한 지붕을 얹은 오두막이 딱 하나 있었다. 그 오두막을 보자 심장이 터질 듯이 뛰었다. 그 괴이한 남자가 숨어 지내는 은신처가 분명했다. 마침내 그자의 비밀을 밝혀내기 위한 첫걸음을 딛는 순간이었다.

나는 스테이플턴이 주변에 앉아 있는 나비를 잡기 위해 조심스럽게 포충망을 들고 움직이듯 살금살금 오두막으로 다가갔다. 분명히 누군가 그곳에 살고 있다는 흔적을 발견하자 무척 만족스러웠다. 바위들 사이로 난 작은 통로가 허름한 오두막의 문과 같은 역할을 했다. 주변에는 정적만이 흐르고 있었다. 그 미지의 남자는 그곳 어딘가에 숨어 있거나 아니면 황야에 나가 배회하고 있을 것이다. 어떤 일이 벌어질지 알 수 없어 팽팽한 긴장감이 느껴졌다. 나는 담배를 버리고 리볼버 권총의 손잡이에 손을 댄 채 빠르게 문 앞으로 다가갔다. 하지만 안에는 아무도 없었다.

그러나 내가 잘못 찾아온 것이 아니라는 많은 흔적이 존재했다. 이곳은 확실히 그 남자가 사는 곳이 분명했다. 비에 맞아도 젖지 않도록 싼 담요가 신석기 시대 사람이 잠자리로 사용했던 것으로 보이는 긴 돌 위에 놓여 있었다. 조잡하게 만든 화덕 주변에는 불을 피우고 난 재가 수북하게 쌓여 있었다. 그 옆에는 조리 기구들과 반쯤 물이 든 양동이가 있었다. 이 양동이야말로 이곳에 한동안 누군가가 살았다는 분명한 증거였다. 희미한 실내에 익숙해지자 한쪽 구석에 있는 작은 냄비와 반쯤 비워진 술병도 보였다. 오두막 한가운데에 있는 평편한 돌은 테이블로 사용되는 것 같았는데, 그 위에 옷이 든 작은 보따리가 있었다. 내가 망원경으로 본 소년이 어깨에 메고 있던 보따리가 분명했다. 그 안에는 빵 한 덩어리와 고기 통조림, 두 개의 복숭아 통조림이 있었다. 모든 것을 꺼내 다시 자세히 살펴보다 물건들 아래에 뭔가가 적힌 종이 한 장이 있는 것을 보고는 가슴이 다시 뛰었다. 종이를 집어 들었다. 연필로 거칠게 휘갈겨 쓴 글씨로 다음과 같이 적혀 있었다.

왓슨 선생이 쿰 트레이시에 갔음.

나는 그 종이를 손에 든 채 이 짧은 메시지가 의미하는 것이 무엇일까 한동안 생각했다. 이 정체불명의 남자가 미행했던 사람은 헨리 경이 아니라 나였던 것이다. 이 남자가 직접 나를 미행하지는 않았다. 그렇다면 그 소년이 이 남자를 대신해 나를 추격했고, 어쩌면 이것은 소년이 보낸 보고서일지도 모른다. 왜냐하면 아까 내가 황야에 들어온 이후로는 움직이지 않았기 때문에 특별히 관찰하거나 보고할 내용이 없었을 것이다. 항상 눈에 보이지는 않는 어떤 힘이 느껴졌다. 우리 주변을 감싸고 있는 헤어날 수 없는 미세한 그물이 우리를 가볍게 붙잡고 있는 듯했다. 그것이 드러나는 것은 오직 그물에 걸린 사람이 걸렸다는 사실을 깨닫는 바로 그 순간뿐이었다.

여기 이 보고서가 있는 걸 보면 다른 것도 있을 수 있다는 생각에 오두막 안을 둘러봤다. 하지만 또 다른 단서는 없었다. 이처럼 특이한 장소에 사는 남자의 성격이나 그자의 의도를 엿볼 수 있는 그 어떤 종류의 단서도 찾을 수 없었다. 그자는 매우 엄격한 생활 습관을 가진 사람이고, 사는 데 필요한 많은 것을 포기했다는 사실만 알 수 있었다. 지난번 엄청나게 쏟아진 비와 이곳의 뻥 뚫린 지붕을 생각하니 이런 불편한 장소에서의 생활도 견딜 만큼 그자의 목표가 강하고 간절하다는 것을 짐작할 수 있었다. 미지의 그 남자는 우리를 괴롭히는 적일까? 아니면 우리의 수호천사일까? 이것을 알아낼 때까지 떠나지 않겠다고 나는 다짐했다.

바깥에는 태양이 지면서 서쪽 하늘이 붉은색과 황금색으로 불타고 있었다. 저 멀리 거대한 그림펜 늪 한가운데 있는 연못은 태양 빛을 받아 붉은 조각들을 반사하고 있었다. 멀리 바스커빌 저택의 두 개의 돌탑이 보였고, 그림펜 마을에서 올라오는 흐릿한 연기도 눈에 들어왔다. 언덕 너머의 두 가지 풍경

사이로 스테이플턴의 집도 보였다. 이 모든 풍경은 저무는 태양의 황금색 빛을 받아 감미롭고 부드러우면서 평화롭게 보였다. 하지만 그런 모습을 보면서도 내 마음은 자연의 아름다움을 느끼지 못했다. 명확하지 않은 상황과 모든 순간이 감시당하고 있다는 사실에서 느껴지는 공포심으로 떨리고 있었기 때문이다. 그러나 팽팽한 긴장감은 오히려 목적을 분명하게 만들었다. 나는 이 어두운 오두막에 앉아 침착하게 주인이 오기를 기다렸다.

드디어 그의 기척이 났다. 저 멀리서 돌을 밟고 올라오는 구두 소리가 분명하게 들렸다. 발자국 소리는 점점 더 가까워졌다. 나는 가장 어두운 구석으로 몸을 숨기고 주머니에 있는 권총을 장전했다. 내가 먼저 이 정체를 알 수 없는 사람을 보기 전에는 모습을 드러내지 않을 작정이었다. 그자가 멈춘 듯 아무 소리도 들리지 않았다. 잠시 후 다시 발자국 소리가 다가오더니 그림자 하나가 열린 오두막 문 앞에 나타났다.

"이보게, 왓슨. 정말 아름다운 밤이지 않은가." 아주 익숙한 목소리였다. "그 안에 있는 것보다 밖으로 나오는 것이 훨씬 편할 걸세."

12
황야에서의 죽음

너무 놀라 잠시 숨을 쉴 수가 없었다. 내 귀를 의심하지 않을 수 없었다. 다시 정신을 차리자 내 몸의 감각들이 되살아났다. 그 목소리는 그동안 내가 짊어지고 있던 무거운 책임감을 순식간에 날려버렸다. 이 분명하고 통찰력 넘치면서 풍자적인 목소리는 이 세상에서 단 한 사람만이 가지고 있는 것이다.

"홈즈! 홈즈!"

"밖으로 나오게." 홈즈가 다시 재촉했다. "나올 때 권총 조심하고."

나는 웅크리면서 오두막을 나왔다. 홈즈는 밖에 있는 돌 위에 앉아 있었다. 밖으로 나오자 깜짝 놀란 내 모습을 본 홈즈의 회색 눈이 즐거움으로 반짝였다. 홈즈는 마르고 초췌했지만 여전히 명석하고 빈틈없어 보였다. 홈즈의 열정적인 얼굴은 햇볕에 그을리고 바람에 거칠어져 있었다. 트위드 정장과 납작한 모자는 황야를 여행하러 온 사람 같았다. 홈즈는 고양이처럼 깨끗하게 차려입었는데, 청결함은 홈즈의 특징 중 하나였다. 내 친구는 마치 베이커 스트리트에 있는 것처럼 깔끔하게 면도를 하고 깨끗한 셔츠를 입고 있었다.

"내 인생에서 자네를 만나 오늘처럼 기뻤던 적이 없었던 것 같군." 나는 양손으로 홈즈를 붙잡았다.

"아니면 오늘처럼 놀란 날이 없든가?"

"맞아, 그렇다네."

"자네만 놀란 게 아냐. 나도 놀랐어. 자네가 내 임시 거처를 찾아내리라곤 정말 생각하지 못했거든. 더구나 자네가 안에 있을 줄이야. 사실 문에 거의 다 와서야 자네가 안에 있다는 것을 알았어."

"내 발자국을 보고 알았지?"

"아니야, 왓슨. 이 세상에 있는 수많은 발자국 가운데서 어떻게 내가 항상 자네의 발자국을 알아볼 수 있겠나. 자네가 만약 나를 정말로 속이고 싶다면 담배부터 바꿔야 할 거야. 오는 길에 옥스퍼드 스트리트의 브래들리 상점 글씨가 찍힌 담배꽁초를 봤거든. 그래서 자네가 이 근처에 있다는 것을 알았지. 여기 올라와서 자네가 비어 있는 오두막으로 들어가기 직전에 담배꽁초를 길가에 버렸다는 것을 알 수 있었고."

"정확하군."

"역시 내 생각대로군. 그리고 자네의 끈기를 내가 잘 알기 때문에 아직도 잠복을 하고 있을 거라고 확신했어. 권총에 손을 댄 채 이곳 주인이 돌아오기를 기다리면서 말이야. 그래, 자네는 정말 내가 그자라고 생각했나?"

"나는 자네가 누군지 몰랐어. 하지만 곧 알아낼 작정이었지."

"잘했어, 왓슨! 그래 어떻게 알아낼 생각이었나? 자네는 이미 나를 봤을 거야. 그 탈옥수를 추격하던 날 말이야. 내가 경솔하게도 달을 배경으로 서 있었잖은가?"

"그래, 그때 자네를 봤지."

"그래서 이곳을 찾을 때까지 모든 오두막을 뒤졌던 건가?"

"아니야. 자네를 돕는 그 소년을 봤지. 소년이 어디로 가야 하는지 안내해주었어."

"분명 그 늙은 프랭클랜드의 망원경 덕분이겠군. 망원경 렌즈에서 반사되어 나오는 빛을 보기 전까지는 나도 몰랐어." 홈즈는 일어나 오두막 안을 들여다보았다. "아하, 카트라이트가 몇 가지 물품을 갖다 놓았군. 이 종이는 뭐지? 아, 자네 쿰 트레이시에 갔었군. 그렇지?"

"그래."

"로라 라이언스 부인을 만나기 위해?"

"그렇지."

"잘했어. 우리 둘의 조사가 확실히 같은 방향으로 가고 있군. 각자의 조사 결과를 조합하면 이 사건에 대한 전반적인 내용을 확실하게 알 수 있을 거야."

"난 자네가 여기 와서 정말 기쁘네. 사실 풀리지 않는 사건과 책임감 때문에 더 이상 긴장감을 감당하기 어려운 지경이었거든. 그런데 도대체 여기는 어떻게 온 거야? 뭘 하고 있던 건가? 너무 궁금하군. 나는 자네가 베이커 스트리트에서 그 협박 편지 사건을 해결하고 있다고 생각했는데."

"자네가 그렇게 생각해주기를 바랐지."

"그럼, 자네는 날 이용했군. 그리고 여전히 날 믿지 못하고 있군!" 나는 기분이 상해서 소리쳤다. "난 내가 자네를 충분히 도울 수 있는 자격이 된다고 생각했는데, 홈즈."

"이보게 왓슨. 다른 사건과 마찬가지로 이 사건에서도 자네의 역할은 따질 수 없을 정도로 중요하네. 내가 자네를 속인 것처럼 느꼈다면 부디 나를 용서해주게나. 사실 내가 이렇게 한 것은 자네를 위한 것이기도 해. 자네가 위험하다고 느꼈기 때문에 내가 여기 직접 내려와서 조사를 한 거야. 만약 내가 헨리 경, 자네와 함께 내려와 있었다면 나와 자네는 똑같은 시각을 가졌을 것이 확실해. 그리고 만약 내가 여기 있었다면 만만찮은 우리의 적은 아마 더욱 조심했을 것이고. 그나마 지금처럼 했기 때문에 저택에 있었다면 알아낼 수 없었을 많은 사실을 확인할 수 있었어. 그리고 이 사건에 내가 관여하지 않는 것처럼 하다 결정적인 순간에 도움을 줄 준비를 할 수 있었지."

"하지만 자네는 몰래 숨어서 날 지켜보지 않았나?"

"자네가 미리 알았다면 아무런 도움이 되지 못했을 거야. 어쩌면 내가 여기 있다는 것이 알려졌을지도 모르고. 자네는 뭔가를 얘기하고 싶어 여기 오거나 아니면 생활에 필요한 물품이나 물건을 가지고 왔을 거야. 그렇게 했다면 불필요한 위험도 생길 수 있었을 테고. 나는 카트라이트를 데리고 내려왔어. 기억나지? 심부름센터에서 만났던 그 소년 말이야. 내게 필요한 빵과 깨끗한 셔츠 칼라를 그 녀석이 가져다주었지. 그 이상 뭐가 필요하겠어? 그리고 그 녀석이 내 눈과 발이 되어 추가적인 일도 해주었어. 아주 유용했다네."

"그럼 내 보고서는 모두 쓰레기가 되었겠군!" 그것을 쓰기 위해 한 고생과 작성하면서 느꼈던 자부심을 떠올리자 내 목소리가 떨렸다.

홈즈가 주머니에서 한 뭉치의 종이를 꺼냈다.

"여기 자네 보고서가 있네, 왓슨. 손때가 묻도록 봤으니 걱정 말게. 내가 잘 조정을 해서 원래 받아야 하는 날짜에서 하루 정도 늦게 받았을 뿐이야. 이번처럼 매우 어려운 사건에서 보고서를 통해 자네가 보여준 열정과 명석함에 대해 정말 충분한 칭찬을 해주고 싶네."

나는 여전히 홈즈가 나를 속였다는 사실에 무척 화가 났지만, 그의 다정한 칭찬에 어느새 마음이 풀렸다. 또한 진심으로 홈즈가 그렇게 한 것이 옳았다는 것을 느낄 수 있었다. 홈즈가 황야에 있다는 사실을 내가 모르는 것이 우리의 목적을 달성하기 위한 최선의 방법이었다.

"좋아." 홈즈가 내 얼굴에 떠오른 표정 변화를 보면서 말을 이었다. "이제 로라 라이언스 부인을 방문했던 결과에 대해 얘기해주게. 자네가 그 마을에 간 것은 부인을 만나기 위해서라는 것을 어렵지 않게 짐작할 수 있지. 왜냐하면 나도 이미 쿰트레이시에 사는 부인이 이 사건과 관련해서 우리에게 도움을 줄 수 있을 거라고 생각했거든. 만약 자네가 오늘 그곳에 가지 않았다면 아마 내일 내가 갔을 거야."

해가 완전히 지고 땅거미가 황야 전체에 드리웠다. 공기가 차가워져 우리는 오두막 안으로 자리를 옮겼다. 해 질 녘에 오두막에 나란히 앉아 나는 라이언스 부인과 나눴던 얘기를 홈즈에게 전했다. 홈즈가 무척 흥미로워했기 때문에 그가 만족할 때까지 대화 내용 중 일부를 반복해서 얘기해야 했다.

"정말 중요한 얘기군." 내가 이야기를 끝내자 홈즈가 말을 꺼냈다. "이 복잡한 사건에서 내가 미처 추리할 수 없었던 부분을 채워주는 얘기야. 아마 자네도 라이언스 부인과 스테이플턴이 매우 친밀한 사이라는 것을 알고 있었지?"

"아니, 둘이 그런 사이라는 것은 몰랐는데."

"둘이 그런 사이라는 것은 의심할 여지가 없네. 그들은 자주 만났고 서로 편지를 주고받았어. 그 둘 사이에 분명히 특별한 관계가 있다는 얘기지. 이제 아주 확실한 무기가 우리 손에 들어온 셈이군. 만약 내가 이걸로 스테이플턴의 아내를 그에게서 떼어낼 수만 있다면…?"

"스테이플턴에게 아내라니?"

"자네가 나에게 많은 정보를 줬으니 나도 답례를 해야겠지. 여기서는 스테이플턴 양이라고 불리는 그 여동생은 사실 스테이플턴의 부인이라네."

"정말인가? 홈즈. 자네 지금 한 얘기 정말 확실한가? 그렇다면 어떻게 스테이플턴이 헨리 경이 자신의 아내와 사랑에 빠지도록 놔두었단 말인가?"

"헨리 경이 사랑에 빠진 것은 경을 빼고는 누구에게도 해가 되지 않아. 스테이플턴은 헨리 경의 사랑이 이루어지지 않도록 특별히 신경을 썼잖아. 자네가 직접 본 것처럼 말일세. 다시 말하지만 그녀는 여동생이 아니라 스테이플턴의 아내라네."

"하지만 왜 그렇게 한 거지?"

"자기 아내의 자유분방한 성격을 허용하면 그녀를 더욱 유용하게 이용할 수 있다는 것을 알았던 거야."

내 모든 본능적인 직감과 희미했던 의심들이 갑자기 분명해지면서 그 박물학자에게 초점이 맞춰졌다. 무표정하고 생기 없는 얼굴로 밀짚모자를 쓰고 포충망을 들고 다니던 그 남자가, 그 친절한 얼굴 뒤에 그렇게 잔인한 속마음을 숨기고 있었다니. 놀라울 정도의 은밀함과 기교를 갖춘 뭔가 끔찍한 생명체를 본 기분이었다.

"그럼 스테이플턴이 우리가 찾는 범인이란 말인가? 런던에서 우리를 미행했던 자가 스테이플턴이란 말인가?"

"내가 살펴본 바로는 그렇다네."

"그럼 그 경고 편지는 분명 스테이플턴의 아내가 보낸 것이겠군!"

"그렇지."

기이한 괴물 같은 놈, 반은 보이고 반은 보이지 않던 그놈, 어둠 속에서 오랫동안 나를 조롱하더니 이제야 몸을 드러낸 것이다.

"홈즈, 자네 정말 확실한가? 그녀가 스테이플턴의 아내라는 것을 어떻게 알았어?"

"그 박물학자가 자네를 처음 만났을 때 자신의 과거에 대해서 진실을 말했다는 것을 그자는 잊어버리고 있을 거야. 내 분명히 장담하건대 자신의 행동에 대해 여러 차례 후회했을 걸세. 스테이플턴은 한때 북부 지역에서 학교 선생으로 일했지. 학교 선생만큼 추적하기 쉬운 직업도 없을 거야. 누구든 한번 그 직업에 몸을 담았다면 학교 관리 기관을 통해 쉽게 확인할 수 있거든. 간단한 조사를 통해 그가 얘기한 것처럼 끔찍한 상황에서 파산한 학교를 찾았고, 그 학교의 소유자가 이름은 다르지만 아내와 함께 사라졌다는 사실을 확인했지. 스테이플턴이 했던 얘기와 일치하더군. 그 남자가 곤충학에 매우 조예가 깊었다는 얘기를 듣고 스테이플턴이라는 것을 확신했지."

어둠은 걷혔지만 여전히 많은 것들이 그림자 속에 감춰져 있었다.

"만약 그녀가 스테이플턴의 아내라면 로라 라이언스 부인은 어떻게 되는 거야?"

"그게 바로 자네가 조사를 통해 밝혀낸 부분이야. 자네가 부인과 나눈 얘기가 그 상황을 아주 분명하게 이해할 수 있게 해주었어. 나는 라이언스 부인과 남편이 이혼을 하려고 한다는 사실을 몰랐거든. 스테이플턴이 미혼이라고 생각했기 때문에 부인이 그의 아내가 되려고 하는 걸세."

"그럼, 부인이 이 모든 사실을 알게 된다면?"

"그렇다면 그녀가 우리에게 협조하겠지. 부인을 만나는 게 우리 둘이 함께하는 첫 임무가 되겠군. 내일 함께 가세나. 그리고 왓슨, 자네 지금 아주 오랫동안 저택을 떠나 있었어. 바스커빌 저택이 자네가 있어야 할 곳이라는 사실을 잊지 말게."

마지막 남은 태양의 붉은 기운이 서쪽으로 완전히 넘어가고 밤이 황야 전체에 내려앉았다. 몇 개의 희미한 별들이 보랏빛 하늘에서 반짝이고 있었다.

"마지막 질문이 있네, 홈즈." 나는 자리에서 일어나면서 물었다. "자네하고 나 사이에 비밀은 필요 없다고 생각하는데, 이 모든 것이 의미하는 게 도대체 뭔가? 스테이플턴이 원하는 게 도대체 뭐야?"

대답하는 홈즈의 목소리가 낮게 가라앉았다.

"왓슨, 이건 살인이야. 세련되고 아주 정교하게 꾸며진 잔인한 살인일세. 구체적인 것은 묻지 말고. 범인의 그물이 헨리 경을 향해 쳐져 있다고 해도 이제 곧 내 그물이 서서히 그자를 옭아맬 걸세. 그리고 자네가 돕는다면 그자는 이미 우리 손에 들어온 것이나 마찬가지지. 다만 한 가지 우리를 위협할 수 있는 것이 있어. 우리가 그자를 칠 준비가 되기 전에 그자가 우리를 공격할 거야. 조만간 말이야. 나는 조사를 마무리할 테니 그때까지 자네의 역할을 잘해주게. 아픈 아이를 돌보는 자상한 어머니처럼 헨리 경 곁에 가까이 있게. 오늘 자네가 한 일이 중요하기는 했지만, 차라리 헨리 경 곁을 떠나지 않았으면 좋았을 걸 하는 생각이 들 정도야. 잠깐 들어봐!"

그때 황야의 정적을 깨고 끔찍한 비명 소리가, 공포와 괴로움으로 가득한 긴 외침이 울려 퍼졌다. 무시무시한 울음소리에 혈관 속의 핏줄이 얼어붙는 것 같았다.

"오, 이런!" 나도 모르게 말이 터져 나왔다. "이건 뭐지? 대체 뭐냔 말이야?"

홈즈가 자리에서 벌떡 일어났다. 어둠 속에서도 오두막 문 앞에 서 있는 홈즈의 형체가 긴장한 듯 보였다. 홈즈는 어깨와 머리를 앞으로 약간 숙인 채 어둠 속을 응시하고 있었다.

"쉿!" 홈즈가 다시 속삭였다. "쉿!"

외치는 소리의 격렬함 때문에 소리가 더 크게 울렸다. 소리는 저 멀리 어두운 황야 어딘가에서 울려 퍼지고 있었다. 이제 소리가 점차 가깝게 더 크게, 이전보다 더 다급하게 들려왔다.

"어디서 나는 소리지?" 홈즈가 속삭였다. 나는 그의 목소리에 담긴 긴장감을 통해 이 강철같은 사내의 마음이 이 소리에 흔들리고 있다는 것을 알 수 있었다. "어디서 나는 소리야, 왓슨?"

"아마도 저기." 나는 어둠 속을 손가락으로 가리켰다.

"저기가 아냐!"

다시 한번 고통스러운 울음소리가 밤의 정적을 깨뜨렸다. 이전보다 소리는 더욱 크고 가깝게 들렸다. 게다가 새로운 소리도 추가되었다. 깊고 낮게 중얼거리는 음악 같은 소리가 마치 바다의 낮고 지속적인 속삭임처럼 높이 올라갔다 내려왔다.

"사냥개야!" 홈즈가 소리쳤다. "빨리, 왓슨. 빨리! 이런, 우리가 너무 늦지 말아야 할 텐데!"

홈즈는 재빨리 황야를 향해 달리기 시작했고 나도 홈즈의 뒤를 따랐다. 하지만 곧 우리 앞의 황야 어딘가에서 마지막으로 절박하게 외치는 소리가 들리더니 둔탁하고 무거운 '쿵' 소리가 났다. 우리는 그 자리에 멈춰서 귀를 기울였다. 하지만 더 이상 그 어떤 소리도 밤의 무거운 정적을 깨뜨리지 않았다.

홈즈가 정신 나간 사람처럼 이마에 손을 대고 있는 것이 보였다. 홈즈는 땅을 발로 찼다.

"놈이 한 방 먹였군. 왓슨, 우리가 너무 늦었어."

"아니, 아니야. 그럴 리가 없어!"

"바보처럼 손을 놓고 있다니. 왓슨, 보게. 자네의 책임을 다하지 않으면 어떤 일이 생기는지! 만약 최악의 일이 벌어졌다면 맹세코 그놈에게 반드시 복수하겠어!"

우리는 다급하게 어둠 속으로 달려갔다. 바위를 힘들게 넘고 가시금작화 덤불을 헤치고 숨을 헐떡이며 언덕을 올라 넘어지듯 비탈을 내려갔다. 그 무시무시한 소리가 들려온 방향을 향해 달리고 또 달렸다. 사방이 다 보이는 장소에 이르자 홈즈는 주변을 자세히 둘러봤다. 하지만 짙은 어둠만이 황야를 덮고 있을 뿐 황량한 벌판에서 움직이는 것은 아무것도 없었다.

"뭐가 좀 보여?"

"아무것도."

"어, 잠깐 들어봐. 이건 뭐지?"

낮은 신음 소리가 어디선가 들려왔다. 우리들의 왼편에서 다시 한번 신음 소리가 났다. 그쪽에는 날카로운 절벽에 의해 끊긴 바위산의 능선이 있었다. 그 아래로는 여기저기 돌들이 흩어져 있는 경사면이 있었다. 그 위에 뭔지 알 수 없는 검은 물체가 팔다리를 벌린 채 쓰러져 있었다. 우리가 그쪽으로 달려가자 막연하게 보이던 형체가 점차 뚜렷한 모양으로 시야에 들어왔다. 한 남자가 얼굴을 땅으로 하고 엎드려 있었는데, 목이 발 쪽으로 심각하게 꺾인 채 마치 공중제비를 하는 사람처럼 어깨를 숙이고 몸을 웅크리고 있었다. 너무 기이한 형태라 나는 그 신음 소리가 그의 영혼이 빠져나가는 마지막 소리였다는 사실조차 잊고 있었다. 검은 형체에서는 더 이상 신음 소리도, 바스락거리는 소리도 나지 않았다. 홈즈가 놀라 남자에게 손을 대려고 하다가 움칫 놀라면서 다시 손을 거두어들였다. 홈즈가 켠 성냥불이 피해자의 엉켜 붙은 손가락과 뭉개진 머리에서 흘러나와 서서히 퍼진 끔찍한 핏자국을 비췄다. 그리고 성냥불에 드러난 남자의 몸을 보고 가슴이 덜컹하면서 아찔한 현기증을 느꼈다. 바로 헨리 바스커빌 경이었다! 남자가 입고 있는 빨간색의 특이한 트위드 정장을 우리는 분명히 기억할 수 있었다. 그것은 베이커 스트리트에서 우리가 헨리 경을 처음 만나던 날 아침에 그가 입고 있던 옷이었다. 우리는 다시 한번 자세히 살펴보려 했지만 성냥불이 깜빡이더니 꺼져버렸다. 마치 우리가 갖고 있던 일말의 희망이 사라지듯이. 홈즈는 길게 신음 소리를 내뱉었다. 어둠 속에서 홈즈의 얼굴이 희미하게 보였다.

"나쁜 자식! 이 짐승 같은 놈!" 나는 주먹을 움켜쥐며 분노에 몸을 떨었다. "홈즈, 헨리 경이 죽도록 혼자 남겨둔 나 자신을 절대 용서할 수 없을 거야!"

"자네보다 내가 더 욕을 먹어야지. 왓슨, 이 사건을 조용하게 해결하려고 하다가 내 의뢰인을 죽게 만들었어. 내 경력에서 최고로 수치스런 일이 벌어지고 말았어. 하지만 어떻게, 내가 어떻게 알 수 있었겠나? 내가 그렇게 경고했는데도 경이 혼자 황야에 나와 자신의 목숨을 위태롭게 할 줄을 내가 어떻게 알 수 있었겠어?"

"우리가 경의 비명 소리를 듣다니, 경의 비명 소리를! 오, 신이시여! 우리가 경을 구하지 못하다니! 헨리 경을 죽인 그 더러운 사냥개는 어디에 있는 거지? 지금 저 바위틈 어딘가에 숨어 있을 거야. 그리고 스테이플턴, 그자는 어디 있지? 그자는 이 죽음에 반드시 대가를 치러야 할 거야."

"그럴 거야. 내가 반드시 그렇게 할 테니까. 삼촌과 조카가 모두 살해되었군. 한 사람은 자신이 초자연적인 존재라고 믿었던 짐승을 보고 놀라 죽었고, 또 한 명은 그 존재로부터 도망치다 절벽에서 떨어져 죽었어. 하지만 이제부터 스테이플턴과 그 짐승과의 관계를 증명해야 해. 우리가 들은 그 괴이한 소리는 제외하고 말이야. 헨리 경은 결국 추락사했기 때문에 우리는 그 짐승의 존재조차 증명할 수 없을 테니까. 그러나 맹세하건대, 이 교활한 녀석, 네놈은 조만간 내 손에 잡히고 말 것이다!"

우리는 쓰린 가슴을 안고 헨리 경의 끔찍한 시체를 바라봐야 했다. 갑작스럽고 돌이킬 수 없는 경의 죽음으로 오랜 시간에 걸쳐 공을 들인 수사가 결국 헛수고가 되었다는 사실에 허탈했다. 달이 떠오르자 우리는 헨리 경이 떨어진 바위산 꼭대기에 올라가 절반은 은색으로 나머지 반은 침울함에 덮인 황야를 내려다봤다. 저 멀리 몇 킬로미터 떨어진 그림펜 마을 쪽에서 노란 불빛 하나가 밝게 빛나고 있었다. 외따로 떨어져 있는 스테이플턴의 집에서 나오는 불빛이었다. 그곳을 바라보며 나는 욕설과 함께 주먹을 쥐고 흔들었다.

"지금 당장 저놈을 잡지 못하는 이유가 뭐야?"

"우리 조사가 아직 안 끝났어. 저놈은 극도로 신중하고 교활한 자야. 우리가 알 수 없을 정도로. 하지만 우리가 입증할 수 있어. 그러나 하나라도 실수를 하면 그땐 저놈이 도망치고 말 거야."

"그럼 이제 어떻게 하지?"

"내일은 무척 할 일이 많을 거야. 오늘 밤은 우리의 불쌍한 친구 시신을 수습하는 수밖에 없겠어."

우리는 경사가 가파른 비탈길을 내려와 헨리 경의 시신으로 다가갔다. 은색 돌들과 대비되어 시체는 검고 선명하게 보였다. 고통에 뒤틀린 시체를 보니 분노가 치밀어 오르면서 눈앞이 흐려졌다.

"홈즈, 도움을 요청해야겠어! 우리 둘이 경을 저택까지 데리고 갈 수는 없어. 이런, 자네 미쳤나?"

홈즈는 괴성을 지르더니 시체를 자세히 살펴봤다. 그러더니 신나게 웃으면서 춤을 추며 내 손을 잡아끌었다.

이 사람이 그 강인하던 홈즈 맞나? 자제심 강하던 내 친구에게 이런 약한 모습이 숨어 있었다니!

"턱수염, 턱수염이야! 이 친구 턱수염이 있어!"

"턱수염?"

"이 사람은 헨리 경이 아니야. 그래, 내 이웃. 바로 그 탈옥수로군!"

잠시의 망설임도 없이 우리는 시체를 뒤집었다. 차갑고 선명한 달빛 아래 피가 떨어지고 있는 턱수염이 분명하게 보였다. 튀어나온 이마, 깊이 가라앉은 짐승 같은 눈, 의심의 여지가 없었다. 정말로 이 남자는 지난번 바위 사이의 촛불에 드러난 그 얼굴이었다. 바로 탈옥수 셀던이었다.

그 순간 모든 것이 이해되었다. 헨리 경이 자신의 옛날 정장을 배리모어에게 줬다고 했던 얘기가 떠올랐다. 배리모어는 셀던의 도피를 돕기 위해 그 옷을 준 것이다. 그러고 보니 구두, 셔츠, 모자 모든 것이 헨리 경의 물건이었다. 사람이 죽은 것은 슬픈 일이지만 셀던은 그런 일을 당해도 싼 사람이었다. 나는 안도감과 기쁨에 넘치는 목소리로 홈즈에게 옷 얘기를 했다.

"그렇다면 저 불쌍한 탈옥수는 이 옷가지들 때문에 죽은 거군." 홈즈가 말했다. "그 사냥개는 헨리 경 물건의 냄새를 맡고 온 것이 분명해. 틀림없이 호텔에서 없어진 구두를 이용했을 거야. 그래서 이 남자를 추격한 거지. 그런데 한 가지 이상한 점이 있어. 이 어둠 속에서 셀던은 사냥개가 자기를 쫓고 있다는 것을 어떻게 알았을까?"

"사냥개 소리를 들은 거지."

"황야에서 사냥개 소리를 들었다고 해서 이 탈옥수처럼 대담한 자가 극심한 공포에 질려 잡힐 위험을 무릅쓰고 도와달라고 크게 소리를 지르지는 않았을 거야. 이자의 비명 소리를 생각해보면 이자는 이 짐승이 자신을 추격한다는 것을 알고 아주 오랫동안 달렸던 것이 분명해. 어떻게 알았을까?"

"우리의 짐작이 모두 맞다고 가정해도 더 큰 의문은 왜 이 사냥개는…?"

"난 짐작 같은 건 하지 않네."

"아무튼 이 사냥개는 왜 오늘 나타났을까? 내 생각에 이 개가 항상 황야 어딘가를 어슬렁거리고 있었던 것은 아냐. 헨리 경이 황야에 있다고 생각하지 않았다면 스테이플턴이 개를 풀어놓지 않았을 거라고."

"내 질문이 자네 것보다 더 어려운걸. 자네의 질문은 금방 해답을 얻을 테지만, 내 질문은 영원히 해결이 안 된 채 남을 수도 있어. 지금 문제는 이 불쌍한 놈의 시체를 어떻게 처리할까 하는 거네. 여우나 까마귀가 파먹을 텐데 여기에 그냥 둘 수는 없잖아."

"경찰에 연락할 수 있을 때까지 오두막에 옮겨놓는 것이 좋을 것 같아."

"좋아. 다른 방법이 없겠어. 거기까지는 옮길 수 있을 거야. 어이 왓슨, 이건 뭐지? 그자가 오고 있어. 놀라울 정도로 뻔뻔하군! 그자를 의심하는 말을 하면 안 되네. 절대 그런 말은 하지 말게. 아니면 내 모든 계획이 수포로 돌아갈 거야."

황야 저쪽에서 어떤 사람이 우리 쪽으로 걸어오고 있었다. 흐릿하게 빨간 담배 불빛이 보였다. 좀 더 가까이 오자 달빛에 박물학자 스테이플턴의 분명한 형체와 경쾌한 걸음을 알아볼 수 있었다. 그는 우리를 보더니 멈춰 섰다가 다시 우리 쪽으로 왔다.

"어, 왓슨 선생님이 아니신가요? 이런 늦은 밤에 황야에서 만나리라고는 전혀 생각하지 못했습니다. 하지만 앗, 저건 뭐죠? 누가 다쳤나요? 설마, 우리 친구 헨리 경은 아니겠죠!" 스테이플턴은 급하게 나를 지나쳐 달려가 시체를 살펴봤다. 나는 그가 놀라서 숨을 들이마시는 소리를 들었다. 스테이플턴은 손가락에 있던 담배를 떨어뜨렸다.

"누구죠? 저 사람은 누구죠?" 스테이플턴은 말을 더듬었다.

"셀던입니다. 프린스타운 감옥을 탈출한 그 죄수 말입니다."

스테이플턴은 창백한 얼굴을 우리 쪽으로 돌렸다. 깜짝 놀란 표정과 실망을 감추려는 노력이 역력하게 보였다. 스테이플턴은 날카롭게 홈즈와 나를 바라봤다. "이런, 정말 놀라운 일이군요! 이자가 어떻게 죽은 거죠?"

"아마 저 위 바위산에서 떨어져 목이 부러진 것 같아요. 내 친구와 황야를 산책하다가 이자의 고함 소리를 들었어요."

"저도 그 소리를 들었어요. 그래서 여기 온 겁니다. 저는 헨리 경이 아닌가 걱정했어요."

"왜 딱히 헨리 경이라고 생각하셨어요?" 나는 질문을 하지 않을 수가 없었다.

"왜냐하면 헨리 경이 이 길로 지나갈 거라고 생각했거든요.

그분이 항상 그랬기 때문에 다른 길은 생각할 수 없었어요. 그래서 황야에서 나는 비명 소리를 듣고 자연스럽게 경의 안전을 걱정했죠. 그런데?" 스테이플턴의 가늘고 짧은 눈이 다시 나와 홈즈를 번갈아 쳐다봤다. "그런데 혹시 비명 소리 말고 다른 소리는 못 들으셨나요?"

"네." 홈즈가 대답했다. "당신은 들었나요?"

"아니오."

"그런데 왜 그런 걸 묻죠?"

"아, 이곳 사람들이 하는 유령 개니 뭐니 하는 얘기가 있잖아요. 밤에 황야에서 들려온다는 그 울음소리요. 혹시 오늘 밤에 그런 비슷한 소리가 있었나 궁금해서요."

"그런 소리는 전혀 듣지 못했어요." 내가 대답했다.

"그럼 이 불쌍한 탈옥수는 어떻게 죽은 거라고 생각하세요?"

"발각될지도 모른다는 불안과 공포가 이자를 죽음으로 몰고 간 것 같습니다. 제정신이 아닌 상태에서 황야를 달렸고, 결국 저 위에서 여기로 떨어져서 목이 부러져 죽은 거죠."

"가장 근거 있는 설명이군요." 스테이플턴이 말을 받았다. 한숨을 내쉬는 것을 보고 나는 그가 안도하고 있다는 것을 알았다. "셜록 홈즈 씨께서는 어떻게 생각하시나요?"

홈즈는 스테이플턴에게 가볍게 인사를 하며 대답했다. "저를 금방 알아보시는군요."

"찰스 경 사건 때문에 왓슨 선생이 내려오신 이후로 저희는 줄곧 홈즈 씨를 기다렸습니다. 아주 제때 오셨군요."

"정말 그렇군요. 저는 제 친구가 모든 사실을 정확히 설명했다고 생각합니다. 내일 아침 런던으로 돌아갈 건데 별로 달갑지 않은 기억을 얻은 셈이죠."

"아, 내일 돌아가신다고요?"

"네, 그럴 생각입니다."

"저는 홈즈 씨가 오셔서 우리를 괴롭히는 이 모든 문제를 말끔하게 해결해주실 거라고 생각했는데요."

홈즈가 어깨를 으쓱 추켜올려 보였다.

"사람이 항상 누군가의 기대를 다 만족시킬 수는 없죠. 그리고 사건 수사에는 전설이나 헛소문이 아니라 실질적인 단서가 필요합니다. 이 사건은 그런 기본 조건이 빠져 있습니다."

홈즈는 솔직하고 태연한 표정으로 대답했다. 스테이플턴은 계속 홈즈를 의심스럽게 쳐다보다 나를 보며 말했다.

"저 불쌍한 놈의 시체를 저희 집으로 옮기자고 말씀드리려고 했는데, 생각해보니 제 여동생이 기겁을 할 것 같아 그렇게는 못 할 것 같습니다. 뭔가로 덮어두면 내일 아침까지는 괜찮을 것 같네요."

우리는 그렇게 하기로 했다. 집으로 가자는 스테이플턴의 요청을 거절하고 혼자 집으로 돌아가게 남겨둔 채 홈즈와 나는 바스커빌 저택을 향해 걸었다. 뒤돌아보니 스테이플턴은 천천히 넓은 황야로 걸어가고 있었다. 그의 뒤로 달빛에 은색으로 빛나는 비탈길에 검은 표시가 하나 보였다. 조금 전 끔찍한 최후를 맞은 탈옥수의 시체가 있는 곳이었다.

13
그물을 드리우다

"드디어 결말에 가까워졌군." 황야를 가로질러 걸으며 홈즈가 입을 열었다. "저 녀석 진짜 배짱이 대단한데! 자신의 음모에 엉뚱한 사람이 걸려 죽었다는 것을 알았을 때 깜짝 놀라 얼굴에 드러날 법도 한데, 금방 자제력을 되찾더군. 런던에서 말했지만 지금 다시 한번 얘기하네, 왓슨. 이놈처럼 뛰어난 상대는 이제껏 없었어."

"저자가 자네를 보게 해서 미안하네."

"처음에는 나도 그렇게 생각했어. 하지만 다른 방법이 없었잖아."

"자네가 여기 있는 줄 알았으니 이제 저자의 계획에 어떤 변화가 생기겠지?"

"아마 더욱 조심스러워지거나 조급해져서 즉시 뭔가를 시도하겠지. 다른 모든 영악한 범죄자처럼 저자 역시도 지나치게 자신의 영리함에 빠져 우리를 완전히 속였다고 생각할 거야."

"왜 지금 당장 저자를 체포하지 않는 거야?"

"이보게 왓슨, 자네는 천성적으로 행동이 너무 빨라. 뭔가 생각나면 바로 행동으로 옮기려고 하지. 하지만 논리적으로 생각해보게. 오늘 밤 그를 체포한다고 해서 우리가 얻을 수 있는 게 도대체 뭔가 있나? 저자에 대해서 증명할 수 있는 건 아무것도 없어. 저놈은 극도로 영악한 놈이야! 만약 우리가 이성적으로 행동하면 증거를 모을 수 있겠지만, 그 유령 개에 대해 밝혀내려고 한다면 그자를 잡아넣으려는 계획에 전혀 도움이 안 되네."

"이미 사건이 발생했잖아."

"분명한 게 없어. 짐작과 추측뿐이지. 만약 우리가 그 전설과 이런 증거만 가지고 법정에 간다면 재판에서 웃음거리가 될 거야."

"찰스 경이 죽었잖아."

"찰스 경이 살해되었다는 증거는 어디에도 없어. 자네와 나는 경이 너무 놀라 죽었고, 무엇이 경을 그렇게 놀라게 했는지 알지만 어떻게 무신경한 열두 명의 배심원이 그것을 믿도록 할 건가? 거기에 사냥개 발자국이 있었다고? 그럼 송곳니 자국은 어디에 있지? 물론 우리는 그 사냥개가 찰스 경을 물지 않았고, 사냥개에게 잡히기 전에 이미 죽었다는 사실을 알고 있어. 하지만 이 모든 것을 증명할 수 있어야 해. 우린 아직 그럴 수가 없잖아."

"그럼, 오늘 밤 일어난 일은?"

"오늘 밤 사건도 별로 다르지 않아. 다시 말하지만 그 남자의 죽음에 사냥개가 연관되었다는 직접적인 증거가 없어. 우린 개를 보지 못했잖아. 그냥 소리를 들었을 뿐이지. 그 사냥개가 남자를 쫓아갔다는 것을 증명할 수 없을 거야. 더구나 그럴 만한 아무런 이유도 없잖아. 왓슨, 진정하고 우리가 현재 아무런 증거도 가지고 있지 않다는 사실을 인정해야 해. 참아, 이 친구야. 하지만 분명하게 사실을 밝히기 위해서 위험을 무릅쓰고 시도해볼 만한 것이 있지."

"어떻게 할 생각인데?"

"우선 로라 라이언스 부인이 자신이 속았다는 사실을 분명하게 알았을 때 우리를 위해 뭔가를 해줄 거라는 기대를 걸고 있어. 그리고 나만의 계획도 있고. 내일 하루면 스테이플턴의 음모를 밝혀내기에 충분해. 내일이 가기 전에 마침내 우리가 유리한 위치에 서게 될 거야."

홈즈에게서 더 이상 얘기를 끌어낼 수는 없었다. 바스커빌 저택에 도착할 때까지 홈즈는 생각에 잠긴 채 걸었다.

"같이 들어갈 건가?"

"그래. 더 이상 숨어 있을 이유가 없어. 마지막으로 한 가지만 얘기하겠네. 헨리 경에게 사냥개에 대한 얘기는 아무것도 하지 말아주게. 셀던의 죽음으로 스테이플턴이 우리를 믿게 된 것 같아. 이 일로 그자는 내일 시도하려는 일에 더욱 자신감을 갖게 됐을 거야. 자네 보고서가 맞다면 내일 스테이플턴 남매와 저녁을 먹기로 했지?"

"맞아, 나도 참석하기로 했네."

"그럼, 자네는 적당히 핑계를 대고 헨리 경 혼자 가게 하게.

그렇게 되면 일이 훨씬 쉬울 거야. 그건 그렇고 지금이 너무 늦은 시각이기는 하지만 우리 둘 다 저녁을 먹을 수는 있겠지?"

헨리 경은 홈즈를 보자 놀라기보다 오히려 기뻐했다. 요 며칠 일어난 여러 가지 사건 때문에 홈즈가 빨리 런던에서 내려오기를 기다리고 있었던 것이다. 하지만 홈즈가 아무런 짐도 가지고 오지 않았고, 그 이유에 대해서도 설명하지 않자 눈썹을 추켜올리며 놀랐다. 헨리 경과 나는 홈즈에게 필요한 물품을 챙겨주고 늦은 저녁을 먹었다. 우리는 헨리 경에게 그날 겪은 많은 일들 중에서 경이 알아야 할 만한 내용들을 얘기해줬다. 그에 앞서 나는 배리모어와 그의 아내에게 불행한 소식을 전해야만 했다. 배리모어에게는 그 소식이 완전히 구원 같았지만 그의 아내는 슬프게 울며 앞치마로 눈물을 닦았다. 이 세상 모든 사람은 그자가 폭력의 화신으로 반은 짐승이고 반은 악마라고 욕했지만 부인에게는 어린 시절 자신의 손에 매달리던 고집 센 작은 소년으로 남아 있었던 것이다. 진짜 사악한 놈은 자신을 위해 울어줄 단 한 명의 여자도 남기지 못한 놈일 것이다.

"아침에 왓슨 선생이 나간 이후로 하루 종일 집에서 의기소침해 있었어요." 헨리 경이 말을 꺼냈다. "제가 칭찬받을 일을 했어요. 약속을 지켰거든요. 혼자 나가지 않겠다는 약속을 하지 않았다면 오늘 저녁은 아마 훨씬 더 재미있었을 겁니다. 스테이플턴이 집으로 오라고 연락을 해왔거든요."

"정말 재밌는 저녁을 보내셨을 거라고 확신합니다." 홈즈가 살짝 비아냥거리듯 대답했다. "좀 더 말씀드리면, 경의 부러진 목을 보고 저희가 슬퍼했다고 해서 경이 저희에게 감사할 거라고는 생각하지 않습니다."

헨리 경이 눈을 크게 뜨며 소리쳤다. "그게 무슨 말입니까?"

"그 불쌍한 탈옥수는 경의 옷을 입고 있었습니다. 그 옷들을 건네준 집사가 경찰에 끌려가 조사를 받을 일이 걱정입니다."

"그런 일은 없을 겁니다. 제가 아는 한 그 옷에는 아무런 표식도 없습니다."

"배리모어에게는 정말 다행이군요. 사실 우리 모두에게 잘된 일입니다. 이 문제에 관해서는 저희 모두가 불리한 입장에 있거든요. 양심적인 탐정으로서 제가 해야 할 첫 번째 일은 이 집에 있는 모든 사람들을 체포해야 하는 것이 아닌가 모르겠네요. 왓슨의 보고서야말로 가장 확실한 범죄의 증거거든요."

"그런데 사건은 어떻게 되고 있는 거죠?" 헨리 경이 끼어들었다. "이 복잡한 사건에서 뭔가 새롭게 알아낸 게 있나요? 왓슨 씨와 제가 여기 내려와서 이전보다 더 알아낸 게 없는 것 같아요."

"제 생각엔 오래지 않아 경에게 사건을 아주 분명하게 설명할 수 있을 것 같습니다. 이번 건은 대단히 어렵고 매우 복잡한 사건이어서 아직 몇 가지 더 밝혀야 할 부분들이 있습니다. 하지만 곧 알아낼 겁니다."

"아마 왓슨 선생이 홈즈 씨에게 얘기했을 텐데요, 저희는 황야에서 사냥개 울음소리를 분명히 들었습니다. 그래서 저는 이것이 완전한 미신은 아니라고 확신합니다. 저는 외국에 나가 있을 때 개들과 여러 가지 일들을 함께 했어요. 그래서 그 소리가 개의 울음소리라는 것을 압니다. 만약 홈즈 씨가 그 개에게 재갈을 물리고 목줄을 채운다면 저는 홈즈 씨가 역사상 가장 위대한 탐정이라고 선언할 겁니다."

"저는 틀림없이 그 개에게 재갈을 물리고 목줄을 채울 겁니다. 경께서 도와주시기만 한다면요."

"무슨 얘기든 말씀만 하시면 바로 하겠습니다."

"좋습니다. 그리고 또 한 가지, 무조건 하셔야 합니다. 어떤 이유도 묻지 마시고요."

"그렇게 하겠습니다."

"만약 경께서 그 일을 하시면 제 생각에 우리의 문제가 곧 해결될 것입니다. 의심할 여지가 없습니다."

홈즈는 갑자기 말을 끊더니 내 머리 뒤의 허공을 뚫어지게 쳐다봤다. 등잔 불빛이 홈즈의 얼굴을 비췄는데, 홈즈는 계속 그렇게 있었다. 그 모습이 경계와 기대를 잔뜩 하고 있는 윤곽이 뚜렷한 고대 조각상 같았다.

"뭔가요?" 우리 둘이 동시에 소리쳤다.

홈즈가 눈을 다시 돌렸을 때 홈즈가 내부의 감정을 애써 억누르고 있다는 것을 알 수 있었다. 그의 얼굴은 무척 차분해 보였지만 눈빛은 승리의 기쁨으로 빛나고 있었다.

"미술 전문가의 작품 감상을 이해해주십시오." 반대편 벽에 나란히 걸려 있는 초상화들을 손으로 가리키며 홈즈가 말을 이었다. "왓슨은 제가 미술에 조예가 있다는 것을 인정하지 않지만 그건 질투 때문이죠. 작품에 대한 견해가 다르거든요. 지금 보니 이 작품들은 정말 뛰어난 초상화들이군요."

"그렇게 말씀해주시니 고맙습니다." 헨리 경이 약간 놀란 눈으로 홈즈를 보며 말을 받았다. "전 사실 미술 작품에 대해서는 잘 모릅니다. 그보다는 말이나 소에 대해 더 잘 알죠. 미술 작품에 관심이 많으신지 미처 몰랐습니다."

"자세히 보면 어떤 것이 좋은 작품이지 알 수 있죠. 지금 좋은 작품을 보고 있습니다. 저것은 넬러(Kneller, 독일 태생의 영국 궁정의 초상화가—옮긴이)의 작품이군요. 저쪽에 파란 비단옷을 입고 있는 여성 말입니다. 그리고 가발을 쓰고 살이 좀 찐 저 신사분은 레이놀즈(Reynolds, 영국의 초상화가—옮긴이)의 작품이 분명합니다. 제 생각엔 가족 초상화 같은데요?"

"네, 전부 다요."

"저분들의 성함을 아시나요?"

"배리모어가 알려주었죠. 모두 기억하고 있습니다."

"망원경을 보고 있는 저 신사분은 누구시죠?"

"저분은 서인도 제도에서 로드니 제독 밑에서 근무하셨던 바스커빌 해군 소장이십니다. 파란 외투를 입고 종이를 들고 계신 분은 윌리엄 바스커빌 경입니다. 피트 수상 시절에 하원 위원회의 의장을 지내셨습니다."

"제 맞은편에 호탕해 보이는 분은 누구시죠? 레이스가 달린 블랙 벨벳을 입고 계신 분이오."

"오, 아주 정확하게 짚으셨네요. 이 모든 불행의 원인인 사악한 휴고입니다. 저희 가문에 드리운 사냥개의 전설이 저분에게서 시작되었죠. 저희는 저분을 잊을 수가 없을 겁니다."

나는 호기심과 놀라움이 뒤섞인 눈으로 초상화를 바라봤다.

"아, 그렇군요." 홈즈가 감탄한 듯 말을 이었다. "보기에는 조용하고 꽤 온순한 분 같은데요. 하지만 저분의 눈에 사악함이 숨겨져 있군요. 그림보다 훨씬 더 험악하고 무지막지하게 생겼을 거라고 생각했거든요."

"분명 그분이 맞습니다. 이름과 1647년이라는 날짜가 그림 뒤에 써 있습니다."

홈즈는 뭐라고 좀 더 얘기했다. 휴고의 초상화는 홈즈를 사로잡는 매력이 있는 것 같았다. 홈즈는 저녁 식사 내내 그 그림을 쳐다봤다. 나는 헨리 경이 방으로 들어간 후에야 비로소 홈즈의 의도를 알 수 있었다. 홈즈는 나를 다시 식당으로 데리고 가더니 방에 있던 촛불을 들고 나와서 벽에 걸린 오래된 초상화에 바싹 대며 물었다.

"뭐가 보이나?"

나는 깃털 장신을 한 커다란 모자, 보기 좋게 흘러내린 곱슬머리, 하얀 레이스, 길고 엄하게 생긴 여러 초상화 사이에 놓인 한 얼굴을 바라봤다. 잔인하게 생긴 얼굴은 아니었다. 하지만 얇은 입술은 사납고 무정해 보였으며, 가늘고 차갑게 생긴 눈이 매서운 얼굴이었다.

"자네가 아는 누군가하고 닮지 않았나?"

"턱이 헨리 경하고 비슷한 것 같군."

"아마도 그렇겠지. 그러나 잠시만 기다려 보게!" 홈즈는 의자 위에 올라가 촛불을 왼손에 들고 오른손으로 곡선을 그려서 커다란 모자와 긴 곱슬머리를 가렸다.

"이런, 세상에!" 나는 너무 놀라 소리를 질렀다.

스테이플턴의 얼굴이 초상화 속에서 선명하게 드러났다.

"이제야 봤군. 내 눈은 사람들의 얼굴을 정확하게 볼 수 있도록 훈련되어 있지. 얼굴을 둘러싸고 있는 장식품들은 빼고 말이야. 범죄 수사관들에게 가장 첫 번째로 요구되는 것은 변장을 하더라도 그것을 꿰뚫어 볼 수 있는 능력일세."

"하지만 정말 믿을 수 없군. 이건 거의 스테이플턴의 초상화야."

"맞아. 육체적, 정신적 양쪽 측면 모두에서 격세유전(생물의 성질이나 체질 등의 열성형질이 일 대 혹은 여러 대를 지나서 나타나는 현상—옮긴이)의 매우 흥미로운 사례지. 이 집안사람들의 초상화를 살펴보면 휴고가 다시 환생한 셈이야. 그 녀석은 바스커빌 집안사람이야. 분명해."

"유산상속을 노리고 음모를 꾸민 거군."

"그렇지. 이 초상화가 우리가 놓친 가장 분명한 정보를 제공해주었어. 잡았어, 왓슨. 이제 잡았다고. 감히 장담하건대 내일 저녁이 되기 전에 그 교활한 자는 우리의 수사망에 걸려 퍼덕이게 될 거야. 마치 자신의 포충망에 잡혀 꼼짝 못하는 나비처럼. 핀, 코르크 마개, 카드를 준비하고 그자를 잡아 우리의 베이커 스트리트 수집품에 추가하자고!" 홈즈는 초상화에서 멀어지면서 보기 드물게 쾌활한 웃음을 터뜨렸다. 나는 그런 웃음소리를 가끔 들을 수 있었는데, 그것은 항상 누군가에게는 좋지 않은 전조였다.

다음 날 아침 일찍 일어나 보니, 홈즈는 나보다 먼저 일어나 돌아다니고 있었다. 옷을 입고 나왔을 때 홈즈는 밖에 나갔다 들어오는 중이었다.

"일어났나? 오늘은 아주 긴 하루가 될 걸세." 홈즈는 즐거운 표정으로 손바닥을 비비며 말했다. "그물은 모두 제자리에 설치돼 있어. 이제 곧 그물질을 시작할 거야. 오늘이 가기 전에 얼굴이 갸름한 커다란 물고기를 잡았는지, 아니면 그놈이 그물을 뚫고 도망쳤는지 알 수 있겠지."

"벌써 황야에 갔다 온 건가?"

"그림펜에 가서 셀던이 죽었다고 프린트타운에 전보를 보냈어. 우리 중 누구도 그 문제로 곤란을 겪지 않을 거야. 그리고 나의 충실한 카트라이트와도 연락을 했지. 내가 안전하다는 것을 알리지 않는다면 개가 주인의 무덤을 지키듯 내가 머물던 오두막 앞에서 초조하게 기다릴 게 분명하거든."

"이제 다음 순서는 뭔가?"

"헨리 경을 만나는 거지. 아, 저기 오는군!"

"안녕히 주무셨습니까?" 헨리 경이 아침 인사를 건넸다. "홈즈 씨는 마치 보좌관과 함께 전투를 준비하는 장군처럼 보입니다."

"아주 정확하게 보셨습니다. 왓슨이 지금 저의 지시를 기다리고 있는 중이거든요."

"저도 그렇습니다."

"좋습니다. 준비가 되셨군요. 제가 알기로는 오늘 밤에 스테이플턴과 저녁 식사 약속이 있으시죠?"

"홈즈 씨도 동행했으면 합니다. 스테이플턴 남매는 무척 친절한 사람들입니다. 분명히 홈즈 씨를 보면 아주 기뻐할 겁니다."

"유감스럽지만 저와 왓슨은 런던으로 돌아가야 합니다."

"런던이라구요?"

"네, 지금 시점에서는 그게 훨씬 더 유용할 것 같습니다."

헨리 경의 얼굴이 눈에 띌 정도로 어두워졌다.

"이 사건이 해결될 때까지 두 분이 저를 도와주시는 걸로 알고 있었는데요. 이 저택이나 황야 모두 저 혼자 있기에는 그리 즐거운 곳이 아닙니다."

"친애하는 헨리 경, 저를 절대적으로 믿고 제가 말씀드린 대로 정확히 하셔야 합니다. 스테이플턴에게 가서 얘기하세요. 저하고 왓슨이 함께 왔다면 더욱 즐거웠을 텐데, 급한 일이 생겨 런던으로 돌아갔고, 최대한 빨리 이곳으로 돌아오겠다고 했다고 하세요. 이 얘기를 꼭 그들에게 전달하셔야 합니다!"

"정 원하신다면."

"다른 대안은 없습니다. 분명합니다."

나는 헨리 경의 얼굴에 드리운 그늘을 보았다. 우리가 떠난다는 소리에 이 젊은 남자가 깊이 상심했다는 것을 알 수 있었다.

"언제 떠날 예정입니까?" 헨리 경이 무뚝뚝하게 물었다.

"아침 식사를 하고 바로 쿰 트레이시로 떠날 겁니다. 하지만 왓슨이 다시 돌아올 거라는 뜻에서 왓슨의 물건은 그대로 남겨두고 가겠습니다. 왓슨, 스테이플턴에게 자네가 그곳에 가지 못해서 매우 유감이라고 전갈을 보내게."

"저도 두 분과 함께 런던으로 가고 싶습니다." 헨리 경이 끼어들었다. "왜 제가 여기 혼자 남아야 합니까?"

"그것이 헨리 경이 해야 할 일입니다. 제가 하라는 대로 하겠다고 약속하셨잖아요. 저는 경이 여기 남아 있기를 바랍니다."

"좋습니다. 그렇다면 여기 남아 있죠."

"한 가지 더 있습니다. 머리핏 하우스까지 마차를 타고 가세요. 그리고 도착하면 마차를 돌려보내시고, 그들에게 저택으로 돌아갈 때는 걸어갈 예정이라고 얘기하세요."

"황야를 걸어서 가라고요?"

"네."

"하지만 그건 홈즈 씨가 여러 차례 하지 말라고 경고하셨던 일이잖아요."

"이번에는 안전하게 할 수 있을 겁니다. 저는 경의 배짱과 용기를 믿습니다. 그렇지 않았다면 이런 제안을 하지 않았을 겁니다. 경이 그렇게 하는 것이 매우 중요합니다."

"그럼, 그렇게 하겠습니다."

"단, 절대로 다른 길로는 황야를 건너면 안 됩니다. 반드시 머리핏 하우스에서 그림펜으로 가는 직선 길을 따라 건너십시오. 늘 다니시던 그 길로 말입니다."

"말씀하신 그대로 하겠습니다."

"좋습니다. 저희는 아침을 먹자마자 최대한 빨리 출발하겠습니다. 그러면 아마 점심때쯤 런던에 도착할 것입니다."

나는 홈즈가 어젯밤 스테이플턴에게 내일 떠날 것이라고 얘기한 사실을 기억하고 있었지만 그래도 홈즈의 얘기를 듣고 무척 놀랐다. 나도 함께 떠나야 한다고 홈즈가 생각하는 줄 몰랐고, 홈즈 스스로 매우 결정적인 순간이라고 얘기하면서 왜 우리 둘 다 떠나야 하는지 이해할 수가 없었다. 그러나 절대적으로 홈즈의 말을 따를 뿐 다른 이유는 있을 수 없었다. 그래서 우리는 애처로워 보이는 헨리 경에게 작별 인사를 하고 저택을 떠나, 몇 시간 후 쿰 트레이시에 있는 기차역에 도착했다. 승강장에는 한 소년이 우리가 저택으로 돌아갈 수 있도록 마차를 대기한 채 기다리고 있었다.

"다른 지시는 없으십니까, 선생님?"

"저 기차를 타고 런던으로 돌아가게, 카트라이트. 런던에 도착하자마자 바로 헨리 바스커빌 경에게 내 이름으로 이렇게 전보를 치게. 만약 내가 두고 온 수첩을 찾으면 그것을 등기우편으로 베이커 스트리트로 보내달라고."

"네, 알겠습니다."

"그리고 역무원에게 가서 나에게 온 메시지가 있는지 물어보게."

카트라이트가 전보를 가지고 돌아왔다. 홈즈가 나에게 전보를 보여주었다. 거기에는 '전보를 받았음. 서명하지 않은 영장을 가지고 내려가겠음. 5시 40분 도착. 레스트레이드'라고 적혀 있었다.

"오늘 아침에 내가 보낸 전보에 대한 답신이야. 레스트레이드는 뛰어난 형사고, 내 생각엔 그의 도움이 필요할 것 같아. 왓슨, 지금이야말로 자네의 친구 로라 라이언스 부인을 방문하기에 최적의 시간인 것 같군."

드디어 홈즈의 치밀한 계획이 시작되었다. 헨리 경을 이용해 스테이플턴이 우리가 떠났다고 믿도록 해놓고, 우리가 정말로 필요한 순간에 바로 나타날 수 있도록 돌아가는 것이었다. 홈즈 이름으로 런던에서 온 전보에 대해 헨리 경이 스테이플턴에게 얘기한다면, 스테이플턴은 혹시나 하던 마지막 의심까지 던져버릴 것이다. 나는 벌써 턱이 홀쭉한 물고기를 잡기 위해 우리의 그물이 좁혀지는 것을 보는 것만 같았다.

로라 라이언스 부인은 사무실에 있었다. 홈즈는 부인과 솔직하고 직설적인 대화를 시작했다.

"저는 지금 찰스 바스커빌 경의 사망과 관련한 상황을 조사중입니다." 홈즈가 얘기를 꺼냈다. "제 친구인 여기 왓슨 의사선생이 부인과 나눈 이야기를 해줬습니다. 또한 부인이 그 사건과 관련해서 무언가를 숨기고 있다는 얘기도 들었습니다."

"제가 뭘 숨기고 있다니요?" 부인이 도전적으로 물었다.

"부인은 스스로 찰스 경에게 밤 10시에 황야로 나가는 문에서 만나자고 했다는 사실을 인정했습니다. 그것은 정확히 찰스 경이 죽은 시각과 장소입니다. 부인은 분명 그 둘 사이의 연관성에 대해 뭔가 숨기고 있는 것이 있습니다."

"그 둘 사이에는 아무런 연관성이 없습니다."

"이번 사건에서 그 둘이 정확히 일치한다는 사실은 매우 주목할 만한 일입니다. 우리는 결국 둘 사이의 연관성을 찾는 데 성공할 겁니다. 그러나 저는 완전히 솔직하게 얘기하고 싶습니다. 라이언스 부인, 우리는 이 사건을 살인으로 보고 있습니다. 그리고 증거들이 의미하는 것을 보면 이것은 단지 당신의 친구인 스테이플턴뿐만 아니라 그의 아내도 연관이 있는 것으로 파악되고 있습니다."

라이언스 부인은 의자에서 벌떡 일어났다.

"그의 아내라고요?" 부인이 소리쳤다.

"이 사실은 더 이상 비밀이 아닙니다. 여동생으로 알려진 그 여자가 사실은 스테이플턴의 아내입니다."

라이언스 부인은 다시 의자에 앉았다. 손으로 의자 손잡이를 잡았는데, 어찌나 세게 쥐었는지 핑크색 손톱이 하얗게 변했다.

"그의 아내라니!" 부인이 다시 소리쳤다. "아내라니! 그는 결혼하지 않았다고 했어요."

홈즈가 어깨를 으쓱해보였다.

"증거를 대보세요, 증거를! 당신이 그것을 증명할 수 있다면!"

분노로 빨갛게 충혈된 부인의 눈이 다른 무엇보다도 많은 얘기를 하고 있었다.

"그걸 증명하기 위해 제가 여기 온 것입니다." 홈즈가 주머니에서 여러 장의 종이를 꺼내 펼쳤다. "이것은 몇 년 전 두 사람이 요크에서 찍은 사진입니다. 여기 밴들러 부부라고 서명이 되어 있죠. 그러나 보시면 이 남자가 누구인지 그리고 이 여자를 보셨다면 누구인지 쉽게 알 수 있을 겁니다. 여기 당시 세인트 올리버 사립학교를 운영했던 밴들러 부부와 알고 지냈던 사람들로부터 온 세 건의 증언이 있습니다. 모두 믿을 수 있는 사람들입니다. 이 사람들의 증언이 의심스러우면 자세히 살펴보시고 읽어보세요."

라이언스 부인은 그것들을 힐끔 보더니 우리를 올려다봤다. 절망한 여인의 얼굴은 차갑게 굳어 있었다.

"홈즈 씨." 부인이 입을 열었다. "이 남자는 제가 남편과 이혼한다면 저와 결혼하겠다고 약속했어요. 거짓말을 한 거군요. 나쁜 놈, 모든 게 다 거짓이었어요. 단 한 마디도 사실인 게 없어요. 그런데 어째서? 대체 왜죠? 저는 단지 이 모든 것이 다 저를 위한 것이라고 생각했어요. 그런데 이제 보니 저는 아무것도 아니었군요. 단지 그에게 이용당하는 도구였어요. 저와 한 약속을 하나도 지키지 않은 사람과의 약속을 제가 지킬 이유가 없죠. 그가 저지른 끔찍한 일로부터 더 이상 그를 보호해야 할 이유가 없어요. 궁금한 것을 물어보세요. 더 이상 감출 일이 아무것도 없습니다. 단, 한 가지 맹세할 수 있는 것은 제가 찰스 경에게 편지를 보냈을 때 그분에게 그런 끔찍한 일이 생기리라고는 꿈에도 생각하지 못했어요. 그분은 정말 친절한 제 친구였어요."

"저도 전적으로 부인을 믿습니다." 홈즈가 대답했다. "이 사건을 다시 언급하는 것은 부인에게 매우 고통스러운 일일 겁니다. 제가 어떤 일이 있었는지 얘기를 할 테니 부인이 보실 때 제가 잘못 알고 있는 부분이 있으면 대답을 하시는 것이 더 쉬울 것 같습니다. 부인이 보내신 그 편지는 스테이플턴이 쓰라고 한 것이죠?"

"그가 불러줬어요."

"부인이 이혼하는 데 필요한 비용을 찰스 경이 대줄 거라고 하면서 편지를 쓰게 했죠?"

"네, 맞습니다."

"그런데 편지를 보내고 나서는 부인에게 그 약속을 지키지 말라고 종용했죠?"

"그가 말하기를 다른 남자가 제가 이혼하는 데 드는 비용을 지불한다면 자기 자존심이 무척 상할 것 같다고 했어요. 자신은 가난하지만 우리 사이에 놓인 장애물을 제거하기 위해 전 재산을 바치겠다고 했죠."

"스테이플턴은 무척 일관성 있는 사람으로 보였겠군요. 이후 신문에서 찰스 경의 죽음에 관한 기사를 볼 때까지 아무 얘기도 못 들으셨죠?"

"네."

"그리고 그가 부인에게 찰스 경하고의 약속에 대해서는 아무에게도 얘기하지 말라고 다짐을 했죠?"

"네, 그랬습니다. 그는 찰스 경의 죽음이 매우 괴이하기 때문에 제가 그런 얘기를 하면 분명히 의심을 받을 거라고 말했어요. 조용히 있으라고 잔뜩 겁을 줬어요."

"분명히 그랬겠죠. 하지만 부인은 스테이플턴을 의심했죠?"

여인은 잠시 머뭇거리더니 고개를 숙였다.

"그 사람일 거라고 생각했어요." 부인이 털어놨다. "하지만 만약 그가 저하고의 약속을 지켰다면 전 끝까지 그 비밀을 지켰을 거예요."

"제 생각에는 전체적으로 부인이 운이 좋았네요." 홈즈가 설명했다. "부인이 그의 비밀을 알고 있다는 것을 스테이플턴 또한 알고 있었어요. 하지만 운 좋게 아직 살아 있는 겁니다. 부인은 지금까지 몇 달 동안 위험한 절벽의 가장자리에 매우 가까이 있었어요. 정말 다행입니다, 라이언스 부인. 아마 얼마 안 있어 저희에게서 다시 소식을 듣게 될 것입니다."

"사건은 점차 마무리가 되어가고, 우리 앞에 있던 장애물들도 거의 사라지고 있군." 런던에서 오는 급행열차가 도착하기를 기다리며 홈즈가 말했다. "조만간 요즘 시대에 가장 보기 드물고 충격적인 이 사건에 대해 제대로 된 설명을 할 수 있게 될 거야. 범죄학을 공부하는 사람들은 1866년 리틀 러시아의 그로드노에서 발생한 이와 유사한 사건과 미국 노스캐롤라이나에서 있었던 앤더슨 살인 사건을 기억할 걸세. 하지만 이번 사건은 그것들과는 구분되는 전적으로 독특한, 이 사건만의 특징을 가지고 있어. 심지어 지금도 우리는 이 교활한 자에 대해서 분명히 알지 못하고 있는 부분이 있거든. 하지만 오늘 밤이 가기 전에 그 모든 것이 분명히 드러날 거야."

런던에서 온 급행열차가 요란한 소리를 내며 역에 도착했다. 잠시 후 작은 불도그처럼 생긴 남자가 일등석 칸에서 뛰어내렸다. 우리 세 사람은 악수를 나눴다. 나는 레스트레이드 경위가 매우 공손한 태도로 홈즈를 대한다는 것을 알 수 있었다. 경위의 추상적인 이론이 홈즈에게 언제나 무시당하곤 했던 것을 나는 잘 기억하고 있었다. 하지만 경위는 홈즈와 함께 일을 한 이후 홈즈에게서 많은 것을 배웠다.

"무슨 좋은 일이라도 있으십니까?" 레스트레이드 경위가 물었다.

"올해 들어 가장 큰 사건이죠." 홈즈가 대답했다. "출발하기까지 두 시간쯤 여유가 있군요. 천천히 저녁이나 먹을까요. 식사 후 다트무어의 신선한 밤공기를 마시면서 레스트레이드 씨의 목에 걸려 있는 런던의 안개를 씻어내 보죠. 여긴 처음이시죠? 음, 아마 이 첫 방문을 결코 잊지 못할 겁니다."

14
바스커빌가의 사냥개

홈즈의 결점 중 하나는 전체 계획이 현실화되기 전까지는 어느 누구에게도 말을 하지 않는다는 것이다. 물론 이것을 정말 결점이라고 할 수 있다면 말이다. 이것은 부분적으로 주변 사람들을 주도하고 놀라게 하는 것을 좋아하는 홈즈의 개인적인 성격에서 비롯되었다. 나머지는 그 어떤 기회도 놓치지 않으려고 자신을 단속하는 직업적 조심성에서 유래했다. 하지만 그 결과 홈즈의 조수나 조력자로 활동하는 사람들은 힘이 많이 들었다. 나는 자주 그런 고통을 겪었지만 그날 긴 마차 여행을 하는 동안만큼 힘들었던 적은 없었다. 우리 앞에는 커다란 난관이 놓여 있었고, 마침내 우리는 마지막 계획을 시도하려던 참이었다. 그러나 홈즈는 아직 아무 말도 없었고, 나는 그저 그의 계획이 어떤 것이라고 추측만 할 뿐이었다. 차가운 바람이 얼굴을 스치고 어둡고 음산한 빈 공간이 좁은 마찻길 양쪽으로 보이자 다시 한번 황야로 돌아왔다는 생각에 신경이 바짝 곤두섰다. 말들이 한 발자국을 내디딜 때마다, 마차 바퀴가 한 바퀴 돌 때마다 우리는 점점 사건의 정점을 향해 가까이 다가가고 있었다. 긴장이 고조되고 앞으로 일어날 일에 대해 걱정이 심해져도 임시로 고용한 마차의 마부 때문에 우리는 하찮은 잡담만을 나눠야 했다. 그런 부자연스러운 시간이 지나고 마침내 프랭클랜드의 집을 지나 바스커빌 저택에 가까워졌다는 것을 알고 슬슬 행동을 시작하자 오히려 긴장감이 풀렸다. 우리는 현관문까지 가지 않고 대로변의 문 앞에서 내렸다. 마차 비용을 지불하고 마부에게 즉시 쿰 트레이시로 돌아가도록 지시한 후 우리는 머리핏 하우스를 향해 걸음을 옮겼다.

"무장했나요, 레스트레이드 씨?"

키 작은 형사는 웃으며 대답했다. "제가 이 바지를 입었다는 건 뒤쪽 호주머니가 있다는 얘기고, 이 호주머니가 있는 한 그 안에 뭔가가 있다는 얘기죠."

"좋습니다. 나와 내 친구 또한 비상 상황에 대비한 준비를 했습니다."

"홈즈 씨, 이 사건에 상당히 집착하시는 것 같은데요, 이게 다 무슨 일이죠?"

"조금만 기다리면 알게 됩니다."

"이런, 여기는 기다리기에 그다지 유쾌한 곳은 아닌 것 같군요." 경위는 몸을 떨면서 주변을 둘러봤다. 언덕의 어두운 경사면과 거대한 그림펜 늪 위에는 안개가 호수처럼 펼쳐져 있었다. "우리 앞쪽에 있는 집에서 나오는 불빛이 보이는군요."

"저것이 우리 여행의 종착점인 머리핏 하우스입니다. 지금부터 발끝으로 살금살금 접근하고 절대 크게 얘기해서는 안 됩니다."

우리는 매우 조심스럽게 길을 따라 걸었다, 마치 집으로 곧장 가는 것처럼. 그러나 집 근처 200미터쯤 접근했을 때 홈즈가 우리에게 멈추라고 했다.

"여기가 잘 보이겠군." 홈즈가 말했다. "오른쪽에 있는 저 바위들 때문에 들킬 염려는 없겠어."

"여기서 그냥 기다리는 건가요?"

"네, 여기서 잠복하는 겁니다. 조용히 숨어 있는 거죠, 레스트레이드 씨. 왓슨, 집 안에 들어가 봤지? 실내 구조가 어떤지 설명할 수 있겠어? 저쪽 끝에 격자무늬로 된 창문은 뭔가?"

"부엌 창문인 것 같군."

"그럼 그 뒤에 아주 밝게 빛나는 저쪽은?"

"저곳이 식당이야."

"창문 블라인드가 올려져 있군. 접근하기 아주 좋은 위치야. 조용히 기어가서 그들이 뭘 하고 있는지 볼 수 있겠나? 절대 그들이 알 수 없도록 조용히 접근해야 하네!"

나는 발끝으로 조용히 걸어 잡목들로 둘러싸인 낮은 벽 뒤에 몸을 웅크렸다. 이어 벽이 만든 그림자 속을 기어 커튼이 쳐져 있지 않은 창문 사이로 안을 들여다볼 수 있는 위치에 자리를 잡았다.

실내에는 헨리 경과 스테이플턴 두 명뿐이었다. 둥근 테이블을 사이에 두고 양쪽에 앉아 있었는데, 내 쪽에서 그들의 옆

모습을 볼 수 있었다. 둘 다 담배를 피우고 있었고 앞에는 커피와 와인이 놓여 있었다. 스테이플턴은 쾌활하게 얘기를 하고 있었지만 창백한 얼굴의 헨리 경은 건성으로 듣고 있었다. 아마도 음침한 황야를 혼자 걸어서 지나가야 한다는 생각 때문에 마음이 무거운 것 같았다.

잠시 후 스테이플턴이 일어나 방을 나갔고, 헨리 경은 와인잔을 채워 의자에 몸을 기대면서 담배 연기를 길게 내뱉었다. 현관문이 '삐이익' 하고 열리더니 자갈을 밟는 구두 소리가 들렸다. 그 소리는 내가 웅크리고 있는 벽 반대편 쪽으로 가고 있었다. 그쪽으로 눈을 돌리자 스테이플턴이 과수원 한쪽에 있는 헛간문 앞에 멈춰 서 있었다. 그는 열쇠로 문을 열고 안으로 들어갔고, 뭔가 부스럭거리는 소리가 났다. 잠시 안에 있다 나온 스테이플턴은 문을 잠그고 내가 숨어 있는 곳을 지나 집으로 들어갔다. 헨리 경과 스테이플턴이 다시 얘기를 나누는 모습을 볼 수 있었다. 나는 조용히 기어서 홈즈와 레스트레이드 경위가 있는 곳으로 돌아왔다.

"왓슨, 그럼 그 여자는 안에 없다는 얘기네?" 내가 본 것을 모두 설명하고 나자 홈즈가 물었다.

"맞아."

"그럼, 그녀는 어디에 있는 거지? 부엌을 빼고는 불이 켜진 다른 방이 없잖아?"

"그 여자가 어디 있는지 나도 모르겠네."

거대한 그림펜 늪 위에서 하얀 안개가 짙게 퍼지기 시작했다. 안개는 서서히 움직여 우리가 있는 방향으로 밀려오더니 마치 벽처럼 쌓이기 시작했다. 낮고 두껍게 깔린 안개는 눈으로도 뚜렷이 볼 수 있었다. 그 위로 달빛이 비춰 안개는 마치 거대한 얼음 들판처럼 보였는데, 그 위로 멀리 있는 바위산 꼭대기가 솟아올라 있었다. 홈즈가 그쪽으로 얼굴을 돌리더니 서서히 밀려오는 안개를 바라보며 초조한 듯 낮게 중얼거렸다.

"안개가 우리 쪽으로 밀려오고 있어, 왓슨."

"무슨 문제라도 있어?"

"아주 심각한 문제지. 안개야말로 지금 여기서 내 계획을 망칠 수도 있는 유일한 장애물이라네. 헨리 경이 곧 나올 거야. 이제 10시가 다 되었거든. 우리 작전의 성공과 심지어 헨리 경의 목숨까지도 안개가 길을 다 덮어버리기 전에 경이 저 집에서 나오느냐 마느냐에 달려 있다네."

머리 위의 밤하늘은 깨끗하고 맑았다. 별은 차갑고 밝게 빛나고 있었고, 반달이 이 모든 광경을 희미한 빛으로 부드럽게 비추고 있었다. 우리 앞의 어둠 속에는 육중한 형체를 한 스테이플턴의 집이 놓여 있었다. 톱니 모양의 지붕과 불쑥 솟아오른 굴뚝이 은빛으로 반짝이는 하늘을 배경으로 뚜렷한 윤곽을 만들어내고 있었다. 창문을 통해 나온 넓은 막대 같은 황금색 불빛이 과수원과 황야를 향해 퍼져나갔다. 불빛 중 하나가 갑자기 꺼졌다. 하인이 부엌을 떠난 것이다. 이제 식당에만 등불이 켜져 있었고, 그곳에는 살인범인 집주인과 그것을 전혀 알지 못하는 손님이 여전히 담배를 피우며 얘기를 나누고 있었다.

시간이 지날수록 황야의 절반을 뒤덮은 양모 같은 안개가 집 쪽으로 점점 더 밀려왔다. 이미 먼저 퍼지기 시작한 엷은 안개 한 자락이 노란 불빛이 새어 나오는 창문을 가리기 시작했다. 과수원 쪽의 벽은 벌써 보이지 않았고, 나무들만이 소용돌이치는 안개 속에서도 두드러져 보였다. 우리가 지켜보는 동안 서서히 밀려온 안개는 집의 양 측면을 모두 가리더니 천천히 하나로 합쳐지면서 둑처럼 주택의 윗부분과 지붕까지 가렸다. 이제 집은 안개 가득한 바다에 떠 있는 이상한 배처럼 보였다. 홈즈는 화가 난 듯 우리 앞에 있는 바위를 치고 초조하게 발로 땅을 굴렀다.

"만약 헨리 경이 15분 이내로 저 집에서 나오지 않으면 돌아가는 길이 모두 안개에 덮일 거야. 30분 후면 우리 손도 보이지 않을 정도로 안개가 짙어지겠어."

"뒤쪽, 좀 더 높은 곳으로 자리를 옮길까?"

"그래, 그렇게 하는 게 좋겠어."

짙은 안개가 앞으로 계속 몰려가고 있었기 때문에 우리는 뒤로 물러나 집으로부터 약 1킬로미터 정도 떨어졌지만, 여전히 짙은 안개의 바다였다. 저 하늘 높은 곳에서 은빛으로 빛나는 달만이 이 모든 광경을 무표정하게 천천히 비추고 있었다.

"여기가 좋겠어." 홈즈가 입을 열었다. "경이 우리 쪽에 닿기도 전에 범인에게 추월당하면 손쓸 겨를이 없을 수도 있어. 무슨 일이 있어도 이 자리를 지켜야 해." 홈즈는 무릎을 꿇더니 귀를 땅에 댔다. "다행이야. 경이 오는 소리가 들리는군."

빠르게 걷는 발자국 소리가 황야의 침묵을 깨뜨리고 있었다. 우리는 바위틈에 웅크리고 앉아 눈앞의 안개가 거의 걷힌 길을 뚫어지게 바라봤다. 발자국 소리가 점차 커지더니 마치 커튼을 지나듯 안개를 뚫고 헨리 경이 나타났다. 경은 안개가 걷히고 별이 반짝이는 곳으로 나오자 놀란 듯 주위를 둘러봤다. 그리고 빠르게 길을 따라 걸어 우리가 숨어 있는 곳을 지나쳐 우리 뒤쪽의 긴 경사면을 오르기 시작했다. 경은 걸으면서도 쫓기는 사람처럼 계속 주위를 둘러봤다.

"쉿!" 홈즈가 낮게 주의를 줬다. 그 순간 나는 권총을 장전하는 날카로운 '찰깍' 소리를 들었다. "저기 봐! 누가 오고 있어!"

작지만 부스럭거리며 걷는 '타다닥' 소리가 짙은 안개 속 어딘가에서 지속적으로 들려왔다. 안개는 우리가 숨어 있는 곳에서 50미터쯤 떨어져 있었다. 우리 세 사람은 저 안개 속에서 어떤 끔찍한 것이 튀어나올지 확실히 알 수 없는 상태에서 그쪽을 바라봤다. 나는 홈즈 바로 옆에 있어서 순간적으로 그의 얼굴을 볼 수 있었다. 희미했지만 눈앞으로 다가온 승리에 들뜬 홈즈의 눈은 달빛을 받아 반짝였다. 그런데 갑자기 홈즈와 레스트레이드 경위가 앞으로 움직였다. 경직된 그들의 눈은 고정된 채 앞을 보고 있었고, 입술은 놀라움으로 벌어져 있었다. 그와 동시에 놀란 레스트레이드 경위가 외마디 비명을 지르며 황급히 얼굴을 밑으로 숙였다. 나도 일어섰다. 무의식중에 권총을 손에 쥐었지만, 짙은 안개 속에서 우리 앞으로 튀어

나온 생명체의 무시무시한 모습에 놀라 온몸이 마비될 지경이었다. 그것은 바로 사냥개였다. 거대한 크기의 칠흑처럼 까만 사냥개로, 이전에는 한 번도 본 적이 없는 그런 개였다. 벌어진 입에서는 불을 뿜고, 이글거리는 눈은 불타고 있었으며, 주둥이와 목둘레, 목 밑으로 처진 살 주변으로 불꽃이 펄렁이고 있었다. 정신적으로 허약한 사람의 혼탁한 꿈속이 아니라면, 방금 안개 속에서 우리 앞으로 튀어나온 개보다 더 야만적이고 오싹해 보이는 지옥의 괴물 같은 사냥개를 상상할 수는 없을 것이다.

거대한 검은 괴물은 헨리 경의 발자국을 따라 성큼성큼 뛰며 곧장 뒤를 쫓아갔다. 유령 같은 개의 출현에 너무 놀란 우리가 미처 정신을 차리기도 전에 사냥개가 우리 앞을 그냥 지나쳤다. 하지만 곧 홈즈와 내가 동시에 총을 쏘았고, 사냥개의 끔찍한 울음소리가 들린 것으로 보아 우리 둘 중 한 사람이 맞힌 것 같았다. 그러나 사냥개는 멈추지 않고 앞으로 계속 달려갔다. 멀리 떨어진 곳에서 뒤를 돌아보는 헨리 경이 보였다. 경의 얼굴은 달빛을 받아 창백했고, 너무 놀라 손을 든 채 자신을 뒤쫓아오는 괴생명체를 무기력하게 바라보고 있었다. 그러나 고통스러운 신음 소리가 사냥개로부터 나오는 것을 보고 우리는 모든 걱정을 바람에 날려버릴 수 있었다. 상처를 입었다는 것은 이 괴물도 인간 세계에 속한 생명체라는 얘기고, 상처를 입힐 수 있다면 죽일 수도 있는 것이었다. 그날 밤의 홈즈처럼 빨리 달리는 사람을 나는 여태 본 적이 없었다. 나도 매우 빨리 달렸는데, 내가 키 작은 경위를 앞서 달리는 것만큼이나 홈즈는 나를 앞서서 달렸다. 우리가 거의 날듯이 달려가 보니, 앞쪽에서 헨리 경의 비명 소리와 사냥개의 낮은 으르렁거리는 소리가 연달아 들렸다. 나는 괴생명체가 먹잇감을 덮쳐 땅에 넘어뜨리고 목을 물려고 하는 모습을 볼 수 있었다. 그러나 다음 순간 홈즈가 다섯 발의 총알을 연달아 사냥개의 옆구리에 쏘았다. 사냥개는 고통스런 마지막 울부짖음을 끝으로 꽈당 넘어져 굴렀다. 그러더니 발로 격렬하게 땅을 긁다 마침내 그대로 주저앉았다. 나는 숨을 헐떡이며 웅크린 채 희미하게 보이는 사냥개의 이마를 총으로 밀어보았다. 더 이상 총을 쏠 필요가 없었다. 거대한 사냥개는 이미 죽어 있었다.

헨리 경은 자신이 넘어진 줄도 모르고 누워 있었다. 우리는 경의 목을 보기 위해 칼라를 벗겼다. 홈즈가 안도의 한숨을 내쉬었다. 헨리 경은 아무런 상처도 입지 않았다. 우리가 적절한 시간에 구한 것이었다. 헨리 경은 눈썹을 부들부들 떨면서 겨우 몸을 추스를 수 있었다. 레스트레이드 경위가 브랜디가 든 술병을 헨리 경의 입에 물렸다. 그러자 젊은 준남작은 겁에 질린 눈으로 우리를 올려다봤다.

"맙소사!" 경이 중얼거렸다. "그게 뭐였죠? 도대체 그게 뭐죠?"

"죽었습니다. 뭔지 몰라도 말이죠." 홈즈가 대답했다. "처음이자 마지막으로 바스커빌 가문의 유령을 잡았습니다."

크기나 그 강력한 힘으로 봤을 때 우리 앞에 죽어 있는 것은 정말 끔찍한 생명체였다. 순수한 블러드하운드나 마스티프 종은 아니었다. 그 둘을 합쳐놓은 것처럼 보였다. 으스스하고 잔인한 게 거의 작은 암사자 크기였다. 심지어 이미 죽었는데도 거대한 턱에서는 파란 불꽃이 떨어지는 것 같았고, 작고 깊이 박힌 잔인한 눈은 둥그런 불꽃을 그리고 있었다. 나는 손을 뻗어 빛나는 주둥이를 만져보았다. 그런 다음 손가락을 들어 올리자 어둠 속에서 불이 타듯 반짝였다.

"인燐이군." 내가 중얼거렸다.

"아주 치밀하게 준비했군." 홈즈가 킁킁거리며 사냥개의 냄새를 맡으면서 말을 받았다. "인은 냄새가 없기 때문에 이놈의 후각을 방해하지 않았을 거야. 헨리 경, 이런 위험에 처하게 한 것을 깊이 사과드립니다. 사냥개라고 예측은 했지만 이런 괴물일 줄은 몰랐습니다. 그리고 안개 때문에 잡을 시간이 부족했습니다."

"홈즈 씨가 제 생명을 구했어요."

"많이 놀라셨을 텐데, 일어나실 수 있겠어요?"

"브랜디 한 모금만 더 마시면 무엇이든 할 수 있을 것 같습니다. 그리고 이제 일어나도록 좀 도와주세요. 이제 어떻게 하면 되죠?"

"우선 여기 남아 계세요. 오늘 밤 더 이상의 모험은 무리입니다. 여기서 기다리면 우리 중 누군가가 돌아와 모시고 저택으로 가겠습니다."

헨리 경은 비틀거리는 몸을 가누려고 했지만 얼굴은 아직도 유령처럼 창백하고 팔다리는 떨리고 있었다. 우리는 경을 바위로 데리고 가 앉혔다. 두 손으로 얼굴을 감싼 채 헨리 경은 부들부들 떨고 있었다.

"저희는 이제 가봐야 합니다." 홈즈가 말을 꺼냈다. "남은 일을 마무리해야 합니다. 지금 이 순간이 매우 중요합니다. 이제 사건을 해결했으니 남은 건 범인을 잡는 일뿐입니다."

"그 집에 놈이 있을 확률은 거의 없어." 머리핏 하우스로 재빠르게 돌아가면서 홈즈가 계속 얘기했다. "아까 그 총소리를 듣고 그자도 게임이 끝났다는 것을 알았을 테니까."

"우리가 멀리 떨어져 있었고, 이 안개가 아마 총소리를 좀 작게 했을 거야."

"스테이플턴이 사냥개를 데려가려고 분명히 따라왔을 거야. 아니, 아니야. 이번에는 도망갔겠군! 집을 뒤져서 확실히 확인하자고."

현관문은 열려 있었다. 우리는 안으로 뛰어들어 가 여러 방을 빠르게 살펴보았다. 복도에서 만난 늙은 하인은 놀란 얼굴로 부들부들 떨었다. 식당을 제외하고는 불빛이 없었다. 홈즈가 등잔을 가지고 와 집 안을 샅샅이 뒤졌다. 하지만 스테이플턴의 흔적은 어디에도 없었다. 위층에 잠긴 방이 하나 있었다.

"여기 누군가가 있어요." 레스트레이드 경위가 소리쳤다. "그 안에 누가 있는지 안다. 문을 열어라!"

안에서 희미한 신음 소리와 부스럭거리는 소리가 들렸다. 홈즈가 잠긴 문을 발로 세게 차자 문이 떨어져 나갔다. 홈즈는 손에 권총을 들고 있었다. 우리 셋은 안으로 뛰어들어 갔다. 그러나 우리가 기대했던 절망적이고 도발적인 악당 스테이플턴의 흔적은 없었다. 대신 우리는 전혀 예상하지 못한 이상한 물건들을 보고 놀라서 한동안 그 자리에 서 있었다. 방은 마치 작은 박물관 같았다. 나비와 나방 표본들로 가득한 유리 진열장이 벽 쪽에 나란히 놓여 있었다. 이 모든 것은 교활하고 위험한 스테이플턴의 기분 전환용 장식이었다. 방 한가운데에는 천장까지 닿는 긴 기둥이 똑바로 세워져 있었다. 벌레가 먹고 오래된 지붕의 나무를 받치기 위해 오래전에 설치한 것처럼 보였다. 거기에 누군가 묶여 있었다. 단단하게 묶기 위해 천으로 두껍게 말아놓아서 모양만 봐서는 남자인지 여자인지조차 알 수가 없었다. 수건 하나가 목을 감고 뒤로 돌아서 기둥에 단단히 감겨 있었다. 다른 수건은 얼굴 아랫부분을 덮고 있었고, 그 위에는 슬픔과 수치심 그리고 의문을 담고 있는 두 눈이 우리를 쳐다보고 있었다. 우리는 빠르게 재갈을 풀고 묶인 천을 풀었다. 그러자 스테이플턴 부인이 바닥으로 쓰러졌다. 그녀의 아름다운 얼굴이 가슴 쪽으로 숙여지자 목에 나 있는 둥그런 빨간 채찍 자국이 선명하게 보였다.

"잔인한 놈!" 홈즈가 분노에 떨었다. "레스트레이드, 여기 브랜디 술병 좀 줘요! 그리고 의자에 앉혀요! 폭행당하고 지쳐서 정신이 혼미해요."

그녀가 다시 눈을 떴다.

"그는 괜찮나요?" 그녀가 물었다. "그는 안전한가요?"

"그는 우리에게서 도망칠 수 없습니다, 부인"

"아니, 아니오. 제 남편 말고 헨리 경이오. 그분은 괜찮나요?"

"네."

"그럼 사냥개는요?"

"죽었습니다."

그녀는 안도의 한숨을 길게 내쉬었다.

"감사합니다. 신이시여, 감사합니다! 이 나쁜 놈이 저를 어떻게 했는지 보세요!" 그녀는 소매에서 팔을 빼 보여주었다. 팔에는 온통 얼룩덜룩한 멍이 끔찍하게 나 있었다. "하지만 이건 아무것도 아니에요, 아무것도! 그자는 내 마음과 영혼을 고문하고 모욕했어요. 전 그자가 저를 사랑한다는 믿음이 있었기 때문에 학대, 외로움, 거짓된 삶 모두를 견딜 수 있었어요. 하지만 이제는 제가 그자의 앞잡이였고, 도구였다는 사실을 알았어요." 부인은 말하면서 격렬한 울음을 터트렸다.

"더 이상 그에게 미련이 없으시겠군요, 부인." 홈즈가 말했다. "그렇다면 이제 그자가 어디에 있는지 얘기해주세요. 한 번이라도 그자의 범죄 행위를 도운 적이 있다면 지금 저희를 도와 속죄를 하세요."

"그자가 도망칠 곳은 오직 한 군데뿐이에요." 그녀가 대답했다. "늪 한가운데 예전에 주석 광산이었던 바위산이 있어요. 그곳이 남편이 사냥개를 숨기고 모든 것을 준비했던 곳이에요. 아마 그곳으로 도망쳤을 거예요. 그곳이야말로 그자가 숨을 수 있는 유일한 곳이죠."

짙은 안개가 하얀 양모처럼 창문을 가리고 있었다. 홈즈가 그쪽으로 등불을 가져갔다.

"보세요. 오늘 밤에는 그 누구도 그림펜 늪으로 들어가는 길을 찾을 수 없을 거요."

갑자기 그녀가 박수를 치면서 크게 웃었다. 그녀의 눈과 이가 격렬한 웃음 속에서 번뜩거렸다.

"아마 들어가는 길을 찾았다 해도 나오지는 못할 거예요." 그녀가 소리쳤다. "오늘 같은 밤에 길을 표시한 막대를 어떻게 볼 수 있겠어요. 우리는 함께 그것을 세웠어요. 그자와 제가 함께 늪을 통과하는 길을 표시해놨죠. 하지만 만약 오늘 그 막대들을 뽑아버린다면 그자는 정말로 당신들의 독 안에 든 쥐 신세죠!"

안개가 걷힐 때까지 스테이플턴을 추적할 수 없다는 사실이 분명해졌다. 레스트레이드 경위에게 그 집을 감시하도록 당부하고 홈즈와 나는 헨리 경을 데리고 저택으로 돌아갔다. 스테이플턴 부부의 이야기를 더 이상 헨리 경에게 숨길 수가 없었다. 자신이 사랑했던 여자에 대한 진실을 알게 되었을 때 헨리 경은 과감하게 그것을 털어버렸다. 그러나 그날 밤의 모험에서 받은 충격으로 아침이 되기 전에 고열로 의식이 혼미해져 모티머 씨의 간호를 받아야 했다. 두 사람은 헨리 경이 다시 예전처럼 건강하고 활기찬 사람으로 돌아갈 수 있도록 이후 함께 세계를 여행했다. 그리고 나서 헨리 경은 그 저주받은 땅의 주인이 되었다.

이제 이 특이한 이야기의 결론을 빠르게 얘기하겠다. 이 사건은 오랫동안 우리 삶에 그늘을 드리웠고, 매우 비극적으로 끝이 났다. 나는 독자들이 그 불길한 공포와 불명확한 추측을 함께 느껴볼 수 있도록 애썼다. 사냥개가 죽은 다음 날 아침 안개는 모두 걷혔고, 우리는 스테이플턴 부인의 안내를 받아 그들이 발견한 늪을 통과하는 길을 찾았다. 그녀가 길을 가르쳐주면서 진심으로 기뻐하는 모습을 보고 그동안 그녀가 얼마나 끔찍하게 살아왔는지 느낄 수 있었다. 우리는 넓게 퍼진 늪 한쪽의 좁고 단단한 땅 위에서 그녀를 기다리게 했다. 거기서부터 작은 표식들이 여기저기 세워져 있어 들어가는 길을 알려주었다. 수풀 사이로 지그재그로 난 그 길은 낯선 자의 침입을 방해하는 녹색 찌꺼기 같은 늪 속으로 들어가는 통로였다. 줄지어 늘어선 갈대와 진흙투성이의 무성한 수초들이 부패하고 고약한 냄새가 나는 증기를 우리의 얼굴 쪽으로 뿜어내고 있었다. 우리는 발을 헛디뎌 여러 차례 음습하고 살아 있는 듯한 늪에 빠지기도 했다. 늪에서 나온 잔물결이 발 주변에서 부드럽게 흔들렸다. 우리가 걸을 때마다 끈끈한 바닥이 발뒤꿈치를 잡아당겼고, 늪에 빠졌을 때는 마치 어떤 불길한 손이 우리를 더러운 내부로 끌어내리는 것만 같았다. 우리를 잡아당길 때는 음습함과 고의적인 의도마저 느껴졌다. 우리는 이 위험한 길을 먼저 지나간 사람의 흔적을 발견했다. 진흙더미 위에 난 황새풀 덤불 가운데에 검은색의 뭔가가 튀어나와 있었다. 홈즈가 그것을 집으려고 길에서 조금 벗어나자 허리까지 늪에 빠져버렸다. 만약 우리가 거기 없었다면 홈즈는 다시는 단단한 땅을 딛지 못했을 것이다. 홈즈가 낡은 검은색 구두를 들어 올렸다. '마이어스 토론토'라는 글씨가 가죽 안쪽에 쓰여 있었다.

"진흙 목욕을 할 만했군. 홈즈가 중얼거렸다. 이건 헨리 경이 잃어버린 구두야."

"스테이플턴이 도망가면서 여기에 버린 거군."

"맞아. 그자가 사냥개에게 헨리 경의 냄새를 맡도록 하기 위해 가지고 있던 거지. 모든 게 끝났다는 것을 알았을 때도 여전히 가지고 있었군. 그리고 이쪽으로 도망치면서 여기에 버린 거야. 적어도 여기까지는 안전하게 들어온 모양이군."

다양한 추측을 할 수는 있었지만 그 이상 알 수는 없었다. 늪에서는 더 이상 그자의 발자국이 발견되지 않았다. 진흙이 스며 올라와 빠르게 발자국을 덮었기 때문이다. 늪을 건너 그 뒤의 단단한 땅에 도착했을 때 우리는 그의 발자국을 찾을 수 있기를 간절히 바랐다. 하지만 아주 작은 흔적조차도 발견할 수 없었다. 만약 땅이 거짓말을 하는 게 아니라면, 스테이플턴은 어젯밤 안개를 뚫고 피난처가 되어줄 이 섬으로 들어오려 했지만 도착하지 못한 것이 분명했다. 결국 거대한 그림펜의 늪 중앙 어딘가에 냉혈한처럼 잔인했던 그가 영원히 묻힌 것이다. 더러운 진흙투성이인 이 거대한 늪이 그자를 빨아들여 삼켜버린 것이다.

늪과 연결된 섬에서 우리가 발견한 것은 그자가 숨겨놓은 범죄도구들뿐이었다. 커다란 이동용 수레와 잡다한 물품이 들어 있는 갱은 이곳이 버려진 광산임을 알려주고 있었다. 그 옆으로는 인부들이 묵었던 작은 집들이 방치된 채 있었다. 틀림없이 늪 주변에서 나는 더러운 냄새 때문에 버려졌을 것이다. 그 집들 중 하나에는 말뚝, 쇠줄, 갉아먹던 뼛조각들이 사냥개가 있었던 자리임을 보여주고 있었다. 갈색의 털이 엉켜 있는 뼛조각도 그것들 사이에 있었다.

"여기 사냥개가 있었군." 홈즈가 말을 꺼냈다. "이런, 털이 곱슬거리던 스패니얼이야. 불쌍한 모티머 씨는 다시는 그 개를 볼 수 없겠군. 음, 이곳이 우리가 아직 파악하지 못한 비밀을 간직하고 있으리라고는 미처 생각하지 못했어. 사냥개는 여기에 숨길 수 있었지만 그 울음소리까지 감출 수는 없었던 거야. 낮에 들어도 기분 나쁘던 그 울음소리는 여기서 난 것이었어. 일이 있던 날에는 머리핏 하우스 밖에 있는 헛간에 사냥개를 보관했지만 들킬 위험이 있었지. 그래서 그자가 모든 일을 끝내려고 생각했던 날에만 개를 데리고 나왔던 거고. 그릇에 담긴 것은 죽은 사냥개가 발랐던 야광 혼합물이 틀림없군. 당연히 바스커빌 가문의 전설에 나오는 지옥의 사냥개를 흉내 낸 것일 테고. 찰스 경을 놀라게 해서 죽게 만들기 위한 계획이었지. 그 불쌍한 탈옥수도 찰스 경처럼 놀라 소리치며 도망가다 죽었고. 헨리 경도 그랬지. 심지어 우리도 황야의 어둠 속에서 그 무시무시한 개에게 쫓겼다면 그랬을 거야. 정말 교활한 수법이었어. 피해자를 죽게 한 방법도 방법이지만, 이런 황야에서 그와 같은 괴생명체를 본다면 어느 농부가 자세히 다가가서 살펴보려고 하겠나? 많은 사람들이 한 것처럼 두려움에 떨 뿐이지. 왓슨, 런던에서도 얘기했지만 지금 다시 한번 얘기하지. 지금까지 저 늪 어딘가에 빠진 그놈보다 더 위험한 범인을 잡은 적은 없었네." 말을 하면서 홈즈는 긴 팔을 늪을 향해 뻗었다. 초록색의 커다란 입을 가진 늪이 얼룩덜룩하고 거대한 몸을 황야의 황갈색 경사면까지 펼치고 있었다.

15
회상

춥고 안개가 낀 11월의 마지막 날 밤이었다. 홈즈와 나는 베이커 스트리트의 집 거실에서 벽난로를 앞에 두고 양쪽에 나란히 앉아 있었다. 데번셔의 비극적인 사건을 해결한 이후로 홈즈는 매우 중요한 두 가지 사건을 처리했다. 첫 번째는 난퍼렐 클럽의 유명한 카드 사건과 관련된 업우드 대령의 잔인한 범죄를 밝혀낸 것이다. 두 번째는 입양한 딸 카레르의 죽음과 관련해 살인 혐의로 고통 받고 있던 불쌍한 몽팽지에 부인을 변호하는 것이었다. 카레르는 6개월 후 뉴욕에서 결혼해 살고 있는 것으로 밝혀져 주위 사람들을 놀라게 했다. 홈즈는 연속적으로 어렵고 매우 중요한 사건을 해결한 뒤라 기분이 무척 좋은 상태였다. 그래서 나는 바스커빌 사건의 자세한 부분에 대해 얘기하자고 홈즈를 유도할 수 있었다. 사실 나는 인내심을 갖고 이 순간을 기다렸다. 홈즈는 지난 사건은 다시 얘기하지 않는 스타일이었다. 홈즈의 명쾌하고 논리적인 이성은 자신의 관심을 현재의 중요한 사건에서 과거의 기억으로 돌리지 않는다는 것을 나는 잘 알고 있었다. 하지만 모티머 씨가 헨리 경의 긴장된 마음을 풀어주기 위해 긴 여행을 제안했고, 그래서 가는 길에 헨리 경과 함께 런던에 왔었다. 두 사람은 바로 그날 오후에 우리를 방문했기 때문에, 그 사건과 관련한 얘기를 나누는 것이 아주 자연스러웠다.

"이 사건의 전체적인 내용은." 홈즈가 얘기를 시작했다. "사실 자신을 스테이플턴이라고 칭했던 그 남자의 입장에서 보면 단순하고 명료했어. 다만 사건 초기에는 그자의 범행 동기를 알 수 없는 상태에서 부분적인 사실들만을 알았기 때문에 매우 복잡해 보였던 거지. 스테이플턴 부인과 나눈 두 번의 대화에서 많은 도움을 받았어. 이제 그 사건은 완전히 정리되어 우리 둘 사이에 아직 나누지 않은 얘기가 있다고는 생각하지 않았는데? 수사 사건을 정리한 목록 중에서 B항을 보면 그 사건과 관련된 메모들을 볼 수 있을 거야."

"자네의 기억을 바탕으로 전체적인 얘기를 해주면 더 좋을 것 같아."

"그럴까. 하지만 모든 사실을 다 기억할 수 있을지는 모르겠어. 한 가지에 정신을 집중하면 이상하게도 과거의 일들은 잘 기억나지 않거든. 자기 사건에 대해 잘 알고 있어서 그것과 관련해서는 전문가와 논쟁할 수 있는 변호사라도 1~2주 법정에서 그 문제를 다루고 나면 머리에서 다 잊어버리게 마련이잖아. 그것처럼 나도 항상 가장 최근의 사건을 기억하고 있다네. 최근의 카레르 사건 때문에 바스커빌 저택 사건은 기억이 희미해. 아마 내일이면 또 다른 사건에 집중하게 될 테고, 그러면 그 귀여운 프랑스 숙녀 카레르 사건과 악명 높은 업우드 대령 사건도 내 기억 속에서 자연스럽게 사라지겠지. 하지만 그 사냥개 사건은 아직까지 기억이 나니 할 수 있는 최대한 사건 진행에 대해 얘기해보겠네. 내가 기억하지 못하는 부분이 있으면 자네가 지적해주게.

내 조사에 따르면 가족의 초상화는 거짓말을 하지 않았고, 스테이플턴은 정말 바스커빌 가문 사람이었지. 그자는 찰스 경의 막냇동생인 로저 바스커빌의 아들이야. 못된 짓을 하고 남아메리카로 도망쳐서 그곳에서 미혼으로 죽었다고 알려졌던 사람 말일세. 하지만 로저 바스커빌은 결혼을 했고 자식도 한 명 있었어. 그 아이의 진짜 이름은 아버지와 똑같이 로저 바스커빌이었지. 로저 바스커빌은 코스타리카 미녀인 베렐 가르시아와 결혼을 했는데, 상당한 공금을 훔친 후 이름을 밴들러로 바꾸고 영국으로 돌아와 요크셔의 동쪽 지역에 학교를 건립했어. 그가 학교라는 특수한 사업을 시작한 이유는 영국으로 돌아오는 길에 폐결핵에 걸린 교사를 알게 되었기 때문이지. 밴들러는 그 교사의 능력을 활용해서 학교를 건립하는 데 성공했어. 하지만 얼마 후 프레이저 교사는 죽었고, 전염병에 대한 소문으로 시달리던 학교는 결국 문을 닫을 수밖에 없었지. 그러자 밴들러는 이름을 다시 스테이플턴으로 바꾸고, 남은 재산과 미래에 대한 계획, 곤충학에 대한 취미 등을 가지고 영국 남부로 이사한 거야. 영국 박물관에서 알아낸 사실인

데, 그자는 곤충학계에서는 권위 있는 전문가로 알려져 있어. 밴들러라는 이름은 그자가 요크셔 지방에 거주할 때 잡은 어떤 나방 이름으로 영원히 기록될 정도였어.

이제 그자의 인생 중 우리가 무척 관심 있어 하는 부분에 대해 얘기해보자고. 그자는 조사를 통해 자신이 그 막대한 재산을 상속받는 데 방해가 되는 사람이 두 명이라는 것을 알았지. 하지만 처음 데번셔에 갔을 때는 아직 계획이 명확하지 않았던 것 같아. 그러나 자신의 아내를 여동생이라고 소개한 걸 보면 그자의 비열한 음모는 처음부터 의도된 것이 분명해. 자신의 계획이 구체적으로 어떻게 될지는 아직 확실하지 않았지만 아내를 미끼로 이용하려는 생각은 이미 하고 있었던 거지. 그러니까 유산을 차지할 생각을 했고, 그것을 위해서는 무엇이든 도구로 사용하고 어떤 위험도 감수할 준비가 돼 있었어. 스테이플턴은 우선 자기 조상들이 살던 땅에 최대한 가까이 자리를 잡았고, 그다음 순서로 찰스 경을 비롯해 주변의 이웃들과 친근한 관계를 형성했던 거야.

찰스 경은 스테이플턴에게 자기 가문에 전해 내려오는 사냥개 얘기를 했고, 결국 그렇게 자신의 죽음을 예고했지. 내가 계속 스테이플턴이라고 부르는 그자는 늙은 찰스 경의 심장이 좋지 않아 충격을 받으면 죽을 수 있다는 것을 모티머 씨에게 들어서 알고 있었어. 또한 찰스 경이 미신을 잘 믿고 가문의 불길한 전설을 매우 심각하게 받아들이고 있다는 사실도 알았고. 나쁜 쪽으로 발달한 그자의 머리는 찰스 경을 죽이면서도 실제 살인자에게 유죄를 선고하기 불가능한 방법을 고안해냈지.

아이디어가 떠오르자 스테이플턴은 아주 놀라운 솜씨를 발휘해 그것을 현실로 만들었어. 일반적인 범죄자라면 아마 단지 사나운 사냥개를 동원하는 것으로 만족했을 거야. 하지만 인공적인 수단을 동원해 사냥개를 정체를 알 수 없는 괴생명체로 만든 것은 그자의 계획 중에서도 가장 뛰어난 부분이었어. 그자는 그 개를 런던 풀럼 로드에 있는 장사꾼인 로스 앤드 맹글스에게서 구입했는데, 그들이 가지고 있던 개 중 가장 힘이 세고 사나운 놈이었지. 그자는 개를 데리고 노스 데번 노선 기차를 타고 내려가 아무도 눈치채지 못하도록 아주 먼 거리를 걸어서 황야로 들어갔던 거야. 그자는 곤충을 쫓아다니며 이미 그림펜 늪을 통과하는 길을 알고 있었기 때문에 사냥개를 숨길 안전한 장소를 확보할 수 있었지. 거기서 사냥개를 기르면서 기회를 노렸던 거야.

하지만 기회가 없었어. 찰스 경을 밤에 저택 밖으로 유인해낼 수가 없었지. 잔인한 살인자는 여러 차례 사냥개와 함께 숨어서 기다렸지만 접근할 수가 없었던 거야. 그러는 동안 사냥개가 마을 사람들에게 목격되었고, 전설 속의 지옥의 사냥개로 새로운 주목을 받았지. 그자는 아내가 찰스 경을 유혹해주기 바랐지만 예상 밖으로 그녀는 완강하게 거부했어. 그녀는 찰스 경을 감정적으로 유인해서 스테이플턴에게 넘겨주는 짓을 하고 싶지 않았던 거야. 위협과 심지어는 폭행으로도 그녀를 움직일 수 없었어. 그녀는 결코 아무 짓도 하지 않았거든. 그래서 스테이플턴은 잠시 교착 상태에 빠졌지.

어려움에 직면했지만 그자는 곧 찰스 경과의 친분을 이용해서 경이 불쌍한 로라 라이언스 부인을 돕도록 유도할 수 있었어. 자신을 미혼이라고 속이고 스테이플턴은 라이언스 부인을 완전히 사로잡았지. 그리고 남편과 이혼한다면 자신과 결혼할 수 있다고 거짓말을 했어. 그런데 그자의 계획은 갑작스럽게 앞당겨졌어. 겉으로는 자신도 동의하는 척했지만 모티머 씨의 조언으로 찰스 경이 저택을 떠난다는 것을 알았거든. 그는 즉시 계획을 실행에 옮겨야만 했어. 그래서 라이언스 부인을 재촉해 경이 런던으로 떠나기 전날 밤 자신을 만나달라는 애원을 담은 편지를 쓰게 한 거야. 그러고는 번드르르한 말로 부인이 약속 장소에 나가는 것을 막고, 경을 밖으로 꾀어낼 수 있는 절호의 기회를 잡았던 거지.

그날 저녁 쿰 트레이시에서 돌아온 스테이플턴은 사냥개가 무시무시해 보이도록 물감을 바른 다음 개를 데리고 찰스 경이 기다리고 있는 황야로 나가는 문으로 갔어. 주인에게 자극받은 사냥개는 문을 뛰어넘어 찰스 경을 쫓기 시작했고, 경은 비명을 지르며 주목나무 산책로를 달려 내려갔던 거야. 그 터널처럼 음침한 산책로에서 정말 끔찍한 모습이었을 거야. 입 주변에서 불을 뿜고, 불타듯 이글거리는 눈동자의 커다란 검은 괴생명체가 쫓아왔으니 말이야. 결국 경은 산책로 끝에서 심장병과 공포로 인한 충격으로 죽고 말았지. 찰스 경이 길을 따라 달리는 동안 사냥개는 그 옆의 풀밭 위로 쫓아왔기 때문에 산책로에는 오직 경의 발자국만 남았던 거야. 경이 쓰러졌을 때 아마 그 사냥개가 다가가서 냄새를 맡았을 거야. 하지만 죽었다는 것을 알고 다시 돌아서 황야로 나갔어. 그때 남은 발자국을 모티머 씨가 발견한 거지. 사냥개는 다시 급히 그림펜 늪의 집으로 돌아갔고. 그 후 경찰에게는 의문점만 남았고, 지역 주민들은 비탄에 빠졌으며, 마침내 우리한테까지 의뢰가 들어왔던 거야.

이것이 찰스 바스커빌 경의 죽음에 관한 얘기 전부일세. 자네가 알고 있듯이 악마처럼 교활한 이 사건은 정말로 실제 살인자를 찾기가 거의 불가능할 정도였어. 그자의 유일한 공범인 사냥개는 그자를 배신할 수 있는 존재가 아니었고, 괴이하고 상상하기도 힘든 그 개의 외모 때문에 사건은 더욱 어렵게 꼬였으니 말일세. 이 사건과 연관이 있는 두 명의 여자, 즉 스테이플턴 부인과 로라 라이언스 부인은 둘 다 스테이플턴에게 강한 의심을 가지고 있었어. 스테이플턴 부인은 그자가 찰스 경을 상대로 음로를 꾸민 것과 사냥개의 존재를 알고 있었잖아. 라이언스 부인은 이런 것까지는 몰랐지만, 찰스 경이 죽은 시각은 자신과의 약속 시각이었기에 오직 스테이플턴만이 알 수 있었다는 사실을 알고 있었고. 하지만 둘 다 그자의 영향력 아래 있었기 때문에 걱정할 필요가 없었지. 그자가 꾸민 음모의 절반은 이렇게 성공적으로 마무리됐지만, 훨씬 어려운 부분이 아직 남아 있었지.

캐나다에 다른 상속자가 있었다는 사실을 스테이플턴은 아마 몰랐던 것 같아. 하지만 어떤 얘기든 자신의 친구였던 모티머 씨를 통해 금방 알 수 있었지. 그리고 헨리 바스커빌이 도착한다는 자세한 얘기를 듣게 된 거야. 스테이플턴의 최초 계획은 캐나다에서 온 헨리 경이 데번셔에 내려오기 전에 런던에서 죽일 수 있는 기회를 찾는 거였어. 하지만 아내를 믿을 수가 없었지. 찰스 경을 함정에 빠뜨리는 계획을 그녀가 거부한 이후로 혹시 배반할까 봐 오랫동안 혼자 놔둘 수가 없었거든. 그래서 그녀를 데리고 런던으로 함께 왔어. 그들이 묵었던 크레이븐 스트리트에 있는 멕스버러 호텔을 내가 찾아냈다네. 사실 그곳은 내가 보낸 사람이 증거를 찾기 위해 들렀던 호텔 중 하나야. 이곳에서 그자는 아내를 방에 가두어두고, 턱수염으로 변장을 한 후 모티머 씨를 따라 여기 베이커 스트리트까지 왔다 그 후 기차역을 거쳐 노섬벌랜드 호텔까지 갔지. 그자의 부인은 남편의 음모를 어느 정도 눈치챘지만 자신을 폭력적으로 다루는 남편에 대한 두려움 때문에 헨리 경이 위험에 빠져 있다는 편지를 감히 쓸 수가 없었어. 아마 그 편지가 스테이플턴에게 발각되었다면 부인은 죽었을 거야. 결국 부인은 우리가 알고 있듯이 신문 활자를 오려서 편지를 만드는 방법을 택했고, 거짓 필체로 주소를 적어 보낸 거야. 그 편지는 헨리 경에게 전달되었고 위험하다는 첫 번째 경고를 하게 되었지.

헨리 경의 옷이나 구두 중 일부를 구하는 것은 스테이플턴에게 매우 중요한 일이었어. 그렇게 하면 필요할 때 사냥개를 이용할 수가 있고, 헨리 경의 냄새를 알고 있는 사냥개는 언제든 경을 추적할 수 있을 테니까. 그자는 민첩하고 대담하기 때문에 한꺼번에 이 모든 것을 준비할 수 있었을 거야. 거기에는 호텔의 구두닦이나 방 청소하는 직원이 그자에게 매수되어 도왔을 테고. 하지만 우연히 그자가 훔친 첫 번째 구두가 새것이라 계획에 맞지 않았지. 그래서 새 구두를 돌려보내고 다른 구두를 훔친 거야. 사실 이 부분이 매우 인상적이었어. 이 사건에 진짜 사냥개가 관련되었다는 사실을 밝히고 나니 왜 그렇게 낡은 구두를 얻기 위해 열심히 노력했는지, 그리고 새 구두에는 왜 관심이 없는지 설명이 되더군. 이상하고 기괴한 사건일수록 더 주의 깊게 조사할 필요가 있다네. 사건을 복잡하게 만드는 바로 이런 요소를 정식으로 조사하고 과학적으로 다루면 사건을 해결할 가능성이 그만큼 높아지거든.

그다음 날 우리의 친구들이 우리를 방문했을 때 스테이플턴은 마차를 타고 숨어 있었어. 내 방과 내 존재를 안다는 사실과 그자가 움직이는 방식을 보면서 나는 스테이플턴의 범죄 경력이 바스커빌 사건 하나로 국한되지 않는다는 것을 직감할 수 있었어. 이런 추측이 지난 3년간 서쪽 지역에서 발생한 아직 범인이 잡히지 않은 네 건의 주목할 만한 강도 사건을 떠올리게 했고. 이들 중 5월에 포크스톤 코트에서 발생한 마지막 사건은 복면을 한 범인이 자신을 놀라게 한 호텔 직원을 잔인하게 총으로 쏜 사건으로 주목받았지. 스테이플턴은 이런 식으로 부족한 돈을 채웠던 것이 분명해. 지난 몇 년간 그자는 절망적이고 매우 위험한 상태였던 걸세.

그날 아침 스테이플턴이 우리의 추적을 따돌리는 것을 보고 그자의 비상 시 대처 능력을 알 수 있었고, 또다시 돌아와 내 이름을 말해 마부를 통해 메시지를 전달한 것으로 대담성을 확인할 수 있었다네. 그 순간 그자는 내가 이 사건을 맡은 이상 런던에서는 기회가 없다는 것을 알았던 거야. 그래서 다트무어로 돌아가 헨리 경이 돌아오기를 기다린 거지."

"잠깐만!" 내가 끼어들었다. "자네는 지금까지 사건을 순서에 따라 정확하게 설명했어. 그런데 설명하지 않은 부분이 있어. 스테이플턴이 런던에 있을 때 사냥개는 누가 돌본 거지?"

"그 문제에 대해서 내가 생각을 좀 해봤는데 분명히 아주 중요한 문제야. 스테이플턴에게는 공범자가 있었던 게 분명해. 모든 계획을 공유하여 자신이 곤란에 빠지는 것을 걱정하지 않아도 될 정도로만 협력하는 공범자 말이야. 바로 그 머리핏 하우스에 있던 늙은 하인이지. 하인의 이름은 앤터니야. 그와 스테이플턴의 관계는 학교를 운영하던 몇 년 전으로 거슬러 올라간다네. 그래서 하인은 자신의 주인과 여주인이 부부라는 사실을 알고 있었어. 이 남자는 사건 후 사라져 그 지역에서 자취를 감췄어. 앤터니라는 이름은 영국에서 흔한 이름이 아니잖아. 그 이름으로 봐서 스페인이나 스페인계 라틴 아메리카 사람일 거야. 그 남자는 스테이플턴 부인처럼 영어를 잘했지만 어딘가 발음이 좀 어색했지. 나는 이 남자가 스테이플턴이 표시해둔 길로 그림펜 늪을 건너는 것을 본 적이 있어. 스테이플턴이 없을 때는 이자가 그 사냥개를 돌본 것이 확실해. 그 사냥개의 용도가 무엇인지는 몰랐을 테지만 말이야.

스테이플턴 부부가 데번셔로 내려간 후 자네와 헨리 경이 금방 따라 내려갔잖아. 당시 내가 잠시 멈칫했던 부분에 대해 얘기하지. 아마 자네도 기억할 거야. 그 신문을 오려 만든 편지를 살펴볼 때 내가 편지에 묻은 작은 물방울 자국을 아주 자세히 봤던 것 말이야. 아주 정밀하게 들여다봤지. 거기서 화이트 재스민으로 알려진 향수의 향을 희미하게 맡을 수 있었어. 향수는 75여 종이 있지만 범죄 전문가는 그 각각의 냄새를 모두 구분할 수 있어야 해. 그 향들을 정확히 알아차리는 것이 사건 해결의 중요한 단서가 된 경우를 여러 차례 경험했거든. 그 향으로 이 사건에 여자가 개입되었다는 것을 알았고, 그때 이미 내 생각은 스테이플턴 부부에게로 향하기 시작했지. 그래서 나는 그곳에 내려가기 전에 사냥개의 존재를 확신했고, 범인이 누구인지 추측할 수 있었다네.

스테이플턴을 지켜보는 것은 게임 같은 것이었어. 하지만 분명히 내가 자네와 함께 그곳에 갔다면 이 사건을 해결할 수 없었을 거야. 그자가 아주 조심스럽게 자신을 감추었을 테니까. 그래서 나는 자네를 포함한 모든 사람을 속이기로 하고 런던에 있는 것처럼 위장한 후 비밀리에 그곳에 간 걸세. 자네가 생각하는 것처럼 그렇게 힘들지는 않았어. 그런 하찮은 일로 사건 수사를 망치는 일은 결코 없거든. 나는 주로 쿰 트레이시에 있었고, 꼭 필요한 경우에만 황야에 있는 그 오두막을 사용했지. 카트라이트가 나와 함께 내려갔잖아. 시골 소년으로 위장한 그 아이는 나에게 아주 큰 도움을 주었어. 카트라이트가 내게 음식과 깨끗한 속옷을 공급해주었지. 내가 스테이플턴을 감시할 때 카트라이트는 주로 자네를 살펴봤어. 그래서 나는 모든 일들을 다 지켜볼 수 있었고.

자네에게 이미 얘기했듯이 자네의 보고서는 베이커 스트리트에 도착하는 즉시 쿰 트레이시로 전달되게끔 해두었지. 그것은 정말 큰 도움이 되었는데, 특히 우연히 스테이플턴이 자신의 과거를 얘기한 부분이 그랬다네. 나는 그자와 부인의 정체를 확인할 수 있었고, 마침내 정확히 내가 어떻게 해야 하는지 알았지. 이 사건은 감옥을 탈출한 죄수와 배리모어 부부가 얽히면서 상당히 복잡해졌어. 그 문제는 자네가 아주 효과적인 방법으로 밝혀냈지만, 사실 나도 이미 관찰을 통해 같은 결론을 내리고 있었다네.

자네가 나를 황야에서 발견할 무렵 나는 이 사건 전체에 대해 이미 완벽하게 알고 있었지만 배심원이 있는 재판까지 가기에는 부족했어. 그날 밤 헨리 경을 죽이려던 스테이플턴의 시도 말이야. 결국 불쌍한 탈옥수가 죽었지만 그것도 그자의 살인죄를 증명하는 데 도움이 되지 못했지. 결국 현행범으로 잡는 것밖에 방법이 없는 것 같더군. 그래서 아무런 보호 장치도 없는 미끼로 헨리 경을 이용했던 거야. 결국 헨리 경을 여러 차례 놀라게 한 끝에 이 사건을 해결할 수 있었고, 스테이플턴을 파멸로 몰아갈 수 있었던 걸세. 헨리 경을 그런 위험에 노출시킨 것, 사건이 그렇게 되도록 한 것에 대해 나는 분명 비난받아야겠지. 하지만 그런 사냥개가 나타나 온몸이 마비될 정도로 끔찍한 상황을 만들 줄 누가 알았겠나. 또 그렇게 짧은 순간에 우리 앞에 안개가 나타날 줄도 몰랐고. 우리는 목적을 달성했지만 대가도 치렀지. 전문가와 모티머 씨 모두 일시적인 충격이라고 안심시키긴 했지만 말일세. 긴 여행이 아마도 헨리 경의 피폐해진 신경뿐만 아니라 상처받은 감정도 치료해 주겠지. 그녀에 대한 경의 사랑은 깊고 진실된 것이었어. 이 끔찍한 사건에서 헨리 경이 가장 힘들어하는 부분은 아마 자신이 그녀에게 속았다는 사실일 거야.

이제 남은 얘기는 스테이플턴 부인의 전체적인 역할에 관한 것뿐이군. 스테이플턴은 그녀에게 상당한 영향력을 행사했는데, 그것은 사랑 혹은 두려움, 어쩌면 둘 다일 가능성이 높아 보여. 두 감정이 공존할 수 없는 것은 아니니까. 뭐였든 그것은 무척 효과적이었어. 스테이플턴이 그녀에게 동생 역할을 요구하자 그녀는 그렇게 했어. 직접적인 살인을 돕는 미끼로 쓰려던 자신의 계획을 거부해 지배력에 한계가 있다는 것을 드러내긴 했지만 말이야. 그녀는 자신의 남편을 거론하지 않는 선에서 헨리 경에게 경고를 보냈고, 그 이후에도 계속 여러 차례 경고를 했지. 스테이플턴은 자신의 계획이기는 했지만 헨리 경이 자기 아내에게 구애를 하자 질투를 느꼈던 것 같아. 그동안 무척 잘 감추고 있던 불같은 본성을 억누르지 못하고 감정적으로 폭발하고 만 걸 보면. 그는 부인과 헨리 경이 친밀해지면 경이 자주 머리핏 하우스에 오게 유도할 수 있고, 그럼 조만간 경을 처치할 수 있는 기회를 잡을 수 있다고 확신했겠지. 그런데 바로 그 중요한 날에 아내가 갑자기 자기에게 저항을 한 거지. 그녀는 탈옥수의 죽음과 관련된 얘기를 들었을 테고, 헨리 경이 저녁을 먹으러 오는 그날 저녁에 사냥개가 헛간에 있는 것을 알았던 거야. 그녀는 계획적인 범죄를 저지른 남편을 비난했을 테고, 이에 분노한 스테이플턴은 그날 처음으로 그녀에게 라이언스 부인과의 관계를 밝혔을 거야. 남편에게 충실했던 스테이플턴 부인의 감정은 한순간에 매서운 증오로 변했고, 스테이플턴은 그녀가 배신할지도 모른다 생각했지. 그래서 그녀를 묶어 두었기 때문에 그날은 헨리 경에게 경고를 할 기회가 없었던 거야. 스테이플턴은 틀림없이 이 시골 지역 사람들이 헨리 경의 죽음을 가문의 저주 때문이라고 믿을 거라고 예측했고, 아마 마을 사람들은 정말 그렇게 했을 거야. 그렇게 되면 결국 그녀도 이미 벌어진 일을 받아들이고 알고 있는 사실에 대해 침묵할 것이라고 예상했지. 그런데 내가 보기에 이 부분에서 스테이플턴이 판단 착오를 일으킨 것 같아. 만약 우리가 그곳에 없었더라도 그자는 불행한 운명을 맞았을 거야. 스페인 혈통인 점을 감안할 때 그녀가 자신이 입은 그 정도의 상처를 가볍게 여기진 않았을 테니까. 왓슨, 이제 내 노트를 참고하지 않는 한 이 흥미로운 사건에 대해 이보다 더 자세히 설명할 수는 없네. 중요한 부분은 모두 설명한 것 같군."

"하지만 정말 스테이플턴은 찰스 경에게 했던 것처럼 사냥개로 헨리 경을 놀라게 해서 죽일 수 있을 거라 생각했을까?"

"그 야수는 매우 사나웠고 상당히 굶주려 있었네. 그 개의 모습이 헨리 경을 죽일 정도로 놀라게 하지는 못하더라도 헨리 경이 저항하지 못하도록 만드는 데는 충분했겠지."

"틀림없이 그랬겠지. 이제 풀어야 할 게 딱 하나 남았어. 만약 스테이플턴이 상속자가 되었다면, 그자는 자신이 다른 이름으로 저택에 그렇게 가깝게 살고 있었다는 사실을 어떻게 설명하려고 했을까? 어떻게 의심이나 조사를 받지 않고 그런 주장을 펼치려고 했을까?"

"상당히 어려운 문제군. 그리고 자네가 마치 내가 모든 것을 아는 것처럼 너무 많은 것을 질문해서 겁이 나는군. 과거와 현재는 조사를 통해 알 수 있어. 하지만 그 남자가 미래에 뭘 하려고 했는지는 대답하기 곤란한 질문이야. 스테이플턴 부인은 남편이 여러 가지 경우에 대해 의논하는 소리를 들었다더군. 세 가지 가능한 경우가 있다고 했어. 먼저 남아메리카에서 재산 상속을 주장하는 거지. 그곳에 있는 영국 대사관에서 자신의 신분을 확인하고 영국에 올 필요도 없이 유산을 상속할 생각이었던 거야. 또는 유산상속을 위해 그자가 런던에 있어야만 하는 짧은 기간에는 정교한 변장을 해서 속이는 방법도 가능하고. 아니면 공범을 한 명 만들어서 모든 증거와 서류를 제출해 그 공범을 상속자로 꾸미고, 그가 물려받는 재산 중 일부를 차지하는 방법도 있지. 스테이플턴은 어떻게든 어려움을 해결하고 유산을 차지하는 방법을 생각해냈을 거야. 자 이제, 왓슨. 우리는 지난 몇 주 동안 일만 했어. 오늘 밤은 우리의 생각을 사건이 아닌 다른 즐거운 쪽으로 돌리는 것이 좋을 것 같군. 나한테 오페라 〈위그노교도들〉 특별석 표가 있다네. 드 레즈케 남매(폴란드의 전설적인 성악가 삼 남매 – 옮긴이)라고 들어봤지? 30분 안에 준비하라고 하면 무리인가? 가는 길에 마르치니에 들러 간단하게 식사를 하자고."

빈집의 모험

죽은 줄로 알았던 우리의 셜록 홈즈가 모리아티 교수의 손아귀에서 매우 믿기 어려운 방법으로 빠져나와 돌아온다! 이 소설의 재미는 우리 주인공들이 다시 함께하게 되었다는 순수한 기쁨에 비하면 아무것도 아니다.

- 마크와 스티븐

1894년 봄, 런던 사람들을 깜짝 놀라게 하고 사교계를 경악하게 만든 사건이 벌어졌다. 너무나 기묘하고 불가사의한 상황에서 아너러블 로널드 아데어가 살해된 것이다. 경찰 조사 결과 범죄의 정황이 널리 보도되었지만, 당시 발표되지 않은 사실이 많았다. 검찰의 증거가 너무나 명확해서 모든 사실을 밝힐 필요가 없었기 때문이다. 거의 10년이 지난 지금에 와서야 나는 이 사건의 잃어버린 고리를 끼워 사건의 정황을 밝혀도 좋다는 허락을 받을 수 있었다.

이 사건은 그 자체로도 흥미진진하지만, 상상할 수 없는 결말에 비하면 약과에 불과하다. 내 모험 인생을 통틀어 이보다 나를 충격에 빠뜨린 일은 없었다. 오랜 세월이 지난 지금까지도 이 일을 생각하면 등골이 오싹해지면서도 기쁘고, 놀랍고, 믿기지 않는 감정이 차오르곤 한다. 그간 범상치 않은 한 남자의 생각과 행동에 대한 내 기록에 관심을 보여준 독자들께 먼저 말씀드리고 싶은 것은, 내가 알고 있는 사실을 진작 말하지 않았다고 해서 나를 비난하지 말라는 것이다. 홈즈가 나의 입을 막는 일만 없다면, 나는 어떤 상황이든 이야기를 모조리 털어놓는 것을 최우선으로 여겨왔기 때문이다. 그리고 지난달 3일, 마침내 홈즈가 금지령을 풀어주었다.

다들 알다시피, 나는 홈즈와 무척 친하게 지내면서 홈즈의 영향을 받아 범죄에 깊은 관심을 갖게 되었다. 홈즈가 실종된 후에도 언론에 공개된 온갖 사건에 주의를 기울였다. 재미 삼아 홈즈의 방식대로 사건을 풀어보려고 시도한 적도 여러 차례였다. 하지만 로널드 아데어의 비극처럼 내 관심을 끈 사건도 없었다. 검시 배심에서 나온 증거에 의하면, 이 사건은 한 개인을 무차별적이고 악의적으로 살인한 것으로 볼 수밖에 없었다. 그런 기사를 읽으면서 나는 셜록 홈즈의 죽음이 우리 사회에 얼마나 치명적인 손실이었는지를 더욱 뼈저리게 느꼈다. 기묘한 이 사건에는 분명 홈즈의 구미를 당길 만한 점이 있었다. 홈즈가 있었다면, 유럽 최고 범죄 탐정의 노련한 관찰력과 예리한 추리력으로 경찰의 수사를 도왔을 것이다. 아니, 오히려 경찰보다 먼저 사건을 해결해버렸을 것이다. 나는 마차를 타고 환자를 보러 다니면서 종일 이 사건을 추리해봤지만, 아무리 해도 적당한 실마리를 잡을 수가 없었다. 이미 들어본 독자도 있겠지만, 검시 배심의 결론으로 발표된 사실을 다시 한 번 요약해보겠다.

아너러블 로널드 아데어는 오스트레일리아 식민지 중 한 곳의 총독인 메이누스 백작의 차남이다. 아데어의 어머니는 백내장 수술 때문에 본국에 돌아와서 아들 로널드, 딸 힐다와 함께 파크 레인 427번지에 살고 있었다. 젊은 로널드는 최고위층 사교계에 드나들었는데, 알려지기로는 적이 없고, 이렇다 할 나쁜 소행을 저지른 적도 없었다. 카스테어스의 에디스 우들리 양과 약혼을 했다가 사건이 일어나기 몇 달 전 합의하에 파혼을 했지만, 그 일 때문에 아데어에게 앙심을 품을 사람은 없을 것이다. 그 밖에 생활 습관이 조용한 데다 성격도 차가워서 교제 범위가 좁고 틀에 박힌 삶을 살았다. 하지만 그처럼 평안하게 사는 젊은 귀족에게, 1894년 3월 30일 밤 10시에서 11시 20분 사이에 뜻밖의 죽음이 찾아왔다.

로널드 아데어는 카드를 좋아해서 종종 노름을 했지만 자신의 목숨을 위태롭게 할 정도는 아니었다. 아데어는 볼드윈과 캐번디시, 바가텔이라는 세 군데의 카드 클럽 회원이었다. 아데어는 사망 당일 저녁 식사 후 바가텔에서 휘스트 게임을 한 것으로 추정된다. 그날 오후에도 그곳에서 게임을 했다. 함께 게임을 한 머리 씨, 존 하디 경, 모런 대령의 증언에 따르면, 오후에 한 것 역시 휘스트 게임이었는데 크게 잃거나 딴 사람은 없었다고 한다. 아데어가 좀 잃긴 했지만 5파운드 이상은 아니었고, 부자였으므로 그 정도 잃은 것은 별일이 아니었다. 아데어는 한두 클럽에서 거의 날마다 게임을 즐겼는데, 신중한 성격이어서 돈을 따고 나면 대부분 게임을 마쳤다. 몇 주 전에는 모런 대령과 편을 이루어 고드프리 밀너와 밸모럴 경에게 한자리에서 420파운드까지 딴 적이 있다는 증언도 있었다. 검시 배심에서 언급된 아데어의 사생활 얘기는 이 정도다.

범행이 벌어진 날 밤, 아데어는 10시 정각에 클럽에서 돌아왔다. 어머니와 여동생은 친척을 만나러 나가고 없었다. 하녀는 아데어가 3층 거실로 들어가는 소리를 들었다고 증언했다. 그전에 하녀는 벽난로에 불을 땠는데, 연기가 나서 창문을 활짝 열어놓았다고 했다. 메이누스 부인과 딸이 돌아온 11시 20분까지 거실에서는 아무 소리도 나지 않았다. 부인이 취침 전에 아들을 보려고 아들 방에 들어가려 했는데, 문이 잠겨 있었다. 문을 두드리고 소리쳐 불러도 대답이 없기에 사람을 불러 억지로 문을 열고 보니 아데어가 탁자 근처에 쓰러져 있었다. 리볼버 팽창 탄환에 맞아 머리가 무참히 으스러진 상태였는데, 방 안에서는 어떤 무기도 발견되지 않았다. 탁자에는 10파운드 지폐 두 장과 10파운드 17실링어치의 금화와 은화가 가지런히 쌓여 있었다. 종이 한 장에는 숫자가 적혀 있었고, 그 옆에는 클럽 친구들의 이름이 적혀 있었다. 아데어는 죽기 전에 카드 게임으로 잃거나 딴 금액을 계산하려고 한 것 같았다.

상황을 자세히 조사하면 할수록 사건은 더욱더 복잡해질 뿐이었다. 무엇보다 아데어가 방 안에서 문을 잠글 이유가 전혀 없었다. 물론 살인자가 문을 잠근 후 창문으로 도망쳤을 수도 있다. 하지만 높이가 최소 6미터는 되고, 그 아래 크로커스가 피어 있는 화단에는 흙이나 꽃 한 송이 밟힌 흔적이 없었다. 집과 도로 사이에 있는 좁은 풀밭에도 아무런 흔적이 없었다. 따라서 아데어가 스스로 문을 잠갔다고 볼 수밖에 없다. 그렇다면 대체 어떻게 살해되었다는 말인가? 지상에 아무런 흔적도 남기지 않은 채 창문까지 기어오른다는 것은 누구도 할 수 없는 일이다. 아무리 솜씨 좋은 총잡이라도 창밖에서 총을 쏘아 단 한 발로 목표물을 명중시키는 것은 어려운 일이다. 심지어 파크 레인은 사람이 붐비는 도로고, 집에서 100미터도 채 못 미친 곳에는 마차 주차장까지 있었는데 아무도 총성을 듣지 못했다는 것이다. 그런데도 리볼버 탄환에 의해 사람이 목숨을 잃었다. 앞부분이 납으로 된 탄환이 으레 그런 것처럼, 탄환이 적중하면서 납작해져서 상처 부위가 커졌고 아데어는 즉사했을 것이다. 파크 레인 미스터리의 정황은 이와 같은데, 살인 동기를 전혀 알 길이 없어 사건은 더욱 복잡해 보였다. 앞서 말했듯 젊은 아데어에게는 원한을 품은 사람이 없는 것으로 알려져 있었고, 거실에서 돈이나 귀중품을 훔쳐간 흔적도 없었기 때문이다.

나는 이런 사실들을 종일 곱씹으며, 그 모든 것을 완벽하게 가능케 할 가설을 생각해내려 노력했다. 내 친구가 모든 조사의 출발점이라 말했던 최소 저항선을 찾으려 시도한 것이다. 하지만 결국 아무런 성과도 거두지 못했다. 나는 저녁 무렵 공원을 걷다가 6시가 됐을 즈음, 파크 레인 끝에 있는 옥스퍼드 스트리트로 들어섰다. 보도에서 한 무리의 사람이 전부 같은 창문을 바라보고 있는 것을 보니 내가 집을 제대로 찾은 게 분명했다. 색안경을 쓴 키가 크고 야윈 남자가 자신의 가설을 설명하고 있었는데, 사복형사인 모양이었다. 사람들은 그 남자를 에워싸고 형사의 말에 귀 기울였다. 나도 형사에게로 가까이 다가갔으나, 말도 안 되는 소리에 속이 불편해져서 뒤로 물러섰다. 그 순간 나는 뒤에 있던 등 굽은 노인과 부딪혔고, 노인이 들고 있던 책 여러 권이 바닥으로 떨어졌다. 그중 한 권은《나무 숭배의 기원》이라는 책이었다. 직업으로나 취미로나 난해한 책을 모으는 애서가가 분명하다고 생각했다. 사과를 하려 했지만, 땅에 떨어진 책이 정말 소중한 책이었는지 노인은 다짜고짜 화를 내고 돌아섰다. 등이 굽고 하얀 구레나룻을 기른 그 노인은 이내 사람들 틈으로 사라져버렸다.

나는 파크 레인 427번지를 조사해보았지만 이 사건의 수수께끼를 풀 만한 단서를 찾지는 못했다. 그 집과 도로 사이에 있는 것은 높이가 1.5미터가량 되어 보이는 낮은 담뿐이어서 누구나 쉽게 정원으로 들어갈 순 있었지만, 창문으로는 들어갈 방법이 없었다. 수도관 따위가 있다면 날쌘 사람이 기어오를 수도 있었겠지만 그런 것조차 눈에 띄지 않았다. 나는 도무지 감을 잡지 못한 채 켄징턴으로 돌아왔다. 서재로 들어온 지 5분도 채 되지 않았을 때, 하녀가 들어와 손님이 왔다고 알려주었다. 놀랍게도 방문자는 아까 그 묘한 분위기의 노인이었다. 노인은 앙상하고 쭈글쭈글한 얼굴을 백발 사이로 드러내 보이며 열 권가량의 책을 오른팔에 힘겹게 끼고 있었다.

"내가 찾아와서 놀란 모양이구려."

노인이 기묘하고 음산한 목소리로 말했다.

"그렇습니다."

"하기야 내게도 양심이란 게 있으니 말이오. 당신 뒤를 살금살금 따라와 보니 이 집으로 들어가더군. 그걸 보고서 저 친절한 신사를 만나러 들어가야겠다고 생각했지. 내가 좀 무뚝뚝했더라도 무슨 악의가 있었던 건 아니었다고, 책을 집어준 건 고마웠다고 꼭 말해야지 하고 말이오."

"별일을 한 것도 아닌데 그렇게까지 마음을 쓰셨군요." 내가 말했다. "그런데 제가 누군지 어떻게 아셨습니까?"

"음, 사실 나는 댁의 이웃이라오. 처치 스트리트 모퉁이에 조그만 책방을 차려놓고 있으니까. 이렇게 만나게 되어 반갑소이다. 보아하니 선생께서도 책을 수집하시는 모양이군. 여기 《영국의 조류》와 카툴루스의 시집, 그리고 《성전》이 있는데, 모두 싸게 드리리다. 이 다섯 권만 더 있으면 책장 두 번째 칸이 채워질 것 같은데, 빈자리가 썰렁하지 않소?"

나는 고개를 돌려 뒤쪽 책장을 바라보았다. 그런 다음 다시 앞을 바라보자, 내 친구 셜록 홈즈가 나를 향해 빙긋이 웃고서 있었다. 나는 너무 놀라서 몇 초 동안 멍하게 홈즈만 뚫어지게 쳐다보다가 생전 처음이자 마지막으로 기절하고 말았다. 정신을 차려보니 목깃이 풀려 있고, 입술에는 브랜디의 독한 뒷맛이 남아 있었다. 홈즈는 브랜디병을 손에 들고 나를 들여다보며 반가운 목소리로 말했다.

"이봐, 왓슨." 생생한 목소리가 울렸다. "참 미안하게 됐네. 자네가 이렇게까지 놀랄 줄은 몰랐어."

나는 홈즈의 팔을 붙잡고 외쳤다.

"홈즈! 정말로 자넨가? 아니, 세상에, 자네가 살아 있다니! 그 무서운 심연에서 어떻게 기어오를 수 있었지?"

"아니, 잠깐만. 자네가 그런 상태로 내 얘기를 들어도 될지 모르겠군. 내가 너무 놀라게 한 바람에 충격을 받은 것 같은데 말이야."

"난 말짱해. 하지만 정말로 내 눈을 믿을 수가 없어. 자네가 정말로 이렇게 내 서재에 와 있다니!"

나는 다시 한번 홈즈의 옷소매를 붙잡고서 가느다랗지만 억센 팔을 만져보았다.

"흠, 유령은 아닌 것 같군. 이 친구야, 자네를 보니 정말 기뻐. 어서 앉아. 그 무서운 폭포에서 어떻게 살아 나왔는지 얘기 해주게."

홈즈와 나는 마주 보고 의자에 걸터앉아 옛 모습 그대로 담배에 불을 붙였다. 서적상다운 낡은 프록코트를 입고 있었지만 변장용 백발과 헌책은 테이블 위에 쌓아둔 상태였다.

홈즈는 그전보다 훨씬 더 야위고 날카로워 보였는데, 독수리 같은 얼굴이 무척 창백한 것으로 보아 그간의 삶이 쉽지 않았음을 추측할 수 있었다.

"이렇게 허리를 펴고 있으니 몸이 다 시원하군." 홈즈가 말했다. "그리 작지도 않은 사람이 몇 시간 동안이나 키를 한 자나 줄이고 있어야 한다는 건 쉬운 일이 아니야, 왓슨. 그런데 자네, 오늘 밤 아주 어렵고 위험한 일이 있는데 좀 도와주겠나? 내가 어떻게 살아 나왔는지에 대한 이야기를 듣는 건 그 일이 끝난 뒤가 좋지 않을까 싶어."

"하지만 정말 궁금해. 그 이야기부터 당장 듣고 싶네."

"그럼 오늘 밤 함께 가주겠나?"

"자네가 원한다면 언제든지, 어디든지."

"예전과 다름없군. 나가기 전에 저녁을 먹을 여유는 있어. 그럼 그 폭포에 대해 말해볼까? 폭포에서 빠져나오는 건 그리 어려운 일이 아니었어. 원래부터 떨어지지 않았으니까 말이야."

"떨어지지 않았다고?"

"그래, 왓슨. 난 떨어지지 않았어. 그때 자네에게 유서 대신에 쪽지를 남겨두었는데, 그건 틀림없이 진짜야. 안전지대로 통하는 샛길에 그 모리아티 교수가 서 있는 걸 봤을 때 이젠 내 인생도 끝장이라고 생각했지. 그 교수의 잿빛 눈동자에는 분명 어떤 수단과 방법을 동원해서라도 나를 죽이려는 의지가 담겨 있었으니까. 나는 교수와 몇 마디 말을 나누고서야 자네에게 보낼 간단한 쪽지를 쓸 허락을 받아냈지. 그걸 담배 케이스와 지팡이와 함께 남겨두고 폭포 쪽으로 걸어갔어. 모리아티가 뒤따라왔지. 절벽 끄트머리에 도달했을 때, 나는 독 안에 든 쥐가 된 셈이었지. 모리아티는 무기 같은 건 꺼내지도 않고 무작정 내게 돌진하더니 긴 두 팔로 나를 감싸 안았지. 아마 모든 게임이 끝났으니 나를 처치하려는 생각밖에 없었던 모양이야. 우리는 낭떠러지 끝에서 같이 비틀거렸어. 하지만 나는 바리츠를 약간 익혀두었지. 일본식 레슬링 말이야. 전에도 몇 번 바리츠를 써서 위기를 모면한 적이 있거든. 내가 모리아티 손에서 빠져나오는 순간, 교수는 몸의 균형을 잃고 기우뚱거리더니 소름 끼치는 외마디 비명을 지르며 거꾸로 떨어지고 말았지. 결국 바위에 부딪혀서 튕겨나가 물속에 가라앉아 버렸네."

홈즈가 담배를 피우면서 사건의 경위를 상세히 이야기해주는 동안 나는 잠자코 귀를 기울이고 있다가, 문득 이 대목에서 끼어들었다.

"하지만 발자국은 어떻게 된 건가? 두 사람의 발자국이 샛길을 내려간 채 되돌아온 흔적이 없는 걸 내 눈으로 확인했는데."

"아, 그건 이렇게 된 걸세. 교수의 몸이 떨어지는 순간, 나는 운명의 신이 내게 다시없는 기회를 베풀어주었다고 생각했지. 나를 죽이려고 마음먹고 있는 사람은 모리아티 교수뿐만이 아닐 거야. 두목의 죽음을 알게 되면 내게 복수할 녀석이 적어도 셋은 되지. 모두 지극히 위험한 놈들이고 말이야. 한두 명은 나를 잡으려고 할 게 분명했지. 그런데 만일 온 세상이 내가 죽었다는 것을 확인한다면 그 인간들도 마음을 놓지 않겠나? 그래서 놈들이 방심한 틈을 타 그들을 해치울 수 있을 거라고 생각했지. 그때 가서야 내가 아직 살아 있다고 나서면 되는 문제니까. 내 빠른 판단력이 모리아티 교수가 라이헨바흐 폭포 바닥에 채 닿기도 전에 이 모든 생각을 해냈지.

나는 일어나 뒤의 암벽을 살펴보았지. 그 부분에 관한 자네의 그림 같은 묘사는 나도 몇 달 후 아주 흥미롭게 읽었지. 자네는 암벽을 깎아지른 듯한 바위 벽이라고 표현했더군. 하지만 말 그대로 깎아지른 것만은 아니었어. 좁지만 발 디딜 데도 있고, 선반처럼 튀어나온 부분도 있었지. 물론 절벽이 무척 높아 기어오르는 건 아무래도 불가능했지만, 그렇다고 해서 샛길로 돌아가자니 발자국을 남길 수밖에 없었어. 지난번 비슷한 일이 있었을 때처럼 신발을 거꾸로 신고 걸을 수도 있었지만, 속임수가 들통 날 가능성도 있었지. 결국 위험을 감수하고서라도 절벽을 기어오를 수밖에 없다는 결론에 이르렀지. 결코 쉬운 일이 아니었어. 발밑에는 폭포 소리가 진동하고 있었고, 귀신을 믿지는 않지만 폭포로 떨어진 모리아티가 나를 향해 절규하는 소리가 들리는 것도 같았지. 풀을 거머쥔 손이 미끄러지거나, 젖은 바위틈에 넣은 발을 헛디디며 '이젠 끝장이구나' 하고 생각한 것도 한두 번이 아니었어. 그래도 나는 끈질기게 기어올라 마침내 부드러운 초록 이끼가 덮인 평지에 도착했지. 그제야 나는 아무에게도 들킬 걱정 없이 편히 누워 있을 수 있었어. 자네들이 내가 죽은 걸로 생각하고 부질없는 조사를 감행하고 있는 동안, 나는 거기서 푹 쉬고 있었던 거야.

자네 일행이 단념하고 호텔로 철수한 뒤에 나는 혼자 남았지. 마침내 지금까지의 모험도 다 끝났다고 생각했어. 그런데 갑자기 거대한 바위가 위에서 굴러떨어지더니 '콰르릉' 소리를 내며 내 옆을 스쳐 지나가는 거야. 바위는 샛길을 지나 폭포 아래로 떨어졌어. 우연이라고 여기고 문득 위를 쳐다봤는데, 어두운 하늘을 등진 한 남자의 머리가 보이는 게 아닌가. 그리고 이어서 두 번째 바윗돌이 바로 내가 누워 있는 암반 위에서 떨어지는 것이었네. 모리아티 교수는 혼자가 아니었던 거야. 교수가 나와 싸우는 동안, 부하 한 명이 멀리서 감시하고 있다가 교수만 죽고 내가 살아남은 걸 목격한 걸세. 놈은 때를 기다리고 있다가 얼른 절벽 꼭대기에 올라 교수가 미처 끝내지 못한 일을 자신이 수행하려는 게 틀림없었어.

이런 생각을 하는 데 시간이 많이 걸린 건 아닐세. 다시 그 섬뜩한 얼굴이 절벽 위에 나타났는데, 그건 곧 다음 바윗돌이 떨어진다는 예고였지. 나는 샛길을 향해 다시 기어 내려가기 시작했지. 오르기보다 백배는 더 어렵더군. 하지만 그런 걸 따질 겨를이 없었어. 암반 모서리에 손을 걸고 매달린 순간, 다음 바윗돌이 휙 하고 아슬아슬하게 스쳐 떨어졌으니 말이야. 손이 온통 벗겨지고 피투성이가 되었지만, 결국 간신히 샛길로 내려갈 수 있었지. 그러고는 어둠 속에서 15킬로미터나 달음질했고, 그렇게 일주일 후 피렌체에 도착했어. 이제 내가 어떻게 되었는지 아는 사람은 한 명도 없을 거라는 확신이 들더군.

내가 사실을 얘기한 사람은 오직 마이크로프트 형뿐일세. 왓슨, 자네에게는 두고두고 용서를 빌어야겠지만 그때는 내가 죽은 걸로 여겨져야 할 필요가 있었어. 내가 죽었다고 확신하지 않았다면, 자네는 불행한 내 이야기를 그렇게 설득력 있게 쓸 수 없었을 테지. 지난 3년간 자네에게 편지를 쓰려고 몇 번이나 펜을 들었다가 그만둔 까닭은, 자네가 나를 아끼는 나머지 비밀을 누설하는 실수를 저지를까 걱정이 되었기 때문이야. 아까 자네가 내 책을 떨어뜨렸을 때 내가 그 자리에서 바로 도망간 것도 같은 이유였어. 조금이라도 자네가 놀란 표정을 지으면 내 정체가 드러나 돌이킬 수 없는 결과를 낳을지도 모르는 상황이었으니까. 하지만 필요한 돈을 마련해야 했기에 형에게는 이야기하지 않을 수 없었어. 런던에선 내 생각만큼 일이 잘되지 않았거든. 모리아티 일당 중 가장 위험한 두 사람, 그러니까 나에게 가장 큰 앙심을 품고 있는 강적 두 명은 재판을 받지도 않았으니 말이야.

그래서 나는 2년간 티베트로 떠났지. 라싸에 들러 관광을 하고 우두머리 라마와 며칠을 보내기도 했어. 시게르손이라는 노르웨이인의 탐험 기사를 읽어봤는지 모르겠는데, 읽어봤어도 그게 내 이야기인 줄은 꿈에도 몰랐을 테지. 그 후 나는 페르시아로 가서 메카를 구경하고, 수단의 수도 하르툼에서 할리파 가문에 들러 짧고도 즐거운 시간을 보냈지. 그 결과는 외무부에 보고했다네. 그리고 프랑스 몽펠리에로 돌아와 콜타르 유도체를 연구하며 몇 개월을 보냈지. 그러다가 유일한 적이 런던에 남아 있다는 사실을 알고 쫓아가려던 참에, 파크 레인 미스터리라 불리는 이번 사건에 대해 듣고 흥미를 느껴 발걸음을 재촉한 거야. 이 미스터리는 그 자체만으로 흥미로웠지만, 개인적으로 다시 오지 않을 기회처럼 느껴졌거든. 바로 런던으로 와서 베이커 스트리트로 갔더니 허드슨 부인이 깜짝 놀라더군. 다행히 내 방과 서류는 전에 있던 그대로 잘 보존되어 있었고 말이야. 왓슨, 오늘 오후 2시에 그리운 옛 방에 돌아와 안락의자에 앉았더니 옛 친구가 맞은편 의자에 앉아 있는 모습이 그리워졌다네."

나는 넋을 잃고 이 놀라운 이야기에 귀를 기울였다. 커다란 키, 깡마른 모습과 예리하고 민첩한 얼굴이 눈앞에 있지 않았다면 도저히 믿을 수 없는 이야기였다. 홈즈는 어떻게 알았는지 내가 가족상을 당했다는 것도 알고 애석해했다.

"왓슨, 슬픔을 치유하는 최고의 방법은 일이야." 홈즈가 말했다. "마침 오늘 저녁, 지금부터 우리 둘이 할 일이 하나 있는데, 이거야말로 정말 보람 있는 일이지."

좀 더 말해달라고 했지만 헛일이었다. "밤이 샐 때까지 실컷 보고 듣게 될 거야." 홈즈가 대답했다. "3년간 쌓이고 쌓인 이야기가 있지 않은가. 9시 반까지는 그 이야기로 시간을 때우고, 그런 뒤에 그 '빈집의 모험'에 착수하세나."

이윽고 나는 핸섬 마차에 홈즈와 나란히 걸터앉아 주머니 속에 권총을 넣고 모험을 기대하고 있으려니, 정말 옛날로 돌아간 느낌이었다. 홈즈는 차갑고 딱딱하게 굳은 표정을 한 채 말이 없었다. 가로등 불빛에 홈즈의 근엄한 얼굴이 비칠 때마다 이마를 찌푸리고 입술을 굳게 다문 모습을 볼 수 있었다. 홈즈의 모습을 보아하니 이번 모험은 보통이 아닌 게 분명했다. 그러나 침울한 표정으로 이따금씩 홈즈가 짓는 싸늘한 웃음은, 사냥감이 결코 무사하지 못할 것이라는 뜻이기도 했다.

마차가 홈즈의 하숙집이 있는 베이커 스트리트로 향하는 줄

로만 알았는데, 홈즈는 캐번디시 광장 모퉁이에 마차를 세웠다. 홈즈는 마차에서 내리는 내내 굉장히 날카로운 눈초리로 좌우를 살피며 뒤를 밟는 자가 없는지 확인했다. 뿐만 아니라 가는 길도 범상치 않았다. 홈즈는 런던의 샛길을 줄줄 꿰고 있었는데, 이번에도 역시 내가 전혀 모르는 복잡한 골목을 재빠른 걸음걸이로 누비며 나아갔다. 이윽고 오래된 집들이 즐비한 작은 길로 나온 우리는 맨체스터 스트리트를 지나 블랜퍼드 스트리트로 접어들었다. 홈즈는 좁은 골목길을 재빨리 돌더니, 나무 대문을 지나 인기척이 없는 안뜰로 들어가 열쇠로 어느 집의 뒷문을 열었다. 우리 둘이 안으로 들어서자, 홈즈는 문을 잠갔다.

집 안은 어두워 아무것도 볼 수 없었지만 적어도 빈집이라는 것은 분명했다. 마룻바닥을 걸어가는데 삐걱거리는 소리가 났고, 손을 뻗으니 갈기갈기 찢어진 채 매달려 있는 벽지가 만져졌다. 홈즈는 차갑고 여윈 손으로 내 손목을 잡고 기다란 복도로 나를 끌고 갔다. 이윽고 출입문 위의 채광창이 희미하게 보였다. 거기서 홈즈는 갑자기 오른쪽으로 꺾었고, 우리는 커다랗고 네모난 방에 들어섰다. 방구석은 아주 캄캄했지만, 한가운데는 먼지가 가득한 더러운 창문을 통해 희미한 거리의 불빛이 새어 들어오고 있었다. 너무 희미해 서로의 얼굴을 분간하기도 어려울 정도였다. 홈즈는 내 어깨 위에 손을 얹고 귓가에 속삭였다.

"이곳이 어딘지 알겠나?"

"틀림없는 베이커 스트리트인데." 나는 흐린 창문 너머로 바깥을 내다보며 대답했다.

"맞았어. 우리는 캠던 하우스에 와 있는 거야. 우리의 옛 하숙집 맞은편에 있는 집 말이야."

"아니, 그런데 왜 이곳에 온 거지?"

"여기라면 건너편 건물을 실컷 볼 수 있기 때문이지. 왓슨, 수고스럽겠지만 남의 눈에 띄지 않게 각별히 신경 써서 조금 더 창문 가까이 다가서서 우리의 옛날 그 방을 살펴봐 줘."

나는 거의 기다시피 해서 앞으로 나가 낯익은 창문 언저리를 쳐다보다가 시선이 방에 닿는 순간, 숨이 막힐 정도로 너무 놀라 소리를 질렀다. 커튼이 내려진 방 안에는 불이 환히 밝혀져 있었는데, 방 안 의자에 앉아 있는 남자의 검은 그림자가 희고 밝은 커튼에 뚜렷하게 비쳤다. 고개 숙인 모습, 각진 어깨, 날카로운 이목구비를 보니 그제야 누군지 알았다. 바로 홈즈의 그림자였다. 나는 너무도 놀란 나머지 손을 뻗어 진짜 홈즈가 옆에 서 있는지를 확인했다. 홈즈는 웃음을 참느라고 몸을 비틀고 있었다.

"어떤가?" 홈즈가 말했다.

"세상에!" 내가 외쳤다. "정말 놀랍군!"

"내 무한한 특별함은 퇴색되지도 진부해지지도 않았도다." 홈즈가 말했다. 홈즈의 목소리에는 예술가가 자신의 걸작을 보며 느끼는 환희가 묻어났다. "나하고 무척 닮았지, 안 그런가?"

"저건 완벽한 자네야."

"제작자는 프랑스 그르노블의 오스카르 뫼니에. 이걸 만드는 데 며칠이나 걸렸지. 밀랍으로 만든 흉상이야. 오늘 오후 베이커 스트리트로 돌아왔을 때 앉혀놓았지."

"아니, 어째서지?"

"그건 말야, 왓슨. 내가 실은 바깥에 있으면서 안에 있는 것처럼 보이게 하기 위해서야."

"그 방을 감시하는 사람이 있다고 생각하는 건가?"

"감시한다고 생각하는 게 아니라 '안' 거야."

"누가 감시하지?"

"나의 적! 라이헨바흐 폭포의 바위에 누워 있을 때 두목의 부하들 말이야. 왓슨, 놈들은 내가 살아 있다는 사실을 알고 있다네. 그리고 조만간 내가 집으로 돌아오리라 생각하고 있었지. 그래서 계속 감시하고 있다가 마침내 오늘 아침 내가 도착한 걸 봤어."

"그걸 어떻게 알았지?"

"창에서 내려다보니 내가 얼굴을 알고 있는 녀석이 내 방을 쳐다보고 있더군. 파커라는 목조르기 강도인데, 구금을 꽤 잘 타지. 사실 그 녀석은 그리 신경 쓰이지 않아. 하지만 녀석의 뒤에 있는 아주 위험한 인물에겐 관심이 있지. 모리아티의 막역한 친구, 절벽에서 바윗돌을 굴려 떨어뜨린 놈이야. 런던에서도 손꼽히는 위험한 범죄자지. 왓슨, 그 녀석이 오늘 밤 내 뒤를 밟고 있어. 거꾸로 우리가 그놈의 뒤를 밟고 있다는 걸 모른 채 말이야."

홈즈의 의도는 점점 확실해졌다. 사람들의 눈을 피할 수 있는 이곳에서는 감시자를 역으로 감시하고 추적할 수 있었다. 건너편의 앙상한 그림자는 미끼였고, 우리는 사냥꾼이었다. 우리는 어둠 속에 말없이 서서 부산하게 지나다니는 사람들을 지켜보고 있었다. 홈즈는 꼼짝도 하지 않았지만, 나는 홈즈의 신경이 곤두서 있다는 것을 알 수 있었다. 바람이 부는 쌀쌀한 밤이었다. 많은 사람이 바삐 움직였고, 대부분 옷깃을 세우고 넥타이를 매고 있었다. 아까 지나간 듯한 행인이 보이기도 했는데, 특히 어느 집 문간에서 바람을 피하는 것으로 보이는 두 남자가 눈에 띄었다. 홈즈에게 알려주려고 했지만, 홈즈는 조바심 내며 여전히 길거리를 내다보고만 있었다. 때때로 서성이며 손가락으로 벽을 두드리기도 했다. 생각대로 일이 진행되지 않아 점점 불안해지는 모양이었다. 마침내 자정이 되어 거리에 인적이 끊어질 무렵, 홈즈는 불안감을 이기지 못하고 실내를 이리저리 거닐기 시작했다. 나는 홈즈에게 말을 걸려다 문득 건너편의 밝은 창문을 쳐다보았는데, 아까보다 더욱 놀라운 광경이 펼쳐졌다. 홈즈의 그림자가 움직이고 있는 게 아닌가. 나는 홈즈의 팔을 붙잡고 2층을 가리켰다.

"아니, 그림자가 움직이고 있어!"

어느 사이엔가 옆모습이 아니라 뒷모습으로 바뀐 것이다.

3년이 지났어도 홈즈의 비평적 성격, 즉 자신보다 미련한 것을 못 견디는 성격은 조금도 나아지지 않은 게 분명했다.

"당연히 움직이고말고." 홈즈가 말했다. "왓슨, 내가 그렇게 멍청한 줄 알아? 유럽에서 으뜸가는 악한을 속이는 데 이 셜록 홈즈가 한눈에 알 수 있는 허수아비를 세워둘 리가 있겠는가 말이야. 우리가 이 방에 온 지 두 시간이 지났는데, 그사이에 하숙집 주인 허드슨 부인이 여덟 번이나, 그러니까 15분마다 저 인형을 움직여주고 있지. 자기 그림자는 비치지 않도록 하고 말이야. 앗!"

갑자기 홈즈가 흥분한 듯 소리를 지르며 숨을 죽였다. 머리를 내밀고 온몸이 굳어진 채 신경을 곤두세우고 있는 모습이 어슴푸레한 불빛에도 똑똑히 보였다. 거리에는 사람 하나 없었다. 아까 두 사람은 아직도 남의 집 입구에 웅크리고 서 있을지 모르지만, 내게는 더 이상 보이지 않았다.

사방이 고요하고 어두웠다. 건너편 집 창문의 커튼만이 중앙에 검은 사람 그림자를 뚜렷이 나타내며 노랗게 빛나고 있었다. 고요한 침묵이 흐르는 가운데 다시 한번 홈즈의 가는 숨소리가 들렸다. 흥분을 억누르는 소리였다. 다음 순간 홈즈는 가장 캄캄한 방구석으로 나를 끌어당기고서 한쪽 손을 내 입술에 대고 아무 소리도 내지 못하게 했다. 나를 붙든 손은 떨리고 있었다. 홈즈가 이처럼 신경을 곤두세운 건 여태까지 없던 일이다. 하지만 눈앞의 어두운 거리에는 아무런 움직임도 없었다.

그런데 그때, 나는 예리한 홈즈가 나보다 먼저 알아차린 게 뭔지 깨닫게 되었다. 살금살금 걷는 소리가 들려온 것이다. 그건 베이커 스트리트 쪽이 아니라 우리가 숨어 있는 집 뒤편에서 나는 소리였다. 문이 열리고 닫혔다. 이어서 복도를 살며시 거니는 소리가 들렸다. 소리를 내지 않으려 노력했겠지만 빈 집에서는 메아리가 치기 마련이다. 홈즈는 벽에 바짝 붙어 웅크렸고, 나 역시 몸을 움츠리며 권총을 거머쥐었다. 희미한 불빛 사이로 그림자가 보였다. 그림자는 열려 있는 어두운 문보다 더 어두웠다. 그림자의 주인은 잠시 멈췄다가 곧 몸을 낮추며 경계하는 자세를 취하더니 방 안으로 한 발 한 발 들어왔다. 이윽고 그자가 우리와 2미터 정도 떨어진 곳까지 다가왔다. 수상한 침입자가 달려들 것을 대비해 방어 태세를 갖추고 있었는데, 정작 그자는 우리의 존재를 아직 눈치채지 못한 듯했다. 침입자는 우리 옆을 지나쳐 창가로 조심스레 다가서더니, 소리 없이 창문을 15센티미터가량 밀어 올렸다. 침입자가 몸을 낮추자, 먼지 묻은 유리창으로도 걸러지지 않은 거리의 불빛이 그자의 얼굴을 비추었다. 침입자는 흥분한 듯했다. 두 눈은 별처럼 반짝이고, 얼굴은 경련을 일으키며 움직였다. 뼈만 앙상하게 튀어나온 코와 높이 벗겨진 이마, 굵은 백발이 섞인 콧수염을 기르고 있는 중년이 지난 남자였다. 오페라 모자를 눌러쓰고, 앞이 트인 외투 아래쪽으로 삐져나온 야회복 셔츠 앞자락이 하얗게 반짝였다. 얼굴은 바짝 말라 거무스름하고 독살스러운 안색이었다.

손에는 지팡이 같은 걸 들고 있었는데, 마룻바닥에 내려놓자 금속성의 소리가 났다. 침입자는 외투 주머니에서 큼직한 물건을 꺼내 만지작거리기 시작했는데, 마치 스프링이나 볼트가 제자리에 끼워졌을 때처럼 찰칵하는 날카로운 소리가 났다. 그자가 바닥에 무릎을 꿇고 앞으로 몸을 기울이며 지렛대 같은 것에 기대 힘을 싣자, 뭔가 돌아가며 마찰되는 소리가 나더니 또다시 크게 찰칵하는 소리가 났다. 그리고 다시 몸을 편 그자의 손에는 보기 흉한 개머리판이 달린 엽총이 들려 있었다. 침입자는 개머리판을 열고 그 안에 뭔가 집어넣은 뒤 장전했다. 그리고 잔뜩 웅크린 채 총신 끝을 열린 창턱에 걸었다. 과녁을 노리는 눈초리가 날카롭게 번뜩였다. 개머리판을 어깨에 댄 남자는 건너편 노란 커튼에 비친 사람의 그림자를 보며 만족스럽다는 듯 한숨을 내쉬었다. 잠시 모든 동작이 멈췄다. 그러고는 방아쇠에 걸린 손가락에 힘을 주었다. 섬뜩한 총소리가 크게 터져 나오고, 유리가 깨지며 쨍그랑하는 소리가 길게 울렸다. 그 순간 홈즈가 비호처럼 저격수를 덮쳤다. 바닥에 엎어진 저격수는 곧장 몸을 일으켜 필사적으로 덤비더니 홈즈의 멱살을 잡아챘다. 하지만 내가 권총 개머리판으로 뒤통수를 후려치자, 다시 마룻바닥에 나가떨어져 기절해버렸다. 나는 그 위를 덮쳤고, 홈즈는 날카롭게 휘파람을 불었다.

쿵쿵 울리는 구둣발 소리와 함께 제복 경찰 두 명과 사복형사 한 명이 정문 현관에서 방으로 뛰어들어 왔다.

"레스트레이드 씨?" 홈즈가 말했다.

"예, 홈즈 씨. 이 사건은 내가 맡았습니다. 런던에 오신 걸 환영합니다."

"나는 숨어서 경찰을 도울 필요가 있다고 생각했소. 한 해 동안 미궁에 빠진 살인 사건이 셋이나 생기면 참으로 난감할 테죠, 레스트레이드 씨. 하지만 몰지 사건은 평소보다 쉽게 처리했더군요. 꽤나 잘 처리했다는 뜻입니다."

우리는 모두 일어섰고, 포로는 건장한 두 순경에게 붙들려 숨을 몹시 헐떡이고 있었다. 거리에는 벌써 구경꾼이 모여들기 시작했다. 홈즈는 창가로 다가가서 창문을 닫고 커튼을 내렸다. 레스트레이드가 양초 두 자루를 꺼내 불을 켰고, 경찰들도 각자 랜턴 덮개를 벗겼다. 마침내 나는 포로의 얼굴을 자세히 볼 수 있었다.

우리를 노려보는 포로의 얼굴은 무척 강한 인상에 역시나 악질적인 얼굴이었다. 좋든 나쁘든 간에 큰일을 할 얼굴이었다. 하지만 싸늘한 푸른 눈이나 사납고 공격적으로 보이는 콧날, 깊은 주름이 잡힌 험상궂은 이마를 보면 누구라나 위험인물임을 느낄 수 있을 정도였다. 그 포로는 우리 중 누구도 신경 쓰지 않고, 다만 증오와 놀라움이 섞인 표정으로 홈즈를 노려보며 외쳤다.

"이 악마!" 포로가 외쳤다. "이 건방진 악마 같으니라고!"

"아, 대령!" 홈즈는 구겨진 목깃을 고치며 대꾸했다. "옛 연극 대사 중에 '여행은 연인들의 만남으로 끝난다'라는 말이 있죠. 내가 라이헨바흐 폭포의 바위 위에 누워 있을 때 당신에게 바윗돌 선물을 받은 뒤로는 처음 뵙는 것 같군요."

대령은 어이가 없다는 듯 홈즈의 얼굴을 빤히 쳐다보았다.

"아, 소개가 늦었군." 홈즈는 사람들에게 말했다. "여러분, 이 양반은 한때 여왕 폐하의 인도 육군에 복무한, 그 유명한 세바스찬 모런 대령입니다. 우리 동양 제국 최고의 맹수 사냥꾼이기도 하죠. 대령, 이제까지 당신만큼 호랑이를 많이 잡은 사람은 없을 거외다."

모런 대령은 아무 말 없이 홈즈만 노려보았다. 사나운 눈초리와 억센 콧수염을 보니 놀랄 만큼 호랑이와 꼭 닮았다.

"이런 간단한 계략에 당신처럼 빈틈없는 사냥꾼이 걸려들다니 이상한 일이오." 홈즈가 말했다. "당신에겐 아주 익숙한 책략이었을 텐데. 나무 밑에 새끼 양을 매놓고서 총을 들고 호랑이가 미끼에게 덤비는 걸 기다리는 계략 말이오. 말하자면 이 빈집이 나무고 당신은 호랑이인 셈이지. 호랑이가 여러 마리거나, 그럴 리 없겠지만 조준이 빗나갔을 때를 대비해서 당신은 또 다른 총을 준비했을 겁니다. 그리고 이들은…" 하며 홈즈가 우리를 가리켰다. "내가 준비한 또 다른 총이죠. 아주 좋은 비유였군요."

모런 대령이 으르렁거리며 홈즈에게 덤비려 했지만 두 순경이 제압했다.

"솔직히 말해 한 가지 놀란 게 있소." 홈즈가 말했다. "당신이 이 빈집에 들어와 창문을 이용하리라곤 나도 예상치 못했소. 거리에서 쏠 걸 예상하고서 레스트레이드 경위와 두 순경이 대기 중이었던 거죠. 당신이 이곳에 들어온 것 외에는 모두 계획대로 된 셈이오."

모런 대령은 형사 쪽을 향했다.

"나를 체포할 정당한 이유가 있는지는 모르겠지만, 그렇더라도 내가 이자의 조롱을 받고 있을 이유는 없지 않소. 내가 법망에 걸려들었다면 모든 걸 어서 법대로 처리하시오."

"체포당할 이유야 충분하지." 레스트레이드가 말했다. "그럼 이만 갑시다. 홈즈 씨, 하실 말씀이라도?"

홈즈는 어느새 바닥에 놓인 고성능 공기총을 집어 들고 구조를 살피고 있었다.

"무서운 무기야. 소리도 나지 않고 성능 또한 기막히겠군. 나도 알고 있는 폰 헤르터라는 독일의 맹인 기계공에게 모리아티 교수가 주문 제작한 총이지. 이런 게 있다는 소문은 익히 들어 알고 있었지만, 직접 만져보는 건 처음이군. 레스트레이드 경위, 조심해서 맡아주시오. 그리고 이 특제 탄환도."

"잘 보관할 테니 염려 마십시오, 홈즈 씨." 레스트레이드는 문 쪽으로 가면서 모런 대령에게 말했다.

"할 말 있소?"

"어떤 죄목으로 기소할 건지, 그것만 듣고 싶소."

"어떤 죄목이라뇨? 그야 물론 셜록 홈즈에 대한 살인 미수 혐의요."

홈즈가 끼어들었다.

"그건 아닙니다, 레스트레이드 경위. 난 이 사건에 나서고 싶지 않소. 그자를 체포한 공적은 당신 것이오. 그렇고말고. 레스트레이드 경위, 축하하오. 늘 그랬듯 멋지고 대담한 체포 솜씨였소. 이 사나이가 바로 그 수수께끼 사건의 범인입니다."

"수수께끼 사건의 범인이라니? 누구 말입니까, 홈즈 씨?"

"경찰이 전력을 다해도 붙잡지 못한 바로 그 사람 말이오. 아너러블 로널드 아데어를 살해한 세바스찬 모런 대령 말입니다. 지난달 30일 파크 레인 427번지 3층의 열린 창 사이로 공기총 팽창 탄환을 쐈죠. 바로 그게 그자의 죄목입니다, 레스트레이드 경위. 그럼 왓슨, 부서진 창틈으로 스미는 바람을 참을 수 있다면 30분 정도 내 서재에 가서 시가를 피우며 재미있고 유익한 이야기를 듣지 않겠나?"

우리의 옛 방은 마이크로프트 홈즈가 관리하고 허드슨 부인이 돌봐 준 덕분에 예전 그대로였다. 들어가 보니 정말 깨끗했고, 옛 물건들도 그 자리에 그대로 놓여 있었다. 한구석에는 화학 실험용 도구와 산으로 얼룩진 전나무 탁자가 있었고, 책꽂이 선반에는 런던의 범죄자들이 태워버리고 싶어 하는 엄청난 스크랩 자료와 참고서가 꽂혀 있었다. 주위를 둘러보니 각종 도표, 바이올린 상자, 담배 파이프 걸이, 페르시아 슬리퍼까지 고스란히 자리 잡고 있었다.

방에는 두 사람이 있었다. 우리가 들어서자 반가운 미소를 지으며 맞이해주는 허드슨 부인과 이날 밤 모험에 중요한 구실을 맡은 기묘한 밀랍 인형이었다. 인형은 소스라칠 만큼 홈즈와 꼭 닮았다. 홈즈의 낡은 옷을 입고 조그만 외다리 탁자 위에 앉은 인형은 바깥 길에서 보면 영락없는 홈즈였다.

"제 말대로 해주셨군요, 허드슨 부인." 홈즈가 말했다.

"말씀하신 대로 인형 옆에 다가갈 때는 기어서 갔어요."

"고맙습니다. 참 잘해주셨어요. 총알은 어디에 박혔는지 보셨습니까?"

"예, 아름다운 인형을 망가뜨렸더군요. 머리를 관통하고 벽에 부딪혀 납작해졌어요. 양탄자 위에서 찾아 주워뒀는데, 바로 이거예요."

홈즈는 총알을 받아서 나에게 넘겼다. "하, 보다시피 권총용 연질 탄환이야. 정말 천재적이지 않은가? 공기총에서 이런 게 튀어나오리라고는 아무도 생각하지 못할 테니까. 허드슨 부인, 도와주셔서 정말 고맙습니다. 자, 왓슨, 그 의자에 예전처럼 걸터앉게. 자네에게 할 이야기가 아주 많으니까 말이야."

홈즈는 허름한 프록코트를 벗고 인형에게 입혔던 실내복을 걸치고서 예전과 같은 모습으로 돌아갔다.

"늙은 사냥꾼이 아직도 그렇게 예리하고 용감하다니." 홈즈는 부서진 인형의 이마를 찬찬히 바라보고 웃으며 말했다. "총알이 뒤통수에 명중해 머리를 관통했어. 인도에서 으뜸가는 명사수였는데, 런던에서도 모런을 대적할 사람이 없을 거야. 모런 대령의 이름을 들어본 적이 있나?"

"없네만."

"명성이란 허망한 거로군. 하지만 내 기억이 틀림없다면 금세기 최고의 범죄자 모리아티 교수의 이름 역시 자넨 처음 듣는다고 했지. 선반에서 내가 만든 인물 색인집을 좀 내려주게."

홈즈는 의자에 등을 기댄 채 시가를 물고 구름 같은 연기를 내뿜으며 지루한 듯 책장을 넘겼다.

"M 항목 수집 자료는 아주 알차지." 홈즈가 말했다. "모리아티만으로도 M 항목은 그 진가를 다하는데 여기에 독살범 모건, 소름 돋는 추억의 메리듀, 채링 크로스역 대합실에서 내 왼쪽 어금니를 부러뜨린 매슈스, 마지막으로 오늘 밤의 그 친구도 나와 있어."

나는 홈즈가 넘겨준 색인집을 읽어보았다.

> 세바스찬 모런, 육군 대령. 퇴역. 제1 벵갈로 공병대 복무. 1840년 런던 태생. 페르시아 주재 영국 공사를 역임한 C. B. 오거스터스 모런 경의 아들. 이튼 고교와 옥스퍼드 대학 졸업. 조아키 전투와 아프가니스탄 전투 참전. 차시아브(파견), 셰르푸르, 카불에서 복무. 《서부 히말라야의 맹수 사냥》(1881), 《정글에서 3개월》(1884) 집필. 주소: 콘뒷 스트리트. 소속 클럽: 앵글로-인디언, 탱커빌, 바가텔 카드 클럽.

여백에는 홈즈의 필체로 이렇게 적혀 있었다.

> 런던 제2의 위험인물.

"참으로 놀랍군." 나는 책을 홈즈에게 돌려주면서 말했다. "명예로운 군인 경력이 아닌가?"

"맞네." 홈즈가 답했다. "어느 시기까지는 올바르게 살아왔지. 무쇠와 같은 강한 심장의 소유자로서, 부상당한 식인 호랑이를 추적해서 배수로를 기어간 모런 대령의 이야기는 지금도 인도의 화젯거리야. 왓슨, 어느 높이까지 자라다가 갑자기 가지를 삐뚤게 뻗는 나무가 있지 않나? 인간에게서도 그런 모습을 종종 볼 수 있다네. 사람이 성장하면서 조상이 밟아온 과정을 되밟게 되는데, 나는 그 사람의 혈통에 강한 영향을 미친 뭔가가 있어 갑자기 악인이나 선인으로 변하게 된다는 이론을 갖고 있어. 사실상 각 개인은 자기 가족사를 투영하곤 하지."

"꽤나 기발한 이론이로군."

"원인이야 어쨌든 모런 대령은 갑자기 나쁜 길로 내달은 거야. 눈에 띄는 사건은 일으키지 않았지만 점점 인도에 머물기가 어렵게 되었지. 은퇴한 모런은 런던으로 돌아와 여기에서도 악명을 떨치게 되었네. 그때 모리아티 교수에게 발견되어 한동안 참모 역할을 했지. 모리아티는 모런에게 투자를 아끼지 않았고, 보통 범죄자는 감당하지 못할 일급 범죄에만 이용했네. 1887년에 로더에서 일어난 스튜어트 부인 사망 사건을 기억하나? 못 한다고? 그렇지, 그것도 틀림없이 모런이 한 짓이었어. 하지만 이렇다 할 증거가 없었네. 내가 자네를 찾아간 날을 기억할 거야. 공기총에 겁먹어 내가 덧문을 닫은 날 말이야. 자네는 내가 망상에 빠졌다고 여겼겠지. 그땐 그럴 만한 이유가 있었어. 그런 놀라운 총이 있다는 사실을 알고 있었고, 세계 최고의 사수로 꼽히는 자가 그 뒤에 함께 있다는 것도 알고 있었으니까. 우리가 스위스에 있을 때 모런이 모리아티와 함께 우리를 따라왔어. 라이헨바흐 벼랑 바위에 있던 내게 공포의 5분을 선물한 자도 모런이 틀림없지.

나는 프랑스에 머무는 동안 모런을 잡을 기회만 노리면서 정신을 바짝 차리고 신문을 읽고 있었네. 모런이 런던에서 판을 치는 동안엔 나도 마음을 놓을 수가 없으니까 말이야. 그런데 내겐 딱히 방법이 없었어. 모런을 봐도 총을 쏠 수 없었지. 그랬다간 내가 재판에 서야 하니까 말이야. 치안판사에게 호소해봐야 무슨 소용이 있겠는가. 판사가 내 말을 믿고 나설 리 없지. 그저 어떠한 증거도 없이 모런을 의심하는 것으로만 보일 테니까. 하지만 언젠가 모런을 잡아야 한다는 걸 알고 있었기에 일이 터지기만을 기다렸다네. 그러던 중에 바로 이번 로널드 아데어 피살 사건이 터진 거야. 나는 그걸 기회로 여겼어. 내가 알고 있는 정보만 가지고서도 모런 대령이 범인이라는 걸 충분히 추리할 수 있었네. 대령은 아데어와 카드 노름을 했어. 그 후 클럽에서 집까지 아데어를 미행해서 창문 사이로 아데어를 쏜 거지. 나는 곧장 런던으로 돌아왔어. 그래서 일부러 모런의 부하 눈에 띄었고, 그 부하는 내가 나타났다는 걸 바로 대령에게 알렸겠지.

대령은 내가 갑자기 돌아왔으니 자신의 범죄가 드러날 위험이 있다고 생각하고 서둘렀을 거야. 그래서 나는 창가에 대령을 위해 알맞은 표적을 만들어주고, 경찰에는 내가 도움을 받을 일이 생길지도 모른다고 말해두었지. 왓슨, 자네도 문간에 잠복해 있던 경찰을 알아봤겠지? 그러고서 나는 감시하기에 알맞은 장소에 진을 친 셈이었는데, 상대가 같은 장소를 공격에 이용하리라고는 꿈에도 생각지 못했어. 자, 왓슨, 또 알고 싶은 게 있나?"

"있고말고. 모런 대령이 로널드 아데어 경을 살해한 동기를 아직 밝혀주지 않았네."

"아아, 왓슨. 그 동기는 지금 알고 있는 증거에서 추리할 수 있을 뿐인데, 여기서는 가장 논리적인 사람이라도 실수할 수 있지. 눈앞의 증거를 가지고 누구나 가설을 세울 수 있는 법이야. 자네의 가설이 내 가설보다 나을 수도 있고 말이야. 살해 당일, 아데어는 모런이 속임수를 쓴다는 걸 눈치챘을 거야. 그래서 모런에게 위협을 했겠지. 클럽에서 자진 탈퇴하고 다시는 카드를 하지 않겠다고 약속하지 않으면 죄다 불어버리겠다고 말이야. 아데어 같은 젊은이가 자기보다 나이가 훨씬 많은 유명인의 비밀을 폭로해 사회에서 매장시키려고 하진 않았을 테지. 아마 내 말대로 했을 거야. 그 클럽에서 쫓겨난다는 건 모런에게 파멸이나 다름없었겠지. 카드 속임수로 삶을 연명하고 있었으니까. 그래서 아데어를 죽인 거야. 아데어는 죽기 직전, 사람들에게 얼마의 돈을 돌려줘야 할지 계산하는 중이었을 테지. 동료의 속임수로 이득을 볼 생각은 없었으니까. 방문을 잠근 건 아마 어머니나 여동생이 캐물을 걸 염려해서였겠지. 자, 어떤가?"

"그게 틀림없겠군."

"그런지 아닌지는 재판에서 밝혀지겠지. 어느 쪽이든 모런 대령이 우리를 괴롭히는 일은 앞으로 없을 거고, 폰 헤르터의 유명한 공기총은 런던 경찰국 박물관의 진열장을 장식하게 될 거네. 마침내 셜록 홈즈는 런던에서 일어나는 온갖 사건을 다시 안심하고 연구할 수 있게 되었다는 뜻이기도 하지."

S·H·E·R·L·O·C·K

찰스 오거스터스 밀버턴

셜록 홈즈 시리즈에 등장하는 뛰어난 악당 중 한 명. 비참한 최후를 맞는 혐오스러운, 그리고 아주 현대적인 괴물. 우리 둘 다 이 이야기를 좋아한다.

- 마크와 스티븐

지금부터 이야기하려는 사건은 일어난 지도 벌써 여러 해가 지났는데, 여전히 언급하려 하면 내심 움츠러들게 된다. 이 사건은 아무리 신중을 기한다 해도 오랜 시간이 지나지 않고서는 세상에 알릴 수 없을 만한 일이다. 하지만 이제는 주요 관련자가 인간의 법이 미치지 못하는 곳에 있기에, 적절하게 말을 삼간다면 아무에게도 피해가 가지 않는 선에서 이야기를 할 수 있을 것 같다. 내 친구 셜록 홈즈와 나는 인생에서 다시는 없을 독특한 경험을 했다. 내가 이 기록에서 실제 사건을 짐작할 만한 날짜나 다른 세부 사항을 숨기더라도 독자들의 양해를 부탁한다.

홈즈와 나는 서리가 내린 어느 추운 겨울 저녁, 평소처럼 산책을 나갔다가 6시쯤 돌아왔다. 홈즈가 램프를 켜자 테이블 위에 놓여 있던 명함이 보였다. 홈즈는 명함을 힐끗 보더니 역겹다는 얼굴로 바닥에 아무렇게나 내던졌다. 내가 바닥에 떨어진 명함을 집어 들고 읽어보았다.

찰스 오거스터스 밀버턴
애플도어 타워스, 햄스테드.
중개인.

"이 사람이 누구길래?" 내가 물었다.

"런던 최악의 인간이지." 홈즈가 벽난로 앞으로 다리를 쭉 뻗고 앉으며 대답했다. "뒷면에 메모라도 남겼나?"

나는 명함을 뒤집어서 소리 내 읽었다.

"6시 30분에 방문. — C. A. M."

"흠! 올 때가 됐군. 왓슨, 동물원에서 큰 뱀 앞에 서 있으면 몸이 움츠러들고 소름이 끼치지 않나? 납작하고 사악한 얼굴에 흉측한 눈빛을 하고, 속에는 독을 품은 채 미끌미끌하게 스르르 기어가는 그 생명체 말이야. 밀버턴이란 놈은 바로 그런 인상을 준다고. 내가 지금까지 탐정 생활을 하면서 상대했던 살인범이 50명은 되네만, 그중에 최악인 자도 그만큼 혐오감을 주지는 않았어. 하지만 그놈과 꼭 해결해야 할 일이 있으니 어쩔 수 없지. 사실 밀버턴은 내가 초대해서 오는 거라네."

"그래서 그 밀버턴이란 자는 어떤 놈이야?"

"지금 말해주려고 했어. 밀버턴은 공갈 협박범들의 왕이라고 할 수 있지. 비밀과 명성이 모두 밀버턴의 손아귀에 달린 신사들, 그보다 훨씬 많은 숙녀들을 생각해보게. 정말 가엾지! 대리석처럼 냉혹한 심장을 가진 그놈은 실실 웃는 얼굴로 제물이 바싹 말라버릴 때까지 쥐어짜고 또 쥐어짜거든. 나름대로 천재적인 데가 있어서 좋은 일을 했다면 제법 명성을 떨쳤을 텐데 말이야. 그놈은 보통 이런 수법을 쓰지. 부와 권력이 있는 사람의 평판을 땅에 떨어뜨릴 만한 편지를 넘겨주면 굉장한 돈을 지불하겠다고 공공연히 알리는 거야. 그래서 주인을 배반한 하인뿐 아니라 순진한 숙녀분의 믿음과 애정을 얻었던 상류층의 무뢰한들에게서 이런 편지를 얻어내는 경우가 많지. 그자는 쩨쩨하게 굴지 않아. 우연히 들었는데, 마부에게 두 줄짜리 메모를 사면서 700파운드를 냈다더군. 그 결과 귀족 가문 하나가 끝장나고 말았네. 이쪽 시장에 있는 물건이라면 뭐든 밀버턴에게로 들어가게 되어 있어서, 그 이름만 들어도 새하얗게 질리는 사람이 런던에 수백 명은 있어. 그자의 손길이 어디로 뻗칠지는 아무도 몰라. 부자인 데다 교활해서 그날 받은 정보를 바로 푸는 게 아니거든. 몇 년씩 좋은 패를 숨기고 기다렸다가 엄청난 판돈을 긁어올 수 있는 순간에 내놓지. 내가 그랬잖아, 그놈은 런던 최악의 인간이라고. 생각해봐, 욱해서 동료에게 약간 주먹질을 한 불량배와 이미 부풀어 있는 돈가방을 채우려고 전략적으로 가련한 영혼을 고문하며 신경을 긁는 이 악당 놈을 어떻게 똑같이 취급할 수가 있겠어?"

나는 내 친구가 그렇게까지 격한 감정을 드러내며 말하는 것을 거의 본 적이 없었다.

"하지만 법으로 그놈을 막을 방법이 있겠지?"

"법적으로 말하면 당연히 그렇지만, 실제로는 아니야. 이놈을 몇 달 동안 감옥에서 썩게 했다가 한 숙녀의 인생이 엉망이 된다면 좋을 게 뭐겠어? 그래서 피해자들도 감히 보복할 엄두를 못 내지. 거리낄 게 없는 사람을 협박해서 갈취하려고 했다면야 잡아넣을 수 있겠지만, 이놈은 사탄만큼이나 교활하단 말이지. 아니지, 아니야, 이놈에게 맞서려면 다른 방법을 생각해야 돼."

"그런데 그놈을 왜 부른 거야?"

"어느 유명한 숙녀분이 나한테 안타까운 사건을 맡겼거든. 지난 시즌 처음 사교계에 데뷔한 여성들 중에 가장 아름다운 레이디 에바 브랙웰이 이번 의뢰인이야. 2주 후에 도버코트 백작과 결혼할 예정이지. 그런데 이 악마는 숙녀분이 시골에 있는 무일푼의 젊은 친구에게 쓴 경솔한 편지를 몇 통 갖고 있어. 왓슨, 단지 조금 경솔한 편지일 뿐이야. 하지만 이 결혼을 없던 일로 만들기에는 충분하지. 엄청난 돈을 지불하지 않으면 밀버턴은 그 편지를 백작에게 보낼 거야. 나는 그놈을 만나서 가능한 한 최선의 조건으로 합의해달라는 의뢰를 받았네."

그 순간 집 앞의 길에서 덜커덩하는 소리가 들려왔다. 아래를 내려다보니 위풍당당한 쌍두마차가 서 있고, 밝은 램프가 늘씬한 적갈색 말의 윤기 나는 궁둥이를 비추고 있었다. 마부가 문을 열자 곱슬곱슬한 양털 모피를 입은 작고 땅딸막한 남자가 내렸다. 잠시 뒤 그 남자가 방 안에 들어섰다.

찰스 오거스터스 밀버턴은 50대의 남자로, 지적인 큰 머리와 수염이 없는 둥글고 피둥피둥한 얼굴을 하고 있었다. 입가에 냉혹한 미소가 끊이지 않았고, 알이 큼지막한 금테 안경 너머로 회색의 두 눈이 예리하게 빛났다. 외모는 어떻게 보면 피크위크 씨(찰스 디킨스의 소설 《피크위크 클럽의 기록》의 주인공 이름—옮긴이)처럼 자애로운 데가 있었지만, 쉼 없이 흔들리며 상대를 꿰뚫어 보는 듯한 번들거리는 두 눈과 진실되지 못한 인위적인 미소가 그런 인상과는 동떨어져 있었다. 통통한 작은 손을 내밀며 처음 방문했을 때 만날 수 없어 유감이었다고 말하는 목소리는 그 얼굴만큼이나 정중하고 나긋나긋했다. 홈즈는 밀버턴이 내민 손을 무시하고 돌덩이처럼 완고한 얼굴로 사내를 바라보았다. 밀버턴은 한층 더 환하게 미소 지으며 어깨를 으쓱하고는 코트를 벗어 들더니 굉장히 정성 들여 포개어 의자 뒤에 걸고는 자리에 앉았다.

"이분은?" 밀버턴이 내 쪽을 손으로 가리켰다. "믿을 만한 분이시겠죠? 여기 계셔도 되는?"

"왓슨 선생은 내 친구이자 업무 파트너요."

"좋습니다, 홈즈 씨. 고객이 원하지 않을지도 모른다고 생각해서 물어본 것뿐이에요. 그 문제는 정말 까다로운 문제다 보니…."

"왓슨 선생도 무슨 일인지 전부 들었소."

"그럼 바로 본론으로 들어갈 수 있겠군요. 당신이 레이디 에바의 대리인이라고 했죠. 그럼 내 조건을 받아들일 권한이 있는 건가요?"

"조건이 뭔가요?"

"7000파운드입니다."

"수락하지 않으면?"

"선생, 차마 내 입으로 말하기 괴롭지만 14일까지 돈을 지불하지 않으면 18일의 결혼은 없던 일이 될 겁니다." 사내의 얼굴에 떠오른 보기 싫은 미소가 더욱 만족한 빛을 띠었다.

홈즈는 잠시 생각에 잠겼다.

"내가 보기에는." 마침내 홈즈가 입을 열었다. "우리가 당연히 당신의 조건을 받아들일 거라고 여기는 것 같군요. 물론 나는 그 편지의 내용에 대해서 잘 알고 있소. 그리고 내 고객은 분명 내가 조언하는 바를 따를 겁니다. 나는 예비 신랑에게 이 이야기를 모두 털어놓고 자비를 바라는 편이 낫겠다고 조언할 수도 있소."

밀버턴은 키득키득 웃었다.

"선생은 백작이 어떤 분인지 잘 모르시는 모양입니다." 밀버턴이 말했다.

얼굴에 당황한 표정이 떠오르는 것을 봐서는 홈즈 역시 백작을 잘 아는 것 같았다.

"그 편지에 문제 될 게 뭐가 있다는 거죠?"

"생기가 넘치는 편지죠. 아주 발랄하더군요." 밀버턴이 대답했다. "이 숙녀분은 정말 매력적인 편지를 썼더군요. 하지만 도버코트 백작은 그 편지의 매력을 차분히 감상해주지는 않을 겁니다. 하지만 선생의 생각은 나와 다르다니 얘기는 그만둡시다. 이건 순수한 거래에 지나지 않아요. 그 편지가 백작의 손에 들어가는 편이 당신 의뢰인에게 가장 이익이 된다고 생각한다면, 편지를 되찾으려고 그렇게 큰돈을 지불하는 건 바보 같은 짓이겠지요." 밀버턴은 자리에서 일어나서 양털 모피 코트를 집어 들었다.

홈즈는 분노와 치욕으로 안색이 창백해졌다.

"잠깐." 홈즈가 말했다. "일을 너무 서두르는군. 우리는 당연히 이런 민감한 문제를 조용히 처리하기 위해 모든 노력을 다할 생각이오."

밀버턴은 다시 자리에 앉았다.

"그러실 거라고 생각했습니다." 사내가 타이르듯 부드럽게 말했다.

"그런데 말이지." 홈즈가 말을 이었다. "레이디 에바는 그리 부유하지 못하오. 내가 분명히 말하는데 가진 돈을 다 긁어모아도 2000파운드에 지나지 않고, 당신이 말한 금액은 완전히 능력 밖이란 말이오. 그러니 요구 금액을 좀 낮춰주기 바라오. 당신이 받을 수 있는 최고 금액은 방금 내가 말한 금액 정도니, 그걸 받고 편지를 돌려주었으면 하오."

밀버턴은 더 활짝 미소 지으며 장난스럽게 눈을 빛냈다.

"레이디의 재정 상태에 대해서 선생이 하는 말이 사실이란 건 잘 압니다." 사내가 말했다. "하지만 숙녀분이 결혼을 하게 되었으니, 홈즈 씨가 봐도 그 숙녀분의 친구나 친척들이 힘을 좀 보태주기에는 매우 적절한 때 아닙니까? 아마 결혼 선물로 뭐가 좋을까 많이 고민하고 있을 텐데 말이죠. 이 작은 편지 다발은 촛대나 버터 접시 따위를 사주는 것보다 신부에게 훨씬 큰 기쁨을 줄 게 분명합니다."

"그건 불가능합니다." 홈즈가 말했다.

"저런, 저런, 얼마나 불행한 일입니까!" 밀버턴은 불룩한 수첩을 꺼내며 목소리를 높였다. "숙녀분들이 노력도 안 하는 건 이렇게 잘못된 충고를 받아서였던 모양이군요. 이걸 보세요!" 밀버턴은 문장이 찍힌 작은 편지 봉투를 들어 보였다. "이 편지는, 아, 내일 아침까지는 이 편지의 주인을 밝혀서는 안 되겠군요. 하지만 그때가 되면 이건 그 숙녀분 남편 되시는 분의 손에 들어가 있을 겁니다. 이게 다 그 숙녀분이 갖고 있는 다이아몬드만 모조품으로 갈아치워도 마련할 수 있는 푼돈 때문이죠. 얼마나 안타깝습니까! 음, 고결한 아너러블 마일스 양과 도킹 대령의 약혼이 갑자기 깨졌던 건 기억하시나요? 결혼하기 겨우 이틀 전에 〈모닝 포스트〉 신문에 파혼 기사가 났죠. 왜 그랬을까요? 믿을 수 없으시겠지만 고작 1200파운드면 그런 일은 없었을 겁니다. 너무 슬픈 일 아닙니까? 그리고 지금은 의뢰인의 미래와 명예가 위험에 처한 판에 선생처럼 분별 있는 신사가 거래 금액 때문에 망설이고 있군요. 솔직히 놀랐습니다, 홈즈 씨."

"내가 한 말은 사실이오." 홈즈가 대답했다. "그만한 돈은 구할 수 없소. 이 숙녀분의 인생을 망쳐봤자 당신도 얻을 게 없으니, 내가 제시한 금액을 받아들이는 편이 당신에게도 훨씬 나을 텐데?"

"그건 오산입니다, 홈즈 씨. 이 일이 알려지면 간접적으로 제게 굉장한 이득이 될 겁니다. 여덟 건이던가 열 건이던가, 비슷한 일이 적당한 때를 기다리고 있거든요. 제가 레이디 에바의 일을 가혹하게 본보기로 삼게 되면, 이 소문이 퍼졌을 때 다른 사람들은 좀 더 이성적으로 생각할 수 있겠죠. 무슨 말인지 아시겠습니까?"

홈즈는 의자에서 튕기듯 일어섰다.

"왓슨, 뒤쪽을 막아! 도망치지 못하게 해! 자 선생, 그 수첩에 뭐가 들었는지 좀 봅시다."

밀버턴은 들쥐처럼 재빠르게 방 한쪽으로 미끄러져 나가서 벽을 등지고 섰다.

"홈즈 씨, 홈즈 씨." 밀버턴은 코트 앞섶을 젖히더니 안주머니에서 삐져나온 큼직한 리볼버의 총구를 보여주며 말했다. "선생이라면 좀 더 독창적인 방법을 쓰지 않을까 기대했는데 말입니다. 이런 일이라면 밥 먹듯이 일어났는데, 선생이 원하는 대로 될 것 같습니까? 나는 완전 무장을 하고 있는 상태고, 법이 내 손을 들어줄 걸 알고 있으니 주저 없이 무기를 쓸 준비가 돼 있습니다. 그 밖에도 내가 이 수첩에 편지를 넣어 올 거라고 생각했다면 완전히 잘못 생각하셨습니다. 내가 그런 바보짓을 할 것 같습니까? 그러면 신사분들, 나는 오늘 저녁만 해도 한두 건 더 면담이 있어요. 햄스테드까지 갈 길이 멉니다." 밀버턴은 코트를 집어 들고, 리볼버에 손을 댄 채 문 쪽으로 성큼 걸음을 옮겼다. 나는 의자를 집어 들었지만 홈즈가 고개를 절레절레 흔들기에 다시 내려놓았다. 밀버턴은 정중히 고개를 숙여 보이고는 미소를 지은 채 눈을 찡긋하더니 방에서 나갔고, 잠시 후에는 마차 문이 닫히는 소리와 바퀴가 덜컹거리며 멀어지는 소리가 들렸다.

홈즈는 바지 주머니에 양손을 깊숙이 찔러 넣고 턱을 가슴에 푹 파묻었다. 그런 다음 미동도 하지 않고 벽난로 옆에 앉아 일렁이는 불꽃에 눈길을 고정하고 있었다. 홈즈는 30분간 그렇게 가만히 침묵을 지켰다. 그리고 뭔가 결심한 듯한 몸짓을 하더니 벌떡 일어나 침실로 들어갔다. 잠시 후 염소수염에 짧은 지팡이를 든 쾌활한 젊은 일꾼이 거리로 나서기 전에 사기 파이프에 불을 붙이고 있었다. "왓슨, 곧 돌아오겠네." 홈즈는 이 말을 남기고 밤거리로 사라졌다. 찰스 오거스터스 밀버턴에 맞서는 작전이 시작되었다는 것은 알 수 있었지만, 이 작전이 얼마나 기묘하게 진행될지는 꿈에도 생각지 못했다.

며칠 동안 홈즈는 늘 그런 차림으로 들락날락했다. 하지만 햄스테드에서 대부분의 시간을 보내고 있으며, 시간 낭비가 아니라고 말해준 것 말고는 뭘 하고 다니는지 알 길이 없었다. 하지만 거센 폭풍이 치던 어느 날 저녁, 바람이 날카로운 비명을 지르며 창문을 흔들 때 홈즈는 마침내 마지막 원정을 끝내고 돌아와서 변장을 벗고 벽난로 앞에 앉아 소리를 죽여 실컷 웃었다.

"내가 결혼에는 어울리지 않는 사람이라고 생각하겠지, 왓슨?"

"당연하지!"

"그럼 내가 약혼했다고 하면 흥미가 좀 생기겠군."

"이 친구야! 정말 축하…."

"밀버턴의 가정부와 말이야."

"맙소사, 홈즈!"

"정보가 필요했어, 왓슨."

"이번엔 너무 심한 거 아닌가?"

"반드시 필요한 단계였네. 나는 에스코트라는 이름의 배관공이고, 사업은 성공 가도를 달리고 있지. 밀버턴의 가정부와 매일 저녁 산책을 하면서 이야기를 했어. 맙소사, 그 수다라니! 어쨌든 내가 원하는 건 다 얻었어. 나는 밀버턴의 집 구조를 손바닥 들여다보듯이 알게 되었네."

"하지만 홈즈, 그 여자는 어떻게 하고?"

홈즈는 어깨를 으쓱해 보였다.

"어쩔 수 없네, 친애하는 왓슨. 이렇게 판돈이 클 때는 갖고 있는 패를 최대한 써야지. 하지만 내가 등을 돌리면 날 죽어라 미워하는 사랑의 경쟁자가 바로 내 자리를 낚아채 갈 것 같으니 정말 다행이야. 얼마나 멋진 밤인가!"

"이 날씨가 좋다는 건가?"

"내가 하려는 일에는 딱 좋은 날씨야. 왓슨, 나는 오늘 밤에 밀버턴의 집을 털 거야."

결연한 의지를 담고 천천히 내뱉은 홈즈의 말에 나는 잠시 숨이 막혔고, 등줄기에 식은땀이 흐르는 것 같았다. 번개 빛이 한순간에 들판의 모든 풍경을 보여주듯, 나는 이 행동이 불러

올 모든 결과를 한눈에 본 것 같았다. 내 친구는 들키고, 사로잡히고, 그간의 영예로운 경력은 돌이킬 수 없는 실패와 불명예로 끝을 맺을 것이며, 저 역겨운 밀버턴의 처분만 기다리는 신세가 될 것이다.

"홈즈, 제발, 지금 무슨 짓을 하려는지 알고는 있나?"

"친구, 나는 모든 것을 신중하게 고려했다네. 나는 무턱대고 행동하는 사람이 아냐. 다른 길이 있었다면 이렇게 힘들고 위험한 방식을 쓰지 않았을 걸세. 자, 이 문제를 냉정하게 보자고. 자네도 이 행동이 법적으로는 범죄지만 도덕적으로 정당화될 수 있다고 생각할 거라고 믿네. 밀버턴의 집에 침입하는 건 수첩을 강제로 뺏는 것과 조금도 다르지 않아. 그때는 날 도와주려고 했었잖아."

나는 마음을 바꾸었다.

"그래." 내가 대답했다. "불법적인 목적으로 사용될 물건 말고는 아무것도 건드리지 않는다면 도덕적으로 정당화가 가능하지."

"바로 그거야. 이 일이 도덕적으로 정당하다면, 개인적인 위험에 대해서만 생각하면 되겠지. 하지만 한 숙녀분이 그렇게도 간절하게 도움을 필요로 하고 있는데, 진짜 신사라면 그 부분은 감수해야 하지 않겠어?"

"자네가 곤란한 입장에 놓일 수도 있어."

"뭐, 그거야 위험의 일부 아닌가. 그 편지를 되찾을 다른 방법은 없어. 불행한 레이디는 돈이 없고, 비밀을 털어놓고 의지할 수 있는 사람도 없다네. 내일은 밀버턴이 말한 기한의 마지막 날이고, 오늘 밤에 그 편지를 회수하지 않으면 이 악당 놈은 분명 장담한 대로 숙녀분의 인생을 망쳐버릴 거야. 그러니까 나는 내 의뢰인이 그런 운명을 맞도록 내버려 두든가, 아니면 이 마지막 카드를 써야만 한다네. 우리끼리니까 말이지만, 왓슨, 이건 이 밀버턴이라는 놈과 나의 치열한 결투 같은 거야. 자네가 본 것처럼 그놈의 첫 공격은 아주 훌륭했어. 그러니 내 자존심과 위신을 생각해서 나는 이 싸움을 끝까지 할 수밖에 없게 됐네."

"글쎄, 썩 내키진 않지만 그 길밖에 없다면야." 내가 말했다. "그래서 우리는 언제 출발하는 거야?"

"자네는 오지 마."

"그럼 자네도 못 가." 내가 말했다. "내 명예를 걸고 말하는데, 이 모험을 나와 함께하지 않으면 나는 곧바로 마차를 잡아타고 가서 경찰에 고발하고 말겠어. 나는 내 명예를 걸고 한 맹세를 어긴 적이 없어."

"자네는 도움이 안 될 거야."

"그걸 어떻게 알아? 무슨 일이 일어날지 모르잖아. 어쨌든 나는 이미 결심이 섰어. 자네 아닌 다른 사람에게도 자존심이 있고, 심지어 위신도 있다고."

홈즈는 잠시 귀찮은 얼굴이었지만, 찡그린 눈썹을 펴더니 내 어깨를 툭툭 두드렸다.

"그럼 친구, 그렇게 하지. 우리는 몇 년간 이 방을 함께 썼으니 같은 감방에 들어가도 재미있겠어. 왓슨, 자네니까 하는 말이지만 나는 항상 내가 굉장히 솜씨 좋은 범죄자가 될 수 있었을 거라고 생각해왔어. 이번 일은 그걸 시험해볼 수 있는 일생일대의 기회지. 이것 좀 봐!" 홈즈는 서랍에서 깔끔한 소형 가죽 가방을 꺼내서 안에 든 빛나는 도구를 보여주었다. "이건 최고급의 최신 절도 기구야. 니켈 도금을 한 지렛대에 다이아몬드 날이 있는 유리 절단기, 만능열쇠, 그 밖에도 현대 문명의 진보에 발맞춘 최신 기구가 모두 갖춰져 있지. 여기 불빛이 퍼지지 않는 다크 랜턴도 있어. 도구는 정리가 끝났어. 혹시 발소리 안 나는 신발 갖고 있나?"

"고무창을 댄 테니스 화가 있지."

"그거면 돼! 복면은?"

"검은 실크로 두 개 만들도록 하지."

"자네도 이런 짓에 천부적인 재능이 있는 것 같은데? 좋아, 복면을 만들어주게. 출발하기 전에 간단하게 요기라도 하자고. 지금 9시 반이야. 우리는 11시에 마차를 타고 처치 로까지 갈 거야. 거기부터 애플도어 타워스까지 15분이면 걸어갈 수 있어. 자정이 되기 전에는 일에 착수할 수 있을 거야. 밀버턴은 정확히 10시 반이면 잠자리에 들고, 잠이 들면 업어가도 모른다더군. 운이 좋으면 2시까지는 레이디 에바의 편지를 주머니에 넣고 집에 돌아올 수 있을 거야."

홈즈와 나는 공연을 보고 집에 돌아가는 것처럼 보이도록 정식 예복을 차려입었다. 옥스퍼드 스트리트에서 마차를 잡아

타고 햄스테드까지 갔다. 거기서 마부에게 돈을 지불하고, 엄청난 추위에 코트 버튼을 목 끝까지 채우고 몸이 날아갈 듯한 바람을 맞으며 황야의 가장자리를 따라 걸었다.

"섬세한 처리가 필요한 일이야." 홈즈가 말했다. "그 편지는 놈의 서재에 있는 금고에 들어 있고, 서재는 침실과 바로 통하는 방이야. 하지만 사치스럽게 사는 작고 땅딸막한 놈들이 다 그렇듯이 그놈도 워낙 잠이 많은 모양이야. 내 약혼녀인 애거서의 말에 따르면, 주인님을 깨우는 건 불가능한 일이라고 하인들끼리 농담을 할 정도라는군. 밀버턴에게는 헌신적인 비서가 있는데, 서재에서 하루 종일 꼼짝도 안 한대. 그래서 이렇게 한밤중에 가는 거라네. 그리고 정원에서 돌아다니는 야수 같은 개가 있어. 지난 이틀 동안 밤늦게 애거서를 만났고, 내가 조용히 빠져나가도록 애거서가 그 짐승을 가두어놓았지. 저기 큰 집이 바로 그 집이야. 자, 정문으로 들어가서… 오른쪽 월계수 덤불 사이로 가. 여기서 복면을 써야 할 것 같은데. 저기 봐, 불 켜진 창문이 하나도 없는 걸 보니 일이 쉽게 풀리겠어."

우리를 런던에서 가장 흉악한 2인조 범죄자로 보이게 하는 검은 실크 복면을 쓰고서, 우리는 서서히 그 고요하고 음울한 집으로 접근했다. 건물 한쪽에 타일을 깐 테라스 비슷한 것이 툭 튀어나와 있었는데, 창문 여러 개와 문 두 개가 나 있었다.

"저게 놈의 침실이야." 홈즈가 속삭였다. "저 문은 바로 서재로 통하지. 딱 좋은 출입구지만 잠겨 있는 데다 빗장도 질러놓아서 들어가려면 꽤나 시끄러울 거야. 이쪽으로 돌아가세. 응접실로 통하는 온실이 있거든."

그쪽도 잠겨 있었지만, 홈즈는 동그랗게 유리를 안으로 잘라내고 안쪽에서 잠금장치를 돌려 열었다. 잠시 후 우리는 들어간 후 바로 문을 잠갔다. 이제 우리는 법적으로 흉악범이 된 셈이었다. 축축하고 따뜻한 온실 공기와 이국 식물의 진한 향에 숨이 턱 막혔다. 홈즈는 어둠 속에서 내 손을 잡더니 얼굴에 부딪히는 관목 덤불 사이로 재빠르게 지나갔다. 홈즈는 훈련을 통해 어두운 곳에서도 앞을 보는 비범한 능력을 가지고 있었다. 여전히 한 손으로는 내 손을 잡고서 다른 문을 열었고, 나는 어렴풋이 우리가 시가를 피운 지 얼마 되지 않은 큰 방 안에 들어왔음을 알 수 있었다. 홈즈는 가구를 더듬으며 앞으로 나아가서 또 다른 문을 열고, 내가 들어서자 문을 닫았다. 한 손을 뻗어보니 벽에 걸린 코트 몇 벌이 만져지는 것으로 보아 복도에 있는 것 같았다. 우리는 복도를 따라 걸었고, 홈즈는 매우 조심스럽게 오른쪽에 있는 문을 열었다. 뭔가 우리에게 와락 달려드는 바람에 심장이 입으로 튀어나오는 줄 알았는데, 고양이인 것을 알고는 웃음만 나왔다. 방에는 벽난로가 타고 있었고, 그 방 역시 담배 연기로 공기가 탁했다. 홈즈는 발끝으로 방에 들어서서 내가 들어오길 기다렸다가 다시 살그머니 문을 닫았다. 우리는 밀버턴의 서재에 있었고, 맞은편에는 침실로 들어가는 문이 칸막이 커튼으로 가려져 있었다.

벽난로에 장작이 활활 타고 있어서 방 안은 환했다. 문 가까이에는 전깃불을 켜는 스위치가 있었지만, 불을 켜는 것이 안전하다고 해도 굳이 켤 필요가 없을 정도였다. 벽난로 옆으로는 무거운 커튼이 우리가 밖에서 정원을 지나며 보았던 벽 밖으로 난 창을 가리고 있었다. 다른 쪽에는 테라스로 통하는 문이 있었다. 방 한가운데는 광택이 있는 붉은 가죽을 씌운 회전의자와 책상이 있었다. 반대편에는 큰 책장이 있고, 맨 위 칸에는 대리석으로 만든 아테네 여신의 반신상이 놓여 있었다. 책장과 벽 사이의 구석에 녹색의 높은 금고가 있었는데, 앞면의 청동 손잡이에 벽난로 불빛이 반사되어 빛났다. 홈즈는 조심조심 방을 가로질러 걸어가서 금고를 바라보았다. 그리고 침실 문으로 다가가서 문에 비스듬히 머리를 대고 귀를 기울였다. 안에서는 아무 소리도 들리지 않았다. 그사이 나는 퇴로를 확보하는 편이 현명하겠다는 생각이 들어서 밖으로 통하는 뒷문을 살펴보았다. 놀랍게도 문은 잠겨 있지도 않았고 빗장도 없었다. 나는 홈즈의 팔을 건드렸고, 홈즈는 복면 쓴 얼굴을 문 쪽으로 돌렸다. 홈즈는 나만큼이나 놀란 것 같았다.

"뭔가 불안한데." 홈즈가 내 귓가에 입을 바싹 대고 속삭였다. "이해가 안 돼. 어쨌든 이럴 시간이 없어."

"내가 도울 일이 있을까?"

"그래. 문 옆에 서 있어. 누군가 오는 소리가 들리면 안에서 빗장을 지르고 왔던 길을 되돌아 나가는 거야. 누가 다른 길로 들어오면 일이 끝났을 때는 그 문으로 빠져나가고, 끝나지 않았을 때는 창문 커튼 뒤에 숨기로 하자. 알아들었지?"

나는 고개를 끄덕이고는 문 옆에 섰다. 처음의 공포감은 사라지고, 법에 반항하는 대신 법의 수호자로 활동하던 때보다도 훨씬 짜릿한 쾌감이 느껴졌다. 이 임무의 궁극적인 목적이 이타적이고 기사도적이라는 의식과 적의 악랄함이 이 모험을 즐겁게 하는 데 한몫을 했다. 죄의식이 들기는커녕 우리의 위험이 기쁘고 즐겁기까지 했다. 나는 찬탄이 가득한 눈빛으로 홈즈를 지켜보았다. 홈즈는 도구 가방을 열어서 정교한 수술을 하는 의사처럼 과학적으로 정밀하고 침착하게 도구를 선택했다. 나는 금고를 여는 것이 홈즈의 특별한 취미라는 걸 알고 있었고, 내 친구가 수많은 고결한 숙녀들의 명성을 삼켜버린 사악한 용과 같은 이 녹색과 금색을 띤 괴물과의 싸움을 얼마나 즐기고 있을지 이해할 수 있었다. 이미 코트를 벗어서 의자에 올려둔 홈즈는 연미복의 소매를 걷어붙이고 두 개의 드릴과 쇠 지렛대, 결쇠 몇 개를 꺼내 늘어놓았다.

나는 비상 상황에 대비해 중앙의 문간에 서서 다른 문을 주의 깊게 살피고 있었다. 하지만 사실 막상 누가 다가오면 어떻게 해야 좋을지 뾰족한 생각이 떠오르지 않았다. 30분 동안 홈즈는 온 힘을 다해 작업을 했다. 도구 하나를 내려놓는가 하면 다른 도구를 집어 들고, 잘 훈련된 기술자처럼 각각을 알맞은 힘으로 섬세하게 다루었다. 마침내 딸깍 소리와 함께 커다란 녹색 문이 활짝 열렸고, 안에는 각각 끈으로 묶여 봉해진 채 이름표가 달린 두루마리 여러 개가 언뜻 보였다. 홈즈가 하나를 집어 들었다. 하지만 벽난로의 흔들리는 불빛으로는 글씨를 읽기 어려웠고, 밀버턴이 옆방에 있는데 전등을 켤 수 없어

다크 랜턴을 꺼내 들었다. 그러다 홈즈는 갑자기 행동을 멈추고 주의 깊게 귀를 기울이더니, 다음 순간 번개같이 금고의 문을 닫고 코트를 집어 들고 꺼내둔 도구를 주머니에 쑤셔 넣은 뒤에 커튼 뒤로 숨으며 나에게도 똑같이 하라고 손짓했다.

홈즈를 따라 커튼 뒤로 들어가서야 나는 내 친구의 예민한 감각이 먼저 알아챈 소리를 들을 수 있었다. 집 어딘가에서 소리가 들려왔다. 멀리에서 문이 닫혔다. 그리고 무겁게 쿵쿵 울리는 발소리가 빠른 속도로 접근했고, 분명치 않게 웅얼거리는 목소리가 섞여 들렸다. 소리는 방 밖의 복도에서 들려왔다. 문 앞에서 발걸음이 멈추었고, 문이 열렸다. 전등이 딸깍하며 켜졌다. 문은 다시 닫혔고, 독한 시가의 톡 쏘는 냄새가 코를 찔렀다. 발소리는 우리 바로 앞에서 계속 왔다 갔다 하고 있었다. 마침내 의자가 삐걱거리더니 발소리가 멈췄다. 그리고 열쇠로 자물쇠를 여는 소리가 났고, 종이가 바스락거렸다.

이 시점까지는 감히 밖을 내다볼 생각을 하지 못했지만, 이제 슬쩍 앞에 있는 커튼을 젖히고 그 틈으로 밖을 내다보았다. 홈즈의 어깨가 내 어깨를 밀고 있는 걸로 봐서는 내 친구도 같이 밖을 보고 있는 것 같았다. 우리 바로 앞, 손이 닿을 듯한 거리에 밀버턴의 넓고 둥그런 등이 있었다. 우리가 밀버턴의 움직임을 완전히 잘못 계산한 게 분명했다. 밀버턴은 침실로 가지 않고, 우리가 밖에서 보지 못한 집 반대편으로 창문이 난 흡연실이나 당구장에서 깨어 있었던 것이다. 가운데 머리가 빠져서 반질반질한 반백의 넓은 머리통이 시야를 가리고 있었다. 밀버턴은 붉은 가죽 의자에 깊이 기대앉아서 다리를 쭉 뻗고 입에는 길고 검은 시가를 비스듬히 문 채 연기를 뿜어내고 있었다. 진한 자줏빛에 검은 벨벳 옷깃이 달린 군복 스타일의 실내용 재킷 차림이었다. 담배 연기로 도넛 모양을 만들어 내뿜으며 손에 든 긴 법률 문서를 느릿느릿 읽고 있었다. 서두르지 않는 태도와 편안한 자세를 보니 빠른 시간 내에 자리를 뜰 것 같지는 않았다.

나는 홈즈의 손이 내 손으로 슬그머니 들어와서 안심시키듯 잡고 흔드는 것을 느꼈다. 자기가 통제할 수 있는 상황이니 긴장할 것 없다고 말해주려는 것 같았다. 하지만 내 위치에서 빤히 보이는 것을 홈즈 역시 보았는지 알 길이 없었는데, 금고의 문이 완전히 닫히지 않아서 밀버턴이 언제 알아차릴지 몰랐던 것이다. 나는 속으로 밀버턴이 금고에 주의를 기울이고 있는 것이 분명해지면 뛰쳐나가서 내 큼직한 코트로 머리를 가리고 그자를 움직이지 못하게 한 다음에 남은 일은 홈즈에게 맡기기로 결심하고 있었다. 하지만 밀버턴은 서류에서 눈을 떼지 않았다. 밀버턴은 손에 든 서류에만 관심을 쏟고 있었고, 변호사의 논리를 따라가듯 페이지를 한 장씩 넘겼다. 적어도 내 생각에 밀버턴은 서류를 다 읽고 시가를 다 피우면 방으로 돌아갈 것 같았다. 하지만 둘 중 어느 것도 끝나기 전에 사건은 우리가 생각지도 못한 새로운 방향으로 전개되었다.

밀버턴은 몇 번인가 손목시계에 눈길을 주었고, 한번은 초조한 듯 자리에서 일어났다가 다시 앉기도 했다. 그런 늦은 시간에 약속이 있을 수도 있다는 데까지는 생각이 미치지 못했는데, 바깥의 테라스에서 희미한 소리가 들려왔다. 밀버턴은 서류를 던지듯 내려놓고 의자에 꼿꼿이 앉았다. 다시 발소리가 나더니, 조심스럽게 문을 두드리는 소리가 이어졌다. 밀버턴은 자리에서 일어나 문을 열었다.

"음, 거의 30분은 늦었군." 밀버턴이 퉁명스럽게 말했다.

그러니까 문이 잠겨 있지 않았던 것, 밀버턴이 밤늦게 깨어 있었던 것은 이 때문이었다. 여성의 드레스가 부드럽게 스치는 소리가 들렸고, 나는 조금 전 밀버턴의 얼굴이 우리 쪽을 향하는 바람에 닫았던 커튼을 다시 슬쩍 여는 대담한 짓을 감행했다. 밀버턴은 다시 자리에 앉아서 여전히 시가를 입에 비스듬히 물고 연기를 뿜고 있었다. 밀버턴의 앞에는 밝은 전등 불빛 아래 키가 크고 날씬한 검은 머리의 여성이 얼굴에 베일을 쓴 채 턱까지 가리는 망토를 입고 서 있었다. 아가씨의 숨소리는 빠르고 거칠었으며, 나긋나긋한 몸 전체가 격한 감정으로 떨리고 있었다.

"아가씨, 당신 덕분에 오늘 잠은 다 잤군. 그럴 가치가 있길 바랄 뿐이야. 다른 시간에 올 수는 없었나?" 밀버턴이 말했다.

여자는 고개를 좌우로 저었다.

"음, 그렇게 말한다면야 그런 거겠지. 그동안 백작 부인이 못되게 굴었다면 이제 복수할 기회가 생겼군그래. 가엾게도, 왜 그렇게 떨고 있어? 괜찮아. 진정하라고. 본격적으로 거래 얘기를 해보지." 밀버턴은 책상 서랍에서 수첩을 꺼냈다. "그러니까 드 앨버트 백작 부인의 명성을 위태롭게 할 편지 다섯 통을 갖고 있다고 했지. 당신은 그걸 팔고 싶고, 나는 그걸 사고 싶어. 여기까지 좋아. 남은 건 값을 정하는 것뿐이야. 물론 일단 편지를 살펴봐야겠어. 정말 좋은 자료라면야…. 오 맙소사, 당신이었어?"

여자는 말 한마디 없이 베일을 걷어 올리고 망토를 벗었다. 선이 뚜렷하고 당당한 아름다움을 가진 어두운 얼굴이 밀버턴을 마주하고 있었다. 곡선을 그리는 콧날과 빛나는 두 눈에 짙은 그림자를 드리우는 숱 많은 눈썹, 일자로 다물어진 얇은 입술에는 섬뜩한 미소가 떠올라 있었다.

"그래, 바로 나야." 아가씨가 말했다. "당신 덕분에 인생을 망친 여자."

밀버턴은 웃음을 터뜨렸지만 떨리는 목소리에는 공포가 서려 있었다.

"당신은 너무 고집불통이었어." 밀버턴이 말했다. "왜 나를 그렇게 막다른 곳까지 몰고 갔지? 나는 누굴 다치게 하는 사람이 아니라고. 하지만 누구에게나 자기 일이라는 게 있는데, 내가 뭘 어떡하겠어? 내가 제시한 가격은 당신이 충분히 마련할 수 있는 정도였는데도 내려고 하지 않았잖아."

"그래서 당신은 내 남편에게 그 편지를 보냈지. 그래서 내 남편은, 누구보다 고귀해서 내가 신발 끈을 매줄 자격도 없었던 그 사람은 상심해서 세상을 떠났어. 내가 저 문을 통해 들어와서 자비를 베풀어달라고 애원하고 빌었던 그 마지막 날 밤을 기억하지? 그때 내 얼굴에 대고 웃었던 것처럼 지금도 웃고 싶은 것 같지만, 입술이 씰룩거리는 걸 보니 속으론 겁이 나나 보군. 그래, 날 다시 여기서 볼 줄은 몰랐겠지. 하지만 그날 밤에 내가 어떻게 당신과 직접, 그것도 단둘만 만날 수 있는지 알게 됐어. 그래, 찰스 밀버턴, 할 말이라도 있나?"

"나를 협박할 수 있다고 생각하는 건 아니겠지?" 밀버턴이 자리에서 일어서며 말했다. "내가 목소리만 높이면 하인들을 깨워서 당신을 경찰에 넘길 수 있어. 하지만 당신이 화난 것도 당연하니 아량을 베풀어주지. 여기 왔던 것처럼 당장 돌아가시오. 그러면 아무 일도 없었던 걸로 해주겠어."

여자는 가슴에 한 손을 넣은 채 서 있었고, 얇은 입술이 다시 아까의 섬뜩한 미소를 지었다.

"내 인생을 망친 것처럼 다른 사람의 인생을 망치게 할 수는 없지. 내 가슴을 찢어놓은 것처럼 다른 사람의 가슴을 찢어놓게 놔둘 수는 없어. 사회의 암세포 같은 네놈을 없애버릴 거야. 받아라, 이 개 같은 자식아! 이것도! 이것도! 이것도!"

여자는 빛나는 작은 리볼버를 꺼내 밀버턴을 향해 잇달아 총알을 날렸다. 총구는 밀버턴의 셔츠 앞자락에서 반 미터도 떨어지지 않은 상태였다. 밀버턴은 몸을 웅크리더니 탁자에 엎어져서 종이를 손으로 움켜쥐며 격하게 기침을 했다. 그리고 휘청거리며 일어섰다가 다시 한번 총을 맞고 바닥에 나뒹굴었다. "완전히 당했군." 밀버턴은 외치더니 더 이상 움직이지 않았다. 여자는 밀버턴을 가만히 바라보다가 천장을 향하고 있는 놈의 얼굴을 짓밟았다. 여자는 다시 한번 남자의 얼굴을 들여다보았지만 소리도 움직임도 없었다. 날카롭게 옷자락 스치는 바스락 소리가 나고, 후끈한 방 안으로 찬 밤공기가 밀려들더니 원한을 갚은 여자는 사라졌다.

우리가 막았어도 밀버턴의 목숨을 구할 수는 없었을 것이다. 그러나 그 여자가 밀버턴의 수그러드는 몸뚱이에 잇달아 총알을 날릴 때 나는 자리에서 뛰쳐나가려 했다. 하지만 홈즈의 차가운 손이 내 손목을 단단히 잡았다. 나는 힘 있게 나를 붙든 그 손이 의미하는 바를 모두 이해했다. 우리가 관여할 일이 아니고, 정의가 악당을 심판했으며, 우리에게는 해야 할 임무와 목적이 있음을 잊으면 안 된다는 것이었다. 여자가 방을 빠져나가자마자, 홈즈는 민첩한 걸음으로 소리 없이 다른 문 앞에 가서 섰다. 홈즈는 자물쇠에 꽂힌 열쇠를 돌려 문을 잠갔다. 동시에 우리는 집 안에서 웅성거리는 소리와 서두르는 발소리를 들었다. 리볼버의 총성이 집안 사람들을 깨운 것이다. 홈즈는 아주 냉정하게 금고 앞으로 다가가서, 두 손으로 편지 뭉치를 집어 들고 벽난로 불에 던져 넣었다. 홈즈는 금고가 빌 때까지 이 동작을 반복했다. 누군가 문손잡이를 돌리며 쿵쿵 두드리고 있었다. 홈즈는 재빠르게 주위를 둘러보았다. 밀버턴의 죽음을 불러온 편지가 온통 피에 젖은 채로 테이블 위에 놓여 있었다. 홈즈는 그 편지도 불타고 있는 다른 종이 뭉치 사이에 던져 넣었다. 그리고 테라스 문 열쇠를 빼서 나를 앞세워 밖으로 나가더니 밖에서 문을 잠갔다. "왓슨, 이쪽이야." 홈즈가 말했다. "이쪽으로 가면 정원 벽을 기어오를 수 있어."

경보는 믿을 수 없을 정도로 빨리 퍼졌다. 뒤를 돌아보니 그 큰 집 전체에 불이 켜져서 하나의 빛 덩어리 같았다. 정문이 열리고, 사람들이 정원 길로 달려왔다. 정원 전체가 사람들로 북적였고, 한 하인이 우리가 테라스를 통해 나오는 것을 보고 우리를 바짝 쫓아오며 소리를 질러댔다. 홈즈는 저택의 구조를 완벽하게 아는 것 같았고, 작은 나무 사이로 재빠르게 빠져나갔다. 나는 홈즈를 바짝 뒤따랐고, 우리를 추격하는 하인이 바로 뒤에서 숨을 헐떡이고 있었다. 앞에는 2미터가 채 못 되는 벽이 가로막고 있었지만 홈즈는 단번에 위로 뛰어오르더니 담을 넘었다. 나도 똑같이 하려는데 뒤에 있던 남자가 발목을 잡는 손이 느껴졌다. 나는 버둥거리며 남자를 떨쳐내고 유리 조각이 박혀 있는 담장 위로 기어올랐다. 덤불에 얼굴을 박고 고꾸라졌지만 홈즈가 나를 붙들어 일으켜주었고, 우리는 함께 거대한 햄스테드의 황야를 달렸다. 4킬로미터 정도를 달려서야 홈즈는 마침내 멈추더니 귀를 기울였다. 우리 뒤의 황야는 고요했다. 추격자들을 따돌리고 안전해진 것이다.

여기 기록한 흔치 않은 경험을 한 다음 날, 우리가 아침 식사를 마치고 파이프에 불을 붙이는데 엄숙한 얼굴을 한 런던 경찰국의 레스트레이드 경위가 거실로 들어섰다.

"좋은 아침입니다, 홈즈 씨." 경위가 말했다. "지금 많이 바쁘십니까?"

"레스트레이드 씨와 이야기할 시간 정도는 있습니다만."

"지금 맡고 계신 사건이 없다면 우리를 좀 도와주지 않으시겠습니까? 지난밤 햄스테드에서 아주 주목할 만한 사건이 일어났습니다."

"저런!" 홈즈가 말했다. "어떤 사건입니까?"

"살인 사건입니다. 아주 극적이고 흔치 않은 살인 사건이죠. 이런 일에는 얼마나 예리하신지 잘 알고 있으니, 애플도어 타워스로 함께 가셔서 조언을 좀 해주시면 정말 큰 도움이 되겠습니다. 평범한 범죄가 아니에요. 우리는 이 밀버턴이라는 자를 꽤 오래 주시하고 있었는데, 우리끼리 하는 말이지만 아주 악랄한 놈입니다. 편지를 가지고 협박해서 돈을 뜯어내는 걸로 유명하거든요. 살인범은 밀버턴이란 자가 갖고 있던 편지를 전부 불태워버렸습니다. 범인들은 값나가는 물건을 가져가지도 않았으니, 편지가 사회에 폭로되는 것을 막을 목적만으로 선의로 행동했을 가능성이 큽니다."

"범인들이라고요?" 홈즈가 말했다. "범인이 여럿입니까?"

"그렇습니다. 두 명이 있었다고 합니다. 현장에서 손에 피를 묻힌 채로 잡힐 뻔했죠. 발자국도 남아 있고, 인상착의도 확보했습니다. 십중팔구는 잡을 수 있을 겁니다. 첫 번째 범인은 워낙 발이 빨랐지만, 두 번째 놈은 정원사 보조에게 잡혔다가 힘겹게 빠져나갔다더군요. 몸집은 보통이고 체격이 튼실한 남자였다는데. 턱은 각지고, 목이 굵고, 콧수염을 길렀는데, 눈은 복면으로 가리고 있었답니다."

"글쎄, 그건 좀 분명치가 못하네요." 셜록 홈즈가 말했다.

"여기 왓슨만 해도 딱 그렇게 생기지 않았습니까!"

"그렇군요." 형사가 쾌활하게 말했다. "왓슨 선생의 인상착의 같기도 하네요."

"음, 죄송하지만 도와드릴 수 없습니다, 레스트레이드 씨." 홈즈가 말했다. "사실 이 밀버턴이란 자를 좀 아는데, 런던에서 가장 위험한 사람 중 하나라고 생각했습니다. 세상에는 법이 어쩔 수 없는 범죄도 있어서 어느 정도는 사적인 복수를 정당화해야 한다고 봅니다. 아, 그 문제에 대해서 왈가왈부할 필요는 없고 말이죠. 나는 벌써 결심했습니다. 내가 보기에는 피해자보다는 범죄자 쪽이 더 안됐군요. 이 건은 맡지 않겠습니다."

홈즈는 우리가 목격한 비극에 대해서 한마디도 하지 않았지만, 나는 아침 내내 홈즈가 깊은 생각에 잠겨 있는 것을 보았다. 홈즈의 초점 없는 눈과 축 늘어진 자세를 보니, 무언가 기억을 떠올리려고 애쓰는 것 같았다. 홈즈는 점심을 먹다가 별안간 벌떡 일어나서 소리쳤다.

"그거야, 왓슨! 생각났어! 모자를 챙겨! 날 따라오게!"

홈즈는 최대한 빠른 걸음으로 베이커 스트리트를 내려가서 옥스퍼드 스트리트를 따라 리전트 서커스 가까이까지 도달했다. 거리 왼쪽에는 유명 인사들과 당대 최고 미인들의 사진이 창문에 가득 붙어 있는 가게가 있었다. 홈즈의 눈은 그 사진 중 하나에 고정되어 있었다. 시선을 따라가 보니 궁중 예복을 입은 위풍당당한 여성의 사진이 보였는데, 머리에는 다이아몬드가 박힌 왕관을 쓰고 있었다. 나는 그 섬세하게 굴곡진 코, 짙은 눈썹, 일자 입술, 그 아래의 작고 단단한 턱을 바라보았다. 그리고 사진 옆의 안내문에서 그 여성이 누구의 부인이었는지, 유서 깊은 가문의 귀족이자 정치가였던 대단한 남자의 이름을 보고는 순간 놀라서 숨이 턱 막혔다. 나는 홈즈와 눈을 맞추었다. 홈즈는 입술에 손가락을 가져다 대었고, 우리는 돌아서서 말없이 떠났다.

브루스파팅턴호 설계도

개인적으로 제일 좋아하는 이야기. 잠수함 설계도와 독일 스파이, 놀랍고 불가능해 보이는 살인과 런던 지하철이 나오며 마이크로프트 홈즈가 사실상 영국 정부라는 사실이 밝혀진다.

- 마크와 스티븐

1895년 11월 셋째 주, 누렇고 짙은 안개가 런던을 뒤덮고 있었다. 월요일부터 목요일까지 내내, 베이커 스트리트의 우리 집 창문에서 건너편 집을 흐릿하게나마 볼 수 있었던 날이 얼마나 되는지 모르겠다. 첫날 홈즈는 자신의 방대한 자료집에 상호 참조 표시를 하며 시간을 보냈다. 둘째 날과 셋째 날에는 최근 관심을 가지기 시작한 중세 음악에 끈질기게 매달렸다. 하지만 넷째 날, 아침 식사를 마친 뒤 의자를 뒤로 밀어내고는 눈앞에 거칠고 짙은 갈색의 소용돌이가 휘몰아치면서 끈적끈적한 물방울이 유리창에 맺히는 것을 바라보자니, 참을성 없고 활동적인 내 친구는 더는 이 단조로운 생활을 견딜 수 없는 듯했다. 홈즈는 에너지를 발산하지 못해 씩씩거리며 거실을 쉬지 않고 오락가락했다. 손톱을 깨물고 가구들을 툭툭 건드리는 등 나태함에 안달이 나 있었다.

"신문에 재미있는 일 좀 없나, 왓슨?" 홈즈가 말했다.

나는 홈즈가 말하는 재미있는 일이 재미있는 범죄를 뜻한다는 사실을 잘 알고 있었다. 혁명과 전운이 감돈다는 뉴스, 곧 바뀔지도 모르는 정부에 대한 뉴스는 있었지만 이런 건 내 친구의 성에 차는 기사가 아니었다. 흔하지 않고 시시하지 않은 사건은 눈 씻고 찾아봐도 보이지 않았다. 홈즈는 끙끙거리며 계속해서 거실을 어슬렁거렸다.

"런던 범죄자들은 둔해 빠진 게 분명해." 홈즈가 운동 경기에서 진 선수처럼 불평을 늘어놓았다. "창밖을 좀 보라고, 왓슨. 사물의 형상이 흐릿하게 보였다가 다시 구름 같은 안개 더미 사이로 사라지고 있어. 이런 날 도둑이나 살인자라면 호랑이가 정글 속을 헤매듯 런던 거리를 거닐 수 있단 말이야. 희생자를 덮칠 때만, 그것도 희생자에게만 잠시 보일 뿐이겠지."

"시시껄렁한 사건이라면 수두룩해." 내가 말했다.

홈즈는 경멸하듯 콧방귀를 뀌었다.

"이 거대하고 음침한 곳은 좀도둑보다 훨씬 큰 범죄를 위한 무대야." 홈즈가 말했다. "내가 범죄자가 아닌 게 이 사회에게는 엄청난 행운이지."

"그렇고말고." 내가 진심으로 말했다.

"만약 내가 브룩스나 우드하우스였다고 해봐. 또는 내 목숨을 노리는 쉰 명의 범죄자 중 누구라 해도, 과연 내가 얼마나 나로부터 오랫동안 도망칠 수 있었겠나. 한 번의 호출, 한 번의 거짓 약속만으로도 모든 게 끝이 날 테지. 살인이 난무하는 나라, 라틴 아메리카에 안개가 자욱하지 않다는 게 얼마나 다행인가. 오, 드디어! 이 죽을 만큼 단조로운 날을 끝내줄 것 같은 조짐이 보이는군."

그 조짐은 전보를 가지고 온 하녀였다. 전보를 읽더니 홈즈는 웃음을 터뜨렸다.

"아니, 이게 무슨 일이지!" 홈즈가 말했다. "마이크로프트 형이 오고 있다는군!"

"그게 어때서?"

"그게 어떻다니! 이건 마치 시가 마차(시내에서 특정 노선을 따라 운행하던 여객 마차—옮긴이)가 노선을 벗어나는 일과 같은 거라고. 마이크로프트 형은 자신만의 노선을 가지고 있어서 거기서 벗어나는 법이 결코 없다네. 펠멜 거리의 하숙집과 디오게네스 클럽, 화이트홀만 왔다 갔다 하지. 이곳에 온 적은 딱 한 번뿐이야. 도대체 무슨 큰일이기에 형이 자신의 노선에서 탈선해서 이곳에 오는 걸까?"

"전보에 설명은 없었나?"

홈즈는 전보를 내게 건넸다.

캐도건 웨스트 건 관련해서 만나야겠음. 당장 가겠음.

— 마이크로프트

"캐도건 웨스트? 들어본 적 있는 이름이야."

"난 처음 들어보는데. 하지만 형이 이렇게 불쑥 나타나다니! 행성이 궤도를 이탈한 거나 다름없어. 그나저나 자네는 마이크로프트 형이 어떤 사람인지 아는가?"

나는 그리스인 통역사 사건 당시의 희미한 기억을 떠올렸다.

"영국 정부 산하의 조그마한 사무소를 갖고 있다고 했지, 아마?"

홈즈가 웃었다.

"난 그때 자네를 잘 알지 못했지. 국가의 중요한 일을 얘기할 때는 항상 신중해야 하는 법이라네. 영국 정부 산하에서 일한다는 건 맞아. 때때로 형이 곧 영국 정부 그 자체라고 해도 과언은 아닐 걸세."

"이런 세상에!"

"자네가 놀랄 줄 알았어. 마이크로프트 형은 연봉 450파운드를 받는 하급 관리로, 어떤 야망도 없고 명예나 작위를 추구하지도 않지만, 영국에 없어서는 안 될 사람이지."

"하지만 어떻게?"

"형의 위치는 아주 독특해. 스스로 만들어낸 직위지. 이전에 형이 하는 일을 하는 사람은 없었어. 앞으로도 그럴 거고. 형은 그 누구보다 논리 정연한 두뇌를 가지고 있고, 기억력도 뛰어나. 내가 이 두뇌를 범죄를 파헤치는 데 사용하는 것처럼 형은 형만의 특별한 일에 사용하는 거지. 정부 모든 부서의 결정이 형에게 넘겨져서 형은 정보 교환 기관과 같은 구실을 하며 중심을 잡아. 다른 모든 사람은 한 분야에 전문가지만, 형은 모든 분야에 전문가라고 할 수 있어. 만약 총리가 해군과 인도, 캐나다와 복본위제(두 가지 이상의 금속을 화폐 가치의 기준으로 삼는 제도. 주로 금과 은을 사용한다—옮긴이) 등이 얽힌 문제에 정보가 필요하다고 가정해보자고. 총리는 해당 부서에서 각각의 조언을 들을 수도 있지만, 마이크로프트 형이라면 모든 문제에 초점을 두고, 즉석에서 각각의 요인들이 서로에게 어떤 영향을 끼치는지 얘기해줄 수 있다는 말이야. 처음에는 지름길처럼 형의 도움을 받기 시작했지만, 이제 형은 없어서는 안 되는 존재가 되었어. 형의 명석한 머리에는 모든 일이 잘 분류되어 있기 때문에 아무 때나 그 정보를 꺼내줄 수 있지. 계속해서 국책을 결정하는 데 형의 결정이 영향을 미치기 시작했고, 이제는 그게 형의 생활이 되었다네. 이제 다른 건 생각지도 않아. 유일하게 내가 찾아가서 사건에 대한 조언을 구할 때만 다른 생각을 하지. 지적 운동이라고나 할까. 하지만 그런 제우스 신께서 오늘 이곳에 행차하신다는군. 도대체 무슨 일일까? 캐도건 웨스트는 또 누구고, 형하고는 무슨 관계인 걸까?"

"아, 찾았어." 내가 소파 위의 신문 더미로 뛰어들며 외쳤다. "맞아, 맞아, 여기 있어. 있고말고! 캐도건 웨스트는 화요일 아침 지하철에서 시체로 발견된 청년이야."

홈즈는 파이프를 반쯤 문 채 솔깃한 듯 일어섰다.

"이거 뭔가 심각한 모양이군, 왓슨. 내 형을 일상에서 벗어나게 할 시체라면 분명 보통 일이 아니야. 도대체 형하고 무슨 상관이 있는 걸까? 그렇게 특이한 사건은 아닌 걸로 기억하는데 말이지. 분명 지하철에서 뛰어내려 자살한 사건이었다고. 도둑맞은 것도 없었고 폭력의 흔적도 없었어. 그렇지 않은가?"

"검시 배심을 했다는군." 내가 말했다. "새로운 사실들이 많이 밝혀졌는데, 좀 더 세심히 지켜보니 이건 분명히 흥미로운 사건이 틀림없어."

"형에게 미친 영향으로만 판단하더라도 무엇보다 특별한 사건인 게 틀림없지." 홈즈가 안락의자에 느긋이 앉으며 말했다. "자, 왓슨, 사실관계를 살펴보자고."

"죽은 청년의 이름은 아서 캐도건 웨스트. 27세에 미혼이고, 울리치 아세널(울리치에 위치한 군사 시설—옮긴이)에서 사무원으로 일하던 자일세."

"공무원이군. 형과 관련이 있어!"

"피해자는 월요일 밤에 갑자기 울리치를 떠났어. 웨스트를 마지막으로 본 건 약혼녀인 바이올렛 웨스트베리 양이었는데, 그날 저녁 7시 30분쯤 그녀를 안개 속에 남겨두고 갑자기 사라져버렸다는군. 두 사람이 다툰 것도 아니라 왜 갑자기 떠났는지는 영문을 모르겠다는 거야. 그리고 알려진 행적으로는 런던 지하철 앨드게이트역 바로 지나서 있는 철로에서 선로공인 메이슨에 의해 발견된 것이 다일세."

"그게 언제지?"

"시신은 화요일 오전 6시에 발견됐어. 동쪽으로 향한 선로의 왼쪽에 깔린 자갈밭 바깥에 쓰러져 있었지. 터널을 막 빠져나와서 앨드게이트역에서 가까운 지점이지. 머리가 심하게 부서져 있었네. 아마 기차에서 떨어지면서 생긴 상처겠지. 기차에서 떨어졌다는 가설 말고는 설명되지 않아. 만약 시체가 근처에서 실려 온 거라면 기차역 울타리를 지났어야 하는데, 그곳은 검표원이 항상 지키고 있지. 여기까지는 틀림없어 보이네.”

“아주 좋아. 충분히 명백한 사건이야. 이 남자는 살았건 죽었건 기차에서 떨어지거나 뛰어내린 게 분명해. 여기까지는 명확하군. 계속해보게.”

“시체가 발견된 선로를 지나는 기차는 서쪽에서 동쪽으로 가는 중이었어. 수도권만 지나는 기차는 물론, 윌스덴에서 근교 환승역까지 운행하는 기차도 다니는 선로지. 그날 밤, 이 청년이 사망했을 때 이 노선 방향으로 여행하고 있었다는 것은 분명하네. 하지만 어느 역에서 올라탔는지는 알 수 없어.”

“기차표에 적혀 있을 텐데.”

“주머니에서 기차표가 발견되지 않았다네.”

“기차표가 발견되지 않았다고? 이럴 수가, 왓슨! 그거 정말 이상한 일이군. 내 경험에 의하면 표를 보이지 않고서 수도권 기차를 타기는 불가능해. 그렇다면 그 청년은 기차표를 가지고 있었다고 가정할 수 있지. 누가 일부러 무슨 역에서 탔는지 숨기기 위해 가져간 걸까? 그럴지도 모르지. 아니면 차 안에서 흘린 걸까? 이 또한 가능한 이야기야. 분명한 것은 아주 흥미롭다는 점이야. 강도를 당한 흔적은 없었다고 했지?”

“없었어. 여기 그 청년의 소지품 목록이 있어. 지갑에 2파운드 15실링이 들어 있었다는군. 또 울리치 지점 캐피털 앤드 카운티스 은행의 수표책도 가지고 있었어. 그의 신원도 수표책을 통해 알아냈지. 그리고 그날 저녁 울리치 극장 특등석 표도 두 장 나왔어. 전문 기술 문서도 몇 장 나왔고."

홈즈는 만족스럽다는 듯 외쳤다.

"드디어 필요한 게 나왔네, 왓슨! 영국 정부와 울리치 아세널 그리고 전문 기술 문서와 마이크로프트 형. 연결 고리가 드디어 완성됐어. 아, 내가 틀린 게 아니라면 직접 얘기해주기 위해 형이 온 모양이군."

잠시 후, 키가 크고 우람한 체격의 마이크로프트 홈즈가 방으로 안내받아 들어왔다. 육중하고 무거워 보이는 체격은 썩 투박하고 그리 활발하지 못한 것처럼 보였다. 하지만 볼품없는 몸뚱이 위의 모습은 가히 대가다운 모습이었다. 깊게 팬 강철 같은 잿빛의 두 눈과 굳게 다문 입술, 쉽사리 감정을 드러내지 않는 표정이 누구든 그를 처음 본 사람이라면 육중한 몸매 따윈 잊고 단연 우세한 정신만 기억하게 했다.

마이크로프트를 뒤따라 우리의 오랜 친구인 영국 경찰, 레스트레이드 형사가 들어왔다. 레스트레이드 형사는 마른 체격에 진중한 표정을 짓고 있었다. 둘의 얼굴에 드리운 근엄한 표정이 이번 여정의 심각성을 말해주고 있었다. 형사는 아무 말 없이 악수를 했다. 마이크로프트는 힘겹게 외투를 벗고는 안락의자에 주저앉았다.

"정말 귀찮은 일이야, 셜록." 마이크로프트가 말했다. "난 습관에서 벗어나는 것을 극도로 혐오한단 말이야. 하지만 권력자들은 절대 거절을 못 하게 하지. 시암 왕국(태국의 옛 이름—옮긴이)의 정세가 이런 상황에서 내가 자리를 비우다니. 하지만 상황이 상황인 만큼 어쩔 수 없지. 총리가 이렇게까지 당황한 걸 본 적이 없어. 해군 본부도 마찬가지야. 벌집을 쑤셔놓은 것처럼 난리야. 사건에 관해서는 좀 읽어봤어?"

"방금 읽어봤어. 전문 기술 문서란 게 뭐지?"

"그래, 그게 핵심이지! 다행히 그 사실이 아직 밖으로 새지는 않았어. 만약 기자들이 알았다면 난리가 났겠지. 이 참혹한 종말을 맞은 청년이 주머니에 갖고 있던 문서는 브루스파팅턴호 잠수함 설계도였어."

엄숙한 마이크로프트의 말투에서 얼마나 중요한 사건인지 짐작할 수 있었다. 그의 동생과 나는 내용을 더 듣고자 가만히 앉아 있었다.

"물론 너도 들어봤겠지? 모르는 사람이 없을 테니 말이야."

"이름만 들어봤어."

"문제의 중요성은 이루 말할 수 없을 정도야. 국가 비밀 중에서도 최고 기밀에 속하는 문제지. 브루스파팅턴호 반경 내에서는 그 어떤 해전도 불가능하다고 보면 돼. 2년 전 세출 세입 예산에서 막대한 돈을 빼돌려 잠수함을 만드는 데 쏟아부었지. 그러고는 총력을 기울여 비밀을 지켜온 거야. 설계도는 아주 복잡하고 난해하지. 서른 개가 넘는 특허 기술이 들어가 있는데, 하나하나가 모두 핵심적인 부분이야. 설계도는 아세널 근처 비밀 사무소 금고에 보관돼 있어. 문과 창문에 모두 완벽한 방범 장치가 돼 있는 곳이지. 어떤 경우에도 설계도를 사무실에서 빼내 가는 건 불가능해. 만약 해군 건설 부장이 설계도를 보려고 해도 울리치 사무실을 직접 찾아와야만 하지. 그런데 여기, 런던 한복판에서 죽은 채로 발견된 하급 사무원의 주머니에서 설계도가 발견된 거야. 공직자로서 이건 끔찍한 일이야."

"하지만 다 회수한 거 아니야?"

"아니야, 셜록. 아니라고! 일부만 회수했어. 전부 다는 회수하지 못했다고. 열 장의 문서가 울리치에서 사라졌어. 캐도건 웨스트가 가지고 있던 건 일곱 장뿐이야. 가장 중요한 세 장이 사라졌어. 도둑맞았어. 완전히 사라진 거지. 당장 다른 일은 그만둬, 셜록. 시답지 않은 경찰 관련 사건들은 그만두란 말이야. 여기 네가 해결해야 할 국제 사건이 있어. 캐도건 웨스트는 왜 기밀 서류를 빼돌린 건지, 나머지 세 장은 어디에 있는지, 어떻게 해서 그 사람이 죽게 된 건지, 시체가 발견된 장소는 또 어떻게 된 건지, 이 사건을 도대체 어떻게 해결할 수 있는지. 이 모든 문제를 네가 해결해야 해. 국가를 위해 아주 큰 일을 하게 될 거야."

"형이 직접 해결해도 되잖아? 형도 충분히 해결할 수 있을 텐데 말이야."

"물론 내가 직접 해결할 수도 있겠지, 셜록. 하지만 자잘한 정보 수집이 관건이라고. 네가 수집한 정보들을 나에게 보고하도록 해. 그럼 내가 안락의자에 앉아 전문가의 뛰어난 판단을 내리도록 하지. 하지만 여기저기 돌아다니며 철도 직원들을 조사한다거나 돋보기를 들여다보는 일은 내 분야가 아니야. 그렇기에 네가 이번 일에 적격인 거야. 다음 서훈 명단에 네 이름을 올리고 싶다면…."

내 친구는 씩 웃으며 고개를 내둘렀다.

"난 게임 그 자체를 즐길 뿐이야." 홈즈가 말했다. "하지만 이번 사건은 분명 흥미로운 점이 있더군. 아주 즐거운 마음으로 조사를 시작하도록 하지. 좀 더 자세한 내용을 알려줘."

"여기 더 세세한 사항들을 적어두었어. 조사에 도움이 될 만한 주소들도 있지. 실제로 설계도의 보관을 담당한 사람은 유명한 공직자이자 전문가인 제임스 월터 경인데, 훈장과 직함을 다 적기에는 두 줄을 써도 모자랄 정도지. 평생 공직에 몸담아온 신사고, 고귀한 가문에서도 즐겨 찾는 손님이시며, 무엇보다 애국심이 무척이나 투철하신 분이야. 설계도가 보관된 금고의 열쇠를 가진 둘 중 한 명이지. 한 가지 덧붙이자면, 월요일 업무 시간에는 설계도가 분명히 사무실에 보관돼 있었다는 점이야. 그 점은 의심할 나위가 없어. 그리고 제임스 경은 3시경에 열쇠를 가지고 런던으로 떠났지. 제임스 경은 이번 사건이 일어나던 저녁 내내 바클레이 광장의 싱클레어 제독의 집에 있었어."

"확인된 사실이야?"

"물론이지. 제임스 경의 동생, 밸런타인 월터 대령이 울리치에서 떠난 시각을 증언해줬어. 런던에 도착한 건 싱클레어 제

독이 증언해줬고. 이 때문에 제임스 경은 이 사건과 직접적인 연관이 없다고 보는 게 맞아."

"열쇠를 가진 다른 또 한 사람은 누구지?"

"상급 사무관이자 설계도의 초안자인 시드니 존슨 씨야. 마흔 살인 존슨 씨는 기혼자고 다섯 명의 자녀를 두고 있지. 조용하고 깐깐하지만, 전반적으로 공직 기록은 아주 뛰어난 사람이야. 동료들 사이에서 그리 인기는 없지만 열심히 일하는 부류지. 본인과 아내의 증언밖에 없지만, 여하튼 본인의 증언으로는 월요일 업무 시간 이후에는 줄곧 집에 있었고, 열쇠는 회중 시곗줄에 걸린 채 계속 소지하고 있었다고 했어."

"캐도건 웨스트에 관해 말해줘."

"공직에 십여 년 몸담았고 일은 잘하는 편이었어. 조급하고 결렬한 면이 있지만, 직선적이고 정직한 사람이었다고 평하더군. 그 청년을 나쁘게 말하는 사람은 없었네. 사무실에서는 시드니 존슨의 후임이라 평가받았지. 업무 때문에 설계도를 매일 보는 게 일이었어. 설계도를 다루는 사람은 캐도건 웨스트가 유일했네."

"그날 설계도를 금고에 넣고 잠근 사람은 누구였는데?"

"상급 사무관인 시드니 존슨."

"음, 그렇다면 설계도를 빼돌린 자가 누군지는 뻔하군. 하급 사무관 캐도건 웨스트의 주머니에서 발견되었으니, 그 정도면 결정적인 증거 아닌가?"

"물론 그래, 셜록. 하지만 설명되지 않는 게 너무 많단 말이지. 우선, 왜 웨스트가 설계도를 빼돌린 걸까?"

"그만한 값어치가 있었을 테니까."

"수천 파운드는 쉽게 받아낼 수 있었겠지."

"팔아넘기려고 한 것 말고, 런던으로 가지고 온 다른 이유가 있었을까?"

"아니, 나도 모르겠어."

"그렇다면 일단 그걸 유효한 가설로 생각할 수밖에 없어. 젊은 웨스트가 설계도를 빼돌렸다. 그리고 이 가설이 가능하게 하려면 복사한 열쇠를 가지고 있었다고밖에…."

"열쇠가 여러 개 있었어야 해. 건물과 사무실로 들어가는 열쇠도 필요했을 테니까."

"그렇다면 복사한 열쇠 여러 개를 가지고 있었겠군. 웨스트는 설계도를 몰래 빼내어 런던으로 가져와 팔려고 했어. 분명 다음 날, 아무도 사라진 것을 눈치채기 전, 금고에 되돌려놓으려고 했을 테지. 런던에서 그런 반역 행위를 하다 최후를 맞이한 거고."

"어떻게?"

"웨스트가 살해당하고 기차 밖으로 내던져진 건 울리치로 돌아오던 길이었을 거야."

"하지만 울리치로 가려면 런던교를 지나야 하는데, 시체가 발견된 앨드게이트는 런던교를 한참 지난 후에 나오는 역인걸."

"런던교를 지나친 것은 여러 상황을 생각해볼 수 있어. 객실 안에서 누군가랑 얘기하다 지나쳤을 수도 있지. 그 누군가와의 얘기가 폭력으로 이어져 목숨을 잃게 됐을 수도 있고. 어쩌면 객실을 빠져나오려다 선로로 떠밀려 최후를 맞이한 것일 수도 있고. 객실 문은 다른 사람이 닫았을 테고, 안개가 워낙에 짙어서 목격자는 없을 거야."

"지금 우리가 알고 있는 범위 내에서 그보다 더 정확한 설명은 나오기 어렵겠군. 하지만 셜록, 네가 아직 설명하지 못한 부분이 얼마나 많은지 기억해둬. 일단 젊은 캐도건 웨스트가 실제로 설계도를 빼돌려 런던으로 왔다고 가정하도록 하자. 그렇다면 외국 첩보원과의 만남을 약속해두었을 테고, 그러면 그날 저녁 시간을 비워뒀을 거 아닌가. 하지만 그는 극장에 가기로 돼 있었어. 실제로 약혼녀와 극장으로 가던 길이었지. 그러다 갑자기 사라진 거란 말이야."

"속임수죠." 앉아서 대화를 듣고 있던 레스트레이드가 더는 못 참겠다는 듯 불쑥 끼어들었다.

"눈가림이라면 아주 독특하군요. 그게 바로 첫 번째 문제점이죠. 두 번째 문제점은 바로 이겁니다. 만약 웨스트가 외국 첩자를 만나기 위해 설계도를 가지고 런던으로 왔다고 가정하면 웨스트는 분명 다음 날 아침, 자기가 설계도를 빼돌린 게 발각되기 전에 되돌려놔야 했을 겁니다. 가져간 설계도는 모두 열 장입니다. 하지만 일곱 장만 웨스트의 주머니에서 발견됐어요. 나머지 세 장은 어디 있는 거죠? 스스로 나머지 세 장을 다른 데 뒀을 리는 없어요. 그리고 그렇다면 반역의 대가로 받은 돈은 어디 있나요? 만약 그랬다면 주머니에서 거액의 돈이 발견돼야 했을 겁니다."

"제가 보기에는 아주 명백합니다." 레스트레이드가 말했다. "무슨 일이 일어났는지는 아주 분명해요. 웨스트는 분명히 팔기 위해 설계도를 빼돌렸습니다. 첩보원을 만났겠죠. 하지만 흥정에 실패한 겁니다. 다시 집으로 돌아오려 했지만, 첩보원이 뒤를 쫓은 거예요. 기차에서 첩보원이 웨스트를 죽이고, 중요한 세 장을 가져갔을 겁니다. 그리고 시체는 열차에서 던져 버렸겠죠. 그러면 모두 설명이 되는 것 아닌가요?"

"그럼 왜 차표는 발견되지 않았죠?"

"차표를 보면 첩보원이 있는 곳에서 가장 가까운 역이 발각됐을 테니까요. 그래서 웨스트를 살해한 후 차표를 가져간 겁니다."

"좋아요, 레스트레이드 씨, 아주 좋아요." 홈즈가 말했다. "당신의 가설은 분명 맞아떨어집니다. 하지만 그게 사실이라면 이 사건은 더는 조사할 필요가 없어요. 반역자는 이미 죽었고, 브루스파팅턴호의 설계도는 이미 영국을 떠났을 테니까요. 그러면 우리가 할 일이 뭐란 말입니까?"

"행동해야지, 셜록. 행동 말이야." 마이크로프트가 벌떡 일어서며 소리쳤다. "내 모든 직감이 이 가설이 틀렸다고 얘기하고 있어. 네 모든 능력을 발휘해보도록 해! 범죄 현장으로 가보란 말이야! 관계자들도 직접 만나보고! 모든 단서를 다 살펴보도록 해! 네가 이제까지 해온 일 중에 이처럼 나라를 위해

봉사할 기회는 없었어."

"알았어, 알았다고." 홈즈가 어깨를 으쓱하며 말했다. "가지, 왓슨! 그리고 레스트레이드 경위, 한두 시간 정도 우리와 함께 가줄 수 있겠소? 우선 앨드게이트역부터 가보려고 합니다. 마이크로프트 형, 잘 가. 저녁 전에 보고하도록 하지. 별로 기대하지 않는 게 좋을 것 같지만 말이야."

한 시간 후 홈즈와 레스트레이드 그리고 나는 터널에서 막 빠져나와 앨드게이트역에 이르기 직전의 지점에 서 있었다. 예의 바른 불그레한 얼굴의 노신사가 철도 회사를 대표해 우리를 맞았다.

"젊은이의 시체가 있던 곳이 바로 이곳입니다." 선로에서 1미터 정도 떨어진 지점을 가리키며 노신사가 말했다. "위에서 떨어질 수는 없어요. 보시다시피 벽으로 막혀 있습니다. 그러므로 기차에서 떨어진 게 분명해요. 그리고 우리가 조사한 바로는 그 열차가 월요일 자정 무렵에 이곳을 지나간 게 분명합니다."

"기차 내부는 살펴보셨나요? 몸싸움을 한 흔적은 없었습니까?"

"그런 흔적은 없었습니다. 차표도 발견되지 않았고요."

"열린 채로 있던 문도 못 보셨습니까?"

"못 봤어요."

"오늘 아침 새로운 증거를 몇 개 발견했습니다." 레스트레이드가 말했다. "월요일 저녁 11시 40분경, 일반 수도권 열차를 타고 앨드게이트역을 지나던 한 승객이 둔탁한, 뭔가 선로에 떨어지는 듯한 소리를 들었다고 합니다. 역에 도착하기 직전에 말입니다. 안개가 짙어 아무것도 보지는 못했다고 하지만요. 그래서 당시에는 아무 신고도 안 한 거죠. 왜 그러시죠, 뭐가 잘못됐나요, 홈즈 씨?"

내 친구는 잔뜩 찡그린 표정을 지은 채 터널을 빠져나와 곡선에 이르는 철길을 뚫어져라 쳐다보고 서 있었다. 앨드게이트 역은 환승역이었는데, 열차가 다른 선로로 연결되는 다양한 포인트 지점들이 있었다. 의욕에 넘치는 낯익은 홈즈의 눈빛이 그 지점들을 강하게 응시하고 있었다. 예리하고 기민한 홈즈는 입은 굳게 다문 채, 콧구멍을 벌렁거리며 무성한 눈썹을 잔뜩 찡그리고 있었다.

"포인트 지점이라." 홈즈가 중얼거렸다. "포인트란 말이지."

"뭣 때문에 그러죠? 왜 그러시나요?"

"이 노선에 포인트 지점이 그리 많지 않죠?"

"예, 매우 드뭅니다."

"곡선 지점도 마찬가지일 테고요. 포인트와 곡선 지점이라. 이런! 만약 그런 거라면!"

"뭔가요, 홈즈 씨, 단서라도 찾으신 겁니까?"

"단지 생각이 하나 떠올랐을 뿐입니다. 암시 같은 거요. 그 이상은 아닙니다. 하지만 점점 사건이 흥미롭게 전개되는군요. 아주 특이해요. 정말 특이합니다. 그런데 왜지? 어째서 선로에 핏자국이 하나도 안 보이는 거죠?"

"핏자국은 거의 없었습니다."

"하지만 부상이 상당하다고 들었습니다만."

"뼈가 다 으스러져 있었죠. 하지만 외상은 그리 크지 않았어요."

"그래도 어느 정도의 피는 흘리기 마련입니다. 안개 속에서 무슨 소리를 들었다던 승객이 타고 있던 차량을 좀 살펴볼 수 있을까요?"

"그건 좀 어려울 것 같군요, 홈즈 씨. 이미 객차가 분리되어 흩어졌습니다."

"제가 보장하죠, 홈즈 씨." 레스트레이드가 말했다. "모든 차량은 제가 직접 샅샅이 살폈습니다."

내 친구의 가장 명백한 약점 중 하나는 자기보다 지능이 떨어지는 사람에 대한 참을성이 없다는 거였다.

"오죽하시겠습니까." 홈즈가 돌아서며 말했다. "차량 내부를 살펴보고자 한 게 아닙니다. 왓슨, 우리가 여기서 할 일은 다 끝난 것 같군. 레스트레이드 경위도 수고하셨습니다. 이제 울리치로 가서 조사를 해야겠습니다."

런던교에서 홈즈는 마이크로프트 형에게 전보를 보냈다. 보내기 전 나에게 보여준 전보에는 이렇게 적혀 있었다.

> 어둠 속에 약간의 빛이 보임. 하지만 곧 꺼질지도 모름. 그러는 동안 영국에 거주하고 있는 것으로 알려진 모든 외국 첩자 또는 국제 요원들의 명단과 주소를 인편을 통해 베이커 스트리

트로 보내줄 것.

— 셜록

“이게 도움이 될 걸세, 왓슨.” 울리치로 향하는 기차에 자리를 잡으며 홈즈가 말했다. “이렇게 진기한 사건을 소개해준 형에게 필히 고마워해야겠어.”

홈즈의 열띤 얼굴에는 여전히 강하고 뜨거운 에너지가 드리워져 있었다. 홈즈의 표정을 통해 새롭고 의미심장한 환경이 많은 생각을 자극하고 있음을 보여줬다. 폭스하운드가 꼬리를 내리고 맥없이 귀를 늘어뜨린 채 개집 주위에서 빈둥거리는 모습과, 번뜩이는 눈빛과 긴장된 근육으로 냄새를 맡으며 여우의 흔적을 쫓는 모습을 비교해보라. 그날 아침 이후 홈즈는 그렇게 확 달라졌다. 불과 몇 시간 전, 안개 자욱한 방 안에서 쥐색 가운을 입고 빈둥거리던 모습과는 완전히 다른 모습이었다.

“여기 정보와 적용 범위가 모두 있군.” 홈즈가 말했다. “그런데도 그 가능성을 생각하지 못했다니 난 둔해 빠진 게 분명해.”

“난 여전히 모르겠는걸.”

“결말은 나도 여전히 모르겠어. 하지만 우리를 결말에 이르게 해줄지도 모르는 가설은 하나 있지. 그 젊은이는 다른 곳에서 죽임을 당하고, 시체는 객실 ‘지붕’ 위에 얹혀 있었다는 게 바로 그걸세.”

"지붕이라니!"

"굉장하지 않은가? 하지만 사실관계를 잘 보라고. 기차가 하필 포인트 지점에 들어서며 덜컹거리게 되는 지점에서 시체가 발견된 게 과연 우연일까? 이 지점이라면 지붕 위의 물체가 떨어질 수도 있지 않았을까? 이 지점에서 기차가 덜컹거린다고 내부의 물체에 영향을 주지는 않았을 거야. 시체가 지붕 위에서 떨어졌거나, 아니면 우연한 일치로 이 자리에 놓여 있었거나 둘 중 하나지. 하지만 핏자국을 생각해보라고. 만약 피를 다른 곳에서 흘린 거라면 당연히 선로에는 핏자국이 묻지 않았을 거야. 모든 사실이 각각 시사하는 바가 있네. 이를 모으면 그 힘은 배가 되지."

"그렇다면 차표 역시!" 내가 소리쳤다.

"그렇지. 우리는 차표가 사라진 까닭을 설명할 수 없었어. 하지만 이 가설로는 설명할 수 있지. 모든 게 맞아떨어져."

"하지만 그렇다고 해도, 여전히 웨스트가 어떻게 죽음을 맞이했느냐에 대한 수수께끼는 풀리지가 않아. 오히려 문제가 더 복잡해졌다고."

"그럴지도 모르지." 홈즈가 깊은 생각에 빠진 듯 말했다. "그럴지도 몰라." 홈즈는 다시 고요한 침묵으로 빠져들었다. 그리고 그 침묵은 열차가 울리치역에 느릿느릿 들어설 때까지 계속됐다. 홈즈는 거기서 마차를 부른 뒤 마이크로프트가 건네준 쪽지를 주머니에서 꺼내 들었다.

"오후에 들를 데가 제법 많아." 홈즈가 말했다. "제임스 월터 경의 집이 가장 시선을 끄는군."

유명한 공직자의 집은 템스강까지 초록 잔디가 깔린 훌륭한 저택이었다. 우리가 그곳에 도착할 때쯤, 안개가 걷히고 엷은 한 줄기 빛이 비쳤다. 초인종을 울리자 집사가 나와 우리를 맞이했다.

"제임스 경 말씀이십니까?" 집사가 엄숙한 표정을 지으며 말했다. "제임스 경께서는 오늘 아침 돌아가셨습니다."

"이럴 수가!" 홈즈가 놀라 소리쳤다. "어떻게 돌아가셨습니까?"

"우선 들어오셔서 동생분인 밸런타인 대령을 만나보시는 게 낫지 않겠습니까?"

"그러지요. 그게 좋겠습니다."

우리는 조명이 흐릿한 방으로 안내받아 들어섰다. 그리고 잠시 후, 키가 매우 크고 헌칠한, 단정하게 수염을 기른 50대의 남자가 우리를 맞이했다. 죽은 과학자의 동생이었다. 남자의 거친 두 눈과 더러운 두 볼, 헝클어진 머리가 그 집안에 갑자기 들이닥친 뜻밖의 재난을 말해주고 있었다. 남자는 말까지 더듬고 있었다.

"다 끔찍한 소문 때문입니다." 대령이 말했다. "저의 형님, 제임스 경은 명예를 아주 소중하게 여기는 사람이었습니다. 그런 형님은 이번 사건을 견딜 수 없어 했어요. 형님의 마음을 찢어놓은 겁니다. 형님은 자신의 부서에 대한 자부심이 굉장했습니다. 그런데 이번 일 때문에 그 자부심이 산산조각이 난 겁니다."

"우리는 제임스 경이 사건을 해결하는 데 도움을 줄 수 있을 거라 기대했습니다."

"분명히 말씀드리지만, 이번 사건은 여러분만큼이나 형님에게도 수수께끼였습니다. 형님은 이미 아는 모든 사실을 경찰에게 털어놓았어요. 당연히 형님도 캐도건 웨스트가 저지른 짓이라고 믿었습니다. 하지만 그 밖의 어떤 것도 짐작할 수 없었어요."

"혹시 대령님께서 아는 다른 사실은 없으신지요?"

"저도 듣거나 기사에서 읽은 내용 외에는 아는 게 없습니다. 무례를 범하기는 싫으나 홈즈 씨, 이해하시겠지만 저희는 지금 매우 혼란스러운 상황입니다. 질문은 여기까지 해주시죠."

"이건 생각지도 못한 일이야." 마차에 올라타며 내 친구가 말했다. "제임스 경이 자연사한 건지, 아니면 스스로 목숨을 끊은 건지 궁금하군. 만약 후자라면 스스로 의무를 소홀히 한 것에 대한 자책 때문이었을 테지. 이 문제는 나중에 알아보도록 하지. 이제 캐도건 웨스트 쪽을 조사해봐야겠어."

변두리에 있는 작지만 잘 정돈된 집에서 아들을 잃고 상심한 캐도건 웨스트의 어머니를 만날 수 있었다. 노모는 슬픔에 정신을 잃다시피 했기에 우리에게 거의 도움이 되지 않았다. 그 옆에는 하얀 얼굴의 젊은 여성이 있었다. 그녀는 우리에게 자신을 바이올렛 웨스트베리라고 소개했다. 죽은 남자의 약혼녀이자 사건이 있던 날 밤, 그를 마지막으로 본 사람이었다.

"뭐라고 말씀을 드려야 할지 모르겠어요, 홈즈 씨." 그녀가 말했다. "그날 이후로 한숨도 못 잤어요. 밤낮으로 생각, 생각, 또 생각했죠. 도대체 무슨 일이 일어난 건가 하고요. 아서는 누구보다 성실하고 기사다운 애국자였어요. 그 사람은 자기에게 맡겨진 국가 기밀을 팔아넘기느니 차라리 자신의 오른팔을 스스로 잘랐을 그런 사람이에요. 이건 말도 안 되는 일이에요. 불가능한 일이라고요. 그이를 알았던 사람이라면 누구나 상식적으로 이해할 수 없는 일이라고 할 거예요."

"하지만 드러난 사실들이 그렇게 얘기하고 있지 않습니다, 웨스트베리 양."

"예, 예. 저도 변명할 수 없다는 걸 인정해요."

"혹시 돈이 궁한 상태는 아니었나요?"

"전혀요. 그이는 검소한 생활에 충분할 만큼의 월급을 받고 있었어요. 저축해둔 게 몇백 파운드나 돼서, 새해에 결혼할 예정이었다고요."

"정신적으로 흥분한 조짐은 혹시 보이지 않았나요? 어서요, 웨스트베리 양. 우리에게 솔직하게 말해보세요."

내 동료의 재빠른 눈썰미가 그녀의 행동에 약간의 변화가 생긴 것을 눈치챈 것이다. 그녀는 낯을 붉히며 잠시 망설였다.

"예." 그녀가 마침내 입을 뗐다. "그이가 무슨 딴생각을 하고 있다는 느낌이 들었어요."

"그게 오래된 일입니까?"

"지난주만 그랬어요. 생각이 많고 걱정이 있는 듯 보였어요.

한번은 제가 그이를 다그쳤죠. 그러자 무슨 일이 있기는 한데, 일과 관련된 거라고 하더군요. '심지어 당신에게도 말하기 어려울 만큼 중대한 사항이오'라고 말했어요. 더는 어찌할 수가 없었죠."

홈즈는 아주 진지한 눈빛으로 쳐다봤다.

"계속 말씀해보세요, 웨스트베리 양. 그에게 불리해 보이는 것이라도 다 말씀하셔야 합니다. 어떻게 될지는 아무도 모르는 거니까요."

"정말 더는 말씀드릴 게 없어요. 한두 번쯤 그이가 뭔가를 얘기하려고 하는 것 같았어요. 어느 날 저녁에는 그이가 기밀의 중요성에 관해 얘기한 적이 있었어요. 외국 첩자가 충분한 거액을 내고 그 비밀을 가지려고 할 정도의 가치가 있다고 얘기하던 게 기억나요."

내 친구는 더욱 심각한 표정을 지었다.

"다른 건 없었나요?"

"그이가 자기네는 이 문제에 관해 너무 태만하다고 얘기했어요. 만약 배신자가 있다면 설계도를 빼돌리는 건 식은 죽 먹기라고 했죠."

"이런 얘기를 한 게 최근의 일인가요?"

"예, 아주 최근의 일이에요."

"자, 이제 마지막 날 저녁에 관해 얘기해보세요."

"우리는 극장에 가기로 했어요. 안개가 너무 짙게 껴 마차를 탈 수 없었고, 그래서 걷기로 했죠. 극장으로 가는 길이 그이의 사무실 근처였어요. 그런데 그때 갑자기 그이가 안개 속으로 뛰어들어 가 버린 거예요."

"한마디 말도 없이 말인가요?"

"큰 소리로 뭔가를 외쳤어요. 그게 다였죠. 전 그이를 계속 기다렸지만 돌아오지 않았어요. 그래서 전 집으로 돌아왔죠. 다음 날 아침, 출근 시각이 지나고 사무실 사람들이 그이를 찾아 집으로 들이닥쳤어요. 참혹한 그 뉴스를 들은 건 정오 무렵이었고요. 오, 홈즈 씨. 제발 그이의 명예를 되찾아주세요. 그에게는 명예가 전부였어요."

홈즈는 슬프게 고개를 내둘렀다.

"이만 가지, 왓슨." 홈즈가 말했다. "다른 곳을 가봐야겠어. 다음 목적지는 설계도가 사라진 사무실이야. 이 젊은이에 대한 혐의가 이미 매우 짙었는데 조사를 하고 나니 더 짙어졌어." 마차가 출발하자 홈즈가 입을 뗐다. "곧 있을 결혼이 범죄의 동기가 된 게 뻔해. 자연스레 돈이 궁해졌겠지. 웨스트가 말한 걸 봐서는 이미 그럴 생각이 있었던 게 분명해. 약혼녀에게까지 계획을 거의 말할 뻔했어. 그랬다면 그녀를 공범으로 만들었을 테지. 아주 고약한 일이야."

"그렇지만, 홈즈, 성격을 보아하니 그럴 것 같지 않던데? 만약 그렇다 해도, 왜 하필 약혼녀를 길 한복판에 내버려 두고 범죄를 저지르러 쏜살같이 사라졌느냐 이 말이야."

"바로 그거야! 분명 그런 반론이 가능하지. 이 특별한 사건은 바로 그런 문제점들을 해결해야 한다는 걸세."

내 동료의 명함을 본 이는 누구나 그러하듯, 상급 사무원인 시드니 존슨 씨는 사무실에 찾아온 우리를 아주 깍듯이 맞았다. 마른 체격에 목소리는 걸걸하며 안경을 낀 중년 남자였다. 양 볼은 초췌해 보였고, 이번 사건 때문인지 초조함에 양손을 덜덜 떨고 있었다.

"아주 엉망입니다, 홈즈 씨. 모든 게 엉망이에요. 부장님이 돌아가셨다는 얘기 들으셨나요?"

"안 그래도 방금 그 집에 다녀오는 길입니다."

"이곳은 아주 엉망진창입니다. 부장님도, 캐도건 웨스트도 죽고 설계도는 사라졌죠. 월요일 저녁 사무실 문을 닫을 때까지만 해도 여느 정부 산하 단체만큼 우리 부서도 문제없이 돌아가고 있었습니다. 그런데 이럴 수가, 생각할수록 끔찍해요. 웨스트가, 다른 이도 아니고 웨스트가 그런 끔찍한 일을 저지르다니!"

"웨스트의 소행이라고 확신하십니까?"

"달리 생각할 방도가 있습니까? 하지만 저는 그를 전혀 의심하지 않았습니다."

"월요일에 사무실 문을 닫은 시각이 정확히 몇 시였죠?"

"5시였습니다."

"직접 문을 닫으셨습니까?"

"항상 제가 마지막으로 나갑니다."

"설계도는 어디 있었습니까?"

"금고 안에요. 제가 직접 거기 넣었습니다."

"건물에 경비원은 따로 없나요?"

"있습니다. 하지만 다른 부서도 돌아봐야 하죠. 늙은 퇴역 군인인데 아주 믿을 만한 사람입니다. 경비원도 그날 저녁 아무것도 본 게 없다고 하더군요. 물론 안개가 아주 자욱했으니까요."

"캐도건 웨스트가 사무실이 닫힌 후 들어오려고 했다고 가정해보죠. 웨스트가 설계도에 접근하려면 세 개의 열쇠가 필요했을 겁니다. 그렇죠?"

"맞습니다. 바깥문 열쇠, 사무실 열쇠 그리고 금고 열쇠가 필요하죠."

"그 열쇠를 전부 가지고 있는 사람은 제임스 월터 경과 당신뿐인가요?"

"전 바깥문 열쇠나 사무실 열쇠는 갖고 있지 않습니다. 금고 열쇠만 갖고 있죠."

"제임스 경은 생활이 규칙적인 사람이었나요?"

"예, 그랬습니다. 제가 알기로 제임스 경은 세 열쇠를 열쇠고리 하나에 모두 끼워 보관했습니다. 종종 본 적이 있어요."

"그럼 제임스 경이 런던에 갈 때 그 열쇠고리를 가져갔나요?"

"그렇다고 들었습니다."

"당신은 열쇠를 항상 소지하고 계셨고요?"

"항상 가지고 있었습니다."

"만약 웨스트가 범인이라면, 복제한 열쇠를 가지고 있었던 게 분명하군요. 하지만 시체에서 발견된 열쇠는 없었어요. 그리고 이건 다른 문제이긴 하지만, 만약 이곳의 사무관이 그 설계도를 팔아넘기고자 했다면, 설계도 원본을 직접 빼돌리는 것보다 베끼는 게 더 간단하지 않았을까요?"

"설계도를 제대로 베끼려면 상당한 전문 지식이 필요합니다."

"하지만 당신이나 웨스트 그리고 제임스 월터 경 정도면 그 정도 전문 지식을 갖고 있지 않습니까?"

"물론 그렇습니다. 하지만 제발 저를 이번 일에 끌어들이지 말아 주십시오, 홈즈 씨. 원본이 웨스트에게서 발견됐는데 그런 가정이 다 무슨 소용입니까?"

"흠, 만약 쉽사리 설계도를 복사할 수 있었고, 그게 원본을 빼돌리는 것과 별반 차이가 없었다면 원본을 훔치는 위험을 감수한 건 분명 특이한 일이니까요."

"분명 특이한 일이긴 하지만 웨스트가 그렇게 하지 않았습니까?"

"이번 사건은 알면 알수록 더 복잡해지는 구석이 있군요. 자, 그리고 아직 회수하지 못한 세 장의 설계도가 있죠. 제가 알기에는 그 세 장이 아주 중요한 설계도라고 들었습니다만."

"맞습니다."

"그렇다면 그 세 장만 갖고 있다면 나머지 설계도 없이 브루스파팅턴 잠수함을 제작할 수 있다는 뜻입니까?"

"제독께는 그렇게 보고했습니다. 하지만 오늘 다시 설계도를 살펴보니 꼭 그런 것만은 아닌 것 같더군요. 회수된 설계도

중 하나에 자동 조절 기구가 있는 이중 밸브에 대한 설계가 그려져 있었습니다. 외국인이 이 장치를 스스로 발명하지 않는 이상 잠수함을 만들기는 어려울 겁니다. 물론 조만간 이런 문제는 극복해낼 테지만 말입니다."

"그렇지만 사라진 세 장이 여전히 가장 중요한 설계도인 건 맞습니까?"

"의심할 여지가 없습니다."

"흠, 괜찮으시다면 이제 이곳을 좀 둘러보고 싶군요. 더는 여쭤보려고 했던 질문도 생각이 나질 않으니 말입니다."

홈즈는 금고의 잠금장치와 사무실 문을 살펴본 뒤 마지막으로 창가의 철제 덧문을 들여다보았다. 홈즈가 마침내 흥미를 보인 것은 우리가 바깥 잔디밭에 나간 후였다. 그곳에는 월계수 나무 덤불이 있었는데, 나뭇가지 여러 개가 심하게 꺾이거나 부러져 있었다. 홈즈는 돋보기를 가지고 찬찬히 살펴본 뒤, 땅바닥에 희미하게 남아 있던 발자국을 살펴보았다. 그러고 나서 홈즈는 상급 사무관에게 창문의 철제 덧문을 닫아달라고 부탁했다. 홈즈는 그 철제 덧문이 완전히 닫히지 않는 것을 가리켰다. 누구나 마음만 먹으면 밖에서 방 안을 들여다볼 수 있었던 것이다.

"사흘이나 지났기 때문에 흔적들이 잘 남아 있지 않아. 큰 의미일 수도, 별 의미 없는 것일 수도 있지만 말이야. 음, 왓슨. 울리치에서 볼일은 다 본 것 같군. 큰 수확은 없었지만 말이야. 런던은 좀 나을지 보자고."

하지만 우리는 울리치역을 떠나기 전 곡식 한 다발을 더 수확할 수 있었다. 그곳의 역무원이 월요일 밤, 캐도건 웨스트의 얼굴을 두 눈으로 똑똑히 봤다고 증언한 것이다. 그리고 역무원은 웨스트가 8시 15분 열차로 런던의 런던교로 향했다고 말했다. 일행은 없었으며 혼자 삼등석 한 자리를 끊었다고 했다. 역무원이 말한 바로는 웨스트는 그날 몹시 흥분한 상태로 안절부절못했다고 했다. 실제로 너무 부들부들 떨어서 잔돈도 제대로 집지 못해 자신이 도와줬다는 것이다. 시간표를 보니 8시 15분 열차는, 7시 30분에 웨스트가 약혼녀를 떠난 후 탈 수 있는 가장 빠른 기차였다.

"재구성해보도록 하지, 왓슨." 30분 정도 침묵을 지키던 홈즈가 입을 뗐다. "우리가 같이 조사해온 사건 중에 이번 건처럼 복잡한 사건은 없었던 것 같군. 뭔가 새로운 사실을 발견하면 또 다른 의문점만 커질 뿐이니 말일세. 하지만 우리는 분명 상당한 진전을 이룬 게 틀림없어.

우리가 울리치에서 알아낸 사실은 젊은 캐도건 웨스트에게 불리한 게 사실이야. 하지만 창가에서 발견한 단서들은 어쩌면 그에게 좀 더 유리한 가설을 세울 수 있게 해주고 있네. 예를 들면 말이야, 어떤 외국 첩보원이 그에게 접근해왔다고 가정해보자고. 물론 이에 대해서는 발설하지 않겠다고 맹세를 했겠지. 하지만 약혼녀에게 말한 것과 같은 생각을 하게 됐을 게 분명해. 아주 좋아. 그리고 이번에는 캐도건 웨스트가 약혼녀랑 안개 속에서 극장으로 향하던 중 그 외국인 첩보원이 사무실로 향하는 모습을 발견했다고 가정해보는 걸세. 젊은이는 충동적으로 결정을 내렸을 거야. 의무를 지켜야 한다고 생각했겠지. 그 첩보원을 따라갔을 걸세. 창문으로 다가가 설계도를 꺼내는 모습을 보고는 도둑을 쫓겠다고 마음먹었겠지. 이 설명이라면 왜 베끼지 않고 굳이 원본을 가져갔느냐는 의문점이 해결되지. 침입자는 원본을 가져가야만 했던 거야. 여기까지는 모든 게 맞아떨어져."

"그다음은 어떻게 된 건가?"

"이제부터가 문제지. 그런 상황에서 젊은 캐도건 웨스트가 했을 법한 행동은 그 악당을 잡고 주변에 알리는 것이었을 거야. 하지만 왜 그러지 않았을까. 어쩌면 설계도를 빼돌린 게 그의 상관이어서는 아니었을까? 그렇다면 웨스트의 행동이 설명되지. 그게 아니라면, 그 상관이 안개 속에서 웨스트를 따돌린 탓에 웨스트가 런던으로 바로 달려가 상관의 집에서 배반자를 잡으려 했던 건 아닐까? 상관이 어디 사는지 안다고 가정하면 말일세. 아마 상황이 매우 급했을 거야. 그렇지 않고서 약혼녀를 안개 속에 내버려 두고 아무 말도 없이 사라지진 않았을 테지. 여기서부터는 냄새를 못 맡겠어. 그리고 이 두 가설 모두 웨스트의 시체가 일곱 장의 설계도를 가지고 열차 지붕 위에서 발견된 것과는 상당한 간격이 있어. 자, 내 직감에 따르면 이제 반대쪽에서부터 추리해야 할 시점이네. 마이크로프트 형이 주소지 명단을 줬다면, 어쩌면 다른 방향에서 용의자를 추적할 수 있을지 모르겠군."

과연 명단이 베이커 스트리트에서 우리를 기다리고 있었다. 정부 배달인이 속달로 가져온 것이었다. 홈즈는 쪽지를 살펴보더니 나에게 건넸다.

> 조무래기들은 많지만, 이번 사건처럼 큰 건을 다룰 만한 거물은 몇 안 돼. 의심해볼 가치가 있는 자는 아돌프 마이어(웨스트민스터, 그레이트조지 스트리트 13번지), 루이 라 로티에르(노팅힐, 캠던 맨션스), 휴고 오버스타인(켄싱턴, 콜필드 가든스 13번지), 이 세 명뿐이다. 마지막 인물은 월요일까지 런던에 있었으나 지금은 떠난 걸로 보고되었다. 희미한 빛이라도 비춘다니 다행이다. 내각은 너의 최종 보고를 굉장히 기다리고 있다. 가장 높은 곳에서도 다급한 독촉이 내려왔다. 만약 필요하다면 국가가 전력을 다해 널 도울 것이다.
>
> — 마이크로프트

"이거 두렵군." 홈즈가 씩 웃으며 말했다. "여왕 폐하의 모든 말과 부하를 보내도 소용이 없을 테니 말이야." 홈즈는 런던 지도를 펼쳐놓고는 골똘히 굽어보았다. "그렇지, 그렇고말고." 홈즈는 곧 만족의 탄성을 질렀다. "드디어 우리에게 빛이 보이는 것 같네. 그렇고말고 왓슨, 결국 우리가 해낼 거라고 난 믿어." 홈즈는 갑자기 유쾌한 듯 내 어깨를 툭 쳤다. "잠깐 나갔다 오겠네. 살펴만 보고 올 거야. 내 신뢰하는 동지이자 전기 작가를 대동하지 않고서 심각한 일을 벌이지는 않을 거라고.

여기서 기다리게. 아마 한두 시간 안에 돌아올 거야. 기다리기 지겹거든 풀스캡 용지와 펜을 꺼내 우리가 어떻게 나라를 구하게 됐는지 머리말이나 쓰기 시작하게."

그럴 만한 이유가 있지 않고서야 평소의 진지한 태도를 버리고 이토록 기뻐할 리 없는 홈즈였기에, 나 역시 덩달아 우쭐해졌다. 그렇게 난 11월의 긴 밤을 보내며 홈즈가 돌아오기만을 기다렸다. 결국, 9시가 조금 지난 후, 배달부가 편지를 가지고 왔다.

> 켄싱턴, 글로스터 로드에 있는 골디니 레스토랑에서 식사 중. 당장 이리로 올 것. 짧은 쇠지레, 각등, 끌 그리고 리볼버 권총을 가지고 올 것.
>
> — S. H.

점잖은 시민이 흐리고 안개 자욱한 거리에서 지니고 다니기엔 참 묘한 장비였다. 난 물건들을 외투 속에 잘 챙겨 마차를 잡아타고는 쪽지에 적힌 장소로 향했다. 그곳에 도착하니 화려한 이탈리아 식당 입구 쪽 작은 원탁에 앉아 있는 나의 친구가 보였다.

"뭐 좀 먹었는가? 아니면 여기 나랑 같이 커피와 퀴라소를 좀 들도록 해. 이곳 시가도 한 대 태워보고 말이야. 생각보다 독하지 않지? 연장은 챙겼는가?"

"여기 외투 속에 있어."

"잘했어. 간단하게 내가 무엇을 했는지와 앞으로 무엇을 할지 알려주겠네. 자, 왓슨. 이제 자네도 명백히 알아차렸겠지만 젊은 웨스트의 시체가 열차 지붕 위에 놓여 있었다는 점은 분명해. 시체가 객실 안이 아니라 지붕에서 떨어졌다고 파악한 순간부터 분명한 사실이었지."

"다리에서 떨어졌을 가능성은 없나?"

"그건 불가능해. 지붕을 살펴보면 평평하지 않고 둥그스름하다는 것을 알 수 있지. 가장자리에 난간도 없네. 이걸로 봐서 분명 젊은 캐도건 웨스트는 열차 지붕 위에 놓였던 게 분명해."

"하지만 어떻게 거기 올려놓을 수 있단 말인가?"

"그게 바로 우리가 찾아내야 할 숙제였지. 방법은 하나뿐이야. 자네도 지하철이 터널을 벗어나는 곳은 웨스트엔드의 몇 군데밖에 없다는 것을 잘 알고 있을 걸세. 예전에 그곳을 지나다 터널 바로 밖 위쪽으로 건물들이 있던 게 기억나더군. 자, 이제 열차가 그 건물들 창문 아래에서 잠시 멈췄다고 생각을 해보라고. 그렇게 되면 열차 지붕 위로 시체를 올리는 것 정도는 식은 죽 먹기 아니었겠는가?"

"설마 그랬을리가."

"모든 예측이 엇나간다면, 아무리 가능성이 희박해 보일지라도 남게 되는 그 마지막이 사실이라는 옛 격언을 떠올려 볼 필요가 있어. 우리의 모든 예측은 엇나갔네. 얼마 전 런던을 떠난 손꼽히는 국제 첩보원이 지하철에 인접한 집에 살고 있었다는 것을 알아챈 나는 경박스러울 정도로 너무 기뻐했지. 자네가 꽤 놀랄 정도로 말일세."

"아, 그래서 그랬던 거로군?"

"맞아, 그래서 그랬지. 휴고 오버스타인. 콜필드 가든스 13번지에 사는 인물이 내 목표가 된 거야. 글로스터 로드역에서 작전을 시작했는데, 아주 친절한 역무원이 나와 함께 선로를 걸어주었어. 콜필드 가든스의 뒤쪽 계단 창문이 선로 쪽으로 열려 있었을 뿐만 아니라, 더 중요한 건, 바로 그 자리에서 노선이 교차하기 때문에 열차가 종종 몇 분씩이나 멈춘다는 사실도 알아낼 수 있었네!"

"멋지군, 홈즈! 자네가 해낸 거야!"

"아직은 이르네, 왓슨. 아직은 일러. 분명 진전은 있지만, 아직 결승점은 멀었어. 콜필드 가든스의 뒤쪽을 본 후 앞쪽으로 가봤는데, 역시나 새는 이미 날아가고 없더군. 상당히 큰 집이었는데, 내가 본 것에 의하면 적어도 2층에는 가구도 갖춰지지 않았어. 오버스타인은 그곳에서 하인 한 명과 살았어. 아마도 모든 걸 믿을 수 있는 하인이었겠지. 기억해야 할 것은 오버스타인은 도망가기 위해서가 아니라 단순히 전리품을 처리하기 위해서 영국을 떠나 대륙으로 넘어갔다는 점이야. 수색 영장을 두려워할 이유도 없으니 나 같은 탐정이 찾아올 것이라곤 상상도 못 하겠지. 하지만 우리가 지금 하려는 게 바로 그거야."

"영장을 받아 합법적으로 들어갈 수는 없는 건가?"

"증거가 부족해."

"들어가면 뭘 할 수 있지?"

"무슨 편지라도 찾을 수 있을지 모르는 일이잖아."

"썩 내키지 않는군, 홈즈."

"이봐, 친구. 자네는 밖에서 망이나 보라고. 범법 행위는 내가 다할 테니 말이야. 사소한 걸 따질 때가 아니라고. 마이크로프트 형의 편지를 생각해봐. 각료와 제독, 그리고 가장 높은 곳에서 소식을 기다리고 있을 그분을 생각해보란 말이야. 우리는 가야만 해."

난 탁자에서 일어나는 걸로 대답을 대신했다.

"자네 말이 맞아, 홈즈. 우린 가야 해."

홈즈는 벌떡 일어나더니 내 손을 잡고 흔들었다.

"자네가 물러서지 않을 줄 알았네." 홈즈가 말했다. 잠깐이지만, 그 눈빛 속에서 이전에 본 적이 있는 어떤 눈빛보다도 더 부드러운 빛이 어른거리는 것을 볼 수 있었다. 하지만 이내 홈즈는 노련하고 사무적인 모습으로 되돌아왔다.

"800미터쯤 되는 거리지만 서두를 필요는 없어. 천천히 걷자고." 홈즈가 말했다. "연장을 떨어뜨리지 않도록 조심해. 수상쩍은 인물로 체포되기라도 한다면 정말 골치 아플 테니 말이야."

콜필드 가든스는 전면이 평평하고 주랑 현관이 있는 집들 가운데 하나였는데, 이는 런던 웨스트엔드 지역의 빅토리아 중기 시대 모양을 띤 유명한 건축물이었다. 옆집에서는 아이들이 잔치라도 벌이는 듯 즐겁게 뛰어노는 웃음소리와 피아노 소리가 밤하늘에 울려 퍼졌다. 아직 걷히지 않은 안개가 친절하게도 우리의 모습을 숨겨주었다. 홈즈는 랜턴을 켜고 육중한 문 위를 비추었다.

"이거 아주 문제가 심각하군." 홈즈가 말했다. "자물쇠는 물론 빗장까지 걸어 잠갔어. 지하 출입구로 가는 게 낫겠네. 저 아래쪽에 멋진 아치 출입구가 있어. 거기라면 아무리 열렬한 경찰이라고 해도 쫓아오지 못할 거야. 나를 먼저 잡아주게, 왓슨. 다음에는 내가 잡아줄 테니까."

잠시 후 우리는 지하 출입구로 내려왔다. 어두운 그림자마저 닿지 않는 곳에 몸을 숨기자마자, 위쪽에서 경찰관의 발소리가 들렸다. 이윽고 규칙적인 발소리가 잦아들자 홈즈는 아래 문을 따기 시작했다. 홈즈는 몸을 굽힌 채 몇 번이고 문을 억지로 잡아당겼다. 그리고 곧 끼익하는 날카로운 소리와 함께 문이 열렸다. 우리는 어두운 통로에 들어선 뒤 뒷문을 닫았다. 홈즈는 카펫이 깔리지 않은 곡선 계단을 앞장서 올라갔다. 홈즈가 들고 있던 랜턴의 노란 부채꼴 빛이 아래쪽 창문을 비추었다.

"드디어 도착했군, 왓슨. 여기가 분명해." 홈즈가 창문을 열었다. 어둠 저 멀리에서 나지막이 들리던 기차 소리가 서서히 커지더니 마침내 우렁찬 소리를 내면서 우리를 지나 어둠 속으로 사라졌다. 홈즈가 랜턴으로 창턱을 비추었다. 창턱에는 지나가는 기차 엔진에서 뿜어낸 그을음이 검고 두껍게 덮여 있었는데, 군데군데 그을음이 쓸려나간 자리가 보였다.

"시신을 올려놓은 자리가 보이는군. 이봐, 왓슨! 이게 뭐지? 이건 분명 핏자국이야!" 홈즈가 목조 창틀 부분에서 희미하게 변색된 곳을 가리키며 소리쳤다. "여기 돌계단에도 자국이 남아 있어. 완벽한 증거야. 기차가 멈출 때까지 기다려보세."

오래 기다릴 필요 없었다. 바로 다음 기차가 이전 기차처럼 우렁찬 소리를 내며 터널을 빠져나오더니, 곧 속도를 줄였다. 그러고는 철커덩거리는 브레이크 소리와 함께 바로 우리 아래쪽에서 멈추어 섰다. 창문에서 기차 객실 지붕까지의 거리는 채 1.2미터도 안 되었다. 홈즈는 살며시 창문을 닫았다.

"지금까지 우리의 추리가 옳았어." 홈즈가 말했다. "왓슨, 자네는 어떻게 생각하는가?"

"완벽해. 자네가 이처럼 잘해낸 적은 없었어."

"그 말에는 동의할 수 없군. 시체가 객실 지붕 위에 놓여 있었을 거라는 생각을 한 순간부터 모든 건 필연적인 결과일 뿐이었어. 물론 그 추리도 그리 어려운 건 아니었고 말이야. 이제까지 이 일과 관련된 엄청난 이해관계만 아니었다면, 이번 일은 그리 대단한 일에 끼지도 못할 거야. 여전히 우리 앞에는 난관이 놓여 있어. 하지만 여기서 도움이 될 만한 것을 찾을 수 있을 거야."

우리는 부엌 계단을 통해 올라가 2층의 여러 방을 살펴보았다. 첫 번째 들른 곳은 식당이었는데, 가구도 없이 아주 간소하게 꾸며져 있던 터라 전혀 대수로울 게 없었다. 두 번째 방은 침실이었는데, 이곳도 마찬가지로 거의 텅 비어 있었다. 나머지 방은 사정이 좀 나아서 내 동료는 좀 더 체계적인 조사에 착수할 수 있었다. 책과 서류들이 어지럽게 흐트러져 있는 것으로 보아 서재로 쓰였던 방이 틀림없었다. 홈즈는 재빠르고도 꼼꼼하게 서랍과 찬장을 일일이 살펴보았다. 하지만 홈즈의 엄숙한 표정에 빛을 밝혀줄 발견은 없었다. 한 시간이 지난 후에도 처음보다 나아진 건 없었다.

"그 교활한 녀석이 흔적을 죄다 지운 모양이군." 홈즈가 말했다. "꼬리를 밟힐 만한 건 아무것도 남겨놓지 않았어. 위험한 서신들은 모두 파기하거나 옮겨버렸어. 이제 기대할 건 이것뿐일세."

그건 책상 위에 놓여 있던 조그마한 양철 금고였다. 홈즈는 끌을 지레 삼아 금고를 열었다. 안에는 내용에 대한 설명은 없이 그림과 수식만 잔뜩 적힌 종이 몇 장이 들어 있었다. '수압', '제곱인치당 압력' 같은 용어만 반복되는 걸로 봐서 잠수함과 관련이 있어 보였다. 홈즈는 짜증을 내듯 서류들을 한쪽으로 던졌다. 남은 건 신문 쪼가리들이 들어 있는 봉투 하나뿐이었다. 홈즈는 봉투 안의 것들을 탁자 위에 쏟아놓았다. 순간 나는 홈즈의 얼굴에서 희망이 솟구치는 것을 단번에 알아차릴 수 있었다.

"이게 뭐지, 왓슨? 응? 이게 무엇처럼 보이냔 말이야. 계속해서 메시지를 보낸 신문 광고를 모아놓은 것이로군. 신문지 종이와 글씨체를 보아하니 〈데일리 텔레그래프〉의 광고란이 분명해. 신문의 오른쪽 윗부분이지. 날짜는 없지만 여기 메시지들이 날짜순으로 정리된 것 같군. 이게 첫 번째인 거 같은데.

신속하게 소식을 전하기 바람. 조건에 동의함. 명함에 적힌 주소로 편지할 것. 피에로.

여기 다음 메시지.

설명하기는 너무 복잡함. 전체 보고서가 필요함. 물건을 건네주는 대로 현금 지급 준비 완료. 피에로.

그리고 또 다음.

상황이 심각함. 계약대로 이행되지 않으면 제안은 철회할 것임. 편지로 약속을 정할 것. 광고로 확인하겠음. 피에로.

이게 마지막이야.

월요일 아홉 시 이후. 두 번 노크할 것. 우리끼리만. 너무 많이 의심하지 말 것. 물건 건네주면 현금 지급할 것임. 피에로.

상당히 완전한 기록이야, 왓슨! 이제 광고를 주고받은 상대만 알아내면 돼!" 홈즈는 생각에 잠긴 채 자리에 앉아 손가락으로 탁자를 두드렸다. 마침내 홈즈가 벌떡 일어섰다.

“음, 어쩌면 그리 어려운 일은 아닐 수도 있겠군. 여기서 더 알아볼 건 없는 것 같아, 왓슨. 데일리 텔레그래프 신문사 사무실에 들러보는 게 좋겠어. 거기서 마무리를 한번 잘 해보자고.”

마이크로프트 홈즈와 레스트레이드 형사는 다음 날 아침 식사 후 약속한 대로 찾아왔다. 홈즈는 전날 우리가 알아낸 성과에 관해 자세히 알려주었다. 레스트레이드 형사는 우리가 고백한 가택 침입죄를 듣고는 고개를 저었다.

“경찰이라면 그런 일을 할 수 없죠, 홈즈 씨.” 형사가 말했다. “이러니 우리보다 좋은 수사 결과를 얻어낼 수밖에요. 하지만 언젠가 홈즈 씨나 친구분이 도가 지나쳐 문제를 일으키게 될 겁니다.”

“잉글랜드와 가정과 미인을 위하여! 그렇지 않은가, 왓슨? 나라의 제단 위에 바쳐진 순교자 같은 거지. 형은 어떻게 생각하시나?”

“아주 잘했어, 셜록! 정말 대단해! 하지만 그 사실들을 이제 어떻게 이용할 거지?”

홈즈는 탁자 위에 놓인 〈데일리 텔레그래프〉 지를 집어 들어 보였다.

“오늘 자 신문에 실린 피에로의 광고를 아직 못 본 모양이군.”

“뭐라고? 또 광고가 실렸어?”

"응, 이거야."

오늘 밤. 같은 시각. 같은 장소. 두 번 노크할 것. 절대적으로 중요함. 당신의 안전이 걸린 문제임. 피에로.

"이런!" 레스트레이드가 소리쳤다. "이자가 광고를 보고 온다면 우린 놈을 바로 잡은 거나 다름없어요!"

"바로 그래서 내가 광고를 낸 겁니다. 둘 다 오늘 밤 8시에 콜필드 가든스로 같이 가죠. 좀 더 일을 쉽게 해결할 수 있을 겁니다."

홈즈의 뛰어난 장점 중 하나는 아무리 골똘히 매달려 봤자 더는 뾰족한 수가 떠오르지 않을 때는, 아무 때고 두뇌 활동을 멈추고는 즉시 가벼운 일만 생각하도록 두뇌를 완전히 전환시킨다는 점이다. 내가 기억하는 그날, 홈즈는 모든 것에서 손을 놓고, 온종일 라소(네덜란드의 작곡가—옮긴이)의 무반주 다성 성가곡에 대한 논문 집필에만 매달렸던 것을 난 잊을 수 없다. 나 같은 경우 그렇게 초연할 능력이 전혀 없었기 때문에 그날 하루가 어찌나 더디게 갔는지 모른다. 사건이 국가적으로 중대한 사항이기도 했거니와 높으신 분들마저 긴장하고 있었고, 또 우리가 시험 중이던 모든 것이 불확실했기 때문에 이 모든 점이 한데 뒤엉켜 나의 신경을 날카롭게 만들고 있었다. 간단하게 저녁 식사를 마치고 마침내 우리의 원정길에 오르고 나서야 나는 조금 안정을 찾을 수 있었다. 레스트레이드와 마이크로프트 홈즈는 글로스터 로드역 앞에서 약속대로 우리와 만났다. 오버스타인의 지하실 문은 전날 밤과 같이 열려 있었다. 마이크로프트 홈즈가 난간을 넘어가길 단호하고 완강히 거부하는 바람에 내가 먼저 안으로 들어가 안에서 문을 열어줘야 했다. 9시가 다 됐을 무렵, 우리는 모두 서재에 앉아 인내를 가지고 범인을 기다리기 시작했다.

한 시간이 지나고, 또 한 시간이 지났다. 시계가 11시를 가리켰을 때, 거대한 교회 종소리가 희망의 비가처럼 들려왔다. 마이크로프트 홈즈와 레스트레이드는 안절부절못한 채 엉덩이를 들썩이며, 1분에 두 번씩 시계를 들여다보았다. 홈즈는 조용하고 진정된 상태로 앉아 있었다. 눈은 반쯤 감겨 있었으나, 모든 경계의 촉각을 곤두세우고 있음이 분명했다. 홈즈가 갑자기 고개를 홱 쳐들었다.

"오고 있군." 홈즈가 말했다.

수상쩍은 발걸음 소리가 문을 지나쳐 갔다. 그리고 이내 다시 돌아오는 소리가 났다. 잠시 서성이더니 날카롭게 두 번 노크하는 소리가 들렸다. 홈즈는 우리에게 앉아 있으라는 손짓을 하며 일어섰다. 통로에는 가스등의 희미한 불빛이 전부였다. 홈즈가 문을 열었다. 어둠 속의 사내가 홈즈를 지나 통로로 들어선 순간, 홈즈는 재빨리 문을 걸어 잠갔다. "이쪽으로!" 홈즈가 말하는 소리가 들렸고, 잠시 후 그 사내는 우리 앞에 섰다. 깜짝 놀란 사내가 뒤돌아서 소리를 지르려던 순간, 그 뒤를 바짝 따르던 홈즈가 사내의 멱살을 잡고 방 안으로 밀어 넣었다. 우리의 포로가 균형을 채 잡기도 전, 홈즈는 방문을 등지고 막아섰다. 사내는 주변을 살펴보고는 휘청거리더니, 의식을 잃고 땅바닥에 쓰러졌다. 쿵하는 소리와 함께, 사내의 머리에 얹혀 있던 챙이 넓은 모자가 떨어지고, 입을 감싸고 있던 목도리가 흘러내리자, 단정하고 길게 기른 수염에 부드럽고 섬세하게 생긴 훤칠한 남자의 얼굴이 드러났다. 밸런타인 월터 대령이었다.

홈즈는 놀랐는지 휘파람을 불었다.

"이번에는 내가 멍청했다고 적어도 좋아, 왓슨." 홈즈가 말했다. "내가 생각한 사람이 아니거든."

"이자가 누군데?" 마이크로프트가 진지한 목소리로 물었다.

"잠수함 부서의 부서장이었던 고 제임스 월터의 동생입니다. 그래, 그렇군. 이제 모든 패가 보이는군. 곧 정신이 들 겁니다. 심문은 내게 맡겨두는 게 좋을 것 같군요."

우리는 기절한 남자를 소파로 옮겼다. 우리의 포로는 곧 정신을 차리고 앉아 겁에 질린 듯한 표정으로 주위를 둘러보았다. 그러고는 도저히 이 상황을 믿을 수 없다는 듯 이마를 쓸어 넘겼다.

"이게 어떻게 된 겁니까?" 대령이 물었다. "난 오버스타인 씨를 만나러 왔습니다."

"다 들통 났습니다, 월터 대령." 홈즈가 말했다. "어떻게 영국의 신사가 그런 행동을 할 수 있는지 도저히 이해가 가질 않는군요. 하지만 당신과 오버스타인의 관계 그리고 그와 주고받은 서신에 관해서는 샅샅이 다 알고 있습니다. 캐도건 웨스트의 죽음과 관련된 것도 마찬가지입니다. 지금이라도 죄를 참회하고 사실대로 자백해서 조금이나마 명예를 회복하라고 조언하고 싶군요. 당신이 우리에게 알려줄 수 있는 사소한 사항 몇 가지가 있으니 말입니다."

대령은 신음 소리를 내며 얼굴을 두 손에 파묻었다. 한참을 기다렸지만, 대령은 여전히 침묵을 지켰다.

"단언컨대 이미 핵심적인 내용은 다 밝혀졌습니다." 홈즈가 말했다. "당신이 급하게 돈이 필요했다는 것도 알고 있고, 그래서 형이 지니고 있던 열쇠를 복제했다는 것도 다 알고 있습니다. 그리고 오버스타인과 서신을 주고받았고, 오버스타인은 〈데일리 텔레그래프〉의 광고란을 통해 당신한테 회신했죠. 우리는 당신이 안개가 자욱하던 월요일 밤 사무실로 갔고, 그때 젊은 청년 캐도건 웨스트에 의해 추적당했다는 사실도 알고 있었습니다. 아마도 웨스트는 사전에 당신을 의심할 만한 사유가 있었을 테죠. 당신이 설계도를 훔치는 것을 보았지만, 런던에 있는 형에게 가지고 가는 것일 수도 있었기 때문에 즉시 누군가에게 알리지 못했을 겁니다. 웨스트는 선량한 시민답게 개인사는 뒷전으로 두고 안개 속에서 당신 뒤를 쫓았어요. 당신이 이 집에 도착할 때까지 말입니다. 그리고 여기서 당신을 덮치자, 대령은 반역 행위도 모자라 끔찍한 살인죄까지 더하게 된 겁니다."

"제가 그런 게 아닙니다! 제가 죽이지 않았단 말입니다! 신께 맹세합니다. 제가 죽이지 않았어요." 우리의 비참한 포로가 울부짖었다.

"그럼 말해보시죠. 당신이 캐도건 웨스트를 기차 객실 지붕 위에 올려놓기 전, 그가 어떻게 죽음을 맞이하게 된 건지 말입니다."

"말하겠습니다. 맹세하건대 다 말하겠어요. 나머지는 다 제가 한 게 맞소. 자백합니다. 당신이 말한 그대로예요. 증권 거래소에 빚을 진 게 있었습니다. 돈이 몹시 필요했어요. 오버스타인이 5000파운드를 제시하더군요. 파멸에서 저를 구하려면 그 돈이 필요했습니다. 하지만 살인에 관해서 만큼은 결백합니다."

"그럼 무슨 일이 있었던 겁니까?"

"웨스트는 이전부터 저를 의심했어요. 그래서 홈즈 씨가 말한 것처럼 저를 뒤쫓아왔죠. 이곳에 도착하기 전까지 뒤를 밟고 있다는 사실을 전혀 알아채지 못했어요. 안개가 어찌나 심한지 3미터도 채 내다볼 수 없었습니다. 제가 노크를 두 번 했고, 오버스타인이 문을 열었어요. 그때 그 젊은이가 불쑥 튀어나오더니 우리보고 설계도를 어쩔 건지 추궁하더군요. 오버스타인에게는 짧은 호신용 지팡이가 있었죠. 항상 가지고 다녔어요. 웨스트가 집 안으로 밀고 들어오려고 하자, 오버스타인이 지팡이로 웨스트의 머리를 때린 겁니다. 치명적이었죠. 5분도 안 돼 숨이 멎었어요. 현관에 쓰러져 있는 그를 보고 우리는 어찌할지 몰랐습니다. 그때 오버스타인이 뒤쪽 창문 아래에 멈추는 기차를 생각해냈어요. 하지만 그보다 먼저 제가 가져온 설계도를 먼저 살펴보더군요. 그중 세 장이 핵심이라면서 자신이 가져야겠다고 했어요. '그럴 순 없습니다'라고 제가 말했습니다. '만약 돌려놓지 않는다면 울리치에서 난리가 날 겁니다'라고 했습니다. 그랬더니 '이건 매우 전문적인 거라 시간 내에 복사하는 건 불가능하니 가져가야겠습니다'라고 하더군요. 그래서 전, '하지만 오늘 밤 안에 모두 되돌려놓아야 합니다'라고 했습니다. 오버스타인은 잠시 생각에 잠기더니 설계도를 가져야겠다고 외쳤어요. '세 장은 내가 가져가야 합니다.' 오버스타인이 말했어요. '나머지는 이 젊은 친구 주머니 속에 넣어두면 되잖소. 이자가 설계도를 가진 채 발견되면, 모든 책임은 이 친구가 뒤집어쓸 겁니다'라고 했어요. 달리 방법이 보이지 않아 오버스타인이 제안한 대로 한 겁니다. 30분 정도 창문에서 기다리니 기차가 와서 멈췄어요. 안개가 너무 자욱해 아무것도 보이지 않았죠. 덕분에 별 무리 없이 웨스트의 시체를 기차 지붕 위에 올려둘 수 있었습니다. 이게 제가 관련된 이번 일의 전부입니다."

"그렇다면 당신 형님은요?"

"형님은 아무 말도 하지 않았지만, 제가 형님의 열쇠를 가지고 있는 것을 한 번 본 적이 있었어요. 그래서 형님이 나를 의심하고 있다고 생각했죠. 분명 나를 의심하는 눈빛이었어요. 아시다시피, 일이 있고 난 후 형님은 다시는 고개를 들지 못했습니다."

방 안에는 침묵이 흘렀다. 마침내 마이크로프트 홈즈가 침묵을 깼다.

"엎질러진 물이긴 하지만 그래도 잘못을 바로잡아보는 게 어떻겠소? 형량은 물론 양심의 가책도 조금은 덜 수 있을 테니 말이오."

"제가 어떻게 하면 됩니까?"

"설계도를 가지고 사라진 오버스타인은 지금 어디 있습니까?"

"모릅니다."

"어디 있겠다고 주소를 남기지 않았나요?"

"파리의 루브르 호텔로 편지를 보내라고 했습니다. 그러면 자기가 받을 수 있을 거라고 했어요."

"대령께서 바로 잡을 수 있는 일이 있을 거 같군요." 셜록 홈즈가 말했다.

"뭐든지 할 수 있는 게 있다면 하겠습니다. 오버스타인에게 좋은 감정이 있는 것도 아니니 말입니다. 그자는 날 파멸의 길로 몰아넣었을 뿐이에요."

"여기 종이와 펜이 있습니다. 이 책상에 앉아 내가 말하는 대로 받아쓰세요. 파리의 그 호텔로 주소를 쓰고요. 좋아요. 이제 이렇게 받아쓰세요.

오버스타인 씨께,

귀하는 지금쯤 우리의 거래와 관련하여 아주 핵심적인 내용 하나가 빠진 것을 알아차리셨을 겁니다. 필요하신 부분을 채워줄 복사본을 제가 갖고 있습니다. 어쨌거나 이것을 얻기 위해 특별히 고생을 더 했으니 500파운드를 더 요구할 수밖에 없군요. 이것을 우편으로 부치진 않을 겁니다. 또 금과 지폐 외에는 어떤 것도 받지 않겠습니다. 당신께 직접 찾아가 받고 싶지만, 지금 상황에서 제가 외국으로 자리를 비운다면 의심을 받을 것이 뻔합니다. 그러니 토요일 정오, 채링 크로스 호텔 흡연실에서 뵙기로 하죠. 영국 지폐나 금만 받을 거라는 점을 명심하십시오.

그거면 충분한 거 같군요. 이걸 보고도 나타나지 않는다면 도리어 내가 놀랄 겁니다."

홈즈의 계획은 적중했다. 그건 역사적인 사건이었다. 종종 한 나라의 정사보다 훨씬 흥미롭고 상세한 비사 같은 것 말이다. 일생일대의 성과를 마무리하기 위해 안달이 나 있던 오버스타인은 아무 의심 없이 미끼를 물었고, 영국 감옥에서 15년 형을 받았다. 그의 가방에서 우리는 오버스타인이 유럽의 모든 해군 본부에 경매로 내놓은 평가할 수 없을 만큼 귀중한 브루스파팅턴호 설계도를 찾을 수 있었다. 월터 대령은 형을 선고받고, 2년을 채우기 직전 감옥에서 사망했다.

한편, 홈즈는 집으로 돌아와 다시 라소의 무반주 다성 성가곡에 관한 논문을 쓰는 일에 몰두했다. 논문은 이후 한정본으로 발행해 주변 지인들에게 돌려졌는데, 전문가들에 따르면 홈즈의 논문은 이 분야의 어느 논문보다 뛰어나다는 찬사를 받았다고 했다. 몇 주가 지나고 나는 우연히 나의 친구가 윈저

궁에서 하루를 보내고 왔다는 사실을 알게 되었다. 그곳에서 돌아온 나의 친구는 눈에 띌 만큼 대단히 멋진 에메랄드 넥타이핀을 꽂고 있었다. 산 거냐고 내가 묻자 홈즈는 운 좋게 어느 작은 임무를 맡은 적이 있는데, 그때 알게 된 우아한 여인이 준 선물이라고 했다. 그리고 그 이상은 말하지 않았다. 하지만 난 그 숙녀의 존귀한 이름을 알 것만 같았다. 그리고 나는 나의 친구가 그 에메랄드 핀을 볼 때마다 언제든지 브루스파팅턴호의 설계도 모험을 떠올릴 거라는 것도 믿어 의심치 않았다.

S·H·E·R·L·O·C·K

악마의 발

괴기스러운 공포로 빠져들게 하는 코난 도일의 작품 중 하나. 콘월, 광기, 암흑 속의 아프리카, 사랑, 복수. 멋지다.

- 마크와 스티븐

셜록 홈즈와 가깝고 오랜 친구로 교제하면서 경험한 흥미로운 추억을 종종 기록하다 보면, 반복적으로 겪게 되는 어려움이 있는데, 그중 하나는 그가 유명해지는 것을 극도로 꺼린다는 점이다. 수수하고 냉소적인 홈즈의 성격상 사람들의 갈채는 그에게 혐오스럽기만 했다. 홈즈는 사건을 성공적으로 해결한 뒤, 실제 발표는 경찰에게 맡긴 채 엉뚱한 곳에 쏟아지는 갈채를 웃으며 바라보는 것을 더할 나위 없는 낙으로 삼았다. 최근 몇 년 동안 대중에게 기록을 별로 소개하지 못한 것은 내 친구의 이런 태도 때문이지, 흥미로운 소재가 떨어져서는 아니다. 홈즈의 몇몇 모험에 동참하는 것은 항상 특권이었지만, 거기에는 항상 신중하고 과묵해야 하는 의무가 따랐다.

그러니 지난 화요일 홈즈에게 이런 전보를 받고는 적잖이 놀랄 수밖에 없었다(홈즈는 전보할 수 있는 지역에서 편지를 쓰는 법이 없었다).

콘월의 공포 이야기를 발표해보는 게 어떤가. 내가 처리한 사건 중 가장 괴상하던 그 사건 말일세.

무슨 기억을 되짚어보다 떠올랐는지, 또는 무슨 변덕이 일어 나에게 이야기해보라고 한 건지 알 수는 없었다. 그래서 나는 마음이 바뀌었다는 전보가 도착하기 전에 서둘러 독자에게 이야기를 소개하고자 자세한 내막이 기록된 공책을 들추기 시작했다.

때는 1897년 봄이었다. 강철 같은 체력을 자랑하는 홈즈였지만 계속되는 혹독한 사건들에 시달리면서 쇠약해지는 조짐을 보였다. 아마도 홈즈의 부주의함 때문에 건강이 더 악화됐을 것이다. 그해 3월, 할리 스트리트의 무어 애거 박사가 홈즈에게 단호하게 권고했다(애거 박사와 홈즈의 극적인 만남에 관해서는 따로 얘기할 기회가 있을 것이다). 이 유명한 사설탐정의 몸이 완전히 망가지는 것을 피하기 위해서는 당장 모든 사건에서 손을 떼고 철저하게 휴식을 취해야 한다는 것이었다. 홈즈는 워낙에 정신적으로 초연한 사람이었기 때문에 자신의 건강상태 따위는 전혀 신경 쓰지 않았다. 하지만 결국은 평생 일을 하지 못하게 될 수 있다는 경고에 항복하고 공기 좋은 곳에서 휴식을 취하기로 했다. 그리하여 우리는 그해 이른 봄날, 콘월 반도 끝자락에 있는 폴두 베이 근처의 조그마한 별장에 가게 된 것이다.

그곳은 아주 특별했는데, 특히 내 환자의 차가운 성격과 잘 맞아떨어지는 곳이었다. 우리의 하얀 집은 풀이 무성하게 자란 곳에 우뚝 서 있었는데, 창밖으로는 불길한 기운을 품은 반원형의 마운츠 만이 내려다보였다. 이곳은 예전에 항해하던 선박들에게 죽음의 덫이었다. 검은 절벽과 파도가 몰아치는 암초에 배가 부딪혀 수많은 뱃사람이 목숨을 잃은 곳이었다. 북에서 된바람이 불 때면 이곳은 폭풍에 떠밀려 내려온 선박들이 휴식을 취하던 고요하고 안전한 피난처가 돼주곤 했다. 그러다 갑자기 서남쪽에서 소용돌이가 몰아치면, 배들은 닻을 질질 끌며 해안가로 밀려 나와 물거품 속에 난파되곤 했다. 이때 현명한 뱃사람이라면 이 악마의 장소에서 떨어진 곳에 정박한다.

육지의 분위기도 바닷가처럼 음침하긴 마찬가지였다. 황량한 황야가 굽이치는 쓸쓸하고 짙은 갈색의 시골에는 이따금 보이는 교회 탑만이 고풍의 마을이 있음을 알려주고 있었다. 이 황량한 황야 곳곳에는 완전히 사라져버린 종족의 흔적이 남아 있었는데, 유일한 기록으로 보이는 괴상한 석조 기념물이나, 시신을 화장한 유골이 보관돼 있는 평범하지 않은 흙무덤, 선사 시대의 투쟁을 암시하는 토루가 그것이었다. 잊힌 나라들의 불길한 기운과 장소가 주던 수수께끼와 묘한 매력이 내 친구의 상상력을 자극해, 홈즈는 대부분 시간을 황무지를 산책하며 쓸쓸히 혼자 명상하는 데 사용했다. 고대 콘월 언어 또한 내 친구의 관심을 사로잡았는데, 내 기억에 의하면 홈즈는 콘월어가 칼데아어와 유사한데, 페니키아 주석 상인의 언어에서 파생했다고 여겼다.

홈즈가 언어학에 대한 책을 배달받아 이 주제에 대해 본격적으로 논문을 써보려던 그때, 사건이 터졌다. 나로서는 안타까웠지만 내 친구에게는 실로 기쁨이었던 그 사건은 우리가 영국에서 경험한 그 어떤 사건보다도 더 강렬하고 흥미로웠으며 불가사의했다. 우리의 단조롭고 평화로운 건전한 일상은 이 맹렬한 사건으로 인해 중단될 수밖에 없었다. 그렇게 어느새 우리는 콘월 지역뿐만 아니라 서부 잉글랜드 전역을 들썩였던 사건의 중심에 뛰어들게 되었다. 나의 많은 독자가 '콘월의 공포'로 불리던 이 사건을 기억하고 있을 것이다. 하지만 당시 런던 언론에는 말도 안 되고 터무니없는 이야기만 실렸다. 13년이 지난 오늘, 이 기가 막힌 이야기의 전모를 소개하고자 한다.

앞서 나는 콘월 지역에 드문드문 서 있는 교회 탑이 마을이 있음을 알려주고 있다고 얘기했었다. 이 중 가장 가까운 곳이 바로 트리대닉 월러스라는 작은 마을이었다. 200명 정도가 되는 이 마을의 주민들은 이끼가 무성하게 낀 고대 교회 건물을 중심으로 모여 살고 있었다. 이 교구의 목사인 라운드헤이는 고고학에 조예가 깊어 홈즈와 금세 친해졌다. 목사는 풍채가 좋고 상냥한 중년의 남자였는데, 지역에서 내려오는 전설을 많이 알고 있었다. 그의 초대를 받은 우리는 목사관에서 차를 마신 적이 있었는데, 그때 소개받은 사람이 바로 모티머 트리제니스 씨다. 트리제니스 씨는 부유한 신사였는데, 라운드헤이 목사의 크고 휑한 집의 방을 몇 개 차지함으로써 성직자의 빠듯한 주머니를 채워주었다. 독신이었던 목사는 하숙인을 얻은 것은 좋아했지만, 하숙인과는 어떤 공통점도 찾을 수 없었다. 하숙인은 마르고 피부가 거무스름했으며 안경을 쓰고 있었고, 몸이 매우 굽어 실제로 기형이 아닌가 하는 인상을 주었다. 잠깐의 방문이었지만 목사는 매우 수다스러운 반면, 그 하숙인은 이상할 정도로 과묵하고 슬픈 표정을 짓고 있었으며 내성적인 사람이었다. 우리의 눈길을 피한 채 분명 자신의 문제를 골똘히 생각하고 있는 듯했다.

3월 16일 화요일, 아침 식사를 마친 지 얼마 지나지 않은 시각이었다. 홈즈와 나는 거실에 앉아 담배를 나눠 피며 황무지로의 일상적인 소풍을 떠날 준비를 하고 있었는데, 갑자기 두 명의 남자가 뛰어들어 왔다.

"홈즈 씨." 목사가 흥분한 목소리로 말했다. "간밤에 정말 해괴하고 끔찍한 일이 발생했습니다. 이런 일은 생전 처음입니다. 이럴 때 홈즈 씨가 이곳에 계시다니, 이건 분명 신의 특별한 섭리라고밖에 말할 수 없어요. 홈즈 씨야말로 잉글랜드 전역에서 우리에게 필요한 단 한 분이시니까요."

나는 달갑지 않은 눈초리로 갑자기 쳐들어온 목사를 쏘아보았다. 하지만 홈즈는 파이프를 입에서 떼며 자리에서 몸을 곧추세웠다. 그 모습이 마치 여우를 발견한 사냥꾼의 외침을 들은 늙은 사냥개와 흡사했다. 홈즈가 소파를 가리키자 공포에 질린 듯한 우리의 손님과 격양된 동행이 나란히 소파에 앉았다. 모티머 트리제니스 씨는 우리의 성직자에 비하면 말수가 적은 편이었지만, 떨리는 여윈 손과 반짝이는 검은 두 눈이 목사와 같은 감정을 공유하고 있음을 보여주었다.

"제가 직접 말할까요, 아니면 당신이 말하시겠습니까?" 트리제니스가 목사에게 물었다.

"음, 무슨 일인지 모르겠지만, 트리제니스 씨가 직접 목격하셨고 목사님은 후에 전해 들은 것 같으니, 트리제니스 씨가 먼저 말씀해보시죠." 홈즈가 말했다.

나는 서둘러 옷을 챙겨 입은 듯한 목사를 바라보았다. 옆에 앉은 하숙인은 옷을 제대로 차려입고 있었는데, 그들의 얼굴에는 홈즈의 이 간단한 추리에 놀란 표정이 역력했다.

"그전에 제가 몇 마디 하는 게 나을 것 같습니다." 목사가 말했다. "그러고 나서 트리제니스 씨에게 자세한 내용을 더 들으실 건지, 아니면 이 불가사의한 사건이 발생한 장소로 바로 달려갈 것인지 결정하시죠. 그럼 제가 말씀드리겠습니다. 여기 이 친구는 간밤에 형제인 오언과 조지 그리고 누이인 브렌다와 함께 그들의 집에 있었습니다. 황무지의 돌 십자가 유적지 근처 트리대닉 워서 저택이죠. 트리제니스 씨가 식당에서 카드놀이를 하다 자리를 뜬 건 10시가 조금 지난 시각이었습니다. 다들 건강한 상태였고 즐거운 분위기였죠. 아침 일찍 일어난 트리제니스 씨가 아침 식사를 하기 전에 다시 그 집 쪽으로 걸어가고 있는데 뒤에서 리처드 박사가 탄 마차가 오더니 방금 트리대닉 워서 저택에서 급한 연락을 받았다고 했습니다.

모티머 트리제니스 씨는 자연스럽게 의사와 함께 집으로 향했습니다. 그리고 그곳에 도착했을 때 아주 이상한 일이 일어난 걸 발견한 거예요. 전날 밤 트리제니스 씨가 떠날 당시 모습 그대로 두 형제와 누이가 식탁에 앉아 있었습니다. 카드도 여전히 펼쳐져 있었고, 초는 끝까지 다 탄 상태였어요. 누이는 돌처럼 굳은 채로 의자에 앉아 이미 사망한 상태였고, 두 형제는 누이 양쪽에 앉은 채로 정신이 완전히 나간 것처럼 웃고, 소리 지르고, 노래를 부르고 있었습니다. 죽은 누이와 머리가 돈 두 형제 모두 극도의 공포에 질린 표정이었다고 하더군요. 차마 바라볼 수도 없을 정도의 공포 말입니다. 가정부 겸 요리사인 포터 부인 말고는 다른 사람이 집에 있었다는 흔적은 없었습니다. 포터 부인은 밤에 깊이 잠들어 아무 소리도 듣지 못했다고 증언했어요. 물건이 흐트러지거나 도둑맞은 것도 전혀 없었습니다. 도대체 한 사람의 생명을 빼앗고 건장한 두 남자의 정신을 돌게 한 그 공포가 무엇이었는지 설명이 되지 않아요. 대충 상황이 이렇습니다, 홈즈 씨. 무슨 일이 있었는지 해결해 주신다면 정말 대단한 일을 하신 게 될 겁니다."

난 어떻게든 내 친구를 설득해 우리의 원래 목적이었던 조용한 요양 생활로 돌아가길 바랐다. 하지만 격렬하게 몰입한 표정과 찡그린 두 눈썹을 보니 그것이 얼마나 헛된 희망인지 대번에 알 수 있었다. 홈즈는 잠시 침묵한 채 앉아 우리의 평화를 깨뜨린 이 이상한 사건에 몰입했다.

"살펴보도록 하죠." 홈즈가 마침내 입을 떼었다. "일단 겉으로 보기에는 아주 드문 사건인 것 같군요. 목사님께서는 직접 현장에 가보셨습니까?"

"아니요, 홈즈 씨. 트리제니스 씨가 목사관으로 와서 알려줬습니다. 얘기를 듣고 곧바로 홈즈 씨께 달려온 겁니다."

"이 독특한 비극이 일어난 저택이 얼마나 떨어져 있죠?"

"해안에서 1.5킬로미터쯤 떨어진 곳에 있습니다."

"그럼 일단 같이 걸어가시죠. 하지만 출발하기 전에 몇 가지 여쭤볼 게 있습니다, 트리제니스 씨."

트리제니스는 계속해서 입을 다물고 있었다. 하지만 수다스럽게 떠들어대는 성직자보다 훨씬 더 동요하고 있으면서도 감정을 절제하고 있음을 알 수 있었다. 트리제니스는 창백하고 긴장된 모습으로 앉아 홈즈만을 바라보고 있었다. 꽉 쥐고 있는 여윈 두 손은 덜덜 떨리고 있었다. 가족에게 닥친 끔찍한 사건을 듣고 있던 창백한 입술은 흥분에 떨리고 있었고, 짙은 두 눈에서는 사건의 공포가 고스란히 배어 나오고 있었다.

"뭐든지 물어보십시오, 홈즈 씨." 트리제니스가 열렬히 말했다. "말하기 끔찍한 일이지만 뭐든 사실대로 대답하겠습니다."

"간밤에 있었던 일을 말씀해주세요."

"아, 홈즈 씨. 목사님께서 말씀하신 대로 제 형 조지가 식사를 마치고 휘스트(2명이 1조가 되어 하는 카드놀이의 일종—옮긴이) 게임을 하자고 제안했습니다. 9시경에 우리는 모여 게임을 시작했습니다. 제가 자리에서 일어난 시각은 10시 15분쯤이었습니다. 제가 떠날 때도 모두가 아주 즐거운 분위기로 탁자에 둘러앉아 있었습니다."

"나갈 때 문은 누가 열어줬나요?"

"포터 부인이 이미 잠든 상태였기 때문에 혼자 나갔습니다. 나가면서 현관문을 닫았죠. 식당 창문은 닫혀 있었지만, 커튼은 치지 않은 상태였어요. 오늘 아침에 봤을 때도 창문이나 문에 이상한 점은 없었고요. 그 외에도 침입자가 있었을 거라 생각할 만한 점은 아무것도 없었습니다. 그런데도 조지 형과 오언은 무엇에 홀렸는지 혼이 빠진 채로 앉아 있었고, 브렌다 누이는 공포에 질려 죽어 있었어요. 의자에 앉아 팔걸이 너머로 머리를 떨어뜨린 채 말이죠. 평생 그 장면을 잊지 못할 겁니다."

"말씀하신 대로 정말 놀라운 사건이군요." 홈즈가 말했다. "무슨 일이 있었는지 짐작도 가지 않는다는 말씀이시죠?"

"이건 분명 악마의 소행입니다, 홈즈 씨." 모티머 트리제니스가 소리쳤다. "인간의 짓이 아니에요. 무언가 방으로 찾아와 이성의 빛을 꺼뜨린 거라고요. 어떻게 이게 인간의 짓일 수 있습니까?"

"흠, 인간의 짓이 아니라면 제가 할 수 있는 일은 없을 겁니다." 홈즈가 말했다. "인간의 짓이 아니라고 단정하기 전에 가능한 가설을 모두 다 고려해봐야 합니다. 트리제니스 씨, 그나저나 다른 식구들과 떨어져 사시는 걸 보니 가족 간에 무슨 문제라도 있었나 봅니다?"

"그렇습니다, 홈즈 씨. 다 지나간 일이기는 하지만요. 우리

가족은 레드러스에 주석 광산을 가지고 있었습니다. 하지만 한 회사에 사업을 다 넘기고 은퇴했어요. 먹고살기에 충분한 돈을 받았지요. 돈 문제로 한동안 감정이 좋지 않았다는 사실을 부정하지는 않겠어요. 그렇지만 다 용서하고 잊은 일입니다. 그 이후로 우리 식구는 더할 나위 없이 화목했습니다."

"같이 계셨던 날 밤을 떠올려 보세요. 혹시 이 비극을 불러일으킬 만한 의심 가는 일이 전혀 없었나요? 잘 생각해보세요. 트리제니스 씨, 사소한 거라도 좋습니다. 도움이 될지 몰라요."

"아무것도 없었어요, 홈즈 씨."

"가족들은 평소 같은 분위기였나요?"

"분위기는 더없이 좋았습니다."

"불안해하는 사람은 없었나요? 다가올 위험에 불안한 모습을 보인 사람은요?"

"그런 일은 전혀 없었어요."

"그럼 더 하실 말씀은 없으신가요? 도움이 될 만한 이야기 말입니다."

모티머 트리제니스는 잠깐 무언가를 골똘히 생각하는 듯했다.

"한 가지 떠오르는 게 있어요." 마침내 그가 입을 열었다. "탁자에서 저는 창을 뒤로하고 앉아 있었고, 제 파트너였던 조지 형은 창을 바라보고 앉아 있었습니다. 한번은 형이 내 어깨 뒤 창밖으로 뭔가를 뚫어져라 쳐다보는 거예요. 그래서 저도 뒤돌아 봤습니다. 커튼은 열린 상태였고 창문은 닫혀 있었어요. 잔디밭의 덤불이 보이더군요. 그런데 거기서 어떤 움직임이 느껴졌습니다. 사람인지 동물인지 확실하지는 않았지만 뭔가 있다는 느낌은 받았죠. 형에게 뭘 보는 거냐고 묻자 형도 뭐가 있는 것 같다고 말하더군요. 제가 들려드릴 수 있는 얘기는 이게 답니다."

"나가서 살펴보지는 않으셨나요?"

"예, 중요하다고 생각하지 않았으니까요."

"트리제니스 씨께서 그곳을 떠나셨을 때, 그때 뭔가 불길한 징조 같은 것은 없었나요?"

"전혀 없었어요."

"오늘 아침 이 일을 어떻게 그렇게 빨리 알게 되셨는지 정황을 다시 말씀해주시죠."

"전 평소에도 아침 일찍 일어나는 편입니다. 보통 아침 식사 전에 산책을 하고 오곤 하죠. 오늘도 산책하러 나가고 있는데 의사가 탄 마차가 뒤에서 달려왔습니다. 포터 부인이 소년을 시켜 급한 일이 있으니 와달라고 했다고 하더군요. 전 의사 옆자리에 올라타 함께 마차를 타고 집으로 왔습니다. 도착해서 그 끔찍한 방 안을 보게 됐죠. 초와 벽난로는 이미 몇 시간 전에 다 타버린 듯했습니다. 그들은 날이 새도록 어둠 속에서 그렇게 그냥 앉아 있었던 겁니다. 의사가 말하길 브렌다 누이는 적어도 여섯 시간 전에 사망한 것 같다더군요. 폭력의 흔적은 없었습니다. 의자에 늘어진 채 그 무서운 표정을 가득 머금고 있을 뿐이었습니다. 조지 형과 오언은 토막 노래를 불러대며 커다란 원숭이처럼 꽥꽥거리고 있었습니다. 아, 정말 무시무시한 광경이었습니다. 가만히 보고 있을 수가 없었어요. 의사도 이미 백지장처럼 하얗게 질려 있었죠. 실제로 거의 정신을 잃은 듯 의자에 털썩 주저앉았으니까요. 잘못했다간 의사까지 우리가 돌볼 뻔했습니다."

"거참 이상하군요, 정말 이상해요." 홈즈가 모자를 들고 일어서며 말했다. "더 늦기 전에 트리대닉 워서 저택으로 가도록 합시다. 솔직히 말해 시작부터 이렇게 독특한 사건은 저도 처음입니다."

첫날 아침의 조사는 아무런 성과도 없었다. 하지만 조사 첫 단계부터 내게 아주 불길한 인상을 남긴 사건이 발생했다. 비극이 일어난 현장으로 가는 길은 좁고 구불구불한 시골길이었는데, 그 길을 따라 올라가던 중 마차가 다가오는지 대그락 소리가 들렸다. 우리는 마차를 먼저 지나 보내기 위해 길 한쪽으로 물러섰다. 지나가는 마차 창문 뒤로 비참하게 일그러진 얼굴을 하고, 이를 드러낸 채 히죽히죽 웃는 모습이 스쳐 지나갔다. 빤히 쳐다보던 두 눈과 뿌드득뿌드득 이를 가는 모습이 마치 악마의 환영 같았다.

"제 형제들이에요!" 입술이 하얗게 질린 모티머 트리제니스가 소리쳤다. "헬스턴으로 데려가는가 봅니다."

검은 마차가 요란한 소리를 내며 지나가는 모습을 우리는 겁에 질린 채 바라보았다. 그러고 나서 우리는 그들이 그 끔찍한 운명을 맞이한 그 불길한 저택으로 다시 발걸음을 재촉했다.

그곳은 시골집이라기보다는 커다랗고 멋진 저택이었다. 꽤 넓은 크기의 정원에는 콘월 지역의 봄기운이 가득했고 꽃들이 이미 만발해 있었다. 정원 너머로 사건이 일어난 거실의 창문이 보였다. 모티머 트리제니스의 말에 따르면, 오로지 공포로 단숨에 모두의 정신을 나가게 한 그 악마가 바로 이 정원을 통해 다가온 것이 분명했다. 홈즈는 현관에 들어서기 전 골똘히 생각에 잠긴 채 천천히 꽃밭을 거닐었다. 얼마나 깊게 생각에 잠겼던지 홈즈가 물뿌리개에 걸려 넘어져 물을 엎지르는 바람에 우리 일행의 발은 물론 정원 통로까지 흠뻑 젖었다. 집 안에 들어서니 나이가 지긋한 콘월 토박이 가정부인 포터 부인이 우리를 맞이했다. 포터 부인은 어린 여자 하인과 함께 집안일과 가족을 돌보고 있었는데, 홈즈의 질문에 빠짐없이 대답했다. 부인은 간밤에 아무것도 듣지 못했다고 했다. 집주인들은 늦게까지 즐거운 분위기에 있었으며, 어제처럼 흥겨워 보인 적은 없었다고 했다. 부인은 아침에 실내에 들어와 그 끔찍한 식탁의 광경을 보고는 정신을 잃었다고 했다. 정신을 차린 뒤 먼저 창문을 열어 환기를 시키고 급하게 집에서 나와 오솔길을 내려가서 농장의 소년을 시켜 의사를 불렀다고 했다. 보고 싶다면 고인은 위층 자기 침대에 있다고 부인은 말했다. 두 형제를 병원 마차에 싣는 데 건장한 남자 네 명이 달라붙었다고 했다. 부인은 그 끔찍한 집에서 하루도 더 머무르기 싫다면서, 그날 오후 바로 세인트 이브스의 본가로 돌아간다고 덧붙였다.

우리는 계단을 올라가 시신을 살펴보았다. 브렌다 트리제니스 씨는 곧 중년에 접어들 나이였지만 여전히 매우 아름다운 여성이었다. 거무스름한 피부와 윤곽이 뚜렷한 얼굴은 죽어서도 그 아름다움이 느껴졌지만, 죽기 직전 느꼈을 공포의 감정이 얼굴에 스며들어 있었다. 우리는 그녀의 침실을 거쳐 그 끔찍한 비극이 실제로 일어난 장소로 내려왔다. 벽난로 안에는 밤새 타고 남은 까만 재가 가득했다. 탁자 위에는 촛농만 남고 다 타버린 초 네 개와 카드들만 어지럽게 흩어져 있었다. 의자는 벽을 향해 돌려져 있었지만, 그 외에는 지난밤의 모습 그대로였다. 홈즈는 가볍고 신속하게 실내를 살펴보았다. 돌아가며 의자에 앉은 다음 의자를 당겨 각각의 위치를 재구성해보기도 했고, 정원이 얼마나 내다보이는지도 살펴보았으며, 바닥과 천장 그리고 벽난로도 꼼꼼히 확인했다. 하지만 홈즈가 흔히 어둠 속에서 빛을 찾았을 때 내게 알려주는 표정인, 문득 눈을 빛내며 입술을 꽉 다무는 행동은 찾아볼 수 없었다.

"불은 왜 피운 거죠?" 홈즈가 물었다. "이렇게 좁은 실내에서 봄날 저녁인데도 벽난로에 불을 지폈나요?"

모티머 트리제니스는 그날 밤이 유독 춥고 눅눅했다고 말했다. 그래서 자신이 도착한 뒤 불을 지폈다는 것이다. "홈즈 씨, 이제 어떡하실 건가요?" 트리제니스가 물었다.

나의 친구는 미소를 지으며 내 팔에 손을 얹었다. "왓슨, 내 생각에 자네가 그렇게 비난하던 담배 중독에 다시 빠지게 되겠는걸." 홈즈가 말했다. "괜찮으시다면 우리는 이제 숙소로 돌아가 보도록 하겠습니다. 이곳에서 더는 새로운 걸 발견할 것 같진 않으니 말입니다. 트리제니스 씨, 곰곰이 생각해본 후에 뭔가 떠오르면 목사님과 당신께 바로 알리겠습니다. 그때까지 부디 안녕히."

홈즈가 생각에 골몰해 완전한 침묵에 잠겼다 다시 말문을 연 것은 폴두의 숙소에 돌아온 지 얼마 지나지 않은 후였다. 안락의자에 웅크리고 앉은 홈즈의 수척하고 금욕적인 얼굴이 푸른 담배 연기의 소용돌이 뒤에 숨어 잘 보이지 않았다. 홈즈는 검은 눈썹을 잔뜩 찡그리고 이마는 한껏 찌푸린 채 멍하니 먼 곳을 바라보았다. 그러다 마침내 파이프를 내려놓고 의자에서 벌떡 일어섰다.

"안 되겠어, 왓슨!" 홈즈가 웃으며 말했다. "같이 절벽이나 따라 걸으면서 돌살촉이나 찾아보자고. 이 문제의 단서를 찾느니 돌살촉을 찾는 게 빠르겠어. 충분한 자료 없이 머리를 굴리는 것은 엔진을 그냥 켜두는 것과 마찬가지지. 그랬다가는 터져버리거든. 바닷바람과 햇볕 그리고 인내심. 왓슨, 이것만 있으면 나머지는 차차 떠오를 걸세."

"자, 우리의 상황을 차분히 정리해보자고, 왓슨." 벼랑가를 걸으며 홈즈가 말했다. "아는 건 별로 없지만 일단 아는 거라도 확실히 정리를 해보자 이 말일세. 그래서 새로운 사실을 발견했을 때 제자리에 바로 정리될 수 있게 말이야. 우선, 우리 둘 다 이번 일이 악마가 관여했다고는 생각하지는 않아. 그렇지? 일단 그 가설은 완전히 배제하고 시작하자고. 아주 좋아. 악마에 씌었는지는 모를 일이지만 인간의 탈을 쓴 누군가에게 끔찍하게 당한 세 사람이 있어. 그건 확실한 사실이지. 자, 사건이 정확히 언제 일어났지? 증언이 사실이라면 사건은 모티머 트리제니스가 방을 떠난 직후 일어났어. 이게 아주 중요한 핵심이지. 집을 나선 지 몇 분이 채 지나지 않아 사건이 발생했다는 거야. 식탁 위에는 카드가 여전히 흐트러져 있고, 이미 평소 취침 시간은 지난 후였어. 그런데도 그들은 자리를 바꾸지도 않았고, 의자를 뒤로 뺀 상태도 아니었어. 다시 말해서 사건은 모티머 트리제니스가 자리를 떠난 직후에 발생했다는 증거야. 바로 어젯밤 11시경이지.

당연히 우리가 다음으로 할 것은 집을 나선 모티머 트리제니스의 행적을 확인하는 거야. 별로 어려울 건 없지. 그리고 별로 의심할 부분도 없는 것 같더군. 내 방법을 자네도 잘 알겠지만, 그 꼴사나운 물뿌리개가 트리제니스의 발을 젖게 한 뒤 발자국을 자세히 확인하는 데 안성맞춤이었다는 사실을 알아차렸을 거야. 축축하게 젖은 정원의 모랫길에 트리제니스의 발자국이 아주 선명하게 찍히더군. 지난밤에도 길이 젖어 있었다는 사실을 자네도 알 걸세. 발자국 표본을 얻었으니, 여러 발자국 속에서 트리제니스의 발자국을 찾는 건 식은 죽 먹기더군. 그런데 그의 말대로 발자국은 목사관으로 향해 있었어.

그렇다면, 만약 모티머 트리제니스가 현장에서 사라지고 다른 누군가가 밖에서 침입해 카드놀이를 하던 일행을 해친 거라면, 범인이 누군지 도대체 어떻게 알아낼 수 있을까? 그리고 어떻게 극도의 공포에 질리게 한 걸까? 포터 부인은 용의 선상에서 제외해도 될 것 같아. 분명 범인이 아니야. 누군가 정원 창문으로 기어 와서 어떤 식으로든 엄청나게 무서운 행동을 해서 그것을 본 모든 사람의 정신이 달아나게 했다는 증거가 있을까? 이건 온전히 모티머 트리제니스의 증언에 의한 가설이지. 자신의 형이 정원 쪽에서 뭔가를 봤다고 한 것 말이야. 그건 분명 주목할 만한 증언이야. 간밤에는 비가 내렸고 날씨는 흐리고 어두웠으니 말이야. 놀라게 할 목적을 가진 누군가였다면 분명 창문 가까이 다가서 얼굴을 대야만 했을 거야. 그러지 않고서는 안에서 보이지도 않았을 거니까. 창밖에는 약 1미터 정도가 되는 화단이 있는데 아무런 발자국도 나오지 않았어. 이런 상황에서 외부인이 어떻게 그렇게 두려운 모습을 연출했을지 도저히 상상이 안 돼. 그렇게 괴상하고 복잡한 방법을 써야 했던 동기도 모르겠고 말이지. 참으로 곤란한 상황에 빠진 거지. 알겠나, 왓슨?"

"잘 알고말고." 내가 대답했다.

"그렇지만 조금만 더 조사하면 극복하지 못할 문제는 아니란 걸 증명할 수 있을 거야." 홈즈가 말했다. "왓슨, 자네의 그 방대한 자료집 어딘가에도 분명 이번 일처럼 애매한 사건이 있겠지. 어쨌든 좀 더 정확한 자료를 모으기 전까지 사건은 접어두고 오전 시간에는 신석기 시대 사람이나 찾아보자고."

일전에도 내 친구의 이런 초연한 정신력에 대해 언급한 적이 있겠지만, 그해 봄날 아침 콘월에서처럼 감탄한 적은 없었다. 홈즈는 자신이 해결해야 할 그 불가사의하고 불길한 사건이 기다리고 있는 걸 잊기라도 한 듯, 두 시간 동안 돌도끼와 화살촉, 도자기 파편에 대한 얘기를 마냥 늘어놓았다. 그날 오후 숙소로 돌아오니 손님 한 분이 우리를 기다리고 있었는데, 그제야 우리는 사건에 다시 집중하기 시작했다. 우리는 그 손님이 누군지 대번에 알아보았다. 커다란 덩치, 험상궂고 주름이 깊게 파인 얼굴, 매서운 두 눈과 매부리코, 우리 숙소의 천장을 쓸 것만 같은 반백의 머리카락, 항상 물고 다니는 시가의 니코틴 자욱 때문에 누렇게 밴 곳을 제외하고는 입술 부근은 하얗고 가장자리만 황금빛인 수염, 이 모든 것은 아프리카에서만큼이나 런던에서도 유명한 사자 사냥꾼이자 탐험가인 리온 스턴데일 박사를 떠올리게 했다.

박사가 근처에 있다는 소식은 일전에도 들은 적이 있었다. 또 황무지 길 어디선가 한두 번 박사의 모습을 본 적도 있었다. 그러나 그때마다 박사는 우리에게 말을 걸지 않았고, 우리 또한 그럴 생각은 하지도 못했다. 여행하지 않을 때도 비첨 애리언스의 외딴 숲에 숨어 있는 방갈로에서 대부분 시간을 보낼 만큼 은둔자처럼 지내길 좋아한다는 사실이 널리 알려져 있었기 때문이었다. 이곳에서도 책과 지도 속에 파묻혀 철저하게 홀로 생활하는 것 같았다. 필요한 일에만 신경 쓸 뿐 이웃의 일에는 아무런 관심도 가지지 않았다. 그랬던 박사가 격렬한 목소리로 홈즈에게 이 수수께끼 같은 사건을 재구성하는 데 무슨 진전이 있는지 홈즈에게 묻고 있었으니 난 깜짝 놀랄 수밖에 없었다. "주 경찰은 아무 감도 못 잡고 있습니다." 박사가 말했다. "당신은 경험이 훨씬 많으니 이해할 수 있을 만한 설명을 내놓았겠지요. 내가 당신에게 비밀을 지켜야 하는 수사 내용에 관해 묻는 이유는 내가 이곳에 있으면서 트리제니스 가문과 매우 가까운 사이였기 때문입니다. 실제로 콘월 출신인 우리 어머니 외가 쪽을 거슬러 올라가면 친척이라고도 할 수 있지요. 그래서 그들이 그렇게 괴상한 운명을 맞이했다는 사실에 나는 충격을 받았습니다. 실은 아프리카로 향하는 길이어서 플리머스까지 갔다가, 오늘 아침 이 소식을 듣고 바로 돌아왔습니다. 혹시나 조사에 도움이 될까 해서 말이에요."

홈즈가 눈썹을 치켜들었다.

"이 때문에 아프리카 배편을 놓치셨겠군요?"

"다음 편을 타면 됩니다."

"이런! 엄청난 우정이군요!"

"친척이었다고 말하지 않았습니까."

"맞아요. 외가 쪽 친척이라고 하셨죠. 혹시 배에 짐이 실려 있진 않았습니까?"

"일부는 실었지만, 대부분은 호텔에 남아 있습니다."

"그렇군요. 하지만 플리머스 아침 신문에 아직 이 사건이 실리지 않았을 텐데요?"

"맞아요. 전보를 받았습니다."

"누구한테 받았는지 여쭤봐도 되겠습니까?"

탐험가의 음산한 얼굴 위로 어둠이 스쳐 지나갔다.

"궁금한 게 많으시군요, 홈즈 씨."

"그게 제 일이죠."

스턴데일 박사는 간신히 평정을 되찾았다.

"물론 말해줄 수 있소." 박사가 말했다. "라운드헤이 목사가 돌아와 달라고 전보를 보냈습니다."

"고맙습니다." 홈즈가 말했다. "아까 물어보신 질문에 대답하자면, 아직 정확하게 밝혀낸 건 없지만, 조만간 결론에 다다를 것으로 봅니다. 더 말하기는 때가 이른 것 같군요."

"혹시 특별히 의심하고 있는 게 있는지 정도는 물어봐도 상관없겠지요?"

"아니요, 그건 대답해드릴 수가 없군요."

"그렇다면 시간 낭비만 한 것 같군. 더 있을 필요가 없겠어." 유명한 박사는 상당히 불쾌하다는 듯 성큼성큼 우리 숙소를 떠났다. 5분이 지나지 않았을 때쯤 홈즈는 박사를 뒤쫓아 갔다. 홈즈는 그날 저녁이 되어서야 돌아왔다. 초췌한 모습으로 축 처진 홈즈의 모습이 조사에 별 진전이 없는 게 분명했다. 홈즈는 기다리고 있던 전보를 흘긋 보더니 벽난로 속으로 던져버렸다.

"플리머스 호텔에서 보낸 거야, 왓슨." 홈즈가 말했다. "목사에게 호텔 이름을 알아냈지. 스턴데일 박사의 말이 사실인지 확인하기 위해 전보를 쳤네. 보아하니 간밤에 정말 그곳에 있었던 것 같군. 실제로 일부 짐도 아프리카로 보냈고. 이번 일 때문에 돌아온 것도 맞는 것 같아. 어떻게 생각하나, 왓슨?"

"분명 관심이 많은 것 같기는 해."

"관심이 아주 많지, 맞아. 거기에 바로 우리가 미처 찾아내지 못한 단서가 있어. 그 단서를 잡으면 얽힌 실마리를 풀 수 있을 거야. 기운을 내라고, 왓슨. 정보가 곧 손에 들어올 게 분명하니까 말이야. 다 알아내고 나면 곧 모든 게 술술 풀릴 거야."

난 홈즈의 말이 이토록 빨리 실현될 것은 물론, 이 괴상하고 불길한 사건이 전혀 새로운 방향으로 전개될 거라는 상상도 하지 않았다. 아침에 창가에 서서 면도를 하고 있는데 덜걱대는 말굽 소리가 들려 고개를 들어 내다봤더니 마차가 전속력으로 다가오고 있었다. 우리의 숙소 앞에 서더니, 우리의 목사 친구가 마차에서 뛰쳐나와 정원 길을 따라 달려왔다. 홈즈는 이미 옷을 차려입고 있었기 때문에, 우리는 서둘러 목사를 만나러 내려갔다.

우리의 방문자는 너무 흥분한 나머지 말까지 더듬었다. 그러나 헐떡거리며 격앙된 목사는 마침내 비극적인 사건에 관해 토해내기 시작했다.

"우리는 마귀에 쓰인 게 분명해요, 홈즈 씨! 나의 불쌍한 교구가 마귀에 씌었다고요!" 목사가 소리쳤다. "사탄이 풀려난 겁니다. 우리는 모두 사탄의 수중에 빠진 거예요!" 목사는 몹시 흥분한 채로 발을 동동 굴렀다. 목사의 잿빛 얼굴과 공포로 질린 두 눈이 아니었다면 매우 바보같이 보였을 것이다. 마침내 목사가 끔찍한 사고에 관해 얘기를 꺼냈다.

"모티머 트리제니스 씨가 간밤에 죽었어요. 다른 가족하고 정확히 똑같은 모습으로 죽었단 말입니다!"

홈즈가 순간 놀라서 있는 힘을 다해 벌떡 일어섰다.

"마차 안에 우리가 다 탈 수 있습니까?"

"예, 탈 수 있습니다."

"그렇다면, 왓슨, 아침 식사는 미루도록 하지. 목사님, 앞장 서세요. 서두릅시다, 어서요. 누가 현장을 훼손하기 전에 말입니다."

하숙인 모티머 트리제니스는 목사관의 위층과 아래층 각각 두 개의 방을 사용하고 있었는데, 아래층에는 커다란 거실이 있었고, 위층에는 침실이 있었다. 방에는 크로켓 경기용 잔디밭과 연결된 창문이 있었다. 우리는 의사나 경찰보다 먼저 현장에 도착했기 때문에 현장은 그대로 보존돼 있었다. 안개 자욱한 3월의 아침 우리가 본 현장 모습 그대로 묘사해보겠다. 그 모습은 평생 잊지 않을 강렬한 인상을 남겼다.

방 안의 공기는 몹시 불쾌했고, 정신을 잃게 할 정도로 숨이 턱 막혀왔다. 처음 현장을 목격한 하인이 창문을 열어 환기하지 않았더라면 훨씬 더 견디기 어려웠을 것이다. 어쩌면 탁자 중간에서 여전히 연기를 내뿜고 있던 램프 때문일 수도 있었다. 바로 그 옆에 죽은 남자가 의자에 기댄 채 앉아 있었는데, 삐쭉삐쭉한 수염이 자라 있었고, 안경을 이마 위로 올려 쓰고 있었다. 초췌하고 거무스름한 얼굴은 창 쪽을 향하고 있었고,

죽은 누이의 표정에서 보았던 그 극도의 공포감이 똑같이 스며들어 있었다. 공포 때문에 경련이라도 일으킨 듯 팔다리와 손가락은 뒤틀려 있었다. 옷은 다 차려입은 상태였는데, 서둘러 입은 흔적이 보였다. 우리는 이미 트리제니스가 자고 일어난 새벽 일찍 끔찍한 죽음을 맞이했다는 사실을 들어 알고 있었다.

난 홈즈가 그 파멸의 방 안에 들어서자마자 표정이 급격히 바뀌는 것을 보았다. 냉담해 보이는 겉모습과 달리 속에서는 격렬히 에너지가 끓고 있는 게 분명했다. 순간적으로 홈즈는 긴장된 모습으로 주위를 경계하기 시작했다. 홈즈의 두 눈은 반짝거렸고 표정은 딱딱히 굳어졌으며 팔다리는 부지런히 움직이기 시작했다. 홈즈는 마치 사냥감을 찾아 전력을 다해 덤불을 들쑤시는 사냥개같이 바깥 잔디밭으로 나가 창문을 살펴보고, 방을 살펴본 뒤, 침실로 올라갔다. 침실에서 서둘러 방을 살펴보고는 창문을 열어젖혔다. 열어젖힌 창밖으로 상체를 내민 채 흥미롭고 흥겹다는 듯 소리를 치는 걸로 봐서, 무엇인가 새로운 단서를 발견한 게 틀림없었다. 그러고는 급히 계단을 내려와 1층 창밖 잔디밭 쪽을 향해 고개를 내밀었다. 곧이어 벌떡 일어나서, 홈즈는 마치 사냥감에 거의 다다른 사냥꾼처럼 힘차게 방 안으로 뛰어들어 왔다. 홈즈는 아주 평범한 램프를 꼼꼼히 살피더니 기름통의 크기를 쟀다. 홈즈는 아주 조심히 돋보기를 이용해 등피 위를 덮고 있던 활석 덮개를 살피더니, 위쪽에 묻어 있던 그을음을 긁어내서 일부를 봉투에 담아 주머니에 넣었다. 마침내 의사와 경찰이 도착하자, 홈즈는 목사에게 손짓해 우리 세 사람은 모두 잔디밭으로 나갔다.

"이번 조사가 완전히 쓸모없지는 않았던 것 같군요." 홈즈가 말했다. "난 여기 남아서 경찰과 의논할 시간이 없습니다. 죄송하지만, 목사님, 경위에게 내 인사를 좀 전해주시겠습니까? 그리고 거실에 있는 램프와 침실의 창문을 잘 살펴보라고 전해주십시오. 둘 다 결정적인 단서가 분명합니다. 혹시 더 궁금한 게 있거든 숙소로 찾아오라고 전해주세요. 그럼, 왓슨, 우리는 이제 다른 데로 가보는 게 좋겠군."

우리가 끼어든 것에 분노했는지 아니면 우리보다 더 희망적인 조사 결과를 찾았다고 생각했는지 모르지만, 이틀 동안 우리는 경찰에게서 아무 소식도 들을 수 없었다. 그동안 홈즈는 숙소에서 담배를 피우며 생각에 잠기는 등 시간을 보냈다. 하지만 대부분 시간은 시골길을 혼자 산책하고 오는 데 할애했는데, 몇 시간이나 지나 돌아오면 어디에 갔었는지는 말해주지 않았다. 한번은 조사가 어디까지 진행됐는지 보여주기 위해 실험을 한 적도 있었다. 홈즈는 두 번째 비극적 사건이 있었던 날 아침, 모티머 트리제니스 씨의 집에서 타고 있던 램프와 같은 램프를 사왔다. 그때 사용된 기름과 같은 기름으로 램프를 채운 뒤 연소하는 데 걸리는 시간을 재기도 했다. 또 다른 실험은 좀 더 불쾌한 실험이었는데 아마 평생 잊지 못할 것이다.

"자네도 기억할 걸세, 왓슨." 어느 날 오후 홈즈가 내게 말을 걸었다. "우리에게 들어온 여러 보고서에 공통점이 있어. 그건 두 사건 모두 처음 발견한 사람에게 방 안의 공기가 미친 영향과 관련이 있지. 자네, 모티머 트리제니스가 형 집에 마지막으로 방문한 이야기를 하면서 의사가 의자에 거의 기절하듯 쓰러졌다던 이야기를 한 것 기억하나? 잊었어? 분명 그렇게 얘기를 했네. 그럼 자네, 가정부였던 포터 부인도 방에 들어갔다가 기절을 했고, 나중에 깨어나서 창문을 열고 환기시켰다고 말한 것도 기억할 걸세. 그리고 모티머 트리제니스가 죽은 두 번째 사건 말이야. 우리가 도착했을 때 하인이 창문을 열어 환기를 시킨 상태였는데도 숨 막히게 답답하던 방 공기가 기억날 걸세. 하인에게 물어보니 이후에 너무 몸이 아파 몸져누웠다고 하더군. 왓슨, 자네도 이 사실들이 분명 뭔가 시사하는 바가 있다는 점을 인정할 걸세. 두 사건 모두 독가스가 연루돼 있다는 증거인 거지. 그리고 두 사건 모두 방 안에서 뭔가 타고 있던 게 있었어. 첫 사건 때는 벽난로가 지펴진 상태였고, 두 번째 사건 때는 램프가 타고 있었지. 벽난로는 지펴야 했던 이유가 있었지만, 램프는 소모된 기름의 양을 봤을 때 날이 밝은 후에도 켜져 있었어. 왜일까? 그건 분명 무언가를 태우는 것과 무거운 방 공기, 그리고 불행한 광기 또는 죽음, 이 세 개가 모두 연결돼 있다는 증거지. 명백해. 그렇지 않은가?"

"분명 그런 것 같군."

"최소한 유효한 가설로 받아들여도 좋아. 그럼 우리는 매 사건에 괴상한 유독 증세를 발생시키기 위해 뭔가를 태웠다는 추리를 할 수 있어. 아주 좋아. 처음 사건, 그러니까 트리제니스 일가의 경우 어떤 물질이 벽난로 안에 놓여 있었겠지. 창문은 닫혀 있었지만, 벽난로의 경우 자연스럽게 독가스 일부가 굴뚝을 통해 빠져나갔을 거야. 그래서 두 번째 사건보다 독가스의 증세가 약했다고 가정할 수 있지. 두 번째 경우는 가스가 빠져나갈 곳이 적었으니까. 결과가 사실임을 증명하고 있어. 처음에는 신체 기능이 더 민감하다고 추측할 수 있는 여자만 사망했지. 나머지는 일시적이거나 영구적인 정신 이상만 보였어. 이건 분명 독가스의 첫 번째 증상일 걸세. 두 번째 사건의 경우 결과는 완벽했지. 이 모든 걸 보면 분명 어떤 독가스의 연소로 발생했음이 분명해.

이런 논리를 따라, 난 모티머 트리제니스 씨 방에서 그 물질의 잔해를 찾으려 한 걸세. 당연히 램프의 활석 덮개를 살펴봐야 했지. 그을음 차단 판 말이야. 물론 거기에는 그을음이 잔뜩 끼어 있었고, 가장자리에는 아직 완전히 연소가 되지 않은 갈색 분말 물질이 묻어 있었어. 자네도 봤다시피 난 그것의 반만 긁어서 봉투에 담아 왔네."

"왜 반만 가져온 건가, 홈즈?"

"내가 경찰을 방해해서는 안 되지 않겠나. 난 내가 발견한 모든 증거를 경찰을 위해 남겨둬. 아직 덮개에 독성 물질이 남아 있으니 경찰이 재주가 있다면 발견하겠지. 자, 왓슨, 우리 램프를 한번 켜보자고. 물론 창문을 다 열어서 안전조치를 취해야지. 사회의 존경을 받아 마땅한 두 사람이 조기에 사망하는 일은 피해야 하니까 말이야. 자네는 창가의 안락의자에 앉도록 해. 현명한 사람처럼 이번 일에서 손을 떼겠다고 마음먹은 게 아니라면 말이지. 아, 해보겠다 이거지? 물론 그럴 거라 생각했어. 이 의자는 자네 맞은편에 두도록 하지. 독가스로부터 우리 둘 다 같은 거리를 두고 마주 앉을 수 있게 말이야. 문은 조금 열어둘 걸세. 이제 마주 보는 자리에서 서로 마주 보다 증세가 심각하다 싶으면 실험을 끝내도록 하지. 잘 알겠지? 자, 그럼, 여기 남은 분말을 봉투에서 꺼내서 램프에 놓도록 하지. 자, 왓슨, 이제 앉아서 어떻게 되는지 지켜보세."

증세는 얼마 지나지 않아 바로 나타나기 시작했다. 내가 의자에 제대로 앉기도 전에 진한 사향 냄새가 나는 듯하더니 곧 속이 매스꺼워지기 시작했다. 첫 모금을 들이켰을 뿐인데도 나의 모든 두뇌 활동이 조절 불가능해지고, 허깨비가 보이기 시작했다. 두 눈앞에서 두껍고 컴컴한 먹구름이 소용돌이치기 시작했고, 마치 이 구름 속에 여태껏 한 번도 보지 못한, 상상도 할 수 없을 정도로 소름 끼치고 사악하고, 괴기한 세상의 것들이 숨어 있다가 튀어나와 나를 헤칠 것만 같은 생각이 들었다. 형체를 알 수 없는 것들이 컴컴한 먹구름 사이를 유영하며 소용돌이치고 있었으며, 그 형체 하나하나의 그림자만 가지고도 나의 영혼을 날려버릴 수 있을 것 같은, 말로 형언할 수 없는 존재가 드리울 것이라고 위협하고 경고하는 것 같았다. 끔찍한 공포는 나를 집어삼켰다. 머리카락은 삐쭉삐쭉 일어났고, 두 눈은 튀어나올 것만 같았으며, 벌어진 입속의 혀는 가죽같이 굳어졌다. 머릿속의 혼돈은 금방이나마 뇌를 날려버릴 것만 같았다. 소리를 질러보려 했지만, 무엇인가 깍깍거리는 소리가 내 목소리란 걸 희미하게 인지할 뿐, 멀리서 들려오는 분리된 소리에 불과했다. 그와 동시에 나는 어떻게든 이 상태에서 빠져나오려 발버둥 쳤고, 절망의 먹구름을 빠져나가려고 하던 찰나에 홈즈의 하얗고 딱딱하게 굳은, 공포에 질린 표정이 눈에 들어왔다. 그것은 죽음을 맞이한 사람들의 표정에서 보았던 바로 그 표정이었다. 홈즈의 표정을 본 순간 나는 정신이 들고 기운이 나서 의자에서 뛰쳐나와 홈즈에게 돌진했다. 양팔로 홈즈를 감싼 뒤 비틀거리며 문을 빠져나갔다. 그런 뒤 우리는 잔디밭에 나란히 드러누웠다. 한 줄기 빛이 우리의 목을 조이던 공포와 지옥 같은 먹구름 사이를 뚫고 폭죽처럼 터져 나오고 있는 듯했다. 들판의 안개가 물러가듯 우리는 천천히 회복했고, 이윽고 평안과 이성이 돌아왔다. 우리는 잔디에 앉아 써늘한 이마를 닦아 내렸다. 서로 걱정스러운 듯 살피며 끔찍한 실험의 흔적을 추적하기 시작했다.

"이런 맙소사, 왓슨!" 마침내 홈즈가 떨리는 목소리로 말했다. "자네에게 정말 고맙고 또 미안하네. 절대 해서는 안 되는 실험이었어. 나 자신은 물론 친구인 자네에게 이런 실험을 하다니. 정말 미안하네."

"있잖아." 평소에 볼 수 없던 홈즈의 이런 모습에 감동한 내가 대답했다. "자네를 도울 수 있는 것이야말로 나에게 있어 가장 큰 기쁨이자 특권이야."

홈즈는 즉시 반은 익살스럽고 반은 냉소적인 평소의 습관적인 태도로 돌변했다. "군이 직접 실험을 해서 미쳐볼 필요는 없었어, 왓슨." 홈즈가 말했다. "솔직한 사람이라면 우리가 이런 무모한 실험을 하기 전에 이미 미쳐 있었다고 말했을 거야. 솔직히 말하건대 이렇게까지 독가스의 효력이 강할 거라곤 예상하지 못했네." 홈즈는 집으로 달려 들어갔다. 팔을 쭉 뻗어 램프를 집어 들고 다시 나타난 홈즈는 검은딸기 덤불 속으로 램프를 집어 던지며 말했다. "환기가 될 때까지 좀 기다려야겠군. 왓슨, 자네도 이제 이 비극이 어떻게 해서 발생하게 됐는지 명명백백하게 알았겠지?"

"그렇고말고."

"하지만 그 동기는 여전히 모호해. 저쪽으로 가서 얘기를 좀 해보자고. 아직 이 극악무도한 독가스가 목구멍에 남아 있는 것 같군. 비록 두 번째 사건의 희생자이긴 하지만 모든 증거가 모티머 트리제니스가 범인이라고 지목하고 있음을 인정하지 않을 수 없어. 잊지 말아야 할 것은 가족 사이에 다툼이 있었고 화해를 했다는 사실일세. 그 다툼이 얼마나 거칠었고, 화해가 또 얼마나 진정성 있었는지 우리는 알지 못하지만 말이야. 모티머 트리제니스의 그 여우 같은 얼굴과 안경 뒤에 숨은 약삭빠르게 생긴 두 눈을 생각해보면, 그가 쉽사리 용서하는 성격은 아닐 것 같단 생각이 들어. 음, 그리고 그 정원에서 뭔가 움직이는 게 있었다는 것을 알려준 것도 그였다는 사실을 잊어서는 안 돼. 우리의 주의를 이 비극의 진짜 이유에서 돌리게 한 그 사실 말일세. 우리를 속인 데는 동기가 있었다고 볼 수 있지. 마지막으로, 만약 그자가 방을 나서면서 독가스를 벽난로에 던진 게 아니라면 누가 그랬느냐는 문제가 남아. 사건은 그자가 떠나고 즉시 발생했지. 누군가 방에 들어왔다면 다른 사람들이 식탁에 가만히 앉아서 카드를 하고 있지는 않았을 거야. 더군다나 평화로운 콘월에서는 어느 손님도 밤 10시 이후에 방문하는 법이 없지. 그러니 모든 증거가 모티머 트리제니스를 범인으로 지목하고 있다고 볼 수밖에 없어!"

"그럼 자살을 했다는 거군!"

"음, 왓슨, 일단 그것도 충분히 가능해 보이는 가설은 분명해. 자기 가족에 끔찍한 짓을 저지른 양심의 가책을 이겨내지 못하고 자살을 했을 수도 있지. 그러나 자살이라고 볼 수 없는 강력한 이유가 있어. 운이 좋게도 이 점에 관해서 잘 아는 사람이 잉글랜드 온 전역에 딱 한 명 있지. 이미 조치를 해뒀으니 오후쯤에는 직접 얘기를 들을 수 있을 걸세. 아! 조금 일찍 도착하셨나 보군. 이쪽으로 오시죠, 리온 스턴데일 박사님. 방 안에서 실험을 좀 하는 바람에, 저명하신 손님을 모시기에는 좀 부적절한 상태가 돼버렸습니다."

정원의 대문이 열리는 소리가 들렸다. 곧이어 위엄 있는 대아프리카 탐험가의 모습이 나타났다. 박사는 흠칫 놀라더니 우리가 앉아 있던 정자로 다가왔다.

"나를 찾았다고요, 홈즈 씨. 한 시간 전쯤에 쪽지를 받았습니다. 당신이 오라고 했다 해서 내가 왜 시키는 대로 해야 하는지 모르겠지만, 일단 왔습니다."

"댁으로 돌아가시기 전에 그 이유를 알게 되실 겁니다." 홈즈가 말했다. "우선 이렇게 친절히 직접 와주셔서 고맙습니다. 이렇게 바깥에서 맞이하게 돼서 정말 죄송합니다. 하지만 여기 제 친구 왓슨과 제가 신문에서 콘월의 공포라고 떠들어대는 사건의 전모를 거의 다 파악한 상태라, 이제 맑은 공기를 좀 마셨으면 해서요. 또 어쩌면 우리가 대화하게 될 내용이 박사님과도 아주 밀접한 관계가 있으니, 혹시라도 누가 엿듣지 못하게 안전한 곳에서 대화하는 게 낫겠다고 생각했고 말입니다."

탐험가는 입술에서 시가를 떼어내고 내 동료를 아주 무서운 눈초리로 쏘아보았다.

"무슨 말을 하는지 모르겠군요, 홈즈 씨." 박사가 말했다. "나하고 아주 밀접한 관계가 있는 얘기라니 도대체 그게 무슨 소리입니까?"

"모티머 트리제니스를 살해한 것 말입니다." 홈즈가 말했다.

그 순간 나는 무기가 있었으면 했다. 스턴데일의 사나운 얼굴이 시뻘겋게 변하더니 두 눈은 이글거렸고, 이마에는 굵은 핏줄이 꿈틀거리기 시작했다. 박사가 두 주먹을 불끈 쥐고 내 동료에게로 돌진해왔다. 그러더니 곧 억지로 냉정함을 되찾고는 싸늘하고 딱딱하게 굳은 평정심을 이어갔다. 그런 모습이 성급히 화를 내는 모습보다 도리어 위험해 보였다.

"난 아주 오랫동안 법이 닿지 않은 곳에서 야만인들과 생활해왔소." 스턴데일이 말했다. "그래서 난 나 스스로 법이 되는 길을 걸어왔지. 그 사실을 명심하는 게 좋을 거요, 홈즈 씨. 당신을 다치게 하고 싶지는 않으니까 말이오."

"저 또한 당신을 해치고 싶지 않습니다, 스턴데일 박사님. 당신이 저지른 일을 알고도 경찰에 연락하지 않고 박사님을 먼저 부른 걸 보면 아실 테지만 말입니다."

스턴데일은 박사의 모험으로 가득한 삶 속에서 아마 처음으로 누군가에게 압도당한 듯 주저앉았다. 홈즈의 침착하고 당당한 태도에는 저항할 수 없는 어떤 힘이 들어 있었다. 우리의 손님은 잠시 말을 더듬더니 불안한 듯 큰 손을 쥐었다 폈다 했다.

"그게 무슨 뜻입니까?" 마침내 박사가 물었다. "만약 이제다 허풍이라면, 홈즈 씨 당신은 지금 아주 잘못된 상대를 실험 대상으로 고른 겁니다. 이제 그만 에둘러 말씀하시지요. 도대체 무슨 뜻입니까?"

"말씀드리죠." 홈즈가 말했다. "제가 박사님께 이 말을 하는 이유는 정직이 정직을 낳기를 바라기 때문입니다. 제가 다음에 어떤 행동을 할지는 전적으로 박사님의 사연이 어떤 거냐에 달려 있습니다."

"내 사연이라고 했소?"

"그렇습니다."

"뭐에 대한 사연 말이오?"

"모티머 트리제니스를 살해한 것에 대한 사연이지요."

스턴데일은 손수건을 꺼내 이마를 닦아내며 말했다. "계속해서 나를 시험하겠단 건가? 자네의 모든 성공의 비밀이 이렇게 비상한 허풍이었나?"

"허풍은 제가 아니라 리온 스턴데일 박사님, 당신이 치고 있군요." 홈즈가 단호한 목소리로 말했다. "그 증거로 제 결론의 토대가 된 사실을 말해드리도록 하죠. 아프리카로 짐을 보내놓고도 플리머스에서 돌아온 것에 관해 제가 할 말은 딱 하나뿐입니다. 바로 이 사건을 재구성하는 데 고려하지 않을 수 없는 요소가 바로 박사님이라는 것을 알게 되었다는 것 말입니다."

"내가 돌아온 이유는…."

"그 말도 안 되고 설득력도 없는 이유는 이미 들었습니다. 그러니 그 얘기는 그만하시죠. 박사님이 여기 온 이유는 제가 누구를 의심하고 있는지 묻기 위해서였습니다. 전 대답을 거부했죠. 그러자 박사님은 목사관으로 돌아가 한동안 밖에서 기다리더니, 마침내 댁으로 돌아가셨습니다."

"그걸 어떻게 아시오?"

"뒤를 쫓아갔습니다."

"난 아무도 못 봤소."

"당연히 아무도 못 보셨을 테지요. 박사님은 댁에 돌아가서 꼬박 밤을 새웠습니다. 그리고 어떤 계획을 짰죠. 이른 아침 실행에 옮긴 그 계획 말입니다. 동이 트자마자 집을 나와서는 대문 옆에 흩어져 있던 붉은 자갈을 주머니에 듬뿍 담더군요."

스턴데일은 흠칫 놀라며 홈즈를 바라보았다.

"그러고는 재빨리 목사관으로 왔어요. 한 가지 덧붙이자면 그때도 지금 신고 있는 그 테니스 신발을 신고 있었습니다. 목사관에 와서는 과수원과 울타리를 지나 모티머 트리제니스의 하숙방 밑으로 다가갔죠. 날은 이미 밝았지만, 가정부는 아직 일어나지 않은 상태였습니다. 그래서 자갈을 꺼내 2층 창문으로 던졌던 거죠."

스턴데일이 벌떡 일어섰다.

"당신이 악마가 아니고서야 어떻게 그걸!" 박사가 소리쳤다.

홈즈는 칭찬에 씩 미소를 지었다. "자갈을 두 줌인지 세 줌인지 창문에 던지고 나서야 하숙인이 나타났습니다. 박사님은 손짓으로 내려오라고 했죠. 트리제니스는 서둘러 옷을 입고 거실로 내려왔어요. 박사님은 창문을 통해 안으로 들어갔죠. 윗방과 아랫방을 왔다 갔다 하면서 짧은 대화를 나눴습니다. 그리고 박사님은 밖으로 나와서 창문을 닫고는, 잔디밭에 서서 시가를 피우며 무슨 일이 일어나는지 지켜봤죠. 결국, 트리제니스가 죽은 뒤, 박사님은 왔던 길로 되돌아갔습니다. 자, 이제 스턴데일 박사님, 이런 행동에 관해 어떻게 변명하시겠습니까? 동기는 무엇이었나요? 장담하건대 저를 속이려 들거나 거짓말을 했다가는 이 사건은 영영 제 손에서 벗어나고 말 겁니다."

홈즈의 이야기를 듣던 우리 손님의 얼굴은 잿빛이 되었다. 박사는 얼굴을 두 손에 묻은 채 한참 동안 생각에 빠졌다. 그러고는 갑자기 충동적으로 가슴 안쪽 주머니에서 사진 한 장을 꺼내서는 우리 앞에 놓인 투박한 탁자 위에 올려놓았다.

"이게 내가 그 짓을 한 이유요." 스턴데일이 말했다.

아주 아름다운 얼굴을 한 여인의 상반신 사진이었다. 홈즈가 몸을 구부려 사진을 들여다보았다.

"브렌다 트리제니스로군요." 홈즈가 말했다.

"맞아요, 브렌다 트리제니스." 우리의 손님이 반복해서 그녀의 이름을 말했다. "난 아주 오랫동안 그녀를 사랑했소. 그녀도 나를 사랑했지요. 이게 바로 사람들이 이상하게 여겼던, 내가 콘월에서 은둔 생활을 한 이유입니다. 내가 세상에서 유일하게 사랑한 그녀와 가까이 있고 싶었기 때문입니다. 난 브렌다와 결혼할 수 없었소. 이미 아내가 있는 몸이었기 때문이죠. 아내는 이미 여러 해 전 나를 떠났지만, 이 말도 안 되는 영국법 때문에 이혼할 수가 없었습니다. 브렌다는 그런 나를 계속 기다려줬어요. 나도 기다렸고요. 하지만 결국 이렇게 끝이 났군요." 격렬한 흐느낌이 박사의 거대한 덩치를 흔들었다. 박사는 얼룩진 수염 아랫목을 꽉 움켜잡았다. 그렇게 애써 평정을 되찾은 뒤 계속해서 말을 이어갔다.

"목사님은 다 알고 있었습니다. 우리의 비밀을 다 털어놓았으니까요. 그분에게 물어보시오. 브렌다는 천사 같은 사람이었다고 말해줄 거요. 그래서 목사님이 내게 전보를 보냈고, 물론 난 돌아왔습니다. 내가 사랑하는 사람이 그런 일을 당했다는 얘기를 들었는데 짐이 다 무슨 소용이었겠소. 자, 홈즈 씨. 이게 바로 당신이 궁금해하던 내 동기입니다."

"계속하세요." 내 친구가 말했다.

스턴데일 박사는 주머니에서 종이 다발을 꺼내 탁자에 올려놓았다. 종이 겉에는 '라딕스 페디스 디아볼리Radix pedis diaboli'라고 적혀 있었고, 아래에는 붉은 독극물 표시가 돼 있었다. 박사는 그것을 내 쪽으로 밀어주었다. "당신이 의사라고 했던가요. 이 조제약을 들어본 적 있습니까?"

"악마의 발 뿌리! 아니요, 들어본 적 없습니다."

"모른다고 해서 전문 지식이 부족하다는 것은 아닙니다." 박사가 말했다. "부도에 있는 어느 실험실에 있는 견본을 제외하고 유럽 어디에도 존재하지 않을 겁니다. 아직 약전이나 독물학, 그 어디에도 속하지 않으니 말입니다. 그 뿌리가 마치 발처럼 생겼는데, 반은 인간 같고 반은 염소 같은 모양을 하고 있죠. 그래서 어느 식물학자 선교사가 그런 이름을 지어준 겁니다. 서아프리카의 특정 지역의 주술사들이 신성 재판에 사용하고는 했는데, 그들끼리만 아는 비밀이죠. 난 이 특별한 견본을 우방기강 유역에서 우여곡절 끝에 손에 넣게 됐습니다." 박사는 종이 다발을 열어 안에 들어 있는 적갈색의 코담배 가루 같은 분말을 보였다.

"그래서요?" 홈즈가 준엄한 목소리로 말했다.

"무슨 일이 있었는지 다 말해주겠소, 홈즈 씨. 이미 다 알고 있는 것 같으니 모두 다 털어놓는 게 나한테도 나을 테지요. 이미 트리제니스 가문과 내 관계에 관해서는 다 설명을 했습니다. 브렌다 때문에라도 난 그 형제들과 가깝게 지냈어요. 돈 문제가 좀 있어서 모티머란 친구가 가족하고 떨어져 지내게 됐는데, 어쨌든 화해를 했다고 하더군요. 그리고 그 이후에도 다른 형제들과 별반 다르지 않게 계속해서 그를 만났습니다. 모티머는 교활하고 교묘한 계략가였어요. 그 외에도 몇 가지 일들이 나로 하여금 그자를 의심하게 했습니다. 하지만 그렇다고 내가 분란을 일으킬 이유는 없었어요.

2주 전이었습니다. 하루는 모티머가 내 집으로 찾아왔더군요. 난 그에게 아프리카에서 가지고 온 신기한 물건들을 몇 가지 보여주었죠. 그중에 이 분말도 있었는데, 이 약이 일으키는 신기한 약효에 관해서도 말해줬어요. 이 약이 공포를 다스리는 두뇌의 부분을 어떻게 조정하는지, 그래서 주술사에게 찍힌 부족민이 어떻게 미치거나 죽임을 당했는지 뭐 그런 얘기들이었습니다. 또 유럽의 과학 수준이 아직 이 독약을 알아낼 정도가 아니란 것도 말해주었습니다. 놈이 어떻게 이걸 훔쳤는지는 모르겠어요. 난 방을 떠난 적이 없으니 말입니다. 하지만 보나 마나 내가 캐비닛을 열고 상자를 살펴보고 있었을 때 이 악마의 발 뿌리 일부를 슬쩍한 게 분명합니다. 모티머가 효과를 내기 위해 필요한 양과 걸리는 시간 등을 꼬치꼬치 캐묻던 게 생각나요. 하지만 모티머가 개인적인 속셈이 있어 그런 질문을 했다고는 전혀 생각지 못했습니다.

플리머스에서 목사님의 전보를 받기 전까지 그 일을 생각한 적은 없었어요. 이 악마는 내가 아프리카로 향하는 바다에 있을 테니 소식을 들을 리 없을 거라 생각했을 겁니다. 그리고 아프리카에서 소식이 끊긴 채 몇 년을 살게 될 거라 생각했겠죠. 하지만 난 즉시 돌아왔습니다. 물론 자세한 내용을 듣자마자 내 약품이 사용됐음을 직감할 수 있었죠. 홈즈 씨, 당신을 찾아온 건 혹시 다른 가능성을 염두에 두고 있는 게 아닌지 알아보기 위해서였습니다. 하지만 그럴 가능성은 없었죠. 난 모티머 트리제니스가 돈 때문에 살인을 저질렀다고 확신했어요. 식구들이 죽거나 정신이 나가버린다면 재산을 다 독차지할 수 있을 거라 생각한 게 분명합니다. 바로 그 때문에 악마의 발을 사용해 두 사람을 미치게 만들고 한 사람, 내가 그토록 사랑한 유일한 그 사람을 살해한 겁니다. 이런 짓을 한 사람을 내가 어떻게 해야 했겠소?

법에 호소해야 합니까? 증거는 어떡하고요? 사실인 것을 뻔히 알지만, 이런 황당한 이야기를 믿어줄 배심원이 어디 있겠습니까? 혹시 믿을 수 있다 해도, 나는 그런 운에 맡길 수 없었습니다. 내 영혼이 복수심에 불타올랐어요. 홈즈 씨, 제가 좀 전에도 말했지만 난 무법의 세계에서 오랜 세월을 살아왔습니다. 그리고 마침내 나 자신이 법을 집행하는 지경까지 이르렀습니다. 지금이 바로 내가 법이 되어야 할 순간이었소. 난 다른 식구들이 경험한 똑같은 운명이 그에게도 주어져야 한다고 믿었습니다. 스스로 그 운명을 받아들이지 못한다면 내가 직접 심판해야 한다고 생각했소. 난 목숨을 걸었어요. 지금 이 순간 잉글랜드 전역에 나만큼 목숨에 연연하지 않는 자는 또 없을 거요.

자, 이제 모든 걸 다 얘기했소. 나머지는 당신이 이미 알고 있는 내용이지요. 홈즈 씨가 말한 대로 꼬박 밤을 새우고, 아침 일찍 길을 나섰습니다. 모티머를 깨우기 어려울 것 같다는 생각이 들어 당신이 말한 곳에서 자갈을 미리 챙겼죠. 그리고 놈의 창문에 그 자갈을 던졌습니다. 모티머가 내려와서 1층 거실 창문을 열더군요. 난 그리로 들어갔고, 들어가자마자 말했습니다. 너를 심판하고 그 심판을 집행하러 왔다고 말입니다. 내 권총을 보더니 그 녀석은 의자에 털썩 주저앉았습니다. 난 램프에 불을 지피고 위에 분말을 뿌렸습니다. 그리고 창밖에 서서 지켜보았어요. 그 녀석이 방 밖으로 뛰쳐나오려 하면 권총으로 쏘겠다고 위협하고, 진짜 그렇게 할 작정이었습니다. 놈은 5분도 안 돼 죽었죠. 오, 신이시여! 그렇게 그놈은 죽음을 맞이했습니다. 하지만 난 여전히 성이 차지 않았습니다. 아무 죄 없는 내 사랑 브렌다가 느꼈을 괴로움에 비하면 놈의 죽음은 아무것도 아니었으니까요. 이게 내 이야기요, 홈즈 씨. 만약 당신도 사랑하는 여인이 있었다면 똑같이 했을 거요. 하여튼 이제 당신 뜻대로 하시오. 내가 좀 전에도 말했듯이 나만큼 죽음을 두려워하지 않는 자는 없을 겁니다."

홈즈는 잠시 침묵하며 앉아 있었다.

"박사님, 원래 계획은 무엇이었습니까?" 마침내 홈즈가 입을 열었다.

"난 중앙아프리카에 뼈를 묻을 작정이었소. 그곳에서 해야 할 일을 아직 반밖에 못 했으니까."

"가세요. 가서 나머지 반을 하십시오." 홈즈가 말했다. "적어도 전 박사님을 막아설 마음이 없습니다."

스턴데일 박사는 거대한 몸을 일으켜 엄숙하게 고개를 숙이고는 정자를 떠났다. 홈즈는 파이프에 불을 붙이고 내게 담배 쌈지를 건넸다.

"독성이 없는 연기라면 기분 전환에 딱이지." 홈즈가 말했다. "왓슨, 자네도 동의할 테지만 이번 사건은 우리가 간섭할 문제가 아니야. 우리는 독립적으로 조사를 해왔으니 행동도 독립적으로 하는 게 옳을 거야. 박사를 고발할 생각은 아니지?"

"아니고말고." 내가 대답했다.

"왓슨, 난 누군가를 사랑해본 적은 없지만, 만약 내가 누군가를 사랑했다면, 그리고 그 사랑하는 여인이 이런 죽임을 당했다면 난 이 사자 사냥꾼보다 훨씬 더 무법적인 방법을 택했을 걸세. 누가 알겠나? 음, 왓슨, 너무 명백한 사실을 설명하는 건 자네의 지성을 무시하는 행위겠지. 물론 창턱에 있던 자갈이 내 조사의 출발점이었네. 그건 목사관 정원에 있던 자갈과는 다른 종류였어. 스턴데일 박사를 용의 선상에 올려놓고 박사의 집을 조사했을 때 비로소 그 자갈과 같은 것을 발견했지. 그러고 나서 발견한 대낮에 켜져 있던 램프와 뚜껑에 남아 있던 분말은 꽤 명백한 일련의 추리를 성공적으로 연결해주었지. 자, 왓슨, 이제 이 사건은 그만 잊어버리고 새로운 마음으로 칼데아어의 뿌리나 연구하자고. 분명 위대한 켈트어의 한 어파인 콘월어를 연구해보면 그 뿌리를 캘 수 있을 거야."

빈사의 탐정

이 이야기에서 게임은 정말로 끝나는 듯 보인다. 허드슨 부인이 몹시 불안해하며 왓슨 박사를 찾아온다. 위대한 탐정이 끔찍한 열대병에 걸려 죽음을 목전에 둔 상태다. 뛰어난 악당, 왓슨의 의료 능력에 대한 가슴 아픈 무시, 마지막에 나오는 통쾌한 폭로. 훌륭한 작품이다!

- 마크와 스티븐

홈즈가 묵고 있는 하숙집 주인 허드슨 부인은 참을성이 많은 여성이었다. 홈즈가 묵고 있는 2층 하숙방에는 별난 사람들이 수시로 드나들었고, 홈즈의 괴상하고 불규칙한 생활 방식은 허드슨 부인의 인내심을 시험하기 충분했다. 엉망진창으로 해놓은 집 안 꼴과 한밤중에도 음악 연주를 하고, 방에서 종종 울려 퍼지는 권총 연습 소리와 고약한 악취를 풍기는 괴상한 과학 실험 그리고 항상 폭력과 위험한 분위기를 몰고 다니는 홈즈는 그야말로 런던 최악의 하숙인이 분명했다. 하지만 적어도 하숙비만큼은 후하게 내는 편이었다. 내가 홈즈와 지낸 몇 년 동안 지급한 하숙비만 모아도 그 집을 사고도 남았을 것이다.

그런 홈즈의 모습을 잘 알면서도 허드슨 부인은 마음속 깊이 홈즈를 존경하고 있었다. 홈즈가 어떤 기상천외한 행동을 해도 결코 잔소리하는 법이 없었다. 심지어 부인은 홈즈에게 호감까지 가지고 있었는데, 이는 홈즈가 항상 여성에게 예의 바르고 매너 있게 대했기 때문이다. 홈즈는 원래 여성을 신뢰하거나 좋아하는 편이 아니었지만, 늘 기사다운 모습으로 여성을 대하곤 했다. 나는 홈즈에 대한 허드슨 부인의 진심 어린 존경심을 잘 알고 있었다. 그래서 내가 결혼한 지 2년째 되던 날, 부인이 내게 찾아와 나의 친구가 얼마나 위독한 상태인지 얘기했을 때 귀 기울여 들을 수밖에 없었다.

"홈즈 씨가 매우 위독해요, 왓슨 선생님." 부인이 말했다. "사흘 동안 점점 쇠약해지고 있는데, 오늘을 넘길 수 있을지 모르겠어요. 그런데도 제가 의사 선생님을 데려오려고 하면 만류하는 거예요. 오늘 아침에도 피골이 상접한 모습을 해서는 눈만 번쩍이고 있는데, 더 이상은 견딜 수가 없었어요. '홈즈 씨가 허락하든 말든 당장 의사 선생님을 데려오겠어요'라고 했더니, '그럼 왓슨을 데려오세요.' 이렇게 말하더라고요. 나라면 서두르겠어요, 선생님. 안 그러면 살아 있는 모습을 못 볼지도 모른다고요."

나는 화들짝 놀랄 수밖에 없었다. 홈즈가 아프다는 얘기는 여태껏 들어본 적이 없었기 때문이다. 나는 황급히 코트와 모자를 챙겨 마차를 잡아탔다. 가는 동안 부인에게 좀 더 자세한 상황을 물어보았다.

"말해줄 게 별로 없어요, 선생님. 로더히드에서 발생한 사건을 조사해왔는데, 템스강 근처 어느 골목에서 병을 얻어왔지 뭐예요. 수요일 오후에 드러누운 이후로는 꼼짝도 못 하고 있어요. 사흘 동안 아무것도 먹지도, 마시지도 못하고 있다고요."

"맙소사! 왜 진작 의사를 부르지 않았습니까?"

"허락을 해줘야 말이지요, 선생님. 홈즈 씨가 얼마나 권위적인지 잘 아시잖아요. 감히 그 말을 어길 수 없었어요. 하지만 이제 살날이 얼마 안 남았어요. 그건 직접 보면 바로 알 거예요."

실제로 홈즈의 상태는 비통할 정도였다. 안개 짙은 11월의 날이 흐린 탓에 방 안은 어두컴컴했지만, 침대에서 나를 바라보는 홈즈의 야윈 얼굴을 알아본 나는 가슴이 철렁 내려앉았다. 열이 오른 홈즈의 눈은 이글거렸고, 양 볼은 소모열(하루에 체온이 1도 이상 오르내려서 체력이 약해지는 미열—옮긴이)에 걸린 듯 붉게 물들어 있었다. 입술은 다 헐어 딱지가 덕지덕지 앉아 있었고, 야윈 두 손은 이불 위에서 줄곧 경련을 일으키고 있었다. 목소리는 다 쉬어 가늘게 떨렸다. 내가 방에 들어서자 침대에 축 늘어져 있던 홈즈는 그래도 나를 알아보고는 눈을 빛냈다.

"아, 왓슨. 아무래도 불행한 시절이 우리를 찾아온 것 같아." 홈즈는 쇠약하지만 전과 다름없는 장난스러운 말투로 말했다.

"이 친구야!" 내가 다가서며 외쳤다.

"물러서! 어서 물러서!" 홈즈가 날카로운 목소리로 외쳤다. 긴박한 상황에서만 들을 수 있는 목소리였다. "왓슨, 더 이상 내게 가까이 온다면 당장 이 집에서 쫓아내겠네."

"아니, 도대체 왜 그러는 건가?"

"내가 그렇게 하고 싶기 때문이야. 이거면 충분하지 않나?"

허드슨 부인의 말이 맞았다. 홈즈는 그 어느 때보다 더 권위적이었다. 그럼에도 불구하고 이토록 탈진한 모습을 보자니 여간 안쓰러운 게 아니었다.

"난 자네를 도와주고 싶을 뿐일세!" 내가 해명했다.

"말 잘했어! 내가 하라는 대로 해주는 게 날 돕는 거야."

"물론이지, 홈즈."

홈즈는 그제야 딱딱한 표정을 누그러뜨렸다.

"화나지 않았나?" 홈즈가 가쁜 숨을 몰아쉬며 물었다. 그러나 맙소사, 이렇게 비참하게 누워 있는 친구를 보며 어느 누가 화를 낼 수 있단 말인가.

"다 자네를 위해서야, 왓슨." 홈즈가 쉰 목소리로 말했다.

"나를 위해서라고?"

"내가 무슨 병에 걸렸는지는 잘 알고 있어. 수마트라의 '쿨리'라는 풍토병이지. 우리보다는 네덜란드 사람들에게 더 잘 알려져 있는 병이지만, 그들도 아직 잘 모르긴 마찬가지야. 한 가지 확실한 건, 매우 치명적이고 전염성이 높다는 거야."

홈즈는 이제 열에 들뜬 목소리로 얘기하며, 떨리는 긴 손으로 물러서라는 시늉을 했다.

"접촉으로 감염되는 병일세, 왓슨. 그래, 만지기만 해도 감염이 되지. 그러니 떨어져 있게. 그러면 괜찮아."

"여보게, 홈즈! 내가 감염 따위를 잠시라도 두려워할 것 같은가? 모르는 사람이 아프다고 해도 피하지 않을 텐데, 하물며 오랜 친구가 아픈 상황에서 내가 몸을 사릴 것 같으냔 말일세!"

내가 다시 다가서자 홈즈는 더욱 화난 표정을 지으며 나를 물리쳤다.

"자네가 떨어져 있겠다면 얘기를 나누겠네만, 그렇지 않다면 당장 이 방에서 나가게!"

나는 홈즈의 비범한 재능을 존경했기에 말이 안 되는 부탁이라도 항상 들어주는 편이었다. 그렇지만 지금은 내 모든 직업적 본능이 반기를 들고 있었다. 다른 때라면 내가 홈즈의 말을 따랐겠지만, 지금은 환자인 홈즈가 의사인 내 말을 따라야 할 때였다.

"홈즈." 내가 말했다. "자네는 지금 제정신이 아니야. 환자는 아이와 같지. 나도 자네를 아이처럼 대하겠네. 자네가 좋든 싫든 난 자네의 증상을 살펴보고 치료해야겠어."

그러자 홈즈는 악의에 찬 눈으로 나를 쏘아보았다.

"내가 좋든 싫든 치료해야겠다면, 적어도 내가 신뢰할 만한 의사를 불러주게." 홈즈가 말했다.

"나는 못 믿겠다는 말인가?"

"우정이야 믿고말고. 하지만 사실은 사실이야, 왓슨. 결론만 말하면, 자네는 일반 개업의로서 아주 부족한 경험과 실력의 소유자지. 이런 말을 해서 마음 아프지만, 자네가 날 몰아붙이니 어쩔 수 없이 하는 말일세."

나는 가슴이 쓰라렸다.

"홈즈, 자네답지 않은 소리를 하는군. 그런 말을 하는 것만 봐도 자네가 제정신이 아니란 게 분명해. 하지만 날 못 믿겠다면 굳이 내가 진료를 하진 않겠네. 재스퍼 미크 경이나 펜로즈

피셔, 그도 아니면 런던 최고의 의사라도 데려와서 자네를 치료하게 하겠네. 그걸로 결정됐어. 내가 직접 자네를 돕거나 다른 사람더러 도와달라 하지도 않고 여기 그냥 서서 자네가 죽어가는 것을 보고만 있을 거라고 생각했다면, 그건 친구를 잘못 안 거야."

"자네 마음을 모르는 게 아니야, 왓슨." 흐느낌인지 신음인지 모를 소리로 홈즈가 말했다. "내가 굳이 자네의 무지를 증명해야 속이 시원하겠는가? 자네, 타파눌리 열병에 대해서 뭘 아는가? 블랙 포모사 부패증은?"

"둘 다 들어본 적 없어."

"동양에는 수많은 종류의 질병이 있고, 다양한 희소병들이 있단 말일세, 왓슨." 홈즈는 힘이 부치는지 한마디 할 때마다 말을 멈추곤 했다. "나는 최근에 의료 범죄 사건을 조사하면서 많은 것을 알게 됐지. 이 병도 사건을 조사하다 걸린 거야. 자네가 할 수 있는 일은 없어."

"그럴지도 모르지. 하지만 난 열대병에 관해서는 최고 권위자인 에인스트리 박사가 지금 런던에 와 있다는 사실만은 알고 있어. 아무리 둘러대 봐야 소용없을 걸세, 홈즈. 내가 당장 박사를 데려오겠어." 나는 단호하게 문 쪽으로 향했다.

그 순간, 나는 전에 없이 화들짝 놀랐다. 순식간에 마치 호랑이가 뛰어오르듯 죽어가던 홈즈가 내 앞을 막아선 것이다. 열쇠를 돌려 방문을 잠그는 소리가 들렸다. 다음 순간 홈즈는 에너지를 다 소진한 듯 헐떡거리며 침대로 돌아가 쓰러져 누웠다.

"힘으로 열쇠를 뺏을 생각은 하지 않는 게 좋을 거야, 왓슨. 내가 이겼어, 친구. 이왕 왔으니 내가 가라고 할 때까지 여기 있도록 해. 내가 즐겁게 해주겠네." (이 모든 말을 하는 동안 홈즈는 숨을 헐떡거리며 말하는 사이사이 숨을 힘겹게 몰아쉬었다) "왓슨, 자네가 나를 진심으로 위하고 있다는 사실은 잘 알고 있어. 곧 자네가 하자는 대로 할 테니 기운 차릴 시간을 좀 주게. 지금은 아니야, 왓슨. 지금은 아니라고. 이제 4시군. 6시가 되면 자네를 보내주겠네."

"이건 미친 짓이야, 홈즈."

"두 시간이면 돼, 왓슨. 6시면 보내주겠다고 약속하지. 괜찮겠나?"

"선택의 여지가 없군."

"없고말고. 고마워, 왓슨. 옷은 혼자 입을 수 있으니 부디 가까이 다가오지 말아줘. 자, 왓슨. 한 가지 조건이 더 있네. 나를 도와줄 사람을 찾겠다면, 자네가 말한 그 사람 말고 내가 말하는 사람한테 가서 도움을 청해줄 수 있겠나?"

"물론이지."

"이 방에 오고 나서 유일하게 말이 되는 소리를 하는군, 왓슨. 저기 보면 책이 몇 권 있을 거야. 내가 기운이 없어서 말이야. 절연체로 전기를 다 쏟아낸 배터리 같은 기분이랄까? 6시가 되면, 그때 다시 얘기하자고."

하지만 우리는 6시가 되기 훨씬 전에 이야기를 다시 이어나가게 되었다. 홈즈가 나를 방에서 못 나가게 하려고 침대에서 벌떡 뛰쳐나와 문을 잠갔을 때처럼 다시금 나를 놀라게 했기 때문이다. 나는 몇 분 동안 침대 곁에 서서 홈즈가 조용히 침대에 누워 있는 모습을 바라보고 있었다. 홈즈는 침대 시트로 얼굴을 덮고 잠든 것 같았다. 그 후 나는 다소곳이 책을 읽고 앉아 있을 수가 없어서, 천천히 방을 거닐며 사방에 붙어 있는 악명 높은 범죄자들의 얼굴을 살펴보다가, 아무 생각 없이 벽난로 앞에 이르렀다. 벽난로 위에는 파이프 몇 개와 담배 주머니, 주사기, 작은 주머니칼, 권총 탄창 등 잡동사니가 어지럽게 널려 있었다. 그중 미닫이 뚜껑이 달린 희고 검은 작은 상아 상자가 하나 있었다. 아주 정교하게 만들어진 그 상자를 자세히 보려고 내가 막 손을 뻗을 찰나였다.

순간, 홈즈는 바깥에서도 들릴 만큼 무시무시한 굉음을 내질렀다. 벼락같은 그 소리를 들으니 소름이 돋고 머리칼이 곤두설 정도였다. 홱 돌아서 보니 홈즈가 씩씩거리며 눈에서 광기를 내뿜고 있었다. 어안이 벙벙해진 나는 상자를 손에 든 채 온몸이 굳고 말았다.

"그 상자 당장 내려놓게, 왓슨! 당장!" 내가 벽난로 위에 상자를 다시 내려놓자 비로소 홈즈는 베개에 머리를 파묻으며 안도의 한숨을 내쉬었다. "누가 내 물건에 손대는 건 정말 질색이야, 왓슨. 자네도 잘 알지 않는가. 왜 이렇게 날 불안하게 만드는 거야! 명색이 의사라는 자네가 환자를 정신병자로 만들어도 되는 건가? 가만히 좀 앉아 있어. 나 좀 쉬게 내버려 두란 말이야!"

나는 이 일로 말할 수 없을 정도의 불쾌함을 느꼈다. 까닭도 없이 막무가내로 흥분하고서는, 평소의 온화함이라고는 찾아볼 수 없는 잔인한 말을 내뱉다니. 이것만 봐도 홈즈가 얼마나 정신적으로 쇠약해져 있는지 잘 알 수 있었다. 모든 상실 중에서도 고귀한 정신이 망가진다는 것이야말로 가장 비통한 것이 아니면 무엇이겠는가! 나는 의기소침한 상태로 자리에 앉아 정해진 시간이 가기만을 기다렸다. 홈즈도 나처럼 시계를 바라보고 있는 듯했다. 6시가 되자마자 아까와 같이 흥분한 말투로 이야기를 다시 시작했기 때문이다.

"아, 왓슨. 혹시 주머니에 잔돈 좀 가지고 있나?" 홈즈가 말했다.

"응."

"은화는?"

"꽤 있어."

"하프 크라운은?"

"다섯 개 가지고 있어."

"아, 너무 적어! 부족해! 참 불행한 일이군, 왓슨! 어쨌거나 그거라도 회중시계 주머니에 넣어두도록 해. 그리고 나머지는 왼쪽 바지 주머니에 넣어두고. 고마워. 그렇게 하면 자네의 몸이 훨씬 더 균형 잡힐 거야."

이건 정말 미친 헛소리였다. 홈즈는 부들부들 떨며, 다시 기침인지 흐느낌인지 모를 소리를 냈다.

"자, 왓슨. 이제 가스등을 켜주게. 하지만 아주 조심하도록 해. 잠깐이라도 불꽃이 반 이상 올라오지 않게 조절해야 해. 아주 간곡히 부탁하는 거야. 제발 조심해줘. 고마워. 아주 좋아. 아니, 커튼을 칠 필요는 없네. 이제 저 편지와 신문들을 내 손이 닿을 수 있도록 여기 탁자 위에 좀 가져다줘. 고마워. 저기 벽난로 위의 물건도 이리 주고. 잘했어, 왓슨! 저기 설탕 집게가 있으니 그걸 사용해서 아까 그 상자를 집어보게. 자, 그럼 여기 신문 위에 올려놔. 좋아! 이제 자네는 로어버크 스트리트 13번지로 가서 컬버턴 스미스 씨를 모셔오게."

사실 나는 의사를 불러올 마음이 사라진 상태였다. 홈즈의 증상이 심각해져 정신이 오락가락한 상태였기 때문이다. 이런 상황에서 환자를 두고 떠나는 것은 위험했다. 그러나 홈즈는 자기가 말한 그 사람으로부터 그토록 거부하던 진료를 꼭 받고 싶어 했다.

"그런 이름은 들어본 적이 없는걸." 내가 말했다.

"아마 못 들어봤을 거야, 왓슨. 이 세상에서 지금 내 병을 가장 잘 알고 고칠 수 있는 사람이 의사가 아니라 농장주라는 사실을 알면 아마 놀라겠지. 컬버턴 스미스 씨는 유명한 수마트라 사람인데 지금 런던을 방문 중이지. 의사의 도움을 받기에는 너무 멀리 떨어져 있던 자신의 농장에서 이 병이 창궐해 어쩔 수 없이 스스로 연구를 하기 시작했는데, 뜻밖에 큰 성과를 거두었어. 스미스 씨는 매우 규칙적인 사람이어서 6시 이후에 가야 한다고 한 걸세. 그전에 가봤자 서재에서 나올 생각을 하지 않을 게 빤하거든. 자네가 스미스 씨를 설득해서 데리고 올 수만 있다면, 그가 취미로 지속하고 있는 이 질병에 대한 연구 경험으로 우리를 도와준다면, 분명 나는 살 수 있을 거야."

홈즈가 한 말을 이렇게 쭉 이어서 기록하긴 했지만, 이 말을 하는 내내 홈즈가 숨을 가쁘게 몰아쉬며 계속되는 고통에 두 손을 움켜쥐고, 얼마나 더듬더듬 말했는지는 굳이 묘사하지 않겠다. 내가 있던 몇 시간 만에 홈즈의 상태는 더 나빠진 것 같았다. 소모열 반점은 더 또렷해졌고, 더 움푹해진 두 눈은 더욱 이글거렸으며, 이마에는 식은땀이 맺혔다. 하지만 홈즈는 여전히 쾌활하면서도 정중한 말투를 고수했다. 죽는 순간까지도 대가인 양 행동할 그였다.

"내 상태를 본 그대로 스미스 씨에게 전해주게." 홈즈가 말했다. "자네가 보고 느낀 그대로 말이야. 죽어가는 사람. 죽어가면서 정신까지 이상해진 그런 사람 말일세. 그러고 보니 왜 바다 밑바닥은 딱딱한 굴로 뒤덮이지 않은 건지 이해가 안 되는군. 그렇게 번식력이 강한데 말이야. 아, 내가 무슨 말을 하는 거지! 뇌가 뇌를 어떻게 조종하는지 정말 신기하단 말이지! 왓슨, 내가 무슨 말을 하고 있었지?"

"가서 컬버턴 스미스 씨를 모셔오라고 했어."

"아, 그렇군. 기억이 나네. 내 목숨이 달려 있어. 스미스 씨에게 가서 간청해줘, 왓슨. 그 사람과 나는 사이가 썩 좋지 않아. 그의 조카 때문이지. 난 스미스 씨의 조카가 나쁜 일을 저질렀다고 생각해서 그에게 그 사실을 알렸다네. 그 조카는 아주 끔찍하게 죽었지. 그래서 스미스 씨는 나에게 악감정을 품고 있어. 부디 그자를 좀 달래주게, 왓슨. 싹싹 빌면서 부탁해보게. 어떻게라도 그를 여기 데리고 와야 해. 오직 스미스 씨만이 날 살릴 수 있어! 오직 그 사람만이!"

"그러면 강제로라도 마차로 데리고 오겠네."

"그렇게 하면 안 돼. 반드시 설득해서 모셔오게. 그리고 자네는 스미스 씨보다 먼저 돌아오게. 무슨 핑계를 대서든 그자와 함께 와서는 안 돼. 잊지 말게, 왓슨. 내 말을 꼭 지켜줘야 해. 자네는 한 번도 나를 실망시킨 적이 없지. 굴의 번식을 막는 천적이 있는 게 분명해. 왓슨, 자네와 나. 우리는 우리가 해야 할 일을 다 했어. 이제 굴이 전 세계를 뒤덮으려나? 아니야, 안 돼! 정말 끔찍한 일이야! 자네가 여기서 느낀 모든 걸 그대로 전해주게."

나는 이 대단한 지식인이 마치 바보 아이처럼 횡설수설하는 인상을 가득 간직한 채 방을 나섰다. 홈즈는 내게 방 열쇠를 건네주었다. 적어도 이젠 홈즈가 방 안에서 문을 잠그진 못하겠다는 생각에 다행이라고 여기며 열쇠를 받았다. 허드슨 부인은 문밖 복도에서 나를 기다리며 흐느껴 울고 있었다. 집을 나서는 내 뒤로 정신착란 상태의 홈즈가 노래하듯 중얼거리는 소리가 들려왔다. 높고 가느다란 목소리였다. 아래층에 내려와 마차를 부르고 기다리는데, 안개 사이로 한 남자가 나타났다.

"홈즈 씨 상태는 좀 어떻습니까? 선생님." 남자가 물었다.

오랜 지인인 런던 경찰국의 모턴 경위였다. 경위는 경찰복

이 아닌 트위드 정장을 입고 있었다.

"매우 위독한 상태입니다." 내가 대답했다.

경위는 매우 이상한 눈빛으로 나를 바라보았다. 그 표정이 섬뜩하지 않았더라면, 채광창의 불빛에 비친 경위의 얼굴이 웃음을 머금고 있다고 생각했을 것이다.

"소문은 들었습니다만." 경위가 말했다.

마침 마차가 와서 나는 모턴 경위와 헤어져야 했다.

로어버크 스트리트에 가보니 노팅힐과 켄싱턴 사이의 어중간한 경계에 멋진 주택이 즐비했다. 마부가 나를 내려준 집은 고풍스러운 철제 난간과 커다랗고 반짝이는 황동으로 만들어진 대문이 위풍당당한 모습을 자아내는 저택이었다. 등 뒤로 비치는 연한 전등 빛 덕에 분홍색 광채를 띠며 나타난 엄숙한 집사는 저택과 아주 잘 어울렸다.

"예, 컬버턴 스미스 씨는 안에 계십니다. 왓슨 선생님이시라고요! 잘 알겠습니다. 명함을 전달해드리겠습니다."

그러나 나의 이름과 직함이 컬버턴 스미스 씨에게는 대수롭지 않은 모양이었다. 반쯤 열린 문 사이로 변덕스럽고 날카로운 고음의 목소리가 들려왔다.

"이 사람이 대체 누구야? 원하는 게 뭔데? 이런 맙소사, 스테이플스. 내가 서재에 있을 땐 방해하지 말라고 그렇게 말하지 않았나?"

집사가 점잖은 목소리로 뭐라 뭐라 해명하는 소리가 들렸다.

"스테이플스, 그 사람한테 만날 수 없다고 전해. 연구를 방해받을 수는 없어. 집에 없다고 전해. 급하면 내일 아침에 오라고 해."

다시 한번 집사의 점잖은 목소리가 들려왔다.

"됐어, 그러니까 그 사람에게 그렇게 전해. 아침에 다시 오든가 말든지 하라고 해. 연구를 방해받는 건 딱 질색이야."

나는 침대에서 고통에 힘들어하고 있을 홈즈를 떠올렸다. 홈즈는 내가 도와줄 사람을 데리고 오기만을 간절히 바라고 있을 것이다. 지금은 예의를 따질 때가 아니었다. 홈즈의 목숨이 내가 얼마나 신속히 행동하느냐에 달려 있었다. 송구스러운 표정을 한 집사가 말문을 열기도 전에 나는 집사를 밀치고 집 안으로 뛰어들어 갔다.

벽난로 뒤 안락의자에 앉아 있던 남자는 버럭 화를 내며 일어났다. 노랗고 커다란 얼굴에 우악스럽고 개기름이 번지르르한 이중 턱의 남자는 무성하고 까칠한 눈썹 아래, 언짢고 위협적인 잿빛 눈으로 날 노려보았다. 대머리의 남자는 분홍빛 이마 한쪽으로 작은 벨벳 흡연 모자(담배 냄새가 배지 않도록 쓰는 모자—옮긴이)를 눌러쓰고 있었다. 머리가 유난히 커 두개골 용량이 막대한 듯했다. 하지만 머리를 굽어보고 있자니 체구는 깜짝 놀랄 만큼 왜소하고 약해 보였다. 등과 어깨는 어릴 때 구루병을 앓기라도 한 것처럼 굽어 있었다.

"이게 무슨 짓입니까?" 스미스가 카랑카랑한 목소리로 소리쳤다. "이렇게 허락도 없이 쳐들어오다니! 내일 보겠다고 전달받지 못했습니까?"

"죄송합니다만" 하고 내가 말했다. "내일까지 미룰 수 없는 사정이 있어서 그랬습니다. 실은, 셜록 홈즈 씨가…."

내 친구의 이름을 들은 작은 체구의 그 남자 표정이 돌변했다. 순간 그의 얼굴에 분노의 표정이 스쳐 지나갔고, 이목구비는 바짝 경계하며 날카롭게 바뀌었다.

"홈즈 씨한테서 오는 길입니까?" 남자가 물었다.

"예, 집에서 오는 길입니다."

"홈즈 씨는 어떻습니까? 잘 지내고 있나요?"

"매우 위중합니다. 그래서 이리로 온 겁니다."

남자는 나에게 의자를 가리켜 보이고, 안락의자에 다시 앉았다. 남자가 의자에 앉는 동안 나는 벽난로 위 거울에 비친 그의 얼굴을 보았다. 맹세컨대 악의로 가득 찬 가증스러운 미소를 머금고 있었다. 하지만 나는 그 표정이 그저 내 말에 놀란 남자가 일으킨 신경질적인 반응일 거라 스스로 설득해야만 했다. 남자가 이내 순수하게 걱정스러운 얼굴로 바뀌었기 때문이다.

"유감이군요." 남자가 말했다. "홈즈 씨와는 일 때문에 몇 번 만난 게 다지만 전 항상 그의 재능과 인품을 존경하고 있습니다. 홈즈 씨는 범죄 연구자이지요. 내가 병을 연구하듯이 말이오. 그가 악당을 상대한다면 나는 세균을 상대하듯. 이게 바로 제 포로들입니다." 스미스는 옆 탁자 위에 줄지어 세워놓은 병과 단지를 가리키며 이야기를 이어갔다. "이 젤라틴 배양균 중에는 이 세상에서 가장 악랄한 세균도 몇 놈 있답니다."

"홈즈 씨가 당신을 만나고자 하는 이유도 바로 당신의 그런 전문 지식 때문입니다. 홈즈 씨는 당신을 아주 높게 평가하고 있어요. 런던에서 오직 당신만이 자신의 목숨을 구해줄 유일한 사람이라고 생각하고 있습니다."

작은 체구의 스미스가 깜짝 놀라 벌떡 일어서자 그의 이마에서 흡연 모자가 미끄러져 바닥으로 떨어졌다.

"어째서죠?" 스미스가 물었다. "홈즈 씨는 어째서 내가 자신을 도울 수 있다고 생각하는 겁니까?"

"당신이 동양 질병에 대해 잘 알기 때문입니다."

"그런데 홈즈 씨는 어째서 자신이 동양의 병에 걸렸다고 생각하는 겁니까?"

"홈즈가 어떤 조사를 하던 중에 부두에서 중국인 선원과 접촉한 적이 있어서라고 하군요."

컬버턴 스미스는 유쾌한 미소를 지으며 흡연 모자를 집어 들었다.

"아, 그랬군요? 아마 당신이 생각하는 것처럼 큰 문제는 아닐 겁니다. 아픈 지는 얼마나 됐나요?"

"사흘쯤 됐습니다."

"정신착란 증세도 보이던가요?"

"종종이요."

"쯧쯧! 생각보다 심각한 모양이군요. 이런 상황에서 도와주지 않는다면 인간으로서 도리가 아니죠. 내 연구를 방해받는 건 질색이지만, 분명 이런 경우라면 예외지요. 왓슨 선생님, 지금 당장 같이 가도록 하시죠."
난 홈즈의 지시를 떠올렸다.
"아, 저는 다른 약속이 있어서…." 내가 말했다.
"좋습니다. 그럼 혼자 가도록 하죠. 홈즈 씨의 주소를 적어 둔 게 있어요. 늦어도 30분 안에 도착할 겁니다."
먼저 돌아온 나는 마음을 졸이며 홈즈의 침실로 들어왔다. 내가 자리를 비운 사이 최악의 상황이 벌어졌을 수도 있는 노릇이었다. 천만다행으로 그사이 홈즈의 상태는 상당히 회복되어 있었다. 안색은 여전히 창백했지만, 정신착란 증세는 보이지 않았다. 목소리는 여전히 허약했지만, 평소보다도 더욱 또렷하고 맑았다.
"만나보았는가, 왓슨?"
"응, 곧 올 걸세."
"정말 잘했어, 왓슨! 잘했어! 자네는 정말 최고의 심부름꾼이야!"
"함께 가자고 하더군."
"그건 곤란하지, 왓슨. 그래서는 절대 안 될 일이야. 내가 어디가 아픈지 물어보았겠지?"
"그래서 이스트엔드의 중국인 이야기를 들려줬네."
"그렇지! 잘했어, 왓슨. 좋은 친구가 해줄 수 있는 모든 걸 다 해주었군. 이제 자네는 이 현장에서 사라져도 되겠어!"
"나도 여기서 기다렸다가 스미스 씨의 소견을 들어야 하네."
"물론 그래야지. 하지만 스미스 씨는 나와 단둘이 있다고 생각할 때 더 솔직하고 가치 있는 소견을 말해줄 거야. 내 침대 머리맡에 공간이 있네, 왓슨."

"설마!"

"다른 방법이 없어, 왓슨. 여긴 누가 숨어 있다고 의심을 살 만큼 숨어 있기에 적합하진 않아. 하지만 충분히 숨을 수는 있을 거야, 왓슨." 홈즈는 갑자기 상체를 벌떡 일으키며 초췌한 표정에 긴장한 기색까지 띠었다. "마차 소리가 들리는군. 왓슨, 서두르게. 날 믿는다면 어서 내가 시키는 대로 해줘. 그리고 무슨 일이 있더라도 움직이지 말게. 알겠나? 말도 하면 안 돼. 움직이지도 말고! 그냥 모든 상황을 듣고만 있어." 그렇게 말하고는 갑자기 기운이 빠지기라도 한 듯, 힘차고 단호하던 홈즈의 목소리는 정신착란 증세를 보이는 환자의 희미한 중얼거림으로 변했다.

침대 머리맡에 재빨리 몸을 감춘 나는, 계단을 올라와 문을 열고 방으로 들어오는 발소리에 귀를 기울였다. 놀랍게도 꽤 긴 침묵이 이어졌다. 환자의 무겁고 헐떡이는 숨소리만이 침묵을 깨뜨렸다. 우리의 손님은 침대 옆에 서서 환자를 내려다보고 있는 듯했다. 마침내 그 이상한 침묵이 깨졌다.

"홈즈!" 남자가 소리쳤다. "홈즈!" 잠든 사람을 깨우듯 강렬한 목소리였다. "들리는가, 홈즈?" 환자의 어깨를 거칠게 흔드는지 부스럭거리는 소리가 들렸다.

"스미스 씨, 당신인가요?" 홈즈가 중얼거렸다. "당신이 설마 와주리라고는 상상도 못 했어요."

상대는 웃음을 터뜨렸다.

"나도 이럴 줄 몰랐어." 스미스가 말했다. "그렇지만 말이야, 보다시피 이렇게 왔다네. 머리 위에 숯불을 쌓는다는 게 이런 거 아니겠나('네 원수가 주리거든 먹이고 목마르거든 마시우라 그리함으로 네가 숯불을 그 머리에 쌓아놓으리라'라는 성경 〈로마서〉의 구절을 이용한 은유. 사도 바울은 이 구절을 가지고 악을 선으로 갚으라고 훈계했다—옮긴이)? 홈즈, 머리 위에 숯불 말이야."

"친절하시군요. 정말 훌륭한 마음입니다. 저는 당신이 특별한 지식을 가지고 있다는 것을 잘 알고 있습니다."

우리의 손님은 킬킬거리며 웃었다.

"그럴 테지. 다행히도 자네는 런던에서 유일하게 그 사실을 알고 있는 인물이란 말일세. 자네의 병이 뭔지 알고 있는가?"

"바로 그 병이죠." 홈즈가 말했다.

"아! 증상을 알고 있군?"

"너무나 잘 알고 있습니다."

"흠. 너무 놀라지는 말게, 홈즈. 만약 그게 같은 병이라 해도 놀랄 것 없어. 자네에게 썩 좋은 일은 아닐 테지만 말이야. 불쌍한 빅터는 나흘째 되던 날 숨을 거두었지. 튼튼하고 밝은 젊은이였는데 말이야. 자네 말처럼 런던 한복판에서 저 멀리 아시아의 병, 그것도 내가 연구해온 그 병을 얻었다는 건 분명 놀라운 일이었지. 참으로 신기한 우연의 일치이긴 해. 그걸 알아차린 자네도 참 영리하고 말이야. 하지만 그렇다고 해서 인과관계가 마치 나에게 있다는 듯 이야기를 퍼뜨린 건 너무했

단 말이지."

"당신이 범인이란 걸 알고 있었습니다."

"그래? 알고 있었다고? 글쎄, 증명하진 못했지. 대체 나에 대한 악의적인 소문을 왜 퍼뜨린 거지? 그러고 병에 걸리니까 이제는 나에게 도움을 청하다니, 이게 도대체 뭐하는 건가, 응?"

홈즈의 숨이 거칠고 힘겨워지는 신음이 들렸다. "물 좀 주시오!" 홈즈가 헐떡거리며 외쳤다.

"이봐, 이제 슬슬 갈 때가 되어가는군. 하지만 내가 할 말을 다하기 전에 죽어서는 안 되지. 그래서 물을 주는 거야. 조심해, 쏟아지잖아! 그래, 내 말 알아듣겠나?"

홈즈가 끙끙거렸다.

"제발 나를 치료해주십시오. 지난 일은 다 잊어버립시다." 홈즈가 속삭였다. "당신이 한 말은 다 잊겠어요. 맹세합니다. 제발, 치료만 해주십시오. 그럼 다 잊어버리겠습니다."

"뭘 잊겠단 말인가?"

"빅터 새비지의 죽음에 대해서 말입니다. 당신이 방금 그랬다고 인정한 것이나 마찬가집니다만, 그 사실을 다 잊어버리겠습니다."

"그러거나 말거나, 마음대로 하게. 자네는 아마 증인석에 서지 못할 테니. 이봐, 홈즈. 내 장담컨대 자네는 증인석이 아닌 다른 상자에 들어가게 될 걸세. 내 조카가 어떻게 죽었는지 자네가 알거나 말거나 내게는 문제가 되지 않아. 지금 우리가 얘기하고 있는 건 내 조카가 아니라 바로 자네니까 말이야."
"맞습니다. 맞아요."
"나를 데리러 온 그 친구, 그 친구 이름이 뭐더라? 그 친구가 말하길 자네가 이스트엔드 뱃놈 사이에서 병을 얻었다더군."
"그렇게밖에 설명할 수 없었습니다."
"홈즈, 자네는 자네가 똑똑한 걸 잘 알고 있지? 스스로 꽤 잘났다고 생각하지 않느냐는 말이야. 이번에는 자네보다 더 똑똑한 사람을 만난 걸세. 자, 다시 생각해봐, 홈즈. 정말 그렇게 병에 걸린 걸까?"
"그래요, 정신이 나가서 머리가 돌아가지 않아요! 제발, 나를 좀 도와주세요!"
"물론, 도와주지. 자네가 어떻게 하다 그 병을 얻게 되었는지 죽기 전에 내가 알려주겠네."
"제발, 통증을 줄이는 약을 좀 주세요."
"아플 거야, 아프고말고. 쿨리들도 죽을 때가 되면 비명깨나 지르곤 했지. 경련도 일 텐데?"
"맞아요. 경련이 일어요."
"흠, 그래도 듣는 데는 문제없을 거야. 자, 생각해봐! 자네에게 이 증상이 나타나기 시작했을 무렵, 뭐 이상한 일이 있지 않았나?"
"아니오, 아무 일도 없었습니다."
"다시 생각해봐."
"너무 아파서 생각할 수가 없어요!"

"그렇다면 내가 도와주지. 우편으로 뭔가 받은 것 없었나?"

"우편이요?"

"상자 같은 것 말이야."

"기절할 것 같아요! 죽겠어요!"

"정신 차려, 홈즈!" 죽어가는 사람을 흔들어 깨우는 듯한 소리가 났다. 하지만 내가 할 수 있는 일이라고는 조용히 숨어 있는 것뿐이었다. "내 말 들리지? 들릴 거야. 그 상아 상자 기억하나? 상아 상자 말이야. 수요일에 배달되었을 거야. 그 상자, 열어봤지? 기억나는가?"

"예, 기억나요. 제가 열었어요. 안에 날카로운 용수철이 들어 있었어요. 누가 장난친 줄…."

"그건 장난이 아니었어. 쓰라린 대가를 치르고 곧 알게 될 테지만 말이야. 이 어리석은 녀석. 자네 정도라면 알아차렸어야지. 알아차렸어야 하고말고. 나를 방해하라고 누가 요청이라도 했나? 내 앞길을 막지만 않았어도 자네를 해치진 않았을 거야."

"기억납니다." 홈즈가 헐떡이며 말했다. "그 용수철! 피가 났어요. 그 상자…. 그건 탁자 위에 있어요."

"맞아, 조지가 만든 바로 그 상자지! 이건 내가 가져가는 게 좋겠군. 자, 이렇게 자네가 지닌 마지막 증거물은 사라지는 거야. 하지만 이제 진실을 알게 되었으니 내가 자네를 죽였다는 사실을 안 상태로 죽으면 되는 거야. 자네는 빅터 새비지의 운명에 대해 너무 많은 걸 알고 있어. 그래서 그 운명까지 공유하라고 상자를 보냈지. 자, 홈즈. 이제 거의 끝나가는군. 그럼 여기 앉아서 자네가 죽는 걸 지켜보겠네."

홈즈는 이제 거의 들리지 않을 정도로 속삭이고 있었다.

"뭐라고?" 스미스가 말했다. "가스등을 켜달라고? 아, 어둠이 내리기 시작했군. 그런가? 물론, 등을 켜주지. 불을 켜면 자네가 더 잘 보이겠군." 스미스가 방 반대편으로 건너가고, 갑자기 방 안에 불이 밝혀졌다. "이봐, 친구. 더 필요한 건 없는가?"

"성냥과 담배."

나는 놀라움과 기쁨으로 하마터면 소리를 지를 뻔했다. 홈즈가 평상시의 목소리로 얘기하고 있는 것이다. 다소 약해 보이기는 했으나 그 목소리는 분명 내가 기억하는 홈즈의 목소리 그대로였다. 한동안 침묵이 흘렀다. 나는 컬버턴 스미스가 놀란 채로 멍하니 서서 내 친구를 바라보고 있음을 알 수 있었다.

"이게 어떻게 된 일이지?" 마침내 스미스가 건조하고 칼칼한 목소리로 말했다.

"성공적인 연기를 하는 가장 좋은 방법은 바로 그 자체가 되는 거죠." 홈즈가 말했다. "예컨대 당신이 조금 전 내게 물을 주기 전까지 내가 지난 사흘 동안 아무것도 먹지도 마시지도 않은 것처럼 말입니다. 하지만 제일 참기 힘든 건 담배더군요. 아, 여기 담배가 있군." 성냥불을 켜는 소리가 들렸다. "이제야 좀 살겠군! 어라? 이게 웬 친구 발소리지?"

밖에서 발소리가 나더니 문이 열리면서 모턴 경위가 나타났다.

"모든 게 다 해결되었습니다. 이 사람이 범인이오." 홈즈가 말했다.

경위는 평소대로 피의자 고지를 했다.

"당신을 빅터 새비지에 대한 살인 혐의로 체포합니다"라며 경위는 말을 마쳤다.

"셜록 홈즈에 대한 살인 미수 혐의를 추가해도 될 겁니다." 내 친구가 나직이 웃으며 말했다. "경위, 스미스 씨는 선량하게도 경위에게 보내는 신호인 가스등을 직접 켜주기도 했답니다. 아, 그리고 피의자 오른쪽 주머니에 있는 그 상자도 잘 압수해두는 게 좋을 거요. 고마워요. 아주 조심히 다루는 게 좋습니다. 여기에 두세요. 재판에서 아주 중요한 역할을 할 겁니다."

순간 도망가려는 소리와 몸싸움을 하는 소리가 들렸다. 그러고는 쇳소리와 스미스의 비명도 들렸다.

"그래 봤자 당신만 다칠 겁니다." 경위가 말했다. "가만히 있어요." 수갑 채우는 소리가 들렸다.

"멋진 함정이군!" 으르렁거리는 고음의 목소리가 들렸다. "재판에 서야 할 사람은 내가 아니라 자네야, 홈즈. 자네라고! 네 친구가 치료를 해달라고 해서 난 왔어. 난 홈즈에게 유감이 있는데도 왔단 말이야. 이제 분명 있지도 않은 말을 지어내 말도 안 되는 의심을 하더니 내게서 자백을 들은 양 얘기하겠지.

자네 마음대로 거짓말해봐, 홈즈. 아마 내 말을 믿는 사람이 더 많을 거야!"

"아차!" 홈즈가 외쳤다. "까맣게 잊고 있었군! 이봐, 왓슨. 정말 미안하게 됐네. 자네를 깜빡 잊고 있었다니! 자네에게 굳이 컬버턴 스미스 씨를 소개할 필요는 없겠지. 이미 만났을 테니 말이야. 아래에 마차 대기시켜놓았나요? 옷 좀 입고 바로 따라가겠습니다. 경찰서에서 내가 도울 일이 있을 것 같으니까요."

"정말 배고파서 혼났어." 홈즈는 옷을 챙겨 입는 동안 클라레 포도주와 비스킷 몇 개를 입에 넣으며 말했다. "알다시피 내 식습관이 워낙 불규칙해서 말이야. 다른 사람들에 비하면 별일도 아니지. 허드슨 부인에게는 진짜로 아픈 듯한 인상을 주는 게 중요했어. 허드슨 부인이 자네한테 얘기하고, 자네가 또 스미스 씨에게 내 소식을 전했어야 하니까. 화난 건 아니지, 왓슨? 자네는 재주가 많지만, 속마음을 숨기는 솜씨는 영 아니야. 자네가 만약 내 비밀을 알았더라면 절대로 스미스에게 다급히 이리 와야 한다는 인상을 주지 못했을 거야. 그 부분이 바로 이번 계획의 핵심이었지. 나는 스미스 씨가 나에게 앙심을 가진 걸 알고 있어서, 반드시 자기 솜씨를 확인하러 올 거란 걸 알고 있긴 했어."

"그런데 홈즈, 자네의 그 핼쑥한 얼굴은 뭔가?"

"사흘 동안 완전히 단식하면 그 누구도 안색이 좋을 수 없지, 왓슨. 그 외에는 스펀지가 다 해결해주었어. 이마에는 바셀린을 약간 바르고, 눈가에는 벨라돈나를 살짝 발랐지. 양 볼에 붉은 화장을 살짝 하고, 밀랍 가루를 입가에 묻혔더니 썩 그럴싸한 작품이 나오더군. 꾀병에 관해서는 논문을 써도 될 정도란 말이야. 중간중간 하프 크라운이니 굴이니 하는 엉뚱한 소리까지 해대니 정말 정신착란자 같았겠지."

"그렇다면 당연히 감염될 리 없는데 왜 가까이 가지 못하게 한 건가?"

"당연한 걸 왜 묻나, 왓슨! 내가 정말 자네의 의사로서의 재능을 얕잡아 본다고 생각하는가? 내가 아무리 허약한 연기를 했더라도 자네가 진찰하면 맥박도 그대로고 체온도 정상이었을 텐데, 자네의 그 예리한 판단력으로 당연히 알아차리지 않았겠는가? 4미터 정도는 떨어져 있어야 자네를 속일 수 있을 거라고 생각했지. 내가 자네를 속이지 못했다면 누가 스미스를 유인할 수 있었겠나? 안 돼, 왓슨. 그 상자는 건드리지 말게. 대충 보기만 해도, 뚜껑을 살짝 열면 독사의 이빨 같은 용수철이 튀어 오르게 장치되어 있는 걸 알 수 있지. 단언컨대 그 괴물은 부동산 상속에 방해가 되었던 불쌍한 빅터도 이런 장치를 이용해 죽였을 거야. 하지만 자네도 알다시피 난 워낙 다양한 우편물을 받다 보니, 내게 오는 우편물에 대해서는 좀 조심스러운 편이지. 그런데 난 이 계획이 성공했다고 스미스가 착각하면 분명 자백할 거라고 확신했어. 그래서 마치 예술가처럼 완벽한 연기를 해낸 거지. 고맙네, 왓슨. 외투 입는 것 좀 도와줘. 경찰서에서 일을 다 마치고 나와도 심슨 클럽의 영양가 높은 요리는 아직 남아 있을 거야."